Projet
Bluebird

SHARON CAMERON

PROJET BLUEBIRD

Traduit de l'anglais (États-Unis)
par Julie Lopez

GALLIMARD JEUNESSE

Titre original : *Bluebird*
Édition originale publiée par Scholastic Inc.,
557 Broadway, New York, NY 10012, USA, en 2021

Pour ceux qui cherchent la justice
et ceux qui les aident à la trouver.

Chapitre 1

AOÛT 1946

C'est une terre sans décombres.

Penchée par-dessus le bastingage du bateau, Eva la contemple, derrière la mer de plomb. Et il n'y a pas de tas de pierres calcinées. Pas de fosses fumantes ni de blocs de béton cassés. Rien que des murs. Une ville de murs. Intacts et robustes, ils se dressent solidement, brique après brique. Des bâtiments magnifiques, épargnés par les bombes, flottant dans une nappe de brouillard gris, charbonneux.

C'est un monde nouveau. Voilà ce qu'on lui a dit. L'ancien monde n'est plus que cendres. Brûlé comme du papier dans les tempêtes de feu de Berlin.

« Parfois, pense Eva, les gens vous mentent. »

Il devrait y avoir une statue, mais elle ne la trouve pas dans la brume.

Elle monte sur le premier barreau du bastingage et se penche encore plus, les mains libres, les genoux pressés contre le métal, retenue par les talons de ses chaussures. Elle distingue des têtes et des chapeaux sur le pont inférieur, l'eau écumeuse et bouillonnante, plus bas. Et la ville s'étend, de plus en plus grande, de plus en plus proche, arrimée à l'horizon mouvant.

Elle ferme les yeux. Laisse le vent lui tirer les cheveux. Lui fouetter les joues. Comme quand on conduit vite, toutes vitres baissées. Quand on plonge d'une falaise.

C'est un peu comme voler.

Lorsqu'elle rouvre les yeux, la nappe de brouillard a englouti la ville et une île a pris sa place. Elle voit des enfants en train de jouer, de sauter d'une digue construite pour les empêcher de tomber dans le port. Ces enfants sont fascinants. Ils ne connaissent pas les grenades non explosées. Les murs chancelants qui s'effondrent quand on les escalade. Et personne ne va leur tirer dessus pour leur voler leurs chaussures.

Elle avait oublié qu'il existait des enfants comme ça.

Dans un infime frôlement d'aile de papillon, Brigit apparaît à côté d'elle. Eva repose rapidement les pieds sur le pont et lui prend la main. Brigit sourit aux enfants. Un sourire qui éclaire le brouillard. Et puis le second capitaine passe rapidement derrière elles et elle se tasse. Se recroqueville sur elle-même. Le second les salue en portant la main à sa casquette, comme il l'a fait une centaine de fois, avant de descendre une échelle, félin. Eva passe son bras sous celui de Brigit. Serre plus fort sa main.

Brigit n'est pas comme ces enfants. Elle ne sera plus jamais comme eux.

Le claquement de talons pointus s'approche sur le pont.

– Eva ! Brigit ! s'exclame Mlle Schaffer. Que faites-vous ici ? Où sont vos chapeaux ? Et vos sacs ?

– Nos valises sont dans la cabine, mademoiselle Schaffer, répond Eva.

Elle s'exprime dans un anglais soigné. Correct. Mais elle ne comprend pas pourquoi Mlle Schaffer emploie le mot « sac ». Les valises qu'on leur a données ne ressemblent pas à un sac. Quant à Brigit, on peut difficilement savoir ce qu'elle comprend, puisqu'elle ne parle pas. Mais elle a quand même dû apprendre un peu d'anglais, car Eva la voit subitement porter la main à sa tête, comme étonnée de ne pas y trouver un chapeau.

– Alors, dépêchez-vous, je vous prie, s'agace Mlle Schaffer.

Elle serre un porte-bloc contre sa poitrine, un badge représentant une étoile rouge et noir à huit pointes est cousu sur sa manche.

– Vous n'allez pas faire vos premiers pas en Amérique tête nue. Ce serait indécent.

« Indécent », pense Eva. Le contraire de « décent », qui signifie convenable. Civilisé. Elle a rencontré beaucoup de personnes indécentes dans sa vie, et la plupart d'entre elles portaient un chapeau.

La femme disparaît dans la cage d'escalier, et le second remonte l'échelle. Et maintenant que Mlle Schaffer n'est plus dans les parages, il décoche un sourire à Eva. Un sourire sournois. Parce qu'elle l'a laissé l'embrasser. Et poser les mains sur son chemisier. En échange d'aspirine. Quand Brigit était malade et que le docteur disait que d'autres l'étaient encore plus.

« C'est légitime. » Voilà ce que le second a dit.

Soudain, Brigit pose un pied sur le bastingage et son corps bascule en avant, vers le pont inférieur. Eva empoigne sa jupe et la tire en arrière.

Il faut avoir des réflexes, avec Brigit.

– Non, chuchote Eva en lui reprenant la main, en tapotant son bras. Pas comme ça.

Elle n'aurait jamais dû monter sur le bastingage devant Brigit.

Le second secoue la tête, dégoûté. Pourtant, elle essayait seulement de voir les enfants. C'est plutôt Eva qui aurait sauté. Ou qui se serait laissée tomber.

Le second ignore que c'est Eva qui a mis un rat mort dans son sac de linge sale.

C'était légitime.

– *Komm mit mir*, murmure Eva.

Elle réserve son allemand à Brigit désormais. Elle l'entraîne loin du garde-corps, du second, et descend deux volées de marches pour rejoindre la lumière jaune électrique du couloir. Elle ouvre une petite porte en bois.

Leurs chapeaux sont côte à côte sur un lit étroit de la cabine étroite qu'elles ont partagée lors de la traversée de cette étendue d'eau de mer. Eva la déteste. Les murs sont trop rapprochés. Mais elle peut fermer le verrou quand elle veut, et ça, elle adore. Les autres passagers aussi. Les autres passagers ont peur de Brigit.

Sans doute à raison.

Eva verrouille la porte et fait asseoir la jeune femme sur l'unique chaise.

Elle arrange le chemisier de Brigit – plus aussi blanc qu'autrefois, mais soigneusement repassé –, tire vers le bas les boutonnières qui voudraient bâiller sur son buste. Puis elle épingle son chapeau. Un chapeau couleur café, hideux et difforme, mais Brigit le rend beau. Elle cligne de ses yeux bleu clair tandis qu'Eva se tourne vers le miroir. Ses cheveux sont hirsutes et de la couleur du chapeau de Brigit. Elle les a pourtant attachés avec des épingles hier soir, comme sa mère l'obligeait à le faire autrefois. Pour dompter ses boucles.

Tout domptage a disparu désormais. Vaincu par l'air marin.

Sa mère aussi a disparu. Emportée dans le passé en flammes.

Eva enfonce son chapeau sur sa tête, puis lisse sa jupe, sent les papiers cousus dans la doublure. À l'abri. Elle aide Brigit à se relever et contrôle sa jupe. Ses papiers aussi sont bien là, à l'abri. Elle les sent. Quelqu'un d'autre pourra-t-il les sentir ? Seront-elles minutieusement fouillées ? Et si le plan ne fonctionnait pas ?

L'homme a dit qu'il fonctionnerait.

Elle sait que l'homme ment parfois.

Elle se tourne vers la bassine et joue avec l'eau. Il ne faut pas que Brigit voie sa peur.

Alors elle inspire. Et inspire encore. Et elle fait semblant de se laver les mains.

Puis elle les sèche et donne sa valise à Brigit, refermant chacun de ses doigts autour de la poignée. Elle sourit quand Brigit rechigne.

– C'est l'heure d'y aller. Reste avec moi, d'accord ?

Brigit cligne des yeux.

Eva prend son sac à main et sa valise, et elles quittent pour la dernière fois leur petite cabine sûre, gravissent les marches en métal et sortent dans l'odeur du port. Les drapeaux claquent sur les drisses, le treuil d'ancre fait vibrer les planches sous leurs pieds. Brigit se tasse. Le pont inférieur grouille de monde à présent – des réfugiés et des épouses de guerre, des bribes de famille, penchés par-dessus bord, criant et pleurant, agitant bras et mouchoirs. Le quai est en vue et lui aussi grouille de gens poussant des cris de joie, pleurant et agitant bras et mouchoirs.

Il n'y a personne qui lui fait signe.

Eva tourne rapidement Brigit vers la cloison, dos à la foule et au bruit, tire le revers de son chapeau vers le bas pour faire une petite tente autour de son visage. Brigit tend la main comme on le lui a appris, et Eva sort deux boutons de son sac à main et les dépose dans sa paume. Brigit sourit et touche les boutons, distraite, puis Mlle Schaffer arrive en faisant claquer ses talons.

– Vous voilà ! Eva Gerst et Brigit Heidelmann, lance-t-elle en cochant deux cases sur sa liste. Vous avez vos papiers ?

Eva brandit deux liasses de documents, ceux qu'elle autorise Mlle Schaffer à voir. Les autres bruissent dans ses jupes. La femme hoche la tête et poursuit l'inspection de la file qu'elle est en train de former. Leur groupe se compose de trente-huit personnes, des bambins jusqu'aux grands-parents, des Polonais, des Français, des Ukrainiens, des Lettons et des Hongrois. Eva et Brigit sont les seules Allemandes. Car les Allemands, c'est l'ennemi.

Mais ils ont tous de nouvelles valises. Ils ont de la chance. Ils vont en Amérique. Ils laissent l'enfer tel un mauvais rêve derrière eux.

Ou bien l'emportent avec eux.

– Montrez vos papiers à l'homme assis au bureau, crie Mlle Schaffer à toute la file, dans le bruit assourdissant des acclamations de joie. Il n'y a aucune raison d'avoir peur ! Contentez-vous de répondre honnêtement à ses questions, et vous n'aurez rien à craindre...

Sauf qu'Eva ne va pas répondre honnêtement. Quant à Brigit, elle ne répondra rien du tout.

Le mouvement du navire ralentit puis s'arrête, les drapeaux retombent, les planches de pont s'immobilisent sous les pieds d'Eva.

L'Amérique.

Elles attendent un long moment. Brigit finit par s'ennuyer avec ses boutons. Eva en rajoute un bleu, gardé précisément dans cette éventualité. Les mouettes tournoient en poussant des cris.

Et enfin, leur groupe s'engage sur la passerelle, chargé de malles et de valises, de paquets étiquetés calés sur la tête. Eva récupère les boutons et serre la main de Brigit. Un pas. Deux pas. Le quai se rapproche, se rapproche encore, la foule crie des noms, et tous ces mots criés en anglais sonnent étrangement aux oreilles d'Eva. L'homme devant elles pleure de joie.

Tellement d'espoir. Mais ce n'est pas ce qu'Eva est venue chercher.

Elle est venue chercher la justice.

Leurs pieds se posent ensemble sur la terre ferme. La terre américaine.

Et soudain, l'Amérique semble immense.

Un rayon de soleil trouve une faille entre les nuages, colore le bateau, les visages. Eva voit la statue, désormais, sur sa propre île de l'autre côté de l'eau, levant un bras vers le soleil. Brigit redresse le menton. Elle a toujours aimé la lumière. Son sourire est béat. Angélique.

– Bienvenue en Amérique, dit un homme, un homme jeune, interrompant sa marche vers on ne sait où.

Les hommes s'arrêtent toujours pour Brigit. Celui-ci, les cheveux coupés court, porte un sac marin sur son épaule et un uniforme. Un soldat.

Il a donc été en enfer, lui aussi.

Brigit a un mouvement de recul et Eva se place un peu devant elle. Le jeune homme en uniforme ne s'en rend pas compte. Il lance quelque chose de brillant en l'air.

Eva lâche sa valise pour le rattraper. Un petit bonbon, enveloppé dans du papier doré, scintillant comme une pierre précieuse. Brigit cesse de trembler, distraite. Elle sait reconnaître du sucre quand elle en voit. Elle sourit jusqu'à ce que ses fossettes apparaissent.

– Merci, dit Eva.

Et au son de sa voix, le visage du jeune homme se durcit. Comme du bronze à canon.

– Sale boche, lâche-t-il.

Et il crache sur sa chaussure.

Chapitre 2

FÉVRIER 1945

C'est une route sans voitures.

Longue, droite, s'étirant, vide, à travers les pâturages jusqu'à l'horizon brumeux. Derrière la crête de la colline. Hors d'atteinte.

C'est pour ça qu'elle est venue.

Inge appuie sur l'accélérateur, la voiture bondit et les pneus quittent la terre.

Elle a l'impression de voler. De tomber.

Puis la voiture s'écrase sur le sol, et les filles rebondissent, se cognent contre le toit. Annemarie pousse un cri perçant.

– Inge ! Tu vas nous tuer !

Mais elle rit de plaisir. De cette audace.

Inge est l'audace incarnée. Elle enfonce de nouveau la pédale d'accélérateur, donnant un coup de volant un peu trop brusque pour éviter une flaque bordée de glace. La voiture dérape, les propulsant sur le côté, puis se redresse. De la boue éclabousse les vitres.

– Ton père va voir toute cette saleté ! proteste Annemarie.

– Papa est un ange, répond Inge. Et de toute façon, il est en déplacement.

Il est toujours en déplacement.

– Alors c'est ta mère qui la verra !

C'est une menace plus sérieuse.

– Je paierai Kurt pour qu'il la lave, répond-elle en accélérant suffisamment pour faire glapir Annemarie.

Plutôt avouer à sa mère qu'elle a volé la voiture de papa et conduit jusqu'à Berlin que de lui dire qu'Annemarie l'a accompagnée. Maman dit qu'Annemarie appartient aux classes inférieures. Tout ça parce qu'elle vit dans une ferme que le père de maman possédait autrefois. Pourtant, la dirigeante de leur club, Frau Koch, dit qu'il n'y a ni caste ni classe en Allemagne. Que tout le sang allemand est précieux. Que les enfants ne doivent pas écouter leurs parents, parce qu'ils sont vieux. L'avenir, c'est la jeunesse. La jeunesse dirigera l'Allemagne.

Et de toute manière, maman est simplement jalouse parce qu'Annemarie est grande, blonde et parfaite, contrairement à Inge.

Inge repousse les cheveux qui tombent devant ses yeux. Maman est ridicule.

Il ne pourrait exister meilleure nazie qu'Annemarie.

Inge tourne brusquement dans un sentier boisé, fonce à toute allure sur la piste étroite. Puis elle freine des deux pieds, creusant des ornières en dérapant dans la boue, propulsant Annemarie en avant puis contre le dossier de son siège. Elles ne sont plus visibles depuis la route principale, arrêtées près du chemin ombragé menant à la ferme d'Annemarie.

– Tu es une terreur, s'esclaffe celle-ci, avant de jeter un regard perçant à son amie. Tu es assise sur un livre ?

Inge tire sur sa jupe pour cacher *Un examen de la dégénérescence raciale*, le livre le plus épais et ayant l'air le plus confortable qu'elle a réussi à extraire de la bibliothèque de papa. Elle a seize ans, Annemarie presque dix-huit, mais elle n'arrive toujours pas à voir par-dessus le volant. Pas sans aide.

Annemarie lève les yeux au ciel.

– Pourquoi est-ce que je me laisse toujours convaincre de faire des choses pareilles ?

– Parce que c'est drôle. Et tu sais ce qui est drôle aussi ? Être embrassée.

Annemarie se penche vers elle, le visage sérieux.

– Inge ! Qui as-tu embrassé ?

– Kurt. Hier. Dans la cabane à outils.

– Kurt ? Tu n'aurais pas dû ! Que dirait Frau Koch ?

– Qu'il vient d'une bonne lignée allemande. Mais franchement, Annemarie, pourquoi le dirais-je à Frau Koch ?

– Mais, et Rolf, alors ?

Inge serre ses doigts sur le volant.

– Eh bien quoi ?

– C'est seulement..., commence Annemarie, l'air contrarié. Tu as tellement de chance. Rolf a une ascendance parfaite. Inge, tu n'as quand même pas...

– Bien sûr que non ! Pas de bébés. Contrairement à toi dans un an ou deux.

Annemarie pousse le bras d'Inge en pouffant, et celle-ci rit, même si elle n'est pas sûre que ce soit drôle. La semaine dernière, après la réunion du club, Annemarie lui a confié qu'elle avait décidé de faire comme Frieda Hoffman. Quand celle-ci a eu dix-huit ans, elle a annoncé à sa mère qu'elle partait suivre un cours à Hambourg alors que, en réalité, elle allait dans un ravissant manoir à Berlin pour y retrouver un officier SS et avoir un bébé avec lui.

Un bébé pour Hitler, dit Frau Koch, un bon bébé allemand, est le plus beau cadeau qu'une fille puisse offrir à son Führer.

Mais peut-être pas avec le chauffeur de sa mère dans une cabane à outils, tout de même.

– Tu n'en as parlé à personne, n'est-ce pas ? s'inquiète Annemarie, qui devra peut-être elle aussi raconter à sa mère qu'elle part suivre un cours.

– Jamais de la vie ! proteste Inge en prenant un air théâtral, mais devant l'air chagrin d'Annemarie, elle ajoute : Et je ne laisserai plus Kurt m'embrasser. Si ça peut te remonter le moral.

– J'espère bien. C'est trop injuste pour Rolf. Rolf est un héros.

Inge examine le revers de sa jupe. Elle entend parler de héros au moins une fois par semaine depuis qu'elle a treize ans. Les courageux jeunes soldats qui remportent de glorieuses victoires pour l'Allemagne vainquent les agresseurs communistes et leurs alliés. Elle a cousu des chemises pour eux – avec les autres filles du club, lors de leurs soirées communes –, écrit des cartes, préparé des centaines de colis remplis de bonbons et de cigarettes à envoyer au front. Rolf est en train de gagner la guerre qui assurera mille ans de domination allemande. Un pilote, issu d'une famille parfaite. Et un ami de son père, qui a dix ans de plus qu'elle et un trou entre les dents de devant.

Kurt va bientôt devoir rejoindre l'armée, maintenant qu'il a l'âge.

Annemarie soupire.

– Ton père est l'homme le plus gentil du monde et tu vas lui briser le cœur. Rentre chez toi, sois sage, et on se voit à la réunion, dit-elle en ouvrant sa portière. Et ne va pas t'attirer d'ennuis !

– Moi ? Je ne...

Soudain, un grondement fend le ciel, fait trembler l'air. Un avion volant si bas que leurs cheveux s'agitent dans le souffle de sa rafale. Les oiseaux s'envolent, les conifères craquent et s'agitent au-dessus d'elles, mais leurs branches sont trop épaisses pour qu'elles voient plus que l'ombre filante de l'appareil.

– La Luftwaffe, dit Annemarie, partie combattre les communistes.

– Et vaincre, murmure machinalement Inge.

Elle ne dit pas que ce moteur ne sonnait pas comme un moteur allemand. Elle allumera la radio en rentrant chez elle, quoi qu'en dise sa mère.

Annemarie lui fait un signe de la main avant de s'éloigner en toute hâte sur le sentier, jetant des coups d'œil furtifs au ciel tandis qu'Inge fait marche arrière. Rouler jusque chez elle n'a plus rien de drôle désormais. Ce n'est qu'un trajet en voiture.

Une haie haute et sévère pousse d'un côté de la route, taillée autour d'un portail en fer ouvert. Inge le franchit en douceur, s'engage dans une longue allée en pente et laisse la voiture rouler, moteur coupé. Elle sait exactement jusqu'où elle peut se laisser porter. La voiture glisse devant l'écurie, les courts de tennis, les petits bosquets où vivent les sittelles et vient se ranger à sa place dans le garage derrière la maison, presque sans un bruit.

Kurt est là, en train de lustrer le capot de la Mercedes de la mère d'Inge. Il la regarde se garer, remarque les éclaboussures de boue et secoue la tête, révélant sa tignasse châtain clair sous sa casquette. De toute façon, c'est sa faute à lui, pense Inge. Il n'aurait pas dû lui apprendre à conduire.

Mais cela signifie que maman est à la maison.

Elle descend d'un bond et récupère le livre sur lequel elle était assise. Il sent vaguement l'odeur de la pipe de papa.

– Déjà rentrée? demande-t-elle, comme si cela n'avait pas d'importance.

– Je l'ai déposée devant la porte d'entrée, répond Kurt.

Maman n'a donc pas vu que la voiture n'était plus là. Inge pourrait défaillir de soulagement. Même si ce n'est rien par rapport au secret d'Annemarie, Inge n'ose imaginer ce que dirait sa mère si elle apprenait que sa fille sait conduire.

– Erich et Adolf étaient avec elle?

– Oui, et Helga.

Helga est la nounou. La nouvelle. Elle ne tiendra pas longtemps.

– Et Herr Gundersen est là pour le violon, poursuit Kurt, penché sur son travail, l'effort le faisant transpirer de manière plutôt séduisante.

Il indique de la tête la voiture du père d'Inge.

– Tu vas devoir me payer pour nettoyer ça, ajoute-t-il d'un ton espiègle, un peu coquin.

Inge serre le gros livre contre sa poitrine. Papa dit toujours que personne ne fait rien gratuitement, et que c'est normal. Si quelqu'un fait quelque chose pour elle, elle doit lui rendre la pareille. Mais «payer» pourrait avoir une autre signification dans la bouche de Kurt. Et elle n'est pas Annemarie.

– Des gâteaux au miel, poursuit-il en se redressant. Deux. Tout juste sortis du four.

Inge sourit par-dessus le livre, de nouveau joyeuse. Kurt lui fait un clin d'œil, et elle ramène une mèche de cheveux derrière son oreille.

Une autre visite dans la cabane à outils ne ferait de mal à personne.

Toujours souriante, elle sort furtivement du garage, traverse le jardin et entre dans la cuisine par la porte de derrière. Frau Kruger lui adresse un signe de la main, derrière un nuage de vapeur, puis Inge monte l'escalier réservé aux domestiques. Elle marque une pause. Le crissement d'un violon malmené s'échappe du petit salon. C'est sans doute Adolf; Erich commence à vraiment bien jouer. Inge était douée. Très douée, même. Au piano. Mais sa mère a mis un terme à ses leçons. D'après elle, son professeur se concentrait beaucoup trop sur les compositeurs étrangers. Ce romantisme absurde est mauvais pour un esprit comme celui d'Inge. Désormais, elle en est réduite à répéter *Clair de lune* quand maman n'est pas là.

Le violon recommence. Inge serre le livre contre elle et gravit les marches en courant, posant les pieds aux endroits précis qui ne craquent pas, et approche un œil de l'entrebâillement de la porte du couloir. Il n'y a personne, elle s'avance donc à pas de loup sur l'épaisse moquette qui absorbe les sons et se glisse dans le bureau de son père.

Elle inspire l'odeur de tabac froid, qui a presque disparu désormais. C'est égoïste de sa part de vouloir que son père rentre à la maison, car son travail est important. Vital pour l'Allemagne. Vital pour la guerre. Même le Führer le pense. Mais elle a quand même envie qu'il soit là.

Il y a un trou dans la rangée de livres sur l'étagère, derrière le bureau. Inge se hausse sur la pointe des pieds et remet *Dégénérescence raciale* à sa place, entre *Hérédité et hygiène raciale dans l'État national* de Rüdin et *Permission de détruire la vie indigne de vivre*. Ses doigts s'immobilisent sur ce dernier.

Papa dit que l'émotion ne doit jamais influencer le jugement. Elle empêche de faire des choix corrects, et c'est de la faiblesse. « Et qui veux-tu être ? disait papa en lui ébouriffant les cheveux. Une des faibles ou une des fortes ? Dis-moi ce que tu en penses, ma Vögelchen. »

Forte, lui répondait-elle. Elle serait l'une des fortes.

Elle touche du bout des doigts les lettres dorées sur le dos du livre.

– Je suis Inge von Emmerich, murmure-t-elle. J'appartiens à papa, à maman, à l'Allemagne et au Führer. Ils m'aiment, et je les aime.

Comme papa le lui a appris. Vingt fois chaque matin en ouvrant les yeux, vingt fois le soir avant de s'endormir. Ou chaque fois qu'elle se sent… prise de doutes.

Elle a plus de doutes, dernièrement. Elle pense des choses qu'elle ne devrait pas penser.

Et puis elle se souvient de l'avion.

Se tournant vers le bureau de son père, elle repousse un tas de dossiers et appuie sur le bouton de la radio. Le cadran se réveille, sa lueur jaune s'avivant tel un œil qui s'ouvre doucement. La pièce reprend vie, dans un ronronnement de mots doux et brouillés s'éclaircissant à mesure que l'appareil chauffe. Inutile de régler la fréquence. Une seule station est autorisée. C'est alors qu'Inge voit le bord d'un dossier qui dépasse du bas de la pile.

Son nom est écrit dessus.

Pourquoi papa aurait-il un dossier à son nom ?

– Inge.

Elle s'écarte aussitôt du bureau, ses mains coupables dans le dos. Maman se tient dans l'embrasure de la porte.

– Qu'est-ce que tu fais ? demande-t-elle.

Ses cheveux blonds ont viré au gris argenté, retenus en un chignon lisse, brillant comme de l'acier. Comme sa voix. Pas une syllabe plus haute que l'autre.

Elle se rapproche rapidement du bureau, ses talons ne faisant pas un bruit sur la moquette, et tourne le bouton jusqu'au clic. La chaude lueur s'éteint et la pièce redevient froide et morte. Elle baisse alors les yeux sur Inge. Puis elle ramène une main en arrière et la gifle.

La tête d'Inge part brusquement sur le côté. Sa joue est en feu, mais elle ne pleure pas. Les jeunes Allemandes ne pleurent pas. Maman attend, l'observe, pour voir si elle va craquer.

Elle ne craquera pas.

Inge ferme les yeux.

Maman la frappe à nouveau.

«Je suis Inge von Emmerich. J'appartiens à papa, à maman, à l'Allemagne et au Führer. Ils m'aiment, et je les aime. Je suis Inge… »

Sauf que cette fois, elle le chante dans sa tête. Sur la mélodie de *Clair de lune*.

– Va dans ta chambre, s'il te plaît, Inge. Et mets une barrette dans tes cheveux.

Elle contourne sa mère et sort du bureau. Elle entend le violon au rez-de-chaussée. Erich, à présent, il joue Stravinsky et c'est magnifique. Même si la musique russe est pire que la française. C'est du moins ce que dit Frau Koch. Inge parcourt le couloir sans se presser, tête haute.

«Je suis Inge von Emmerich… »

Une lumière froide filtre à travers les rideaux en dentelle, faisant reluire son couvre-lit en satin bleu. Inge s'assied à sa coiffeuse juponnée, les genoux cachés sous le tissu froncé, ignorant la barrette que sa mère lui a demandé de mettre. Elle prend une brosse et entortille ses cheveux courts et bruns autour de ses doigts, essayant de dompter une boucle. Maman a tenté de lui éclaircir les cheveux quand elle était petite, ordonnant à la servante de les peigner avec du jus de citron et envoyant Inge s'asseoir au soleil jusqu'à ce que sa peau brûle. Cela n'a pas fonctionné. Ses cheveux ont encore foncé, de toute façon.

Elle ne veut pas se regarder dans le miroir. Elle ne veut pas voir la marque rouge sur sa joue.

Maman est vraiment jalouse d'Annemarie. Parce que la mère d'Annemarie a gagné une médaille pour avoir enfanté et pas elle. Parce qu'Inge devrait être mieux qu'Annemarie et qu'elle ne l'est pas. Parce qu'Inge est douée pour la musique et pas maman.

Ce sont des pensées qu'elle ne devrait pas avoir.

Elle sent un élancement dans son ventre.

Elle s'approche de la fenêtre et repousse le rideau en dentelle. Les sittelles nichent juste là, dans le chêne. Papa lui a donné une sittelle, un jour. Douce, adorable, bleue comme un ciel d'été avec des éclats orange. Parce que papa l'aime.

Rolf dit qu'il l'aime. Dans ses lettres. Que ses yeux pétillent comme le ciel. C'est étrange qu'il mente dans ses lettres. Les yeux d'Inge ne pétillent pas. Ils ne sont même pas bleus. Et à sa connaissance, elle ne lui a jamais souri. Encore moins comme un lever de soleil.

C'est peut-être papa qui a demandé à Rolf d'écrire ce genre de choses. Qui lui a demandé de lui envoyer ces lettres. Et qu'est-il arrivé à ce petit oiseau ? Elle ne s'en souvient pas.

Ça aussi, ce sont des pensées qu'elle n'a pas le droit d'avoir. Elles lui font mal. Elles la rendent malade. Elle relâche le rideau et pense quand même.

À sa mère jalouse. Aux compositeurs français. Aux cheveux qu'elle ne devrait pas avoir. À des violettes dans un champ, formant un bouquet dans ses mains. À un dossier caché sous les autres chemises. Un dossier avec son nom dessus. Et Inge pense à un mot. Un mot entendu avant le clic. Un mot distinct avant que maman ne fasse taire la voix de la radio.

Amérique.

Chapitre 3

AOÛT 1946

Eva regarde le jeune homme au sac marin s'éloigner sur le quai et disparaître dans la foule bruyante.

– Ce n'est rien, Brigit, chuchote-t-elle. Regarde, il a ciré mes chaussures.

Elle ramasse un bout de papier journal et essuie le crachat sur sa chaussure. Elle a fait cette trouvaille dans la caisse à vêtements du camp pour personnes déplacées : des escarpins noirs avec une lanière à la cheville, trop petits pour aller à qui que ce soit d'autre. Ils la grandissent. Eva laisse ensuite le papier journal s'envoler, s'enrouler sur lui-même et tourbillonner, emporté par l'air marin, puis disparaître comme la brume. Elle prend le bras de Brigit et sort le bonbon de son papier.

– Mange-le, lui dit-elle. C'est bon.

Brigit s'exécute, suçant le chocolat et léchant le papier. Les autres passagers commencent à s'amasser autour d'elles, tel un ruisseau obstrué.

– Avancez ! lance Mlle Schaffer, un bébé en pleurs sur la hanche. Restez groupés, s'il vous plaît. Marchez avec moi. Edgar, écarte-toi du bord !

Le groupe lent et indiscipliné avance comme un troupeau de moutons mal guidé sur le quai, au milieu des sirènes des bateaux, des cris des mouettes et des enfants, des mots anglais qui courent ensemble à une vitesse ahurissante. Et sous tout ce vacarme, quelque part au niveau de ses genoux, dans la doublure de sa jupe, Eva entend le bruissement du papier.

Il y a un bâtiment au bout du quai. Une sorte d'énorme hangar. Sans impacts de balle. Par les portes ouvertes, elle aperçoit des bureaux, installés tels des postes de contrôle sur une route et, tout au bout, une palissade blanche retenant les masses de gens appelant leur famille. Certains passagers franchissent les postes de contrôle en courant pour aller étreindre et embrasser leurs proches par-dessus la palissade, et des hommes en uniforme rouge et bleu marine les laissent faire quelques secondes avant de les ramener dans la file.

Eva sent son sang vrombir, bourdonner dans ses veines. Ils vont dire non. Ils vont lui dire de rentrer chez elle alors qu'elle n'a plus de chez-elle. Ils vont l'interroger. La battre. Cracher sur ses chaussures. Ils vont l'enfermer dans un placard. Un placard sombre et minuscule où elle manquera d'air. Ils enlèveront Brigit et la mettront dans un hôpital. Dans un camp.

Mlle Schaffer affirme qu'il n'y a pas de camps de concentration en Amérique. Mais tout le monde peut vous mentir à tout moment.

Eva ne laissera personne emmener Brigit dans un camp de concentration.

Celle-ci tripote le revers de sa jupe. Elle a dû entendre le bruissement du papier, elle aussi. Eva retire sa main, la repose dans le creux de son bras. Elle lui donne un bouton. Il ne faut pas que Brigit s'énerve. Eva ne peut pas la laisser s'en prendre à qui que ce soit. Pas ici. Pas maintenant.

Elles se mettent en file. Mlle Schaffer s'agite et rouspète. Eva baisse le bord du chapeau de Brigit pour qu'elle puisse se cacher. Elles se rapprochent petit à petit. De plus en plus. Jusqu'à se retrouver à l'intérieur du hangar. Jusqu'à se tenir devant un bureau, où une femme tamponne leurs papiers. Et puis devant un autre, où une autre femme examine d'autres papiers et se sert de son tampon. Elles arrivent alors à un troisième bureau. Et cette fois, c'est un homme. En uniforme. De l'armée. Comme le garçon qui leur a craché dessus.

Eva se décale pour se placer légèrement devant Brigit. Il faut qu'elle soit convaincante. Que son anglais soit assuré. Il faut que l'homme la trouve gentille. Honnête. Qu'il pense qu'elle a quelque chose à offrir.

Il faut qu'il croie tous ses mensonges.

Il faut qu'il voie la marque minuscule qui a été inscrite dans le coin inférieur de ses papiers.

Elle a peur qu'il ne la voie pas. Elle a peur que Brigit sente qu'elle a peur. Eva lève le menton et sourit. D'un sourire un peu agressif, peut-être, car l'homme relève une première fois les yeux, puis une seconde, étonné.

– Vos papiers? demande-t-il en tendant la main.

Elle les pose sur son bureau. Brigit se remet à tripoter sa jupe. Eva écarte sa main. L'homme lit, penche la tête pour voir le visage de Brigit. Il se remet à lire, l'air surpris. On a prévenu Eva qu'il aurait l'air surpris.

– Combien de temps avez-vous vécu à Berlin? demande-t-il.

– Huit mois, répond-elle. La zone française, après.

– Et avant?

– À Dresde.

Ce n'est pas vrai.

– *Hmmm*, fait l'homme en regardant Brigit. Et vous?

Un ventilateur électrique a capté l'attention de cette dernière.

– J'ai dit, et vous, Fräulein? Vous ne répondez pas?

– Non, intervient Eva, elle ne parle pas.

Le militaire soupire, front plissé, et retourne à sa liste. Il sait, pense Eva. Il en a vu d'autres qui ont vécu une mauvaise guerre. C'est ce que les médecins ont dit. Que Brigit a eu «une mauvaise guerre». Mais cet homme, avec ses cheveux coupés ras et les cicatrices de brûlures sur les doigts de sa main gauche, il comprend que l'enfer laisse des traces. Il feuillette la liasse de documents et trouve leurs papiers de parrainage. Il lit une page, puis une autre. Ses sourcils se lèvent.

– Et quel âge avez-vous? demande-t-il.

Eva ouvre la bouche. Et elle n'arrive pas à parler. L'homme

attend sa réponse. Mais il n'a plus le même visage. Il a le visage de son père. Sourcils froncés. Lèvres pincées. Et elle entend la voix de son père. Cassante. Comme du verre qui se brise.

« Quel âge as-tu ? Quel âge ? »

Eva cligne des yeux. L'homme derrière le bureau la dévisage, les sourcils remontés jusqu'au milieu du front désormais. Ce n'est pas son père. Il ne ressemble en rien à son père. Pourtant, elle sent presque l'odeur du tabac. Un filet de sueur coule dans son dos.

– Dix-huit ans, murmure-t-elle. Et Brigit a dix-neuf ans.

– Vous en êtes sûre ?

– Oui, siffle-t-elle.

Elle sait pourquoi il pose cette question. Parce qu'elle a mis trop longtemps à répondre. Parce qu'elle est trop petite. Parce que Brigit a l'air d'avoir vingt-cinq ans et qu'elle pourrait avoir sa photo dans les magazines. Il n'a pas complètement tort, mais ça la rend furieuse.

– C'est l'âge indiqué sur nos papiers. Vous voyez les nombres, non ?

Il ramène les yeux sur la page dactylographiée.

– Vous voyez bien tout ce qu'il y a sur mes papiers ?

Elle n'est pas censée faire ça. Elle n'est pas censée attirer son attention sur la marque. On lui a demandé de ne pas le faire. Les rides se creusent sur le front de l'homme. La respiration d'Eva s'accélère.

– Vous dites que je mens ? reprend-elle.

Brigit gémit, et le bruit rapide des talons de Mlle Schaffer sur le sol en béton s'élève derrière elles. L'homme relève les yeux et secoue la tête.

– Du calme, ma belle. Quand je regarde dans vos grands yeux, je pourrais jurer sur la Bible que vous avez quarante et un ans. Ou quatre-vingt-quatre.

Il n'a pas tout à fait tort sur ce point-là non plus.

Il secoue de nouveau la tête avant de tamponner les documents d'Eva avec de l'encre rouge pas très nette. Il réitère l'opération sur ceux de Brigit. Eva entend Mlle Schaffer expirer. Il rassemble alors toutes les feuilles, les tapote sur le bureau et les rend à Eva en un tas bien net.

– Sautez l'examen médical et passez directement, soupire-t-il. Et ne soyez pas trop dure avec nous, Fräulein.

Eva tire sur le bras de Brigit qui traîne des pieds, rechignant à abandonner le ventilateur. Brigit est peut-être plus grande, mais Eva est plus forte. Son cœur bat au rythme de ses pas. De plus en plus vite. Dans le bruissement de sa jupe. Elles passent devant d'autres bureaux, d'autres files d'attente, deux gouttes dans la longue rivière humaine attendant que rompe le barrage de l'Amérique.

Elles s'asseyent sur un banc puis, quand Mlle Schaffer et les autres passagers les rejoignent, sur le banc d'un ferry.

Et voilà New York. Avec ses murs solides, intacts, préservés des balles et des bombes. Son verre étincelant reflétant le soleil. De plus en plus haut. De plus en plus proche. Une ville flottant sur la baie scintillante.

Elles récupèrent leurs valises. Eva s'agrippe à Brigit et à son sac à main. Elles descendent du bateau et s'engouffrent dans un couloir où résonne le bruit de leurs talons. Montent quelques marches. Passent une lourde porte et débouchent sur un trottoir bondé.

Les murs qui les entourent ressemblent aux parois d'un canyon. Des camions et des voitures avancent laborieusement et s'arrêtent, avancent et s'arrêtent, des deux côtés de la rue, des klaxons retentissent, des hommes crient, des épaules se bousculent. Une bicyclette passe à toute allure. Eva sent une odeur d'ordures, de pain, de parfum, de mer et de déjections canines.

L'Amérique.

Et personne ne les a arrêtées. Personne ne les a poursuivies en courant pour tirer sur leur manche et leur dire non, tant pis. Brigit se recroqueville, apeurée par toute cette agitation inattendue. Ce bruit. Ces gens. Mais Eva ferme les yeux. Remplit ses poumons.

Ça a marché. Le plan a fonctionné. Exactement comme l'homme de Berlin l'avait prédit.

Elle a passé un marché de dupes.

Et maintenant, en Amérique, elle va le rompre.

C'est légitime, même si elle doute que l'homme de Berlin soit de cet avis.

Elle récite les noms. Doucement, rapidement, à voix basse. Vingt-sept noms.

Vingt-sept raisons de rendre justice.

Vingt-sept raisons de retrouver son père.

Chapitre 4

FÉVRIER 1945

Inge se laisse secouer par la voiture en mouvement, regardant défiler les terres cultivées, les collines lointaines comme une traînée virant au violet. De la même couleur que sa joue tuméfiée.

Elle n'en veut pas à maman de l'avoir giflée. C'était légitime, après tout. Elle savait que sa mère avait interdit la radio. Elle a pris un risque, et elle a perdu. D'après papa, quand on brave un interdit, on mérite une punition. Comme dans le camp où il travaille, où il réhabilite les ennemis de l'Allemagne. Il leur apprend à obéir. À devenir meilleurs. À être utiles et productifs. Elle a désobéi, maman devait donc la frapper. Pour lui apprendre à s'améliorer.

Sauf qu'aujourd'hui, Inge a remarqué quelque chose. L'expression de sa mère quand elle a ramené sa main en arrière. Une infime courbure du coin de ses lèvres.

Elle ne s'en était pas rendu compte auparavant. Que maman aimait la frapper.

Pourtant, si sa mère veut la rendre meilleure, c'est uniquement parce qu'elle l'aime.

Non ?

Inge lui jette un regard à la dérobée, grande et silencieuse à côté de l'autre fenêtre. Maman est en colère car il y avait un oiseau mort dans la Mercedes. Une sittelle. Sur son siège. Kurt jure qu'il ne sait pas comment elle est arrivée là. Qu'elle a dû se retrouver piégée dans la voiture.

Inge regarde la casquette de Kurt, les cheveux courts sur sa nuque. Quand bien même il saurait qui a fait ça, il ne le dirait jamais.

« Je suis Inge von Emmerich. Je m'appelle Inge... »

Elle le dit encore. Et encore. Comme on le lui a appris.

Mais elle ne se sent plus très sûre. Elle a un peu la nausée.

Ils roulent dans un nid-de-poule en entrant dans Wernigerode, ce qui n'a rien d'inhabituel en fin d'hiver, mais maman reproche à Kurt de mal conduire. Elle dit qu'il a été envoyé par les communistes pour crever ses pneus. Que les ennemis de l'Allemagne seront contents quand il endommagera son essieu. Elle le réprimande pendant un long moment, et Inge se demande pourquoi l'Allemagne a autant d'ennemis. D'après le Führer, c'est parce que certaines personnes naissent mauvaises.

Elle n'a jamais vu Hitler, mais maman si, et papa l'a rencontré. Quand papa n'est pas là, elle passe des enregistrements des discours du Führer, tandis qu'Erich et Adolf font rouler des camions et des trains sur le tapis du petit salon. Les juifs ne sont pas comme les Allemands, affirme-t-il. Ils ne comprennent pas l'autorité. Ce sont des criminels par nature. Des voleurs à la tire, des trafiquants de drogue, des banquiers véreux. Un virus infectant le peuple d'Allemagne.

Ruth ne ressemblait pas à un virus. Ni à une criminelle. Elle n'avait que douze ans, et une étoile jaune cousue sur son manteau. Elle avait le droit de tenir la caisse et d'allumer les fours à pain dans la boulangerie de sa famille, deux choses particulièrement impressionnantes aux yeux d'Inge, alors âgée de onze ans. Mais Ruth lisait effectivement des livres interdits. Des livres intéressants. Inge lui en avait emprunté un une fois, le cachant dans son sac. *La Guerre des mondes*, qui parlait d'hommes venus de Mars pour attaquer l'Angleterre. Inge l'avait lu à la lueur d'une lampe de poche, les yeux écarquillés sous sa couverture en satin à volants.

Elle avait eu de la peine quand Ruth était partie sans dire au revoir.

Inge pense au livre de Ruth, toujours caché sous son armoire. Elle pense à la radio. Et à la voiture de papa, qu'elle a volée. C'est peut-être elle, la criminelle par nature. Mauvaise de naissance. C'est ce que semble penser maman. Mais Kurt a nettoyé les éclaboussures de boue, si bien qu'elle n'est pas au courant pour la voiture. Ni pour Annemarie. Ni pour la cabane à outils. Elle n'est même pas au courant pour *Clair de lune*.

Inge sourit à la fenêtre.

Il faut qu'elle trouve ces gâteaux pour Kurt.

La voiture ralentit dans les rues étroites. Les tourelles et les flèches du vieux château veillent sur la petite cité depuis le sommet de la falaise. Il n'y a pas eu de bombes à Wernigerode. Pas comme dans d'autres endroits, où l'armée a dû repousser l'ennemi. Ici, rien n'a changé, à part les gens qui ont dû s'en aller. Pour que les Allemands ne vivent qu'avec des Allemands. Ils passent devant la boutique condamnée d'un tailleur. Deux coins de rue plus loin, devant la boulangerie. Avec le nouveau boulanger dedans. Devant l'ancienne maison des Balter, vide parce qu'ils n'ont pas voulu que leurs fils rejoignent les Jeunesses hitlériennes. Et puis maman se penche pour regarder dehors.

Il y a un *blockleiter* sur le trottoir, la taille un peu engoncée dans son uniforme marron de nazi. Il note sur son porte-bloc le nom du fermier qui se rend chez le docteur.

Ce fermier a intérêt à faire attention en donnant la raison de sa visite chez le médecin, pense Inge. Le *blockleiter* peut donner votre nom directement à la Gestapo.

Maman se détourne, scrutant de nouveau la rue. Un autre *blockleiter* prend une femme par le bras, juste devant l'église condamnée. Et quand Kurt ralentit à l'approche du club d'Inge, elle en voit encore un autre. Cheveux gris, ratatiné, un vétéran de la dernière guerre, le rouge de la croix gammée sur son brassard ressortant vivement sous la banderole LIGUE DES JEUNES FILLES ALLEMANDES. Il murmure quelque chose à Frau Koch.

Inge sort prestement de la voiture. Maman se penche vers elle pour dire quelque chose, mais celle-ci fait semblant de ne pas l'entendre et claque la portière, faisant signe à des filles qui approchent en papotant sur le trottoir.

– Salut, Inge !

Elles l'intègrent à leur groupe et elle part avec elles, passant devant le *blockleiter* sans lui accorder un regard. Après tout, elle n'a rien fait.

En tout cas, rien qu'il puisse savoir.

Elles entrent dans une pièce ancienne à colombages, au plancher grinçant, égayée par des murs jaunes comme du beurre et des banderoles rouges avec des croix gammées noires s'entrecroisant au plafond et tremblotant chaque fois que d'autres filles passent la porte. Hitler la fixe depuis son portrait sur le mur. Inge sourit. Se détend. Suspend son manteau à la rangée de patères. Les bavardages résonnent dans la pièce. Elle enlève sa barrette et la fourre dans la poche de son uniforme, refusant de remarquer un ou deux regards compatissants portés sur sa joue. Et puis elle tend l'oreille.

Il y a une atmosphère différente dans la pièce aujourd'hui, une urgence dans les conversations. Légère. Sous la surface, comme une radio réglée entre deux stations. Derrière elle, une fille chuchote, et Inge distingue les mots « abattu par un avion ».

Elle se retourne, mais la fille s'est déjà éloignée.

C'est impossible.

Annemarie entre précipitamment, le teint vif, sa longue tresse blonde tombant impeccablement dans son dos. Elle lui adresse un signe de la main, et voilà que Frau Koch se dirige d'un pas lourd vers l'avant de la salle. Inge trouve un siège et corrige sa posture avant que Frau Koch ne frappe sèchement dans ses mains. Les bavardages s'arrêtent aussitôt, le grincement des chaises s'évanouissant dans le silence.

Frau Koch balaie l'assemblée du regard. C'est une femme forte, robuste, et Annemarie a donné plus d'une tape sur le bras d'Inge en gloussant quand celle-ci lui demandait si elle croyait Frau Koch capable de tirer une charrue à elle seule. Inge croise le regard de son amie, à l'autre bout de la pièce. Celle-ci secoue la tête en réprimant un sourire.

– La conviction et la beauté, commence Frau Koch, rompant le silence. D'où nous vient notre conviction ? D'où tirons-nous notre foi ?

– De notre Führer, répondent-elles à l'unisson, le sauveur de l'Allemagne.

Inge contemple le portrait d'Hitler. Qu'est-ce que ça fait d'être un dieu ?

– Et d'où tirons-nous notre beauté ?

– D'un cœur pur et d'un sang pur, récitent les filles.

– Et pourquoi sommes-nous ici ?

– Pour envoyer notre sang dans chaque coin du monde et remplir la terre de la noblesse allemande.

Les filles se lèvent et Frau Koch pose un disque sur le tourne-disque. L'aiguille racle le vinyle, saute, puis la musique commence. Elles prennent une grande inspiration collective.

Notre drapeau flotte devant nous
dans le futur nous entrons côte à côte
Nous marchons pour Hitler…

La Ligue des jeunes filles allemandes ne chante pas cette chanson comme les garçons des Jeunesses hitlériennes, en défilant dans la rue avec des tambours et des drapeaux. Du point de vue d'Inge, la version des filles est plus mélodieuse. Même si elle ne verrait pas d'inconvénient à pratiquer la boxe et à sauter dans des filets depuis des immeubles, comme le font les garçons, d'après Kurt. Elle jette un coup d'œil au panneau derrière Frau Koch, répertoriant les différentes couleurs d'yeux et de carnations pour les aider à choisir un mari convenable. Elle devrait vérifier où se situe Kurt sur cette affiche.

Quoique, peut-être pas.

Notre drapeau est le nouvel âge
Et il nous guide vers l'éternité
Oui, le drapeau est plus important pour nous que la mort.

Frau Koch attend qu'elles se rasseyent, puis elle se campe devant elles, les mains dans le dos.

– J'ai quelque chose à vous dire. Des rumeurs ont circulé parmi certaines de nos filles. Des paroles critiquant la défense de notre patrie.

« Voilà donc de quoi elle parlait avec le *blockleiter* », pense Inge. La rumeur selon laquelle quelqu'un a été abattu par un avion. D'autres murmures ont circulé, il y a quelques mois, disant que les filles de Berlin avaient arrêté leurs réunions habituelles pour s'entraîner à transmettre des signaux, alerter les canons de l'arrivée de l'aviation ennemie. Le *blockleiter* n'a pas voulu qu'elles parlent de ça non plus. Maman a dit que ce n'était pas vrai. Que transmettre des signaux était une tâche de soldat. Hitler ne permettrait jamais une chose pareille. Et il était impossible que quelqu'un ait été abattu par l'ennemi à Wernigerode.

« Pourtant ils ont vérifié dans le cabinet du médecin », pense Inge.

– À la Ligue des jeunes filles allemandes, poursuit Frau Koch, critiquer notre guerre contre l'agresseur revient à douter de notre Führer. Et douter de notre Führer est un acte de trahison ! Y en a-t-il parmi vous qui doutent de leur Führer ?

Son regard les transperce comme le feu d'une mitrailleuse.

On n'entend pas un souffle, pas une chaussure qui bouge.

– Bien. Dans ce cas, nous allons continuer nos préparatifs pour la célébration de l'anniversaire du Führer. Levez-vous et empilez vos chaises contre le mur. Annemarie Toberentz, distribue les cerceaux, s'il te plaît.

Les chaises raclent le sol et les filles obtempèrent. Inge échange un regard avec Annemarie en passant. Elle sait ce qui les attend, et Inge aussi. Une fois l'espace dégagé et les cerceaux distribués, les filles se mettent en rang. Inge veille à se placer au fond, là où Frau Koch ne peut pas la voir.

Un autre disque est posé sur la platine et la musique commence.

– Deux, trois, quatre, et en haut..., les guide Frau Koch.

Elles commencent leur chorégraphie. Cerceaux en l'air, et on tourne, on tourne, et puis dans l'autre sens. L'effet de ces cerceaux qui bougent ensemble est un peu hypnotique, et le sera encore plus pendant la célébration, quand elles porteront leur costume, les couronnes de rubans et les courtes jupes blanches qui révèlent leurs jambes.

Frau Koch tape dans ses mains.

– Arrêtez ! crie-t-elle en soulevant le bras du tourne-disque. Certaines d'entre vous n'ont pas une posture correcte. Annemarie, avance-toi !

Cela ne surprend personne. Elles s'y attendaient toutes. Ce n'est même pas la faute d'Annemarie. Pourtant, leur ressentiment crépite dans l'atmosphère, d'autant plus qu'elles se sont fait réprimander. Annemarie s'avance lentement, la tête haute.

– Montre-nous la deuxième position.

La jeune fille lève son cerceau sur un côté, tend sa jambe opposée en arrière, le pied en pointe, sa longue natte jaune dans son dos. Son corps est droit, stable, son visage serein.

– Regardez ses jambes, les filles, reprend Frau Koch en remontant la jupe d'Annemarie sur sa cuisse. Vous avez vu comme elles sont longues et fermes ? Chaque muscle est parfaitement dessiné. C'est à ça que devrait ressembler une jeune fille allemande. C'est ainsi que nous montrons notre grâce et notre bonne santé. Notre Führer ne mérite pas moins.

Sauf qu'il ne les verra même pas. Il sera à la grande célébration. À Berlin. Cette pensée collective ondoie dans le silence, aussi clairement que si quelqu'un l'avait formulée. Frau Koch plisse les yeux.

– Peut-être que notre Führer décidera de venir à Wernigerode, pour inspecter notre performance de plus près. Peut-être que je lui écrirai pour l'inviter.

Cette idée s'écrase sur la pièce comme une bombe. Les yeux d'Inge se posent aussitôt sur le portrait. Hitler verrait ses jambes ?

– Avant notre prochaine réunion, vous ferez toutes cinquante levers de jambe chaque soir, jusqu'à ce que les muscles de vos cuisses et de vos mollets ressemblent exactement à ceux d'Annemarie.

Il faudrait une intervention divine. Frau Koch entend cette objection muette.

– Vous allez observer la posture d'Annemarie pendant une minute, lance-t-elle, et elle baisse aussitôt les yeux sur sa montre.

La pièce bouillonne de rage alors que les filles examinent les jambes de leur camarade. Mais Inge regarde son visage. Elle sait que Frau Koch met son amie mal à l'aise en la présentant toujours comme l'idéal à atteindre. Mais pourquoi se sentir gênée quand on est exactement comme il faudrait être ? Ce qui est cruel, c'est de souligner la perfection d'Annemarie tout en lui faisant tenir ce cerceau en l'air. Ça doit lui faire mal.

Son amie ne tremble pas. Son expression ne change même pas. Mais elle pleure. Une larme s'échappe du coin de son œil. Inge secoue la tête.

Les jeunes Allemandes ne pleurent pas.

La larme d'Annemarie va se cacher dans ses cheveux, mais ce qui saute aux yeux, Frau Koch ne le remarque pas. Inge se rend alors compte que cette dernière ne regarde plus sa montre. Elle regarde derrière elles, vers le fond de la salle. Inge tourne la tête.

Maman se tient dans l'embrasure de la porte.

C'est comme une invasion. Une attaque. Elle ne devrait pas être ici. Elle n'est pas à sa place. Avec ses sourcils épilés et son sac à main verni et la fourrure du col de son manteau. La peau lisse de sa joue est à peine crispée alors qu'elle observe Annemarie. Puis son regard glisse sur les rangées d'uniformes et de nattes jusqu'à Inge.

Celle-ci a conscience de la comparaison. Une conscience très aiguë. Elle ramène brusquement la tête vers l'avant.

Quelque chose ne va pas. Maman ne serait jamais venue s'il ne se passait pas quelque chose.

Elle est au courant. Pour la voiture. Pour Kurt. Inge pense au coin des lèvres de sa mère tout à l'heure et une peur rampante descend le long de son cou telle une araignée.

– Excusez-moi d'interrompre votre cours, Frau Koch, lance

maman d'une voix froide, calme, mais j'ai besoin d'Inge, s'il vous plaît. Immédiatement.

Peut-être que ça n'a rien à voir avec ça, pense Inge. C'est peut-être à cause des avions. C'est peut-être à cause de ce que la radio a dit.

De l'Amérique.

L'ennemi.

Chapitre 5

AOÛT 1946

Eva agrippe son sac et sa valise d'une main, Brigit de l'autre, dans cette marée humaine qui déferle autour d'elles. La rue bordant le terminal du ferry ressemble un peu à un quai, mais avec des voitures et des camions à la place des remorqueurs et des bateaux, avançant tant bien que mal dans une mer de costumes repassés et de casquettes d'ouvrier, de lèvres rouges et de gants propres. Une femme les dépasse avec une voilette sur son chapeau et un chien en laisse. Ses yeux croisent ceux d'Eva et se détournent rapidement.

Et Eva a conscience de la comparaison. Une conscience très aiguë. Ils détournent tous les yeux. Même le vieil homme assis sur une pile de journaux dans un coin. Les regards effleurent son visage comme le bout d'un doigt sur un fer à repasser brûlant.

« Ils savent, pense Eva. Ils savent que je ne suis pas honnête. »

Et soudain, elle comprend pourquoi il y a autant de monde autour d'eux. Ils se tiennent sous un panneau sur lequel est dessiné un bus. Eva recule, sans lâcher le bras de Brigit. Celle-ci a les yeux rivés au sol. Elle ne regarde que ses pieds. En portant sa valise. Comme Eva le lui a appris. Jusqu'à ce qu'elles atteignent les briques robustes du bâtiment. Les gens qui attendent le bus se divisent en deux groupes bien distincts. Les visages blancs d'un côté, les visages marron de l'autre. Comme s'il y avait entre eux une barrière invisible.

On l'a prévenue que ce serait comme ça en Amérique.

Mlle Schaffer les rapproche un peu du reste du groupe, un autre bambin sur la hanche, un petit garçon si fatigué que sa tête tombe sur l'épaule de leur accompagnatrice. Il y a une étiquette sur son pull, comme s'il était un paquet à récupérer. Tous les petits en ont une, et c'est exactement ce qui commence à se passer. Des hommes et des femmes, surtout des femmes, arrivent avec encore des documents que l'on compare aux étiquettes, puis ils emmènent les enfants déboussolés.

Eva observe ces gens qui prennent les enfants. Elle regarde leurs ourlets et leurs sourcils et leurs chaussures. Ces détails peuvent vous en apprendre beaucoup sur une personne. Cette femme a des chaussures neuves avec des talons de presque dix centimètres de haut, du vernis à ongles rouge foncé, des sourcils fardés et une jupe qui n'a jamais été rallongée. Riche. Beaucoup de temps pour penser à elle. Cet homme a des chaussures brillantes aux talons usés, un pantalon bleu marine au revers effiloché et une ride verticale entre les sourcils. Un travailleur, mais soigné. Il ne prend pas d'enfant. Il s'appuie contre un lampadaire, fume une cigarette.

Eva se demande qui va venir la chercher, et comment seront ses ongles.

Le bus arrive et emporte les deux groupes. Deux autres prennent leur place. Un blanc. Un marron. De chaque côté de la barrière invisible.

Cela aurait plu à Hitler que l'Amérique soit comme ça.

Brigit tente de s'asseoir par terre, mais Eva l'en empêche. La rue est sale. Elle lui donne le bouton bleu, le plus beau, ramène son chapeau comme une tente autour de son visage, lui fait tourner le dos à la rue animée. Un chat vient leur renifler les chevilles. Un chat tigré tout mince avec des yeux verts. Brigit sourit et tend la main vers lui, et l'animal la griffe. Une fine ligne de sang apparaît. Ainsi que deux larmes.

– Non, Brigit, murmure Eva avec douceur en tamponnant la blessure avec un mouchoir de Mlle Schaffer. On ne pleure pas.

Elle arrête de pleurer, mais sa bouche pointe vers le bas. Eva l'observe. Sur ses gardes. La douleur peut perturber Brigit.

La rendre dangereuse.

Une voiture démarre en crachant de la fumée noire et une autre prend sa place, bleu foncé, poussiéreuse et un peu cabossée, s'attirant les coups de klaxon agacés des véhicules derrière elle. Le moteur s'arrête en crachotant et une femme se glisse sur la banquette avant pour déposer ses escarpins noirs sur le trottoir, du côté le plus sûr. Tout chez elle est moyen. Sa taille, son poids, le châtain de ses cheveux, le beige de son tailleur, le fard couleur crème sur ses joues. Mais elle arbore un badge sur sa manche, une étoile rayonnante comme celle de Mlle Schaffer.

– Mademoiselle Schaffer ! s'exclame la femme. Quel plaisir de vous voir, je suis vraiment navrée de vous avoir fait attendre. J'ai eu du mal à trouver une place. S'agit-il de nos deux jeunes filles ?

Sans lui laisser le temps de répondre, elle se tourne vers Eva et Brigit, retire un gant et leur tend la main. Elle a des ongles courts. Rosés.

– Je suis Elizabeth Whittlesby, de l'American Friends Service Committee, mais vous pouvez m'appeler Bets. J'espère que vous n'êtes pas trop exténuées. Vous êtes sœurs ?

Eva lui serre la main, non sans mal étant donné que Brigit s'agrippe de toutes ses forces à son bras. Elle n'a pas saisi tous les mots prononcés par Elizabeth Whittlesby, mais elle a compris sa dernière question. Elle secoue la tête.

– Oh, juste de bonnes amies, alors. Très bien. C'est important d'avoir une amie. Surtout à une époque pareille. Ce sont vos sacs ?

Pourquoi les Américains appellent-ils une valise un sac ? Eva hoche néanmoins la tête et se penche pour ramasser la valise de Brigit et la sienne. Elizabeth les observe de ses yeux perçants, remarquant la griffure sur la main de Brigit, puis elle se tourne vers Mlle Schaffer.

– Vous avez des papiers à me faire signer ?

Mlle Schaffer tourne les pages de son porte-bloc et Eva voit les formalités administratives se régler comme tout semble se régler avec Elizabeth Whittlesby : vite.

– C'est bon, les filles ? Prêtes à y aller ?

Eva ne sait pas si elle est prête, car elle ne sait pas où elles vont. Elle ne sait pas ce que tout ça va leur coûter. Mlle Schaffer leur a dit qu'on leur expliquerait tout à leur arrivée, mais jusqu'à présent, pas un mot, et maintenant, Elizabeth Whittlesby regarde Brigit avec inquiétude. Celle-ci s'est repliée sur elle-même depuis l'épisode du chat. Et voilà qu'elle se met à trembler.

Peu importe ce qu'Eva devra leur rembourser plus tard, il faut que Brigit s'en aille tout de suite. Qu'on la conduise loin de cette rue. Dans un endroit calme, où Eva pourra s'occuper d'elle. Avant qu'elle se mette à hurler. Ou qu'elle attaque quelqu'un. Avant que la police arrive. Ou les soldats. Ou un médecin.

Ils l'emmèneraient.

Eva l'entraîne vers la voiture, mais Brigit résiste, se met à gémir.

– Je vais prendre les sacs, d'accord ? propose Elizabeth.

– Viens, Brigit. *Komm mit mir...*, chuchote Eva.

Mais elle s'est pétrifiée et, soudain, Eva comprend pourquoi.

Il y a un garçon sur le siège arrière de la voiture.

Un jeune homme. Il les salue de la main, se décale sur le siège pour baisser la vitre sale. Le souffle de Brigit s'échappe en bouffées rapides, saccadées. Des expirations qui produiront bientôt du bruit. Beaucoup de bruit. Eva se place devant elle, lui prend les mains. La vitre s'abaisse en grinçant.

– Salut, dit-il.

– Regarde-moi, Brigit, murmure Eva. Regarde-moi...

– Dites, vous aimez la musique ? Et l'harmonica ?

Eva regarde derrière elle. Elle distingue un éclair argenté dans la main du jeune homme, et avant qu'elle ne puisse réaliser de quoi il s'agit, il porte un objet à sa bouche et de la musique en jaillit. Eva sursaute. La mélodie est gaie, enjouée, sautillante, et Eva ne peut s'empêcher de remarquer qu'elle sonne un peu faux.

Elle la déteste.

Mais pas Brigit, qui écarquille les yeux et sourit, se délestant de sa peur comme d'un manteau. Le vieil homme assis sur les journaux se met à rire et à taper dans ses mains, et l'homme aux chaussures brillantes les observe tout en fumant. Brigit se détend, fait un petit pas pour échapper à l'emprise protectrice d'Eva. Un passant leur crie de « la mettre un peu en veilleuse ».

– Oh, mettez-la en veilleuse vous-même ! réplique Elizabeth Whittlesby avec bonne humeur en rangeant les valises dans le coffre.

Puis, repassant rapidement par la portière côté passager, elle se glisse jusqu'au volant tandis que le jeune homme termine son morceau en fanfare. Il ouvre la portière arrière, essuie l'harmonica sur son pantalon et l'offre à Brigit.

Et celle-ci monte dans la voiture. Aussi simplement que ça. À côté d'un garçon. Alors que pendant un an, il a suffi d'un mot ou même d'un regard de n'importe quelle personne du sexe masculin pour la faire dérailler. Alors qu'il a fallu des mois pour qu'Eva apprenne à la calmer, en inventant pendant des heures toutes sortes d'astuces et de stratagèmes. Et ce jeune homme a réussi en quelques secondes. Sans même essayer. Il se décale de nouveau pour leur faire de la place, et Brigit retourne plusieurs fois l'harmonica dans sa main, ses fossettes creusant ses joues. Il pose les yeux sur Eva et sourit.

Ses chaussures sont cachées sous la banquette avant de la voiture. Ongles courts, mains, visage et front bronzés par le soleil. Veste marron, cheveux et sourcils bruns qui ne lui apprennent pas grand-chose, car ils surmontent des yeux vert et noisette d'une beauté extraordinaire.

Et elle éprouve une colère tout aussi extraordinaire à son égard.

Elle se laisse tomber à côté de Brigit, de sorte qu'ils se retrouvent serrés les uns contre les autres sur la banquette, et elle claque la portière. Sa jupe bruisse. Elizabeth se retourne.

– Vous avez fait connaissance ? Mademoiselle Gerst, mademoiselle Heidelmann, voici Jake. Notre expert pour chasser le blues.

Il lève la main. Eva ne sait pas ce que « chasser le blues » signifie, et elle est incapable de regarder Jake, alors elle se tourne vers la vitre. L'homme aux chaussures brillantes fume toujours, observant leur petit cinéma, et Mlle Schaffer, qui incarne soudain la sécurité aux yeux d'Eva, leur fait au revoir de la main, les doigts au niveau de sa taille. Eva lui fait signe aussi, juste un peu. Mlle Schaffer a l'air fatiguée. Et soulagée de les voir partir.

Peut-être qu'elle est au courant pour le second capitaine.

– Bon, les filles, c'est parti, d'accord? lance Elizabeth. On va vous conduire chez vous.

Chapitre 6

FÉVRIER 1945

Kurt les ramène à la maison sur les chapeaux de roues, dérapant dans les rues pour rejoindre la campagne, où les arbres et les pâturages défilent à toute vitesse derrière les vitres. Maman est une statue, les yeux rivés sur l'extérieur, n'oscillant que très légèrement à chaque secousse. Inge croise le regard de Kurt dans le rétroviseur. Il ne sait rien, lui non plus.

Ce n'est donc pas en rapport avec elle. Ni avec la voiture ni avec la cabane à outils. Maman n'aurait jamais interrompu une réunion de la Ligue des jeunes filles allemandes à moins d'un désastre, et le coin d'une enveloppe dépasse de son sac à main. Une enveloppe qui n'était pas là tout à l'heure. Inge a envie de l'interroger, tout en sachant qu'il ne faut pas. Elle se risque à murmurer :

– C'est papa ?

– Non, répond sèchement maman.

– Rolf ? tente-t-elle, mais sa mère ne répond pas.

Quand elle avait dix ans, papa l'a emmenée à un défilé militaire. Rien que tous les deux. Il tenait sa main dans la sienne et ils ont ri et applaudi tandis que la fanfare jouait et que les tanks paradaient. Inge a jeté des fleurs pour que les soldats marchent dessus, en route pour la victoire. Une expérience enthousiasmante. Spéciale.

Il est impossible d'imaginer que la guerre ait pu mal tourner. Combien de fois lui a-t-on répété qu'Hitler ne le permettrait pas ?

Mais alors, pourquoi maman a-t-elle interdit d'écouter la radio ?

Pourquoi y a-t-il eu un avion qui ne faisait pas le même bruit que les leurs ? Et des rumeurs que le *blockleiter* a tenté de faire taire ?

Inge remet discrètement sa barrette.

Kurt s'engage entre les hautes haies et emprunte l'allée circulaire jusqu'à la porte d'entrée de leur maison. Une demeure en pierre, avec des ornements sculptés le long des pignons qui, pour Inge, ont toujours évoqué le glaçage dégoulinant d'un gâteau.

– Revenez nous chercher dans vingt minutes, dit maman à Kurt.

Inge se mord la lèvre. Elles descendent dans l'allée de gravier et, dès que Kurt s'est éloigné, hors de vue, maman presse le pas.

– Tu dois aller préparer un sac, ordonne-t-elle en montant les marches. Un seul. Prends trois tenues de rechange et un manteau.

– Mais où est-ce qu'on...

– Je n'ai pas le temps de répondre à tes questions. Je veux te voir dans quinze minutes devant la porte d'entrée. File !

Inge se précipite dans le vestibule. Maman doit avoir téléphoné depuis Wernigerode, car elle entend Helga et Adolf qui se disputent dans la chambre des garçons, à l'étage, tandis qu'une des bonnes emballe l'argenterie dans la salle à manger. Voir l'argenterie de grand-mère rangée dans une boîte est l'une des choses les plus effrayantes qu'Inge ait jamais vue.

Elle n'aime pas l'escalier principal. Il y a un espace vide dessous. Mais cette fois, elle le gravit quand même en courant, puis elle traverse la galerie, ouvre à toute volée la porte de sa chambre, puis celle de son armoire. Elle reste plantée devant ses vêtements. Que choisir quand on ne sait pas où on va ? Mais maman a précisé qu'il fallait un manteau.

Inge jette sur son lit un pull, deux chemisiers, une jupe, la vieille salopette qu'elle utilise pour faire de l'exercice et sa robe de soirée rose. Une paire de solides chaussures à lacets, ses souliers à talons roses, trois ensembles de sous-vêtements, et après avoir mis tout cela dans la valise à ses initiales que papa lui a offerte pour son anniversaire, elle ajoute une brosse, ses broches, un collier et, à la dernière seconde, un livre sur les compositeurs romantiques, caché sous son lit, derrière les patins à glace.

Elle referme brusquement sa valise, puis sort de sa chambre. Dans le couloir, elle fait demi-tour et va chercher sa raquette de tennis et sa brosse à dents.

Et elle voit le bureau de papa, la porte encore entrebâillée.

Il y a un dossier dans cette pièce. Sur le bureau. Un dossier avec son nom écrit dessus.

Elle fait un pas dans cette direction quand, soudain, Erich et Adolf déboulent dans le couloir, une Helga débordée les poussant devant elle. La gouvernante a l'air stupéfaite, les yeux écarquillés, un peu paniqués. Une souris effleurée par l'aile d'une chouette.

Cela dit, elle a toujours cet air-là.

Et comment pourrait-il en être autrement quand on s'efforce de satisfaire à la fois maman et les garçons ? Alors que cela implique presque toujours deux choses complètement opposées.

– Inge ! lance Adolf d'un ton plaintif. Dis à Heggie que je veux mes trains !

– Arrête de faire le bébé, réplique Erich. Maman a dit rien que des vêtements.

Erich a dix ans, alors qu'Adolf n'en a que sept, il le dépasse d'une tête et ses cheveux sont en train de foncer, passant du blond barbe de maïs de l'enfance au châtain clair.

Inge pense à sa raquette de tennis.

– Et tu sais ce qui va se passer si tu râles, poursuit Erich. Tu veux attirer des ennuis à Heggie ou quoi ?

C'est une bonne question, car c'est peut-être précisément ce que désire Adolf. Et Helga le sait. Ses yeux dérivent vers le rez-de-chaussée, au bas de l'escalier, où maman aboie des ordres dans la salle à manger.

Papa affirme qu'il faut laisser les gens résoudre eux-mêmes leurs problèmes. Que couver les faibles par gentillesse ne fait qu'encourager leur faiblesse. Que cette gentillesse est injuste, car elle ne peut les rendre forts. Mais ce que fait Adolf est injuste aussi.

– On ne s'absentera pas longtemps, dit Inge d'un ton enjoué. Et imagine comme tu aurais du mal à porter tes trains, Adolf. Ta valise serait tellement lourde !

Maman a dit trois tenues de rechange. Trois jours, donc. Ils seront de retour dans trois jours.

– D'ailleurs, ajoute Inge, il y aura peut-être des trains, là où on va. De vrais trains, pas des jouets.

Le visage d'Adolf s'illumine et Helga adresse un regard reconnaissant à la jeune fille tout en entraînant les enfants dans l'escalier. Erich fronce les sourcils.

– Inge, qu'est-ce qui est arrivé à ton visage ?

Elle se mord la lèvre. Si Erich n'est pas au courant, alors ce n'est pas lui qui a mis l'oiseau dans la voiture. Il a déjà fait des choses comme ça pour elle. Et maman ne se doute de rien. Inge lui sourit. Un grand sourire joyeux. Comme s'ils partaient en vacances. Ou manger une glace.

– Je me suis cognée contre la porte. Comme une idiote. Dépêche-toi, avant que maman se mette en colère.

Erich prend sa valise, la mine renfrognée, et jette un coup d'œil derrière lui en descendant l'escalier. Inge regarde la porte du bureau.

Pourquoi papa garderait-il un dossier sur elle, comme si elle était l'une de ses patientes ?

« Je m'appelle Inge von Emmerich. J'appartiens à papa, maman, à l'Allemagne et au Führer. Ils m'aiment, et je les aime… »

– Inge ! crie sa mère. Si tu n'es pas là dans une minute, on part sans toi !

Dans trois jours, ils seront de retour. Évidemment. Emballer l'argenterie n'était sans doute qu'une précaution. Ce n'est pas si long que ça, trois jours. Et ce sera un jeu d'enfant de se glisser en douce dans le bureau. Quand maman sera sortie faire des courses. Ou endormie.

« Je m'appelle Inge von Emmerich. »

Elle empoigne sa valise et descend l'escalier à toute vitesse, laissant la porte du bureau ouverte derrière elle.

Chapitre 7

AOÛT 1946

Eva pose son coude sur la portière. Elizabeth Whittlesby est en train de parler avec un homme qui fume un cigare devant un immeuble résidentiel d'apparence solide, criblé de fenêtres ouvertes. Le brouillard a disparu, mais l'air est humide, rance, la brise est bloquée par des chemises, des pantalons et des sous-vêtements suspendus à des fils qui s'entrecroisent entre les bâtiments telles des banderoles dépareillées. Mais il y a des enfants qui jouent, aussi insouciants que ceux sur le quai, et la femme qui vend du pain sur son perron peut leur demander d'aller taper dans leur ballon ailleurs en les appelant par leur prénom.

Il n'y a pas de groupes séparés dans ce quartier. Pas de barrières ni de lignes invisibles. Car Eva ne voit pas un visage qui ne soit pas blanc.

C'est ici qu'elle est censée vivre désormais.

Elle n'a pas l'impression que quelqu'un pourrait vouloir la tuer. Ou lui cracher dessus.

Mais bon, ils ne la connaissent pas encore.

Il fait tellement chaud dans cette voiture.

Elle retire son chapeau et secoue ses cheveux humides de sueur. Brigit tient toujours l'harmonica, la tête sur l'épaule d'Eva. Celle-ci tire sur la jupe bruissante de Brigit pour l'éloigner de Jake tout en prenant soin de ne pas le regarder. En veillant à ce qu'il ne puisse pas l'observer de plus près, même quand il essaie. Il pianote sur le siège avec ses doigts, et ce rythme est comme de la musique, mais originale. Intéressante.

Elle tourne son visage vers la fenêtre. Quand ils sont venus lui présenter leur plan – quand elle a accepté ce marché de dupes –, elle a cru qu'ils allaient l'envoyer dans un camp pour personnes déplacées, comme le Düppel Center à Berlin, ou celui de Biberach. Avec des dortoirs et des baraquements et des rangées de lits de camp à cadre métallique, un bol de porridge, une boîte de viande en conserve et un verre de lait chaque jour. Dans un endroit où elle serait un visage parmi une centaine d'autres. Un millier d'autres. Où elle pourrait s'éclipser, aller et venir sans se faire remarquer, et faire ce qu'elle était venue faire.

Mais l'Amérique n'est pas une zone de guerre. Ici, on pourrait croire qu'il n'y a jamais eu la guerre. Et New York est tellement plus grand que ce qu'elle imaginait. Et Elizabeth Whittlesby ne les a pas emmenées dans un camp. Elle les a conduites jusqu'à un immeuble résidentiel. Comme des personnes normales. Avec un loyer. Et les trois billets américains cachés dans son soutien-gorge ne suffiront pas.

Il va falloir qu'elle trouve un emploi. Immédiatement. Alors que ses seules compétences réelles se réduisent à récurer des casseroles, manier un peigne à épouiller et monter une cabane Quonset. Et puis elle ne pourra pas partager cet appartement. Les hommes qui vivent ici n'auront peut-être pas d'harmonica. Il leur faudra une chambre privée, avec un verrou – un bon verrou –, où elle pourra laisser Brigit en sécurité quand elle ira travailler. Alors que la laisser toute seule, c'est un désastre en puissance.

Peut-être pourra-t-elle l'emmener au travail. Il doit exister des tas d'emplois en Amérique où tout le monde se fiche que les employés viennent avec leurs amis fous.

Sauf que Brigit n'est pas folle. Pas vraiment. Ou si elle l'est, ce n'est pas sa faute.

C'est celle d'Eva.

Et pendant qu'elle fera tout ça, comment pourra-t-elle retrouver son père ?

Elle va trahir ces vingt-sept noms avant même d'avoir commencé.

La femme du camp de personnes déplacées a dit qu'elle avait de la chance, parce que l'American Friends Service Committee, l'AFSC, les aiderait à s'adapter. «S'adapter», ça doit vouloir dire «entrer dans le moule», comme on lime les rouages d'une machine. Elles vont être travaillées. Modelées. Ce sera probablement douloureux.

Ce qu'elle est venue faire ici le sera aussi. Mais ça en vaudra la peine.

Car ce sera la justice.

Mais personne n'a précisé ce qu'Elizabeth Whittlesby et l'AFSC vont demander en échange.

Elle n'a plus rien à donner.

Eva déplace la tête ensommeillée de Brigit, qui laisse une marque de sueur sur son épaule, et pose sa joue contre le cadre de la fenêtre, essayant de trouver un peu de fraîcheur. Elle ferme les yeux.

Et pendant un bref instant, on éteint le soleil et la vitre devient un mur, un mur si compact, si proche de son visage qu'elle n'a plus assez d'air.

Il n'y a pas assez d'air.

Ses yeux s'ouvrent subitement et la voilà de retour dans une voiture étouffante, au soleil, avec Brigit et des doigts qui pianotent en rythme à l'autre bout de la banquette. Elle inspire. Inspire.

Et soudain, elle braque son regard sur le coin de la rue.

Un homme est appuyé contre le pied en fer d'un lampadaire. Un homme portant des chaussures brillantes, un pantalon repassé et une ride verticale entre les sourcils. En train de fumer une cigarette. Comme tout à l'heure devant le terminal du ferry.

Eva ramène son regard droit devant elle avant qu'il ne puisse le surprendre. Et quelque chose s'enclenche en elle. Elle se tient prête.

– Oh oh, fait Jake en observant la conversation d'Elizabeth.

Devant l'immeuble, l'homme au cigare jette de la cendre en hurlant. Jake ouvre la portière.

– Ne bougez pas, d'accord ?

Il rejoint Elizabeth au pas de course, mais quoi qu'il essaie d'ajouter à la conversation, cela ne fonctionne pas comme avec Brigit. Une minute plus tard, après d'autres gestes, et ce qui ressemble à des supplications, ils reviennent vers la voiture, épaules basses. Elizabeth se laisse tomber sur le siège du conducteur et, au grand soulagement d'Eva, Jake monte à côté d'elle à l'avant. L'homme au coin de la rue écrase son mégot fumant sous la semelle de sa chaussure brillante.

– Quel culot ! s'exclame Elizabeth avant de frapper le volant de sa main gantée.

Brigit sursaute, les yeux mi-clos. Eva prend son bras.

– Que se passe-t-il, mademoiselle Whittlesby ? demande-t-elle en prenant soin de prendre une voix calme, apaisante.

Jake se retourne et hausse un sourcil.

– Elle parle !

– Appelle-moi Bets, répond-elle. Je vais te dire ce qui se passe : M. Gabertelli a fait quelque chose d'ignoble. Il a loué votre chambre à quelqu'un d'autre. Simplement parce que ce quelqu'un lui proposait plus d'argent. Tu arrives à le croire ?

Bien sûr qu'elle arrive à le croire. Pourquoi refuser un loyer plus élevé ?

– Quel rustre ! poursuit Bets. Et il a gardé l'argent de la caution, en plus ! Sous prétexte que le bateau est arrivé avec deux jours de retard.

Elle souffle bruyamment, puis elle soupire. Et démarre la voiture.

– Enfin. Peut-être qu'il a besoin de cet argent.

– C'est ce que disent tous les propriétaires du monde entier, Bets, lance Jake en ricanant.

– Je ne sais pas. On ne sait jamais ce qui se passe vraiment dans la vie des autres. Peut-être qu'il a six enfants, ou quelque chose comme ça…

Bets contourne les enfants qui jouent. Le moteur crachote puis rugit. Ils passent devant l'homme aux chaussures brillantes, en train d'ouvrir la portière d'une voiture beige tachetée de rouille.

– Peut-être que les temps sont durs et qu'il a besoin de lait pour le bébé, continue Bets d'un ton songeur. Peut-être qu'il n'a pas le choix, vous savez.

Si elle venait d'arriver à Berlin, Bets se serait déjà fait voler son sac à main, pense Eva. Et sa voiture. Peut-être même ses vêtements.

– Peut-être que je devrais envoyer l'une des filles chez les Gabertelli. Pour voir s'ils ont besoin de quelque chose...

Les beaux yeux de Jake se tournent vers Eva, et il hausse une fois les épaules, comme pour dire : « Que veux-tu faire ? »

N'est-ce pas étrange, pense celle-ci, qu'un regard ou un geste puisse parfois transcender le langage ? Et parfois non. Que fait-il ici ?

Tout le monde veut quelque chose.

– Alors, qu'est-ce que tu en penses, Bets ? demande-t-il. Où va-t-on ?

Elle klaxonne un camion qui force le passage.

– Oh, on va devoir les emmener à la maison, bien sûr.

« La maison », pense Eva. Elle ne veut plus jamais y retourner.

Elle déplace la tête de Brigit et jette un coup d'œil par-dessus son épaule. L'homme aux chaussures brillantes n'est qu'à une voiture derrière eux.

C'est trop tôt. Il sait forcément que c'est trop tôt. Elle vient à peine de débarquer.

Son marché de dupes vient déjà de devenir encore plus compliqué. Beaucoup plus.

Et si elle ne trouve pas son père au plus vite, elle n'aura pas le temps de le rompre.

Chapitre 8

FÉVRIER 1945

Ils vont sans doute rejoindre son père, se persuade Inge. Elle regarde la route qui défile derrière la vitre de la voiture, se rongeant un ongle quand maman ne regarde pas. Papa a dû leur écrire, une lettre dans cette enveloppe, dans le sac à main de sa mère. Il s'est passé quelque chose, et il doit lui avoir demandé d'aller le retrouver.

Cette pensée apaise la douleur lancinante dans son ventre. Ce sera bien d'être avec papa. Il est toujours content de la voir. De savoir tout ce qu'elle fait. Peut-être qu'il répondra à certaines de ses questions.

Parfois, quand elle a été sage, il répond.

Il faudra simplement qu'il pense qu'elle a été sage.

Mais Kurt ne prend pas la direction du nord-est, vers Berlin et le camp de papa. Il prend celle du sud-est, comme s'ils allaient au chalet d'été de grand-père, pour les vacances. Sauf que ce n'est pas l'été. Ce n'est même pas encore le printemps. La voiture bringuebale sur la route jusqu'à ce que les ombres s'étirent et que le soleil plonge, éclat pâle et froid au-dessus de l'horizon.

Cela fait trois heures qu'ils roulent désormais.

Adolf se plaint sur la banquette avant, Helga le fait taire et le console tandis que maman demande à Kurt d'accélérer. Pour une fois, Inge et sa mère sont d'accord. Un passage aux toilettes ne fait pas partie des choses auxquelles elle a pensé pendant les quinze minutes qu'elle a eues pour faire ses bagages.

Ils s'arrêtent au bord de la route pour que Kurt puisse remplir le réservoir avec le bidon stocké dans le coffre, et maman laisse Erich et Adolf s'éloigner de la voiture pour se soulager. Elle ne laisserait jamais Inge faire ça. Et de toute façon, il n'y aurait rien d'autre que le crépuscule et un piquet de clôture pour lui offrir un peu d'intimité. Inge fredonne, se frotte les mains pour les réchauffer, essayant de se distraire. De garder ses pensées exactement là où elles doivent être.

Elle aurait dû donner un mot pour Annemarie à l'une des domestiques.

Kurt redémarre et ils repartent sur la route cahoteuse. Quand toute lumière a disparu, Erich sort une lampe torche et se met à lire, ce qui, rien que d'y penser, donne la nausée à Inge, et puis, finalement, Kurt tourne. Inge se penche en avant. Elle reconnaît cette route, même dans le noir. Il tourne, puis tourne encore, et la voiture se met à monter, repoussant Inge contre le siège, dans l'ombre des conifères.

C'est la route du chalet d'été. Elle la connaît par cœur. Mais pourquoi ? Pourquoi maman n'a-t-elle rien dit ? Cela fait deux ans qu'ils n'y sont pas retournés, à cause du travail de papa pour la guerre. Alors pourquoi voudrait-il venir ici maintenant ? À la fin de l'hiver ? Inge se tourne, ouvre la bouche pour poser la question, puis la referme.

Maman a les yeux rivés droit devant elle, son visage ivoire étrangement éclairé par la lampe torche d'Erich. Maman est toujours superbe, même avec ses cheveux argentés. Sa peau est lisse. Éclatante. Une parfaite feuille de papier vierge qui soudain, dans la lumière électrique, semble avoir été recouverte de mots à l'encre noire. Inge les déchiffre sans peine. Comme une histoire.

De la colère, de la fierté, de la dérision, de la déception. De la détermination.

Et de la peur. Tellement de peur.

Elle baisse les yeux avant que sa mère ne puisse surprendre son regard. Avant qu'elle ne sache ce que sa fille a vu.

Maman est-elle quelqu'un de bien ?

Cette question lui donne mal au ventre. Elle ferme les yeux.

« Je suis Inge von Emmerich. J'aime papa, et… maman… »

Le moteur rugit et gémit tour à tour dans la pente raide. Des branches d'arbre raclent le toit, et puis ils s'engagent dans l'allée d'une maison en bois hérissée de pignons pointus et entourée d'une galerie couverte garnie de meubles en bois, nacrée à la lueur de la lune qui se lève. Les fenêtres sont barricadées avec des planches.

Inge ose un rapide coup d'œil sur le côté, mais maman ressemble de nouveau à maman. Kurt tourne la clé, et le moteur cliquetant semble heureux de rendre l'âme. Il se frotte la nuque.

Maman n'a donné aucune indication à Kurt pendant qu'il conduisait. Elle devait donc lui avoir dit où ils allaient avant le départ. Peut-être lui en a-t-elle dit plus. Il faut qu'Inge se retrouve seule avec lui, pour pouvoir l'interroger.

Mais maman est déjà dehors, en train de donner des ordres. Kurt va arracher les planches recouvrant la porte de la cuisine pour qu'ils puissent la déverrouiller, Helga sort les valises des garçons. De la neige et de la glace parsèment encore le sol par ici, s'amassent sous les arbres et sur les parties ombragées du toit. Inge porte sa valise, enjambant la neige fondue, puis attend que la porte s'ouvre en grinçant. Elle fonce alors dans le noir, se frayant un chemin entre les meubles familiers jusqu'à la petite salle de bains de l'aile des domestiques.

Quand elle en ressort, les lumières de la cuisine sont allumées. La pièce est poussiéreuse, humide, et l'odeur est à l'avenant. Papa n'est pas là. Il n'y a personne d'autre qu'eux.

– Maman, chuchote Inge, les toilettes ne fonctionnent pas. On ne peut pas tirer la chasse.

– Kurt va t'aider, réplique-t-elle sèchement, puisque tu es incapable de te contrôler.

Le jeune homme se dirige vers le couloir.

– L'arrivée d'eau est sans doute fermée, dit-il en passant, et Inge lui emboîte le pas pour lui poser ses questions.

Mais soudain, elle s'arrête, regrettant de ne pas avoir fermé la lunette des toilettes.

– Va décharger la voiture, lui ordonne sa mère en allant tester le robinet de l'évier de la cuisine.

Son sac à main est sur la table, le coin de l'enveloppe en dépasse toujours. Inge fait un pas vers lui, mais maman se retourne alors et le récupère brusquement.

Inge file dehors, dans l'air froid, et commence à vider le coffre. Des caisses et des paniers. Du pain, des œufs, des conserves de légumes, des fruits secs et de la viande en boîte. Des sacs de farine. Bien plus que leurs rations. Plus de nourriture que ce qu'ils pourront manger en trois jours.

Ils vont rester ici plus de trois jours.

Il y a suffisamment de provisions pour un mois.

«Je suis Inge... Je suis Inge von Emmerich. J'aime papa... J'aime... maman...»

Mais son esprit l'empêche de penser ces mots.

Si maman a peur, c'est qu'il y a des raisons d'avoir peur.

Ils raccordent une bouteille de gaz à la cuisinière et Helga réchauffe du lait en poudre reconstitué. Impossible de parler à Kurt, car maman lui a demandé d'inspecter la maison, de s'assurer que les portes et les fenêtres sont sécurisées, que les arrivées d'eau des autres éviers et toilettes sont ouvertes. Il y a une chaudière dans la cave, mais seulement un peu de charbon dans la trémie. Maman dit qu'ils s'en passeront, que les températures vont grimper dans les prochains jours, de toute façon, et que tout le monde doit filer au lit. Les garçons n'ont pas envie de se coucher, après ce long trajet en voiture, mais ils n'oseraient jamais s'opposer à maman. C'est Helga qui devra se débrouiller avec eux.

Helga tend une tasse de lait tiède à Kurt en sortant avec les garçons, et il regarde Inge par-dessus le rebord. Il veut lui dire quelque chose. Elle le voit à la tension au coin de ses yeux.

– Viens, Inge, dit maman.

Inge soulève sa valise, se retourne vers Kurt.

– Tout de suite !

Le garçon baisse les yeux sur son eau laiteuse, elle suit donc sa mère dans la maison froide. L'escalier grince sous leurs pieds et, au sommet, Inge tourne automatiquement en direction de la troisième pièce sur la droite, qui a toujours été sa chambre. Mais maman la suit. Au lieu de prendre la grande chambre donnant sur l'avant, elle ouvre la petite porte à côté de celle d'Inge. Une petite chambre toute simple, guère plus qu'un placard, dotée d'un lit une place, destinée à une bonne ou une gouvernante. Elle attend dans l'embrasure de la porte qu'Inge referme la sienne.

La jeune fille ne peut plus sortir de sa chambre désormais. Pas sans être entendue.

L'ampoule du plafond ne fonctionnant pas, elle pose sa valise et cherche à tâtons la lampe à côté du lit. La lumière vive la fait cligner des yeux. La pièce semble miteuse sans les tapis et les rideaux à volants, sans couvertures ni même draps, la fenêtre réduite à un mur de planches derrière la vitre. On se croirait dans une cage. Et soudain, elle entend du bruit. Du côté de la chambre de maman. Étouffé. Des parasites. Un bourdonnement bas.

Inge retire ses chaussures. Elle s'approche sur la pointe des pieds du mur commun avec la chambre voisine et se penche vers le papier peint à fleurs couleur pêche. Une voix crépite de l'autre côté.

Une radio.

Il y a une radio dans la pièce voisine. Il y en a une au rez-de-chaussée, aussi, une grosse, dans la salle de séjour, mais maman semble ne pas vouloir s'en servir. Inge appuie son dos contre le mur. Elle n'entend pas ce que dit la voix. Mais sa mère, si. Inge tend l'oreille, concentrée. Elle écoute ce qu'elle n'entend pas pendant un long moment.

Et quand elle se réveille le lendemain matin sur le matelas nu, gelée sous son manteau, recroquevillée dans son uniforme de la Ligue des jeunes filles allemandes, parce qu'elle a oublié d'emporter une chemise de nuit, elle trouve un mot sur le sol. Glissé sous sa porte pendant la nuit. Il dit :

« Pour quand tu en auras besoin. »
Pas de signature. Pas d'autres mots. Mais, sur le papier, une clé.
La clé de la voiture.
Et Inge pense savoir ce que cela signifie.
Kurt est parti.

Chapitre 9

AOÛT 1946

Pendant un petit moment, Eva pense que l'homme aux chaussures brillantes est parti.

Elle l'aperçoit alors par-dessus le chapeau marron de Brigit, toujours collé contre sa joue et trempé de sueur. Il est à leur hauteur, dans sa voiture beige rongée par la rouille, puis un peu derrière tandis que Bets essaie de s'imposer dans la circulation, et de nouveau à côté. Il y a une petite plume bleue coincée dans le ruban de son chapeau. Il tourne la tête et, pendant une brève seconde, deux yeux sombres croisent ceux d'Eva. Puis Bets accélère pour passer au feu orange, distançant la voiture beige dans un nuage de gaz d'échappement.

Depuis, Eva ne le voit plus. Mais ils n'ont pas tourné. Il est donc quelque part derrière eux.

Il arrive.

Elle a besoin de plus de temps.

La circulation se fait moins dense et Bets ralentit, puis se gare dans une rue bien plus tranquille.

– Enfin à la maison ! lance-t-elle.

Eva ouvre la portière avant même que le moteur ne soit coupé, sac à la main, entraînant une Brigit hébétée sur un trottoir bien balayé. Son chapeau est de travers, mais Eva n'a pas le temps de le redresser. Elle examine les lieux. Ici, les bâtiments, en pierre et en brique, avec de grands bow-windows, se dressent sur trois ou quatre étages et s'imbriquent les uns dans les autres. Des marches larges et propres, agrémentées de roses, de lierre et de géraniums en pot, mènent à des portes brillantes. Chaque arbre a sa propre petite clôture.

C'est ravissant. Comme sa vie d'avant.

Eva n'a plus sa place dans sa vie d'avant. Et elle se fera facilement remarquer, ici.

À moins que l'homme ne repère pas leur voiture dans cette rangée interminable de véhicules en stationnement. À moins qu'ils puissent entrer avant qu'il ne les rattrape. Mais elle ignore vers quelle porte ils vont se diriger. Vers quelle volée de marches.

Elle ne sait pas comment leur demander de se dépêcher.

Et soudain, Eva fait volte-face. Brigit est descendue du trottoir, elle s'élance dans la rue.

– Houla ! Pas par-là, s'écrie Jake en lui barrant le passage avec son bras.

Une voiture klaxonne en passant lentement. Ce n'est pas la beige.

– Tiens l'harmonica pour moi pendant que je récupère vos affaires, poursuit Jake.

Brigit cligne des yeux, redécouvrant l'harmonica dans sa main tandis qu'Eva passe son bras sous le sien et la ramène sur le trottoir. Bets est toujours assise au volant, en train de chercher quelque chose dans son sac à main tandis que Jake se dirige sans se presser vers le coffre, puis bataille avec la clé. Tout est allé si vite aujourd'hui, et maintenant, pile au moment où il faudrait qu'ils se dépêchent, on dirait que quelqu'un passe le film à la mauvaise vitesse au cinéma.

Eva passe d'un pied sur l'autre et inspire. Inspire. Au loin, des voitures vrombissent et klaxonnent. Un enregistrement grésillant de Vivaldi s'échappe d'une fenêtre ouverte. Puis le coffre en métal lourd claque avec un bruit retentissant.

– Par ici, dit Jake, une valise dans chaque main.

Il leur montre une volée de marches. Elle conduit à une porte à deux battants, vert vif, à moitié vitrée, et une plaque en cuivre vissée dans la pierre indique POWELL HOUSE.

Eva monte précipitamment les marches avec Brigit, derrière Jake, veillant à ce qu'elle ne trébuche pas. Le jeune homme pose une valise, met la main sur la poignée de la porte, et alors Bets les rejoint, retire un gant avec ses dents et saisit un mot soigneusement coincé derrière la plaque en cuivre.

– Flûte ! lâche-t-elle. Mère Martha a dû aller régler un problème dans la salle de couture, et maintenant c'est moi qui suis censée superviser le café du vendredi…

Eva jette un coup d'œil par-dessus son épaule, et la voilà. La voiture beige rouillée. Et eux sont plantés là, en haut des marches, comme le nez au milieu de la figure. L'homme aux chaussures brillantes la regarde en passant, tournant tellement la tête qu'elle pense qu'il va se briser la nuque. Et quand la voiture s'éloigne dans la rue, Eva se sent plus calme.

Il n'y a plus de raisons de se presser désormais. Plus aucune.

Jake est en train de l'observer quand elle se retourne vers la maison, ses sourcils bruns un peu rapprochés l'un de l'autre. Mais il sourit et ouvre l'une des portes.

– Bienvenue à Powell House.

Eva aide Brigit à entrer dans un vestibule aux murs verts, aux moulures blanches chargées et avec un parquet. Sur un côté, un escalier bordé d'une rampe en fer forgé s'élève en formant une courbe élégante. On entend tinter des tasses dans une pièce sur la gauche, où des hommes et des femmes – certains bien habillés, d'autres non – sont groupés devant une cheminée en marbre sculpté. Et, assise dans un petit fauteuil enfoncé sous l'escalier, une femme aux cheveux gris et bouclés, aux joues rondes de poupée en porcelaine et à la veste ornée d'un petit bouquet est en train de repriser avec application ce qui ressemble à… une culotte. Une culotte en soie et dentelle.

– Bonjour ! lance Bets en passant la porte. Bonjour !

Elle jette son sac à main et ses gants sur une petite table.

– Bonjour, murmure la couturière en mordant sa lèvre inférieure.

Le sous-vêtement a l'air coûteux. Et grand. Très grand.

Jake pose les valises et ferme la porte d'entrée. Mais il ne la verrouille pas.

– Tout va bien par ici, madame Thomas ? demande-t-il en mettant ses mains dans ses poches.

– Bien sûr, Jacob, répond-elle sans manquer un point. Pourquoi cette question ?

Quelque part plus bas, un téléphone se met à sonner, et de l'autre côté de Mme Thomas et de son sous-vêtement, Eva entend des pas rapides gravir un escalier tout simple, dissimulé sous la courbe de l'autre, plus majestueux. Une tête apparaît, des mèches grisonnantes ramenées vers l'arrière en un chignon frisé, puis un corps dans une robe jaune imprimée ressortant vivement sur une peau d'un marron profond, brillant. La femme sourit. Comme si elle s'apprêtait à rire.

– Madame Angel ! s'exclame Bets. On a eu un accrochage avec M. Gabertelli, on va donc installer ces deux gentilles jeunes filles à l'étage en attendant de régler tout ça. La chambre bleue est-elle prête, d'après vous, ou faut-il que je fasse un peu de lessive ?

– La chambre bleue ira très bien, mais vous ne pouvez pas faire la lessive, Bets, car vous êtes censée préparer le café. En attendant, c'est moi qui l'ai fait, annonce Mme Angel en levant le petit sucrier et la bouteille de lait qu'elle tient dans ses mains, avant de poser les yeux sur Jake. Monsieur Jacob Katz. Tu es malade ou quoi ?

Jake s'approche et l'embrasse sur la joue en faisant grossièrement claquer ses lèvres. Eva sent ses sourcils se hausser. Cette fois, la femme rit bel et bien. À gorge déployée. Alors il lui fait un vrai petit baiser sur la joue avant de retourner chercher les valises.

Eva se demande ce qu'Hitler aurait pensé de ce baiser.

Beaucoup de choses, sans doute. En Allemagne, Katz est un nom juif.

– La chambre bleue, donc, Jake, reprend Bets, imperturbable, avant de jeter un coup d'œil en direction de l'escalier. Qu'est-ce que fabrique Peggy ?

– Les culottes bouffantes de Mme Turgonov, répond Mme Angel, toujours hilare.

– Évidemment. Olive est là ?

– Elle répond au téléphone et lave les tasses.

– Bien, dit Bets, qui prend le lait et le sucre des mains de Mme Angel avant de se diriger vers le petit salon bondé. Les filles, je monterai m'occuper de vous dans quelques instants !

Et quand Eva se retourne, Brigit est en train de toucher du bout du doigt la peau brune du bras de Mme Angel.

– Non, Brigit, murmure-t-elle en ramenant sa main en arrière, mais la femme lui tend son bras.

– C'est joli, pas vrai, ma puce ? Allez, montez vous reposer, je vais vous apporter un peu de lait. Vous aimez le lait, hein ? Et les gâteaux ? Je parie que vous aimez les gâteaux.

Des fossettes se creusent sur le visage de Brigit, mais Eva sait qu'elles n'ont pas les moyens de se payer ce luxe. Elle jette un coup d'œil à la porte non verrouillée derrière elles. Et s'aperçoit que Jake la regarde encore. Il sourit et dit :

– Suivez-moi.

Il monte les marches en rythme. Comme s'il avait de la musique dans la tête. Sur le premier palier, il y a deux grandes pièces semblables à celle du rez-de-chaussée.

– La bibliothèque et la salle de musique, explique Jake.

Après une autre volée de marches incurvées, un petit couloir dessert trois portes fermées. Jake se dirige vers la plus éloignée, pose une valise et tourne un bouton de porte en porcelaine bleu et blanc.

La porte s'ouvre sur une chambre. Avec de grandes fenêtres donnant sur la rue et des rideaux blancs. Un miroir sur pied se dresse dans un coin, et Eva y aperçoit Brigit avec son chapeau marron écrasé. Une fille tient son bras, les joues brûlantes et les cheveux décoiffés par le vent. Cette fille est mince, très mince, sa jupe miteuse se détache sur les bleuets bleu vif du papier peint, elle a des yeux sombres bien trop grands pour son visage.

Eva détourne le regard. Elle ne connaît pas cette fille. Et elle a oublié son chapeau dans la voiture.

Elle pourrait l'abandonner là-bas. Il est hideux, ce chapeau.

La chambre est meublée d'une commode pour les vêtements, d'une armoire pour les vêtements, d'un lit assez grand pour deux personnes avec un matelas épais et d'un tapis moelleux sur le sol. La minuscule cabine du bateau lui paraissait déjà luxueuse ; comparée à cette pièce, elle passerait pour une cellule de prison.

Eva ne pourra pas la payer.

Soudain, Brigit lâche son bras et trottine vers le lit, abandonnant une chaussure, puis l'autre, telle une piste sur le sol. Elle remonte l'édredon bleu brodé et se couche, fermant les yeux dès que sa tête se pose sur l'oreiller.

– C'est l'heure de la sieste, à ce que je vois, fait observer Jake en déposant les valises. Bets sera déçue de ne pas pouvoir faire la lessive.

– Tu dis des choses étranges, lâche Eva en se tournant vers lui.

Les sourcils bruns de Jake remontent au-dessus de ses yeux ravissants.

– Ah bon ? Toi, tu ne dis pas grand-chose.

Elle ne répond pas. S'approchant de Brigit, elle retire l'épingle du chapeau marron qu'elle enlève délicatement. Les griffures sur les mains de sa compagne sont fines et un peu rouges, sa respiration déjà ralentie. On dirait une enfant, avec ses cheveux blonds déployés sur l'oreiller. Ou une fée. Elle tient encore l'harmonica. Eva jette un coup d'œil à Jake, qui hausse les épaules.

– Elle peut le garder aussi longtemps qu'elle voudra.

C'est comme quand on doit payer l'addition au restaurant. Quand on ne dispose que d'une somme donnée et que les gens n'arrêtent pas de commander. C'est une sensation oppressante. Écœurante. Que se passera-t-il quand ils se rendront compte qu'elle ne peut pas se permettre cette chambre ? Ni presque rien, d'ailleurs ?

Elle repousse une mèche de la joue de Brigit et remonte la couverture sur ses jambes – il fait trop chaud pour la couvrir plus – en veillant à ne pas faire bruisser sa jupe, et elle ramasse ses chaussures. Jake se dirige vers une fenêtre pour l'ouvrir.

– Alors, vous venez de Berlin ? demande-t-il.

– Oui.

– J'avais un grand-père là-bas. Mais il est venu en Amérique il y a très longtemps.

« Sage décision », pense Eva. Jake passe à l'autre fenêtre, et elle jette un coup d'œil derrière le rideau qui remue maintenant dans le souffle infime de la brise. Elle voit la rue, mais pas de chaussures brillantes. Pas encore.

Mais elles ne vont pas tarder.

Pourquoi personne n'a-t-il fermé la porte d'entrée à clé ?

L'autre fenêtre grince en remontant dans son cadre.

– Comment est ton anglais ? s'enquiert Jake.

Eva se retourne.

– Il n'est pas... correct ?

– Oh, si. Tu as l'air de très bien te débrouiller, de ce que j'ai entendu. Bien mieux que la plupart de ceux qui viennent ici. Mais tu as dit que je disais des choses étranges. On a un cours pour ça. Pour apprendre tous les trucs dingues que disent les Américains et qui n'ont aucun sens, quand on y pense. Comme « boucle-la » ou « se faire la malle » ou « c'est sensas, ici ». Ce genre de choses.

Eva se mord la lèvre. Elle n'a aucune idée de ce que ces expressions signifient.

– Tu peux t'y inscrire, si tu veux. Au cours d'argot. Ils se réunissent les jeudis soir dans la bibliothèque.

La dernière fenêtre se hisse sans peine. Jake se retourne et met les mains dans ses poches.

– Bon, on m'a demandé d'être ton ami attitré. Mon travail, c'est de t'aider, quels que soient tes besoins, alors tu n'as qu'à demander.

– Ton travail ? Tu es payé pour m'aider ?

– Non, pas exactement. Je suis bénévole. Je réponds aux questions, j'aide les personnes qui viennent d'arriver dans ce pays à s'y retrouver. Je le fais pour le plaisir, pas pour l'argent. Du bénévolat.

Eva n'arrive pas à imaginer qu'on puisse se permettre de travailler gratuitement, simplement parce qu'on en a envie. Qu'y gagne-t-il ? Si c'était l'Allemagne, elle saurait comment les choses fonctionnent. Comment obtenir de l'aspirine sur un bateau, par exemple.

Jake hausse les épaules.

– Bref, si tu as besoin de quelque chose, je suis là pour ça. Est-ce que… je peux t'aider… d'une façon ou d'une autre ?

Il la regarde très intensément avec ses beaux yeux.

– Non, dit-elle en se retournant vers la fenêtre. Merci.

– Tu es sûre ?

Ce dont elle a besoin, c'est de faire attention.

– OK, reprend-il, je vais descendre boire un café, dans ce cas. Je te laisse t'installer. (Elle entend tourner la poignée.) À tout à l'heure.

Elle attend que la porte soit fermée. Que le bruit de ses pas disparaisse dans l'escalier. Alors elle passe à l'action. Elle s'approche d'abord de la commode, ouvrant un des plus petits tiroirs, puis un autre, puis celui de la table de chevet. Elle trouve des mouchoirs et des ciseaux de couture. Elle cache les ciseaux. Brigit soupire dans son sommeil. Eva tire une chaise jusqu'à la porte, monte dessus et passe les doigts sur le petit rebord qui la surplombe.

Et elle sourit. Elle ramène des doigts poussiéreux. Et une clé.

Elle descend de la chaise, jette un bref coup d'œil à Brigit, paisible, puis tourne le bouton de porte en porcelaine. Il n'y a personne sur le palier.

Elle se glisse dans le couloir, insère la clé dans la serrure et, après quelques ajustements, verrouille la porte. Elle a entendu un téléphone sonner quelque part en bas, au sous-sol d'où venait Mme Angel, et l'homme à Berlin lui a dit qu'il y aurait un annuaire. Un livre contenant des noms, des adresses et des numéros de téléphone. Il a dit qu'elle devait chercher des noms.

Ce livre doit se trouver à proximité du téléphone, non ?

Elle pensait qu'elle aurait plus de temps. Elle va devoir en gagner.

Elle descend lentement les marches. Si elle croise quelqu'un, elle demandera de l'eau. Si on la surprend avec le livre, elle dira qu'elle cherche... sa tante. Elle inventera un nom. Elle entend à présent des conversations, le cliquetis des tasses. Quand elle passe la courbe de l'escalier, elle voit Jake, de dos, appuyé contre l'encadrement de la porte de la pièce avec la cheminée, en train de parler à une fille.

Elle s'aventure sur la pointe des pieds sur le parquet qui craque. Jake ne se retourne pas. La dame qui reprisait des dessous en soie, Mme Thomas, a disparu. Eva rejoint d'un pas léger le bas du deuxième escalier et découvre un couloir sombre et frais qui s'étire sur toute la longueur de la maison, avec une porte à chaque extrémité, l'une donnant sur l'arrière, l'autre sur la rue. Entre les deux, il y a deux autres portes, dont une ouverte, la plus proche. Eva distingue un bureau. Un meuble à tiroirs avec une menora posée dessus. Et un téléphone.

Elle se précipite dans le couloir, et quelqu'un passe alors devant la lumière qui entre par les fenêtres en hauteur, la masquant brièvement. Elle entend un tiroir qui se ferme. Des pas qui traversent le vestibule, au-dessus d'elle, des talons aiguilles se dirigeant vers l'escalier. Eva franchit l'autre porte.

Il s'agit d'une cuisine avec des placards couleur crème, décorés de petites roses et de fleurs de lys au pochoir, une grosse cuisinière à l'ancienne et du linoléum noir et blanc. Il y a un évier rempli d'eau de vaisselle et un percolateur branché à une prise suspendue à un câble accroché au plafond. Il y règne une délicieuse odeur de café. Et d'après-rasage. Cette pièce sent la lotion après-rasage.

Une ombre bouge dans un coin.

Et cette ombre se matérialise en personne s'avançant dans la lumière des fenêtres cintrées. Mais ce n'est pas l'homme aux chaussures brillantes.

Pas du tout.

Celui-ci est petit, sec, avec des lunettes aux montures sombres et un sourire un peu trop large.

– Eh bien, eh bien, dit-il en relevant le bord de son chapeau. Tu as fait bon voyage, Bluebird ?

Chapitre 10

MAI 1945

Inge traverse la cuisine sans un bruit et ne produit qu'un infime raclement métallique en soulevant le loquet de la porte. Dans la salle à manger, maman boit la fin du café qu'ils ont apporté au chalet. Dans quelques minutes, elle passera aux bouteilles de vin, en en prenant deux ou trois dans la cave pour les apporter dans sa petite chambre avec la radio. Il n'y aura bientôt plus de vin non plus. Quant à Helga, qui ces deux derniers mois et demi est devenue intendante et bonne en plus de gouvernante, elle est en train de laver la cafetière, maigre et morne, pendant que les garçons apprennent leurs leçons. Elle fait semblant de ne pas voir sortir Inge.

Elle fait semblant de ne pas voir la plupart des choses. Inge ne lui en veut pas.

Il n'y a eu aucune lettre. Aucun message. Pas un mot de papa.

Inge a trouvé le courage de poser la question. Enfin. Sept jours après le départ de Kurt. Ils étaient tous autour de la table, le dos droit, serviette sur les genoux, alors même que les fenêtres étaient condamnées et le dîner composé de saumon en boîte et de haricots préparés par Helga qui n'est pas bonne cuisinière. Le pain qu'ils avaient apporté avait déjà disparu, grâce à Adolf, et celui que la gouvernante avait fait était plat et un peu fade. Du pain juif, a décrété maman en le repoussant. Mais ce n'était pas la faute d'Helga si personne n'avait pensé à prendre de la levure. Inge a posé sa fourchette.

– Maman, pourquoi sommes-nous venus ici ? Papa va-t-il nous rejoindre ?

Erich fixait son assiette, la raie dans ses cheveux dessinant une ligne blanche parfaite jusqu'au sommet de son crâne. Même Adolf n'osait pas parler. Mais Inge ne s'est pas laissé intimider. Pas cette fois. Cette question n'était pas déraisonnable. Elle avait tous les droits de la poser. Elle avait déjà raté deux réunions du club, alors que Frau Koch avait dit pas d'absences, et elle n'avait pas vu ses professeurs particuliers. Latin, anglais, théorie raciale, histoire allemande. Papa lui avait promis, si elle obtenait de bons résultats à ses examens, qu'elle pourrait étudier la musique, l'étudier sérieusement, peut-être même en Amérique. Il avait un collègue là-bas qui pourrait arranger ça. Mais comment se préparer aux examens sans ses professeurs ? Et Erich n'avait pas son violon. Adolf pas ses trains. Maman leur devait une explication. C'était légitime.

Et elle pouvait attacher ses cheveux avec une barrette – ou ne pas les attacher – de la façon qui lui plaisait.

Maman s'est levée. Elle portait ses perles et ses talons ce soir-là, si bien qu'elle était grande quand elle a fait le tour de la table, chaise après chaise, pour venir se placer derrière celle d'Inge. Et alors, elle a plongé ses mains dans les cheveux de sa fille.

Inge s'est figée. Maman ne la touchait jamais délibérément. Jamais. Surtout pas ses cheveux. Ses ongles vernis ont raclé son cuir chevelu.

– Ton papa chéri te manque ? Oh, ma pauvre petite. La précieuse Vögelchen de son papa.

Ses ongles tiraient sur les boucles, arrachaient les nœuds. Inge gardait les yeux rivés droit devant elle. Pourquoi maman lui faisait-elle éprouver une telle honte ?

– Eh bien, papa est occupé en ce moment, chérie. Il n'a pas de temps à consacrer à sa fille préférée. Papa a une guerre à gagner. Il veille à ce qu'on sache tous comment se montrer utiles. Productifs. Il fabrique un monde nouveau. Ne sera-t-il pas merveilleux, ce monde nouveau ?

« Je suis Inge von Emmerich. Je suis Inge... »

Mais elle ne parvenait plus à dire ces mots. Pas même dans sa tête.

– Nous devons tous nous tenir prêts à occuper notre place dans ce nouveau monde, a repris maman. Les garçons, vous lirez tous les jours. Vous ferez de l'exercice deux fois par jour. Helga, vous y veillerez, et vous ferez en sorte qu'ils soient soignés, propres et qu'ils ne se plaignent pas. S'ils se plaignent, vous n'aurez pas accompli votre devoir. Quant à Inge... (Elle a empoigné ses cheveux, avec force.) Inge donnera à son mari un magnifique bébé allemand. Ça ne te plairait pas, Inge?

Un, deux, trois cheveux se sont détachés du cuir chevelu d'Inge.

– Voyez-vous, nous avons tous une fonction. Le Führer n'en attend pas moins de nous. Il n'en exige pas moins. Tout le monde devrait *connaître sa place.*

Elle avait dit ces derniers mots directement dans l'oreille de sa fille, en tendant la main. Inge a déposé sa barrette dans la paume de sa mère.

«Je suis Inge. Je suis Inge...»

– Quand tu auras fini ton dîner, ma douce, a poursuivi maman en la recoiffant, tu pourras écrire une lettre à Rolf. Viens me la lire quand tu auras terminé.

Mais Inge n'a pas écrit à Rolf. Car, ce même jour, quelqu'un a jeté les perles de maman dans les toilettes. Ce même jour, maman s'est attaquée au whisky du bar de papa. Et ce même jour, Inge a filé pour la première fois par la porte de la cuisine, pris un pied-de-biche dans le garage et parcouru presque un kilomètre pour aller forcer les planches de la porte latérale du chalet vide des Kleinmann, plus bas sur la montagne.

Et, deux mois plus tard, les examens et le spectacle pour l'anniversaire d'Hitler s'étant déroulés sans elle, ses cheveux ayant poussé et les sittelles niché sans elle, elle continue de s'échapper. En soulevant délicatement le loquet de la porte de la cuisine tandis qu'Helga lave la cafetière et feint de ne rien remarquer.

Inge avance sur la pointe des pieds le long de la galerie couverte. Les planches masquant les fenêtres n'ont jamais été retirées.

Il fait toujours sombre à l'intérieur, c'est la nuit même en plein jour, mais elle s'en réjouit. Comme ça, maman ne peut pas regarder dehors et voir où elle va. Dès que ses pieds touchent le jardin boueux, elle se met à courir et ôte la barrette trop serrée, dévale la route, plus ferme sur les bords.

Elle aime la vitesse. Les branches qui gouttent et la douceur de l'air, les feuilles vert tendre des buissons qui effleurent sa jupe. Un oiseau chante. Chante et chante encore. La clé de la voiture, attachée à une ficelle cachée sous son pull, rebondit contre sa poitrine.

Si papa ne vient pas, ou si personne ne vient leur livrer des provisions, elle devra parler de cette clé à maman. Ils vont entamer leurs dernières boîtes de conserve et le dernier sac de farine. Sa mère ne sait pas conduire, et Inge ne sait pas ce qui se passera quand elle apprendra qu'elle, si.

Ça pourrait être pire que de mourir de faim.

Ou peut-être pas.

Mais même maman ne voudrait pas qu'ils meurent de faim.

Si ?

Inge tourne sur le sentier menant chez les Kleinmann, puis s'arrête. Elle tend l'oreille. Il y a un grondement dans l'air. Des avions volent non loin. On en entend beaucoup, dernièrement, mais cette fois, elle sent aussi une vibration sous ses pieds, un léger tremblement qui se répand dans le sol.

Elle ne savait pas que des appareils volant bas pouvaient faire trembler le sol.

Elle presse le pas et cale la planche lâche dissimulant la porte des Kleinmann contre le mur en cèdre décoloré. Puis elle tourne la poignée et se faufile par la minuscule ouverture entre les planches encore en place. Elle se fraie un chemin jusqu'au salon obscur, drapé de poussière, et là, contre le mur, trouve ce pour quoi elle est venue.

Le piano.

Papa l'écoutait jouer, parfois, avant la guerre.

« Cela m'intéresse tellement, disait-il, que tu joues aussi bien. Tu privilégies l'émotion à la perfection technique… »

Elle a pratiqué constamment sa technique, après ce commentaire, répétant ses exercices jusqu'à ne faire plus aucune faute. Elle s'assied sur le banc, le nez froncé.

L'espace d'un instant, elle a senti l'odeur du tabac de papa.

Elle fait courir ses doigts sur les touches. Cet instrument n'est pas aussi beau que le sien, à la maison, et plus on tient les notes, plus elles perdent de leur justesse. Mais ça vaut mieux que de ne pas jouer du tout. Elle se contente donc d'imaginer comment le morceau devrait sonner et, puisqu'elle est seule, elle ne se préoccupe pas de sa technique. Elle joue des chansons qu'elle invente. Comme elle n'a pas le droit de le faire. Des mélodies qui vont et viennent. Puis elle secoue ses mains et joue les premières notes de *Clair de lune*.

Le début est paisible. Comme quand on s'endort. Quand nos pensées tourbillonnent et se fondent en une sensation informe. Jamais deux fois la même. Puis vient le milieu, le rêve. Parfois, elle le joue rapidement, et c'est un rêve de cascades, de ruisseaux qui éclaboussent les pieds. Mais aujourd'hui, elle l'interprète plus lentement, beaucoup plus lentement, et elle rêve de quelque chose de différent. Un son qu'elle a oublié. Un brouillard sur lequel elle n'arrive pas à refermer la main.

Il est question de violettes. Elle voit des violettes.

Elle s'interrompt au milieu d'une phrase, revenant brusquement à la réalité de cette pièce sentant le renfermé. Elle a la nausée. Peut-être que leurs dernières provisions commencent à se gâter. Et soudain, les cadres ternis posés sur le piano se mettent à trembler violemment. Alors qu'elle ne joue même pas. Elle écoute.

Des avions. Et autre chose. Quelque chose qui fend l'air dans un sifflement.

De la lumière jaillit entre les fentes des fenêtres barricadées, un éclat soudain, comme la foudre, suivi d'un grondement. Un grondement explosif, une attaque contre ses oreilles, qui ébranle son corps et le plancher. Si elle hurle, elle ne l'entend même pas. Les cadres basculent et un vase chancelle avant de s'écraser au sol. Des fissures apparaissent sur la fenêtre, malgré les planches.

Inge se relève et sort du salon en titubant, s'écorchant le dos en passant entre les planches, sans prendre la peine de fermer la porte. Les oiseaux se sont arrêtés de chanter. Et il n'y a rien à voir, rien à entendre. Hormis les avions. Au loin. Vrombissants.

Elle rejoint la route en courant, hors d'haleine, maculant ses souliers de boue. Un panache de fumée s'élève un peu plus bas sur la montagne. Peut-être qu'un appareil de la Luftwaffe a accidentellement lâché sa bombe. Peut-être qu'il s'est écrasé.

Inge gravit deux à deux les marches du perron et déboule dans la cuisine.

– Maman ! Helga !

La pièce est exactement telle qu'elle l'a laissée. La cafetière sèche à l'envers sur une serviette. Mais le chalet est calme.

Pas seulement calme. Silencieux. Un silence épais. Sombre et profond. Un silence dans lequel il faut se frayer un chemin. Inge traverse la cuisine à pas de loup.

– Helga ? murmure-t-elle. Erich ?

Elle traverse la salle à manger. La tasse de café est froide, encore à moitié pleine sur la table, la salle de séjour sombre, vide comme toujours. Alors elle entre dans le vestibule et appuie sur l'interrupteur mural. La lumière bondit sur le sol.

Et Inge s'immobilise. Couvre sa bouche.

Helga gît sur le tapis au bas de l'escalier, les jambes tordues n'importe comment, un verre d'eau renversé près de sa main tendue. Et il y a un trou dans son front, un parfait petit trou rond, et une tache qui s'étend autour de sa tête tel un halo.

Ça n'a pas de sens. Ce qu'Inge voit là n'a aucun sens. Elle halète entre ses doigts.

Et puis elle se met à courir, contournant Helga, et longeant le mur jusqu'à poser un pied sur l'escalier. Elle trébuche, se redresse, et le silence est bruyant. Tellement bruyant. Elle monte, ricochant de la rampe au mur jusqu'au sommet de l'escalier, titubant jusqu'à la chambre des garçons. Elle ouvre la porte en grand.

Ils sont là, tous les deux. Juste là. Comme Helga. Sauf qu'une table est renversée. Une lampe brisée sur le sol. Erich semble avoir résisté. Mais ils sont comme elle. Immobiles. Pas un souffle pour briser cet horrible silence.

Partis.

Inge cherche la poignée à tâtons et referme la porte. Elle reste dans le couloir. Il lui est arrivé quelque chose. Son esprit bourdonne, vrombit, mais elle n'arrive pas à réfléchir. Elle n'arrive pas du tout à réfléchir, et elle a beau les remplir d'air, ses poumons ne fonctionnent plus. Et puis elle lève la tête.

Un petit bruit s'infiltre dans le silence. À peine audible.

Elle marche lentement dans le couloir. Sans un bruit sur le tapis. Jusqu'à la petite chambre à côté de la sienne. Elle entend une voix crépitante, des parasites. Inge garde un long moment la main posée sur la poignée avant de la tourner. Les gonds grognent, grincent.

La pièce est en désordre. Dans un désordre inimaginable. Pas parce que le lit est défait ni parce qu'il y a des vêtements par terre, mais parce que ce qu'il y avait à l'intérieur du crâne de maman s'étale désormais sur le mur. Elle est affalée en travers du matelas, tachant les couvertures. Elle tient un pistolet dans sa main.

Maman tient un pistolet.

Un étui en cuir est tombé par terre, à côté du lit, orné de l'aigle en or d'Hitler, et l'homme à la radio dit que les ennemis de l'Allemagne ont atteint Berlin. Le Führer est mort, et l'ennemi est à Berlin.

Hitler est mort.

Tout le monde est mort.

Les jeunes Allemandes ne pleurent pas.

Inge ferme la porte de la chambre de sa mère et se met à hurler. Elle hurle et hurle encore.

Chapitre 11

AOÛT 1946

Eva ne fait pas un bruit. Mais elle recule d'un pas. En direction de la porte. Sa jupe émet un bruissement infime.

– Que se passe-t-il, Bluebird ? Tu as perdu ta langue ?

L'homme sorti des ombres de Powell House tire une chaise et s'y assied, repoussant du coude la pile de papiers et d'enveloppes sur la table en bois. Les revers de son pantalon ont été repassés de travers, sa peau est pâle et cireuse, et les trois premiers ongles de sa main droite sont tachés de jaune, sans doute à force de fumer ses cigarettes jusqu'au filtre. Les montures épaisses de ses lunettes dissimulent ses sourcils.

– Alors, alors, poursuit-il en croisant les jambes et en posant son chapeau sur son genou.

Il jette un coup d'œil au plafond en étain et au percolateur qui émet un petit *pschitt* de vapeur.

– Tu as débarqué sans encombre. Beau travail. Comment va ton amie ? Elle a réussi à faire la traversée sans camisole de force ?

– Que voulez-vous ? demande sèchement Eva.

L'homme fait claquer sa langue d'un air désapprobateur.

– Allons, ce ne sont pas des façons de parler. Heureusement que je ne suis pas susceptible. Je te propose un marché comme on n'en rencontre qu'une fois dans sa vie, ma jolie. Tu te souviens de notre marché, n'est-ce pas ?

Cet homme, pense-t-elle, est l'incarnation de ce marché. Car il est horrible.

– Alors parlons de ton papounet. Et on va devoir faire vite. On aurait dû avoir une longue conversation dans l'appartement que ces bonnes femmes t'avaient dégoté. J'avais celui de l'autre côté du couloir. Mais c'est encore le propriétaire cupide qui a gagné. Comme toujours, pas vrai ?

Il sourit. Pas Eva.

– J'ai tout dit à l'homme de Berlin.

– J'ai lu le rapport. Une idée de par où commencer ?

– Je viens à peine d'arriver.

Elle repense à l'homme aux chaussures brillantes se tordant le cou pour la regarder dans sa voiture. Ils l'espionnent depuis qu'elle est descendue du bateau. Elle ne pensait pas qu'ils viendraient si tôt. Qu'ils la surveilleraient de si près.

Rompre cet accord va être beaucoup, beaucoup plus difficile qu'elle ne le pensait.

– *Hmmm*, fait l'homme.

Ses doigts tachés tambourinent sur la table en bois. Mais pas comme ceux de Jake dans la voiture. Ce n'est pas de la musique. C'est un *ratatatata*.

Ratatatata.

Eva sent même la puanteur des balles brûlantes.

L'homme cesse son manège et prend l'un des papiers dactylographiés. Il le lit, le plie en deux et le fourre dans la poche de sa veste. Puis il remet son chapeau et se penche en arrière jusqu'à faire craquer les pieds de sa chaise.

– Tu sais, Bluebird, ce serait un jeu d'enfant de te faire arrêter. De te trouver un bon vieux champ quelque part en France avec environ cinq ans de patates à ramasser. Ou autre, selon les besoins. Ils adorent les gens comme toi là-bas, tu le savais ? Ils vous aiment à mort. Alors ne te fiche pas de moi. Sinon, tu deviens ramasseuse de patates et on parque ta copine folle dans une institution gratuite. Ce n'est pas ça qui m'empêchera de dormir.

Eva ne répond pas. Parce qu'il ne lui apprend rien de nouveau.

– Ravi qu'on soit d'accord. Passons au sujet suivant, poursuit-il d'une voix plus basse, en plissant les yeux derrière ses lunettes. Tu ne parles de papounet qu'à moi. À personne d'autre. C'est le deal. Papounet a des choses dans la tête, et on les veut. Mais d'autres personnes les veulent aussi. À tout prix. Donc si quelqu'un vient te tourner autour et te poser des questions, tu l'envoies promener, Bluebird.

Elle ne sait pas ce que « envoyer promener » signifie. Mais peu importe. Les pieds de la chaise heurtent le sol avec un bruit sourd et l'homme se lève et s'avance vers elle, les yeux braqués sur son visage.

– Tu ne parleras pas de papounet à qui que ce soit, murmure-t-il. C'est compris ?

Eva essuie ses mains moites sur sa jupe qui bruisse.

– Il y a beaucoup en jeu. Livre-nous ton père, et il n'y aura peut-être plus jamais de guerre. Tu pourrais permettre ça. Le gouvernement des États-Unis compte sur toi. On t'a à l'œil.

Eva hoche la tête. Puis elle se dirige vers l'évier, comme pour aller chercher de l'eau. Elle ne peut pas le laisser s'approcher autant de sa jupe.

– Alors tout est clair, dit-il. Il nous faut des résultats rapidement, alors active-toi. J'ai une liste de noms par lesquels tu vas pouvoir commencer. Des gens à qui papounet pourrait avoir écrit, qui pourraient se montrer... compatissants, dirons-nous. Va les saluer, laisse échapper qui tu es. Vois ce qui se passe. Et tu me contactes chaque soir, pour faire le point.

Eva mouille sa main sous le robinet et la porte à sa gorge, laissant l'eau fraîche couler dans son cou.

– Et une dernière chose, Bluebird. Que sais-tu d'une jeune fille du nom d'Anna Ptaszynska ?

Eva garde les yeux rivés sur l'eau de vaisselle sale.

– Anna Ptaszynska est morte.

– Ah, pourtant, on a reçu des informations affirmant le contraire.

Eva se retourne.

– Quel genre d'…

Le petit homme sourit, d'un sourire bien, bien trop large.

– Ne t'en fais pas pour ça. Mais on la veut. Alors ouvre l'œil. Et surveille aussi ta copine folle. Il ne faudrait pas que notre Bluebird se fasse…

Soudain, la porte de la cuisine s'ouvre à la volée. Une jeune femme élancée aux cheveux châtain clair fait deux immenses pas sur le linoléum avant de relever les yeux et de sursauter, ses oreilles et son cou prenant une teinte rose pêche sous l'effet de la surprise.

– Oh, bonjour ! Je venais juste chercher du café, explique-t-elle en se dirigeant vers le percolateur, avant de marquer une pause et de les observer tour à tour. Je peux vous aider à trouver quelque chose ?

Le petit homme tire nerveusement sur sa veste.

– Je… cherche… le travail ?

Eva se retient de peu de hausser un sourcil. Il s'exprime maintenant avec un vague accent d'Europe de l'Est.

– Oh ! s'exclame la jeune femme en saisissant une paire de lunettes attachée à une chaîne autour de son cou, prête à les chausser et à se mettre aussitôt au travail. Nous serions ravis de vous aider ! Je m'appelle Olive, et le bureau des réfugiés est au bout du couloir. Sauf que j'ai rangé les dossiers. Nous fermons à dix-sept heures, voyez-vous, mais je suppose que je pourrais… je suis censée monter le café.

Soudain, elle regarde Eva et son visage s'illumine.

Eva n'a pas envie de servir le café.

– Non, non, intervient l'homme en agitant ses doigts tachés, avant d'aller serrer précipitamment la main d'Olive. Je reviens demain matin. D'accord ? Le matin ?

– Certainement, répond-elle. À neuf heures. Et pensez à apporter vos papiers !

Mais l'homme fonce déjà vers la porte. Il serre brièvement la main d'Eva, et elle sent qu'il glisse un bout de papier dans sa paume. Olive regarde Eva d'un air étonné. Comme si elle avait cru qu'ils étaient ensemble et se rendait compte de son erreur.

À Powell House, manifestement, même une inconnue entrée seulement quelques minutes plus tôt peut faire l'affaire pour servir le café.

Les doigts d'Eva se referment sur le papier.

– Je m'appelle Eva, dit-elle. Eva Gerst. Je suis venue avec mon amie, de... J'étais à l'étage. Elle dort et je... (Que faisait-elle, déjà ?) Je cherchais de l'eau.

– Tu es une des filles que Bets et Jake sont allés chercher aujourd'hui ? Pourquoi tu n'es pas chez Gabertelli ? Oh, pas la peine de m'expliquer, ajoute-t-elle en prenant une cafetière vide pour la remplir au percolateur. Je suis sûre que Bets va tout me raconter. Il y a des tasses et des verres dans le placard. Casse un morceau de glace dans le Frigidaire, si tu veux. Il doit faire une chaleur infernale, là-haut. Le pic à glace est dans le tiroir.

Eva lui tourne le dos pour ouvrir le placard et glisse le bout de papier dans l'élastique de sa jupe.

– Dans quelle chambre êtes-vous ? demande Olive. La bleue ou le patchwork ?

Eva prend un verre et s'approche de l'évier.

– La bleue.

– La plus belle ! On est presque voisines. Je suis juste au-dessus de toi. Si tu as besoin de quoi que ce soit, tu n'as qu'à crier !

Olive trouve le couvercle de la cafetière et le ferme. Elle traverse la cuisine en trois longues enjambées avant de se retourner. Ses sourcils sont duveteux, ses ongles sans vernis, et son ourlet a été défait deux fois.

– On va préparer des sandwichs, tout à l'heure. Amène ton amie, on veillera à ce que vous ne mouriez pas de faim, d'accord ?

Sur ce, elle ouvre la porte d'un coup de fesse et disparaît.

Eva sirote son eau et, dès que le bruit des pas a disparu dans l'escalier, elle pose son verre et laisse la peur l'envahir. Puis elle ramasse l'un des papiers en tas sur la table. Tout en haut, un titre s'étire en grosses lettres noires imprimées : LE CRIEUR DE POWELL HOUSE. En dessous, quelques courts articles et un calendrier.

QUADRILLES, samedi soir, 20 h. Pour jeunes et moins jeunes !

PHILOSOPHIES DE L'EUROPE MODERNE, série de conférences par le Dr Gruber, lundi à 19 h.

CLUB DES DÉJEUNERS DU MARDI, toutes les dames sont bienvenues, même si vous n'êtes pas une dame, 11 h.

EXPOSITION D'ART CONTEMPORAIN, présentant les œuvres d'artistes blancs et noirs, ouverte au public chaque jour de 9 h à 15 h.

COURS D'ANGLAIS, de 15 h à 20 h, lundi, mercredi et vendredi.

AIDEZ NOTRE HAPPY ANGEL BIEN-AIMÉE ! Nos cages d'escalier auraient bien besoin d'un nettoyage !

Toutes les activités sont listées. Et personne ne ferme la porte à clé. Ce petit homme pourra entrer dans Powell House quand ça lui chantera.

Eva sort le papier coincé dans l'élastique de sa jupe. Il a glissé une carte à l'intérieur. Le nom, M. Cruickshanks, est imprimé au centre, ainsi qu'un numéro de téléphone, et en dessous, les mots « après 20 h ». Sur le papier, il y a des noms, des lieux, des adresses. Ses yeux se portent sur celui au milieu : Dr Herman Schneider, centre médical presbytérien de Columbia.

Elle connaît ce nom. Elle le connaît bien. Et elle n'avait pas prévu de le partager avec M. Cruickshanks.

Elle retourne la carte. Au verso, à l'encre bleu vif, se trouve un dessin grossier.

Un oiseau bleu.

Personne ne s'appelle réellement M. Cruickshanks, pense-t-elle. Son père non plus ne doit plus utiliser son vrai nom. Et bien sûr que le gouvernement des États-Unis veut Anna Ptaszynska. Ce n'est pas nouveau.

Car Anna Ptaszynska est une meurtrière.

Soudain, Eva sursaute et lève les yeux au plafond.

Quelque part au-dessus d'elle, quelqu'un est en train de hurler.

Chapitre 12

MAI 1945

Inge arrête de hurler et se met à courir.

Elle s'éloigne de cette pièce où la radio beugle qu'Hitler est mort. Où le présentateur explique que mourir est plus honorable que vivre dans la défaite. De ce qui reste de sa mère. Elle dépasse la porte qui dissimule les corps immobiles de ses frères. Descend l'escalier, contourne Helga et son halo. Sort et déboule à la lumière du soleil, surprenant les oiseaux.

Papa.

Où est papa ?

Le panache de fumée s'élève haut dans le ciel, en colonne épaisse, noire comme de la suie. Inge ouvre les portes du garage, cherche la clé autour de son cou.

Il faut qu'elle trouve papa.

Elle n'arrive pas à insérer la clé dans le contact. Elle halète. Et puis elle hurle. Et la clé entre.

Et la voiture ne démarre pas.

Inge tourne de nouveau la clé. Il ne faut pas noyer le moteur. Kurt lui a appris qu'il ne fallait jamais, jamais noyer le moteur. Elle tourne la clé une fois. Puis une autre. Le moteur rugit.

Elle passe la première et la voiture bondit, renversant un râteau, de vieux skis et quelques pots de peinture. Cette fois, en marche arrière, elle appuie sur l'accélérateur et heurte un battant de porte qui s'est partiellement refermé, l'arrachant de ses gonds. Elle entend le verre du feu arrière qui se brise et la voiture se retourne en dérapant. Elle change de vitesse et commence à dévaler la montagne, le vent qui s'engouffre par la vitre malmène ses cheveux.

La pente est tellement raide qu'elle arrive à voir par-dessus le volant, même sans livre, et les virages sont si serrés qu'elle n'a pas le temps de s'essuyer les yeux. Les jeunes Allemandes ne pleurent pas. Elle pleure, pourtant. Les larmes gouttent de son menton. Embuent sa vision. Floutent tout.

Ce n'est pas à cause des larmes que tout est flou, comprend-elle soudain. C'est à cause de la fumée. Qui se propage entre les arbres. Âcre, nauséabonde. Cachant le ciel. Cachant les branches. Tellement épaisse à présent qu'elle peut à peine distinguer la route.

Et alors, un énorme morceau de métal déformé se précipite sur elle.

Poussant un cri de surprise, Inge tourne le volant, roule dans un fossé et fait un autre écart pour éviter un arbre, dont le tronc griffe le flanc de la voiture tel un ongle géant. Elle rejoint la route, mais elle est orange à présent, furieuse, flamboyant sur ce fond d'obscurité.

« Du feu, dit l'esprit d'Inge. La route est en feu. »

Mais elle ne peut rien y faire. Elle n'a pas le temps de s'arrêter. Une bouffée de chaleur lui roussit le bras et la joue gauche, la fumée lui brûle les poumons. Et puis elle émerge de l'autre côté, crachant et toussant, laissant la fumée derrière elle, la voiture roulant à pleine vitesse dans les ornières, dans un bruit de ferraille. Elle jette un coup d'œil dans le rétroviseur. Un avion. Voilà ce que c'était. Un avion accroché aux arbres, son carburant brûlant derrière lui.

L'explosion frappe son corps comme un coup. Une boule de feu fuse vers le ciel derrière elle, sa lumière perçant le pare-brise arrière de la voiture. Quand elle regarde à nouveau derrière elle, le sommet des arbres est en train de flamber.

Peut-être que toute la montagne va brûler. La maison. Erich. Adolf et Helga. Maman. Il ne restera que des cendres.

Il faut qu'elle trouve papa.

Et soudain, le pare-chocs avant heurte de plein fouet le sol redevenu plat, crissant contre la route gravillonnée. Le menton d'Inge percute le volant. Elle tourne à gauche, des cailloux fusant derrière elle tandis qu'elle porte tout son poids sur la pédale. Elle sent du sang dans sa bouche, mais elle n'est plus sur la montagne, elle fonce chez elle.

Quel genre d'avion vient de s'écraser ? Soviétique ? Américain ? Allemand ?

Peut-être que Rolf se trouvait dans l'appareil qui a explosé. Peut-être que Rolf est mort, lui aussi. Comme le Führer. Comme tout le monde.

Inge se remet à pleurer. Maman a tué Adolf. Et Erich. Elle a tué tous ceux qu'elle aimait.

Sauf elle.

Maman ne l'a pas abattue. Elle a abattu Helga, mais pas Inge.

C'est trop difficile de respirer. Elle n'arrive pas à respirer.

Elle se grandit, pied au plancher, se pousse vers le haut et vers l'arrière pour voir par-dessus le tableau de bord. Une fissure traverse le pare-brise. Le moteur rugit et le volant tremble. Et son esprit est plein de friture. Bourdonnant. Vrombissant comme la radio. Des pensées braillent puis disparaissent, puis se remettent à brailler. Une seule demeure constante par-dessus le vacarme.

Il faut prévenir papa que tout le monde est mort. Il faut qu'elle trouve papa.

Il faut qu'elle rentre à la maison.

Elle conduit pendant une heure sans croiser une seule voiture.

En revanche, elle voit des gens qui se pressent le long de la route, ayant quitté leurs fermes et leurs petits villages, portant des paquets et poussant des chariots. Inge les dépasse à la vitesse du vent, avant qu'ils puissent faire plus que tourner la tête, et les perd de vue dans les virages et derrière les collines ondoyantes. Et elle voit des avions, des tas d'avions, qui volent en essaims, tout là-haut près du soleil, faisant trembler le ciel, encore et encore, jusqu'à ce que la route traverse une forêt humide et que les arbres adoucissent l'air. Jusqu'à ce qu'Inge sorte de la forêt dans un grand champ ouvert, luxuriant et printanier.

Où un seul avion vole dans une direction différente. Bas. Juste au-dessus de la route. Il vient droit sur elle. Il n'a pas l'air allemand. Il ne fait pas un bruit allemand.

Inge entend quelque chose qui tambourine. Comme des doigts sur une table. De brefs éclats sonores, percutants. De petits nuages de poussière jaillissent de la route, formant deux lignes parfaites.

Et le pare-brise explose, des bouts de rembourrage sortent des trous ronds subitement apparus dans le siège passager. Inge pousse un cri, donne un coup de volant, mais l'avion l'a dépassée depuis longtemps, rasant la cime des arbres, suivant la route. Il ne fait pas demi-tour. Mais elle entend le bruit. *Ratatatata. Ratatatata.* Elle agrippe le volant, les jointures de ses doigts sont en sang, entaillées par les éclats de verre.

Ils lui ont tiré dessus. Elle n'est pas une militaire, et pourtant ils lui ont tiré dessus.

Et, soudain, la voiture fait une embardée, projetant Inge en avant. Le moteur crachote. Elle appuie sur l'accélérateur. Et le moteur s'arrête, les pneus crissent sur la terre en ralentissant. À travers le pare-brise disparu, Inge contemple la jolie prairie qui ne défile plus à toute vitesse. Elle tourne la clé. Le moteur gémit, mais ne démarre pas. Il n'y a pas d'impacts de balle sur le capot. Elle regarde les jauges.

Il n'y a plus d'essence.

Inge se met à hurler, à donner des coups de poing sur le volant. Son visage la pique, et quand elle essuie sa joue, ses larmes sont roses. Elle fixe sa main, puis le ciel qui pourrait ne pas rester vide longtemps.

Quelque chose gonfle dans sa poitrine. Une masse. Une douleur lourde et agitée qui la tire vers le bas tout en essayant de s'élever pour l'étouffer.

Mais Inge ne pleure pas. Elle ne pleure plus. Les larmes ne l'aideront pas à survivre.

Elle saute hors de la voiture, prenant la clé avec elle, un œil sur le ciel. Elle se met sur la pointe des pieds pour ouvrir le coffre. Et voit deux bidons d'essence. Tous les deux renversés, l'un d'eux fuyant un peu. L'autre est lourd. Plein. Et il y a une épaisse couverture, pliée. Parfaite pour s'asseoir dessus.

Kurt. Où est-il parti ce soir-là ? Que lui est-il arrivé ?

Peut-être qu'il est mort lui aussi, désormais.

Elle remplit le réservoir, renversant du carburant sur le flanc du véhicule et sur ses chaussures. La couverture aussi pue l'essence. Elle ouvre le capot, laisse l'air s'échapper des conduits d'essence et les amorce. Comme Kurt le lui a appris. Des avions passent telles des flèches au-dessus d'elle. Personne ne la mitraille. Mais le sol tremble, de petits séismes qui font onduler les herbes. Elle pompe prudemment avec la pédale. Teste le moteur. Tout doux, tranquille. Il hoquette, puis rugit.

Inge repart à toute vitesse. Elle conduit mieux maintenant qu'elle est assise suffisamment haut pour bien voir. Le vent souffle si fort sur son visage qu'elle a du mal à entendre les avions.

Papa saura quoi dire. Il saura comment arranger ça.

Peut-être qu'il lui expliquera ce qui se passe, exactement, lorsqu'on perd la guerre.

Lentement, les bois et les champs deviennent ses bois et ses champs. Elle reconnaît les barrières. Elle reconnaît les chemins et les embranchements menant chez ses voisins. Elle ne reconnaît pas les colonnes de fumée dans le ciel. Ni les hideuses cicatrices de boue et de terre brûlée qui gâtent l'herbe par endroits.

Elle les ignore. Quand un avion vole trop bas, elle fait un écart pour s'abriter sous un arbre. Comme un lapin plongeant vers son terrier. Puis elle enfonce l'accélérateur et fait déraper les pneus.

Elle y est presque.

Dans un virage, elle croise un autre véhicule. Un camion militaire, rempli de soldats et d'armes à feu. Ils vont l'un comme l'autre si vite qu'ils ne peuvent que tourner la tête pour échanger un bref coup d'œil. Une pensée surgit alors entre les parasites qui ont envahi l'esprit d'Inge.

Ces hommes sont des Soviétiques. Des communistes. Des Russes. Les Russes sont là.

Elle entend un cri. Un grincement de freins dans le virage derrière elle. Mais elle frôle désormais les grandes haies nettement taillées qui protègent sa maison de la route. Elle aperçoit presque le portail. De la fumée s'élève de l'autre côté des haies, portée par le vent. La maison est en feu.

Et une silhouette traverse en courant le champ de l'autre côté de la route, sa bouche articulant des mots bien trop lointains pour qu'elle les entende. De longs cheveux blonds détachés, ondoyants. Des bras en l'air lui faisant signe de s'arrêter.

« Pas maintenant, Annemarie, pense Inge. Ma maison brûle. »

Elle franchit le portail ouvert et coupe le moteur, laissant la voiture descendre l'allée en roue libre. Mais il n'y a pas d'oiseaux dans les arbres. Les chevaux ne sont pas dans l'écurie. Et la maison n'est pas en feu. Elle ne l'est plus, en tout cas. Il manque juste l'aile des domestiques, comme si quelqu'un l'avait tranchée avec un couteau, laissant à sa place un trou gigantesque et fumant rempli de décombres noircis. Le garage a disparu, la cabane à outils n'est plus qu'un tas de planches et de briques. Inge fait glisser la voiture entre les piles de gravats, met le frein à main et descend. Comme si Kurt allait apparaître à tout moment pour lustrer le capot.

Où est papa ?

Elle court à travers ce qui était autrefois le jardin, saute pardessus de l'eau qui jaillit d'une canalisation cassée et entre par la porte de derrière. La cuisine est recouverte de poussière, toutes les casseroles de Frau Kruger sont sens dessus dessous, mais elle ne s'arrête pas. Elle se dirige vers l'escalier de service, retrouve le chemin silencieux entre les craquements.

Pourtant, tout craque. Grince. Grogne. De la lumière éclaire le couloir à l'étage, de la lumière du jour là où il ne devrait pas y en avoir, pénétrant par un nouveau trou immense dans le toit. Et parce que l'autre bout du couloir n'est plus là du tout. La chambre d'Inge se réduit désormais à un plancher, quelques bouts de rideaux et de tissu éparpillés, et seulement deux murs.

Cependant, sur sa gauche, le bureau de papa est entier, sa porte légèrement entrebâillée. Exactement telle qu'elle l'a laissée. Elle se faufile à l'intérieur.

Et papa n'est pas là.

Évidemment qu'il n'est pas là. Il doit être dans son camp. À Berlin. Mais son absence est un choc qui la blesse quand même.

Les livres sont recouverts de poussière, une couche épaisse, jaunâtre, des sacs et des paquets qu'elle ne reconnaît pas sont empilés dans les coins. Au lieu de la pipe de papa, elle sent une odeur de cigarette. Elle s'approche du bureau et passe la main sur son bord. Il est sale, mais solide. Intact. Un point d'ancrage. Et il y a le téléphone de papa. Et la radio. Et ses papiers.

Il y avait un dossier, ici, autrefois. Il y a longtemps. Un dossier avec son nom dessus.

Inge fouille dans les papiers. Ils sont encore plus en désordre que les casseroles de Frau Kruger, les pages sont tachées, de travers. Mais voilà le dossier. Avec son nom.

Et un bruit de pas dans l'escalier.

La main d'Inge se fige. Des pas lourds. Bottés. Pas ceux de papa. Ni d'une domestique. Elle entend alors une voix d'homme baragouinant des mots qu'elle ne distingue pas bien ni ne comprend. Elle plonge sous le bureau, à la place des jambes de papa, serrant le dossier contre sa poitrine. La porte s'ouvre à toute volée, heurte le mur avec un bruit sourd, et la voix est forte désormais, les pieds bottés marchent sur le plancher. Inge se rappelle les sacs et les paquets.

Les Soviétiques. Les communistes. Installés ici. Campant dans sa maison en ruine.

Les bottes quittent le bureau. Sans refermer la porte.

Il y a plusieurs voix d'hommes, en bas. En train de rire. Et elle en entend une autre. Qu'elle reconnaît. Et ne reconnaît pas. Qu'elle comprend.

Annemarie.

Elle est quelque part en bas, en train de supplier. Et puis elle pleure, bruyamment. Elle appelle sa mère. Inge n'a jamais entendu Annemarie comme ça. Elle ferme les yeux sous le bureau.

Et la masse agitée de douleur à l'intérieur d'elle s'intensifie. Se solidifie. Enfle. La plaque au sol alors même qu'elle envahit sa gorge. La suffoque. Lui donne un haut-le-cœur, au point qu'elle doit couvrir sa bouche.

Annemarie hurle. Et hurle encore. Et puis elle ne hurle plus.

« Voilà donc, pense Inge, ce qui se passe quand on perd la guerre. »

Chapitre 13

AOÛT 1946

Eva monte l'escalier au pas de course, coinçant le papier et la carte de M. Cruickshanks dans l'élastique de sa jupe. Elle sait qui est en train de hurler. Elle a entendu ces cris de nombreuses fois. Et elle les entendra encore. C'est un son douloureux. Qui la rend malade. Qu'elle est prête à tout pour faire cesser.

Parce que c'est sa faute. Toujours sa faute.

Il y a du remue-ménage dans le vestibule, une foule de conversations et de murmures inquiets. Des dos et des épaules, des nuques et des chapeaux chargés de fleurs artificielles. Eva les bouscule et trouve une porte ouverte sur un petit cabinet de toilette et Brigit à l'intérieur. Elle est assise sur le couvercle des WC, les yeux fermés, le visage cramoisi, hurlant à chaque inspiration.

Mme Angel et Bets posent leurs mains sur ses épaules, ses cheveux, son front, tapotent et caressent, tandis qu'un peu en retrait, Olive tente de leur passer un tissu humide. Eva les repousse et prend une voix basse. Ferme. Calme.

– Je suis là, Brigit, murmure-t-elle. *Ich bin hier.*

Les hurlements s'adoucissent un peu, mais ne s'arrêtent pas. Il ne faut pas qu'elles la touchent. Mais Eva ne trouve pas les mots anglais assez vite, alors elle se contente de dire « stop ».

Ça ne fonctionne pas.

– Arrêtez ! s'écrie-t-elle.

Les mains s'écartent de Brigit.

– Ne touchez que ses mains, reprend Eva par-dessus le vacarme, en prenant celle de Brigit dans une des siennes.

C'est celle que le chat a griffée, à présent maculée d'une traînée brune.

– Ce n'était qu'un peu d'iode..., explique Mme Angel.

Les cris de Brigit s'éraillent, comme si elle hurlait en inspirant au lieu d'expirer.

– Reculez tous, lance Bets. Un peu d'espace, s'il vous plaît.

Eva tourne la tête et voit Jake à côté d'elle.

– Un sac, demande-t-elle.

Il disparaît aussitôt dans le groupe de curieux, et Eva calcule une probabilité de cinquante pour cent qu'il revienne avec une valise. Elle se retourne vers Brigit.

– Je suis là. Personne ne va te faire de mal. Ils ne peuvent pas te faire de mal...

Mais Brigit n'arrive toujours pas à respirer.

Jake revient, sans valise. Avec un petit sachet en papier. Eva le lui arrache des mains et place l'ouverture sur la bouche et le nez de son amie. Brigit sait faire ça. Les côtés du sac en papier sont aspirés vers l'intérieur, puis se gonflent vers l'extérieur. Dedans, dehors. Brigit ne fait presque plus de bruit, désormais.

– Allons finir notre café, propose Olive, qui a de longs bras, pratiques pour rassembler un troupeau. Il n'y a aucune raison de s'inquiéter...

Bets se penche vers Eva.

– Vous avez besoin d'un docteur ?

Elle secoue la tête.

– Comment peut-on l'aider ?

– Il faut qu'elle soit assise. Au calme.

– À l'étage ? demande Bets.

Eva hoche la tête et tente de déplacer lentement Brigit vers l'avant tout en continuant de tenir sa main et le petit sac en papier. Mme Angel se charge du sachet, passe un bras autour des épaules de Brigit et à la grande surprise d'Eva, celle-ci ne proteste pas. Elles se dirigent ensemble vers l'escalier, toujours sous le regard d'un ou deux curieux.

Même trempée de sueur, pieds nus et en train de respirer dans un sachet, Brigit est magnifique.

– Viens, Brigit. *Ist schon gut...*

La jeune femme inspire lentement chaque fois qu'elle gravit une marche, et quand elles finissent par atteindre la porte de la chambre bleue, elle arrive tout juste à traîner les pieds. La porte est ouverte, une clé dans la serrure. À l'extérieur.

– Elle tournait en rond là-dedans, murmure Mme Angel, espérant peut-être que Brigit ne l'entendra pas. Elle était dans tous ses états, alors je me suis dit qu'elle avait peut-être besoin d'aller aux toilettes, et j'avais une clé. Mais celles du haut étaient occupées, alors je l'ai emmenée en bas, et puis j'ai pensé qu'il fallait mettre quelque chose sur cette égratignure...

Eva sent les tentacules de la culpabilité se refermer autour de sa gorge.

– Je n'aurais pas dû la laisser.

– Pauvre petite, dit Mme Angel en secouant la tête.

Eva ne sait pas de laquelle d'entre elles elle parle.

Elles couchent Brigit dans le lit. Elle arrive à respirer sans le sac, désormais. Bets entre avec une carafe d'eau et Mme Angel l'aide à boire tandis qu'Eva lui lave le visage.

– Une chemise de nuit ? suggère Bets.

Eva désigne la valise de Brigit, puis ajoute rapidement :

– Je vais l'habiller.

Pas la peine qu'elles touchent sa jupe.

Cinq minutes plus tard, Brigit est de nouveau telle qu'Eva l'avait laissée, en chemise de nuit légère, respiration ralentie, cheveux déployés sur l'oreiller, harmonica dans la main. Eva suspend soigneusement dans l'armoire sa jupe à l'ourlet bruissant. Le soleil s'est couché derrière les immeubles, une brise s'engouffre par les fenêtres ouvertes, et elle entend la porte d'entrée de Powell House s'ouvrir et se refermer, des voix qui bavardent et se disent au revoir. L'intérieur de l'armoire sent le cèdre.

A-t-elle eu une armoire avec des copeaux de cèdre à l'intérieur, autrefois ?

À cette pensée, elle éprouve une douleur brève, vive.

– Tu dois mourir de faim, dit Bets.

Eva sursaute. Elle avait presque oublié qu'elle n'était pas seule.

– On va redescendre et te préparer un sandwich.

Eva n'a pas les moyens de payer quelque chose de cher. Et elle ne peut pas laisser Brigit. Mais Mme Angel a déjà rapproché une chaise du lit.

– Je vais m'asseoir là un moment, annonce-t-elle. Mes chaussures sont trop serrées, de toute manière.

Son sourire est doux. Du beurre au soleil. Elle agite la main.

– Vas-y. Je viendrai te chercher si elle se réveille.

– Je vais vous préparer un sandwich et vous le monter, intervient Bets. Au poulet, ça vous va ?

– Avec des cornichons, précise Mme Angel.

– Très bien. Allez, mademoiselle Gerst, insiste Bets. On va se restaurer. Et ensuite on pourra discuter, d'accord ?

Bets a de grands yeux marron, intelligents. Et tellement sincères. Elle arriverait à persuader n'importe qui de lui acheter un sandwich. Peut-être qu'elle s'en serait bien tirée à Berlin, tout compte fait. Eva voudrait simplement qu'elles lui disent combien tout ça va coûter, mais peut-être que ça n'a pas d'importance. Il faudra bien qu'elle mange. Et il y a probablement une voiture beige dehors. Et M. Cruickshanks.

Brigit est immobile, sereine. Mme Angel sort une pelote de laine jaune et deux longues aiguilles de la poche volumineuse de son tablier. Bets fait signe à Eva de la suivre, et elle s'exécute, laissant la porte se refermer doucement derrière elles.

Jake attend dans le couloir, adossé contre le mur, à côté d'un vase bleu et blanc sur un piédestal, les mains enfoncées dans ses poches. Mais ses orteils tambourinent.

– Tout va bien ? demande-t-il.

– Des sandwichs, répond simplement Bets en se dirigeant tout droit vers l'escalier.

Il hoche la tête, se décolle du mur pour la suivre, et les doigts d'Eva effleurent quelque chose dans l'élastique de sa jupe. La feuille de papier repliée autour d'une carte.

Une carte sur laquelle est dessiné un oiseau bleu.

Elle jette un coup d'œil à la porte fermée de la chambre, derrière elle, balaie rapidement du regard le petit couloir. Puis elle fonce vers le vase et laisse tomber le papier et la carte à l'intérieur.

Jake a descendu deux marches et s'apprête à franchir le tournant.

– Tu viens ? demande-t-il, un sourcil levé.

Eva lisse sa jupe. Il a de beaux yeux. Des yeux perçants.

Il ne faut pas qu'elle fasse attention. Il faut qu'elle fasse très attention.

La cuisine est bondée, bruyante, étouffante. Quelqu'un a installé un ventilateur électrique, ajoutant encore au niveau sonore, les papiers empilés sont d'un côté de la table désormais, sous des assiettes, leurs bords claquent et ondulent. À l'autre bout de la table, une petite femme ronde au buste énorme et aux lunettes minuscules est occupée à découper un poulet.

– Oh, salut ! lance Olive depuis l'évier, en tournant la tête en tous sens pour voir Eva derrière tous les gens qui grouillent dans la pièce. Est-ce que ton amie va mieux ? On a du poulet froid et... oh ! Salut, Jake.

– Salut, Olive. On a des citrons ?

Il se dirige vers la glacière et la jeune femme le regarde passer, de l'eau de vaisselle dégoulinant du bout de ses doigts, la bouche légèrement entrouverte.

Bets s'en serait peut-être sortie à Berlin, décrète Eva. Pas Olive.

– Les amis, je vous présente Eva Gerst, s'écrie Bets. Elle et son amie, Mlle Heidelmann, resteront à Powell House jusqu'à ce qu'on leur trouve un logement, ou que M. Gabertelli reçoive la visite d'un ange. Eva, voici Martha, qu'on appelle aussi mère Martha. C'est notre responsable...

La femme qui découpe le poulet sourit et agite son couteau.

– ... et voici tous les autres !

On salue Eva, on l'invite à s'asseoir, on lui tapote le bras et on la rapproche de la table. Quelqu'un met une serviette sur ses genoux, et quelqu'un d'autre une assiette de crackers et de fromage graisseux devant elle. Et cela ne ressemble en rien au portrait qu'on lui a brossé de l'Amérique, où les différentes couleurs de peau ne se mêlent pas. Ici, il y a des visages marron, pêche, ivoire, noirs, et de presque toutes les nuances intermédiaires, et seulement des femmes, à part Jake, toujours penché au-dessus de la glacière, et un autre homme, assis dans un coin en train de s'éventer. Les robes sont tout aussi variées, ainsi que les sourcils. De toutes tailles et de toutes formes, avec une seule chose en commun. Leur gaieté. Tous les sourcils sont gais.

Eva se détend, un tout petit peu. Ces personnes n'ont pas l'air du genre à la détester parce qu'elle est allemande.

Même si elles le devraient, probablement.

Bets se laisse tomber sur une chaise en face d'elle, et Eva reconnaît soudain la personne qui tranche du pain à côté d'elle. La femme aux sous-vêtements fantaisie, Mme Thomas, avec son petit bouquet épinglé à sa veste. Les yeux de Bets se plissent avec affection.

– Comment s'est passée ta journée, Peggy ?

– Mme Turgonov pense qu'oncle Sam m'a mise sur son chemin dans le seul but de mettre un nouvel élastique à toutes ses plus belles culottes bouffantes. Vraiment, Bets, notre gouvernement pense à tout.

Bets rit. Peggy aussi.

En les entendant rire, Eva se sent perdue. Un minuscule poisson dans l'océan.

Bets prend un couteau et se met à tartiner de beurre les tranches de pain coupées par Peggy. Elle sourit à Eva.

– Alors, tu connais Mlle Heidelmann depuis longtemps ?

Elle hoche la tête.

– Sans indiscrétion, de quel trouble souffre-t-elle ? A-t-elle vu un médecin en Allemagne ?

Eva hoche de nouveau la tête, mais elle ne peut pas expliquer ce qui est arrivé à son amie. Pas dans cette cuisine joyeuse où la guerre n'est qu'un mauvais rêve que personne ne semble avoir fait. Le médecin à Berlin a examiné Brigit, coché une case sur son formulaire et secoué la tête.

– Eh bien, franchement, je suis surprise qu'ils l'aient laissée entrer ce matin, Eva. Ça ne te dérange pas que je t'appelle Eva ?

Elle prononce le *E* comme un *i* long, comme dans *evening*.

– *E*va, comme dans *ever*, la corrige la jeune fille, et Bets hoche la tête.

– Ton anglais est très bon. Je pense vraiment que tu vas bien t'en sortir ici.

Ce compliment la fait sourire. Elle s'est tellement entraînée dans le camp. Et sur le bateau. Quelqu'un commence à disposer des tranches de poulet sur le pain que Bets a beurré, et Peggy fait semblant de ne pas écouter.

– Il y a des règles assez strictes concernant les immigrants avec… disons, des difficultés, poursuit Bets. Ceux qui pourraient ne pas être capables de gagner leur vie. Le parrain de Mlle Heidelmann est-il au courant de son… état ?

Eva se mord la lèvre. Elle ne connaît pas leurs parrains. M. Cruickshanks les a probablement inventés.

– *Hmmm*, fait Bets. Que dirais-tu qu'on lui prenne rendez-vous chez un médecin ? Pour voir ce qu'il en pense…

L'esprit d'Eva se met aussitôt à tourner à plein régime. On ne peut rien faire pour Brigit. C'est ce qu'on lui a dit à Berlin et à Lisbonne. Mais il y a ce docteur. Le Dr Schneider. Dans cet hôpital, Columbia. Son père et lui correspondaient, comparaient leurs idées et leurs recherches. Son père pourrait lui avoir demandé de l'aide. Le Dr Schneider pourrait même lui avoir trouvé un emploi. C'est par lui qu'elle avait prévu de commencer ses recherches. Et maintenant, M. Cruickshanks aussi connaît son nom. Il apparaît sur la liste cachée dans le vase.

Il faut qu'elle trouve son père avant M. Cruickshanks. Sinon, justice ne sera pas rendue.

Elle doit les empêcher tous les deux de trouver Anna Ptaszynska.

Jake se glisse sur la chaise vide à côté d'Eva et pose devant elle un verre rempli d'un liquide pâle et de glaçons.

– Hé, tu n'es pas censé être chez toi le vendredi soir? lui demande Bets.

Il sourit et hausse les épaules. Bets pointe son couteau à beurre sur lui.

– Ne va pas m'attirer d'ennuis avec ta mère...

Mais juste à ce moment-là, Martha, la femme au poulet, au buste généreux et aux lunettes, tape dans ses mains et, tout à coup, la pièce passe du bruit au silence.

Eva regarde autour d'elle, étonnée. Peggy a fermé les yeux. Olive aussi. Bets a baissé la tête. Autour d'elle, toutes les têtes le sont. À part celle de Jake. Il lui fait un clin d'œil. Le ventilateur électrique continue de tourner, le bord des papiers de se froisser. Puis Martha relève les yeux et sourit, et tout le monde se remet à bavarder.

Jake se penche vers Eva.

– Ce sont des quakers. Ils font ce genre de choses. Tu veux un sandwich?

Il prépare une assiette pour elle et une pour lui. Bets pêche des cornichons dans un pot, pour Mme Angel. Eva se penche vers elle.

– Un docteur, dit-elle. Brigit aurait besoin... d'un docteur spécial. Pour la tête. Un psychiatre.

Bets penche la tête sur le côté.

– Oui, je comprends.

– Il faudrait qu'il soit plus âgé, pour ne pas trop la perturber. Plus de cinquante ans.

– Ne serait-elle pas plus à l'aise avec une femme? Ce serait plus compliqué, mais...

– Non, non, répond rapidement Eva. Mais il faut qu'il parle allemand. C'est... difficile de savoir ce que Brigit a appris en anglais. Peut-être quelqu'un de... Columbia?

Jake lui décoche un regard en biais.

– C'est un très bon hôpital, bien sûr, répond Bets. Mais trouver quelqu'un là-bas n'est pas une mince affaire...

– Oncle Paul pourrait nous aider, intervient Jake.

– Oh! Quelle bonne idée! s'exclame Bets. L'oncle de Jake est chirurgien à Columbia, pas psychiatre, il exerce donc dans un département différent. Mais il pourrait peut-être nous indiquer quelqu'un. Tu pourrais lui demander, Jake ?

– Sans problème. Je le ferai demain.

Eva hoche la tête. Si cela ne la conduit pas au Dr Schneider, cela la mènera au moins à quelqu'un qui le connaît. Peut-être même à son père. Combien de psychiatres germanophones peut-il y avoir à Columbia ? Elle se mord de nouveau la lèvre. Le Dr Schneider est son meilleur plan. Sa meilleure chance d'obtenir justice. Mais les médecins coûtent cher. Et il faut qu'elle mange. Et Brigit aussi. C'est un besoin plus immédiat que la justice. Combien de temps peuvent durer quinze dollars ?

Pas assez longtemps.

– Je ne peux pas payer, lâche soudain Eva. Pour la chambre.

Les petits sourcils soignés de Bets remontent sur son front sous l'effet de la surprise.

– Payer ? répète Jake. Qui a parlé d'argent ?

Bets lui tapote la main par-dessus la table.

– Ma chère, tout est gratuit à Powell House. Voici un mot américain à apprendre ce soir : inconditionnel. Ça veut dire que tu ne nous dois rien.

Eva ouvre la bouche et la referme. Ça n'a aucun sens.

– Attention, vous grimacez, mademoiselle Gerst, fait remarquer Jake avec un petit sourire en coin.

– Ce n'est pas… ça ne me semble pas… juste.

Bets lui tapote le bras en riant.

– Oh, si c'est ça, l'injustice, on en aurait tous bien besoin de temps en temps. Tant à donner qu'à recevoir. On n'emprunte qu'une fois ce chemin, tu sais.

Eva n'a aucune idée de ce dont elle parle. Bets se lève pour apporter les sandwichs à Mme Angel, et Jake donne un petit coup de coude à Eva.

– Je parlerai à mon oncle, et ils trouveront une solution, pour le docteur. Tu verras. Et je te signale que je t'ai pressé un citron de mes propres mains, alors tu ferais mieux de boire.

Elle avait oublié son verre. La limonade est sucrée, acide, glacée. Elle mange un sandwich au poulet. Et un œuf dur et un peu de fromage. Le petit homme dans le coin raconte une blague qu'elle ne comprend pas pendant qu'Olive entame courageusement une conversation avec Jake. Eva observe tout ça. Un monde dont elle ignorait l'existence. Un monde où on travaille sans paie. Où des garçons juifs vous préparent de la limonade et où des gens reprisent vos sous-vêtements simplement parce que vous le leur avez demandé. Peut-être que ces gens méritent un monde pareil.

Pas elle.

C'est une question de justice, quoi qu'en dise Bets.

Et dans le monde d'Eva, il n'y a personne d'autre pour y veiller. Personne d'autre qu'elle.

Elle répète les noms dans sa tête. Vingt-sept noms.

Et elle attend, patiente, prudente, que Peggy s'en aille et que Bets fasse la vaisselle et qu'Olive, captivée, écoute Jake lui parler des cours qu'il suit à l'université. Choisissant son moment, elle tend la main et fait glisser le couteau à pain jusqu'à la serviette sur ses genoux.

Chapitre 14

MAI 1945

Accroupie sous le bureau de papa, Inge attend, s'efforçant de ne pas bouger. D'empêcher sa respiration de produire le moindre son. Annemarie n'en émet plus, de son. Depuis un long moment. Tout à l'heure, les doigts dans les oreilles, Inge la suppliait d'arrêter, et maintenant, elle voudrait juste qu'elle fasse du bruit. N'importe quel bruit.

Elle a peur qu'Annemarie ne puisse plus jamais en faire.

Les lourdes bottes martèlent encore le sol. Ils rient. Elle entend du fracas. Des bris de verre. Puis les soldats reviennent dans le bureau, et quelqu'un trouve le whisky de papa dans le bar. Ils crient. Ils fêtent ça. Et maintenant, pense Inge, ça va être son tour. Ils vont renverser le bureau. Ils vont remarquer la voiture.

Ils vont la trouver.

Une paire de pieds passe derrière le bureau, si proche d'Inge qu'elle voit la boue séchée sur les talons des bottes. Elle entend des mots qu'elle ne comprend pas, du papier qu'on déchire, des pages arrachées à des livres, qui volent et forment une pile près de ses genoux endoloris. Et puis quelqu'un tire un coup de feu et elle doit couvrir sa bouche, agripper sa propre gorge pour étouffer son cri. Mais elle ne saigne pas. Les hommes rient toujours. Pendant que les avions volent et que la terre tremble et qu'on distingue faiblement, au loin, le staccato constant des balles qui font *ratatatata*.

Inge ferme les yeux et elle sent qu'elle se fracture. Qu'elle se brise en plusieurs morceaux. L'un d'eux est l'Inge qui souffre. Une douleur de plomb, écrasante et glacée. Et à côté, il y a l'Inge qui a peur. Qui vibre et frissonne comme si elle venait de mettre un doigt dans une prise électrique. L'Inge qui pourrait jaillir de sous ce bureau et se mettre à courir et courir et courir jusqu'à ce que quelqu'un tire de façon à ce qu'elle ne puisse plus bouger.

C'est donc ça, le monde ? Un endroit où rien n'est juste ? Où il est impossible de ne pas pleurer ? Où les guerres ne sont ni glorieuses ni nobles, seulement sales et sanglantes ?

Les tableaux sont arrachés des murs. Elle entend les toiles qu'on déchire. Les beuglements graves et satisfaits des hommes qui détruisent.

Et Annemarie est silencieuse.

Inge inspire. Et inspire encore. Sa souffrance est froide, sa peur électrique, mais au-dessus d'elles s'élève une autre Inge. Un fragment différent. Et celui-ci est un feu. Un brasier silencieux.

C'est l'Inge qui choisit.

Elle ouvre les yeux. Les soldats ont quitté le bureau. Ils ont descendu dans leurs lourdes bottes ce qu'il reste de l'escalier. Leurs cris viennent de dehors désormais. Elle jette un regard prudent par-dessus le bureau de papa. La pièce est saccagée, les rideaux ne tiennent plus que par un fil. Mais elle est vide.

Elle se lève, et sent un dossier sous ses pieds. Celui avec son nom dessus. Elle l'avait oublié. Elle déboutonne son chemisier et fourre le dossier à l'intérieur, puis elle le reboutonne. Elle ouvre ensuite le tiroir du bureau de papa et en sort son coupe-papier.

Elle va aller chercher Annemarie.

La maison dévastée grogne, mais il n'y a personne dans le vestibule. Elle déteste l'escalier principal. Il y a un espace en dessous. Néanmoins, cette Inge descend sans hésiter, son chemisier bombé, coupe-papier à la main. La porte d'entrée est ouverte, la salle à manger une pagaille de meubles cassés, et dans le petit salon, une partie du plafond en plâtre s'est effondrée, les fenêtres ont explosé et le piano est criblé d'impacts de balle. Et il n'y a personne.

À part Annemarie.

Elle est allongée par terre, jupe entortillée et jambes à l'air, bras écartés sur le tapis. Il y a des traces rouges dans ses cheveux. Comme dans ceux d'Helga. Comme dans ceux de maman. Et l'Inge qui souffre sent le froid monter en elle, enfler, la figer. Elle ne peut pas bouger. Elle voudrait hurler.

Et soudain, elle voit bouger la poitrine d'Annemarie.

Inge se met à courir. Lâche le coupe-papier. Tombe à genoux. Touche le visage d'Annemarie.

– Est-ce que tu m'entends? chuchote-t-elle. Est-ce que tu m'entends?

Apparemment pas. Mais elle n'est pas comme Helga, Inge le voit. Elle n'a pas de trou, mais une entaille, juste derrière l'oreille. Quelqu'un l'a frappée avec un objet. Et pas seulement. Ils ont fait beaucoup plus que ça. Inge le voit aussi.

Et le feu explose en elle, flambe. Comme l'avion sur la montagne. Elle n'a rien pu faire pour Adolf. Elle n'a pas pu aider Erich.

Mais ces hommes ne toucheront pas Annemarie. Ils ne la toucheront plus.

Inge reboutonne le chemisier de son amie, là où il n'est pas déchiré, et tire sur sa jupe. Puis elle sort la couverture de maman – la grande, celle qu'elle posait sur ses genoux l'hiver – de sous un tas de poussière de plâtre et l'étale à côté d'Annemarie. Elle fait rouler la jeune fille dessus, essaie de la placer au centre, puis en attrape les deux coins les plus proches de sa tête et se met à tirer.

Poussant des grognements, elle traîne Annemarie à travers la maison en ruine. Sur du verre, dans de la poussière et des gravats, écartant les meubles sur son passage. Elle a oublié le coupe-papier. Mais personne n'essaie de l'arrêter. Il n'y a personne à l'intérieur. Les coups de feu claquent dehors. Non loin. Près de l'avant de la maison. Des cris et de brefs *pan, pan*. Dans la cuisine, Annemarie glisse de la couverture. Elle y a laissé une tache de sang, mais Inge l'ignore. Elle la remet dessus et continue de tirer jusqu'à ce que ses muscles la brûlent, jusqu'à ce que le souffle lui manque. À travers la cour, dans la boue, conséquence de la canalisation explosée, contournant le tas de gravats qui était autrefois le garage. Là où elle a garé la voiture.

La couverture se déchire. Et les cris proviennent de l'intérieur de la maison désormais.

Elle ouvre la portière arrière, passe ses bras sous le corps d'Annemarie et la tire à reculons dans l'allée dévastée, puis la hisse sur la banquette arrière, se décale, la fait glisser à l'intérieur. Quelqu'un parle en russe à toute vitesse, dans la cour, de l'autre côté des gravats. Ils vont les voir. Ils vont les trouver. Une dernière traction, et Inge monte sur Annemarie, rentre ses jambes à l'intérieur, ferme doucement la portière et escalade le siège avant jusqu'au volant.

Où est la clé ?

Où a-t-elle mis la clé ?

Elle est sur le contact.

Il y a de nombreuses voix derrière les gravats désormais. Basses. Furieuses. Elle ne peut rien y faire. Elle inspire. Inspire encore. Et tourne la clé.

Le moteur démarre dans une explosion. Elle enclenche la marche arrière, puis change de direction juste au moment où le premier soldat, stupéfait, contourne les gravats. Il lève son arme et tire une fois, puis s'écarte d'un bond de son passage. Si elle avait encore eu un pare-brise, il aurait volé en éclats. Mais où que la balle soit allée, elle ne l'a pas touchée. Elle ne pense pas qu'Annemarie le soit non plus.

D'autres soldats accourent, tirent, mais Inge a déjà remonté la pente et s'engage sur la route.

Elle ne sait pas du tout où elle va.

Elle pense qu'ils vont la poursuivre.

Elle conduit pied au plancher, tourne au dernier moment, dérape, et prend le chemin menant à la maison d'Annemarie, où les arbres la protégeront du ciel. Son amie a besoin de sa mère. De quelqu'un. Mais déjà à mi-chemin, Inge sent la fumée. Voit le nuage. Elle dépasse le sentier menant à la ferme, à la recherche de la longue barrière métallique donnant sur les pâturages, où le père d'Annemarie garde leurs vaches. Elle est ouverte, et le bétail n'est plus là, alors elle entre et se gare sur un côté, le long des arbres. Elle laisse tourner le moteur et saute hors de la voiture.

Annemarie est tombée sur le plancher. Sa tête saigne toujours. Mais Inge la laisse là. Hors de vue. Elle escalade la clôture et traverse le bois en courant tandis que les branches déchirent ses vêtements et lui griffent le visage. La fumée est épaisse, suffocante, et à l'approche de la petite ferme, elle ne sort même pas d'entre les arbres. Il semble y avoir six tas de vêtements flasques devant la maison en flammes. Sauf qu'un bras sort d'une manche. Une cheville dépasse d'une jambe de pantalon. Inge fait demi-tour et rejoint la voiture en courant.

Annemarie n'a plus de mère. Ni plus aucune famille.

C'est peut-être pour ça qu'elle courait à travers champs.

Inge la remet sur le siège arrière. Elle a les yeux fermés, un côté de son visage est enflé et vire au violet, les traînées rouges dans ses cheveux s'assombrissent. Mais son pouls bat à son poignet, un petit sifflement s'échappe de sa bouche. Inge saute sur le siège conducteur.

Un camion passe en rugissant, de l'autre côté des arbres, mais ne s'arrête pas. Il ne ralentit même pas. Inge ferme les yeux et revoit les cheveux dans le vent d'Annemarie, sa bouche ouverte, criant quelque chose d'inaudible tout en agitant les bras en direction de la voiture.

Et Inge ne s'est pas arrêtée.

Elle est passée juste devant elle.

Un autre morceau se fracture en elle. Se détache de la douleur froide, de la colère brûlante et de la peur vrombissante. De la culpabilité, écœurante et vénéneuse, qui se répand tel un poison depuis les tréfonds de son être.

Inge choisit la colère.

Elle ouvre la boîte à gants. Elle contenait une carte, autrefois, et c'est toujours le cas. Elle la déplie sur le siège et trace les routes avec un doigt.

Papa doit être dans son camp. Et il y aura des soldats, là-bas, non ? Des soldats allemands. Et le camp possède un hôpital. Papa y travaille. Elle y est allée une fois. Elle a franchi le portail en fer du grand bâtiment blanc. Papa était dans son bureau, en blouse de docteur, en train de fumer la pipe, et Rolf aussi, hochant la tête, souriant et tapotant le genou d'Inge.

Il lui faut un itinéraire secondaire. Des petites routes. Où les gros camions et les tanks auront plus de mal à circuler. Contourner Potsdam, Brandebourg, jusqu'à Sachsenhausen, au nord de Berlin. Il y aura peut-être des Soviétiques. Et des Anglais et des Américains. Peut-être que les routes seront barrées.

Ça n'a pas d'importance. Il faut qu'elle trouve papa. Il faut qu'elle lui annonce, pour maman. Il faut qu'il aide Annemarie.

Un avion les survole. Mais il ne leur tire pas dessus.

Elle sort le dossier de son chemisier et le jette sur le plancher, puis elle court jusqu'au ruisseau, à l'autre bout du pré, s'empare d'une vieille bouteille de lait que le père d'Annemarie gardait là, coincée entre les rochers. Elle la remplit et nettoie la coupure d'Annemarie, puis verse un peu d'eau dans sa bouche. Son amie s'étrangle mais ne se réveille pas. Inge boit, remplit de nouveau la bouteille, puis se soulage derrière un arbre. Elle coince ensuite la bouteille entre les sièges, en espérant qu'elle ne se renversera pas, et vide un bidon d'essence dans le réservoir.

Et puis elle repart. Lentement, cette fois. À l'affût des avions. Des camions. Elle rebondit dans les ornières. Lorsqu'elle sort de sous les arbres, le soleil bas brille à travers la fumée, et elle emprunte une route plus large, encore lisse, épargnée par les bombes. Le vent lui fouette le visage, assèche ses yeux et sa bouche. Elle dépasse l'épave d'un train, des voitures empilées comme si Adolf avait laissé ses jouets sur le tapis. La nuit tombe.

Et il y a des lumières au loin. Des phares. Qui viennent vers elle.

Elle donne un grand coup de volant pour descendre sur le bas-côté, puis continue de rouler tant bien que mal sur la terre irrégulière d'un champ, jusqu'à trouver un petit bosquet d'arbres derrière lequel se dissimuler. Ce n'est pas une bonne cachette. Mais il n'y en a pas d'autres. Elle coupe le moteur.

Il y a des dizaines de camions. Des centaines, peut-être; elle perd le compte. Et des tanks. Ils ne sont pas allemands. Ils n'auraient qu'à braquer une lumière sur elle pour la voir. Mais ils n'en font rien. Ils cherchent des troupes. Pas des gamines conduisant la Mercedes de leur mère.

Annemarie fait du bruit sur le siège arrière. Un petit gémissement. Inge est contente de l'entendre.

Elle attend une demi-heure après le passage de la colonne de véhicules, puis elle reprend la route. La lune se lève, immense et brillante. Inge éteint les phares et scrute la route, menton en avant. Elle doit se cacher à nouveau pendant la nuit, pour éviter un camion, cette fois derrière un tas de gravats, une grange détruite, puis elle rate deux fois le bon embranchement dans le noir. Elle doit consulter la carte et revenir en arrière. Elle passe devant des bâtiments en ruine et des endroits où la guerre semble ne pas avoir eu lieu. Il n'y a de lumière nulle part.

Et alors que le soleil se lève, elle commence à croiser des gens, des files de gens avec des chariots, des valises et des paquets. Tous vont en sens inverse. Inge accélère. Elle veut s'éloigner d'eux. Les fuyards attirent les avions.

Elle tourne une dernière fois, en direction de l'ouest, et l'air devient gris. Poussiéreux. Le soleil est d'une nuance orange qu'elle n'a jamais vue. Et soudain, elle doit enfoncer la pédale de frein. Il y a un cratère en travers de la route. Un cratère dans lequel on pourrait faire tomber une maison. Inge le contourne prudemment, roule sur une clôture tombée à terre, plissant les yeux dans la lumière irréelle d'un jaune rougeâtre. Un autre cratère apparaît. Et un autre. Et un autre.

Tellement de bombes.

Elle zigzague entre eux comme si elle explorait la lune, tourne vers une sorte d'entrepôt dont il manque un gros morceau, une bouchée prise dans un mur. D'après la carte, il devrait y avoir un pont enjambant une rivière, mais il n'est pas là. Elle continue d'avancer derrière l'entrepôt, à la recherche d'un passage. Roule sur de la brique, du verre brisé crissant.

Soudain, la voiture fait une embardée, tressaute violemment. Inge s'accroche au volant, s'insère dans un espace entre une palette chargée de caisses et un camion noirci par le feu. Elle s'arrête. La voiture penche lourdement d'un côté, et elle sait déjà ce qu'elle va voir. Un pneu crevé.

Elle n'a pas de roue de secours.

Elle donne un coup de pied dans le pneu. Il y a du sang sur la pointe de sa chaussure. Elle ne sait pas d'où il vient. Ses cheveux sont emmêlés, ses doigts couverts de croûtes, et elle sent une couche de crasse sur sa peau. Elle sait qu'elle est fatiguée. Si fatiguée que ses genoux menacent de céder. Si fatiguée que le fragment furieux d'elle-même est presque étouffé.

C'est alors qu'Annemarie gémit sur la banquette arrière. Et Inge se souvient de ce qu'elle fait là. Elle reprend la carte et la déplie. Le camp de papa ne se trouve qu'à un kilomètre environ. Mais elle ne peut pas parcourir cette distance en voiture.

Il va donc falloir qu'elle marche.

Elle regarde autour d'elle. Le camion noirci empeste, ses pneus fument encore. Sur la palette, certaines caisses sont calcinées elles aussi, et une ou deux, éventrées, déversent leur contenu sur le sol. Des bottes. Des bottes militaires. Inge espérait de la nourriture. La moitié des caisses sont encore recouvertes d'une bâche brûlée. Elle tire dessus, à plusieurs reprises, jusqu'à ce que la toile recouvre la majeure partie de la voiture.

Peut-être que les avions ne pourront pas la voir. Peut-être qu'ils ne s'intéresseront pas à un stock de chaussures qui a déjà été bombardé. Peut-être que personne ne viendra par ici, et qu'Annemarie ne décidera pas de se réveiller. Ou de faire du bruit.

Inge se met en marche.

Elle va bientôt rejoindre papa.

La rivière est en fait un canal, pas trop profond, et elle distingue l'ancien emplacement du pont. Des blocs de béton hérissés de barres en métal pointues dépassent de l'eau telles des pierres de gué géantes. Inge saute de bloc en bloc, de tas de gravats en tas de gravats, et continue à suivre la route. Et il y a encore de l'eau à traverser, sauf que cette fois, c'est bien une rivière. Lente, de peut-être douze mètres de large.

« Vingt-cinq longueurs », disait papa, assis dans son transat avec un livre. Les autres pères jouaient dans le sable avec leurs enfants, mais papa gardait sa cravate. « Les jeunes Allemandes doivent être en forme et en bonne santé. Tu veux porter des enfants allemands en bonne santé, n'est-ce pas, ma Vögelchen ? N'est-ce pas ? Dis-moi qui tu es... »

« Je suis Inge von Emmerich. Je suis Inge... »

Inge retire ses chaussures, les attache ensemble autour de son cou, et traverse la rivière à la nage. Elle n'est pas aussi froide que la mer Baltique, tant s'en faut. Elle rejoint la route, haletante, dégoulinante, ses chaussures à la main.

Il y a maintenant des maisons de chaque côté, certaines ont disparu, et encore des cratères. Les coquilles vides de voitures brûlées jonchent la route. Une femme l'appelle. Un chien aboie et la poursuit, mais elle ne s'arrête pas. Elle ne peut pas s'arrêter. Papa n'est plus très loin. Et puis elle arrive au chemin de fer.

Il y avait un train près du camp de papa. Elle se rappelle l'avoir entendu, ce jour-là, dans son bureau, avec Rolf qui lui tapotait le genou. Papa lui avait fait visiter l'infirmerie, au carrelage blanc et brillant, où il aidait les prisonniers qui avaient du mal à comprendre comment être loyaux envers l'Allemagne. L'un d'entre eux, en uniforme rayé, avait apporté du vin à maman pendant que papa fumait sa pipe. Puis le train avait sifflé, et Inge s'était éloignée discrètement de Rolf et avait demandé à sa mère pourquoi elles avaient fait tout ce trajet en voiture plutôt qu'en train.

« Ce train n'est pas pour nous », avait répondu maman.

Et Rolf avait ricané. Et papa avait ricané.

Elle s'est toujours demandé pourquoi.

Peut-être que papa sera là. En train de l'attendre à son bureau.

Les voies de chemin de fer sont loin derrière elle, désormais. Elle se trouve dans un champ parsemé d'arbres. Elle aperçoit des briques. Un mur de briques derrière les branches. Le mur du camp de papa. Haut et épais, avec une tour de guet sur un côté. Un mur qui protège tout ce qu'il y a à l'intérieur.

Elle se met à courir, ses chaussures qui se balancent lui frappent la jambe, et elle ne sent même pas les cailloux qui lacèrent ses plantes de pied. Il faut qu'elle trouve le portail. Le portail en fer dans le grand bâtiment blanc. Mais elle repère alors un endroit où le sommet du mur s'est effondré, comme si quelque chose l'avait heurté, formant un tas de gravats à sa base.

Elle l'escalade. Elle lâche ses chaussures et se sert de ses mains et de ses pieds. Elle s'égratigne le genou, mais elle s'en moque. Elle parvient au sommet du mur et se met debout.

Et elle regarde en bas.

Dans le camp de papa.

Chapitre 15

AOÛT 1946

Eva replie un doigt autour du bord du rideau et observe la rue devant Powell House. Pas d'homme à chaussures brillantes, pas de M. Cruickshanks.

Cela dit, elle ne les verrait sûrement pas.

Elle n'a pas appelé le numéro indiqué sur la carte de M. Cruickshanks, qu'elle a récupérée dans le vase bleu et blanc. Parce qu'elle n'a rien à lui dire. Pas encore. Ce n'est pas l'Allemagne d'après-guerre, ici.

Ici, les crimes ne passent pas inaperçus.

Il lui faut donc un plan. Un bon plan. Et elle en aura peut-être un d'ici la fin de la journée.

Elle regarde le petit réveil sur la table de nuit. Plus que vingt-cinq minutes avant quatorze heures.

Quand Jake est revenu à Powell House, samedi, il l'a informée que son oncle Paul voulait la voir mardi à quinze heures dans son bureau. Qu'il connaissait un psychiatre allemand. Puis, appuyé contre le montant de la porte, il lui a dit qu'il y avait un bal en bas. Qu'ils avaient roulé les tapis. Et si elle descendait ?

Mais Brigit se comportait mal. Elle mordait. Frappait. Lançait ses chaussures. Ce n'était pas la Brigit dont il fallait avoir peur. C'était celle qui s'était rendu compte qu'elles ne retourneraient pas au dernier endroit auquel elle s'était habituée. D'ordinaire, il fallait deux jours pour que cessent ses colères. Alors, au lieu d'emmener Eva au bal du rez-de-chaussée, Jake a emmené Brigit au premier étage, dans la salle de musique, une pièce tranquille et confortable, équipée d'un tourne-disque, d'une radio et d'un quart-de-queue aux pieds incurvés, en acajou poli.

Eva s'est aussitôt dirigée vers le piano, posant les doigts sur le clavier ivoire. Elle a appuyé sur une, deux, trois touches de suite. Il était magnifiquement accordé.

– Tu sais en jouer ? a demandé Jake.

Elle a secoué la tête.

Il a alors montré à Brigit un placard plein de tambours. De différentes tailles, originaires d'endroits différents. Il l'a laissée en choisir un, et elle a souri, révélant ses fossettes lorsqu'il lui a donné une mailloche moelleuse pour frapper dessus. Blottie dans un des fauteuils capitonnés, près de la radio, Eva a regardé Jake s'efforcer de jouer en rythme avec Brigit. C'était drôle. Et tellement étrange qu'elle n'ait pas peur de lui.

Jake n'est pas beau, a décidé Eva. C'est juste très difficile d'arrêter de le regarder.

Après s'être bien amusée, Brigit s'est sentie fatiguée et a eu besoin d'aller aux toilettes, et quand Eva a enfin réussi à l'endormir, Jake l'attendait encore devant la porte de la chambre bleue, appuyé contre le mur.

– Cinquième étage, a-t-il dit.

Et il a souri.

Il était difficile de lui dire non.

Ils sont donc montés tout en haut de Powell House, gravissant les dernières marches étroites jusqu'au grenier transformé en salle de jeu meublée d'un canapé, de quelques chaises et d'un tourne-disque portable. On pouvait aussi y jouer au tennis de table – Jake appelait ça du ping-pong – et un tournoi était en cours.

Larry, originaire d'Inde et en doctorat dans la même université que Jake, jouait contre Jimmy, un quaker qui avait refusé de partir à la guerre car cela allait à l'encontre de ses convictions. Il venait de se fiancer à Colette – son « amie » assignée quand elle était arrivée à Powell House –, une grande fille aux cheveux blonds et courts, qui avait passé presque toute la guerre à se cacher de la Gestapo dans une cave en France. Et quand Larry a gagné, il a joué contre George, et Marion a joué contre Ernst, tous d'anciens immigrants devenus bénévoles. Jake mettait de la musique, fouillant parmi les disques, et Eva écoutait, assise dans un coin du canapé.

Elle écoutait Marion, qui avait vécu l'occupation de la Hollande. Ernst, un Autrichien, seul en Amérique, sans famille. Lucy qui, de Berlin, avait été envoyée à Londres pour sa sécurité, et qui avait survécu de peu au Blitz et n'avait jamais revu ses parents. Tous étaient juifs et avaient vu leur vie bouleversée par Hitler. Eva écoutait leurs histoires. Comme elle les avait toujours écoutées. Dans les camps pour personnes déplacées.

C'est toujours mieux de savoir. Il faut toujours savoir ce qui s'est passé. Sinon, on ne peut pas comprendre ce qu'est la justice.

Mais elle évitait sa propre histoire. Comme elle l'avait toujours fait. Et quand Lucy l'a interrogée sans détour, Jake a demandé à Eva d'arrêter de tirer au flanc et de l'aider à choisir un disque.

Elle n'est pas la seule qui observe. Et écoute.

Il était tard quand ils sont redescendus. Jake s'est attardé, disant qu'il viendrait la chercher mardi après ses cours. À quatorze heures.

Eva regarde le petit réveil. Plus que vingt minutes.

Brigit est allongée par terre, de l'autre côté du lit, les cheveux encore humides après son bain. Elle n'est plus en colère, du moins plus tout le temps, la chambre et les gens ayant perdu le plus gros de leur étrangeté. Néanmoins, la laisser dans une partie de la maison pour se rendre dans une autre est une chose. La laisser pour traverser la ville, c'est… risqué.

Mais Eva n'a pas le choix. Et puis ça fait vraiment longtemps que Brigit n'a pas essayé de faire du mal à quelqu'un.

Les rideaux remuent dans la brise et, sur le trottoir d'en face, une petite fille fait de la corde à sauter devant le grand bow-window, ses couettes rebondissant au rythme de ses sauts.

Un, deux, trois, quatre...

Si son père a effectivement pu quitter l'Allemagne grâce au Dr Schneider et qu'elle rencontre celui-ci aujourd'hui, alors elle pourrait le retrouver bientôt. Très bientôt.

La petite fille perd le rythme et recommence, sa corde frappant le pavé.

Un, deux, trois, quatre...

– *Eins. Zwei. Drei. Vier...*, chuchote Eva.

Elle ferme les yeux.

« En allemand ! » La voix de son père retentit dans son crâne, aussi tranchante que du verre brisé. « Dis-le en allemand ! Quel âge as-tu ? »

Et si le Dr Schneider lui a trouvé un emploi ? Et si son père se trouve dans cet hôpital en ce moment même, assis derrière un bureau, en train de fumer sa pipe ?

De l'attendre.

« *Sprich auf Deutsch !* » Cette voix transperce son esprit.

« *Vier ! Vier ! Ich bin vier !* »

Eva ouvre les yeux, une main sur son ventre. Ça ne l'a pas rendue malade. Seulement un petit peu. Et les papiers qui étaient cachés dans leurs jupes sont maintenant dans une fente qu'elle a faite dans le matelas, et le couteau à pain est dissimulé dans la doublure de son sac à main, avec la carte de M. Cruickshanks.

Elle est prête.

Et soudain, Eva se rend compte qu'elle n'entend plus la petite fille qui saute à la corde. Elle regarde par-dessus son épaule.

Quelqu'un a fermé la fenêtre.

Brigit est assise au bord du lit, les cheveux brillants, presque secs. Elle a mis une chaussure. Le petit réveil sur la table de nuit indique deux heures moins dix.

– *Jeden, dwa, jeden, dwa,* marmonne la jeune fille en jouant avec ses doigts.

– Très bien, Brigit, chuchote Eva.

Il est rare qu'elle dise des mots qui n'ont aucun sens, quand elle est réveillée. Eva se tourne pour rouvrir la fenêtre, pour faire un courant d'air, quand on frappe doucement à la porte. Mme Angel passe la tête à l'intérieur de la chambre.

– Bonjour, lance-t-elle. Comment va ma petite aujourd'hui ?

Brigit relève les yeux, sourit, et Mme Angel entre sur la pointe des pieds, comme si elle avait peur de ses propres pas.

– Regarde, ma puce. J'ai une surprise pour toi.

Mme Angel plonge la main dans la poche de son tablier et en sort un chaton tout ensommeillé, enveloppé dans une vieille chaussette. Il a encore ses yeux bleus de nouveau-né, une fourrure grise et hirsute. Brigit écarquille les yeux et tend les mains.

– Doucement, dit Mme Angel. Pose-le sur tes genoux.

Elle croise le regard d'Eva.

– Vous êtes courageuse, fait remarquer celle-ci, provoquant le rire de Mme Angel.

Eva prend dans ses bras le chaton curieux qui s'échappe déjà des genoux de Brigit pour aller explorer la pièce. Il est chaud et a le nez rose. Elle pose la main de Brigit sur lui, doucement, et regarde Mme Angel.

– Ça... ça ne vous dérange pas ? Elle a mal à la tête, parfois, et elle aura besoin de calme, et il faut qu'elle reste... occupée.

– Je suis comme elle.

– Si elle panique, vous pouvez mettre une serviette et une couverture sur sa tête. Pour qu'elle se sente plus en sécurité. Et... (Eva hésite.) Il ne faut pas lui donner d'objets pointus. Ni rien qui pourrait... blesser.

– Je comprends, dit Mme Angel en lissant en arrière les cheveux brossés de Brigit. Tu t'occupes bien d'elle, ça c'est sûr. Allez, va lui trouver un docteur, à ce petit chou.

Eva hésite, puis prend son sac à main. Un chou, pense-t-elle. Une gourmandise. Un mot pour désigner quelqu'un qu'on aime bien. Comme « souris » ou « ours » en allemand. Elle repense aux feuilles de papier dans la cuisine, demandant aux gens d'aider à récurer l'escalier.

– Quel est votre prénom, madame Angel ?

– Je m'appelle Happy Angel, répond celle-ci avec un grand sourire. Mais seule Martha m'appelle comme ça. Bets trouve ça irrespectueux, même si ça ne l'est pas.

– Votre mère vous a appelée Happy Angel ?

– Oh, non. C'est le nom que je me suis choisi. Et je l'ai choisi parce que c'est ce que je veux être. (Elle agite les mains.) Allez, file ! Et ne te fais pas de souci. Oust !

Le chaton miaule lorsqu'Eva ferme la porte, son sac à main pressé contre sa poitrine.

On peut changer son nom. Mais ça ne change pas qui on est.

Et parfois, c'est un marché de dupes.

– Salut, dit Jake lorsqu'elle passe le tournant de l'escalier. Prête à y aller ?

Il porte un costume aujourd'hui, sans cravate, mains dans les poches, tandis qu'autour de lui, dans le vestibule, règne un véritable chaos. Des hommes en bleu de travail sortent le canapé du salon de devant, en croisant deux autres qui entrent avec une lourde caisse en bois dans la pièce maintenant remplie d'un méli-mélo de chevalets et de petites tables, de paquets emballés et de caisses. Une femme coiffée d'un turban rouge est en train d'en vider une, tandis que Martha balaie le tapis plein de poussière.

– Qu'est-ce qu'elles font ? demande Eva en se faufilant par la porte d'entrée, derrière Jake.

Un camion de déménagement se gare devant la maison pour récupérer le canapé.

– C'est l'exposition d'œuvres d'art, répond Jake. Il va y avoir une fête d'inauguration ce week-end, pour donner le coup d'envoi. Du thé et des dignitaires, tout le tralala.

Le regard d'Eva file de droite à gauche lorsqu'ils descendent les marches du perron, mais elle ne reconnaît personne à part la fille avec la corde à sauter.

– C'est quoi… des dignitaires ?

– Des gens importants.

– Des gens avec... de la dignité.

– C'est ça.

Jake part d'un bon pas sur le trottoir, et Eva remet à plus tard ses questions sur la mystérieuse expression « tout le tralala ». Ils tournent à droite, sur Lexington. Eva mémorise le panneau. Elle aime savoir où elle est et où elle va, mais pour l'instant, elle doit trottiner pour suivre le rythme.

– Pourquoi installent-ils ces œuvres d'art dans Powell House, plutôt que...

– Plutôt que dans un musée ? termine Jake. Parce que ce sont des œuvres d'artistes blancs et noirs mélangées, présentées côte à côte. Les musées ne font pas vraiment ce genre de choses.

Il esquive un livreur à vélo.

– Mais à Powell House, ils acceptent d'exposer des œuvres comme ça ? Toutes ensemble ?

– Bien sûr, répond-il en jetant un coup d'œil par-dessus son épaule avant de prendre Eva par le coude pour lui faire traverser la rue, s'attirant un coup de klaxon d'un taxi.

Les talons de la jeune fille claquent sur le pavé.

– Mais on sait qu'il y aura bien un imbécile pour venir faire une scène ou cracher par terre ou je ne sais quoi, poursuit-il. Et Martha lui donnera une carte et lui demandera si elle peut faire quoi que ce soit pour aider sa famille, et c'est moi qui devrai faire sortir ce crétin et lui en coller une.

– Lui en coller une ?

– Le frapper, tu sais. Dans l'œil, explique-t-il avec un sourire en coin. Bien sûr, je serais la déception du siècle, si je faisais une chose pareille.

Ils passent devant un bâtiment aux fenêtres ornées de chiens, de chats et de chouettes en pierre sculptée.

– Donc Powell House est... différente du reste de l'Amérique.

– C'est le moins qu'on puisse dire, répond Jake en tournant de nouveau à droite, et Eva lui jette un regard à la dérobée.

Où qu'ils aillent, ils n'empruntent pas un chemin très direct. Les immeubles sont plus hauts par ici, les rez-de-chaussée tous occupés par de jolies boutiques vendant des robes. De la nourriture. Des fleurs. Jake lui fait contourner un homme qui vend des montres qu'il sort d'un carton. Ils courent presque sur le trottoir bondé.

– Dis, lance-t-il soudain, tu veux une glace ?

Et sans crier gare, il l'entraîne de l'autre côté de la rue, au milieu d'une foule de personnes descendant d'un bus, puis il ouvre une porte rose, faisant tinter une petite cloche.

– Salut, Fred. Un cône avec une boule vanille, s'il te plaît, demande-t-il avant de regarder Eva. Ça te va, de la vanille ?

Elle le dévisage. La boutique est sombre, rafraîchie par un ventilateur, avec un comptoir en bois orné et des peintures de vaches sur les murs. Et quand Eva regarde par-dessus l'épaule de Jake, de l'autre côté de la grande vitrine, sous les mots SCHRAFFT'S peints à l'envers en lettres rose et or, elle voit un homme passer précipitamment sur le trottoir, bousculant les passants et tendant le cou. Elle ne voit pas ses chaussures, mais elle sait qu'elles sont brillantes.

Elle se retourne vers le comptoir. Le prénommé Fred la regarde, attendant sa réponse. Elle a oublié la question. Elle hoche la tête.

– Entendu, dit-il en disparaissant dans l'arrière-boutique.

Jake pose deux pièces sur le comptoir et le glacier revient avec une boule jaune pâle et crémeuse sur un cône enveloppé de papier. Il le tend à Jake, qui le tend à Eva.

– C'est mignon, commente Fred.

– On peut passer par la porte de derrière ? demande Jake. On a un train à prendre.

– Faites donc, répond-il en haussant une épaule.

Jake reprend le bras d'Eva, celui sans glace, et l'entraîne derrière le comptoir, puis dans une cuisine où une femme portant un filet autour de ses cheveux est en train de récurer une énorme cuve en aluminium.

– Salut, Jake, lance-t-elle. C'est qui, la nouvelle ?

Et les voilà de nouveau dehors, derrière la boutique, dans une ruelle. Ils dépassent plusieurs bennes à ordures puantes et se retrouvent de nouveau sur Madison, avec ses boutiques de vêtements. Et partent dans le sens inverse de tout à l'heure. Ils longent deux pâtés de maisons, se fraient un chemin jusqu'au milieu d'une petite masse grouillante de personnes. Eva ne voit plus l'homme aux souliers brillants. Seulement des têtes et des cous, le sommet des immeubles et une bande de ciel. En revanche, elle voit bien un panneau avec un bus dessiné dessus.

Elle regarde attentivement Jake.

– Tu as dit qu'on allait prendre le train.

Il consulte sa montre.

– Ouais, on l'a raté. On va prendre un bus à la place.

Sur ce, il met les mains dans ses poches et se penche en avant pour voir si le bus arrive, comme tout le monde autour d'eux.

– Hé, ta glace est en train de fondre, dit-il en posant ses beaux yeux sur elle.

Elle lèche le cône dégoulinant, sucré, froid et poisseux. Elle réfléchit. Elle trouve une poubelle pour jeter le papier et scrute la rue. Jake aussi.

Ils cherchent le même homme.

Et soudain, le bus arrive, les gens se mettent automatiquement en file sur le trottoir. Jake paie, et ils trouvent une place vers le milieu. Le jeune homme sort un mouchoir de sa poche et essuie le visage d'Eva.

– Tu avais de la glace, explique-t-il. Sur le nez. Ça t'allait bien, cela dit.

Il sourit en essuyant une dernière fois le bout de son nez. Il sent très légèrement la cigarette.

Le bus se met brusquement en mouvement et les emporte dans la rue. Eva regarde défiler la ville derrière la vitre, agrippée à son sac. Elle sent le couteau, caché dans la doublure. Comme la colère qu'elle essaie de dissimuler sur son visage.

Comment a-t-elle pu être aussi stupide ? Parce qu'il a de beaux yeux ? Parce qu'il a l'air gentil ? Alors qu'elle sait que personne ne fait rien gratuitement. Son père le lui a appris.

Qui est Jacob Katz ?

Quelqu'un qui sait des choses. Des choses qu'il ne devrait vraiment pas savoir.

Et ça le rend dangereux.

Et elle pourrait être en train de le conduire à son père.

Pourquoi ne peut-elle jamais, jamais voir ce qui se trouve juste sous son nez ?

Chapitre 16

MAI 1945

Debout en haut du mur, Inge baisse les yeux sur le camp de papa. Elle regarde. Et regarde encore. Et ses genoux lâchent. Ils s'écrasent sur les briques cassées, s'écorchent tandis que ses mains se plaquent sur son visage pour retenir le bruit qui veut s'échapper de sa bouche.

Des cadavres humains. Des squelettes morts à la peau distendue. Un pied, une main, le contour d'une omoplate. Une pile qui arrive à la moitié du mur et s'étale juste là, sous elle, avec des yeux enfoncés et des mouches bourdonnantes, et une puanteur qui fait aussitôt remonter le contenu de son estomac. Pourtant elle n'arrive pas à détourner le regard.

Comment des corps humains peuvent-ils se composer d'autant de morceaux différents ?

Elle essuie sa bouche sur sa manche, son genou en sang sur sa jupe, et la colère qui l'a portée jusque-là explose. De la haine. Pure. Qui lui brûle les entrailles. Qui la purifie de toute autre pensée.

Les communistes. Les ennemis de l'Allemagne. Cruels. Assassins. Indignes de vivre. Frau Koch les avait prévenues qu'ils étaient vils. Mauvais. Inge ferme les yeux, se couvre les oreilles, se balance d'avant en arrière sur les gravats. Les balles tirées d'un avion. Annemarie qui hurle encore et encore. L'odeur de fumée de sa maison. Les communistes ont tué Hitler, et maman est devenue folle. Ils ont tué sa famille.

Et maintenant, ils ont tué tous ceux qui vivaient dans le camp de papa.

Papa pourrait être là, en bas. Dans cette pile.

Le monde est noir devant ses yeux. Et soudain, un coup de sifflet la sort de sa transe, aigu, surprenant. Un homme se tient en bas du tas de gravats. Un homme fluet, pâle, aux yeux sombres, vides, et seulement le souvenir d'une chevelure. Il n'est plus qu'un crâne sur un corps, mais il bouge.

– Tu ne devrais pas rester là-haut, dit-il. Le mur va bouger. Tu vas te faire écraser.

Inge le dévisage.

– Tu es blessée ? demande-t-il.

Elle voit sa manche effilochée, raidie par la crasse, mais sur laquelle on devine encore des rayures. Elle se redresse un peu.

– Est-ce que vous êtes du camp ? l'interroge-t-elle.

Les communistes ne les ont donc pas tous tués. Cet homme était un prisonnier, et il est toujours vivant.

– Je cherche... Je dois trouver mon... Je dois trouver mon père...

Inge descend sur les briques instables et les bouts de mortier, glisse et s'égratigne les jambes.

– Attention ! s'écrie le prisonnier. Ton père, il était dans le camp ?

Elle arrive en bas. Se relève. Hoche la tête.

L'homme secoue sa tête chauve.

– Viens, dit-il. Je vais t'emmener voir le responsable...

« Un responsable, pense Inge. Il saura où est papa. Papa était un homme important. Si celui-ci a survécu, alors peut-être que papa aussi. »

Ils longent la clôture. Lentement, parce que le prisonnier porte une pelle trop lourde pour lui, et parce qu'Inge a oublié ses chaussures. L'homme ne sent pas bon, sa respiration est sifflante et il tousse, sa pelle traîne derrière lui et heurte les cailloux. Un triangle rose presque effacé marque un côté de sa poitrine.

– Vous êtes allé à l'infirmerie ? demande Inge. Pour votre poitrine ?

La toux de l'homme se transforme en rire, et c'est horrible.

– Quand tu es allé à l'infirmerie, ma petite, la maladie n'est plus vraiment un problème.

«Il est peut-être fou, pense Inge. Peut-être que papa pourra l'aider.»

Mais s'il est fou, il a peut-être menti sur les survivants.

Ils passent derrière le mur et elle aperçoit le bâtiment peint en blanc, le portail en fer au milieu, deux soldats debout de chaque côté. Elle s'élance en courant jusqu'au petit tunnel derrière le portail, qui traverse le bâtiment blanc. En direction du grand espace ouvert derrière et de longs baraquements bas disposés en demi-cercle. Quelque part sur la gauche, il y aura l'infirmerie. Où se trouve le bureau de papa. Le prisonnier s'essouffle à essayer de la suivre, mais elle ne peut pas ralentir.

– J'emmène la petite voir Delov, l'entend-elle dire.

Alors l'esprit d'Inge se réveille. Se remet en marche. Delov.

Elle s'arrête. Se retourne brusquement. Les deux soldats fument, appuyés contre le mur. Leurs uniformes ne sont pas allemands. Ses mains se mettent à trembler.

– Par ici, dit le prisonnier en traînant toujours sa pelle.

– Les soldats, murmure-t-elle, ils sont russes.

– Oui. Bien sûr qu'ils sont russes.

– Mais...

«Ils ne sont pas partis, pense Inge. Ils ont pris le contrôle du camp.»

– Qu'est-il arrivé aux Allemands? demande-t-elle.

– Aux nazis, tu veux dire ? réplique l'homme en crachant par terre. Voilà ce que je leur dis, aux nazis.

– Mais vous n'êtes pas allemand?

– Je l'étais. Jusqu'à ce qu'ils décident que je ne l'étais pas.

Inge voudrait reculer. C'est l'un des hommes dont parlait papa. Ceux trop fous ou trop stupides pour se rendre compte qu'on essaie de les aider à devenir meilleurs. Et il vient de l'attirer dans un camp rempli de soldats soviétiques.

Tous les fragments qui la composent lui disent la même chose désormais. Qu'elle a fait tout ce chemin et que maintenant, elle va mourir.

Elle doit découvrir ce qui est arrivé à papa.

D'autres soldats s'affairent autour d'eux désormais. Dans l'espace ouvert autour des baraquements en demi-cercle. Un ou deux d'entre eux leur lancent un coup d'œil, mais ils ne disent rien. Ils sont sales. En sueur.

– Ils creusent des fosses, explique le prisonnier. Pour les morts.

Il prend un des soldats à part et lui pose une question à voix basse. Celui-ci regarde Inge de haut en bas et elle garde les yeux rivés au sol pour qu'il ne voie pas à quel point elle le déteste. Le prisonnier pose sa pelle contre un mur et lui fait signe de le suivre.

– Delov est occupé, dit-il. Ce sera plus simple si tu cherches toi-même. Viens avec moi.

Cet homme doit vraiment être fou.

– S'ils vous laissent partir, pourquoi vous ne fuyez pas? chuchote-t-elle. Vous n'êtes pas obligé de rester ici. À attendre...

Les sourcils du prisonnier se rejoignent. Il l'observe en plissant les yeux, comme s'il avait des problèmes de vue. Il semble perplexe. Et triste. Comme si c'était elle, la folle.

Peut-être que tout le monde est fou.

– Écoute, petite fille, reprend-il, quand est-ce que ton père est arrivé au camp?

– Dès... dès le début, je pense...

Il secoue la tête.

– Aucune personne envoyée ici dès le début n'est encore vivante...

Inge le dévisage. Il pense que papa était un prisonnier, lui aussi.

– Désolé d'être dur, mais il doit être mort de faim, avoir été fusillé ou envoyé au four depuis belle lurette. À moins qu'ils l'aient transféré dans un autre camp, mais ils sont tous pareils. J'en ai fait trois...

– Au four? répète Inge alors que son cerveau s'efforce de fonctionner, de penser. Les communistes mettent leurs prisonniers dans... des fours?

– Non, non, la rassure-t-il d'une voix douce. Les nazis. Mais les nazis sont partis, maintenant. Ils ne peuvent plus nous tuer. Les Russes nous ont libérés, tu te rappelles ?

Inge pose une main contre sa tempe douloureuse. « Les nazis nous ont tués. Les Russes nous ont libérés. »

L'homme se détourne et commence à se diriger vers l'un des baraquements. Elle le suit en trébuchant. Il gravit deux marches et ouvre la porte. Puis se retourne vers elle.

– Tu ne le trouveras pas, petite fille. Mais jette quand même un coup d'œil. Sinon, tu ne sauras jamais vraiment...

« Les nazis nous ont tués. Les Russes nous ont libérés. »

Inge monte les marches, passe la porte.

Il fait si sombre qu'elle ne peut rien voir, juste sentir. Elle suffoque, essaie de se couvrir le nez avec le col sale de son chemisier, et lorsque ses yeux se sont habitués à l'obscurité, elle distingue des plateformes en bois, de deux ou trois étages, remplies d'ombres humaines. Comme les cadavres de la pile au pied du mur, sauf que ceux-ci font du bruit. Ils bougent.

– N'essaie pas de le reconnaître, lui conseille l'homme. Regarde simplement les visages, et vois si l'un d'eux te reconnaît...

Inge le suit entre les rangées de plateformes. Elles sont censées servir de lits, mais il n'y a rien dessus, rien que du bois. Elle fait ce que l'homme lui dit. Elle les laisse regarder son visage. Il y a des puces. Des furoncles. D'horribles blessures. Toutes sortes de fluides. Et deux soldats russes versant à la cuillère une soupe claire dans des bouches ouvertes, avides. Deux cuillerées, et au suivant.

– Pourquoi ne leur en donnent-ils pas plus ? murmure-t-elle. C'est tellement cruel.

– Parce que quand on est affamé, on est trop faible pour digérer. La nourriture peut nous tuer. Il faut y aller petit à petit, jusqu'à ce qu'on soit plus fort...

Inge regarde le visage d'une femme dont le corps tressaute. Elle est nue. Édentée. Si maigre, si grotesque, si délicate qu'elle ne semble pas réelle. Sauf qu'elle l'est. Combien de temps faut-il pour mourir de faim ? Pour que vos muscles disparaissent et qu'il ne reste plus rien de vous, que la peau sur les os ?

Beaucoup plus de temps que les Russes n'en ont passé ici.

« Je suis Inge... von Emmerich. Je suis... »

Elle laisse les larmes couler sur son visage.

L'homme aux rayures effacées lui tient la porte, et Inge inspire l'air frais. Le soleil.

– Je savais que tu ne le trouverais pas.

– C'étaient des prisonniers ? murmure Inge. Comme vous ? Les prisonniers... des nazis ?

Il hoche la tête.

– Qui sont-ils ?

– Des juifs. Des gens qui ont essayé de les sauver. Quiconque n'était pas d'accord, ou était... différent. Surtout des juifs...

Comme Ruth. Qui a déménagé. Ils ont tous déménagé. Elle a du mal à respirer. Du mal à parler.

– Est-ce que quelqu'un... Est-ce que certains nazis ont essayé... de les aider ? Les... les docteurs ?

L'homme grimace en entendant le mot « docteurs ».

– Tout sauf l'infirmerie, souffle-t-il. Mieux vaut mourir de faim, se faire fouetter ou pendre par les poignets...

Il jette un regard sur le côté et Inge voit de grands poteaux au sommet desquels pendent des cordes. Une potence, sans le moindre doute.

– Dis-moi, ton papa n'est pas allé voir les docteurs, petite fille ?

Inge secoue la tête

– Je suis allé les voir, moi.

Il tripote les deux boutons encore accrochés à sa chemise sale et Inge distingue le début d'une cicatrice rose, guérie depuis peu, qui descend sur son torse.

– Ils se moquent de la douleur, les médecins nazis.

– Mais... et un homme qui s'appelle... von Emmerich ?

L'ancien prisonnier ferme les yeux.

– Les autres... ils torturaient et tuaient... ils aimaient ça. Mais le Docteur, il était... curieux. De savoir ce qu'il pouvait vous faire dire. Vous faire faire. Ce que vous pouviez endurer. Il veillait à ce que vous deveniez fou, avant de mourir…

– Qui ça ?

– Von Emmerich. Le Docteur. Ils l'appelaient juste… le Docteur.

Elle secoue la tête. Où est passé l'air ? Pourquoi n'y a-t-il plus d'air ?

– Mais pourquoi ? Pourquoi… faire… des choses pareilles ?

– Des rats de laboratoire, répond l'homme dans un murmure. On était des rats. Indignes de vivre…

Elle tourne brusquement la tête vers les baraquements. Indignes de vivre. Comme dans le livre de papa.

Mais qui peut décider quelles personnes valent plus et quelles personnes valent moins ? Qui a décidé que Ruth valait moins ?

Pourquoi Inge n'a-t-elle jamais demandé qui décidait ?

L'homme continue de parler. Les yeux fermés, d'une voix psalmodique.

– Il allait donner du sens à notre vie, qu'il disait, le Docteur. On allait contribuer à la noble avancée de la science. Car si on peut contrôler l'esprit d'êtres inférieurs, on peut les rendre productifs. Utiles. Plus besoin de guerres ni de camps dégoûtants. On allait l'aider à rendre le monde meilleur. À faire disparaître tout ça, vois-tu…

Une guerre glorieuse. L'avancée scientifique.

« On leur apprendra à devenir utiles, ma Vögelchen, productifs. Et le monde n'en sera-t-il pas meilleur… »

Les fragments d'elle-même vibrent, gèlent, s'enflamment. Se percutent, affolés. Le monde s'est inversé. Sens dessus dessous. Le bien est le mal et le mal est le bien. Rien n'est réel. Rien n'est vrai.

À part qu'Hitler était un menteur.

Son père est un menteur.

Car ceci n'est pas un monde meilleur.

– Que lui est-il arrivé ? murmure Inge. Qu'est-il arrivé à von Emmerich ?

L'ancien prisonnier ouvre subitement les yeux.

– Comment tu as dit que s'appelait ton père ?

Inge recule d'un pas.

– Qu'est-il arrivé à von Emmerich ?

L'homme sourit.

– Ils ont été arrêtés. Le commandant, les officiers. Ils vont les pendre, à mon avis. Pour crimes contre l'humanité, répond-il avant de froncer les sourcils. Mais le Docteur n'était plus là...

Inge recule, dépasse les baraquements, les poteaux avec les cordes, la potence.

– Attends ! crie l'homme, comment tu t'appelles ?

Elle fait demi-tour et court vers le portail, les cailloux s'enfonçant dans ses pieds nus. Quelqu'un crie en russe, mais elle ne se retourne pas. La colère qui lui brûlait les entrailles se transforme. Rugit. Trouve un nouveau carburant pour alimenter sa haine.

– Comment tu t'appelles ? hurle l'homme.

« Je suis Inge... Je suis Inge... »

Mais elle n'est pas Inge.

Elle ne veut pas de ce nom.

Elle n'en veut plus.

Chapitre 17

AOÛT 1946

– C'est notre arrêt, annonce Jake en agrippant l'arrière du siège.

Eva se cramponne à son sac à main. Elle sent son sang battre dans ses oreilles.

Cruickshanks l'avait prévenue qu'il y en aurait d'autres. D'autres personnes qui voudraient son père autant que les États-Unis. Et pour les mêmes raisons.

Ce qu'elle a pu être bête.

Ils descendent du bus, des gens se pressant déjà pour prendre leur place. L'hôpital est haut, en brique pâle, avec des dizaines et des dizaines de fenêtres en verre éclatant qui semblent leur faire un clin d'œil au soleil. Jake l'entraîne sur un large trottoir longeant une allée en demi-cercle jusqu'à des portes doubles sous une arche. Il ouvre l'une d'elles, puis la laisse se refermer.

– Ça va ? demande-t-il, et comme elle ne répond pas, il ajoute : Tu es nerveuse ?

Elle n'est pas nerveuse. Elle est furieuse. Parce qu'elle a été stupide. Parce qu'elle savait bien qu'il ne fallait se fier à personne. Et parce que la colère est plus utile que la peur, ou que le chagrin, ou que la culpabilité.

Jake ouvre à nouveau la porte et, cette fois, elle franchit le seuil et entre dans une salle d'attente meublée de chaises et de bancs. Les ventilateurs électriques font circuler l'odeur des corps et du désinfectant. Ils passent devant une infirmière assise à un bureau, au téléphone, les ongles rongés jusqu'à la chair de façon déconcertante, et se dirigent vers un ascenseur dans lequel ils entrent aussitôt. Jake appuie sur le numéro douze.

– Est-ce que tu as peur des hôpitaux ? demande-t-il lorsque la porte se referme.

Ils sont seuls, la machinerie claque et grince alors que l'ascenseur s'élève.

– Il y avait un homme, avant, M. Gravinsky, poursuit-il. Un Polonais. Il vient encore prendre le café de temps en temps. Il refusait d'y mettre les pieds, parce qu'il avait été à l'hôpital dans un des camps.

L'ascenseur sonne à chaque étage, et une question reste entre eux telle une grenade dégoupillée.

« As-tu été dans un camp, Eva ? »

« Oui, Jake, pourrait-elle répondre, j'ai été dans un camp. Pendant un petit moment. »

Elle voit son reflet sur les parois, sourcils froncés, mains dans les poches. Et elle se voit à côté de lui. Petite. Avec de grands yeux. Et le dos droit.

Oh oui, elle a été dans un camp.

Et cette pensée réduit toutes les autres en cendres.

Elle va trouver ce Schneider. Elle va trouver son père et justice sera rendue. Elle fera ce qu'elle est venue faire, et elle le fera malgré ce garçon à côté d'elle.

Quelle que soit son identité.

La roue qui tourne et indique les numéros en haut de la cabine d'ascenseur atteint le douze. Le carillon retentit et la porte s'ouvre. Eva sort en premier, rapidement, et se retourne pour attendre Jake.

– Hé, tu as eu raison de ne pas répondre, dit-il. Ça ne me regarde pas. Mais si tu es allée dans un camp, là-bas, il n'y a pas à en avoir honte, d'accord ?

Il ignore tout de sa honte.

Ils marchent dans un couloir vivement éclairé, au sol blanc et brillant, croisent des hommes portant des écritoires à pince et des blouses blanches, dépassent des portes fermées. Jake s'arrête devant l'une d'elles, frappe une fois et tourne la poignée.

– Quoi ? aboie une voix brusque, revêche.

Et Jake entre d'un pas dansant comme si on l'y avait invité.

– Oh, c'est toi !

– Bonjour, oncle Paul, lance-t-il. Voici Mlle Gerst.

Le Dr Greenbaum est massif, costaud, avec des sourcils hirsutes. Mais ses mains, qui font tournoyer un stylo, sont très propres, elles ont l'air douces et étrangement délicates. Ses ongles sont parfaitement coupés. Il pose ses yeux sombres sur Eva.

– Gerst ? Un rapport avec les Gerst de la 23e Rue Est ? Non ? Tant mieux. Ce sont des imbéciles.

– On peut s'asseoir ? demande Jake.

Son oncle agite la main, et le jeune homme prend deux chaises.

– Alors, d'où venez-vous, mademoiselle Gerst ? s'enquiert le Dr Greenbaum.

– D'Allemagne. De Berlin.

– Alors vous êtes juive ?

Eva secoue très légèrement la tête, et Jake plisse le front, perplexe.

– *Hmmm.* Bon, Jake m'a expliqué ce que vous cherchiez, et j'ai celui qu'il vous faut.

Eva ne quitte pas l'homme des yeux. Et voilà qu'elle sent tambouriner son pouls, un petit battement de cœur dans ses oreilles.

– Le Dr Holtz, poursuit-il. Un psychiatre. Arrivé dans notre pays il y a moins d'un an. Il travaillait quelque part près de Berlin, je crois. Il parle couramment allemand, bien sûr, et il dit qu'il serait ravi de discuter avec vous.

L'espace d'un instant, le Dr Greenbaum lui rappelle exactement Jake lui tendant le cône de glace. Il repousse son fauteuil du bureau, se lève lourdement.

– Il attend. Je vais aller le chercher.

– Merci, oncle Paul, intervient Jake.

Eva se contente de hocher la tête, muette, tandis que le Dr Greenbaum quitte la pièce et interpelle quelqu'un en criant dans le couloir. La pulsation dans ses oreilles s'accélère, sa poitrine tambourine. Un psychiatre allemand. Ici depuis moins d'un an. Le Dr Schneider a trouvé un emploi à son père. C'est aujourd'hui. C'est le moment.

Le moment de faire justice.

Elle se lève et s'approche de la fenêtre. Il n'y a rien à voir à part un autre mur de brique. Elle pose son sac sur le petit rebord, défait le fermoir.

Elle ne pensait pas que ça arriverait maintenant.

– Quand le docteur sera là, dit-elle, j'aimerais lui parler seule à seul.

Après un silence, elle entend craquer la chaise en bois de Jake.

– Je serai dans le couloir.

La porte se referme et Eva plonge la main dans son sac, trouve la fente dans la doublure, sent la lame froide du couteau à pain.

Elle inspire. Et inspire encore.

Elle dit les noms. Les vingt-sept noms. Doucement. Dans un souffle, haletante.

Elle libère le couteau à pain de la doublure, serre fort le manche dans sa main.

La justice, c'est maintenant. Ça ne tient qu'à elle. Et ce qui doit arriver ensuite arrivera.

Soudain, la porte s'ouvre – la voix du Dr Greenbaum retentit plus loin dans le couloir –, et elle se referme avec un petit déclic. Eva sent la présence de l'homme derrière elle. Elle entend le bruissement d'un pantalon. Un sang brûlant file dans ses veines. Elle tient son sac d'une main, le couteau de l'autre, toujours à l'intérieur.

– *Guten Tag. Nett sie kennen zu lernen…*, dit une voix puissante et douce.

Eva se retourne brusquement.

Chapitre 18

MAI 1945

Inge court. Elle court encore et encore. Mais comment échapper à ce qu'on a dans la tête ?

Ils ont déménagé, voilà ce que disait maman. Pourquoi n'a-t-elle jamais demandé où ? Sont-ils tous partis dans un camp comme celui de son père ? Où « les rendre loyaux » voulait dire « arrêter de les nourrir jusqu'à ce qu'ils meurent » ? Où « les rendre productifs » signifiait les transformer en rats de laboratoire ? Pire que des rats.

Ruth est-elle morte ? Sont-ils tous morts ? Les a-t-on tous mis dans des fours ?

Ça ne peut pas être vrai.

Pourtant, tout ce qui est horrible peut être vrai. Et tout ce qui est bon peut être mal. Les fragments d'elle-même s'écrasent, volent dans tous les sens, dans un tourbillon de confusion.

Papa l'aime. Non ?

Papa est un monstre.

Mais peut-il l'aimer et avoir commis des choses pareilles ? Ce qu'elle a vu ? Ce qu'elle a entendu ? Il disait que maman l'aimait, or elle a tué ses propres enfants.

À part elle. Maman ne l'a pas tuée.

Était-ce de l'amour ou pas ? Inge court plus vite.

On ne peut pas échapper à sa tête, et on ne peut pas échapper à son sang.

L'eau brune gonfle sa jupe ; ses coupures et ses écorchures

la brûlent. Piquent. Elle nage dans la rivière. Mais le souffle lui manque. Ses jambes tremblent. Ses bras sont faibles.

Le courant tourbillonne doucement. Lisse et régulier. La rivière n'est ni bonne ni mauvaise. Elle est, voilà tout. Et on ne peut pas s'échapper.

Inge arrête de nager.

Et le monde devient froid, marron foncé, gargouillant. Suspendu. Calme et tranquille, avec une surface scintillante. Le soleil transperce l'obscurité. Comme des rubans de lumière. Comme des tresses de cheveux blonds.

Et soudain, le corps d'Inge tressaute.

Annemarie.

Elle a oublié Annemarie.

Elle se remet à nager. Remonte à la surface en crachotant et en toussant. Se propulse vers la rive, se hisse hors de l'eau boueuse. Elle titube jusqu'au canal, traverse le pont en ruine et voilà l'usine bombardée, les caisses, la voiture sous la toile noircie, inclinée sur son pneu crevé. Inge retire la toile. Ouvre la portière.

Annemarie est allongée à plat sur le siège arrière, les yeux ouverts, fixes, rivés sur le toit de la voiture. Mais au moins elle n'est pas un squelette sur ce tas. Sa poitrine se soulève. De petits gémissements sortent de sa bouche.

Le soulagement inonde la poitrine d'Inge. De l'eau sur un feu. Elle regarde son amie respirer et prend une décision. Tout le monde ne va pas mourir. Quelqu'un va vivre. Annemarie va vivre. Et il n'y a personne pour la garder en vie.

Personne à part elle.

Elle se brisera en mille morceaux plus tard.

Elle ôte les chaussures d'Annemarie. Cette dernière s'est souillée, mais ça n'a pas d'importance. Ce sont des chaussures à lacets en cuir robuste, pour travailler à la ferme. Bien trop grandes pour Inge, mais bien mieux que rien.

Elle n'en revient pas d'avoir abandonné quelque chose d'aussi précieux que ses chaussures. Elle n'en revient pas d'avoir été aussi stupide.

Elle fouille la cour. Un démonte-pneu. Une boîte de clous rouillés. Un petit bout de béton avec du métal à l'intérieur, qu'elle peut tenir dans sa main. Elle le met dans sa poche, puis elle récupère la bouteille de la ferme et un bidon d'essence vide et va les remplir dans le canal.

Annemarie a refermé les yeux, mais elle avale de l'eau. Et en avale encore. C'est bien. Inge la déshabille et la lave, puis elle nettoie le siège avec un chemisier et l'eau du bidon qui sent l'essence. Annemarie n'aime pas ça. Elle fronce les sourcils. Elle crie, mais ça ne dérange pas Inge. Elle est contente de la voir réagir.

La plaie à l'arrière de son crâne s'est remise à saigner et ses cuisses, son ventre et sa poitrine sont marbrés de bleus qui se fondent les uns dans les autres telles d'hideuses fleurs rampantes. Inge emporte les vêtements souillés jusqu'au canal et les frotte sous un ciel ensoleillé, sans avions. Sans bombes. Un ciel si calme que c'en est troublant. Perturbant. Anormal.

Et Inge se rend compte qu'il n'y a pas d'oiseaux. Aucun oiseau, nulle part.

Elle met les vêtements d'Annemarie à sécher sur le tableau de bord et sur le capot. La jupe, le chemisier, les chaussettes. Elle n'a pas de sous-vêtements. Il fait chaud sous la toile, moite, et ça sent le renfermé. Annemarie s'est rendormie, recroquevillée sur le siège arrière, toute nue. Inge remarque alors des feuilles de papier éparpillées sur le plancher, côté passager.

Le dossier. Avec son nom dessus.

Elle les rassemble, les secoue pour faire tomber les bris de pare-brise. Les documents sont froissés, en désordre. Ce sont des notes, de l'écriture inclinée de son père. Inge trouve la première page, datée de novembre 1933, et un nom.

« Observations : Anna Ptaszynska. »

Inge fixe ce nom. Puis elle jette tout par terre.

Ce n'est pas le bon dossier. Les soldats ont fait tomber ceux qui se trouvaient sur le bureau. Ils les ont tous mélangés. Ce que son père avait décidé d'écrire sur elle a disparu.

Tout a disparu.

Elle se laisse aller contre le dossier de son siège. Son ventre se contracte, vide à l'exception de l'eau du canal. La dernière fois qu'elle a mangé ou dormi, Adolf et Erich étaient encore en vie. Elle est seule. Perdue. Vidée. Qu'importe ce que son père a écrit sur elle ? Ils le pendront s'ils l'attrapent, comme ils pendront le commandant. Pour crimes contre l'humanité, comme a dit le prisonnier.

Inge se redresse.

De quelles preuves un tribunal a-t-il besoin pour intenter un procès à quelqu'un ? Son père n'est pas mort, puisqu'il n'était pas là-bas. Et elle a vu les témoins empilés contre le mur du camp. En train de mourir dans les baraquements. Et où seront les survivants, après la guerre ?

Elle reprend les feuilles de papier, se met à lire.

« La race est le facteur ultime pour déterminer le potentiel d'un individu...

... des intentions nobles mais erronées, que les sous-espèces juives et slaves pourraient être améliorées grâce à un entraînement minutieux dès l'enfance... »

Anna Ptaszynska était l'enfant de communistes polonais arrêtés. Adoptée à l'âge de quatre ans et quatre mois. Un tableau sur deux pages chronique sa conduite.

« 11 NOVEMBRE : parle en polonais : Battue.

11 NOVEMBRE : parle en polonais : Privée de nourriture.

13 NOVEMBRE : mentionne ses anciens parents : Battue.

15 NOVEMBRE : parle allemand : Un jouet.

16 NOVEMBRE : parle polonais : Privée de nourriture.

... crois qu'il serait possible de fissurer la personnalité humaine, de créer une nouvelle personne. De cette manière, les anciennes habitudes et les anciens défauts, les traits inacceptables peuvent être mis de côté, ou entièrement effacés... »

La sévérité des punitions s'accroît. Une goutte d'émétique pour la faire vomir quand elle mentionne son ancienne maison ou ses anciens parents. De la privation sensorielle. Et des récompenses.

Du gâteau après une journée sans manger, parce qu'elle a dit «gâteau» en allemand. Un câlin parce qu'elle a utilisé son nouveau prénom. Mais finalement, Anna Ptaszynska a complètement cessé de parler. Elle a cessé de manger.

Et ensuite,

«Anna Ptaszynska est morte le 11 juillet 1934. Elle n'est plus.

... et bien que les défauts raciaux du sujet aient été observés et rapportés, il existait d'autres zones d'intérêt nées de...»

Et il n'y a rien d'autre. Ses notes se terminent là.

Inge jette les documents. Enfonce ses ongles dans sa nuque. Où était-elle pendant que la petite Anna Ptaszynska mourait en 1934? Au bord de la mer Baltique, probablement, où ils passaient chaque mois de juillet avant la guerre. En train de jouer sur la plage.

Son père est un homme qui laisse souffrir des innocents par centaines. Par milliers. Qui cause leur souffrance. Un homme qui lui ébouriffait les cheveux et la chatouillait avec sa barbe et qui tue des petites filles.

Voilà qui est son père. Et c'est incompréhensible.

Elle ramène ses genoux contre sa poitrine. Se replie sur elle-même. Ferme les yeux.

Elle ne peut pas supporter de dire son propre nom.

Elle ne veut pas de ce nom-là.

Quand elle se réveille, l'atmosphère s'est refroidie. Elle a mal au cou, appuyé de façon peu naturelle contre le volant. Et derrière elle, quelqu'un gémit. Elle se retourne. Annemarie est recroquevillée sur la banquette arrière, les yeux clos, nue et tremblante. Inge déplie la couverture sur laquelle elle était assise pour conduire et la jette sur son amie. Qui frissonne et se calme.

Annemarie ne doit pas mourir.

Annemarie a besoin d'un docteur.

Annemarie doit manger. Sans tarder.

Derrière la toile, le ciel est doré à l'est, les détritus qui jonchent le sol sont humides de rosée. Inge trouve un endroit près de la clôture pour faire office de toilettes. Elle a les jambes qui tremblent. Il n'y a personne. Pas une voix, pas un cri, ni un bruit de moteur.

Elle tâte le morceau de béton dans sa poche, se fraie un chemin à travers la cour et s'introduit dans l'entrepôt dévasté par un trou dans le mur.

Et elle se rend compte que ce n'est pas un entrepôt. C'est une usine. Une immense salle remplie de verre brisé et de machines à moitié ensevelies sous le toit effondré. Ça sent encore le feu. Un avion passe à basse altitude, faisant trembler l'air, et une ou deux briques dégringolent du mur cassé, s'écrasant dans un nuage de poussière. Inge se hâte de passer sur, sous, à travers les décombres, jusqu'à une porte tout au bout. Elle l'ouvre.

Derrière, le couloir semble presque normal, à part la poussière et l'odeur de fumée. Elle passe devant des pièces meublées de bureaux, de classeurs à dossiers. Dans l'une d'elles, des lits superposés et des lits de camp. Tout au bout du couloir, elle trouve ce qu'elle espérait : une cuisine. Grande. Industrielle, avec des plans de travail en métal, propres avant le bombardement et, au centre, une table couverte d'une nappe imprimée, où les superviseurs pouvaient s'asseoir pour manger.

Il doit rester de la nourriture quelque part dans la cuisine, parce qu'il y a une odeur de décomposition.

Inge fouille dans les tiroirs et les placards, prend une casserole, un couteau de cuisine, des fourchettes et des cuillères, ainsi qu'un ouvre-boîte. Et c'est dans une réserve sans fenêtre, alors que, debout sur une chaise, elle passe les mains sur les étagères vides, qu'elle découvre le gros lot.

Une boîte de haricots.

Combien de temps deux personnes peuvent-elles tenir avec une boîte de haricots ?

Plus longtemps que sans.

La boîte finit dans la casserole avec ses autres trésors, et Inge se met à quatre pattes pour sonder les ombres. Les coins.

Et soudain, elle s'arrête. Se fige. Et recule brusquement.

Il y a un pied sous la table, presque dissimulé par la nappe. Un pied nu dans un bas transparent.

Ses ongles sont bleus.

Inge se couvre la bouche. Elle comprend maintenant d'où vient cette odeur. Finalement, elle s'avance, car elle ne peut pas s'en empêcher, et soulève le bord de la nappe.

Une jeune femme est allongée, à plat ventre. Vêtue d'une robe imprimée orange, ses cheveux châtain clair joliment bouclés. Rien n'indique comment elle est morte. Inge ne veut pas le savoir. Mais elle examine sa robe. Ses bas. L'extrémité tordue d'une épingle à cheveux. Elle n'a jamais fait attention aux épingles à cheveux, aux chaussures et aux boîtes de haricots, auparavant. Dans l'ancien monde, la nourriture et les vêtements étaient faciles. Infinis. Ils apparaissaient, tout simplement.

Ça, c'est le nouveau monde.

Néanmoins, elle ne pense pas être capable de retourner la fille.

Hésitante, coupable, elle s'empare du sac à main près de la main ouverte et le fait glisser vers elle dans la poussière. Elle trouve du rouge à lèvres, un poudrier, un stylo. Un paquet de cigarettes à moitié vide et un briquet. Des pièces de monnaie et des mouchoirs usagés. Et dans la poche intérieure, une carte pliée. Elle la sort, sachant déjà de quoi il s'agit.

Des papiers d'identité. Tamponnés de l'aigle d'Hitler à l'encre rouge. Elle étudie la photo de la fille, sa date de naissance, son adresse à Dresde. Elle était jolie, à peine plus âgée qu'elle. Elle lançait sans doute des fleurs pendant les parades et rentrait chez elle auprès d'une mère qui l'aimait. Elle n'avait sans doute jamais imaginé qu'elle mourrait si jeune. Qu'elle pourrirait sous une table dans une usine. Que faisait-elle ici ? Personne ne le saura jamais. Alors Inge réfléchit à ça.

Personne n'a à le savoir.

Elle récupère le briquet dans le sac. Et après trois étincelles, une petite flamme jaillit. Elle mémorise le sourire de la fille morte, puis elle laisse le feu lécher le coin du papier. Il fume, prend feu et brûle. Chaud. Vif.

Elle tourne le papier dans un sens puis dans l'autre pour que le feu trace un chemin, puis elle l'éteint rapidement en soufflant dessus et fait tomber les cendres d'une chiquenaude. Le visage a presque disparu. Il ne reste que l'esquisse d'une joue et d'un menton, et une bonne partie du tampon rouge d'Hitler. Mais le nom est encore là. En lettres noires, austères.

Gundrun Eva Gerst.

Les papiers brûlés retournent dans le sac à main qui se retrouve dans la casserole avec les haricots. Mais soudain, Inge s'interrompt, fait demi-tour, retire de la table la nappe couverte de poussière et de débris et l'étend soigneusement sur la fille. Jusqu'à ce qu'il n'y ait plus qu'une bosse sous les lys imprimés. Comme ça, elle sera à l'abri des regards.

– Eh bien, lance une voix depuis la porte, en voilà une délicate attention, Vögelchen.

Inge fait volte-face.

Chapitre 19

AOÛT 1946

– Mademoiselle Gerst ? demande le dénommé Dr Holtz. *Fühlen Sie sich wohl ?*

Eva serre son sac contre son ventre, une main à l'intérieur, les doigts refermés sur le manche du couteau. Le psychiatre est petit, rond, avec des cheveux gris, fins et clairsemés, une barbe fournie. Il porte des chaussures sans lacets, un pull un peu élimé et une longue et profonde ride marque son front, à l'endroit où ses sourcils se rejoignent. Il ferme la porte du bureau de son collègue.

– Mademoiselle Gerst, vous allez bien ?

Eva inspire. De la sueur perle sur son front, coule en filet entre ses omoplates.

Ce n'est pas lui. Ce n'est pas son père.

Justice ne sera pas faite aujourd'hui.

Le psychiatre s'avance.

– Asseyez-vous, je vous prie…

Eva se laisse tomber dans un fauteuil, force ses doigts à se détacher du couteau. Elle sort la main de son sac et le referme rapidement.

– Un peu d'eau ? propose le Dr Holtz.

Il parle bien anglais, mais elle détecte des sonorités allemandes. Elle secoue la tête, et la ride du psychiatre s'accentue. Elle essaie de sourire. Comme si tout était normal. Comme si elle était normale.

– Je suis désolée. Je vous ai pris… pour quelqu'un d'autre. Pendant un…

– Moment ? suggère le Dr Holtz. C'est le mot anglais que vous cherchiez ?

Elle hoche la tête, et il s'assied en soufflant un peu, à l'endroit où se trouvait Jake tout à l'heure.

– Ma femme me dit toujours que mon visage est comme ça. Quelconque. (Il glousse avant de secouer la tête.) Et nous traversons une époque et des lieux si incertains, non ?

Il se laisse aller en arrière, soutenant son menton du bout des doigts.

– Paul m'a dit que vous veniez pour une amie. C'est bien ça, mademoiselle Gerst ? Parlez-moi d'elle, quand vous serez prête. En allemand, si vous voulez.

Eva lui raconte, en allemand, hésitant d'abord, mais accélérant vers la fin. La ride sur le front du Dr Holtz se fait alternativement plus longue et plus courte alors qu'il écoute.

– Trop de jeunes filles souffrent de ce genre de traumatismes. Des milliers, je regrette de le dire. Mais dans son cas, la réaction semble inhabituellement sévère. Elle n'a pas de famille ?

Eva secoue la tête.

– Ce type de régression, ce n'est pas ma spécialité... mais je connais peut-être quelqu'un, un docteur, qui a obtenu de bons résultats avec ce genre de cas. J'aimerais lui écrire et lui demander conseil, si vous êtes d'accord...

Eva s'appuie contre le dossier de sa chaise.

– Vous pensez que Brigit pourrait être... aidée ?

– Je l'ignore. Mais sans plus d'informations, j'aurais tort de dire qu'elle ne peut pas l'être.

– Mais les médecins à Berlin ont dit qu'on ne pouvait rien pour elle.

Le Dr Holtz agite la main avec dédain.

– Et je suis sûr qu'il s'agissait de très bons médecins. Cependant, dans un hôpital débordé en zone de guerre, on ne peut pas toujours donner aux patients l'attention qu'ils méritent. Mais avant d'écrire à mon collègue, j'aimerais que Mlle... comment s'appelle-t-elle ?

– Heidelmann.

Il sort un petit carnet écrasé qui a pris la forme de sa poche de chemise, l'ouvre à une page vierge et griffonne le nom de Brigit avec un bout de crayon.

– Bien, murmure-t-il. Mais avant d'écrire à mon confrère, mademoiselle Gerst, j'aimerais que Mlle Heidelmann voie un docteur en neurologie, pour m'assurer que toute blessure physique aura été examinée.

– Qu'est-ce qu'un...

– Un docteur pour les nerfs et le système nerveux.

– Mais Brigit ne souffre pas de ce genre de blessure.

– Ah. Pourtant, le cerveau fait partie de ce système, et en médecine, je crois qu'il vaut mieux ne laisser aucune piste inexplorée, non ? C'est une demande que je fais pour beaucoup de mes patients...

Eva fixe le Dr Holtz et sent le poison de la culpabilité qui remonte de son ventre. C'est une sensation familière. Savoir que Brigit a besoin de quelque chose et qu'elle n'est pas capable de le lui donner. De la nourriture, par exemple. De la sécurité. De l'aspirine sur un bateau.

– Je ne veux pas... abuser de votre temps, murmure-t-elle. Je n'ai pas d'argent pour payer ce docteur.

La ride sur le front du psychiatre s'approfondit.

– Vous êtes logées à Powell House, n'est-ce pas ?

Elle hoche la tête.

– Dans ce cas, permettez-moi de vous expliquer quelque chose. Quand je suis arrivé dans ce pays, je n'avais rien. Rien qu'un diplôme de médecine et les vêtements que je portais. Je suis arrivé en tant que juif allemand et survivant des camps, mais c'est une nuance que certaines personnes ne peuvent pas comprendre quand leurs fils ont été ensevelis sur un champ de bataille ou torpillés par un U-Boat. Et les dames de Powell House, elles m'ont trouvé un lit, et puis un appartement. Elles m'ont cousu un costume décent. Elles ont fait les présentations qui m'ont permis d'obtenir ce poste. Je suis allé là-bas pour avoir de l'aide, mais j'y retourne par amitié. Je suis redevenu un être humain. Et maintenant, j'ai une femme, un appartement et des pots pour faire pousser des tomates. Et pendant tout ce temps, elles ne m'ont jamais demandé d'argent. Alors aujourd'hui, en trouvant un docteur pour votre amie, je rembourse un peu de ce que je dois. Vous comprenez ?

Elle comprend. Et c'est étrangement injuste. Mais le Dr Holtz a survécu aux camps. Il le mérite. Pas elle.

Il tapote le bras d'Eva et se lève.

– Je vais passer un ou deux coups de téléphone et je vous tiendrai au courant, d'accord ?

– Merci, souffle-t-elle.

On frappe sèchement à la porte et la tête du Dr Greenbaum apparaît.

– Vous avez terminé ? Vous permettez que j'utilise mon bureau ?

Son ton est bourru, son visage souriant. Un paradoxe. Comme Powell House.

– Je peux vous dire un mot, Paul ? demande le Dr Holtz avant de sourire à Eva et de s'incliner légèrement. Merci, mademoiselle Gerst.

Elle hoche la tête et sort dans le couloir blanc. Elle s'adosse au mur, son sac contre ses jambes, et ferme les yeux. Inspire. Elle a cru qu'elle allait voir son père dans ce bureau. Elle a cru que le moment de rendre justice était venu, et ce n'était pas le cas.

Se sent-elle soulagée ou déçue ?

Elle resserre sa prise sur son sac. Elle se croyait prête, mais elle ne l'était pas. Elle a eu peur dans cette pièce. Elle a été faible.

Elle ne sait pas quelle émotion la met le plus en colère.

– Alors, qu'as-tu appris ?

Eva rouvre brusquement les yeux. Jake est adossé contre le mur opposé, ses doigts jouant un rythme sur sa cuisse.

– Tu es sortie de là prête à en découdre.

Elle se redresse, coince une mèche derrière son oreille, confuse.

– Je voulais juste dire que tu as l'air de vouloir te battre contre le monde entier, explique Jake en souriant. Ça te va bien, cela dit.

Eva observe son sourire détendu. Ses doigts habiles et ses yeux ravissants.

C'est un menteur tellement doué.

Dangereux.

Jake s'écarte du mur et ils repartent ensemble vers l'ascenseur.

– Alors, qu'est-ce qu'il a dit ?

– Qu'il va écrire à un collègue. Il...

Eva marque une pause. Un homme vient vers eux dans le couloir, en combinaison bleu pâle, poussant un large balai devant lui.

– Il veut d'abord...

L'homme relève un peu les yeux pour ajuster la trajectoire de son balai. Et elle le reconnaît. Elle le reconnaîtrait n'importe où.

Elle s'arrête.

Elle le croyait mort.

L'homme au balai a la tête baissée, les yeux rivés sur le tas grossissant de poussière et de détritus qu'il pousse dans le couloir. Mais il a accéléré.

Le corps d'Eva réagit aussitôt. Elle fait demi-tour et décampe. Comme si quelqu'un avait appuyé sur l'accélérateur. Elle s'éloigne dans le couloir, comme si elle savait exactement où elle va, ses talons claquant sèchement sur le carrelage, son sac à main se balançant à son bras. Elle prend un virage.

Et le couloir s'arrête. C'est une impasse, avec des portes et sans ascenseur. Pas même une plante en pot.

Elle entend l'homme qui approche, son balai qui brosse le sol, la petite mélodie qu'il siffle entre ses dents. Il va bientôt passer le virage. Il va la voir. Et ensuite ?

Elle ne sait pas. Elle sait juste qu'elle doit empêcher ça.

Elle regarde à gauche, puis à droite. Elle choisit la droite, ouvre une porte, entre et la referme.

Elle se trouve dans une pièce sans fenêtre. Complètement noire. Petite. Elle a conscience de sa petitesse. Elle sent une étagère près d'elle et y plaque son dos, main dans son sac, près du couteau à pain.

Elle inspire. Inspire encore. Cet espace est trop étroit. Et il arrive.

Il y a tellement de pression dans l'obscurité.

Et soudain, la porte s'ouvre, l'aveuglant avant de se refermer. Elle essaie de saisir le couteau. Quelqu'un d'autre tâtonne près de la porte, puis appuie sur un interrupteur. Eva réprime de justesse un hurlement quand la lumière s'allume.

C'est Jake.

– Qu'est-ce que tu fabriques, bon sang? murmure-t-il.

Ils se trouvent dans un placard étroit, avec des étagères chargées de produits de nettoyage, un évier et un seau avec une serpillière sale. Jake avance d'un pas. Il ne sourit plus. Il ne bouge pas au rythme de la musique dans sa tête. Il attrape une étagère de chaque côté, ses bras s'écartant de toute la largeur du placard. Lui barrant le passage.

– Qui es-tu? demande-t-il.

Elle recule.

– Tu vas répondre à ma question? Ou tu préfères me poignarder avec ce couteau que tu as planqué dans ton sac? Qui es-tu?

– Je m'appelle Eva Gerst, murmure-t-elle.

– Tu en es sûre? Parce qu'apparemment, certaines personnes t'appellent Bluebird.

Elle inspire profondément, et puis se redresse. Se détend. C'est toujours tellement mieux quand on sait. Elle plisse les yeux.

– Ce n'est pas mon nom, dit-elle.

– Très bien. Ce n'est pas ton nom. Alors c'est qui, dehors?

Elle jette un coup d'œil au seau et à la serpillière. Elle a choisi précisément la porte qu'un homme nettoyant un couloir pourrait décider d'ouvrir.

– Alors? crie Jake. Qui est cet homme, dehors?

Elle plonge le regard dans ses beaux yeux de menteur.

– Un nazi.

Chapitre 20

MAI 1945

Inge s'éloigne brusquement de la voix à la porte et pousse un hurlement. Une éruption de peur sur laquelle elle n'a aucun contrôle. Elle recule encore et encore, s'écartant du cadavre, et heurte violemment un placard. Une ombre se tient dans l'embrasure de la porte. En uniforme. Un uniforme SS. L'homme entre dans la cuisine.

– Rolf, murmure Inge.

– Oui, bonjour, répond-il comme s'il passait à l'improviste dans le bureau de son père.

Il a maigri, et une entaille non soignée court sur sa pommette.

– Je suis désolé de t'avoir fait peur. Mais je t'ai toujours fait peur, n'est-ce pas ?

Il s'approche du corps sous la table, repousse la nappe du bout du pied.

– Pauvre Eva. Elle était tellement stupide.

Inge longe lentement le plan de travail en direction de la porte, mais Rolf lui barre le passage. Tend la main.

– Non, non. Ne pars pas, Inge. Il ne faut pas sortir. Les communistes sont là, tu sais. Et les Américains, les Britanniques, ils seront tous bientôt là. On n'a pas beaucoup de temps.

Il sourit et se met à ouvrir des tiroirs, comme elle l'a fait tout à l'heure. Elle se place un peu devant sa casserole. Elle va avoir du mal à s'enfuir dans les grosses chaussures trop grandes d'Annemarie et elle ne veut pas que Rolf remarque ses haricots.

– Que fais-tu ici ? chuchote-t-elle.

Il relève les yeux.

– J'étais gardien, ici, avant le bombardement. Tu ne le savais pas, Vögelchen ?

– Je pensais que tu étais pilote.

– Oh, non. Je n'ai jamais réussi les tests. Ton père ne te l'a pas dit ? Ah, bon. Il m'a fait entrer dans les SS, à la place, et on m'a envoyé ici pour surveiller les déchets du camp en train de fabriquer des bottes. Pour qu'on puisse tous avoir des bottes. On m'a dit que c'était une tâche utile. Noble, même. (Il sort un tiroir et le renverse.) Et maintenant, je suis déçu. Je me sentais flatté que tu sois venue me voir. Mais la vie est décevante, n'est-ce pas, Vögelchen ?

– Ne m'appelle pas comme ça.

– Oh. Je suis désolé. C'était seulement pour ton papa, c'est ça ? demande-t-il en fouillant dans le tiroir. Pourquoi n'avions-nous pas un surnom rien qu'à nous ? J'aurais dû y penser plus tôt. Que dirais-tu de Zuckermaus ? Non ? Ou Prinzessin ? Je suis surpris que ton père ne t'ait pas appelée comme ça. Ou...

Rolf s'arrête et sourit, révélant le petit espace entre ses dents. Ce doit être douloureux, d'étirer ainsi l'entaille sur sa joue.

– Ou je pourrais être ton Kuschelbär, et toi mon Honigbienechen. Parce que tu es une gentille petite abeille qui aime tant piquer son ours en peluche.

Il chasse une mouche d'un revers de la main et reprend ses fouilles, ravi. Il y a du sang sur son uniforme. Peut-être le sien. Peut-être pas. Inge plonge la main dans sa poche, à la recherche de son bloc de béton.

– Alors, pourquoi es-tu venue, mon Honigbienechen, si ce n'est pas pour ton Kuschelbär ?

– Je cherchais mon père.

– Oh ? Et où est le reste de la famille ?

Inge marque une pause.

– Morts.

– Bien sûr. Oui, marmonne-t-il. Ilse s'en est chargée, je suppose ? Otto disait toujours qu'elle ferait ce qu'il faudrait, si le moment venait...

Inge le voit soupirer et empocher une boîte d'allumettes.

Ce qu'il fallait.

Sa colère est une flamme blanche, pure. Elle se mord la lèvre jusqu'à sentir le goût du sang.

– Ilse a eu raison, reprend Rolf. Il n'y a aucun espoir. Pas sans le Führer. Berlin a disparu et la guerre est perdue. Et c'est nous, les criminels, à présent...

Et soudain, Rolf tient un couteau, semblable à celui qu'Inge a mis dans sa casserole. Il le tient en l'air, examine le tranchant de la lame.

– Ton père l'avait prédit. Otto disait qu'en cas de victoire du Troisième Reich, nous serions des héros. Des dieux parmi les hommes. Les architectes de la nouvelle civilisation. Mais, en cas de défaite... nous deviendrions les pires criminels que le monde ait jamais portés. Je l'ai écrit, tu sais. Ce qu'il a dit...

Peut-être qu'elle est une criminelle. C'est ce qu'aurait pensé l'homme du camp. Et Ruth aussi.

Rolf regarde Inge. Il a les yeux qui brillent.

– Et maintenant, c'est vrai. Et nous sommes ici, toi et moi. Ensemble... à la fin. On aurait dû être tous les trois. Mais maintenant, ils vont le pendre, comme il le prédisait...

Inge secoue la tête.

– L'homme du camp a dit qu'il n'était plus là.

Rolf s'immobilise.

– Tu es entrée dans le camp ?

– Ils ont arrêté le commandant et les officiers, mais... von Emmerich... n'était pas là quand les communistes...

Rolf se met en mouvement plus vite qu'elle ne s'y attendait, longeant le comptoir, le couteau à la main.

– Il s'est échappé ? Tu en es certaine ?

Il la tient par l'épaule. Il n'a pas l'air de se rappeler qu'il a un couteau. Elle se dégage, s'éloignant de la lame, mais Rolf ne remarque rien.

– Je ne savais pas, poursuit-il. Je pensais... Alors Otto doit se cacher. Il doit avoir pris un nouveau nom. Il va quitter l'Allemagne. C'est ce qu'il m'a dit de faire si...

Il se met à faire les cent pas devant les pieds de la fille morte, son couteau se balançant, dangereusement proche de sa propre jambe. Et tout à coup, la voie menant à la porte est dégagée. Il faudra peut-être qu'elle revienne chercher sa casserole.

– Se faire passer pour un réfugié. Un civil, disait-il. Et il y a un endroit, un bateau... (De la sueur apparaît sur son front.) Et si Otto est en fuite, il va avoir besoin de moi. Et toi, tu as besoin de moi...

Rolf est un homme avec une nouvelle cause. Un nouveau combat.

– Tu as besoin de moi. Pour te protéger. On le trouvera ensemble et on recommencera à zéro. Tous les trois, comme c'était prévu...

Soudain, il relève les yeux et fronce les sourcils.

– Où vas-tu ?

Elle est à mi-distance de la porte. Elle continue de marcher, lentement, gardant un œil sur le couteau de l'homme.

– Il faut que j'y aille, maintenant, Rolf.

– Quoi ?

Inge continue d'avancer. Elle est prête.

Et quand il se met à courir, elle court aussi. Mais elle ne va pas assez vite dans ses chaussures lourdes, lâches. Il la rattrape près de la porte, la tire par le col, et quand il la force à se retourner, elle s'immobilise. Les yeux bleus de Rolf sont bordés de rouge. Il sent le whisky, et le couteau frôle sa joue. Elle détourne le visage. Il caresse ses cheveux de sa main armée.

– Pourquoi ne suis-je jamais assez bien pour toi ? souffle-t-il. J'ai les bons papiers. La lignée qu'il faut. Et j'ai tout fait. Tout ce qu'il m'a demandé. Tu es ma récompense...

– Il faut que j'y aille, Rolf, répète-t-elle dans un murmure.

Elle cherche le feu en elle, mais à cet instant précis, elle n'arrive pas à retrouver ce fragment d'elle-même. Elle est l'Inge dont la peur fuse dans les veines. Elle est l'Inge dont les pensées se délitent.

– Tu viens avec moi, lui dit-il à l'oreille, pressé contre elle, sa joue entaillée saignant contre la sienne. Tu étais une promesse. Ton papa disait que si je faisais ce dont il avait besoin, tu m'appartiendrais. Et tu obéis toujours à ton papa, n'est-ce pas ?

C'était peut-être le cas autrefois, mais plus maintenant. Inge sort la main de sa poche.

– Tu m'appartiens, dit-il, la bouche contre son cou. Et maintenant, c'est à moi que tu obéis. Je prendrai soin de toi. Tu vas venir avec moi chercher ton…

Inge bondit en arrière, poussant Rolf si subitement qu'il titube. Elle se décale vers la porte, et il manque de lancer le couteau en hurlant :

– Pourquoi ne suis-je jamais assez bien ?

Elle détale et il la poursuit, et cette fois, il l'attrape par les cheveux.

Elle se retourne et le frappe. De toutes ses forces. Avec le bloc de béton.

Rolf la relâche, chancelant, une main plaquée sur un côté de sa tête. Il tend le bras, cette fois avec la main au couteau, et elle le frappe à nouveau. Encore plus fort. En hurlant. Il tombe à plat. Il ne bouge plus.

Rolf ne bouge plus du tout. Ses pieds touchent tout juste les orteils de la fille morte.

Et Inge n'appartient à personne d'autre qu'elle-même.

Chapitre 21

AOÛT 1946

Les sourcils de Jake se rejoignent, sombres dans la lumière crue de l'ampoule du local d'entretien. Il fixe Eva.

– Qu'est-ce que tu as dit ?

– J'ai dit que c'était un nazi, chuchote-t-elle.

Un nazi qu'elle croyait mort.

– Est-ce que ce nazi a un nom ?

– Rolf, répond-elle. Steiner.

Elle doit réfléchir. Réfléchir.

– Comment sais-tu que c'est un nazi ? demande Jake en se penchant vers elle.

– C'était un SS. Un gardien...

– Au camp ?

Elle soutient son regard. Jake pense qu'elle a été dans un camp. En tant que prisonnière. La honte que lui inspire ce mensonge n'est pas à la hauteur de ce qu'elle devrait être. Car Jake n'est pas ce qu'il devrait être. Parce qu'il y a moins de trente secondes de ça, il l'a appelée Bluebird.

– Tu l'as reconnu, reprend-il. Tu en es sûre ?

Elle hoche la tête. Il pousse un juron.

– Mais qu'est-ce qu'il fait ici ?

Elle hausse les épaules, et son ignorance n'est pas un mensonge. Le tremblement dans sa voix non plus.

– Je ne dois pas le voir, explique-t-elle.

Ce qu'elle veut dire, en réalité, c'est « il ne doit pas me voir ».

– OK, dit Jake en se passant la main dans les cheveux. OK. Reste ici. Je vais m'en occuper. Mais ensuite... (Il se retourne vers elle.) Ensuite, tu vas devoir jouer franc jeu avec moi.

Eva ne sait pas exactement ce que « jouer franc jeu » signifie. Mais elle peut le deviner.

Il entrouvre la porte, jette un coup d'œil dans le couloir.

– Ne bouge pas, lance-t-il par-dessus son épaule.

La porte se referme derrière lui.

Eva se laisse aller contre l'étagère. Rolf est vivant. Il balaie des sols en Amérique. Alors qu'elle pensait l'avoir tué. Et Jake est au courant, pour Bluebird. Pour le couteau. L'homme aux chaussures brillantes. Cruickshanks l'avait prévenue que d'autres personnes seraient prêtes à tout pour retrouver son père. Prêtes à quoi ? Et elle vient d'envoyer Jake s'occuper de Rolf, et elle est bien incapable de prédire ce qui va se passer maintenant.

En revanche, elle sait une chose. Avec une absolue certitude.

Si Rolf est là, son père n'est pas loin.

La porte s'entrouvre à nouveau et le bras de Jake apparaît, lui faisant signe de venir. Elle sort dans le couloir et il lui prend la main. Pour qu'elle ne puisse pas s'enfuir.

Le bout du couloir est désert. Pas de balai. Pas de sifflotement. Juste le claquement rapide de leurs chaussures sur les carreaux brillants. Tout au bout du couloir, il y a une porte. Et derrière, un escalier.

Bien sûr qu'il y a un escalier.

Ils descendent rapidement, ensemble, le bruit de leurs pas retentissant sur le béton. De plus en plus bas, jusqu'à ce que Jake pousse une autre porte et qu'ils pénètrent dans un nouveau couloir. Ils tournent à un coin, passent devant l'ascenseur, puis devant l'infirmière aux ongles rongés, entre des chapeaux, des manteaux et des bébés en pleurs, puis ils franchissent les doubles portes et débouchent dans l'allée en demi-cercle.

– Viens, dit Jake.

Tenant toujours sa main, il lui fait traverser au pas de course une large rue très passante, esquivant les bus et les voitures, puis ils descendent une volée de marches au milieu du trottoir d'en face, parvenant dans un tunnel où il lâche enfin sa main.

Il insère deux pièces de monnaie dans une fente et pousse Eva devant lui pour lui faire passer un tourniquet en bois. Et presque aussitôt, le métro arrive en rugissant, faisant voler les cheveux de la jeune femme. Ils se dépêchent d'y entrer avant que le conducteur ne referme les portes. Jake désigne un siège vide à Eva. Lui reste debout, accroché à une lanière suspendue au plafond alors que le train se remet brusquement en marche. Il lui tend un mouchoir.

– Ton doigt, dit-il.

Eva baisse les yeux. Elle s'est coupée. Avec le couteau à pain, sans doute. Elle accepte le mouchoir. Au moins, elle n'a pas mis de sang sur Jake.

Elle l'observe par en dessous. Il réfléchit, bougeant au rythme des ondulations du train, fixant sans la voir une publicité pour de la crème coiffante. Le pouce gauche coincé dans sa poche. Il a de longs doigts, aux ongles très courts. Aux extrémités calleuses. Elle l'a senti quand il lui tenait la main.

« Dangereux », pense-t-elle. Mais à cet instant précis, elle a moins peur de lui que de Rolf.

Jake veut qu'elle « joue franc jeu ». Seulement, il va d'abord falloir qu'il fasse pareil avec elle.

Le train fait une embardée en couinant.

– C'est notre arrêt, annonce-t-il.

Eva se lève, le suit à travers la foule qui la bouscule, sur la plateforme où l'inscription 135TH ST est écrite avec des carreaux de différentes couleurs. Ils montent des marches et les voilà de retour dans ce monde d'immeubles, désormais assombri par de gros nuages. Des enfants jouent dans la rue, devant les maisons et les boutiques, lancent des billes et sautillent dans des carrés dessinés à la craie sur le trottoir. Jake pose une main dans son dos pour l'aider à suivre son allure.

Pour s'assurer qu'elle ne parte pas en courant.

Ils traversent la rue, longent un pâté de maisons, puis tournent à un coin, passent devant de grandes églises, un petit restaurant, SNOOKIE'S SUGAR BOWL, d'autres enfants, un panneau indiquant THE RENAISSANCE et THE YEAH MAN. Sur les marches d'un immeuble d'habitation, une femme interrompt sa conversation pour les regarder passer. À l'exception d'un policier qui marche d'un pas nonchalant, ils sont les seuls dont le visage n'est pas d'une nuance marron.

Jake entraîne Eva vers la droite et ils s'engagent dans une rue plus étroite, plus miteuse, avant de s'arrêter devant une porte sombre. La poignée est noire. Même la vitre en forme de diamant sur le battant a été peinte en noir, et un rideau à franges est tiré derrière l'étroite petite fenêtre, sur un côté.

Jake frappe. Trois coups secs.

Sur la porte, un panneau indique MONTY'S BURROW. Sur la fenêtre, un autre annonce FERMÉ.

Jake frappe de nouveau. Trois coups. Sa main appuie fermement sur le dos d'Eva. Soudain, la porte s'entrouvre, et une tête de femme au carré peroxydé apparaît dans l'entrebâillement. Elle n'a pas la peau marron. Son visage pâle comme la lune et fardé luit dans l'obscurité, son rouge à lèvres est assorti à ses boucles d'oreilles. Rouge vif.

– Oh, dit-elle, c'est toi.

– Répétition ? demande Jake.

– Audition.

– Tu peux faire du café ?

Elle lève les yeux au ciel. Secoue ses cheveux courts. Ses boucles d'oreilles tintent. Mais elle sourit.

– Oui, oui, je peux faire du café.

– Merci, Cherry. Voici Eva.

– Bonjour, dit la femme en reculant pour les laisser entrer.

Elle porte un pantalon. Et un haut court et moulant qui révèle un triangle de peau nue au-dessus de la ceinture. Puis la porte se referme et il fait trop sombre pour voir quoi que ce soit d'autre que ses cheveux.

Un autre rideau, lourd et à franges dorées, pend au-dessus d'une cage d'escalier pentue. Ils suivent Cherry jusqu'en bas, et derrière un second rideau, quelqu'un joue de la trompette. Fort. Montant et descendant la même gamme. La mauvaise gamme. Jake garde sa main sur le dos d'Eva. Alors qu'elle ne saurait même pas où s'enfuir.

– Ça ne te dérange pas si on prend un box ? demande-t-il.

Cherry agite ses ongles écarlates.

– Où vous voulez !

La pièce en bas de l'escalier est remplie de tables et de chaises vides, les lumières vives braquées sur la scène tout au fond laissent le reste dans l'ombre. Les musiciens installent des pupitres et une batterie, nettoient leurs cuivres, l'un d'eux pince les cordes d'une contrebasse.

Jake conduit Eva jusqu'à un box isolé, avec une table étroite et des banquettes hautes, orienté de façon à avoir une vue dégagée sur la scène. Elle s'assied et Jake se penche vers elle.

– Je reviens tout de suite. Ne t'enfuis pas. Tu ne peux pas sortir, de toute manière, parce que Cherry a fermé à clé.

Il sourit et se fond dans l'obscurité.

Eva pose son sac à main. Elle pourrait sortir si elle le voulait. La fenêtre qui donne sur la rue est en verre. Mais elle n'en a pas envie. Pas encore. Elle doit savoir dans quel camp est Jacob Katz.

Elle rapproche son sac. Pour pouvoir l'atteindre facilement.

Un homme aux manches retroussées fait les cent pas sur scène en criant des instructions aux musiciens qui installent leurs chaises, puis il s'assied au piano. L'ambiance semble joyeuse. Peu rigoureuse. Tellement différente de l'orchestre à Berlin. Son père l'a emmenée voir une pièce de Wagner. Pour son anniversaire. Elle était tellement heureuse ce jour-là. Elle vivait dans un monde de mensonges.

Les cuivres se lèvent, luisant sous les projecteurs. Un bref moment suspendu, et puis la musique explose sur scène. Forte. Vive. Impétueuse. Le son de la surprise. Le pianiste est partout à la fois sur son clavier.

Jake se glisse sur la banquette opposée.

– Toujours là ? lance-t-il en s'appuyant sur ses coudes, penché en avant. J'ai pris des nouvelles de Brigit. Elle va bien. Très bien, même.

Eva laisse sa culpabilité bouillonner puis se calmer.

– Mme Angel lui fait battre des tapis dans la cour de derrière, pour enlever toute la sciure de bois qu'il y avait dans ces caisses. Elle semble avoir un don pour ça. Elle s'amuse comme une folle, d'après Olive.

Elles n'auraient pas dû faire ça. La prochaine fois que Brigit prendra un bâton, elle ne fera peut-être pas la différence entre un tapis et un mur, ou une lampe, ou la tête de quelqu'un.

– Mais le plus important, poursuit-il d'une voix douce, c'est que je t'ai rien que pour moi pendant un moment. Alors, prête à jouer franc jeu ?

Eva sent l'intensité de son regard dans l'obscurité.

« Et toi ? » pense-t-elle. Mais elle se tait. Pourtant, Jake semble l'avoir entendue. Elle distingue tout juste son sourire.

– Allez, Bluebird. Par quoi on commence ? Tu préfères me parler des nazis, ou de qui tu es vraiment ?

Chapitre 22

MAI 1945

Inge s'écarte du corps immobile de Rolf. Du sang qui coule par terre. Elle récupère sa casserole contenant les haricots et le sac à main de la fille morte et sort de la cuisine en courant dans ses chaussures trop grandes.

Elle ne se retourne pas.

Elle sort de l'usine, se glisse sous la toile, sur la banquette avant de la voiture, et jette le sac à main et la casserole sur les papiers éparpillés de son père.

Elle inspire. Et inspire encore. Puis elle regarde sa main droite. Elle tient toujours le bout de béton. Maculé de sang. Elle le jette à travers le pare-brise disparu, par-dessus les vêtements d'Annemarie en train de sécher, le regarde enfoncer le capot puis rouler sur le sol.

Elle ne savait pas qu'elle pouvait tuer quelqu'un.

Peut-être qu'ils vont la pendre. Comme les autres nazis. Comme une criminelle, pour reprendre les mots de Rolf. Peut-être qu'ils le devraient. Sauf qu'elle ne peut pas permettre que cela arrive. Quelqu'un doit vivre. Elle doit s'assurer qu'Annemarie vive.

C'est alors qu'elle regarde par-dessus son épaule, se retourne, à genoux, agrippe des deux mains le siège en cuir.

La banquette arrière est vide. La portière est ouverte.

Annemarie est partie.

– Annemarie ! hurle-t-elle.

Elle escalade le siège et descend par la portière arrière, sort de sous la toile.

– Annemarie !

La cour de l'usine est telle qu'elle l'a laissée, remplie de poussière et de débris emportés par le vent. Elle tourne sur elle-même, puis sprinte en direction du canal. Elle ne sait pas si Annemarie est bien réveillée. Se rappellerait-elle comment nager ?

A-t-elle déjà su nager ?

Les nuages approchent, l'air est lourd, le tonnerre gronde. À moins que ce soient des bombes ? Des tanks ? Il n'y a personne sur le pont en ruine. Peut-être que son amie est déjà sous l'eau brune. Comme Inge tout à l'heure.

– Annemarie ! crie-t-elle.

Et puis elle se retourne à nouveau. Quelque part, non loin, une fille est en train de hurler. De gémir. Et tous les fragments d'elle-même se percutent, s'imbriquent brusquement, jusqu'à ce qu'elle ne soit plus qu'une douleur brûlante, glaciale, vénéneuse.

Elle connaît ces cris. Elle ne les oubliera jamais.

Et elle n'a même plus son morceau de béton.

Elle court sur le chemin longeant le canal, trébuche, fonce vers Annemarie. Passe dans un trou entre les buissons, contourne les arbres jusqu'à ce qu'il n'y ait soudain plus d'arbres ni de buissons, parce que le sol s'enfonce comme une cuvette ouverte sur le ciel.

Un cratère, creusé par une bombe. Et au fond, des silhouettes sombres penchées sur une fille. Aux cheveux blonds déployés sur la roche noircie, sur la terre rouge, brûlée, qui se débat, donne des coups de pied en poussant des cris stridents. Inge se laisse glisser dans la pente raide, emportant de la terre, des cailloux et des graviers avec elle.

– Éloignez-vous d'elle ! hurle-t-elle. Écartez-vous !

Les silhouettes se redressent. La fixent du regard. Reculent. Annemarie est recroquevillée sur le sol, elle essaie de se couvrir le visage tout en repoussant les mains des inconnus, même si celles-ci ne sont plus là. Elle est nue, mais quelqu'un a tenté de la couvrir avec un trench-coat.

Inge tombe à genoux, la prend dans ses bras.

– C'est moi, chuchote-t-elle. Je ne les laisserai pas te faire de mal. Je suis là. Tout va bien.

Annemarie cesse de se débattre, mais elle sanglote. Elle découvre son visage. Le bleu de ses yeux ressort vivement sur son visage contusionné. Il lui faut un long moment pour faire le point.

– Inge, murmure-t-elle, le visage inondé de larmes. Tu… ne t'es pas arrêtée ! Tu m'as laissée… et… tu ne t'es pas arrêtée !

Le poison s'infiltre comme une maladie dans le cœur d'Inge. Elle ne trouvera jamais l'antidote.

– Je suis désolée, dit-elle. Je suis vraiment désolée…

Mais Annemarie ne l'entend pas. Elle gémit, pleure, se balance sur elle-même.

– Je ne sais pas… où… je suis ! Les soldats sont venus et… je ne sais pas…

– Je vais prendre soin de toi, murmure Inge. Je m'occupe de toi, maintenant…

Et elle relève les yeux. Les gens qui les entourent sont silencieux. Attentifs. Une vieille femme secoue la tête, un enfant blotti sur un rocher les dévisage, un bandage autour de la main. On dirait qu'il lui manque des doigts. Et deux hommes se tiennent en retrait, hésitants. Le regard d'Inge s'arrête sur le plus proche. Parce qu'elle le connaît.

Le prisonnier de Sachsenhausen. Il a dégoté une chemise et un pantalon, à la place de l'uniforme rayé, mais c'est bien lui. Elle voit qu'il la reconnaît et lui voit qu'elle le reconnaît. Les derniers mots qu'il lui a criés résonnent bruyamment entre eux.

« Comment t'appelles-tu ? Comment s'appelait ton papa ? »

Elle ramène les yeux sur Annemarie. Passe le trench-coat autour de ses épaules sans se soucier des manches et tente de le boutonner.

– Elle a quelque chose de cassé ? demande la vieille femme. Elle a été battue.

– Elle a perdu la tête, dit l'autre homme en retroussant les lèvres. Courir partout comme ça…

Il est rude, ratatiné, avec une barbe de plusieurs jours.

– Elle est malade, réplique sèchement Inge.

Annemarie sanglote et l'homme prend un air dégoûté.

Et soudain, Inge se rend compte qu'elle voit des points noirs à la place des boutons du trench-coat.

– Il faut que tu tiennes cette fille à l'écart des communistes, intervient la vieille femme en mettant les mains sur les hanches.

« Je sais », pense Inge.

– Ils ne sont pas méchants, rétorque l'ancien prisonnier. Les Soviétiques m'ont libéré.

– Oui, mais ils n'ont pas été aussi gentils avec tout le monde ! répond la vieille femme. Regardez-la ! Et ils lui feront la même chose, à celle-là, s'ils peuvent. On a un chariot…

– Non, la coupe l'homme à l'air dégoûté. Juste nous quatre. Je ne veux pas voyager avec des inconnues…

– On ne se connaît que depuis hier ! s'exclame la vieille femme.

– On n'a pas assez pour partager…

– Je peux partager, moi, intervient Inge. J'ai…

Mais elle ne se rappelle plus ce qu'elle a. Annemarie pleure doucement sur son épaule et le fond du cratère creusé par la bombe tangue de gauche à droite, de gauche à droite…

– On ne laisse pas des gamines au bord de la route. Qui est-ce qui décide ici ? Si tu ne…

Soudain, une main secoue l'épaule d'Inge. Une main crochue. Quelqu'un se penche vers elle. La vieille femme. La jeune fille ne se souvient plus comment cette femme est arrivée là.

– Tu as mangé ? demande sa voix, distante, détachée. Comment tu t'appelles, petite ?

Comment elle s'appelle ? Elle n'en sait rien. Elle n'en sait rien du tout.

Et la première chose qu'elle voit quand elle rouvre les yeux, c'est un chariot, renversé et calé à l'aide de bâtons au-dessus de sa tête. La pluie tambourinante dégouline sur les bords, coule en petits ruisseaux qui lui trempent les pieds. Le monde est sombre. Flou. Vague. Mais elle aperçoit les cheveux blonds d'Annemarie à côté d'elle, ses épaules qui se soulèvent et retombent. Et une voix chuchote, toute proche, un souffle lui chatouille l'oreille.

– Je sais qui tu es. Et tu as du sang sur les mains.

Elle en rêve dans son sommeil. De ce sang luisant sur ses mains.

Quand elle rouvre les yeux, le soleil brille. Quelqu'un doit avoir réussi à l'alimenter, car elle se sent plus forte. Elle a faim, mais elle n'a plus la tête qui tourne. Elle s'assied. Elle se trouve toujours sous le chariot, et Annemarie est dans la même position. Sur le côté. Endormie. La vieille femme est accroupie à côté d'un petit feu.

– Comment tu as dit que tu t'appelais ? demande celle-ci, comme si leur conversation n'avait jamais été interrompue.

Inge balaie le modeste camp du regard. Ils sont loin du cratère, entre les arbres, la fumée ne forme qu'un minuscule filet dans le ciel. Le petit garçon à la main bandée est allongé près du feu, et elle voit l'ancien prisonnier, sa tête et son fantôme de chevelure, appuyé contre un tronc d'arbre. En train de l'observer. Elle sait que c'est lui qui a chuchoté.

« Je sais qui tu es. »

Elle ramène ses yeux sur la vieille femme.

– Eva, répond-elle. Je m'appelle Eva Gerst.

Chapitre 23

AOÛT 1946

Jake attend, penché au-dessus de la table, son col ouvert sur sa gorge. Elle sent une odeur de savon, et la chaleur d'un corps qui a traîné une fille à travers la ville en plein été. Il sourit.

– Alors, tu choisis quoi, Bluebird ? Ton nom ou les nazis ?

« Ça, pense Eva, c'est une question bien plus compliquée qu'il ne l'imagine. » Elle coince ses cheveux derrière ses oreilles.

– Tu ne devrais pas m'appeler Bluebird.

– Oh ? Dommage. Ça te va bien. Comment devrais-je t'appeler, alors ?

– Eva.

– Bon, au moins, tu n'as pas répondu « Mlle Gerst ». Je me disais aussi qu'on pouvait laisser tomber au moins certaines formalités. Après tout, je me suis débarrassé d'un nazi pour toi.

Il se penche en arrière, fouille dans une poche et en sort un paquet de cigarettes et une boîte d'allumettes. Il en propose une à Eva, mais elle secoue la tête. Une lueur jaune orangé s'allume de l'autre côté de la table.

– Je ne savais pas que tu fumais, commente-t-elle.

– Je ne fume pas, répond-il en faisant rougeoyer la cigarette.

Il écoute, regarde le pavillon des trompettes danser de haut en bas. Finalement, il reprend :

– Tu n'es pas très bavarde, Eva Gerst. Il va falloir que je prenne les choses en main. Tu es prête à jouer franc jeu ?

Elle ne pense pas l'être.

– Très bien. Première question. Qu'est-ce que tu en penses? demande-t-il en penchant la tête en direction de l'orchestre.

Il joue avec elle.

Eva regarde les musiciens – de toutes les nuances de noir et de marron – en train de jouer du jazz. Cherry dans son haut court évoluant entre les tables et les chaises comme si les lumières étaient allumées. Sous Hitler, tout dans cette pièce aurait été illégal, à part le café qui n'est pas encore arrivé. Elle ramène ses yeux sur Jake.

– Ce n'est pas du Wagner.

Il rit.

– Certes. Mais tu en penses quoi?

– Que le temps...

– Le rythme?

– Oui. Que le rythme n'est pas toujours en place.

– Ou alors, répond-il en pointant sa cigarette sur la scène, il est exactement à la bonne place, sauf que ce n'est pas là où on l'attendait.

– Et c'est pour ça que ça te plaît.

Il souffle de la fumée et sourit.

– Touché. Deuxième question. Est-ce que tu joues d'un instrument?

Elle secoue la tête.

– Menteuse. Personne ne regarde un piano comme tu l'as fait sans en jouer.

Elle détourne les yeux.

– C'était il y a longtemps.

– Les doigts n'oublient pas. Tu devrais essayer. À l'heure du déjeuner, c'est un bon moment. Il n'y a pas de cours et les filles mangent dans la cuisine ou dans le patio de derrière. J'y vais parfois, pour pratiquer.

– Tu joues... de la *gitarre*.

– Guitare, en anglais. Bravo. Comment tu as deviné?

– Tes doigts.

Elle lève sa main gauche, frotte le bout de ses doigts. Jake hausse un sourcil.

– Autre chose ?

– Tu poses trop de questions.

Il rit encore, pourtant elle parlait sérieusement.

C'est un jeu. Mais elle n'en comprend pas les règles. Pas encore.

Soudain, les cheveux clairs de Cherry sortent de l'ombre. Elle tient un plateau en équilibre sur la paume de sa main.

– J'ai apporté du lait et du sucre, car je ne sais pas ce qu'aime ta petite amie, crie-t-elle par-dessus l'orchestre.

– Tu nous sauves la vie, Cherry.

Elle pose le café sur la table pendant que Jake sort deux pièces. Elle les ramasse en faisant attention à ses ongles et décoche à Jake un petit regard en coin. Il sourit et elle s'éloigne en se déhanchant. Elle a l'air d'avoir un faible pour lui. Et la quarantaine bien sonnée.

Jake plonge une cuillère dans le sucrier.

– Heureusement que tu es là, lâche-t-il. Elle pense toujours que je le bois noir.

Eva le regarde remuer son café tout en tenant sa cigarette.

– Tu n'as qu'à lui demander du sucre.

– Quoi ? Et lui faire de la peine ?

Eva referme ses doigts autour de sa tasse. Elle boit son café nature, car le sucre coûte cher. Elle a appris ça après la guerre. Et elle a appris l'expression « le boire nature » grâce à Mlle Schaffer. Sur le bateau.

La traversée lui paraît déjà très lointaine. Mais pas la guerre.

– Qu'as-tu fait à Rolf ?

– Qui ça ?

– Tu sais qui.

– Tu crois que je l'ai poignardé avec un couteau à pain et que j'ai planqué son cadavre dans un placard du centre médical presbytérien de Columbia ?

Elle continue de boire sans le quitter des yeux.

– Bon, d'accord. Je lui ai dit que quelqu'un vomissait à côté des ascenseurs.

Eva pose sa tasse. Se mord la lèvre. Parce qu'elle a envie de rire. Elle ne devrait pas.

– Et ensuite, je t'ai entraînée dans l'escalier et amenée dans un club de jazz, ce qui est parfaitement logique, quand on y pense, ajoute-t-il en désignant la salle d'un grand geste de la main. Aucun nazi en vue.

L'ironie de cette phrase la fait sourire. Mais il a bien choisi, en effet. Personne ne pourra les entendre ici.

Eva observe Jake. Songeuse. Ses yeux vert et noisette sous des sourcils sombres, juste au-dessus du bord de sa tasse. Ses doigts habiles écrasant la cigarette. Un sourire qui dit qu'il sait des choses qu'il ne devrait pas savoir. Et elle frissonne, à peine.

Jake est dangereux. De plus d'une manière, peut-être.

Et elle doit faire en sorte qu'il ne découvre jamais qui elle est vraiment.

Chapitre 24

MAI 1945

«Je suis Eva Gerst.»

Elle croise le regard de l'ancien prisonnier, appuyé telle une ombre contre son arbre. Il sait que ce n'est pas son vrai nom. Elle prend un risque. Mais elle a besoin de l'aide de la vieille femme, et elle ne peut pas se permettre d'être arrêtée ou chassée. Annemarie doit vivre.

Et elle ne redeviendra plus jamais Inge.

«Tu as du sang sur les mains.»

Elle voit ces mots se former dans sa tête. Elle attend qu'il se décide. Qu'il dise ce qu'il sait. Mais il reste silencieux, sans bouger de son arbre.

– Eh bien, Eva Gerst, moi, c'est Frau Henkel, déclare la vieille femme. Voici mon petit-fils, Michael, et M. Liebermann, là-bas.

Personne ne mentionne l'homme à l'air dégoûté. Il semble être parti.

– Il faut qu'on s'en aille, reprend Frau Henkel. Il paraît que les combats sont finis, maintenant que notre Führer a reçu ce qui lui pendait au nez. La Croix-Rouge a monté un hôpital quelque part sur la route, entre ici et Berlin. Il faut qu'on y aille.

«Un hôpital, pense-t-elle. Annemarie a besoin d'un docteur, et le petit-fils de Frau Henkel aussi.» Elle pose une main sur l'épaule de son amie. Elle dort, malgré ses yeux entrouverts. Quelqu'un a passé ses bras dans les manches du trench-coat.

– Il faut que j'aille chercher nos affaires. Annemarie a des vêtements. Ce n'est pas loin…

La peau de Frau Henkel s'affaisse, tirée vers le bas par un froncement de sourcils. Comme si ce n'était qu'un prétexte. Comme si elle allait filer. Ne jamais revenir.

– Je ne vais pas l'abandonner, dit-elle en serrant plus fort son épaule. Je ne ferais jamais une chose pareille !

Liebermann se lève.

– Je vais y aller. Voir si je peux trouver quelque chose à échanger contre de la nourriture.

Dangereux. Mais il n'y a rien à ajouter.

Elle se lève, s'éloigne pour se soulager et fouille dans les buissons jusqu'à trouver une pierre qui tient bien dans sa paume. Elle la garde à la main, dans sa poche, et s'engage en boitant sur le chemin qui longe le canal avec Liebermann, prenant soin de rester derrière lui, hors de portée.

Mais il ne parle pas de sang, ni de qui elle est, et il n'essaie pas de la tuer. Il ne parle pas du tout, en fait. Il jette simplement un coup d'œil à la Mercedes quand elle repousse la toile avant d'aller fouiller parmi les débris, dans la cour. Elle inspire, relâche la pierre, ramène ses cheveux en arrière. Et marque une pause. Elle porte des boucles d'oreilles. En rubis et diamants. Offertes par son père pour son quinzième anniversaire.

Elle se détourne et les enlève. Rapidement, avant que Liebermann ne puisse les voir. Elle ne veut pas d'elles. Mais elles doivent valoir de l'argent.

Ils quittent l'usine avec ce qu'ils peuvent emporter. Elle a les vêtements d'Annemarie, toutes leurs maigres possessions, les documents de son père et les papiers d'identité d'une fille morte soigneusement pliés et coincés sous l'élastique de sa jupe, les boucles d'oreilles épinglées à son soutien-gorge. Quant à Liebermann, il traîne une caisse remplie de bottes.

Il n'a pas suggéré d'entrer dans l'usine. Elle non plus.

Elle ne veut plus jamais revoir cette usine ni cette voiture.

Elle marche sur le sentier, bien droite, ayant bourré les

chaussures d'Annemarie de morceaux de couverture qu'elle a découpés.

«Je suis Eva Gerst, dit-elle dans sa tête. Je n'ai pas de pays, Annemarie est ma famille, et je n'appartiens qu'à moi-même.»

Elle le répète vingt fois. Jusqu'à en être bien sûre.

Ils retournent le chariot et chargent les bottes, le petit garçon, Annemarie endormie et une assez belle console en acajou qui appartenait à la grand-mère de Frau Henkel. Personne n'a envie de se coltiner ce meuble, mais c'est la vieille femme qui décide. Les roues du chariot grincent, le soleil s'élève au-dessus de leurs têtes et ils manœuvrent sur un sentier serpentant entre les arbres pour rejoindre la route principale.

«Je suis Eva Gerst. Je suis Eva...»

Sur la route de Berlin, c'est l'apocalypse.

C'est un de ses professeurs particuliers qui lui a appris ce mot. «La fin du monde, disait-il. Où l'homme a tout détruit, juste avant l'arrivée de Dieu.» Sa mère avait renvoyé ce professeur, mais trop tard, puisque maintenant, elle sait reconnaître l'apocalypse quand elle la voit.

Des cratères, des voitures et des tanks brûlés, des douilles. Des arbres soufflés. De la fumée et une odeur nauséabonde et des moitiés de murs encore debout parmi les gravats. Liebermann et elle tirent le chariot telle une paire de bœufs. Ils passent devant des cadavres sur le sol attirant des corbeaux et des chiens, des rats, des scarabées et des mouches. Contournent ceux qui sont tombés parce qu'ils n'ont pas la force d'aller plus loin. Descendent dans le fossé pour laisser passer un camion soviétique – détournant le regard, elle couvrant ses cheveux sous un foulard et dissimulant Annemarie pour que les soldats ne les remarquent pas –, puis ramènent tant bien que mal le chariot sur la route. Un chariot grinçant parmi cette horde de personnes à la dérive, toutes blessées, désespérées, perdues, certaines se rendant à Berlin, d'autres en revenant, d'autres quelque part entre les deux.

C'est Frau Henkel qui décide quand et où s'arrêter. Pour trouver de l'eau. Chercher de la nourriture dans les bois ou dans une maison abandonnée. Échanger une paire de bottes nazies. Une paire de bottes vaut une journée de repas, c'est-à-dire deux boîtes de thon. Et c'est Frau Henkel qui choisit les endroits sûrs pour dormir. Au calme, à l'abri des regards, et elle leur tourne autour telle une mère poule, armée du couteau et d'un gros bâton trouvé au bord de la route. Veillant sur son petit-fils, sur les filles et sur les bottes jusqu'à ce qu'elle n'arrive plus à garder les yeux ouverts.

Et c'est quand Frau Henkel dort que Liebermann se met à parler.

«Je suis Eva, murmure-t-elle dans sa tête tandis que Liebermann murmure à son oreille. Je suis Eva Gerst.»

Elle a beaucoup pensé à Liebermann, le premier jour où ils ont tiré ce chariot sur la route apocalyptique. Au moment où elle était assise dans le bureau de son père, propre sur elle et jolie, avec sa mère et Rolf, et à l'homme en tenue rayée qui leur avait apporté du vin. L'homme dont elle avait vaguement pensé qu'il était là parce qu'il n'avait pas bien appris. À qui son gentil papa allait apprendre à devenir meilleur.

Liebermann ne ressemble plus au prisonnier avec le vin. Peut-être que plus personne ne se ressemble. Mais ça n'a pas vraiment d'importance. Il l'a vue. Il sait.

Et donc il vient. Comme une ombre. Comme un cauchemar, toutes les nuits. Pour lui parler de son père et de Sachsenhausen.

Il lui parle des hommes fouettés et du sel qu'on frottait sur leurs plaies. Des pendaisons, des fusillades et des fours recrachant de la fumée. Des expériences, pour voir si tel médicament vous tuait, ou vous donnait des hallucinations, ou désintégrait simplement votre esprit. Des expériences pour voir combien de temps telle substance pouvait faire courir un homme – avec dix kilos, vingt kilos, quarante kilos sur le dos –, le faire courir et courir jusqu'à ce que son cœur lâche.

Mais c'était le Dr von Emmerich qui avait dit «quelle aubaine!». Qui avait dit «faites courir ces hommes avec les bottes fabriquées par notre usine, pour voir les différences d'usure sur les diverses semelles. Faites-les courir sur des surfaces différentes. Testez encore plus d'hommes comme ça, et avec encore plus de substances, de façon que l'Allemagne puisse fabriquer les meilleures bottes au monde. ».

Cela ne rendrait-il pas ces hommes productifs et utiles ?

Von Emmerich, on l'appelait simplement le Docteur. Et c'était le Docteur que personne n'avait jamais, jamais envie de voir. Parce que ce n'était même pas un employé officiel. C'était un ami du commandant. Un ami d'Hitler, dispensé d'inspections, de comptes rendus, de rapports. On préférait la pendaison à un rendez-vous avec le Docteur. Parce que les autres vous faisaient du mal, oui. Ils vous tuaient. Mais le Docteur, il n'avait qu'un mot à dire pour vous obliger à infliger ça à quelqu'un d'autre.

Il pouvait vous faire dire des choses, vous faire penser des choses dont vous n'auriez même pas eu l'idée dans un cauchemar. Découpez ce corps sur la table de dissection. Maintenant, découpez cet homme attaché à la chaise. Piotr, un homme loyal, un homme courageux, est allé voir le Docteur et a dénoncé ses amis qui avaient caché de la nourriture. Alfred a donné un coup de pied dans le tabouret sur lequel se tenait son propre cousin, la corde au cou. Il a fait ça devant des centaines de témoins, et il a ensuite juré que ce n'était pas lui.

Et Mina, docile et obéissante même quand elle mourait de faim qui, pendant ses séances avec le Docteur, s'était vu attribuer un mot. Un mot spécial. Pour la faire obéir. Il n'avait qu'à dire ce mot pour que Mina tire sur un homme. Il n'avait qu'à dire ce mot pour qu'elle tire sur sa propre jambe. Et lors d'une autre séance, quand il lui a ordonné de tirer sur sa seconde jambe, elle s'est tiré une balle dans la tête.

Liebermann chuchote et chuchote encore. Il chuchote jusqu'à ce qu'elle soit épuisée. Faible. Vidée. Et elle ne lui a demandé qu'une fois : « Comment vous le savez ? » Et elle a hoché la tête quand il a répondu : « J'y étais. »

Mais elle ne lui demande jamais d'arrêter. Elle écoute chaque mot. Chaque histoire.

Parce que Liebermann dit la vérité. Grâce à lui, elle sait.

C'est toujours mieux de savoir.

Il lui donne vingt-sept noms. Il l'aide à les mémoriser. Elle les psalmodie avant de s'endormir, tandis que les papiers de son père bruissent dans sa jupe.

«Je suis Eva Gerst. Je n'ai pas de pays, Annemarie est ma famille et je n'appartiens qu'à moi-même.»

Elle le dit vingt-sept fois, pour les vingt-sept noms, jusqu'à en être bien sûre.

Jusqu'à ce qu'Inge disparaisse.

Inge n'existe plus.

Et après trois jours sur la route, Frau Henkel lance :

– Eva ?

Elle sursaute, surprise. Elle était en train de passer ses doigts dans les cheveux d'Annemarie, essayant de trouver des puces à la lumière du feu avant l'arrivée de Liebermann. Ils sont en sécurité, dans une maison dont la moitié arrière est encore intacte, avec des portes qu'ils ont pu bloquer, et c'est la deuxième fois que Frau Henkel l'appelle. Elle ne s'est pas encore habituée à ce prénom.

– Oui ?

– Je doute qu'un hôpital puisse l'aider. Je pense qu'elle a baissé les bras.

Elle parle d'Annemarie.

Le premier jour, dans le chariot, elle a pleuré, recroquevillée, les bras serrés sur sa poitrine. Le deuxième jour, elle a murmuré et dormi. Et aujourd'hui, elle n'a pas dit un mot. Ses bosses ont presque disparu, les couleurs de ses contusions ont perdu de leur intensité, elles s'effacent. Mais elle a passé la journée à regarder dans le vide, secouée par le chariot, ses grands yeux bleus ouverts sur l'immense ciel bleu. Elle n'a mangé que ce qu'Eva lui mettait dans la bouche. N'a marché que quand on la prenait par la main. Elle n'est pas allée aux toilettes. On dirait qu'elle dort éveillée.

Sauf quand Liebermann, ou un homme marchant sur la route,

ou un grand-père troquant quelque chose contre leurs chaussures s'approchent trop. Dans ces cas-là, Annemarie se réveille. Et elle hurle. Comme dans le cratère. Elle bat des bras. Elle crie jusqu'à se casser la voix. Elle fait peur à Michael, qui a perdu deux doigts en ramassant l'arme chargée d'un soldat mort. Liebermann s'est servi du couteau de cuisine volé dans l'usine pour lui sculpter un soldat. Pour lui donner du courage. Pour qu'il le serre dans sa main indemne quand Annemarie se met à hurler.

L'esprit de la jeune fille fuit. Il se vide. La personne qu'elle était s'échappe dans un endroit que nul ne peut voir.

Et Eva sait à qui en revient la faute. Elle le sait parfaitement.

Pourtant Annemarie doit vivre. Non ?

Au bout de quatre jours sur la route, Frau Henkel dit :

– Eva ?

– Oui.

– Michael a de la fièvre.

Elle hoche la tête. Il faut qu'ils trouvent cet hôpital. Sa jupe est tellement lâche qu'elle a attaché une corde autour de sa taille. Pour retenir ses papiers. Les boucles d'oreilles sont toujours cachées. Elle les vendra ou les échangera avant qu'ils ne meurent de faim, mais elle ne peut pas en obtenir ce qu'elles valent sur la route. Et elle aura besoin de quelque chose pour payer le médecin d'Annemarie. Mais personne ne vient de la bonne direction. Personne ne peut leur indiquer où se trouve l'hôpital. Ce n'est qu'une longue parade macabre en direction et en provenance de Berlin.

Le cinquième jour, alors qu'ils se sont arrêtés pour qu'elle puisse abriter les yeux d'Annemarie avec la couverture, pour l'empêcher de fixer le soleil, Frau Henkel dit :

– Eva, quand on arrivera à l'hôpital, même si c'est la Croix-Rouge, il sera peut-être géré par les Soviétiques. Ils ne laisseront sans doute pas les médecins soigner Michael, parce que nous sommes allemands. Nous sommes l'ennemi.

– Ils soigneront un enfant, intervient Liebermann.

Il prend son côté de l'attelage, attend qu'Eva prenne le sien, et puis ils le tractent ensemble, faisant grincer et cliqueter les roues.

Ils forment une bonne paire de bœufs. Michael gémit. Annemarie est silencieuse.

– Peut-être pas, insiste Frau Henkel. C'était comme ça, dans certains endroits, pendant la dernière guerre.

La dernière fois que l'Allemagne a été vaincue. Eva essaie d'imaginer vivre l'enfer deux fois de suite.

– Qu'avez-vous fait, Frau Henkel, pendant la dernière guerre ?

– J'ai failli mourir de faim. Et après la mort de mes frères, j'ai quitté la Rhénanie en traînant la table de ma grand-mère.

« Et maintenant, pense Eva, c'est moi qui la traîne pour vous jusqu'à Berlin. »

Le sixième jour, ils parviennent à une portion de route plus praticable. Les gravats ont été poussés sur le côté. Des monticules s'élèvent sur le bord de la route, les cadavres bien rangés en dessous. Des gens essaient de consolider les toits des maisons encore debout. Il y a plus de camions soviétiques, et soudain Frau Henkel se met à crier :

– Arrêtez ! Attendez ! Arrêtez !

Et elle part comme une flèche.

Eva échange un regard avec Liebermann. Elle n'aurait jamais cru Frau Henkel capable de courir aussi vite. S'ils avaient su, ils lui auraient peut-être demandé de tirer le chariot. La vieille femme fonce sur la route grêlée en faisant de grands signes des bras à un camion cahotant entre les nids-de-poule et les ornières. Une croix rouge est peinte sur son flanc. Frau Henkel le rattrape, cogne sur la carrosserie. Il s'arrête dans un crissement de pneus.

Une femme passe la tête par la fenêtre. Elle porte une coiffe d'infirmière.

– S'il vous plaît ! supplie Frau Henkel. Un hôpital. Mon petit-fils. Ce n'est qu'un petit garçon.

Eva et Liebermann échangent un autre regard et se mettent à tirer le chariot vers le camion.

– Mon petit-fils ! implore-t-elle.

L'infirmière descend et se précipite vers le chariot. Ses sourcils épilés et fins se rapprochent délicatement l'un de l'autre alors qu'elle balaie la route du regard. Ils se trouvent dans une zone clairsemée de la longue file des réfugiés, et Eva voit bien que l'infirmière n'a pas envie que quelqu'un les rattrape et lui demande de l'aide. Ils n'ont sûrement plus de place.

– Vous… parlez… anglais ? demande-t-elle dans un allemand très mauvais.

Elle a l'air suédoise.

– Moi oui, répond Eva dans un mauvais anglais.

Elle regarde sous les bandages de Michael pendant que Frau Henkel lui explique des choses qu'elle ne peut pas comprendre, bien trop vite pour qu'Eva puisse traduire. Alors l'infirmière crie quelque chose et deux infirmiers sautent de l'arrière du camion avec une civière. Deux jeunes hommes avec des casquettes. Ils se dirigent rapidement vers le chariot.

– Non, essaie de dire Eva, ne vous approchez pas de…

Mais l'un d'eux tend déjà le bras par-dessus Annemarie pour attraper Michael.

La jeune fille se met à hurler. Un cri horrible, étranglé, d'une longueur impossible. Elle se débat en donnant des coups de pied et de poing dans le vide.

L'infirmière se retourne, bouche bée, mais ses collègues connaissent leur travail et sortent Michael du chariot. Eva tente d'apaiser Annemarie, de lui tenir la main, mais la raisonner est impossible. Elle n'est même pas sûre qu'elle l'entende. Les infirmiers chargent rapidement Michael dans le camion, efficacement, poursuivis par Mme Henkel qui leur crie des instructions en allemand.

Et soudain, au beau milieu d'un cri, Annemarie se tait. Comme si quelqu'un avait appuyé sur un interrupteur. Mais elle n'arrête pas de s'agiter pour autant, faisant des mouvements saccadés désormais. Son dos s'arque et s'abaisse d'une façon anormale, son corps se cognant contre le chariot.

Elle est en train de mourir. Elle était censée vivre, et elle est en train de mourir.

– À l'aide ! crie Eva.

L'infirmière aboie un mot en suédois, ses collègues reviennent en courant avec la civière et entourent Annemarie. Un autre hurlement. Une sacoche médicale apparaît, l'infirmière tourne Annemarie sur le côté et lui fait une piqûre.

Eva regarde, trop sonnée pour sentir le moindre de ses morceaux fracturés. Annemarie se détend. Son corps se calme. Puis les deux hommes font comme avec Michael. Ils la soulèvent, l'étendent sur la civière et l'emmènent.

– Attendez, souffle Eva.

L'infirmière ramasse la sacoche et trotte vers le camion. Les deux hommes ferment les portes de derrière.

– Attendez ! crie Eva. Je viens !

La femme se retourne.

– Non, seulement les malades, dit-elle en mauvais allemand.

– Mais...

L'infirmière monte dans le camion. Le moteur se met à ronronner et le véhicule s'éloigne pesamment.

Ils s'en vont. Annemarie s'en va. Sans elle.

Et soudain, Eva n'est plus sonnée. Elle est un brasier.

Le camion penche brusquement vers l'avant, roulant lentement dans un nid-de-poule, et Eva se met à courir. Si Frau Henkel a réussi à le rattraper, elle y arrivera aussi, même dans ses chaussures rembourrées.

Elle vole sur la route, fendant l'air, comme si elle avait des ailes. Elle entend des voix qui l'appellent, mais sa colère n'a pas le temps de les écouter. Le camion prend de la vitesse, puis ralentit de nouveau en s'enfonçant dans une ornière. Le soldat sculpté de Michael est tombé dans la boue. Elle le ramasse presque sans interrompre sa course. Le camion s'affaisse vers l'arrière lorsqu'elle attrape la poignée de la portière de derrière, réussit à poser un genou sur le pare-chocs aplati.

Eva prend appui sur un pied et la voilà montée, s'accrochant à ce qui lui tombe sous la main. Elle baisse la poignée. La portière s'ouvre à toute volée et Eva manque de tomber sur la route. Mais elle retrouve l'équilibre et entre, refermant la portière avec fracas.

Sorti des nids-de-poule, le camion passe la vitesse supérieure. Le jeune infirmier derrière elle se contente de secouer la tête et continue à s'occuper de Michael. Annemarie est allongée tranquillement, immobile, sur une couchette en hauteur. Eva glisse le soldat boueux dans la main indemne de Michael.

Et quand elle jette un coup d'œil par la vitre arrière, paume plaquée contre le verre, elle voit Liebermann et Frau Henkel, debout à côté du chariot. Qui les regardent partir.

Chapitre 25

AOÛT 1946

Jake pose sa tasse de café. Elle pose la sienne.

Elle ne lui a pas donné de réponse sur son nom ni sur les nazis, car elle n'en a pas.

– Tu es une fille étrange, Eva Gerst, lâche-t-il. Intéressante, mais étrange.

Il allume une autre cigarette. Un saxophone joue lentement à présent, bien qu'elle n'ait pas remarqué le moment où l'ambiance musicale a changé.

– Tu veux savoir pourquoi je pense ça ?

Elle n'est pas sûre d'en avoir envie.

– Tu vois, d'ordinaire, quand on me confie quelqu'un, je l'emmène en ville, je lui montre comment prendre le métro, compter l'argent. Je peux le conduire au musée ou à un match de baseball. Jusqu'à ce qu'il s'adapte ou trouve un nouveau logement. Et c'est intéressant, non ? À Powell House, l'endroit d'où vous venez n'a pas d'importance. On m'a donc confié un catholique et un athée et d'autres qui ne m'ont jamais parlé de leur religion. Des immigrants lettons, polonais, yougoslaves. Plus âgés, souvent. Des grands-mères, des grands-pères. Tu n'imagines pas toutes leurs histoires. Mais toi… (Il pointe sa cigarette sur elle.) J'ai demandé à m'occuper de toi. Tu sais pourquoi ?

Elle secoue la tête.

– Parce que tu es allemande. On n'accueille plus beaucoup d'Allemands. Soit l'oncle Sam ne veut pas les laisser entrer, soit Hitler est passé par là. Or, je voulais parler à une Allemande. Parce que, même si mon grand-père a quitté Berlin il y a longtemps pour venir ici, ce n'est pas le cas de ses frères. Et mon oncle David y est même retourné pour les affaires, avec sa femme et ses enfants, en 1934. Donc des oncles, des tantes, des cousins, j'en avais une bonne vingtaine à Berlin, et tu sais de combien d'entre eux ma mère a reçu des nouvelles, depuis la guerre ?

Eva secoue la tête. Un geste imperceptible.

– Zéro. Parce qu'ils sont morts. Tous. C'est ce qu'on pense.

Il a probablement raison. Mais elle ne le dit pas. Elle a la nausée.

– Alors je voulais parler à quelqu'un de Berlin. Apprendre ce qui s'est passé et dont on ne parle pas dans les journaux. Je n'espérais pas que cette personne connaisse ma famille, mais... Je voulais juste savoir. Tu peux comprendre ça, non ?

Cette fois, elle hoche la tête. C'est toujours mieux de savoir. Elle enfonce un ongle dans sa paume.

– Et donc, la semaine dernière, je suis monté dans la voiture avec Bets pour aller chercher cette fille intéressante. Un joli brin de fille qui a l'air de mourir d'envie de m'en coller une. Et tu sais ce qui se passe ? Un type louche qui fume une clope à un coin de rue près du terminal du ferry réapparaît à l'autre bout de la ville, devant chez Gabertelli, où il fait exactement la même chose. Et ensuite, il nous suit jusqu'à Powell House dans une voiture rouillée. Et puis il remet ça aujourd'hui, juste devant la porte, et je dois le semer chez le glacier. Et ça ne s'arrête pas là...

Il se penche en avant, le visage illuminé par la lueur orange.

– ... ce même jour où je vais chercher cette fille, je suis en train de passer un bon moment, de boire un café, quand je la vois descendre l'escalier en douce, comme si elle voulait piquer l'argenterie. Et quand je descends voir ce qu'elle fabrique, il y a un homme dans la cuisine, qui lui parle sans ménagement et lui donne un surnom, Bluebird. Un homme qui prend un accent étranger dès qu'Olive arrive. Et puis cette fille étrange et intéressante dépose quelque chose dans un vase devant la porte de sa chambre. Une carte, avec un oiseau dessiné dessus à l'encre bleue, et un nom, M. Cruickshanks. Et quand j'appelle ce numéro…

Eva enfonce son ongle plus profondément dans sa paume.

– … le type à l'autre bout du fil me dit qu'il ne connaît pas de Cruickshanks et m'envoie balader. Et comme si tout ça n'était déjà pas assez intéressant, voilà que la fille en question – il y a seulement une heure – s'enfuit dans un couloir d'hôpital et se cache dans un placard parce que l'homme qui fait le ménage est un nazi. Sans compter que je suis presque sûr qu'elle a caché le couteau à pain que personne ne retrouve dans la cuisine – le couteau à pain qui était posé sur la table juste devant elle – dans son sac à main, et que c'est avec ça qu'elle s'est coupé le doigt.

Eva regarde l'entaille sur son doigt. Jake se laisse aller en arrière.

– Voilà, dit-il en soufflant de la fumée. J'ai joué cartes sur table. Alors, par quoi veux-tu commencer ? Par M. Cruickshanks ?

Chapitre 26

FÉVRIER 1946

– Entrez, mademoiselle Gerst, dit la femme derrière le bureau.

Du moins, c'est ce que comprend Eva. Elle travaille son anglais, mais elle a du mal à saisir les mots de cette femme, étouffés par l'écharpe enroulée autour de sa tête. Eva lui envie cette écharpe, même si elle préférerait un pantalon. Elle a les jambes nues, et la neige qui s'infiltre sous la porte ne fond pas.

Néanmoins, elle n'a pas de temps à consacrer à son envie. Elle a suffisamment à faire avec sa peur.

Elle ne sait pas pourquoi on l'a convoquée dans le bureau du directeur du camp. Elle n'a aucune raison d'être là. Mais elle peut deviner, et c'est bien pour ça qu'elle a peur.

Elle aide Annemarie à se lever, une couverture de l'armée épinglée comme une cape sur sa tête et ses épaules. Ses yeux sont ravissants, ainsi encadrés par le tissu. Bleu clair. Et vides.

– Non, ma chère. Rien que vous, précise la femme à la voix étouffée.

Eva marque une pause, puis fait faire demi-tour à Annemarie. Comme si elles allaient partir.

– Bon, comme vous voudrez ! lâche la femme en agitant une main gantée, tremblant de froid.

Eva frappe à la porte du bureau en souriant calmement à Annemarie. Son amie ne tolère pas bien la peur. Et puis quelqu'un dit « Entrez ! » en allemand, et elle comprend qu'elle est dans le pétrin.

Elles pénètrent dans un endroit merveilleux. Un radiateur, avec un peu de charbon rougeoyant. Une chaleur délicieuse règne dans la pièce, et un inconnu est assis derrière le bureau du directeur du camp. Un homme mince, avec une moustache noire encore plus mince, en costume civil, son lourd manteau de laine et ses gants posés sur la chaise derrière lui, inutiles.

Eva tourne Annemarie dos au bureau, approche rapidement une chaise du radiateur.

– Annemarie, dit-elle calmement, et elle attend que les yeux vides se connectent avec les siens. Assieds-toi ici.

Elle obéit et ouvre la main. Eva dépose trois boutons dans sa paume. Annemarie les regarde, et quand Eva reporte son attention sur l'homme, il les observe avec un intérêt amusé. Il sourit, se lève.

– Mademoiselle Gerst ? Puis-je vous offrir un siège ?

Son allemand est formel. Officiel. La peur se propage dans les veines d'Eva telles de minuscules décharges électriques.

– Non, merci. Je préfère rester debout ici.

– Je vois. Annemarie, c'est ça ? Vous emmenez toujours votre amie où que vous alliez, n'est-ce pas ?

Cette dernière gémit. Elle n'aime pas la voix de cet homme, mais elle se concentre sur ses boutons, comme Eva le lui a appris.

Il consulte ses documents.

– Est-elle allée à l'hôpital ?

– Oui, dans un camp de la Croix-Rouge, et à Berlin. Ils ont dit qu'elle avait eu une mauvaise guerre.

– A-t-elle vu le médecin, ici ?

– Oui.

– Et qu'a-t-il dit ?

– Qu'elle avait eu une mauvaise guerre.

– Je vois, fait-il en retournant à ses papiers. Je m'appelle M. Cruickshanks. Je suis américain, en mission spéciale pour le gouvernement des États-Unis, en collaboration avec le peuple allemand.

Il sourit, étirant sa fine moustache. Elle avait raison d'avoir peur. Cet homme est un chasseur de nazis.

– Et où étiez-vous, avant le Düppel Center ? demande-t-il.

– Avec la Croix-Rouge internationale. Jusqu'à la fermeture de l'hôpital de campagne.

– Et avant ça, vous étiez…

– À l'hôpital à Berlin, avec Annemarie.

– Et encore avant ?

– À Dresde, ment-elle.

Il tend la main pour qu'elle lui donne ses papiers, et elle les sort machinalement de la poche de son manteau. Des papiers d'identité tout neufs. Tout propres. Avec sa photo. Il y a un bureau, ici, pour ce genre de choses. Elle est Eva Gerst désormais.

Parfois, quand elle jette un coup d'œil à sa nouvelle photo, elle se dit que ça pourrait être Inge. Alors elle ne sait plus du tout qui est cette personne. M. Cruickshanks lui accorde à peine un regard. Il sourit aimablement.

– Et tout se passe bien ici, à Berlin, dans la zone américaine ?

Depuis qu'Annemarie est sortie de l'hôpital, Eva a appris à récurer les casseroles, à désinfecter les vêtements par fumigation, à faire un ourlet et à passer les cheveux des enfants au peigne antipoux. Elle sait désinfecter le matériel médical et monter une cabane Quonset. Et tout ça sans jamais se séparer d'Annemarie. Elle a travaillé parmi des survivants des camps de concentration, des usines de travail forcé, des gens dont les familles et les villages ont été anéantis par les nazis qui pensaient qu'ils n'avaient pas le droit d'exister. Des gens qui auraient été ravis de la voir fusillée.

Elle ne sympathise pas avec eux. Ils n'ont pas à se lier d'amitié avec elle. Mais elle les écoute. Tous. Toutes leurs histoires.

Et elle a droit à deux repas par jour – dont une tasse de lait et une boîte de viande – et la chambre qu'elle partage avec cinq autres femmes au cours du pire hiver de mémoire d'homme possède des murs. D'autres dorment dans des tentes. D'autres sont morts.

– Oui, tout va bien, répond Eva.

– Que pouvez-vous me dire sur vos parents ?

Restant évasive, elle lui raconte qu'elle vivait avec ses grands-parents, qu'elle ne sait pas grand-chose de ses parents, au cas où M. Cruickshanks saurait des choses qu'elle ignore. Ce qui est probable, puisqu'en réalité, elle ne sait rien.

– *Hum*, répond-il. Et vous êtes sûre que ceci est vrai ?

Cette fois, il la regarde bien en face. Droit dans les yeux. Eva penche la tête. Soutient son regard. Elle sait mentir sans ciller désormais. Surtout quand la vérité ne l'aidera pas à survivre.

– Oui. Tout à fait certaine.

– J'ai des informations selon lesquelles la fille d'une éminente famille de nazis utilise le nom d'Eva Gerst.

Annemarie gémit. Elle a perçu le changement de ton. Eva lui donne le quatrième bouton – le bleu, qu'elle avait gardé précisément dans cette éventualité. Mais elle ne quitte pas M. Cruickshanks des yeux.

– Dans ce cas, vous vous trompez d'Eva Gerst. J'imagine qu'il y en a plus d'une.

– Oui, oui, concède-t-il. Je suppose que oui. Mais vous pouvez comprendre pourquoi cela nous intéresse, bien sûr. Le Dr von Emmerich…

– C'est son nom ? demande Eva. C'est le nazi que vous recherchez ?

– En effet. Un homme que mon gouvernement aimerait beaucoup retrouver. Vous avez entendu parler des procès de Nuremberg, bien entendu. Il y en aura aussi un réservé aux médecins nazis. Pour crimes contre l'humanité.

Et c'est là que son père a sa place. Sur le banc des accusés. Elle le livrerait à M. Cruickshanks, si elle pouvait. Sauf qu'elle ne peut pas. Et elle sait ce qui est arrivé aux autres familles, celles dont les mères ne se sont pas suicidées. Arrêtées. Exilées. Envoyées en France pour servir de main-d'œuvre agricole.

Annemarie est tranquille à présent, concentrée sur le nouveau bouton. Eva aussi. Sans elle, Annemarie ne mangera pas. Et ils l'enfermeront quelque part. Dans un hôpital. Une institution.

Elle sait ce que les nazis ont fait aux patients de ces établissements.

Ils les ont assassinés. Parce qu'ils ne servaient à rien. C'est ce que disaient les personnes comme son père. Des rebuts.

Elle ne laissera pas Annemarie aller dans une institution.

– Nous recherchons également une autre personne, reprend M. Cruickshanks. Anna Ptaszynska. Connaissez-vous quelqu'un qui porte ce nom ?

Il la regarde de nouveau bien en face. Droit dans les yeux, sans ciller. Et Eva sait que cette fois, pendant un bref instant, elle a tressailli. Elle lisse son expression, y ajoute de la curiosité. Secoue la tête.

– Qui est-ce ?

– Une patiente de longue durée de von Emmerich, croit-on. Quelqu'un avec qui il avait des contacts assez réguliers. Une nazie loyale. C'est sans doute sa fille et Mlle Ptaszynska qui auraient les meilleures informations pour le retrouver, voyez-vous.

Elle hoche la tête. Innocente. Les yeux écarquillés. M. Cruickshanks observe le moindre mouvement du moindre de ses muscles.

– Bien, ce sera tout pour le moment, mademoiselle Gerst. Merci d'être venue.

Elle aide Annemarie à se relever et sort sans regret de ce bureau chaud et agréable.

Liebermann. Il est le seul à savoir, et il a parlé. Elle ne lui en tient pas rigueur. Il veut que le Docteur paie. Mais il va tout gâcher.

Elle doit réfléchir. Réfléchir.

Elle attend. Fait son service en cuisine. Casse la glace dans le seau de toilette et fait chauffer de l'eau pour Annemarie. Et trois heures avant l'aube, alors que la lune brille à travers leur fenêtre givrée, que les autres femmes reniflent et frissonnent dans leurs lits de camp, Eva s'assied sur le sol gelé et défait soigneusement les points de la doublure de son sac marin. On le lui a donné à l'hôpital, et elle l'aime beaucoup. Elle devra le recoudre, ce qui signifie qu'elle devra trouver du fil. Mais pour le moment, elle plonge la main entre la doublure et la toile et en sort les papiers de son père.

Elle a déjà lu ces notes plusieurs fois. Chaque mot. Parfois, elle éprouve le besoin de les lire. Quand elle a du chagrin. Quand elle regrette la sensation d'avoir un papa qui l'aime. Quand elle a besoin de se souvenir.

« Anna Ptaszynska est morte le 11 juillet 1934.

Elle est partie désormais. Elle n'est plus. »

Cruickshanks se trompe. Son père a tué Anna en voulant l'entraîner à devenir « meilleure ». À oublier qui elle était. À faire des choses qu'elle n'aurait jamais faites d'elle-même. Comme dans les histoires que Liebermann lui a racontées, sur les prisonniers. Il les contrôlait. C'est une lecture cruelle, insupportable, mais tout est là, dans l'écriture penchée de son père. Elle ramène ses pieds sous elle, essayant de se réchauffer. Qu'est-ce que Cruickshanks croit savoir ?

Eva relit ces documents. « Elle n'est plus » est une formulation étrange pour un scientifique, elle n'y retrouve pas la rigueur habituelle de son père. Et il ne précise pas comment Anna est décédée. Eva pensait qu'elle était morte de faim, puisque les notes stipulaient qu'elle avait cessé de s'alimenter. Mais après tout, le dossier n'est pas complet.

Quelqu'un que son père voyait régulièrement, d'après M. Cruickshanks. C'est sans doute vrai. Il s'agissait d'observations personnelles. Et « une nazie loyale ». Même la plus parfaite petite Allemande n'aurait pu être qualifiée ainsi à quatre ans. Anna a-t-elle survécu ? A-t-elle survécu… sous une autre identité ? Est-ce pour ça qu'elle est « partie » ? Qu'elle n'est plus ? Comme Inge ?

Une nazie loyale.

Anna Ptaszynska.

Annemarie se retourne dans son lit, frissonnant sous son manteau et sa couverture, ses cheveux brillant au clair de lune. Eva la borde mieux. Elle a si froid, assise là par terre, qu'elle ne sent plus ses orteils. Une couche de glace recouvre tant l'intérieur que l'extérieur des vitres, malgré les nombreux corps et souffles, et tous les autres lits sont plaqués contre le mur opposé. Aussi loin que possible d'Annemarie.

Parce qu'elles ont peur d'elle.

Le jour où elles roulaient ensemble dans la voiture du père d'Inge, Annemarie a dit que le Dr von Emmerich était « l'homme le plus gentil du monde ». Comment pouvait-elle le savoir ? Quand l'avait-elle seulement rencontré ?

Anna.

Annemarie. Qui ne ressemble pas du tout à ses frères et sœurs. Ni à ses parents. Pourquoi Eva ne s'en était-elle jamais rendu compte ?

Une nazie loyale.

Le vent s'infiltre dans les murs, mais Eva ne bouge pas. Il y a quelque chose qu'elle devrait se rappeler. Une histoire de violettes. Une histoire d'oiseau. Mais ces pensées s'évaporent comme son souffle glacé.

Anna Ptaszynska. Avant, elle avait mal au ventre chaque fois qu'elle lisait ce nom, mais elle l'a vu tellement de fois qu'elle peut désormais penser ces mots sans douleur.

Anna Ptaszynska.

Eva replie les papiers, mais elle ne les remet pas dans la doublure de son sac. Elle les glisse dans son manteau, qu'elle garde au lit, et elle se couche, prenant Annemarie dans ses bras.

Elle ne dort pas. Elle réfléchit, tandis que les minutes passent et que le soleil se prépare à se lever. Elle se réchauffe, Annemarie se réchauffe, et l'esprit d'Eva n'est plus qu'une masse de pensées agitées.

Anna Ptaszynska.

Il faut qu'elle s'occupe d'Annemarie.

Le lendemain, quand Eva la ramène de la tente de la cuisine, la morve au nez et les doigts à moitié gelés, les notes du Docteur toujours rangées dans son manteau, son sac marin n'est pas là où elle l'avait laissé. Son lit a été déplacé.

Le jour suivant, Eva s'organise pour monter dans un camion jusqu'à un camp de la zone britannique. Elle prend aussi ses dispositions pour se rendre dans la zone française. Mais elle et Annemarie ne font qu'un seul de ces trajets.

« Je suis Eva Gerst. Je n'ai pas de pays, Annemarie est ma famille et je n'appartiens qu'à moi-même. »

Annemarie est sa faute et sa pénitence. Et elle fera tout. N'importe quoi. Tout ce qu'il faudra pour la protéger.

Cruickshanks peut bien pourchasser le Dr von Emmerich tant qu'il voudra.

Chapitre 27

AOÛT 1946

Jake fume sa cigarette dans l'obscurité et la musique évoque à Eva la danse sinueuse d'un cobra. Un jour, elle a vu un film dans lequel un homme torse nu jouait de la flûte pour faire sortir un serpent de son panier.

Où a-t-elle vu ça ? Hitler n'aurait pas autorisé de tels films au cinéma.

Jake sourit.

– Dis-moi, tu n'essaierais pas de gagner du temps, à tout hasard ?

Non, ce n'est pas le cas. Elle réfléchit. Elle a besoin de réfléchir.

Jake dit qu'il a « joué cartes sur table », et il n'est pas un Cruickshanks. Ni l'un des inconnus qui veulent attraper son père. Ce n'est qu'un garçon. Un garçon sympathique, charmeur, dangereux, avec de beaux yeux auxquels absolument rien n'échappe. Qui en sait plus qu'il ne devrait. Qui lui laisse très peu de marge de manœuvre.

Il pourrait l'aider. Il pourrait même penser que c'est une question de justice.

Ce serait un marché de dupes.

Mais beaucoup moins que celui qu'elle a dû passer.

Cruickshanks lui a dit de n'en parler à personne. Mais elle n'appartient pas à Cruickshanks. Elle s'appartient. Et ce qu'elle demanderait à Jake ne serait pas si dangereux que ça. Pas plus que ce qu'il sait déjà.

Seulement, il ne faut pas que Cruickshanks l'apprenne.

Et il ne faut pas que Jake apprenne la vérité sur elle.

Il attend sa réponse. Il la regarde penser dans l'ombre. Elle sent la fumée, mais elle ne la voit pas.

Ce que Jacob Katz devrait faire à cet instant précis, c'est s'enfuir pour aller prendre un train. Monter dans une voiture rapide. Sauter dans un avion pour l'autre bout du monde. N'importe quoi pour s'éloigner d'elle.

L'orchestre continue sa danse du serpent.

Eva coince une mèche derrière son oreille, repousse sa tasse de café sur le côté, pose les bras sur la table. Elle a toute l'attention de ces yeux magnifiques.

– Tu as dit, chuchote-t-elle, que tu avais choisi d'être mon ami.

– C'est vrai.

– Tu… tu t'es porté volontaire. Pour m'aider à trouver ce dont j'ai besoin.

– Exactement.

– J'ai besoin de quelque chose.

Le murmure d'Eva est si doux que Jake doit se pencher vers elle pour l'entendre.

– J'ai besoin que tu m'aides à attraper un nazi.

Chapitre 28

AVRIL 1946

Eva a de la boue jusqu'aux chevilles lorsque les soldats viennent l'arrêter. Ce champ de patates était un parking avant la guerre, mais désormais les pommes de terre sont plus utiles. Annemarie aime la boue, et ils sont tous si sales que tout le monde se fiche bien qu'elle le soit un peu plus. Eva a planté cinquante-six gros morceaux de patate dans la terre molle quand quelqu'un crie son nom.

Elle se redresse. Deux soldats. Américains.

Elle sait qu'elle est dans le pétrin.

– Viens, Annemarie, murmure-t-elle, puis aux soldats, en anglais : Pourriez-vous… marcher derrière ? À dix pas de distance.

– Faites-le, lance une des femmes du champ. Sinon, la plus jolie va piquer une crise et vous allez le regretter !

Sauf qu'elle le dit en français et que les soldats ne comprennent pas.

Cependant, ils doivent estimer qu'elles ne représentent pas une grosse menace. Ils font donc ce qu'Eva leur demande et marchent environ dix pas derrière elles jusqu'au bureau du directeur. Annemarie traîne des pieds. En gémissant. Elle n'a pas envie de quitter le champ. Eva tâte ses poches.

Elle n'a aucun bouton. Ses doigts fourmillent. Ils ont envie de trembler.

Elle risque de perdre Annemarie aujourd'hui.

Ils n'attendent pas à l'extérieur du bureau du directeur cette fois-ci, et la secrétaire n'est pas là. Le directeur non plus. Rien que M. Cruickshanks. Pas de salutations. Pas de politesses. Pas de chauffage. Juste deux chaises et les traces de boue qu'elle et Annemarie laissent sur le sol. Eva tourne une chaise, dos aux hommes.

– Assieds-toi ici, Annemarie, chuchote-t-elle, puis, aux soldats : Ne vous approchez pas d'elle... S'il vous plaît.

Annemarie tend la main, mais Eva n'a rien à lui donner.

M. Cruickshanks abat une feuille de papier blanc sur le bureau et la fait glisser vers elle. Eva incline la tête. C'est un très joli dessin de son visage. Ses cheveux étaient plus courts, à l'époque. Et avait-elle vraiment les yeux aussi grands ? Elle relève la tête. Adresse un haussement de sourcils interrogateur à Cruickshanks.

Il écrase sa paume sur le bureau. Avec une autre feuille de papier. Cette fois, c'est Annemarie. Réveillée, vivante. Celle qui glapissait quand Inge conduisait trop vite.

Liebermann est doué. Elle aurait dû se douter que c'était un artiste quand il a sculpté ce soldat. Michael avait été si heureux de l'avoir avant de mourir. Eva pose une main sur le bras d'Annemarie. Sa respiration s'est accélérée. De petites inspirations rauques.

– Un témoin très crédible, dit Cruickshanks en allemand, pour que les soldats ne comprennent pas, a signé une déposition indiquant qu'il a vu cette fille, Inge von Emmerich, rendre visite à son père, le Dr Otto von Emmerich, dans le camp de concentration de Sachsenhausen au printemps 1944. Ce même témoin a voyagé plusieurs jours avec cette fille, qui se faisait alors appeler Eva Gerst, en mai 1945. Ils étaient accompagnés de son amie (il pose le doigt sur le visage crayonné d'Annemarie), une déficiente mentale à laquelle Mlle von Emmerich témoignait beaucoup de sollicitude et d'affection.

Ignorant les dessins, Eva s'empare d'un presse-papiers, lourd, en verre avec des volutes bleues.

– Je peux le prendre ? demande-t-elle en anglais en le posant dans les mains d'Annemarie, qui arrête aussitôt de gémir.

La fine moustache de M. Cruickshanks se tend sur ses lèvres.

– Vous le niez ?

– Oui, répond-elle.

L'homme fait alors le tour du bureau et la frappe. Une gifle cinglante sur un côté de son visage. Mais Eva a l'habitude d'être frappée. Il la gifle une deuxième fois, au même endroit, et cette fois, sa bouche s'emplit de sang. Les bottes s'agitent au fond de la pièce.

Au troisième coup, elle bascule sur le côté. Tombe presque à genoux.

Et Annemarie explose.

Bondissant de sa chaise, elle tacle M. Cruickshanks, le fait tomber par terre et le frappe avec le presse-papiers. Elle réussit à lui asséner un beau coup sur le crâne et à lui griffer la joue avec ses ongles avant que les deux soldats n'interviennent. Elle pousse des hurlements terribles et puis s'en prend aux soldats. Elle les frappe avec le presse-papiers. Eva se joint en titubant à la mêlée.

– Ne la touchez pas ! crie-t-elle en allemand tout en essayant de repousser les soldats.

Ils n'obtempèrent pas avant que M. Cruickshanks, enfin libéré d'une Annemarie déchaînée, ne leur hurle de reculer.

Eva récupère le presse-papiers, le laisse tomber par terre et aide Annemarie à se relever, dos au reste de la pièce, toujours en train de s'égosiller.

– Tout va bien, murmure Eva, apaisante, en essuyant le sang qui coule sur son menton. Je suis là. Tu vas bien…

Pourtant, elle est sous le choc. Annemarie aurait tué M. Cruickshanks si les autres l'avaient laissée faire. Elle lui aurait défoncé le crâne.

L'Américain essuie sa joue avec un mouchoir.

– Caporal Pruitt ! s'époumone-t-il. Emmenez Mlle Gerst et Mlle Toberentz à l'infirmerie. Mlle Toberentz attaque les gens. Elle a considérablement amoché la lèvre de Mlle Gerst.

Les soldats les emmènent, visages fermés et yeux braqués droit devant eux. Annemarie hurle. Le médecin lui donne un sédatif et tamponne la lèvre fendue d'Eva avec un produit qui pique en la prévenant qu'elle aura un bleu. Eva veille Annemarie pendant qu'elle dort, sereine. Elle regarde l'horloge.

Elle peut deviner ce qui va se passer.

À trois heures précises du matin, un soldat américain vient parler à l'infirmière à voix basse et ils se tournent tous les deux vers Eva. Après un dernier regard à Annemarie, elle suit le soldat en traînant des pieds dans la boue.

Le bureau du directeur a été remis en ordre, la boue et le sang ont été nettoyés. Le presse-papiers a disparu. Mais les dessins sont toujours sur le bureau. Et M. Cruickshanks a un œil au beurre noir et deux griffures rouges en travers de la joue. Les soldats s'en vont et ferment la porte, au grand regret d'Eva. Des témoins – même des soldats obligés d'obéir aux ordres – valent mieux que rien.

M. Cruickshanks se lève. Traverse la pièce. Vient se placer directement derrière elle. Eva lève le menton.

– Puis-je prendre votre manteau ? demande-t-il dans un allemand impeccable.

Elle le laisse faire. Il lui fait signe de s'asseoir et elle laisse de parfaites empreintes de pas boueuses sur le sol. Elle voit qu'il les remarque. Mais il se contente de sourire.

– Fräulein von Emmerich, commence-t-il, nous sommes partis sur de mauvaises bases. De très...

– Je m'appelle Eva Gerst.

Le sourire de Cruickshanks s'élargit. Il a l'air asymétrique, avec son œil au beurre noir.

– Je me servirai uniquement de vrais noms ce soir, Fräulein von Emmerich.

Il fouille sous son bureau et sort une bouteille et deux verres.

– Puis-je vous proposer un peu de vin ?

Eva fixe la bouteille et se souvient que quelques heures plus tôt, il la frappait au visage. Elle secoue la tête.

– Vous êtes sûre ? demande-t-il en la débouchant de façon théâtrale. Alors, Fräulein von Emmerich, vous vous plaisez à Biberach ? La zone française est loin de Berlin, n'est-ce pas ? (Il se sert un verre.) Il m'en a fallu du temps, pour vous retrouver. D'ailleurs, permettez-moi de vous féliciter d'avoir une amie comme Mlle Toberentz. Les nazis ne sont pas réputés pour leur amour des personnes diminuées, et j'avoue que cela m'a complètement induit en erreur.

Eva sent sa colère crépiter. S'enflammer. Mais elle ne la choisit pas. Pas encore.

– Nous allons être directs, maintenant, Fräulein, parce qu'en toute franchise, vous m'avez fait perdre assez de temps comme ça. Si le Dr von Emmerich est jugé à Nuremberg, il sera condamné. Il y avait suffisamment de preuves dans ses papiers à Sachsenhausen. S'il n'est pas exécuté, il passera le reste de sa vie en prison.

Il mérite d'être condamné. Il mérite d'être pendu. Ce serait légitime. Ce serait un soulagement.

Ce serait douloureux, aussi. Et cette pensée fait remonter sa culpabilité.

Cruickshanks sirote son vin.

– Votre père est pourtant un homme brillant. Un brillant scientifique. Quel dommage de gâcher tout ce potentiel. Quel coup dur pour le progrès scientifique. Vous n'êtes pas d'accord ?

Il l'observe. Il attend qu'elle relève les yeux.

– Savez-vous, Fräulein, ce dont votre père est capable ?

Elle secoue la tête. Ce qu'elle sait, elle n'a pas l'intention de le lui dire.

Cruickshanks se carre dans son siège, et son œil intact se porte, rêveur, sur le plafond.

– Imaginez, Fräulein, si l'esprit était un objet modelable. Si les souvenirs pouvaient être arrachés, dit-il en claquant des doigts, et remplacés. Imaginez qu'il suffise de dire un mot pour qu'un soldat capturé reparte chez lui et neutralise les armes de son propre pays. Un agent qui ne trahirait jamais sa couverture parce qu'il n'aurait même pas conscience d'être un agent ? Imaginez qu'un homme comme Hitler ait pu être renversé il y a des années par un de ses propres officiers, qui aurait à lui seul accompli le boulot de toutes ces armées…

« Imaginez, pense Eva, si tous les gens faisaient exactement ce que vous leur demandez. »

– Et si les soldats pouvaient oublier leurs traumatismes ? Oublier la fatigue. Et si on pouvait court-circuiter les tendances meurtrières ? Contenir l'avidité…

« Alors vous pourriez les rendre "meilleurs" », pense Eva. Mais qui peut décider qui est bon et qui ne l'est pas ? Son père lui a appris à se poser cette question, même s'il serait probablement étonné de l'apprendre.

– Nous pourrions arrêter des guerres, Fräulein von Emmerich. Bien avant la mort du tout premier soldat. Voilà ce que votre père peut apporter au monde.

Il repose son verre de vin. Se penche au-dessus du bureau.

– Tout ce potentiel, tout ce bien, perdus parce qu'un homme brillant est conduit à la potence pour des crimes qui n'étaient même pas considérés comme tels par son propre pays lorsqu'il les a commis. Vous ne trouvez pas ça un peu injuste ?

Il n'aurait vraiment pas dû prononcer le mot « juste ».

– Le gouvernement des États-Unis ne souhaite pas condamner votre père. Nous voulons travailler avec lui. Qu'il continue ses recherches. Mais nous devons agir vite. D'autres désirent autant que nous cette information. Et je pense que vous avez de bonnes raisons de ne pas vouloir que le travail de votre père bénéficie à l'Union soviétique, n'est-ce pas, Fräulein ? Je crois, poursuit-il en souriant, que nous sommes en position de nous entraider.

« Il s'y prend mal, pense Eva. Très mal. »

– Le Dr von Emmerich est en fuite. Sa vie est en jeu. Et vous pouvez l'aider. En partageant des informations. Parlez-moi d'Anna Ptaszynska. Nous aimerions la retrouver presque autant que le Docteur.

– Je ne connais personne de ce nom.

– En êtes-vous certaine ? Anna Ptaszynska est la première expérience de votre père. Son expérience la plus réussie. Nous pensons qu'elle a déjà prouvé sa valeur.

– Je ne sais rien de son travail, chuchote-t-elle.

– Ah. Mais vous savez peut-être où le Docteur recevait ses patients. Ses patients inhabituels. En dehors de l'hôpital ou du camp. Pour ses recherches. Gardait-il des dossiers à la maison ?

Ce que veut Cruickshanks se trouve juste derrière elle, dans la doublure du manteau qu'il a suspendu à la porte.

– Nous pensons qu'il a gardé Anna Ptaszynska près de lui. Cachée. Elle est donc la seule à avoir survécu aux expériences du Docteur. Et nous pensons qu'elle pourrait encore réagir aux ordres de votre père. On pourrait la mettre au travail. Dès maintenant. Au service de la paix.

Eva pense à Mina, qui a tiré dans sa propre jambe. C'est ce que veut Cruickshanks. Au service de la paix. Une tueuse. Une tueuse qui fera exactement ce qu'on lui demandera.

Elle relève les yeux.

– Ce n'est pas parce que cette Anna était vivante à la fin de la guerre qu'elle l'est encore.

– De nombreuses choses peuvent se produire en temps de guerre, bien sûr, concède-t-il en haussant les épaules. Savez-vous où il aurait pu l'emmener ? Pensez-vous qu'il a planifié sa fuite ?

– Si vous pensez que je suis le genre de fille qui en sait autant sur son père, je suis étonnée que vous pensiez qu'il s'est échappé sans moi.

– Il est possible que le Docteur vous croie morte.

Il sourit, et elle hausse un sourcil. Oui. C'est possible.

Il passe un doigt sur le bord de son verre.

– Mon gouvernement veut passer un marché avec vous, Fräulein. Nous avons de bonnes raisons de croire que le Docteur a fui l'Allemagne et rejoint l'Amérique. Nous vous proposons de vous faire sortir de ce camp, de créer les documents nécessaires et de vous réserver une traversée pour New York, où vous nous aiderez à retrouver le Dr von Emmerich et à entrer en contact avec lui. Trouvez-le, livrez-le-nous, et nous lui fournirons un bureau, un revenu généreux et un endroit où travailler. Un bel appartement pour vous deux. Une nouvelle vie, Fräulein, dans un pays qui n'a pas connu la guerre. Pas comme le vôtre.

Eva balaie du regard le bureau vide. Au beau milieu de la nuit.

– Et tous les membres de votre gouvernement ont validé ce marché ? s'enquiert-elle.

Cruickshanks sourit comme si elle venait de réussir un ace au tennis.

– Certains ne sont pas aussi ouverts d'esprit. Certains manquent de vision. Et ce dont nous parlons est secret. Mais soyez rassurée, si le Docteur devait tomber entre les mains des Britanniques, ou même de gens de notre propre camp, et être jugé, nous aurons les moyens de gérer la situation. Les charges seront abandonnées ou il sera acquitté. Suivez le procès du Dr Kurt Blome, et vous verrez.

Ce n'était donc que du vent, cette menace d'un procès. Même si un autre pays l'attrape, justice ne sera pas rendue.

Nulle part. Pour aucun d'eux.

– Et si je n'aime pas votre... marché ?

M. Cruickshanks soupire.

– Puisque je préférerais que personne n'entende parler de cette conversation, je suppose que vous pourriez vous retrouver très loin d'ici. Nous avons des prisons où vous ne reverrez plus jamais la lumière du jour, si vous préférez.

Eva se lève, s'approche du bureau et se sert un verre de vin. M. Cruickshanks l'observe attentivement. Souriant sous sa petite moustache. Elle emporte le verre jusqu'à la fenêtre et regarde dehors. Réfléchit. Il y a une lueur orange à l'horizon, entre la terre et les nuages, un grondement presque inaudible. Ce pourrait être un orage matinal. Ou bien une ville qui brûle. Elle se demande si elle saurait faire la différence.

Elle goûte le vin. Il pique l'entaille sur sa lèvre. Et lui monte aussitôt à la tête. Fait des bulles à la surface alors qu'elle bouillonne intérieurement.

Vingt-sept noms. Elle les récite dans son esprit. Elle se rappelle les cadavres de Sachsenhausen.

Et ils veulent que son père recommence.

D'autres Anna. D'autres Mina. Tirant. Faisant exploser des trains. Assassinant sur commande. Des tueurs ignorant tout de ce qu'ils ont fait. Cruickshanks prétend que les recherches de son père empêcheront des guerres, mais elles pourraient aussi en déclencher. Elles pourraient très facilement en déclencher.

Et la justice ne sera pas rendue.

Des éclairs fendent l'horizon. Eva baisse son verre.

À moins que ce soit elle, Eva Gerst, qui rende justice. À moins qu'elle s'en charge elle-même. Elle ne sait pas si elle en serait capable. Mais sinon, qui le fera ?

Personne.

C'est un marché horrible. Foireux et nauséabond. Et elle va l'accepter.

Et le rompre. Pour la justice.

Parce qu'elle doit protéger Annemarie.

Le tonnerre gronde, une autre onde sonore traverse le ciel. Ce bruit déclenche toujours un frisson de peur en elle, désormais. Il ressemble à tellement d'autres choses. La nuit s'assombrit.

– Que dois-je faire ? demande-t-elle.

Elle entend craquer la chaise.

– Rien, pour le moment. Nous allons tout organiser, mais ça pourrait prendre un peu de temps. On vous contactera, et à ce moment-là, vous coopérerez. M. Cruickshanks viendra discuter avec vous de temps en temps, pour voir s'il y a du nouveau…

Elle le regarde par-dessus son épaule.

– M. Cruickshanks ? Mais pas vous ?

– Oh, non. Je ne suis pas le seul M. Cruickshanks.

Évidemment.

– Vous vous en tirerez bien, à mon avis. Le Dr von Emmerich est intelligent, mais on ne peut pas dire que vous soyez stupide, n'est-ce pas, ma chère ?

Elle ne répond pas. Elle observe l'orage qui approche.

– Je ne partirai pas seule, dit-elle. C'est nous deux ou personne.

Il soupire, puis sort un papier et un crayon du bureau.

– Oh, nous le savons bien, Fräulein. Nous le savons bien. Comment avez-vous connu Mlle Toberentz, au fait ? Vous êtes amies depuis longtemps ?

– Non. C'est juste une personne rencontrée sur la route.

– Une personne que vous avez tirée dans un chariot à travers l'Allemagne, sans qui vous refusez de voyager et qui, comme c'est pratique, attaque ceux qui s'en prennent à vous. Quelle chance. Annemarie est un si joli prénom, vous ne trouvez pas ?

Eva se raidit.

– Mais nous allons lui en attribuer un autre pour le voyage. Nous pensons que c'est mieux. Notre choix s'est porté sur Brigit Heidelmann...

Ils la soupçonnent. Déjà. Mais ils n'ont aucune certitude, sans quoi ils l'auraient déjà arrêtée. Et ils lui ont déjà choisi un nouveau nom. Ils savaient depuis le début qu'Eva accepterait leur marché de dupes. Qu'aurait-elle pu faire d'autre ? Et Brigit est un prénom ridicule. Ce n'est même pas allemand.

– ... quant à vous, vous voyagerez sous l'identité d'Eva Gerst. Vous avez tellement bien réussi vos papiers d'identité qu'il est inutile de les refaire. Mais nous ne notons aucun nom dans mon département, Fräulein. Ce projet s'appellera Bluebird, et Bluebird, ce sera vous.

Bluebird. Un projet baptisé Bluebird.

« Je suis Eva Gerst.

Et je suis Bluebird.

Et je vais tuer mon père. »

Chapitre 29

AOÛT 1946

Jake ne bouge pas. Il ne quitte pas Eva des yeux. Le saxophone se déchaîne dans le club vide.

– Tu me demandes de t'aider à attraper des nazis.

– Un nazi.

Un coin des lèvres de Jake se relève. Et puis l'autre. Il se laisse aller contre la banquette en secouant la tête.

– Je savais que tu étais une fille étrange et intéressante, Eva. Je l'avais bien dit.

Il récupère son paquet de cigarettes et en sort une, illumine l'obscurité avec l'éclat d'une allumette.

– Ne dis pas à ma mère combien j'en ai fumé aujourd'hui. Elle pense que je devrais dépenser mon argent pour m'acheter des manuels ou je ne sais quoi.

Eva est d'accord avec elle. On pourrait presque faire une cigarette entière avec les deux mégots dans le cendrier. Et cet hiver, à Berlin, une cigarette permettait de s'acheter quelque chose. Peut-être même un morceau de pain.

– Donc, ce Cruickshanks qui s'est pointé à Powell House, reprend Jake, c'est une sorte de… quoi ?

– Il… s'intéresse aux nazis qui se sont… enfuis.

– Et il travaille pour qui ? L'oncle Sam ?

Elle hausse les épaules.

– C'est ce qu'il prétend.

– Et il veut que tu l'aides parce que…

– Je sais des choses… Parce que j'ai été… dans un endroit spécial.

– Tu veux dire qu'en Allemagne, tu as été dans certains endroits et que, grâce à ça, tu pourrais reconnaître quelqu'un. Un gardien, par exemple. (Il fronce les sourcils.) Et aujourd'hui, dès ta première véritable sortie, tu en croises un ? Toute la ville en est infestée ou quoi ?

– Ça veut dire quoi, « infesté » ?

– Comme quand il y a trop de quelque chose dans un même endroit. Trop de rats, par exemple.

Infesté. Une infestation. De nazis.

– L'hôpital était un endroit…

Elle cherche ses mots. Pourquoi a-t-elle autant de mal à mentir en anglais ?

– On m'avait demandé d'y aller. Mais c'était une…

– Coïncidence ?

Elle hoche la tête.

Jake exhale de la fumée. Sourcils froncés. Ses doigts pianotent sur la table.

– Tu sais quoi ? Si je ne t'avais pas vue trembler comme une feuille dans ce placard, je ne te croirais pas. Et le type qui nous a suivis ce matin, alors ?

– Ils sont ensemble. Les mêmes.

Ils essaient de la surveiller. Pour qu'elle ne fasse pas cavalier seul.

Ce qui est précisément ce qu'elle compte faire.

– Et Bluebird, alors ? C'est censé être… quoi ? Une sorte de jargon secret ? Un code ?

Elle ne comprend pas sa question, mais ça n'a pas beaucoup d'importance. Il se met à rire en secouant la tête.

– Tu te paies ma tête, c'est ça ? lance-t-il, mais il ne s'adresse pas vraiment à elle, il réfléchit. Alors ce doit être quelqu'un qu'ils veulent vraiment. Quelqu'un d'important. Qui devrait être jugé. Comme à Nuremberg.

« Oui, pense Eva, il devrait être jugé. »

– Quelqu'un de dangereux, poursuit Jake et, soudain, il hausse les épaules. D'accord. On va le coffrer, dans ce cas. De quoi as-tu besoin ?

Eva ouvre la bouche, et puis la referme. Jake se penche au-dessus de la table.

– Allez, Bluebird, insiste-t-il. Je suis là pour ça. Dis-moi ce qu'il te faut.

– Un nom et une adresse, chuchote-t-elle. Ceux de l'homme qui balayait le couloir.

– C'est tout ? demande-t-il avec un grand sourire. Facile.

– Et les jours, les heures.

– Son planning de travail. Bien sûr.

Elle se mord la lèvre. Elle n'aurait pas dû faire ça. Elle n'aurait pas dû l'impliquer là-dedans. Elle s'apprête à le lui dire quand l'orchestre termine son morceau en fanfare, dans un final qui n'est pas sans rappeler celui que Jake a joué pour Brigit. Le silence soudain est assourdissant.

– On se tire, chuchote-t-il en laissant sa cigarette dans le cendrier. Ils vont rallumer d'une minute à l'autre et Cherry va vouloir qu'on parle de l'orchestre.

Eva prend son sac et sort du box. Il pose de nouveau une main sur son dos, lui indiquant le chemin dans l'obscurité. Ils franchissent le rideau, montent l'escalier et sortent par la porte noire sans croiser Cherry.

Et, dans la rue, tout a changé. Le soleil a disparu, la bande de ciel entre les bâtiments est de la couleur du crépuscule. Quand ils tournent au coin de la rue, les néons brillent déjà, et un grondement roule dans l'air, propageant un bref tremblement dans le trottoir.

Jake accélère.

– Il faut qu'on arrive au métro avant que ça pète, dit-il, puis il se retourne. Ça va ?

Eva hoche la tête et le rattrape, laissant l'adrénaline se déverser dans ses bras et ses jambes. Le tonnerre peut ressembler à tellement de choses.

Dans la rue, les gens hâtent le pas, surveillent le ciel, remontent leur col et, à mi-chemin de la station de métro, la pluie se met à tomber. Tout d'un coup. Comme si le ciel avait renversé un seau d'eau.

Jake lui prend la main et ils se mettent à courir, dépassant les auvents et les embrasures de porte où les passants se sont abrités, sautant par-dessus des bouteilles, des flaques et des journaux mouillés, les épaules voûtées pour se protéger des trombes d'eau. Elle aurait dû mettre son chapeau marron.

Ou pas.

Quelques enfants restent sous la pluie et crient de joie en s'éclaboussant.

Ils descendent ensemble l'escalier menant à la station, leurs pieds battant le sol au même rythme, et entrent dans le petit tunnel menant au métro. Au bout, la pluie tombe comme une cascade, coule dans les bouches d'égout et les caniveaux. Eva repousse ses cheveux plaqués sur son front, Jake secoue sa tête et ses mains trempées. On dirait qu'il a été nager dans la baie.

– Alors, tu aimes bien la natation à Harlem ? demande-t-il.

Elle rit.

Ils ne sont pas les seules personnes ruisselantes dans la rame, où Jake s'assied à côté d'elle.

– Tu as toujours mon mouchoir ? demande-t-il.

– J'ai mis du sang dessus.

– Pas beaucoup.

Elle le retrouve dans sa poche et Jake le plie, face propre vers l'extérieur, et s'en sert pour essuyer l'eau qui coule encore dans son cou. Il sourit.

Il ne s'est pas rasé.

Il est dangereux.

Tout à coup, l'homme debout à côté d'eux, le dos courbé et un journal détrempé sous le bras, regarde Eva et marmonne :

– Sale boche.

Jake l'observe longuement.

– Hé, dit-il, et si vous la fermiez, plutôt ?

L'homme décide d'obtempérer et change de place. Jake hausse les épaules et sourit.

Il ne lui a pas demandé une seule fois pourquoi elle avait pris ce couteau à pain.

Quand le train ralentit à la station 72e Rue, Jake se dit prêt à parier que la pluie s'est arrêtée. Qu'ils peuvent finir le trajet à pied. Ils se hâtent de sortir de la rame, montent les marches et Jake a raison : les nuages s'effilochent, de la vapeur s'élève sous leurs pieds. Mais au lieu de l'entraîner le long du pâté de maisons animé, il entre dans un parc. Un parc immense dont Eva ignorait l'existence. Rempli d'herbe humide, de balustrades en fer et d'arbres dégoulinants.

Ils déambulent sans se presser dans les allées pavées. Quand bien même un M. Cruickshanks les suivrait, il sait déjà où elle loge. Ils rencontrent des écureuils, de gros rochers gris, deux hommes âgés qui jouent aux échecs sur un banc, abrités sous leurs parapluies. Jake marche tout près d'elle et il parle. De musique, d'émissions de radio et d'un endroit qui s'appelle Neil's où on sert du café et des œufs cuisinés de vingt-neuf façons différentes. Et il observe. Devant, sur les côtés et derrière eux. Il dit qu'il y a un lac dans le parc. Avec des canards. Qui pourraient plaire à Brigit. Ils devraient l'emmener, la prochaine fois.

Eva sent le goût amer de la culpabilité sur sa langue. Ils accélèrent un peu.

L'interlude dans le club lui fait l'effet d'un rêve rempli de jazz.

Ils sortent d'entre les arbres et se retrouvent de nouveau dans une rue animée. Encore deux pâtés de maisons, et les voilà de retour à Powell House. À l'intérieur, dans le salon transformé en galerie d'art, Peggy et Bets sont lancées dans un débat passionné pour savoir s'il faut intervertir une aquarelle représentant deux fées sur des pétales de fleur et une peinture à l'huile sur laquelle un Africain scie du bois. Le vacarme dans la cuisine au sous-sol s'entend jusque dans le vestibule.

– Allez, vas-y, l'encourage Jake en indiquant l'escalier d'un signe de tête.

Eva monte les marches en courant et ouvre brusquement la porte de la chambre bleue, à bout de souffle. Mme Angel relève les yeux de son tricot, un doigt sur les lèvres.

Brigit est au lit. Propre. Les cheveux brossés. En chemise de nuit, une cuillère à la main. Sa poitrine se soulève et s'abaisse au rythme de minuscules soupirs.

– Allons, n'aie pas l'air aussi surprise, murmure Mme Angel avec un petit gloussement.

Elle se lève et rassemble sa laine. Eva referme la porte derrière elle. Doucement.

– Je suis désolée. Je me suis absentée trop longtemps...

– Tu étais avec Jacob Katz, non ? Vous avez sans doute fini dans un club à écouter du be-bop, dit-elle, toujours souriante. N'essaie pas de me dire que j'ai tort.

Eva n'essaie pas.

– On a passé une sacrée journée, toutes les deux, et ma Brigit s'est épuisée. Non, rien de grave. Elle adore les cuillères. Et tu savais qu'elle trouve le téléphone amusant ? Chaque fois qu'il sonne.

Mme Angel rit à présent, avec douceur.

– Elle a mangé et pris un bain. Un long bain, parce que Bets a apporté du savon pour faire des bulles. Il n'y a probablement plus d'eau chaude en bas, mais notre petite s'est amusée, alors je doute que quelqu'un s'en plaigne. Tu as pris la pluie ?

Eva hoche la tête, se passe machinalement la main dans les cheveux. Ils sont tout décoiffés. Brigit, en revanche, semble tout droit sortie d'un conte pour enfants. Et elle a passé une bonne journée. Meilleure que ce qu'Eva aurait pu lui offrir.

Son père disait toujours que la gentillesse rendait les faibles plus faibles.

Pourtant, Brigit a l'air plus forte.

Quand on la voit comme ça, on a du mal à croire qu'elle puisse faire quoi que ce soit de mal.

– Va-t-elle dormir toute la nuit ? demande Mme Angel en refermant l'armoire, avant de ramasser le verre de lait de Brigit.

– Oui. Elle dort longtemps.

– Dans ce cas, tu peux sans doute t'éclipser un moment. Jacob attend devant la porte.

Eva la regarde en fronçant les sourcils, perplexe.

– Quand il se passe quelque chose, Jacob Katz attend toujours derrière la porte.

Sur ce, Mme Angel actionne la poignée, et Jake tourne la tête vers elle de l'endroit où il attendait, en haut de l'escalier.

– Tu vois. Je te l'avais dit, lance-t-elle en refermant la porte. Je vais demander à Bets de venir voir comment elle va de temps en temps, et tu feras la même chose. Maintenant, enfile quelque chose de sec, moi je vais rentrer chez moi et me reposer les pieds !

– Merci, dit Eva.

Elle aimerait faire plus, mais elle ne sait pas quoi.

– Tu es une drôle de créature, toi, lâche Mme Angel en sortant. Et je t'en prie.

Suivant ses conseils, Eva enfile sa seule jupe et son seul chemisier de rechange, tente de dompter ses cheveux rebelles avec une brosse. Sans grand succès. Jake sourit quand elle passe la porte. Il est en T-shirt, à peine humide. Il coince une mèche de cheveux d'Eva derrière son oreille.

– Viens en haut, dit-il.

Jimmy et Colette sont au sixième étage avec Larry et Lucy, et le tournoi a déjà commencé. Eva était très bonne au tennis de table, autrefois. Il s'avère qu'elle l'est toujours. Elle les bat tous à plates coutures. Colette fabrique une couronne en papier et la pose sur sa tête.

Ensuite, Jake la garde avec lui près du tourne-disque pour éviter que Lucy ne l'interroge sur Berlin, et il lui demande ce qu'elle aime sur tel ou tel disque. Ne trouve-t-elle pas que Charlie Parker joue avec une grande sensibilité ? Jimmy réclame du Glenn Miller, lui dit qu'il gâche sa partie. Eva regarde Colette passer la main dans les cheveux longs de Jimmy – en réalité, c'est sans doute pour ça qu'il joue mal – et essaie d'imaginer un jeune Allemand décidant de ne pas partir à la guerre, car cela heurte ses convictions.

En fait, c'est inimaginable.

Elle se penche en avant, comme pour examiner les disques.

– Qu'as-tu fait pendant la guerre ? demande-t-elle doucement à Jake.

– J'étais au lycée. Je n'ai eu dix-huit ans que début 45, et depuis, je suis ajourné chaque fois.

– Est-ce que tu y serais allé ?

– Oui, répond-il en posant le Glenn Miller de Jimmy sur la platine. Ne me fais pas dire ce que je n'ai pas dit : il faut du cran pour faire ce que Jimmy a fait. Mais… (Il hausse les épaules, regarde tourner le disque.) Un jour, quand j'avais douze ans, j'étais dans la rue avec ma mère – je ne me souviens même plus de ce qu'on faisait – quand cette parade est passée. Des centaines de personnes, des milliers, peut-être, défilant et brandissant des drapeaux nazis.

– À New York ? s'étonne Eva.

Il hoche la tête.

– Et des gens dans la rue faisaient le salut nazi en criant « *Heil* » et je me suis dit, tous ces gens, ils ne me connaissent même pas, et pourtant ils aimeraient vraiment que je sois mort. Et quand je repense à ça, et à oncle David, ça me fait un peu mal de ne pas y être allé.

Il aurait pu rentrer chez lui ensuite et cracher sur les chaussures d'Eva.

Et elle n'aurait pas pu le lui reprocher.

Il lui tend un disque.

– Je pense qu'il pourrait te plaire. C'est Dizzy Gillespie.

Mais soudain, elle comprend pourquoi il le lui a donné. Le label s'appelle BLUEBIRD.

– Tout ce que tu voudras, dit-il en soulevant le saphir. Tu n'as qu'à demander.

Et plus tard ce soir-là, alors que tout le monde a quitté le grenier et qu'aucune brise n'entre par la fenêtre ouverte, Eva remonte de la cuisine avec un verre de lait froid dans la main. Elle porte une chemise de nuit rose en soie que Bets a trouvée dans la boîte à dons, « pour que tu ne sois pas obligée de t'habiller chaque fois que tu veux aller aux toilettes». Elle pose le lait sur la table du vestibule, à côté d'une paire de gants oubliée, et s'arrête dans l'embrasure de la porte du salon transformé en galerie.

Une lampe est restée allumée, et devant le manteau de la cheminée sculpté, sur une table drapée d'un tissu blanc, se dresse une sculpture. La tête et le torse d'une femme, sereine, les bras croisés, le menton incliné, une sorte de diadème sur la tête.

Eva s'avance, la dévisage pendant un long moment.

Elle a eu tort de demander à Jake de l'aider. C'est injuste. Il la mépriserait s'il savait qui elle a été. Une de ces personnes qui saluaient les croix gammées, dans la rue. Il a toutes les raisons du monde de la mépriser.

Dès qu'il lui aura donné l'adresse de Rolf, elle fera en sorte de ne plus jamais le revoir. Elle demandera un nouvel ami à Bets s'il le faut. Ça, ce sera légitime.

Mais pour une fois, ce n'est pas la justice qu'elle désire. Bien au contraire.

Et ça, pense-t-elle, ça la rend d'autant plus méprisable.

Quelqu'un actionne un interrupteur et Eva se retourne. Une femme se tient près de la porte, un turban rouge autour de la tête, le tissu ressortant vivement sur son front d'un marron profond. Et Eva se souvient. Elle a vu cette femme ouvrir les caisses.

– Qu'est-ce que tu ressens quand tu contemples cette œuvre ? demande-t-elle.

– Vous… vous êtes l'artiste ?

Elle hoche la tête.

– Mme Savage. Augusta.

– Je m'appelle Eva, répond-elle en se retournant vers la tête penchée, immobile. Elle est très belle. Elle a un nom ?

– Minerve.

« Oui, pense Eva, très traditionnel. Classique. Hitler aurait apprécié. » Avant de savoir qui l'avait sculptée. Et pour la mère d'Eva, Hitler était un dieu. Un dieu qui méritait qu'on meure pour lui.

Sa mère était une imbécile.

Hitler aussi.

Augusta vient se placer à côté d'Eva et, à présent, c'est Bets qui entre dans le salon, les joues badigeonnées de crème et les cheveux déjà épinglés pour la nuit. Elles examinent toutes la sculpture, inclinant la tête dans un sens puis dans l'autre.

– Qu'est-ce que vous ressentez en la regardant ? répète Augusta.

– De la révérence, répond Bets. Comme une prière.

– Je vois un sacrifice, dit Augusta.

Eva chuchote le mot « responsabilité ».

– Tu veux dire responsabilité dans le sens de devoir ? s'enquiert Augusta. Ou de faute ?

– Les deux, répond-elle, même si elle ne le pense pas vraiment.

Elle sait quel mot décrit vraiment ce que cette statue lui inspire.

De la honte.

Chapitre 30

– Regarde ce que je t'ai apporté, ma Vögelchen.

– Qu'est-ce que c'est, papa ? Qu'est-ce que c'est ?

Parfois, papa lui apporte des bonbons. Ou un sifflet qui fait du bruit. Parfois, il lui apporte des choses qu'elle ne veut pas voir et lui pose des questions à leur sujet. Elle espère que ce sera des bonbons. Mais papa pose une simple boîte en carton sur son bureau. Pas de ruban ni de joli papier cadeau.

– Viens. Assieds-toi sagement sur cette chaise et regarde ce qu'il y a dedans.

Elle monte sur la chaise. Se retourne et s'installe, ses pieds dépassant de l'assise, ses mains sur sa robe rose. L'odeur de la pipe la tranquillise. Elle est impatiente. Papa pose la boîte sur ses genoux et retire le couvercle.

Et à l'intérieur, dans un nid de tissu tout doux, il y a un petit oiseau. Une sittelle. Qui la regarde de ses yeux noirs et brillants.

– Il te plaît, ma Vögelchen ?

Elle hoche la tête.

– Es-tu heureuse ? Est-ce que tu vois à quel point ton papa t'aime ?

Elle hoche de nouveau la tête.

– Alors on va avoir une petite discussion sur ce que signifie le verbe « obéir ».

Chapitre 31

AOÛT 1946

Après le repas de Brigit, Eva la fait asseoir sur le sol noir et blanc de la cuisine et pose le chaton qui miaule sur ses genoux. Eva l'avait presque oublié, celui-ci. Jusqu'à ce qu'elle ait la surprise en se couchant hier soir. Brigit le prend délicatement – Mme Angel doit vraiment avoir travaillé là-dessus avec elle – en le tenant sous le menton.

Eva regrette de ne pas avoir un appareil photo. Si le premier M. Cruickshanks voyait ça, il ne croirait jamais qu'Anna Ptaszynska était une tueuse. Quand bien même elle l'avait frappé avec un presse-papiers.

Si elle a tué, ce n'était pas sa faute.

Soudain, la porte de la cuisine s'ouvre et Martha entre précipitamment en ajustant ses lunettes, un dossier et une pile de papiers écrasés contre sa poitrine.

– Mademoiselle Gerst ? demande-t-elle. Nous n'avons pas été présentées en bonne et due forme. Je suis Mme Balderston, mais vous pouvez m'appeler Martha, ou mère Martha, puisqu'il semblerait que c'est comme ça que m'appellent tous les autres.

Martha tire une chaise et propose à Eva celle en face d'elle, puis elle se tourne vers Brigit.

– Quelle jolie cuillère, mademoiselle Heidelmann !

Eva baisse les yeux. Son amie est en train d'astiquer une cuillère avec le bas de son chemisier. Elle ne sait pas où le chaton est passé.

– Nous n'avons pas eu la discussion habituelle, ce qui est entièrement ma faute. J'ai bien peur que vous ne soyez arrivées à une période assez intense. Mais nous aimerions savoir comment Powell House peut vous être le plus utile. Dites-moi, quels sont vos buts, qu'aimeriez-vous accomplir en Amérique ?

Eva prend l'un des *Crieur de Powell House*, qui forment toujours une pile sur la table, et le plie soigneusement en trois. Martha serait horrifiée si elle savait ce qu'Eva veut accomplir. Elle se contente donc de répondre :

– Je ne sais pas.

– C'est compréhensible. Cependant, j'aimerais que vous commenciez à y réfléchir. Nous sommes ravies de vous avoir avec nous, vous et Mlle Heidelmann. Vraiment ravies, même. Mais Powell House n'est qu'une solution temporaire. Êtes-vous intéressée par des études en particulier ? Une formation ?

Eva plie un deuxième papier. Avec application. La vie après la justice est un grand mur blanc. Comme celui de Sachsenhausen. Elle ne voit pas ce qu'il y a de l'autre côté. Elle n'a aucune raison de croire que l'autre côté existe.

Juste à ce moment-là, Olive passe la tête dans la pièce.

– Le docteur est là.

– Ah, flûte ! s'exclame Martha. Merci, Olive. (Elle se retourne vers Eva.) Ça devait être la seconde partie de notre discussion. Le Dr Holtz a appelé. Il s'est arrangé pour qu'un certain Dr Forrester, un neurochirurgien, examine Mlle Heidelmann, et j'ai suggéré que la consultation ait lieu ici, si possible, pour que ce soit moins éprouvant. Pour elle comme pour vous. Et il est très en avance…

Brigit frotte sa cuillère plus lentement. Elle écoute, Eva s'en aperçoit. Que comprend-elle ?

– Cela vous paraît-il acceptable, mademoiselle Gerst ? Ou non ? La chambre bleue conviendrait-elle mieux ?

Eva relève les yeux.

– Savez-vous jouer de l'harmonica ?

– Moi oui ! s'exclame Olive, toujours dans l'entrebâillement de la porte. Enfin, je sais faire du bruit avec.

Et c'est exactement ce à quoi elle s'emploie. À faire du bruit pendant que Brigit crie et crie encore. Ça aide un peu, permettant de courtes pauses, quelques secondes le temps de reprendre son souffle. Mais Bets a eu beau courir fermer les fenêtres, mère Martha est à la porte d'entrée, plongée dans sa deuxième conversation de la journée, cette fois avec le policier du quartier.

Le Dr Forrester est un homme petit, pâle et précis, qui fait son travail de façon efficace malgré le boucan que font Olive et Brigit et malgré les gesticulations de celle-ci. Il lui prend le pouls et la tension. Il pose des questions sur toutes ses fonctions physiologiques. Il presse ses doigts sur le moindre centimètre de sa tête. Il est aussi très doué pour éviter les bras de Brigit quand ils échappent à Eva. Ensuite, il recule d'un pas et l'observe.

Dès qu'il cesse de la toucher, elle cesse de hurler. Elle respire fort, haletante, les yeux fermés tandis qu'Olive continue avec entrain.

– Donnez-le-lui, chuchote Eva en reprenant l'harmonica.

Elle referme les doigts de Brigit autour de l'instrument et la pièce devient soudain plus paisible.

– J'ai lu les notes du Dr Holtz, commence le Dr Forrester, et à ce que j'ai compris, l'origine du trouble psychiatrique serait une agression commise par des soldats…

Eva grimace. Elle aurait préféré que Bets et Olive n'entendent pas ça.

– … mais il y a eu une blessure à la tête qui a guéri. La crosse d'un pistolet ou d'un fusil, peut-être ?

Eva hoche la tête. C'est possible.

– Elle avait une entaille, là, derrière l'oreille…, explique-t-elle.

– A-t-elle perdu connaissance ? Longtemps ?

Eva fouille dans ses souvenirs tandis que Brigit gémit. Combien de temps sont-elles restées dans cette voiture ?

– Pendant deux jours, peut-être ? Au début, elle parlait, et ensuite… non.

Il retire le stéthoscope autour de son cou.

– Je veux que Mlle Heidelmann passe une radio.

Eva regarde Bets.

– C'est une photo, explique celle-ci, pour regarder à l'intérieur du corps.

– Le traumatisme pourrait être purement psychologique, ou physique, ou les deux, bien entendu, poursuit le Dr Forrester. Mais cette radio permettra d'exclure certaines choses. Il faudra lui injecter de l'iode, pour voir le flux sanguin dans son cerveau. Ce n'est pas dangereux, mais cela nécessitera un séjour à l'hôpital, et je comprends que cela puisse être compliqué.

Il fouille dans sa sacoche, en sort un bloc de papier bleu sur lequel il se met à griffonner. Brigit retourne sans cesse l'harmonica dans sa main, le souffle court. Eva dépose une serviette de bain sur sa tête, pour qu'elle ne puisse voir personne.

– Je lui prescris un sédatif léger, explique le docteur en arrachant une page, qu'il tend à Bets. Une demi-dose avant de l'emmener à l'hôpital, afin qu'elle puisse encore marcher, et le reste à l'arrivée, pour qu'elle s'endorme. Je vais voir comment nous pouvons nous arranger. Il existe des fonds pour ce genre de situation. Apportez la prescription chez Clancy et il mettra ça sur ma note…

Eva se raidit. Le second lui a appris l'expression « mettre ça sur ma note », sur le bateau.

– Pourquoi feriez-vous ça ?

– C'est un cas intéressant, se justifie-t-il, l'air surpris. Et le Dr Holtz est un homme bien qui m'a rendu un service ou deux.

Et le Dr Holtz a été aidé par Powell House. Cet étrange cycle de l'entraide.

– Mais vous pensez que Brigit… pourrait aller mieux ?

– Certainement. D'une manière ou d'une autre. Même si je ne peux pas dire jusqu'à quel point, et cela pourrait dépendre du Dr Holtz. Maintenant, si vous voulez bien m'excuser, je suis en retard au bureau. Mon infirmière vous appellera…

Après leur départ, Eva reste dans la chambre bleue et brosse les cheveux de Brigit. Elle apprécie ces moments, dorénavant. Elles s'y sont entraînées tous les jours, à Biberach. Comme elles se sont entraînées à ce qu'elle reconnaisse son nouveau nom. Loin des autres, pour que Brigit ne les effraie pas. Le père d'Eva qualifiait les gens comme elle de « bouches inutiles ». Indignes de vivre. Mais à Powell House, personne ne l'a jamais traitée comme ça.

Personne n'a peur d'elle, ici.

Elle lui fait une longue tresse dans le dos, comme Brigit aimait se coiffer autrefois, puis elle ramasse les miettes du petit déjeuner et lui montre comment les disposer sur le rebord de la fenêtre. Un pigeon ne tarde pas à venir, puis un second, et ils picorent tout en roucoulant. Brigit fait un bruit qui ressemble à *coin*.

Eva sourit. Peut-être qu'elle aimerait donner à manger aux canards. Elle la regarde observer les pigeons.

Quand elle aura cette adresse, quand justice sera enfin rendue, tout pourrait aller de travers, même si elle a un plan – un bon plan. Les choses risquent de mal tourner. Elle se fera arrêter. Ou un Cruickshanks se vengera. Et personne n'en saura rien. Personne ne la croira. Elle ne sait même pas si on pend les criminels, en Amérique.

Mais ce n'est pas parce que l'avenir d'Eva est un mur blanc que celui de Brigit doit l'être aussi. Le docteur a dit qu'elle pourrait aller mieux. Elle a peut-être toute une vie devant elle.

Eva prend le carnet sur la table de chevet et écrit un brouillon de lettre à la va-vite, puis elle corrige son orthographe et sa syntaxe avant de le recopier proprement. Elle va ensuite chercher sa valise dans l'armoire et détache soigneusement la poignée de son encoche. Elle est creuse. Et quand elle la secoue, elle tinte et ses boucles d'oreilles en rubis et diamants tombent dans sa paume.

Elle transperce la feuille de papier avec le clou de chaque boucle d'oreilles et y fixe l'attache en or. La lettre a l'air élégante. Décorée. Elle y demande qu'en l'absence d'Eva Gerst, toute décision concernant Brigit Heidelmann soit partagée entre Martha Balderston, Elizabeth Whittlesby et Happy Angel.

Ça n'a rien de légal. Mais elle pense que ces trois-là traiteront cette requête comme si elle l'était. Et les boucles d'oreilles doivent avoir de la valeur.

Soudain, le chaton, sorti de nulle part, tente de sauter sur les pigeons. Les oiseaux s'envolent en battant des ailes, et Brigit est surprise. Puis ravie. Et Eva recule, se cache derrière le rideau.

L'homme aux chaussures brillantes est là, en train de fumer dans sa voiture rouillée.

Et il est encore là le lendemain après-midi, quand Bets frappe à la porte, les cheveux attachés avec un bandana rouge. Elle sort une enveloppe de la poche de son tablier.

– Jake a confié ça à Larry pour toi, dit-elle en haussant la voix, Brigit ayant appris à souffler dans l'harmonica.

Ce n'est pas nécessairement le nouveau talent qu'Eva aurait choisi en priorité pour elle.

– Quelque chose dont tu avais besoin, apparemment?

Le nom d'Eva est écrit sur l'enveloppe, d'une petite écriture très soignée.

– Merci, dit celle-ci en la posant sur la table, comme si ce n'était pas important.

– D'après Larry, Jake te fait dire que sa mère ne veut pas qu'il vienne ce soir. Il a un dernier devoir à rendre pour son cours d'été, ou quelque chose comme ça, mais il passera demain.

Elle jette un regard curieux à l'enveloppe, mais ne tente pas d'en savoir plus. Et puis Eva remarque son nez plissé.

– Quelque chose ne va pas?

– Une tâche désagréable à accomplir, voilà tout. Il y a un oiseau mort dans la salle de musique. Il s'est brisé le cou, le pauvre...

– Comment est-il entré là-bas?

– Et à l'intérieur du piano, en plus. Je pensais pourtant qu'on avait fermé les fenêtres. Désolée d'être grognon. Je n'aime pas les bêtes mortes.

Sur ce, elle sort de la chambre et Eva attend le silence suivant ses pas. Puis elle déchire l'enveloppe et sort la feuille de papier.

Un oiseau bleu est dessiné tout en haut. Pas grossièrement, comme sur la carte de M. Cruickshanks. Celui-ci est en vol, il a de grands yeux et des plumes ébouriffées par le vent. Elle sourit.

Ça ne la dérange pas trop quand Jake l'appelle Bluebird.

Et Jake a écrit un nom, Kenneth Lutz. Une adresse, des jours de la semaine et des horaires. Le nouveau nom de Rolf et son emploi du temps professionnel. Elle l'étudie, réfléchit. Rolf travaille trois nuits par semaine. Ce qui signifie, si le père d'Eva vit à cette même adresse, que c'est pendant ces créneaux qu'elle aura le plus de chances de le trouver seul. Et la première nuit de travail de la semaine sera… ce soir.

Elle inspire. Elle devrait y aller ce soir. Rompre son marché et en finir. Avant que Cruickshanks ne revienne, exige de savoir ce qu'elle fabrique. Avant qu'il ne trouve son père par ses propres moyens. Parce que Cruickshanks aussi avait le nom du Dr Schneider.

La dernière fois, elle n'était pas prête. Cette fois, elle doit l'être.

Et elle ne peut pas – elle ne doit pas – être vue.

Le soleil commence à décliner lorsqu'elle intercepte Bets dans l'escalier.

– Je… Je crois que… que j'ai un début de migraine, dit-elle, et le visage de Bets s'empreint aussitôt d'inquiétude. Et Brigit est fatiguée. Un peu de calme lui fera du bien. Je me disais qu'on pourrait se coucher tôt, si…

– Oh, bien sûr ! Vous voulez que je vous monte à manger ? Vous ne devriez pas sauter de repas, vous savez. Vous n'avez déjà que la peau sur les os. Et je vais demander à toute la bande de la mettre en sourdine pour que vous puissiez vous reposer. Ça demande beaucoup d'énergie de s'adapter à un nouvel endroit.

Eva sourit malgré son sentiment de culpabilité.

– Vous êtes…

Que veut-elle dire à Bets ? Vous êtes gentille ? Naïve ? Vous vous seriez fait voler vos chaussures à Berlin ? Mais peut-être qu'elle les aurait données d'elle-même à la première personne qui les aurait demandées.

– Je voulais vous dire merci. Beaucoup.

Bets sourit comme si on venait de lui remettre un trophée.

– Je reviens vite.

Eva ferme la porte et se met au travail. Elle plie l'emploi du temps de Rolf, faisant voleter l'oiseau bleu de Jake au sommet, le remet dans l'enveloppe qu'elle glisse dans la doublure de son sac à main, à côté du couteau à pain et de la carte de M. Cruickshanks. Puis elle approche une chaise de l'armoire, passe un bras derrière sa couronne de papier et attrape le flacon qu'Olive a acheté chez Clancy, tout au fond de l'étagère du haut. Elle met deux pilules dans sa paume, puis dans sa poche, et range le flacon à sa place, où Brigit ne le trouvera pas. Puis, à genoux, elle déplie sur le sol la carte de New York qu'elle a chipée dans le vestibule.

Elle prend des notes. Brigit l'aide en rampant sur la carte. Eva va chercher le chaton pour la distraire. Avant de tout fourrer sous le lit quand Bets frappe en annonçant : « Service d'étage ! » Elle pose sur la petite table près de la fenêtre un plateau avec des pommes et du fromage, des petits pains et du beurre, et deux verres de lait. Une fois Bets repartie, Eva ressort la carte, termine ses notes et les range dans son sac.

Elle amadoue Brigit pour qu'elle mange. L'emmène aux toilettes. Lui met sa chemise de nuit. Prend les deux pilules et les fourre au fond de sa bouche, rapidement suivies du fond de son verre de lait. Elle sait comment lui faire prendre des médicaments. Brigit s'assied et joue avec sa cuillère.

Et Eva attend. Pendant que les ombres se fondent dans le crépuscule et que des gens discutent de l'autre côté de la rue. Pendant que l'air chargé de l'odeur de la ville fait bouger les rideaux. Pendant qu'un homme fume dans sa voiture rouillée.

Elle ferme les yeux. Elle prononce les vingt-sept noms. Elle dit qui elle est.

Et elle cherche sa colère. Sa colère a toujours les traits d'Inge, pour elle. Inge qui traîne Annemarie à travers la maison en ruine. Inge qui regarde par-dessus le mur et n'accepte pas ce qu'elle voit. Inge est un brasier. Une tempête de feu.

Eva ouvre les yeux. Quelqu'un a fermé la fenêtre. Elle la rouvre.

Les paupières de Brigit sont lourdes. Elle lâche sa cuillère. Le chaton joue avec sa queue. Eva les met tous les deux au lit, ajuste les couvertures et éteint la lampe.

Elle n'a pas peur. Pas encore.

Ça viendra. Mais peu importe. Elle choisira la colère. Et la justice.

Elle veillera à ce que tout ça ne puisse jamais se reproduire.

Brigit respire lentement. Régulièrement. Eva secoue son épaule, mais elle ne bouge pas. Alors elle passe à l'action. Elle prend son sac à main et sort de la chambre en douce. Mais elle ne la ferme pas à clé. Pas cette fois.

Pour qu'elles puissent s'occuper d'elle. La lettre avec les boucles d'oreilles est dans la valise de Brigit, avec son nom dessus. Pour qu'elles la trouvent facilement. Si Eva ne revient pas.

Elles prendront soin d'elle.

Elle traverse sur la pointe des pieds le palier jusqu'à la salle de bains et referme la porte lentement, lentement, jusqu'au petit clic du loquet. Elle baisse le couvercle des toilettes et monte dessus, en équilibre. Puis elle pose un genou sur le rebord de la fenêtre.

Et elle sort.

Chapitre 32

– Dis à papa, ma Vögelchen. Comment est cet oiseau quand tu le touches ?

L'oiseau se débat, tenu délicatement dans les mains en coupe de la petite fille, ouvrant et refermant son bec.

– Doux, murmure-t-elle, avant de pousser une petite exclamation surprise. Et je sens son cœur ! Il bat si vite…

– Oui. Le cœur bat parce que l'oiseau est vivant. Maintenant, dis à ton papa pourquoi il faut obéir.

Son sourire disparaît, mais elle récite :

– Si l'autorité n'est pas respectée, l'ordre disparaît.

– Et seuls les faibles vivent sans ordre. Veux-tu être faible, ma Vögelchen ?

Elle secoue la tête. Un geste minuscule.

– Et à qui appartiens-tu ? Qui est ton autorité ?

– Papa, murmure-t-elle.

– Et tu veux être bonne et forte pour que papa t'aime, n'est-ce pas ?

Elle hoche la tête. Un geste à peine esquissé.

– Alors papa dit que tu dois serrer l'oiseau entre tes mains.

Qui la regarde de ses yeux noirs et brillants.

– Je n'ai pas envie, murmure-t-elle.

– Est-ce important, ce dont tu as envie ? Est-ce important, ce que tu ressens, quand on t'a demandé d'obéir ?

– Non, papa. S'il te plaît…

Elle a peur désormais. Elle tremble à l'intérieur.

– Alors tu sais ce qu'on t'a demandé de faire. Obéis à ton papa, et serre le petit oiseau.

Elle ferme les yeux. Et ses doigts se resserrent.

Chapitre 33

AOÛT 1946

Derrière la fenêtre de la salle de bains, l'escalier de secours en fer rouillé grince bruyamment sous ses pieds. Elle descend lentement, déposant d'abord les orteils, puis le talon, et s'arrête avant la fenêtre du premier étage. Elle entend de la musique de l'autre côté de la vitre. Elle se penche juste assez pour jeter un coup d'œil à l'intérieur.

Jake est dans la salle de musique. Seul. Il joue de la guitare. Il a dû décider de venir quand même, ou alors il a terminé ce qu'il avait à faire. Il est venu, pense-t-elle, pour la voir. Il est ébouriffé, débraillé, et ne joue pas du tout comme elle l'aurait imaginé. Il joue simplement une mélodie en arpège. Il esquisse un sourire quand il trouve ce qu'il veut. Sinon, ses sourcils se froncent. On dirait qu'il joue du Bach.

Elle a encore du mal à le quitter des yeux. Parce qu'il est beau, en fait.

Elle aimerait être cette autre fille. Celle qui joue au ping-pong avec une couronne sur la tête. Mais ce n'est pas le cas. Elle est la fille avec un couteau à pain dans son sac à main.

La fille que Jake mépriserait s'il la connaissait.

Et il aurait raison.

Et elle aurait tort de s'autoriser à l'oublier.

Elle passe furtivement devant la fenêtre, descend doucement l'escalier de secours. Et se rend compte qu'il ne va pas jusqu'en bas. Il y a une échelle pour la dernière partie, remontée, en plusieurs sections. Si elle essaie de l'abaisser, ça va faire un véritable vacarme. Il va falloir qu'elle descende le plus bas possible, puis qu'elle se laisse tomber sur le sol. Serrant son sac dans une main, elle pose le pied sur le premier barreau.

Et l'échelle glisse toute seule. Soudainement. Violemment. Aussi bruyamment que si Eva avait déclenché toutes les alarmes incendie de la ville. Elle sent son estomac qui remonte. Elle s'accroche ; l'échelle atteint son extension maximale et la projette au sol. Elle atterrit sur les fesses, dans les buissons.

Une lumière s'allume à l'intérieur de Powell House.

Eva se relève rapidement, récupère son sac à main et se hâte de franchir le petit portail au fond de la cour de derrière, se frayant un chemin dans l'obscurité sur une étroite bande de mauvaises herbes et d'arbres entre les clôtures. Il y a un portail en fer tout au bout. Il n'est même pas verrouillé. Au bout d'une petite allée, Eva se retrouve sur Lexington, pleine de lampadaires, de voitures, voit le NEIL'S COFFEE SHOP éclairé au néon au bout du pâté de maisons.

Elle lisse sa jupe. Retire une brindille ou deux de ses cheveux. Passe la bandoulière de son sac à main sur un bras et s'éloigne de Powell House. De l'homme aux chaussures brillantes qui surveille la porte d'entrée. Elle fonce tout droit vers la station de métro, où elle utilise l'un de ses précieux billets américains et récupère la monnaie.

Elle consulte ses notes, le plan dans sa tête et celui dans la rame, et quand elle descend à son arrêt, elle doit enjamber un ivrogne endormi en travers des marches.

C'est un quartier très différent de celui de Powell House. Un train aérien roule bruyamment au-dessus d'elle et fait pleuvoir de la poussière, noircissant les rangées de bars et de coiffeurs pour hommes qui peuvent aussi vous faire des tatouages. Les caniveaux empestent, des sirènes de police hurlent, dans deux directions différentes. On lui lance quelques longs regards insistants. Mais elle n'a pas survécu à Berlin pour rien. Elle enroule la bandoulière de son sac à main autour de son poignet et se met en marche.

Les plaques de certaines rues sont tachées. Ou ont été retirées, comme quelques numéros sur les bâtiments. Elle ignore les femmes qui révèlent trop de leur poitrine. Elle en a vu à Berlin aussi, sauf que là-bas, elles étaient maigres, affamées. Elle croise un homme poussant un landau rempli à ras bord de bouteilles de bière vides, puis elle tourne dans la mauvaise direction. Elle doit revenir sur ses pas.

Mais elle finit par le trouver. Un bâtiment au coin de la rue, en briques rouges défraîchies, au rez-de-chaussée occupé par une boutique de vêtements d'occasion fermée pour la nuit. Juste en face, les mots CAFÉ-RESTAURANT clignotent en rythme sur une enseigne. Il y a une porte étroite à côté de l'entrée de la boutique, un passage fermé entre les bâtiments, menant aux étages. De l'autre côté, une allée s'enfonce dans un abîme que son regard ne peut pénétrer.

Eva observe l'immeuble. Elle se fait siffler par quelques marins qui passent, mais ça aussi, elle sait l'ignorer. L'adresse de Rolf indique le 1B, mais il n'y a aucune lumière au premier étage. Rien que l'éclairage orange tapageur du néon qui se reflète sur la vitre.

Et elle sent des yeux sur elle. Alors que les marins sont partis. Son père est peut-être là-haut, en train de la regarder depuis l'une de ces fenêtres sombres. Ou bien Rolf. Eva se retourne et traverse la rue à toute vitesse, esquivant une voiture qui la klaxonne, et pousse la porte du restaurant.

Des visages se tournent vers elle. Un homme en tablier sale qui fume un cigare tandis que quelque chose grésille à côté de lui. Des hommes en bleu de travail, au bas de pantalon effiloché. Un nuage de fumée se concentre au plafond et il n'y a pas une seule femme à part elle.

Elle s'installe sur une banquette près de la fenêtre. La table est poisseuse. Mais le menu du restaurant écrit sur la vitrine la dissimule un peu. Elle réfléchit au planning que Jake lui a donné.

Rolf commence son service à minuit. Elle pensait qu'il serait chez lui à cette heure-ci, qu'elle pourrait le voir partir. Si son père vit vraiment avec lui, il se retrouverait alors seul. Sinon, elle pourrait essayer de s'introduire dans l'appartement pour découvrir où il est.

– Qu'est-ce que je vous sers ?

Eva sursaute. Une femme en uniforme rose se tient debout à côté d'elle.

– Si vous ne commandez pas, il va falloir partir.

Les ongles de la femme sont écaillés, des taches de café maculent le bout de sa manche.

– Un café, s'il vous plaît. Noir.

– D'accord, ma jolie, répond la serveuse avant de se pencher vers elle et de chuchoter : Dis, tu sais comment rejoindre le métro, hein ? (Eva hoche la tête.) Bon, alors pas la peine de m'attendre. Laisse juste deux cents sur la table avant de partir.

Le café arrive, peu corsé et pas très bon, et Eva surveille l'appartement. Quand elle termine sa tasse, la serveuse soupire et la lui remplit pendant qu'un des hommes assis sur les tabourets l'apostrophe en beuglant. Et puis, soudain, un bus démarre le long du trottoir opposé et Eva se redresse. Et puis se fait toute petite. Car Rolf est là.

Il porte un pantalon et une chemise blanche, un sac de courses en papier dans les bras. À part l'autre jour, dans sa combinaison de travail, elle ne se souvient pas de l'avoir vu sans son uniforme. C'est bien le Rolf qu'elle a connu. Et en même temps, on dirait quelqu'un d'autre. Ses cheveux châtains se font plus rares, et quand il se tourne pour chercher son chemin, elle voit la longue cicatrice irrégulière qui court sur sa pommette. L'espace d'un instant, elle se rappelle ce qu'elle a ressenti en le frappant avec ce morceau de béton. Ça lui donne la nausée.

Elle pense au couteau dans son sac à main et se sent encore plus mal.

Il faut qu'elle dise les noms. Tous les noms. Qu'elle trouve sa colère.

Rolf s'approche de la petite porte à côté de la boutique de vêtements et insère une clé dans la serrure. Il disparaît et Eva attend. Observe. Et soudain, au premier étage, une fenêtre garnie de rideaux s'illumine. C'est donc son appartement. Si son père est là, il était seul. Dans le noir.

Mais tout à coup, c'est elle qui n'est plus seule, car quelqu'un se glisse sur la banquette en face de la sienne.

– Qu'est-ce que tu fais ici ? demande-t-elle.

– Ce que je fais ici ? répond Jake en la foudroyant du regard. C'est plutôt moi qui devrais te poser cette question !

Tous les visages se tournent de nouveau vers elle. Elle baisse la voix.

– Je n'ai pas besoin de t'emmener partout où je vais.

– Et tu avais besoin de venir ici ? Dans un rade du Bowery ? À la nuit tombée ? Tu as eu une envie subite de mauvais café et d'un tatouage ?

Maintenant, c'est la serveuse qui les foudroie du regard.

– Comment m'as-tu trouvée ?

– Ce n'était pas très dur, vu que je t'ai donné cette adresse cet après-midi. Et que tu as réveillé tout le voisinage en descendant l'échelle de secours.

– Comment sais-tu que j'ai fait ça ?

– Oh, je ne sais pas, Eva. Peut-être parce que tu n'étais pas dans ta chambre et qu'il y avait l'empreinte d'une toute petite chaussure sur le couvercle des toilettes ?

Elle se mord la lèvre.

– Elles savent que je suis partie ?

– Non. Pour qui tu me prends ?

– Est-ce que Brigit…

– Elle dort comme une souche. Tu lui as donné des pilules, pas vrai ?

Eva hoche la tête. Jake se passe les mains dans les cheveux, serre et desserre les mâchoires. Une ombre glisse brièvement devant la fenêtre du premier étage.

– Bon, crache le morceau, reprend-il. Qu'est-ce que tu…

– Chut.

Au premier étage, la lumière s'est éteinte.

Quelques secondes plus tard, Rolf sort dans la rue. Il n'a plus de sac en papier et porte une veste désormais, ses cheveux ont été peignés soigneusement. Jake ne dit rien. Il l'a vu.

Rolf s'éloigne et tourne au coin de la rue, en direction du métro. Eva lève les yeux sur les fenêtres noires.

Son père n'est pas là. Mais Jake, si. Pourquoi ne peut-il pas la laisser tranquille ? Et soudain, elle n'a plus besoin de chercher sa colère, car son ventre s'enflamme spontanément. Elle n'en peut plus de ce marché de dupes. Si elle veut découvrir où se trouve son père, c'est l'occasion rêvée. Elle se tourne vers Jake.

– Est-ce que quelqu'un t'a suivi ?

– Ton ami était devant Powell House, alors je suis sorti par-derrière, comme toi. Sauf que je suis passé par la porte. Je n'ai vu personne...

Elle prend son sac, fouille dans la petite poche contenant sa monnaie et pose une pièce de dix cents sur la table. La serveuse n'aura sans doute rien contre un petit pourboire. Puis elle se lève et sort.

– Hé, lance Jake, attends...

Elle remonte au pas de course le trottoir jusqu'à l'allée sombre adjacente à l'appartement de Rolf. Cet endroit empeste les poubelles, et pire encore, mais Eva voit ce qu'elle espérait. Un escalier de secours. Et l'échelle est remontée bien haut, comme celle de Powell House. Elle entreprend de traîner une poubelle en métal jusqu'en dessous, déclenchant les aboiements d'un chien.

– Est-ce la peine que je te demande ce que tu fabriques ? siffle Jake, quelque part derrière elle.

Elle monte sur une caisse en s'appuyant d'une main sur le mur de brique, puis sur le couvercle de la poubelle. Chancelle sur ses talons. Mais elle a beau tendre le bras, elle ne peut toujours pas atteindre l'échelle.

– J'ai besoin d'un... d'un... *einen Regenschirm* !

– Quoi ?

– Pour la pluie ! Pour attraper l'échelle.

– Quelle pluie ?

Elle tend le bras vers l'échelle.

– Ah, tu veux un parapluie. Le mot que tu cherches, c'est parapluie ! Ce dont tu vas vraiment avoir besoin, c'est un avocat. Qu'est-ce que je vais dire à Martha quand tu seras arrêtée ?

Un homme en vêtements souillés sort en trébuchant de la partie sombre de l'allée, agitant les mains alors qu'il s'éloigne en titubant. Mais personne dans la rue ne les a remarqués. Pour le moment.

Jake lâche quelques mots qu'elle ne connaît pas et c'est sans doute mieux comme ça.

– Allez, arrête avant de te casser le cou ! Prends mes mains et monte sur mes épaules.

Il s'accroupit, tend les mains. Eva les prend, pose un pied sur une épaule, puis sur l'autre, essayant de ne pas l'empaler avec ses talons. Il grogne, la jupe d'Eva recouvrant la moitié de son visage, son sac à main glissant sur son bras et heurtant sa tête. Elle tend les bras vers le haut, peinant plus qu'elle ne l'aurait imaginé à trouver l'équilibre.

– Ne regarde pas en l'air, chuchote-t-elle.

– Oh, bon sang, Eva. Est-ce que tu sais à quel point tes chaussures me font mal ?

L'échelle est juste au-dessus d'elle. Eva oscille. Jake fait un pas tremblant en avant et elle parvient alors à l'empoigner et à la tirer lentement vers le bas. Discrètement. L'échelle atteint presque le sol. Eva l'attrape à deux mains, déplace ses pieds des épaules de Jake aux barreaux et grimpe rapidement jusqu'au premier étage.

La fenêtre est sombre, mais lorsqu'elle s'accroupit devant, il lui semble distinguer une cuisine, une surface lisse comme une table juste sous le rebord. Elle appuie doucement sur le châssis, puis moins doucement. La fenêtre est verrouillée. Puis Jake la rejoint, remonte l'échelle et la remet en place. Il prend Eva par les épaules et la tourne vers lui. Ses beaux yeux sont plissés. Brûlants.

– Allez, crache le morceau, murmure-t-il. Pourquoi est-ce que tu essaies de te faire arrêter ?

– Il n'y a personne à l'intérieur. Mais il connaît forcément d'autres nazis. Il doit y avoir des informations...

– Et tu ne crois pas que Cruickshanks partagerait ces informations avec toi ?

Eva réfléchit vite.

– Cruickshanks ne saurait même pas ce qu'il voit. Ça pourrait être le seul moyen de… de les attraper.

Jake fourre les mains dans ses poches, mâchoires contractées.

– Retourne au café, dit-elle, je vais briser la vitre.

Elle n'avait jamais vu quelqu'un rire tout en étant en colère. Jake la regarde en secouant la tête.

– Tu penses vraiment que je vais te laisser faire ça ?

Il sort ses mains de ses poches, révélant un petit canif argenté. Puis il tourne brusquement la tête, comme si quelqu'un venait de lui taper sur l'épaule.

De l'autre côté de l'allée, cinq petits visages les fixent depuis l'escalier de secours juste en face, leur silhouette se découpant sur une fenêtre éclairée derrière eux. Certains assis, d'autres à genoux, agrippés aux rambardes en fer sur un matelas nu qui remplit tout l'espace, comme un lit en plein air.

– Elle a oublié ses clés, explique Jake, et la plus âgée glousse.

Alors, il déplie son canif et force la fenêtre.

Chapitre 34

AOÛT 1946

Jake entre en premier. Puis il tend les bras, aide Eva à passer par-dessus la table, la dépose sur le sol sans un bruit. Ils se trouvent dans une cuisine sombre, très petite, bercée par le ronronnement d'un réfrigérateur. Mais il n'y a aucun autre bruit dans l'appartement.

– Reste ici, murmure-t-il. Et n'allume pas.

Il traverse la pièce sur la pointe des pieds.

Eva sent une odeur de désinfectant, et même si seule une faible lumière pénètre par la fenêtre, elle s'aperçoit que les plans de travail sont étincelants. Son père n'en accepterait pas moins. Jake revient.

– Il n'y a personne, annonce-t-il, toujours d'une voix étouffée, mais un peu plus forte. Qu'est-ce qu'on cherche ?

– Des lettres, murmure-t-elle. Des documents.

Elle se rend dans la salle de séjour, où elle distingue le contour d'un sofa, d'une chaise, peut-être d'une radio sur la table.

– N'allume pas. Ça se verrait depuis la rue.

– Il est parti au travail, murmure Eva, mais elle obéit.

Une deuxième porte donne sur un couloir intérieur, noir comme un four, jusqu'à ce que Jake trouve l'interrupteur. Les murs sont blancs, un peu défraîchis, avec des fissures au plafond. Le linoléum a été fraîchement nettoyé. La porte d'entrée est là, avec trois verrous supplémentaires, ainsi que trois autres portes, deux sur la droite, une au bout.

La première s'ouvre sur une salle de bains. Impeccable. La suivante, sur une chambre. Jake allume. Il n'y a pas de bureau, seulement une commode, une table de chevet avec une lampe et un lit, fait sans un pli.

– Ce type doit être un super agent d'entretien, marmonne Jake en ouvrant un tiroir, car cet endroit est nickel. (Il fouille minutieusement entre les paires de chaussettes.) À quelle heure tu as dit qu'il était censé aller travailler ?

– Minuit, chuchote Eva.

Ils sont dans la chambre de Rolf. Elle le sait. Elle est tellement vide.

– Tu penses vraiment qu'il est déjà parti ? Il n'est que neuf heures à peine passées.

Eva ne répond pas, car elle vient d'ouvrir le tiroir de la table de chevet. Il ne contient qu'une seule chose, une photographie, face vers le bas. Et lorsqu'elle la retourne, elle voit son propre portrait. Elle a l'air un peu austère, avec ses cheveux maintenus en arrière par des barrettes, ses mains jointes sur sa jolie robe rose, la première qu'elle ait portée avec un décolleté, et l'énorme aigle nazi en arrière-plan. Ils avaient pris cette photo pour Rolf. Pour la lui envoyer pendant la guerre.

Eva la glisse dans son sac à main avant que Jake ne puisse la voir. Imaginer Rolf en train de contempler son visage, allongé dans son lit, lui est insupportable. Et soudain, elle sent son pouls qui bat à ses tempes, au bout de ses doigts.

Car il y a une autre chambre.

Elle retourne dans le couloir, laissant Jake fouiller dans les tiroirs. Elle n'a que quelques mètres à parcourir. Ils lui paraissent longs. Et elle sent une odeur. Un parfum qu'elle connaît, et l'espace d'un instant, le couloir rétrécit, rétrécit, à peine plus grand qu'une boîte, il la compresse, il n'y a plus d'air pour respirer. Elle n'arrive plus à respirer.

Et soudain, il y a trop d'air, et elle halète, debout face à la troisième porte. Elle tourne la poignée.

L'odeur de tabac est forte. Récente. C'est difficile de se préparer à une odeur. Sa peur surgit, remonte à la surface, explose dans ses veines. Mais désormais, elle en est sûre. Il s'agit de la chambre de son père. Elle tâtonne sur le mur et allume.

Et recule.

La chambre est vide. Le lit est soigneusement fait, il y a une chaise et une lampe près de la fenêtre, un bureau contre le mur opposé. Pourtant, elle ne donne pas l'impression d'être vide, car les murs sont recouverts de visages. Des photographies en gros plan. Des dizaines d'yeux hantés, rivés sur l'objectif. Des hommes, des femmes, des enfants en chemise rayée. Au-dessus du lit. Il y en a même une ou deux au plafond.

Ce sont des photos d'identité de prisonniers, mais en grand format. Son père disait souvent que c'était la nuit qu'il méditait. Qu'il pensait à son travail de façon créative. Il a dû faire agrandir ces photographies. Et il les a apportées ici. En Amérique. Pour les regarder tous les jours.

Ses expériences.

Et il y en a tellement plus que les noms qu'elle récite.

Elle entend Jake inspirer brusquement derrière elle.

– C'est quoi, ça? chuchote-t-il.

Elle a la nausée. Et, bizarrement, elle se sent gênée qu'il voie ça. Elle se précipite vers la petite table à côté de la chaise de son père, ouvre le tiroir, passe en revue la pile de livres. Immobile, Jake contemple les murs.

– Est-ce qu'elles viennent d'un camp de concentration? demande-t-il.

– Oui, souffle Eva.

– Est-ce que tu sais lequel?

– Sachsenhausen.

Elle sent qu'il la regarde.

– Est-ce que tu connais certains de ces gens?

– Je ne sais pas, répond-elle. Je ne peux pas les regarder.

– OK, dit-il, et puis il répète : OK.

Eva sait qu'il l'observe. Tout comme les quatre murs l'observent. Mais ces photographies l'aident à se concentrer. Elle sait où vit le Docteur, désormais.

La colère d'Inge est une tempête de feu. Un brasier silencieux.

Elle reviendra.

Elle se tourne vers la table de chevet. Trouve une paire de lunettes. Un flacon de pilules blanches. Des chaussons sous le lit. Elle passe les mains sous l'oreiller et sent quelque chose de froid. Lisse. Du cuir sur du métal.

– Schneider, dit Jake en se retournant, une lettre à la main. Ce type semble connaître un Dr Schneider à l'hôpital. Je parie que c'est comme ça que ton gardien a eu ce travail. Voilà qui devrait intéresser Cruickshanks.

Eva hoche la tête et Jake glisse la lettre dans la poche de sa veste avant de se retourner vers le bureau. Elle sort ce qui était caché sous l'oreiller.

Un pistolet. Avec l'aigle en or sur l'étui. La dernière fois qu'elle a vu cette arme, c'était dans la main de sa mère morte. Le chalet n'a donc pas brûlé, tout compte fait. Son père a dû y aller. Après. Et les voir.

Elle glisse l'arme dans son sac, à côté de la photo. Elle espère qu'il est chargé.

Elle pourrait éteindre la lumière et attendre, pourquoi pas sur cette chaise près de la fenêtre. Il faudra bien qu'il rentre à la maison à un moment ou un autre. Et elle serait là, et justice serait rendue. Pour tout le monde.

– Regarde ça, lance alors Jake.

Il est en train de sortir une boîte de sous le bureau. Une sorte de mallette en métal noir, avec une poignée. Ininflammable. Eva fait le tour du lit. Elle appuie d'un doigt sur un petit bouton, et le loquet s'ouvre d'un coup.

Un dossier rempli de papiers fins, bien rangés. Comme l'étaient ceux désormais cachés dans son matelas à Powell House avant qu'ils ne soient piétinés par des soldats, fourrés dans son chemisier, cousus dans sa jupe et transportés à l'autre bout du monde.

Le nom écrit sur le dossier est « Anna Ptaszynska ».

Eva l'ouvre, feuillette les documents. Des tableaux. Des punitions.

Une expérience avec un oiseau. Le tout rédigé de la main de son père. Jake penche la tête sur le côté pour lire, sourcils froncés, mais tout est en allemand. Elle s'arrête à la dernière page.

«Quand on a amené le prisonnier, un agitateur juif prêt à être exécuté, la patiente Anna Ptaszynska a reçu un ordre et le mot convenu. Laissant son dîner en plan, elle a pris une arme et abattu le prisonnier. Elle n'a montré aucun signe d'agitation ni de détresse. Elle a continué son repas pendant que le corps était emporté et plus tard, quand elle est revenue à sa personnalité normale, elle a affirmé n'avoir jamais vu l'homme mort. Je considère que la formation d'Anna est terminée et qu'elle est prête à accomplir ce que le Führer jugera...»

Eva ferme les yeux. Quel est le mot convenu qui transforme Anna Ptaszynska en meurtrière? Ça ne peut pas être un terme trop courant. Et soudain, elle se dit que c'est peut-être bien que Brigit soit comme elle est. Il vaut peut-être mieux que ses souvenirs ne reviennent jamais. Elle repense à tous les moments où Annemarie s'absentait. Au marché à Halberstadt, disaient-ils. Avec son père. Mais ce n'était pas du tout là-bas qu'elle allait. Eva remet le dossier dans la mallette, la referme brusquement.

Il ne faut pas que Cruickshanks mette la main là-dessus. Il ne faut pas qu'il voie ça.

Jake fronce les sourcils.

– Qui est Anna...

Soudain, une porte claque dans le bâtiment, en bas. Ils se regardent en retenant leur souffle et puis, de l'autre côté du mur, ils entendent craquer des marches sous des pas.

– La lumière, murmure Jake avant de sortir de la pièce en silence.

Eva distingue deux voix. Dont une de femme. Très forte. Ces gens vont peut-être dans un autre appartement. Mais elle entend alors le raclement d'une clé dans l'un des verrous de Rolf. Elle récupère son sac à main et la mallette, lisse la couverture sur le lit, puis Jake revient et ferme la porte sans un bruit. Elle lui prend la main et l'entraîne vers le placard. Il résiste, tend le bras et éteint.

La pièce sombre dans le noir, et un rai de lumière apparaît sous la porte. Eva entend la voix de Rolf dans le couloir, indistincte, et le rire d'une femme. Elle entre dans le placard, suivie de Jake. Il referme tout doucement la porte.

Il n'y a pas de place pour deux personnes ici. S'il y avait eu plus de vêtements ou si l'étagère avait été plus profonde, ou Eva plus grande, ils n'auraient même pas réussi à entrer.

– Je suis… sur des chaussures, murmure-t-elle en s'efforçant de garder l'équilibre.

Elle tient la mallette et son sac dans une main, et il ne faut pas qu'ils heurtent le mur. Jake passe un bras autour de sa taille pour la stabiliser.

– Ne tombe pas, dit-il, près de son oreille. Quelle chambre ?

Pendant une seconde, elle ne comprend pas ce qu'il veut dire.

– Il est avec une fille, siffle-t-il.

– L'autre.

Mais la chambre de Rolf et le placard ont un mur en commun.

– *Scheisse.*

– Ouais, souffle Jake.

Il ajuste son bras, essayant de trouver une façon confortable de rester parfaitement immobile. L'obscurité est étouffante, l'odeur de tabac entêtante. De la musique leur parvient, assourdie, de la salle de séjour. Quelqu'un a allumé la radio.

Rolf ne peut pas rester ici jusqu'à l'heure de partir au travail. Les murs se referment comme un piège. Eva inspire. Et inspire encore. La femme éclate de rire. La main de Jake remonte sur son dos.

– Du calme, dit-il.

– Je n'aime pas les espaces exigus, murmure-t-elle. Je n'aime pas ça…

Son cœur bat à tout rompre, un tremblement se réveille quelque part au milieu de son corps.

– Ferme les yeux. Imagine que tu es ailleurs.

Elle ferme les yeux. Inspire profondément. Lentement. Se concentre sur l'odeur de Jake plutôt que sur celle du tabac.

Des pas dans le couloir, de l'eau qui coule dans la salle de bains. Il y a un creux dans la poitrine de Jake, pile de la taille du front d'Eva. Elle sent son cœur qui bat. Vite, comme le sien. L'eau s'arrête dans la salle de bains.

Elle tourne la tête, comme si elle était allongée dans un lit, glisse sa main libre autour de la taille de Jake, sous sa veste, et s'accroche. Elle sent les muscles de son dos sous sa paume, son souffle comprimé sous sa joue.

C'est mal.

C'est injuste.

Il ne proteste pas. Son pouce caresse ses cheveux. Une fois. Puis sa main se crispe sur sa tête quand la voix de la femme s'élève, forte, proche :

– Tu ne devrais pas laisser la fenêtre ouverte, Kenny. Tu vas avoir des chats !

Derrière l'autre mur du placard doit se trouver la cuisine.

Dont ils ont laissé la fenêtre ouverte.

– Quoi ? demande Rolf avec un accent allemand, comme celui du Dr Holtz.

Un court silence s'ensuit. Eva l'imagine passer un doigt le long de la fenêtre, là où le couteau de Jake a fendu le bois avant de forcer le verrou.

– Attends-moi ici, dit Rolf. Je vais juste…

Ils entendent les protestations de la femme se perdre dans le salon. Puis des pas dans le couloir. La porte s'ouvre dans la chambre derrière eux, et Eva entend le clic de l'interrupteur. Tout est calme, si calme. Et soudain, presque comme s'il était juste à côté d'elle, Eva entend le raclement d'un tiroir en bois qu'on ouvre.

Un autre silence. Et elle sait exactement ce que Rolf ne voit pas.

Son portrait.

Pourquoi l'a-t-elle pris ?

Le tiroir se referme brusquement. Les pieds se déplacent.

Traversent la chambre. Passent dans le couloir. Jake tend le bras derrière lui et pose la main sur la poignée du placard. Prêt à résister si Rolf tente d'ouvrir. Le bras d'Eva se crispe et la porte de la chambre de son père s'ouvre à toute volée, la lumière s'allume, passe sous la porte et éclaire leurs pieds. Mais d'autres pas approchent dans le couloir. Ce ne sont pas ceux d'une femme. Ceux-là sont lourds. Lents. Déterminés.

Il y a un autre homme dans l'appartement.

Les murs du placard se rapprochent. Les écrasent. Compressent les poumons d'Eva. Jake tourne son visage pour le remettre contre sa poitrine et le maintient là. Elle inspire. Et inspire encore. Et les pas sont dans la chambre, désormais.

Ils marquent une pause et, dans son esprit, Eva les voit s'arrêter. Devant le bureau. Le bureau sous lequel il n'y a plus de mallette en métal.

Alors les deux paires de pieds s'éloignent rapidement. Jake expire. Ils entendent des voix basses, la femme qui proteste. Et tous les bruits se déplacent de l'autre côté de la porte d'entrée. Les marches craquent lourdement, comme s'ils se dépêchaient. Et la porte donnant sur la rue fait trembler le sol lorsqu'elle claque.

Jake ouvre le placard. Ils tendent l'oreille. Sortent. Eva ne perçoit aucun bruit dans l'immeuble. Ils parcourent rapidement le couloir, Eva portant toujours la mallette et son sac à main et, dans la cuisine, Jake pose un doigt sur ses lèvres et jette un rapide coup d'œil dans l'allée. Puis il articule en silence le mot « monte ».

Elle grimpe sur la table, sort par la fenêtre, puis remonte aussi discrètement que possible l'escalier de secours, Jake sur les talons. De l'autre côté de l'allée, les enfants sont toujours cramponnés aux montants en fer de l'escalier de secours, les observant depuis leur matelas comme depuis une petite prison.

Parvenu au deuxième étage, Jake fouille dans sa poche et lance doucement :

– Hé ! Les enfants !

Et il leur jette une pièce de monnaie scintillante. Elle tombe quelque part entre eux, provoquant une bousculade. Il pose alors un doigt sur ses lèvres et la plus grande hoche la tête. En gloussant.

Ils gravissent l'échelle, passent par-dessus le mur du toit-terrasse, où de petites cheminées et des conduits d'aération pointent çà et là tels des dessins de cactus dans le désert.

Où a-t-elle donc vu des dessins de cactus dans le désert ?

– Et le voilà, dit Jake, à genoux, en regardant l'allée par-dessus le mur. Il a probablement casé la fille dans le café de l'autre côté de la rue.

Alors, Eva entend la voix de Rolf.

– Petite ! lance-t-il. Hé, petite ! Tu n'aurais pas vu quelqu'un entrer par cette fenêtre ?

– Va te faire voir ! hurle la fillette avec la voix d'une femme de trente ans.

Jake ricane, puis il traverse le toit en courant jusqu'à l'avant de l'immeuble pour observer la rue.

– Et... Il a récupéré sa copine. Elle est charmante..., ajoute-t-il d'une façon qui laisse entendre qu'elle ne l'est pas. Et ils se dirigent vers le métro. Ou alors il y a un arrêt de bus par là-bas, je ne sais pas trop.

– Y a-t-il quelqu'un d'autre ?

– Non. Rien qu'eux deux, dit-il en se tournant vers elle, souriant. On le tient ! Donne l'adresse à Cruickshanks et ils auront tout ce dont ils ont besoin.

« C'est vrai », pense Eva. Tout ce dont Cruickshanks pourrait avoir besoin ou envie. Ils pourraient l'accueillir ici. Elle pourrait rester avec son père quand Rolf inviterait ses petites amies.

– Hé, dit Jake, ça va ?

Elle est appuyée contre le bord du toit, le visage tourné vers le ciel. Son père était dans cet appartement, de l'autre côté de la porte. Pour le moment, la peur l'emporte sur le feu.

Jake la rejoint.

– Ils étaient deux, là-dedans, et l'un d'entre eux n'était pas qu'un gardien, n'est-ce pas ? L'un d'entre eux est un sale malade.

– Ils sont tous malades, murmure Eva.

– D'accord. C'est qui, alors, ce sale malade-là ?

Elle secoue la tête.

– Juste… un docteur.

– Un docteur. Je suppose qu'il n'était pas très bon.

– Certains diraient que si.

– Mais ce seraient des sales malades.

Elle acquiesce, et il met les mains dans ses poches. Et quand elle ose croiser ses yeux adorables, le regret l'envahit. Jake ne devrait pas être ici. Il aurait dû s'enfuir. Vite, loin d'elle.

– J'ai besoin d'une faveur, murmure-t-elle.

Il hausse les sourcils.

– Tu es vraiment un cas, tu le sais, ça ? Est-ce que ça implique de t'empêcher d'aller en prison ?

Elle hoche la tête, et il soupire.

– On sait tous les deux que j'ai du mal à te dire non, Bluebird.

Chapitre 35

Papa reprend la boîte et la pose sur une table.

– Quand on ne peut pas obéir, que doit-il se passer?

– On doit être puni. Pour pouvoir apprendre à être meilleur.

– Et pourquoi papa veut-il que tu deviennes meilleure?

– Parce que je t'appartiens, chuchote-t-elle. Et parce que tu m'aimes.

Son père la soulève alors. Un bras autour de la taille, comme un sac à patates, les bras et les jambes dépassant de sa robe rose.

– Non, papa, murmure-t-elle.

– Quand tu désobéis, tu es punie. Quand tu obéis, tu reçois ta récompense. C'est simple. C'est légitime.

Et maintenant, elle voit la porte. La petite porte avec le noir derrière. Où des choses bougent. Où il n'y a pas d'air.

– S'il te plaît, papa! S'il te plaît!

La porte se rapproche, et sa gueule est ouverte, et les bras puissants la poussent à l'intérieur.

Et l'obscurité l'engloutit.

Chapitre 36

AOÛT 1946

Elle raconte à Jake qu'Anna Ptaszynska était une amie. Que lire ce dossier va être difficile, et qu'elle n'est pas prête à le faire, pas ce soir. Que M. Cruickshanks ne l'autoriserait pas à le lire, et qu'alors elle ne saurait jamais. Qu'elle lui remettra le dossier, mais qu'en attendant, il ne faut pas qu'on la voie rentrer à Powell House avec cette mallette.

C'est un mensonge facile, puisqu'il comporte une part de vérité.

Jake l'emmène à une gare routière au sous-sol d'un hôtel. Le genre avec des casiers pour y laisser des affaires pendant un voyage. Il en loue un puis lui donne la clé, attachée à une longue ficelle. Elle y range la mallette métallique et, Jake se tenant de l'autre côté de la porte ouverte, le pistolet aussi. Elle ne veut pas que cette arme soit dans la même pièce que Brigit. Elle passe ensuite la ficelle autour de son cou, la clé sous son chemisier. Comme celle de la voiture, autrefois.

Ils quittent la gare routière et se rendent dans un magasin ouvert toute la nuit, près de leur station de métro. Il y a une cabine téléphonique à l'intérieur, d'où Eva fait semblant d'appeler M. Cruickshanks. Par la vitrine, elle voit Jake qui l'attend dans la rue en fumant une cigarette, tout en vérifiant que personne ne les surveille.

Il va falloir qu'elle redonne des pilules à Brigit et qu'elle y retourne demain, quand Rolf sera au travail. Elle prendra un parapluie. Ils n'auront pas eu le temps de réparer la fenêtre. Et si son père n'est pas là, alors elle l'attendra dans sa chambre. Les photographies l'aideront. Et s'il ne vient pas, alors elle retournera l'attendre le lendemain. Elle ira l'attendre chaque jour, chaque nuit, jusqu'à ce qu'il passe cette porte.

Et ensuite ?

La justice. Ou alors tout ira mal. Ou les deux.

Elle est soulagée de ne pas avoir dû tuer son père ce soir, même s'il faudra le faire demain. Et ce soulagement la met en colère contre elle-même.

Elle sort du magasin et les sourcils de Jake se froncent un peu quand il voit son expression. Mais il ne dit rien. Il jette sa cigarette et ils prennent le métro. Et puis il dit :

– C'est notre arrêt.

Elle relève les yeux et fait la moue.

– Non.

– Si.

Elle le suit hors de la rame et jusque dans la rue, perplexe. Les lumières sont vives, la rue bruyante, animée comme en plein jour, et quand ils tournent à un coin, ils débouchent sur une place avec plus de lumières qu'elle n'en a vues réunies en un seul endroit. Des réclames clignotantes pour des spectacles de théâtre et des actualités filmées, des sodas, des cigarettes et des cacahuètes, dont les ampoules sont programmées pour former de petites images animées, comme au cinéma. Il y a tellement de monde qu'il est difficile d'avancer. Encore des marins, des soldats, des filles avec du rouge à lèvres. Un jongleur, et un homme avec un chien dressé qui fait des saltos arrière. Jake ne leur accorde pas un seul regard. Il lui prend la main, accélérant le pas, se frayant un chemin à travers la foule.

– Viens, lance-t-il par-dessus le vacarme. Tu as besoin qu'on te remonte le moral.

– Non.

– Si.

Ils s'extraient de la place bondée et pénètrent dans une rue trépidante de bruit. Eva doit presque courir pour rester à sa hauteur.

– Je vais t'apprendre à danser, dit-il.

– Non.

– Si.

– Je n'ai pas envie de savoir danser.

– Si.

Ils traversent une rue à toute vitesse avant que le feu ne change et poussent une porte sous une énorme enseigne indiquant CAFÉ ZANZIBAR.

L'intérieur est chic, avec des murs recouverts de miroirs et des rambardes en chrome et deux énormes statues de style égyptien qui effleurent le plafond. Une foule se presse à l'entrée. Des cravates noires, des fourrures et des robes de soirée scintillent à la lueur des lustres en cristal. Jake la tient toujours par la main, mais il murmure à présent à l'oreille du portier élégamment vêtu qui accueille les clients et prend leur argent.

Eva se rend compte que Jacob Katz connaît des gens partout.

Le portier jette un regard à Eva et lui décoche un clin d'œil, puis il hoche légèrement le menton. Il vient de les laisser entrer. Gratuitement.

– Jake, intervient Eva alors qu'il l'entraîne rapidement sur les marches moquettées. Je ne suis pas… habillée.

– Mais si.

– Tu sais ce que je veux dire.

– Peut-être, mais moi non plus.

C'est la vérité. Il est tout débraillé. Et il sourit de toutes ses dents. Il a entendu l'orchestre.

Il la fait tourner d'un côté et s'arrête à un comptoir derrière lequel une fille se tient dans une petite pièce remplie de sacs et de chapeaux. Elle a une casquette rouge sur la tête.

– Jake, je ne peux pas laisser Brigit…

– Elle dormirait comme un bébé même si tu ne lui avais pas filé un somnifère. Ce n'est pas ce que tu as dit ?

Elle n'est pas vraiment sûre d'avoir dit ça. Jake se penche vers elle.

– Ne me dis pas que tu arriverais à t'endormir.

Ils sont presque aussi proches que tout à l'heure, dans le placard, et par la porte ouverte derrière l'épaule de Jake, des lumières vives se reflètent sur le cuivre des trompettes qui se balancent. Elle ramène les yeux sur lui et secoue la tête.

– C'est bien ce que je pensais. Laisse ton sac ici. Ils vont te donner une petite carte pour le récupérer plus tard.

La fille derrière le comptoir mâche du chewing-gum tout en observant cet échange avec intérêt. Eva lui tend son sac. Jake donne une pièce à la fille et glisse la carte dans sa poche. Puis il reprend la main d'Eva et ils pénètrent dans un mur de bruit.

Il y a une scène à un bout, avec un orchestre complet, un rideau noir derrière, et encore des miroirs sur les murs, un bar au fond, et le public est à la fois blanc et noir et de toutes les nuances entre les deux. Même si, note Eva, toutes les personnes de couleur occupent des tables au balcon et non au rez-de-chaussée. Néanmoins, toutes les couleurs se mêlent sur la piste de danse, se tortillant à un rythme sauvage, frénétique, la fumée de cigarette s'élevant tel un brouillard dans la lumière des projecteurs.

Jake trouve un tabouret au bar sur lequel un homme est assis, seul.

– Hé ! crie-t-il. Vous laissez la place à une dame ?

L'homme grommelle et Jake soulève Eva par la taille et la dépose sur le tabouret tout juste libéré.

– Tu as soif ? crie-t-il.

– Je n'ai pas l'habitude de...

Elle désigne les verres vides, les petites ombrelles, les bouteilles de champagne à moitié vides.

– De boire de l'alcool ? Tant mieux, parce que je n'ai pas d'argent. Je reviens tout de suite !

Une fille passe en petite tenue rouge, une sorte de maillot de bain avec des bas, en portant un plateau avec des cigarettes à vendre, fixé à une bandoulière autour de son cou. La piste est tellement noire de monde que les couples se bousculent. Et puis soudain, la foule s'ouvre et une fille glisse sur le sol entre les jambes de son partenaire, avant de repartir en arrière puis dans les airs. Quelques danseurs les acclament.

Eva ne verrait pas d'objections à se faire secouer comme cette fille.

Un peu plus loin, les coudes sur le comptoir, Jake est en train de parler au barman. Tout au bout du bar, un homme lève son verre de whisky dans la direction d'Eva. Il est rond, chauve, pâle et transpirant, il a au moins cinquante ans, et il doit croire qu'elle est seule. Elle lui tourne le dos et regarde la danseuse qui virevolte désormais au point que sa jupe s'envole.

Jake revient avec deux verres humides remplis d'eau glacée.

– Je l'ai convaincu de mettre une cerise dans le tien, crie-t-il. Alors, qu'est-ce que tu en penses ?

– Hitler n'aurait pas autorisé ça.

– Ce type était coincé.

Il boit d'un trait. Eva mange sa cerise. Jake lui tend la main. Abandonnant leurs verres, ils se dirigent vers la piste de danse, restant au bord, où ils risquent moins de se faire percuter. Jake pose une main sur sa taille, comme s'ils allaient se mettre à valser, puis il se penche vers elle pour lui parler à l'oreille.

– Commence sur la droite. En avant, en arrière, triple pas sur le côté, triple pas sur le côté. Ensuite dans l'autre sens, d'accord ?

Au bout de deux tentatives, leurs pieds commencent à bouger de façon synchronisée. Puis, après quelques essais supplémentaires, ça devient presque automatique. Jake lève et abaisse leurs mains. Mais ça ne ressemble en rien à ce que font les autres danseurs.

– Tu es prête ? demande-t-il.

Elle n'en sait rien.

– OK ! Alors, on accélère !

Soudain, au lieu de quatre temps pour un pas, il n'y en a plus que deux. Et voilà qu'ils sautillent, bougeant à toute vitesse, au rythme de l'orchestre. Eva éclate de rire.

– C'est quoi cette danse ?

– Le lindy, crie-t-il. À la Jacob Katz. Et... on tourne !

Il oriente le premier pas de chaque mouvement dans une direction différente, de sorte qu'ils fendent la foule, dessinant un motif sur le sol, croisant tous les danseurs qui font la même chose.

Le morceau change, mais ça fonctionne toujours. Ils trouvent le tempo et recommencent et, de temps en temps, au lieu d'un des triples pas, Jake lâche la taille d'Eva et la fait tourner une fois sous son bras, la rattrapant juste à temps pour repartir.

– Tu ne m'avais pas dit que tu dansais bien ! s'exclame-t-il.

Elle n'est pas sûre que ce soit le cas. Mais elle rit, étourdie par la chaleur et les lumières qui tournent quand ils tournent, par le bruit et le rythme de la batterie.

Comme une fille qui ne se rappelle pas la guerre.

Comme une fille qu'elle n'a jamais rencontrée.

La musique se fait plus lente, et Jake change de danse pour s'adapter au rythme. Eva est contre son torse, comme tout à l'heure, il pose son menton sur ses cheveux, leurs mains jointes près de la joue d'Eva. Elle ne sait même pas comment elle s'est retrouvée là. Elle ferme les yeux et le monde est fait de musique. Et de mouvement. De lui.

Le morceau change. L'orchestre change. Un autre enchaîne directement. Un rythme chaloupé. Ils dansent jusqu'à ce que Jake se penche et murmure :

– Eva.

Elle le regarde. Cligne des paupières. Ils dansent toujours, mais il n'y a plus autant de bruit, et personne ne se cogne contre leurs épaules.

– C'est trois heures du matin, chuchote-t-il.

Elle hoche la tête, toujours dans cet état second, et il la précède, traçant un chemin sinueux entre les tables, vides pour la plupart. Jake tend la petite carte à la fille à la casquette rouge et ils quittent le club main dans la main, Eva balançant son sac alors qu'ils marchent sur le trottoir clairsemé.

Jake la regarde et rit.

– Tu es ivre de danse.

Il caresse ses doigts avec son pouce.

Ils s'asseyent côte à côte dans le métro, vide à l'exception d'un homme en train de dormir, allongé sur plusieurs sièges, une main touchant le sol. Cette fois, Jake passe un bras autour de ses épaules, et elle appuie sa tête contre son cou.

– Où habites-tu ? murmure-t-elle.

– Avec ma mère et oncle Paul. Dans l'Upper West Side.

– Est-ce que tu as des frères ? Des sœurs ?

– Non.

– Est-ce que ta mère sera fâchée que tu rentres aussi tard ?

– Elle a probablement déjà appelé la police.

Eva sourit.

– Et ton père, il sera en colère ?

– Non. Il est mort.

– Je suis désolée.

– Ce n'est rien.

Ils se balancent ensemble d'avant en arrière, suivant le mouvement du train.

– Que voudras-tu faire, comme travail, quand tu auras fini tes études ?

– Écrire pour les journaux. Ici, ou ailleurs.

– Ailleurs, ça m'étonnerait. Tu adores cette ville.

– *Hmmm.* Dis-moi, Bluebird, tu n'aurais pas sommeil, par hasard ?

Eva secoue la tête et la cale un peu mieux contre lui. Elle a les yeux fermés.

Elle sent l'odeur de Jake, une odeur de danse.

Il la reprend par la main pour sortir du métro. Dehors, les vitrines sont obscures, tout comme les fenêtres au-dessus d'eux, la rue est presque déserte. Elle entend un bébé qui pleure quelque part, presque sur la même note qu'une sirène au loin.

Jake salue de la main un policier en patrouille, puis il la raccompagne jusqu'à la petite allée, puis jusqu'au petit passage rempli d'arbres et de déchets emportés par le vent, entre les jardins de derrière. Ils franchissent le portail, et la voilà de retour dans le carré de pavés et d'herbe derrière Powell House. Une lumière est allumée au-dessus de la porte de derrière, toutes les autres fenêtres sont plongées dans le noir. Eva relève les yeux.

– Tu crois qu'elles ont fermé à clé ? s'inquiète Eva, qui n'y avait pas pensé.

– Heureusement que c'est avec moi que tu as décidé de te soûler de danse, répond-il en brandissant un porte-clés.

La porte couine à peine en s'ouvrant. Eva est censée entrer, mais il n'a toujours pas lâché sa main.

Elle le regarde détacher lentement ses doigts des siens. Mais il s'accroche au dernier, et le porte à ses lèvres. Sa mâchoire est rêche, mais sa bouche est douce. Il ferme ses beaux yeux. Sourit sous son doigt. Puis il replace la main d'Eva le long de son corps.

– Bonne nuit, murmure-t-il.

Et il s'éloigne, les mains dans les poches, derrière le portail et dans la nuit.

Eva referme la porte sans un bruit. Elle frissonne.

Une paix profonde enveloppe la maison obscure. Elle gravit l'escalier sur la pointe des pieds, se demandant comment elle a pu ne jamais remarquer tous ces craquements, rase le mur pour les éviter. Brigit ronfle, la vaisselle sale du dîner monté par Bets est toujours sur la petite table. Eva retire ses vêtements, mais il fait trop chaud pour mettre une chemise de nuit, alors elle s'assied en caraco sur le rebord de la fenêtre, et ne voit ni voiture rouillée ni personne dans la rue. Elle pose le doigt que Jake a embrassé contre sa bouche. Ferme les yeux.

C'est tellement injuste. De désirer autant ce qu'on ne doit pas avoir. De savoir que lui aussi désire la même chose. Alors qu'il ne devrait pas avoir envie de quoi que ce soit avec elle. Et elle ne va pas pouvoir faire ce qu'elle avait prévu. S'en aller. Disparaître. Jake partirait à sa recherche, comme ce soir.

Elle pourrait lui dire la vérité. Ou une partie de la vérité. Sur celle qu'elle a été, celle qui était dans cet appartement, ce soir. Alors, il s'en irait de lui-même.

C'est ce qu'elle devrait faire. Ce serait mieux.

Mais elle en a autant envie que de s'opérer elle-même.

Ça va faire mal.

Sa culpabilité se transforme en venin. La rend malade.

Elle se couche avec Brigit et le chaton alors que l'aube commence à poindre derrière les immeubles, et quand elle rouvre les yeux, la chambre est radieuse et Brigit aussi. Souriante, heureuse, elle est en train d'examiner la chaussure qu'elle vient d'enfiler. Eva sent le poison qui se remet à bouillonner. Ses flux et reflux. Mais le long sommeil de Brigit ne semble pas lui avoir fait de mal, et les mots qu'Eva a lus dans le dossier hier soir sont comme un cauchemar qui disparaît au soleil.

– *Guten Morgen*, Brigit, chuchote-t-elle.

Elle se lève, les paupières lourdes, souffrant intérieurement, et va suspendre les vêtements qu'elle a laissés sur le sol. Elle ne les laisse jamais traîner par terre. Elle ramasse ses chaussures à talons noires, son sac à main, et les range dans l'armoire.

Et puis elle reprend son sac à main, ouvre le petit fermoir.

La photographie n'est plus là.

Chapitre 37

AOÛT 1946

Eva fouille à nouveau dans son sac, fait glisser ses doigts dans la doublure.

Où cette photo a-t-elle bien pu passer ?

Quand a-t-elle pu disparaître ?

Elle regarde Brigit, qui admire toujours son unique chaussure. Pourrait-elle l'avoir trouvée dans son sac à main ? L'avoir prise ? Elle cherche dans les poches de son amie. Sous le lit. Elle n'a pas fermé la porte à clé hier soir. Et si la photo était tombée quelque part dans Powell House ? Susceptible d'être ramassée par Bets. Martha. Une photo d'elle dans cette robe ridicule, posant devant l'aigle nazi.

Cette pensée la rend malade.

Elle fouille l'armoire. Ramasse brusquement son chemisier par terre et se fige, ses mains retombant de chaque côté de son corps.

Il y a un oiseau sur le tapis. Juste sous la fenêtre où elle était assise hier soir.

Un oiseau mort.

Elle recule. Jette un autre rapide coup d'œil à Brigit. Mais celle-ci est maintenant occupée à enrouler de la laine autour d'une cuillère. « C'est un moineau, pense Eva, marron et quelconque, sans blessure ni marque apparente. »

Et elle sent les fragments d'elle-même qui s'agitent. Qui se percutent, se brisent les uns contre les autres, comme des vagues venant de directions opposées. Qui lui ordonnent de se rappeler ce qu'elle ne peut pas se rappeler.

Il y avait quelque chose dans ce dossier hier soir. À propos d'un oiseau.

– *Toc, toc!* lance une voix à la porte.

Eva se retourne. C'est Peggy, avec ses cheveux gris qui frisottent.

– Désolée de t'avoir fait sursauter, je... Bonjour, ma jolie!

Brigit tend la jambe pour montrer sa chaussure à Peggy, souriant avec ses fossettes de chérubin. Eva fait un petit pas de côté et laisse tomber son chemisier sur l'oiseau mort.

– Je suis venue te proposer un marché, annonce Peggy en brandissant une robe bleu ciel, brillante et étroite, avec un large décolleté et des boutons recouverts de tissu. Je suis tombée là-dessus dans la salle de couture de la 32e Rue, où on raccommode des vêtements pour les envoyer à l'étranger...

Le chemisier qu'Eva vient de jeter par terre se trouvait justement dans un colis de l'American Friends Service Committee. Et ses chaussures aussi.

– ... et je me suis dit que tu pourrais avoir envie d'une tenue un peu plus habillée pour cet après-midi...

Le vernissage de l'exposition. Elle avait complètement oublié que c'était aujourd'hui. Cela signifie que Jake va venir.

– ... et il y avait peu de chance qu'elle aille à quelqu'un d'autre, et c'est la couleur idéale pour toi. Alors j'ai fait un peu de repassage et je me suis dit que j'allais te l'offrir en échange d'une montagne d'argenterie à lustrer, car Colette était censée m'aider, mais Jimmy est malade. En réalité, ajoute-t-elle à voix basse, ce serait une terrible erreur d'accepter, parce que je compte bien te la donner dans tous les cas. Mais tu voudrais bien venir astiquer l'argenterie?

Cela signifie sans doute que Peggy n'a pas vu le portrait d'Eva en nazie.

Elle se force à sourire et répond que oui, bien sûr, merci, et dix minutes plus tard, Brigit et elle sont habillées et descendent leur plateau. Et personne n'a trouvé le portrait d'Eva la nazie, car tout le monde leur sourit et leur dit bonjour. Et dès que Brigit est installée, Eva sort par la porte de derrière, trouve un déplantoir dans le petit abri et enterre dans un coin du jardin l'oiseau qu'elle gardait dans sa poche, bien enveloppé dans un mouchoir.

Il faut qu'elle lise ce dossier.

Il faut qu'elle comprenne exactement de quoi Brigit est capable.

La pile d'argenterie attendant de retrouver son brillant correspond exactement à la description que Peggy en a faite. Une montagne. Des plats de service, des plateaux, un bol à punch, de petites pinces et d'autres objets qu'Eva ne peut pas voir, car ils sont cachés sous le reste. Debout devant l'évier, en tablier, Peggy frotte déjà un plat avec du sel et du jus de citron chaud, pendant qu'Eva donne à manger à Brigit et au chaton.

Bets et mère Martha sont là aussi, à table, passant en revue les livraisons de nourriture et la liste des invités. La directrice du Conseil des femmes juives, la Ligue urbaine, des membres de la Fédération des églises, du Guggenheim, le président du Hunter College, la femme de l'ancien envoyé au Libéria, d'autres pour qui il faudrait organiser une visite spéciale. « Des dignitaires », suppose Eva. On entend Mme Angel qui passe le balai mécanique dans le salon, au-dessus.

Peggy lui passe un sucrier à faire briller, baissant la voix pour ne pas déranger Bets et Martha.

– Et maintenant, ma chère, je vais te présenter l'autre volet du marché que je te propose. Ou peut-être que pot-de-vin serait un mot plus approprié. J'organise un déjeuner ici chaque mardi et, depuis trois semaines, des volontaires nous lisent une pièce, *Grand-peur et misère du IIIe Reich*, de Brecht. Tu la connais ?

Eva frotte et frotte encore son sucrier, comme le faisaient les domestiques avec l'argenterie de grand-maman. Elle secoue la tête.

– Elle a été interdite en Allemagne, n'étant pas particulièrement flatteuse à l'égard d'Hitler. C'est une œuvre très provocatrice qui présente différents points de vue sur la vie en Allemagne nazie. Un professeur juif en ville, un boucher obligé de vivre comme un nazi, le boulanger qui croit au nazisme, ce genre de choses. Jacob va venir nous en lire une partie, puisque Jimmy est malade…

L'esprit d'Eva retourne immédiatement à la soirée d'hier. La musique. Le mouvement.

– ... et j'ai pensé que pour notre discussion, ce serait passionnant d'entendre le témoignage d'une personne ayant vécu exactement ce sur quoi Brecht a écrit. Accepterais-tu de te joindre à nous ?

Eva astique le sucrier. Vigoureusement. Il n'y a rien sur sa vie de nazie dont elle aimerait discuter à Powell House. Et elle n'est pas certaine qu'elle pourrait survivre à la lecture par Jake d'une pièce sur le sujet.

Mais peut-être qu'elle devrait justement l'entendre. Ce serait légitime.

– Toutes les opinions sont les bienvenues, poursuit Peggy. Nous encourageons les idées différentes...

Mais Eva se contente de demander :

– Qu'est-ce qu'il a, Jimmy ?

– Oh, des poussées de malaria depuis la guerre, soupire Peggy en s'attaquant au bol à punch. Colette apprend à le soigner pendant ses crises.

– Mais je pensais... Jimmy n'est pas allé à la guerre.

Martha se penche vers elles.

– James a demandé à conduire une ambulance, mais au lieu de ça, il a été envoyé dans un camp de travail pour civils, avec d'autres objecteurs de conscience. Pour abattre des arbres à la place des hommes qui s'étaient enrôlés.

– Sauf que ce n'était pas vraiment pour abattre des arbres, reprend Peggy. L'armée a délibérément inoculé la malaria à tous ces garçons pour faire des expériences sur eux, tester différents traitements. Ils leur ont dit qu'ils les vaccinaient...

– N'est-ce pas répugnant ? intervient Bets.

« Si », pense Eva.

Peggy secoue la tête.

– Et la malaria, ça ne guérit pas. Ça vous donne des poussées de fièvre et de frissons pour tout le reste de votre vie.

– Et tout ça parce que ces jeunes hommes agissaient en accord avec leurs convictions, renchérit Martha. À savoir que tuer est mal, dans n'importe quelle situation.

Tuer est mal. Dans n'importe quelle situation.

Eva garde les yeux rivés sur l'argenterie.

– Mais… et la justice, alors ? demande-t-elle, et Bets pose son stylo. Et si la punition est méritée ?

– Le problème, avec la justice, répond Peggy, c'est que pour la rendre, il faut un juge. Et qui parmi nous est qualifié pour tenir ce rôle ? Qui a le droit de décider si quelqu'un doit vivre ou mourir ?

« Pourtant, juger est facile, parfois, pense Eva. Certaines choses sont si horribles que la question ne se pose même pas. Parfois, quelqu'un doit faire en sorte d'arrêter ces choses horribles. »

Peggy soupire, frottant vigoureusement avec son chiffon.

– C'est… compliqué.

Eva est d'accord avec elle. Brigit tire sur sa jupe, réclamant de l'attention. Elle repousse sa main et Bets lui donne une cuillère.

– Je ne veux pas que tu croies que toute l'Amérique est comme ça, reprend Peggy. Ce ne sont que quelques brebis galeuses qui sont devenues folles furieuses et s'en sont tirées à bon compte, voilà tout.

Eva essaie de visualiser des brebis folles furieuses, puis elle abandonne. Elle comprend ce que Peggy veut dire, de toute manière.

– Ce qui est bien, en Amérique, intervient Bets, c'est que quand quelque chose comme ça se produit, on peut au moins décider de réagir.

– Et ces jeunes qu'on a rendus malades, alors ? demande Eva. Comment les gens réagissent-ils à ça ?

– Tu as mis le doigt sur le problème, ma chère, dit Martha en souriant. Pour empêcher quelque chose, les gens doivent être au courant. Or, les quakers sont des gens discrets. Trop, parfois.

Brigit tire de nouveau sur la jupe d'Eva. Les cuillères ne l'intéressent plus autant qu'avant. Heureusement, Olive arrive avec une livraison de cookies et, quand elle lui en donne un, son sourire aurait de quoi donner des complexes au soleil. Peggy rit et Eva sourit, astiquant son argenterie d'une main ferme.

Elle se sent plus calme, désormais. Concentrée. Quelqu'un est au courant, pour son père. Quelqu'un est au courant de ce que le gouvernement aimerait le laisser faire. Et cette personne, c'est elle. La justice repose entre ses mains. Et c'est plus important que sa culpabilité, sa colère ou sa souffrance.

Même si ce n'est probablement pas la conclusion à laquelle ces dames auraient espéré qu'elle parvienne.

Elle pose le sucrier rutilant et saisit un plateau, le frottant jusqu'à pouvoir s'y mirer. Et à chaque coup de chiffon, elle dit un nom. Vingt-sept en tout. Elle dit qui elle est.

L'exposition débute à dix-sept heures. Tout le monde devrait être parti à vingt heures. Elle laissera Brigit endormie à vingt et une heures et sortira par-derrière. Cette fois, elle veillera à ne pas être suivie. Elle récupérera le dossier à la gare routière, l'emportera dans les toilettes des dames et le lira. Le pistolet, elle le mettra dans son sac. Et cette fois, elle n'entrera pas dans l'appartement avant que Rolf ne soit réellement parti au travail. Cette fois, elle ne partira pas avant l'arrivée de son père.

Elle ne partira pas sans que justice soit faite. Et ce qui doit arriver arrivera.

Bets ayant décrété que c'était Eva qui avait la plus belle écriture du groupe, celle-ci passe l'après-midi à écrire des noms sur des cartes. « Selma Burke. Palmer Hayden. Ellis Wilson. » Tous les noms sur la liste de Bets. Elle colle ensuite les cartes sur des épingles à nourrice, pour que les invités puissent reconnaître les artistes. Elle écrit en silence tout en réfléchissant à ce qu'elle pourrait dire à Jake.

Elle n'a pas les mots. Mais si elle est capable de se rendre armée chez Rolf, alors elle est sûrement capable de dire la vérité à Jake.

La lumière de Jake n'a pas sa place dans les ténèbres d'Eva. Et il faut qu'il le sache.

Peut-être que ce sera le chagrin, tout compte fait, qui sera sa punition à elle, sa justice.

Ou la solitude.

Elle emmène Brigit à l'étage, loin de l'agitation de dernière minute. Son amie regarde dehors, espérant l'arrivée des oiseaux, mais Eva lui donne l'harmonica et referme la fenêtre. Elle enfile la robe bleue, essaie de dompter ses cheveux, puis les laisse comme ils sont. Quelques minutes avant dix-sept heures, Mme Angel les rejoint et Eva lui promet de venir la remplacer dans une heure.

Elle regarde ses pieds dans ses chaussures à talons, les lanières autour de ses chevilles. Descendant chaque marche. Traversant chaque palier. Se rapprochant. Elle ne sait pas ce qu'elle va lui dire.

À part la vérité.

Elle entend les gens dans le salon avant même de les voir. Et quand elle dépasse la courbe de l'escalier, Martha et Bets serrent des mains gantées au milieu d'une petite foule de fourrures et de perles, de cravates et de chapeaux à fleurs. Et Jake l'attend sur la première marche. Il s'est rasé, peigné et porte même un costume-cravate, repassé, quoique sa veste ne soit pas boutonnée.

Il ne bouge pas. Il se contente de la regarder descendre l'escalier. Et il sourit.

Elle sourit aussi. C'est inévitable.

– Bonjour, Bluebird, dit-il, tout doucement. Fatiguée, aujourd'hui ?

– Un peu.

– Je n'ai pas dormi.

Il lève la main, comme pour ramener une mèche de cheveux derrière l'oreille d'Eva, mais il effleure simplement le coin de sa bouche avec son pouce. Elle frémit.

Et elle n'arrive plus à se rappeler ce qu'est la vérité.

Jake s'appuie contre le mur.

– Sors avec moi ce soir.

Elle secoue la tête. Mais elle sourit toujours.

– Je me disais qu'on pourrait emmener Brigit dans la salle de musique, ça lui plairait. Et quand elle se sera endormie, on pourrait aller au parc. Il y a un type que je connais qui loue des bateaux sur le lac, il a dit qu'il nous laisserait…

Soudain, il jette un coup d'œil par-dessus son épaule. Une

femme portant un petit chapeau noir vient de passer la porte et embrasse Martha sur la joue.

– Au fait, il faut que je te prévienne, dit-il. Tu es sur le point de faire la connaissance de ma mère.

Eva regarde rapidement derrière lui. La femme se dirige droit vers eux.

– Et à ta place, je ne mentionnerais pas la boîte de nuit, chuchote-t-il.

Et puis il se redresse et la femme se place à côté d'eux et lui donne un coup de coude.

– C'est elle ? demande-t-elle. C'est celle-ci ? Elle est toute maigre !

Elle a les sourcils épilés, des cheveux bruns sans mèches grises, des talons hauts et deux alliances passées sur une chaîne en or autour de son cou. Eva sait maintenant de qui Jake tient ses yeux. Même s'il ne les a jamais plissés comme ça pour la regarder.

– Eva Gerst, dit Jake, voici ma mère.

– J'ai quelque chose à vous dire, commence Mme Katz. Je ne veux pas que Jake coure les filles. Il a des responsabilités. Il doit terminer ses études, et il n'y arrivera pas en passant toute la nuit dehors. Il a un grand avenir devant lui, et il n'aura que l'embarras du choix parmi une multitude de gentilles filles. Plus tard. Quand il aura fait quelque chose de lui-même.

Et par « gentilles filles », pense Eva, Mme Katz veut dire n'importe qui plutôt qu'elle. Elle jette un coup d'œil à Jake, qui se balance d'avant en arrière, sourcils haussés, attendant de voir où cette conversation va les mener. Eva essaie d'imaginer comment ce serait d'avoir une mère comme ça.

Une mère qui se soucie de son enfant.

– Je suis d'accord avec vous, dit-elle en soutenant le regard de Mme Katz.

Celle-ci serait surprise si elle savait à quel point c'est vrai.

– Hier soir, c'était ma faute. Il vous a sans doute dit que c'était la sienne, mais c'était seulement par gentillesse. J'étais… j'ai une amie qui est venue ici avec moi…

Jake incline la tête pour l'encourager.

– … elle n'est pas bien. J'avais besoin d'aide, et je n'aurais pas dû accepter qu'il veille si tard alors qu'il a… des devoirs…

Les yeux à moitié fermés, Jake lui adresse un infime hochement de tête.

– … pour ses cours. On m'a toujours appris que… l'éducation passait en premier…

L'image de Frau Koch traverse son esprit, debout sous les croix gammées, expliquant à son petit groupe captivé que les bonnes jeunes filles allemandes se marient et font de bons bébés allemands dès qu'elles en sont capables. Qu'une jeune Allemande ne souillerait jamais sa lignée. Qu'il ne lui viendrait jamais à l'idée de se compromettre avec un garçon comme Jacob Katz.

Alors que c'est Jake qui est trop bien pour elle.

Eva se penche en avant, comme s'il n'était pas là.

– Et après ses études, il pourra choisir la fille qu'il veut. N'importe laquelle. C'est vrai, n'est-ce pas, madame Katz ?

Et surgies de nulle part, voilà qu'elle sent les larmes lui monter aux yeux. Comme si elle n'était pas allemande du tout. Elle est tellement jalouse de cette future fille. Qui qu'elle soit.

Mme Katz la regarde à nouveau de la tête aux pieds, fronçant ses sourcils maquillés au crayon.

– Jacob, dit-elle, va nous chercher du punch.

Il s'en va, un petit sourire en coin.

Mme Katz prend alors Eva par le bras et elles entrent dans le salon, où les vases sont remplis de fleurs et où de petits groupes papotent, pointent le doigt, circulant autour des œuvres d'art. Mme Katz veut savoir depuis combien de temps elle est à New York. Est-elle juive ? A-t-elle déjà envisagé de le devenir ? Quel dommage. Où est sa famille ? Quel dommage, ça aussi. Jacob a perdu son père il y a deux ans…

Eva aperçoit Augusta, qui explique qu'elle s'est basée sur le visage de son propre neveu pour réaliser sa sculpture de petit garçon. Un petit homme rond se penche pour l'observer à travers ses lunettes. Augusta sourit, et Eva lui rend son sourire.

– Vous n'avez jamais été mariée, là-bas ? demande Mme Katz. Vous n'êtes pas veuve, au moins ?

– Je t'en prie, maman, intervient Jake en lui apportant un verre. Demande tout ce qui te passe par la tête. Ne te gêne surtout pas pour nous.

– Ils font les choses de bonne heure, là-bas, Jacob, répond-elle en se tournant vers une peinture posée sur un chevalet.

Trois hommes assis en rang sur un banc à un arrêt de bus, l'un d'eux faisant d'une chiquenaude s'envoler la cendre de sa cigarette dans le vent. Eva la contemple également.

– Vous fumez, mademoiselle Gerst ? demande Mme Katz.

Eva pense à Jake écrasant sa troisième cigarette dans le club de jazz.

– Non. Je ne préfère pas. Les cigarettes sont si chères, et il y a tellement d'autres choses à acheter. Des livres, par exemple.

Mme Katz penche la tête sur le côté.

– *Hmmm.*

Jake se penche à l'oreille d'Eva et murmure :

– Rappelle-moi de t'embrasser tout à l'heure.

Elle rougit, ce qui n'échappe pas à Mme Katz.

– Amène-la manger du gâteau à la maison, Jacob, dit-elle. On lui en préparera un.

Soudain, quelqu'un tape dans le dos de Jake.

– Salut, Jake. Salut, Eva.

C'est Larry, accompagné de Lucy et de Colette. Larry se glisse à côté d'Eva et sourit.

– Tu as détruit des ennemis récemment ?

Eva secoue la tête. Elle pense qu'il parle du ping-pong. Jake se rapproche un peu.

– Hé, Larry. Sympa, cette exposition, non ?

Il pose discrètement la main sur le coude d'Eva, l'écartant un peu du jeune homme et de sa mère. Mais ce geste n'échappe à personne. Eva voit Lucy hausser les sourcils.

– Salut, Colette, lance Jake. Comment va Jimmy ?

– Il est malade, répond-elle en secouant la tête.

Lucy leur propose d'aller chez Schrafft's ensuite, pour boire du Coca et manger une glace, mais Jake répond qu'il a quelque chose de prévu. Colette dit à Lucy qu'Eva aussi a un truc de prévu et décoche un petit clin d'œil à Eva. Celle-ci sourit, mais elle regarde la sculpture de Minerve, derrière l'épaule de Colette. Et elle se souvient exactement des sentiments qu'elle éveille en elle.

Jake lui présente Mme Rutowski, l'une des anciennes amies dont il s'est occupé, puis Mme Powell, la femme souriante et douce qui a prêté sa maison à l'AFSC, et qui explique à quel point elle est heureuse de voir une telle exposition dans son ancien salon. Et puis Jake discute avec Larry, rit sans raison particulière et Eva ne se sent plus du tout jalouse de cette fille dans l'avenir de Jake.

Elle la déteste.

Elle dérive jusqu'à la statue de Minerve, devant laquelle une femme au teint blafard avec des cerises sur son chapeau nettoie ses lunettes en écaille tout en parlant à voix basse à son compagnon. « Scandaleux, dit-elle. Malsain. » Mais pas assez fort pour que beaucoup d'autres l'entendent. Elle regarde Eva droit dans les yeux, lèvres pincées.

– Ridicule, n'est-ce pas ?

– En effet, réplique sèchement Eva. On ne trouve pas d'œuvres d'art ne serait-ce qu'à moitié aussi belles que ça, en Allemagne.

La femme ouvre la bouche, et Eva lui tourne le dos.

Et se retrouve nez à nez avec M. Cruickshanks.

Chapitre 38

AOÛT 1946

– Tu viens avec moi, Bluebird ? demande M. Cruickshanks.

Eva regarde la main posée sur son bras. Les doigts de ce M. Cruickshanks sont tachés, ses yeux floutés par les épaisses lunettes noires, et elle sent quelque chose s'enclencher en elle.

Elle n'a jamais vraiment peur une fois que le danger est là.

Il l'entraîne hors de la pièce d'une manière qui paraît amicale, mais la prise sur son bras ne l'est pas. Debout entre le salon de devant et celui de derrière, Martha fait tinter une cuillère contre un verre, et personne ne semble les voir partir. Ils sortent dans le vestibule, descendent les marches et entrent dans le bureau des réfugiés, Cruickshanks la poussant assez fort pour la faire trébucher.

– Assieds-toi, ordonne-t-il.

Au-dessus d'eux, le plafond grince sous le poids des visiteurs. On entend les gens remuer pendant que Martha parle. Eva s'assied dans un fauteuil derrière un bureau, aussi proche que possible de la sortie. Cruickshanks porte le même costume que lors de leur première rencontre, dans la cuisine, mais il est beaucoup plus en colère. Il se met à l'aise, s'assied sur le bord d'un bureau, froisse des papiers sous ses fesses. Elle regarde ses doigts qui pianotent.

Ratatatata. Ratatatata.

– Alors, Bluebird, les nazis n'aiment pas le téléphone, ou tu as oublié comment t'en servir ?

Elle ne répond pas.

– On avait un accord, poursuit-il, et tu l'as enfreint.

– Je n'ai pas enfreint notre accord.

Ou du moins, pas autant qu'elle le fera ce soir.

– Vraiment ? Tu vois, c'est drôle, parce que l'une des premières choses que je t'ai demandées, c'est de ne parler à personne d'autre que moi. Et est-ce que j'ai reçu de tes nouvelles ? Pas une fois. Ton petit ami, par contre, j'ai entendu parler de lui.

Il se laisse aller en arrière, pose les pieds sur le dossier d'une chaise en jaugeant Eva d'un air critique.

– Tu n'as pas traîné. Je ne te croyais pas comme ça.

Mme Katz a pensé la même chose.

– Il a trouvé la carte, explique Eva. Je ne lui ai rien dit sur…

Juste à ce moment-là, la porte s'ouvre brusquement et Jake entre dans la pièce. Ses yeux passent de l'un à l'autre, puis il ferme la porte et tend la main.

– Cruickshanks, c'est ça ?

L'homme ne lui serre pas la main, mais il se met à rire. D'un rire qui n'a rien de drôle.

– Oh, bon sang. Bon sang de bon sang. Assieds-toi, fiston.

De son pied, il pousse une chaise vers Jake, qui jette un regard interrogateur à Eva. Un regard pour lequel elle n'a pas de réponse. Il s'assied sur le bord de la chaise.

– Alors, vous les avez eus ? demande Jake. Ces types dans le Bowery ?

– Oh, tu veux savoir si on les a eus ? répète Cruickshanks en souriant à Eva. Il demande ça parce qu'il ne sait rien, hein ?

Eva ne répond pas.

– Non, fiston, on ne les a pas eus. Ils se sont tirés.

Jake se redresse.

– Quoi ?

– Ils ont foutu le camp. Quitté la ville, probablement. On a perdu le chien de garde et sa petite amie dans le métro. Et pas une âme n'est revenue dans cet appartement depuis que vous y êtes allés, tous les deux. La fenêtre est toujours ouverte. Et s'il pleut, hein ? Qu'est-ce qui va se passer ?

Il rit encore, sans humour, mais Eva ne bouge pas. Sa culpabilité et sa colère se font la guerre. Elle aurait dû sortir de ce placard. Elle aurait dû sortir de son sac l'arme de sa mère. Elle aurait dû laisser cette photographie dans le tiroir de Rolf. Et maintenant, elle les a trahis. Tous. Tous ces noms. Toutes ces photographies sur le mur.

Elle les a privés de justice.

Jake la regarde. Elle a du mal à respirer.

Cruickshanks allume une cigarette. Lentement.

– Alors voilà ce que j'ai besoin de savoir, reprend-il. Lequel de vous deux les a prévenus ?

Jake se tourne brusquement vers Eva. Elle secoue la tête.

– Ne prenez pas un air aussi innocent, tous les deux. Quelqu'un les a avertis, et ce n'est sûrement pas moi. Où êtes-vous allés ensuite, hier soir ? Après avoir perdu le chien de garde dans le métro, on vous a retrouvés dans le magasin. Tu passais un coup de fil, ma jolie. Qui appelais-tu ?

Cette fois, le regard que Jake lance à Eva est dur. Parce qu'elle était censée appeler Cruickshanks.

Elle réfléchit. Vite. Cruickshanks ne les a pas vus à la gare routière. Il n'est donc pas au courant pour le dossier d'Anna Ptaszynska. Elle regarde Jake, priant pour qu'il ne dise rien. Puis elle se tourne vers Cruickshanks.

– Je vous appelais. Pour vous dire qu'on les avait trouvés.

– Pourtant, je n'ai reçu aucun appel de toi, mon chou.

– Ils ont dit qu'il n'y avait personne… de ce nom-là, alors j'ai… laissé un message.

Cruickshanks souffle de la fumée.

– Je… j'ai dû… est-ce que j'ai composé un mauvais numéro ?

Jake a les sourcils froncés.

– Où êtes-vous allés après l'appartement ? répète patiemment Cruickshanks.

– Au magasin.

Les yeux de Jake se braquent brusquement sur son visage. Eva pose les coudes sur le bureau. S'assure que c'est elle que Cruickshanks regarde. Elle indique Jake de la tête.

– Il voulait simplement m'aider. C'est lui qui m'a donné leur adresse. Il m'a aidée à entrer dans l'appartement. Pour faire ce qui doit être fait. Pour faire arrêter ces nazis qui ont… échappé au procès. C'est tout. Rien d'autre. Peut-être qu'ils ont su je ne sais comment que quelqu'un était entré dans l'appartement et qu'ils ont pris peur.

Cruickshanks étudie son visage. Étudie sa cigarette.

– Oui, je crois que je comprends. C'est vraiment malheureux, tout ça, lâche-t-il avant de sauter du bureau. Il va falloir tout reprendre à zéro, voilà tout. Bon, écoute, merci pour ton aide, jeune homme.

Il s'approche de Jake et lui tend la main. Ce dernier se lève et la serre. À contrecœur. Il est désorienté. Et méfiant. Eva le voit bien.

– Tu comprendras, bien évidemment, que le gouvernement des États-Unis apprécierait que tu gardes cette histoire pour toi. Si des informations fuitent, ces types vont tellement se terrer qu'on ne les retrouvera jamais, pas vrai ?

Jake hoche la tête, serrant toujours sa main.

– Tu comprendras aussi que j'ai besoin de parler en privé avec cette demoiselle. Elle détient des informations importantes pour nous. Elle peut nous être d'une grande aide. Alors si ça ne te dérange pas…

Jake interroge Eva du regard. Elle hoche la tête.

– Oui, d'accord, dit-il. Bien sûr.

Il se dirige lentement vers la porte. Cruickshanks se retourne vers le bureau. Et Eva voit alors la main de Jake qui remonte jusqu'à la poche de sa veste, un souvenir illuminant ses si beaux yeux.

Elle retient son souffle. La lettre. Pour le Dr Schneider. Elle avait oublié qu'il l'avait mise dans sa poche.

– Oh, au fait, dit Jake, j'ai…

Ses yeux croisent ceux d'Eva et elle secoue une fois la tête, sèchement.

– Quoi ? demande Cruickshanks en se retournant.

Jake hésite.

– Euh… rien. Je viens de me rappeler que je sais où il travaille, mais vous êtes déjà au courant, non ?

– Ouaip. À la prochaine.

Jake décoche à Eva un regard qu'elle n'a aucun mal à interpréter. Elle lui doit des explications.

À peine Jake a-t-il passé la porte que Cruickshanks la rejoint en trois grandes enjambées et le regarde s'éloigner dans le couloir, puis dans l'escalier. Le bruit de tous ces pieds qui se déplacent au rez-de-chaussée est presque assourdissant. Martha a dû terminer son discours.

– Très bien, Bluebird, j'ai protégé ta couverture. Qu'est-ce qui t'a pris d'impliquer ton petit ami là-dedans ?

– Il fallait bien que je lui raconte quelque chose, répond-elle en se levant pour faire les cent pas. À cause de votre homme qui m'espionne tout le temps, qui nous suit dans la rue. Il l'a remarqué.

– Attends une seconde. Il ne nous a pas repérés, nous. Est-ce que tu parles de ton ami dans la voiture rouillée ?

– Il n'est pas… Ce n'est pas l'un des vôtres ?

– Non. Et tu le saurais, si tu m'avais appelé comme je te l'ai demandé. Jusqu'où ce type vous a-t-il suivis ?

– Nulle part. On l'a semé avant de prendre le bus. Il reste simplement devant la maison.

– Oui, enfin, il peut disparaître quand il veut, ma jolie. On pensait… (Il tire une dernière fois sur sa cigarette, puis l'écrase par terre avec son talon.) Bon, laisse-moi m'occuper de lui. Alors, où est allé ton papounet, d'après toi ?

– Je ne sais pas.

– Et tu me le dirais, si tu le savais ?

– Pourquoi ne le ferais-je pas ?

– Parce que je pense que tu me caches quelque chose. À qui d'autre as-tu parlé ?

– Personne.

Cruickshanks soupire, secoue la tête.

– J'ai horreur que tu me mentes. Tu as tendance à oublier que je n'ai qu'à claquer des doigts pour t'envoyer derrière les barreaux. Ce serait facile. Un seul coup de fil… et tu disparais.

Elle ne l'a pas oublié.

Il sort une photo de la poche de sa veste et la jette sur le bureau d'Olive.

– Alors si tu n'as pas papoté avec d'anciens amis, où as-tu trouvé ça ? Car je suis sûr que tu ne l'avais pas avec toi sur le bateau, Bluebird.

C'est le portrait d'Inge dans sa robe rose. Elle secoue la tête. Ils l'ont suivie après le magasin. Jusqu'au Zanzibar. Elle se souvient de l'homme qui a levé son verre vers elle, au bar. Il ne flirtait pas. C'était un Cruickshanks. Et il a sans doute soudoyé la fille à la casquette rouge pour pouvoir jeter un coup d'œil dans son sac. Combien d'autres fois ont-ils fouillé dans ses affaires, pour savoir que cette photo n'était pas sur le bateau ?

Heureusement, ils ne se sont jamais intéressés à la jupe qu'elle portait sur elle.

Eva se rassied. S'appuie contre le dossier du fauteuil. Croise les jambes.

– Elle était dans le tiroir de Rolf. Dans l'appartement. Mon père a dû la lui donner.

– En souvenir ? Il aime regarder ta photo ? lance Cruickshanks avant de pencher la tête. Ah ! Mais tu n'aimes pas trop ça, toi. C'est lui, ton véritable petit ami, Bluebird ? Vous vous êtes disputés ? Ou alors… (Il incline la tête de l'autre côté, un sourire aux lèvres.) Peut-être que ce n'est pas toi qui l'as choisi, ce type.

Eva croise les bras.

– Très bien. Alors, donne-moi quelque chose. Comment l'as-tu retrouvé, au juste ?

– Je l'ai vu à l'hôpital. Rolf… Dieter.

– Rolf Dieter. C'était son nom allemand ? Oui, d'accord, ça pourrait nous aider. Tu penses que ton papounet et son chien de garde sont encore ensemble ?

– Oui. Et sinon, ils ne tarderont pas à se retrouver.

Cruickshanks sort une autre cigarette, mais ne l'allume pas. Il la tapote sur sa paume. *Ratatatata.* Un son mat, étouffé.

– Écoute. Ce Rolf n'est pas obligé de faire partie du deal. On peut s'en occuper, tu comprends ? Le problème, c'est que tu as tout foutu en l'air en prenant cette photo. Ça les a alertés, et ils ont mis les voiles.

Eva soutient son regard.

– Je ne voulais pas qu'il me regarde.

– Ça d'accord, mais tu aurais pu leur dire que c'était toi, quitte à leur laisser un petit mot. Ils ne seraient peut-être pas en cavale à l'heure qu'il est.

Il tapote un doigt taché sur sa dent, regarde le plafond qui craque.

– Écoute, Bluebird, tu as fait du bon travail en retrouvant ton papounet, donc tu vas devoir recommencer, tout simplement. En attendant, reste ici avec ces bonnes samaritaines. C'est un arrangement bien pratique. Et débarrasse-toi de ton petit copain.

Il s'approche tellement d'elle qu'elle distingue ses yeux derrière les lunettes. Deux trous noirs.

– Ce n'est pas un jeu, reprend-il. Je n'aime pas trouer la peau des gens, mais je n'hésite pas s'il le faut. Et ça ne m'empêche pas de dormir. C'est nous qui devons mettre la main sur le Docteur. Les États-Unis. Tout repose là-dessus. Je m'occupe du type qui te surveille. Toi, retrouve papounet.

Elle hoche la tête et il recule.

– Appelle-moi tous les soirs. Le téléphone est là. Tu y arriveras. Et n'oublie pas que tu as tout intérêt à te rendre utile, Bluebird. C'est ton père qui nous intéresse. Et on a nos propres pistes, tu comprends ?

Elle comprend.

– Quoi de neuf sur Anna Ptaszynska ?

– Je vous ai dit qu'elle était morte.

– Et moi je t'ai dit qu'elle ne l'était pas, réplique-t-il en souriant. Comment va ton amie ? La folle ? Aucun cadavre n'a surgi, j'espère ?

Eva ne répond pas.

– Tu sais, j'ai appris que c'était ta voisine, avant. Qu'elle connaît ta famille depuis longtemps. Elle ne sert plus à grand-chose, maintenant, pas vrai ? Qu'a dit le docteur ? De bonnes nouvelles ?

Il sait que Brigit a vu un docteur. Espionne-t-il les conversations téléphoniques ?

– Il dit qu'ils ne peuvent rien faire pour elle.

Cruickshanks lui fait un grand sourire. Bien trop grand.

– Vous trouvez ça drôle ? demande Eva.

– C'est bon, c'est bon. Pas la peine de t'énerver. Garde-la à l'œil, c'est tout. Allez, j'y vais. Si tu croises d'autres vieux amis en train de passer la serpillière ou de conduire une balayeuse, préviens-moi.

Et quand elle relève les yeux, il est vraiment parti. Et il a laissé le portrait d'Eva sur le bureau. Elle le ramasse. Elle devrait le déchirer en mille morceaux. Le brûler. Mais il n'y a nulle part où se débarrasser des morceaux, ici.

Elle le plie en deux et le fourre dans son soutien-gorge. Prend du bout des doigts le mégot froid écrasé par terre et le jette dans la poubelle d'Olive, avant d'essuyer avec sa chaussure les traces de cendre sur le carrelage. Elle remet en ordre les papiers d'Olive sur son bureau, puis elle referme la porte et s'éloigne lentement dans le couloir.

Elle est un kaléidoscope. Tous les fragments d'elle-même sont secoués, mélangés. La peur. Parce qu'elle sait que s'ils n'ont pas emmené Brigit, c'est uniquement parce qu'ils pensent qu'elle ne sert à rien. La colère. Parce qu'elle a perdu la trace de son père. La culpabilité. Parce que la justice ne sera pas rendue. Pas ce soir.

Soudain le voilà qui arrive, le soulagement. Parce que la justice ne sera pas rendue. Pas ce soir.

Et cela la met en colère. Et elle se sent coupable. Et elle a peur de ne pas y arriver.

Tout à coup, quelqu'un lui attrape le bras dans l'escalier obscur.

Eva réprime un cri, mais ce n'est que Jake. Quoique. Peut-être pas. Pas le Jake qu'elle connaît, en tout cas.

Il ne dit pas un mot. Il se contente de l'entraîner vers la porte de derrière, de gravir les marches en pierre menant à la petite cour pavée derrière Powell House. De sortir par le portail pour rejoindre le no man's land entre les jardins, surprenant les pigeons.

Pendant quelques secondes, l'air est rempli d'ailes.

Il la fait asseoir sur une vieille caisse à l'envers. Les derniers rayons du soleil déclinant font luire les feuilles des arbres.

Et il reste planté là, à la regarder de haut.

Soudain, il renverse une autre caisse d'un coup de pied et s'assied dessus, bien qu'elle soit sale et qu'il porte un costume. Il dévisage Eva. Et puis il détourne le regard. Pose ses coudes sur ses genoux.

– Tu sais, commence-t-il très calmement, ce qui est drôle, avec les vieilles maisons, c'est que toutes ont leurs petites bizarreries. Ça nous a fait rire, quand ils ont installé cette chaudière et les petites toilettes sous l'escalier, que le conduit d'aération du bureau des réfugiés débouche directement dedans. Parce que si tu y vas au mauvais moment, tu dois faire semblant de ne pas avoir entendu des choses très personnelles évoquées en bas. C'est marrant, hein ?

Alors Eva comprend. Elle comprend tout.

Jake se passe les mains dans les cheveux.

– Et donc, reprend-il en haussant le ton, quand comptais-tu me parler de ton père ?

Chapitre 39

AOÛT 1946

– Ton père, répète Jake. C'est lui qu'on cherchait. C'est dans sa chambre qu'on était, n'est-ce pas ? Ce sale malade qui a collé sur ses murs les photos de gens qu'il a probablement assassinés.

Eva inspire. Et inspire encore.

– Le « docteur » qui a écrit cette lettre… (Il sort de sa poche l'enveloppe adressée au Dr Schneider et l'agite dans sa direction.) Où il explique à quel point c'est dégradant de pratiquer le grand art de la médecine parmi tous ces… attends, laisse-moi vérifier comment il a formulé ça. Ces « cochons de juifs ». Alors qu'est-ce que tu faisais, toi ? Tu voulais savoir ce que ça fait de se salir ? Tu étais curieuse de découvrir ce que ça fait de se rouler dans la boue ?

Eva détourne le regard. Elle a l'impression qu'il l'a giflée, même s'il ne l'a pas touchée.

– Et moi qui croyais que tu avais accompli quelque chose de noble, pour t'être retrouvée dans un camp sans être juive. Que tu étais… une combattante de la résistance, ou quelque chose comme ça. Que c'était probablement trop difficile d'en parler, que tu le ferais quand tu t'en sentirais capable, quand tu serais sûre de pouvoir me faire confiance… (Sa voix se brise, et il doit s'interrompre, prendre une grande inspiration.) Tu n'es jamais allée dans un camp, n'est-ce pas ? C'est ton père qui dirigeait le camp. C'est comme ça qu'il a eu toutes ces photos. Il le dirigeait, n'est-ce pas ?

Elle ne répond pas.

– N'est-ce pas ? hurle-t-il.

– Presque, murmure-t-elle.

– Lequel ? Quel camp ?

– Sachsenhausen.

– Où se situait-il ? Dis-le-moi !

– Près de Berlin, répond-elle à grand-peine.

– Donc c'est peut-être ma famille qu'il a assassinée, dit-il en jetant la lettre par terre et en pointant un doigt sur sa propre poitrine. Ma famille, Eva !

C'est possible, en effet. Une larme coule sur la joue de la jeune fille. Mais elle ne bouge pas.

– Et vous n'étiez pas une de ces familles qui essayaient seulement de s'en sortir, pas vrai ? De survivre jusqu'à ce que les choses changent. Tu étais la fille de cet homme. Tu soutenais tout ça, pas vrai ? Tu étais une nazie pur jus.

Elle pense à des roses écrasées sous des pieds bottés qui défilent.

– C'est vrai, n'est-ce pas ?

Elle pourrait nier. Tenter de s'expliquer. Mais elle s'abstient. Ce qui est en train de se passer est nécessaire. C'est mieux pour lui. Plus sûr. Plus juste.

Et ça fait tellement mal.

Jake soupire face à son silence. Se prend la tête entre les mains. Relève les yeux.

– Tu les as avertis.

Eva secoue la tête. Ça au moins, elle va le dire.

– Non.

– Tu as volé une photo ! Et tu as menti à Cruickshanks. Je t'ai entendue. Tu as menti sur ce dossier que tu m'as fait cacher. Et tu as menti sur son nom. Ce n'est pas celui que tu m'as dit à l'hôpital. Rolf, le véritable petit ami… (Il prononce son prénom comme s'il avait envie de cracher.) Où est la photo ? Est-ce qu'il l'a gardée ?

Elle secoue la tête.

– Donne-la-moi.

Elle regarde les beaux yeux hostiles de Jake, plonge la main dans sa robe et en sort la photo.

Il la déplie. Regarde celle qui était Eva autrefois.

– Une vraie petite princesse nazie, hein ?

Ce coup aussi, elle l'encaisse. C'est peut-être légitime, mais c'est brutal.

– Quand je pense à tous les mensonges que j'ai servis à ma mère. Quel idiot. Quel imbécile. Et toi, tu m'as laissé y croire. Tu m'as laissé croire à tout ça. Pendant que tu jouais dans la boue.

Il ramasse la lettre et la replie, la photographie aussi, puis il se lève, la dominant de nouveau.

– Ne t'approche plus de moi, Eva, compris ? Ne me parle plus, ne sois plus dans la même pièce que moi. Est-ce que tu t'appelles vraiment Eva, au moins ?

Elle secoue la tête. Il lâche un petit rire amer.

– Très bien. Ne t'approche plus de moi, qui que tu sois. Parce que ta vue m'est intolérable.

Il s'éloigne en piétinant la terre parsemée de mauvaises herbes et, pour Eva, chacun de ses pas est comme une gifle de sa mère. Brûlante. Brûlante. De plus en plus, jusqu'à ce que la douleur devienne insupportable.

Mais elle la supporte.

Elle se lève de sa caisse, essuie les traces de terre sur sa nouvelle robe et rentre. Elle monte l'escalier, sans s'arrêter à la fête, et retourne dans la chambre bleue, où Olive a remplacé Mme Angel. Ce qui ne plaît pas à Brigit. Elle est tapie dans un coin, à côté de l'armoire.

– Je suis vraiment désolée d'être en retard, chuchote Eva.

– Oh, ce n'est rien, répond Olive, mais j'ai dû mal m'y prendre avec elle. Seulement, je ne voulais pas que Mme Angel rate… Hé, est-ce que ça va ?

Eva sourit.

– Bien sûr. Tout va bien. Je vous en prie, allez-y et… amusez-vous bien.

– Bon, si tu le dis…, conclut-elle en regardant Brigit, accroupie derrière Eva, les doigts devant les yeux. J'espère que vous allez bien toutes les deux.

Après le départ d'Olive, Eva calme Brigit. Elle lui donne l'harmonica, et ça lui fait mal, comme elle s'y attendait. La nuit est tombée depuis longtemps quand Bets monte la prévenir que tous les invités sont partis, mais que les artistes restent et qu'elles vont préparer des sandwichs dans la cuisine, et est-ce qu'elle veut se joindre à eux ?

– Brigit ne réagirait pas bien, je pense, répond Eva.

– Bon, je vais encore te monter un plateau, dans ce cas. Je sais que c'est difficile de la laisser. Tu as passé un bon moment ? Ta robe était si jolie ! J'ai appris que tu avais fait la connaissance de la mère de Jake.

– Oui, acquiesce Eva en se retournant pour tripoter un objet inexistant sur la commode. Elle m'a plu. L'exposition a-t-elle eu du succès ?

– Un succès phénoménal ! L'art peut être un moyen si efficace d'ouvrir les yeux. Peut-être en avons-nous ouvert quelques-uns. Et nos artistes ont vendu cinq œuvres, et on a tous besoin de se nourrir, n'est-ce pas ? Quelle bonne journée…

– Oui, dit Eva.

– Bon. Ne bouge pas, quelqu'un vous montera à manger.

C'est Peggy qui leur apporte leur plateau. Elle est sur un petit nuage, malgré sa manucure ruinée par le nettoyage de l'argenterie. Eva la remercie pour la robe. Puis elle donne à manger à Brigit et s'occupe du rituel du soir : le bain, les toilettes, la chemise de nuit, le brossage des dents, des cheveux. Elle lui coupe les ongles des mains et des pieds. Et quand Brigit s'endort, le chaton blotti contre elle, Eva sort ses vêtements, nettoie une petite tache sur l'un des cols et passe un coup d'éponge sur tout le reste pour que ce soit propre et net. L'horloge fait *tic tac*. Elle entend Bets monter l'escalier. Alors elle enfile sa chemise de nuit, prend le petit sac contenant ses affaires de toilette et verrouille la porte de la salle de bains derrière elle.

Elle se fait couler un bain brûlant. Elle va finir le ballon d'eau chaude, mais il est tard, peut-être que ça ne dérangera personne. Lorsqu'elle entre dans la baignoire, l'eau est à la limite de la brûler et lui arrive jusqu'à la poitrine. De la sueur coule sur ses tempes. Dans ses yeux. Elle prend du savon et un gant et frotte, fort, jusqu'à devenir rose. Puis rouge vif. Jusqu'à se faire mal. Comme si elle pouvait enlever le nazisme sur sa peau. Jusqu'à ce que son cœur batte à tout rompre et qu'elle se sente nauséeuse, que la chaleur lui fasse tourner la tête.

La baignoire se vide lentement, avec des gargouillis bruyants. Et pendant que l'eau s'écoule, elle s'assied sur le tapis, presse la serviette contre son visage et pleure. Elle crie aussi fort qu'elle l'ose dans le tissu qui étouffe les sons.

Elle n'est plus qu'une partie d'elle-même à cet instant. La douleur. Glacée, perçante.

Le lendemain matin, le soleil commence à peine à éclairer les rideaux lorsqu'elle est réveillée par un brouhaha au rez-de-chaussée. Brigit dort tranquillement, mais des voix s'élèvent, poussent des cris d'alarme. Eva enfile sa robe de chambre et descend à toute vitesse.

Bets, Martha et Olive sont dans le salon, les cheveux épinglés et retenus par un fichu, le visage tartiné de crème de beauté, Olive les jambes nues des genoux aux orteils. Elles partagent toutes la même expression horrifiée. Car quelqu'un s'est servi du tisonnier pour réduire la sculpture de Minerve en morceaux poussiéreux sur la moquette.

Cette vision est choquante. Déplacée. Eva en a la nausée.

Les laissant se demander qui est allée se coucher la dernière hier soir, qui a verrouillé les portes, si les fenêtres l'étaient et si quelqu'un l'a vérifié, Eva remonte précipitamment dans la chambre bleue, dont elle referme doucement la porte. Le chaton s'étire, Brigit soupire, mais ne se réveille pas.

Elle n'a pas fermé la porte de leur chambre à clé hier soir. Elle devrait pourtant le faire. Toujours.

Elle ouvre la fenêtre, la fenêtre qu'elle était sûre d'avoir déjà ouverte, et s'assied sur le rebord.

L'homme aux chaussures brillantes n'est plus là. Il lui manquerait presque.

Mais si ce n'était pas un Cruickshanks, qui, alors ? Et pourquoi un agent américain qui parle comme un dur et roule des mécaniques, avec ses « ça ne me dérange pas de trouer la peau des gens », a-t-il laissé un homme surveiller effrontément sa porte ?

À moins qu'il le soupçonne d'être lui aussi un agent américain. Un agent américain, mais pas un M. Cruickshanks. Après tout, quand elle a demandé au premier d'entre eux, à Biberach, si tout le gouvernement des États-Unis était au courant de leur marché de dupes, ne lui a-t-il pas répondu que certains n'étaient pas assez visionnaires ? Si bien qu'elle n'a pas pu aller voir quelqu'un d'autre, incapable de savoir qui pourrait faire juger son père et qui voudrait au contraire l'employer. Mais un homme qui l'espionne sans être inquiété par Cruickshanks est peut-être le genre d'agent américain qui aurait arrêté son père. C'est peut-être à cet homme qu'elle aurait dû parler.

Et peut-être qu'elle a un peu trop attendu pour le faire.

Elle voit la police arriver.

Au petit déjeuner, Martha lui dit :

– J'aimerais terminer ma discussion avec toi ce week-end, Eva, si tu peux trouver un moment. Avant l'examen de Brigit à l'hôpital lundi.

– Oui, répond Eva. Mais ça ne vous dérange pas si je sors faire une course ce matin ?

Elle raconte à Bets et Martha qu'elle a rencontré à l'inauguration un homme qui aurait besoin de faire traduire des lettres de l'allemand. Qu'elle n'est peut-être pas la personne qu'il recherche. Son anglais n'est peut-être pas assez bon. Elle regarde son assiette en disant ça.

– Tu dois quand même y aller, l'encourage Bets. Et oui, à nous toutes, nous devrions pouvoir surveiller Brigit.

Martha hoche la tête.

– Combien de temps dois-tu t'absenter ?

– Deux heures, pas plus, répond Eva, gardant cette fois les yeux rivés sur sa tasse de thé. Avez-vous prévenu Augusta pour la sculpture ?

– Oui, soupire Martha. La pièce exposée était un moulage en plâtre peint. Il y a donc un moule, elle pourra en faire une autre. C'est affreusement gênant, bien sûr, qu'une chose aussi terrible se soit produite ici. Nous allons trouver des fonds pour remplacer les matériaux, j'espère. Même si nos réserves sont... eh bien...

– On racle les fonds de tiroir, intervient Bets. Mais on va trouver une solution. Est-ce que ça va, Eva ?

Celle-ci relève les yeux. Essaie de lui adresser un sourire plus convaincant.

– Oui, bien sûr.

Eva laisse Brigit avec Bets. Elle lui demande de veiller à ce qu'elle n'ait ni couteau ni ciseaux. De faire attention aux fenêtres ouvertes. Et puis elle reprend son horrible chapeau – que Bets a si gentiment récupéré sur la banquette arrière de sa voiture –, le vieux pull de Brigit et son sac à main, puis elle descend l'escalier en toute hâte. Elle attend qu'Olive soit dans la cuisine pour laisser l'un de ses deux derniers billets américains sous le presse-papiers du bureau de Martha. Pour la sculpture. Puis elle passe la porte de Powell House, lentement, s'arrêtant pour fouiller dans son sac au moment où ses talons noirs touchent le trottoir.

Elle a appris qu'il n'était pas facile de repérer un M. Cruickshanks, mais elle va faire en sorte que lui la repère bien.

Elle descend la 70e Rue Est, comme l'autre jour avec Jake, tourne sur Lexington et passe devant la station de métro. Elle accélère, tourne sur Madison. Elle s'arrête souvent, prenant le temps de regarder dans les vitrines. L'homme qui vend des montres au coin de la rue est encore là, créant un embouteillage sur le trottoir. Elle s'enfonce dans la foule, la laisse l'avaler, l'avantage d'être petite. Et quand le bus arrive à l'arrêt et que le chaos est à son comble, elle recule et passe la porte rose de Schrafft's.

Le même homme est derrière le comptoir.

– Excusez-moi, dit-elle.

– Hé ! La copine de Jake.

– Est-ce que ça vous dérangerait que je passe par la porte de derrière ? J'ai un train à prendre.

L'homme se gratte la tête sous son chapeau en papier. Il hausse les épaules.

– Je vous en prie.

Elle traverse la cuisine avec ses énormes cuves en aluminium, ignorant la même femme en train de les laver, et sort dans l'allée. Elle tourne à gauche, passe devant les bennes à ordures, sort de l'allée, tourne au bout du pâté de maisons, revient sur ses pas et entre dans un magasin de tissu.

Elle attend en faisant semblant d'examiner les satins et les imprimés, levant les coupons devant elle pour cacher son visage tout en surveillant la vitrine. Au bout de trois minutes, un homme passe à toute vitesse, en direction de Powell House. Pas le Cruickshanks d'hier soir, celui du Zanzibar.

Elle retire son chapeau et le fourre dans sa poche. Enfile le vieux pull de Brigit. L'employée au chignon gris lui fait les gros yeux. Et puis elle sort, parcourt deux pâtés de maisons dans la direction opposée et prend le métro.

Et, une demi-heure plus tard, elle arrive à la gare routière et sort la clé accrochée à une ficelle sous son chemisier. Elle la glisse dans la serrure. Ouvre la porte. Et se retrouve face à un casier vide.

La mallette métallique contenant le dossier d'Anna Ptaszynska a disparu. Et le pistolet aussi.

Son père a disparu. Jake a disparu. Même l'homme aux chaussures brillantes a disparu.

Elle a tout perdu.

Combien de temps leur faudra-t-il pour traduire le dossier ? Et que feront-ils ensuite ? Viendront-ils quand même chercher Brigit ? Ou est-elle trop « inutile » ?

L'expérience va-t-elle continuer, même sans son père ?

Et soudain, elle éprouve une grande fatigue. Elle en a assez de réfléchir. De se démener pour que tout se termine du mieux possible.

Il est temps d'en finir.

Soit la justice sera rendue, soit non. Elle a toujours le couteau à pain.

Elle claque la porte du casier et tourne la clé. S'approche du comptoir de la gare routière et demande au préposé l'adresse du *New York Times*.

Chapitre 40

– Ma Vögelchen, dit papa. On recommence?

– Oui, papa, murmure-t-elle.

Elle est de nouveau dans sa robe rose, ses cheveux sont soigneusement peignés, ses pieds dépassent du bout de la chaise. Mais la robe est plus lâche qu'avant.

– Est-ce que tu veux apprendre à être meilleure, maintenant?

Elle hoche la tête.

– À qui appartiens-tu?

– À papa.

– Est-ce que tu aimes ton papa? Est-ce que tu veux le rendre heureux?

Elle hoche la tête. Ses mains sont moites, mais elle ne veut pas les essuyer sur sa robe.

– Alors montre-moi, ma Vögelchen.

Il pose une boîte en carton sur ses genoux. Et il soulève le couvercle.

Chapitre 41

AOÛT 1946

Le lundi à quatorze heures trente, elles donnent la première pilule à Brigit et, à quinze heures, Bets dit :

– Oh, ça fonctionne bien, n'est-ce pas ?

Eva a eu sa petite réunion avec Martha, qui estime que la traduction pourrait être une bonne idée de travail, pour un début, même si ça n'a rien donné la première fois. Elle a ensuite essayé d'interroger Eva sur son passé, son éducation. Que faisaient ses parents ? Qu'auraient-ils voulu qu'elle fasse ? Mais elle a fini par retirer ses lunettes.

– Je vois bien que tu te ronges les sangs. On fera des projets après le rendez-vous de Brigit, d'accord ?

Eva a hoché la tête et filé dans les petites toilettes du rez-de-chaussée, juste au-dessus du bureau des réfugiés. Et par la bouche d'aération, elle a clairement entendu Martha dire que « de toute évidence, il y a eu un traumatisme ». Et « une légère dépression est compréhensible ». Et Bets répondre qu'il s'était passé quelque chose avec Jake, parce qu'il ne viendrait pas à l'hôpital le lendemain, alors qu'il s'était démené pour changer son emploi du temps de façon à pouvoir les accompagner. Martha lui a ensuite demandé si elle avait reçu une lettre, et Bets a répondu que non. D'une voix triste. Pas du tout sa voix habituelle.

Jake aurait pu leur révéler la vérité. Elle se demande pourquoi il ne l'a pas fait.

Elle se demande quand il le fera.

Brigit commence à avoir les paupières lourdes, mais elle est quand même assez éveillée pour descendre l'escalier, avec de l'aide. Bets et Eva l'installent entre elles dans un taxi, Martha ayant jugé cette dépense justifiée, exceptionnellement. Brigit sourit, rit et dit n'importe quoi pendant tout le trajet, pas du tout troublée par le chauffeur de taxi.

– *Jaden dwa, jaden dwa,* chante-t-elle.

Le chauffeur de taxi la regarde dans le rétroviseur et secoue la tête, marmonnant quelque chose sur les « zinzins ». Bets lui dit qu'il conduira plus vite s'il la met en veilleuse.

À l'hôpital, Brigit est directement emmenée dans une pièce remplie de rangées de lits roulants. L'infirmière semble au courant de tout. Elle a des chaussures neuves assorties à son uniforme amidonné, les mains roses d'avoir été frottées, et des sourcils épais, négligés. Elle ferme les rideaux autour du lit et Eva l'aide à déshabiller Brigit et à lui mettre une blouse d'hôpital. Son amie continue de sourire. De bavarder. Elle gobe la seconde pilule. L'infirmière est aussi douée qu'Eva pour ça.

– Depuis combien de temps a-t-elle quitté la Pologne ? demande l'infirmière.

– Pas la Pologne, répond Bets, l'Allemagne. Elle est allemande.

L'infirmière tourne la tête de Brigit sur l'oreiller, sourcils froncés, et Eva craint soudain qu'elle ne déteste les Allemands. Qu'elle pense que les Allemands sont l'ennemi. Peut-être qu'elle ne devrait pas la laisser emmener Brigit.

– Pourquoi posez-vous cette question, par curiosité ? s'enquiert Bets, dont la pensée semble avoir suivi le même cheminement.

L'infirmière la regarde d'un air surpris.

– À cause du polonais.

– Quel polonais ? demande Eva.

– Les mots en polonais, répond l'infirmière en haussant ses gros sourcils. Vous ne saviez pas qu'elle parlait polonais ?

– Vous vous trompez, Brigit ne parle pas...

Eva s'interrompt. Réfléchit.

– Je ne pense pas m'être trompée, réplique l'infirmière, manifestement vexée.

– Vous parlez polonais ? lui demande Bets.

– Tous les jours, à la maison.

– Et que dit-elle ?

L'infirmière écoute.

– Eh bien, l'effet des sédatifs commence à s'intensifier, mais là, elle chante, « *Kosi kosi łapci, pojedziem do babci* », une petite chanson que me chantait ma grand-mère. Et tout à l'heure, elle a compté jusqu'à cinq et dit « *moje włosy są żółte* », ce qui signifie « mes cheveux sont jaunes », ce qui est vrai, d'ailleurs. Et...

Brigit marmonne quelque chose, et l'infirmière se redresse et traduit :

– Oiseau, oiseau, petit oiseau...

Eva cligne des yeux. Il se passe quelque chose. Quelque chose qui lui échappe. Les fragments d'elle-même se mettent à crier. Comme Brigit, ils réclament de l'attention.

– Ce sont des mots d'enfant, poursuit l'infirmière, mais ça m'étonnerait que ce soit un hasard.

– *Hmm*, fait Bets en jetant un regard en biais à Eva.

– Vous ne saviez vraiment pas ? s'étonne l'infirmière.

– *Ptak, ptak, ptasik*, répète Brigit, qui articule de plus en plus mal.

Oiseau, oiseau, petit oiseau.

Et soudain, Eva se met à tituber, les yeux rivés sur le sol.

– Oh, oh, dit l'infirmière en saisissant un bassin hygiénique pour qu'Eva puisse vomir dedans.

Elle lui indique ensuite un lit où s'allonger le temps qu'elle se sente mieux, et elle emmène Brigit. Bets ferme le rideau.

– Je suis désolée, murmure Eva.

– Tu n'as pas à t'excuser, répond Bets en lui frottant le dos. Beaucoup de gens n'aiment pas les hôpitaux. Ils s'y sentent barbouillés.

« Barbouillés. » Eva enregistre ce mot dans sa mémoire. Elle ne veut pas lui avouer qu'à l'époque où Annemarie était soignée par la Croix-Rouge, elle nettoyait les tentes de l'hôpital en échange du gîte et du couvert. Elle vidait les bassins hygiéniques. Elle récurait les fissures des sols pliables après les chirurgies. Lavait les draps ensanglantés. Et qu'elle a vu plus de cadavres qu'elle ne pourrait en compter. Les hôpitaux ne la rendent pas malade.

Ce sont les mauvaises pensées qui la rendent malade.

Bets lui apporte une boisson pétillante à l'orange et un magazine. Eva aurait préféré un exemplaire du *New York Times*, bien qu'elle doute que son annonce soit déjà publiée. Elle se demande de qui Bets n'a pas reçu de lettre. L'infirmière les envoie en salle d'attente et, au bout d'un long moment, revient leur annoncer que le Dr Forrester aimerait les voir dans son bureau.

La pièce est un véritable capharnaüm. Des livres, des classeurs à tiroirs, des dossiers qui devraient être rangés dans ces classeurs à tiroirs, des stylos en vrac et un cendrier plein. En revanche, lui est propre et soigné. Efficace. Comme la dernière fois. Il appuie sur un interrupteur et un tableau lumineux s'allume derrière son bureau. Eva n'aime pas l'expression sur son visage.

– Préviens-moi si tu as envie de vomir, d'accord? chuchote Bets.

Dr Forrester pose deux radios sur le tableau et Eva voit l'intérieur de la tête de Brigit, en ombres pâles.

– Ceci, dit le Dr Forrester en désignant une zone du cerveau – une masse, d'une couleur différente du reste –, c'est la blessure qu'a subie Mlle Heidelmann en 1945. Un hématome sous-dural. Il aurait sans doute dû la tuer, sauf que l'hémorragie a été lente et non rapide. La pression a augmenté, comprimant son cerveau, et cette pression est toujours là, avec pour résultat les transformations comportementales que vous avez décrites.

Il faut un moment à Eva pour traiter toutes ces informations en anglais.

– Brigit est comme ça… à cause d'une blessure? Au cerveau?

– Tout ce que je peux affirmer, c'est que certains symptômes, pour ne pas dire la plupart, ont manifestement une origine physique.

– Et quel est le traitement dans ce genre de cas ? s'enquiert Bets.

Le Dr Forrester s'assied à son bureau.

– La chirurgie. Immédiatement. L'hématome ne l'a pas tuée, mais il pourrait encore le faire. À tout moment. Mais cela signifie lui ouvrir le crâne. Et je dois être honnête avec vous : il n'y a aucune garantie.

– Vous voulez dire que... que la chirurgie pourrait la tuer ? demande Eva.

– Ce serait plus probable avec un mauvais chirurgien, ce que je ne suis pas. Néanmoins, il s'agit d'une opération délicate dont je ne peux prédire le résultat. Il est possible que Mlle Heidelmann ait des trous de mémoire, voire qu'elle ne se rappelle rien du tout, ou que son cerveau ne reprenne pas sa taille normale après avoir été comprimé pendant aussi longtemps.

Bets pose une main dans le dos d'Eva.

– Mais si vous... si vous réussissez, reprend celle-ci, si la pression est... retirée... Brigit pourrait... redevenir comme elle était ? Avant ?

Le Dr Forrester soupire et prend une cigarette.

– Les dégâts psychologiques pourraient perdurer. Ou être oubliés. Elle pourrait aussi se remettre complètement. La vérité, c'est que tout est possible, mais elle ira probablement mieux que maintenant. Je ne peux pas être plus franc que ça avec vous.

– Que pouvez-vous nous dire sur l'opération ? demande Bets. En ce qui concerne la préparation et la convalescence.

– Je la garderais endormie pendant un jour ou deux, pour augmenter ses chances de guérison, d'autant plus qu'elle a des antécédents d'agressivité. Et ensuite... son réveil dépendra d'elle. Son rétablissement pourrait être presque instantané, ou au contraire très graduel, ou bien ne pas avoir lieu du tout, ajoute-t-il en haussant les épaules. Je suis navré.

Le silence s'abat sur le bureau. Bets regarde Eva. Le Dr Forrester regarde Bets.

– Il s'agit d'une décision difficile, reprend-il en s'adressant à Bets. Si vous...

– La décision revient à Mlle Gerst, l'interrompt-elle d'une voix ferme. Mais vous, docteur Forrester, que feriez-vous ? Si Mlle Heidelmann était votre fille ?

– Je la ferais opérer, répond-il sans hésitation, afin de lui offrir la plus grande chance de vivre. Ce n'est pas une vie, ce qu'elle subit actuellement.

« Mais il y a pire, pense Eva. Elle a vu pire. »

Elle se lève. La fenêtre donne sur un mur, comme dans le bureau du Dr Greenbaum, sur des briques à la tombée de la nuit. Eva les fixe du regard. Brigit pourrait se réveiller et se rappeler des choses qu'il vaudrait mieux oublier. Elle pourrait ne rien se rappeler du tout.

Elle pourrait devenir quelqu'un dont ils devraient tous avoir très peur.

Mais elle a pris sa décision quand le Dr Forrester a dit que Brigit risquait de mourir. À tout moment. Qu'elle devrait sans doute déjà être morte. Elle doit protéger Annemarie. Annemarie doit vivre. Ça a toujours, toujours été le but d'Inge. Eva se retourne.

– Quand l'opération aura-t-elle lieu ?

Le Dr Forrester hoche la tête.

– Je la ferais dès ce soir si je pouvais, mais ce n'est pas pratique. Il y a aussi le problème de l'argent... Non, non, mademoiselle Gerst, nous allons régler ça. Des organisations caritatives peuvent aider...

– L'AFSC aussi, ajoute Bets.

– Et en ce qui me concerne, je ne facturerai aucun honoraire. Mais je préférerais qu'on enclenche les démarches, que la question de l'argent soit réglée ou non. L'hôpital se débrouillera plus tard. Si on attend, on risque de la perdre. Et franchement, on l'a sous la main en ce moment même. (Il ajoute sa cigarette à moitié fumée à la pile dans le cendrier.) Je vais faire en sorte qu'elle continue de dormir, alors vous pouvez rentrer chez vous. De toute manière, une période de repos avant l'opération ne pourra pas lui faire de mal. Je vais parler à l'infirmière. Il va y avoir une quantité incroyable de paperasse à remplir, mais j'ai bon espoir qu'on pourra la programmer pour après-demain.

Eva hoche la tête, Bets serre la main du Dr Forrester et elles rentrent en métro à Powell House. Sans Brigit. Bets tapote le bras d'Eva de temps en temps, mais elles ne parlent pas. Bets est douée pour savoir se taire quand c'est nécessaire.

Eva sent que tout s'entrechoque en elle. Comme dans un train vide.

Et si elle avait pris la mauvaise décision? Et si Brigit en ressortait plus malade qu'avant?

Et si elle venait de livrer une meurtrière à Cruickshanks?

Un cours de citoyenneté américaine a lieu dans le salon de derrière quand elles arrivent à Powell House, l'exposition est ouverte au public dans celui de devant, il y a un cours d'anglais dans la bibliothèque et une exposition de manuscrits dans la salle de musique. Eva monte directement dans la chambre bleue et se débarrasse de ses chaussures d'un coup de pied. Le côté du lit de Brigit est vide. Personne ne la surveille depuis une voiture rouillée.

Jimmy doit aller mieux, car elle l'entend monter l'escalier avec Colette et Lucy. Elle tend l'oreille, guettant la voix de Jake, mais elle se doute qu'il n'est pas avec eux. Il ne prendrait pas le risque de la voir.

C'est mieux comme ça. Elle pose un doigt sur le coin de sa bouche.

Et s'assied sur le rebord de la fenêtre. Mal à l'aise. Elle pense aux mots en polonais. Qu'est-ce que Brigit essayait de lui dire, pendant tout ce temps? Qu'aurait-elle pu lui dire, si seulement Eva avait été capable de comprendre? Et il y a autre chose. Comme une démangeaison dans son esprit. Une pensée qui lui échappe.

Une histoire d'oiseau.

Elle attend que les cours soient terminés. Que les pas redescendent du grenier et que Powell House soit fermée pour la nuit. Que les filles soient dans la cuisine, où Olive prépare des spaghettis. Puis elle descend sur la pointe des pieds au premier étage, dans la salle de musique, et s'assied au piano.

Elle effleure les touches. Elle était Inge, la dernière fois qu'elle a joué. Alors que des avions tombaient du ciel et que sa mère assassinait ses frères. Elle joue les premières notes de *Clair de lune*.

Puis la première page, et la première section. Et Jake avait raison. Les doigts n'oublient pas. Même s'ils deviennent un peu rouillés. Elle n'est pas prête, elle ne l'est plus, pour la vitesse. Ses doigts peinent à accomplir ce qu'elle leur demande, et elle a peur de jouer pleinement, à cause du bruit. Elle n'a pas allumé. Elle se contente des lumières de la ville qui entrent par les fenêtres, et elle recommence, rejoue la première partie, lente, douce, évoquant, disait Inge, cette sensation qui précède l'endormissement. Juste avant de rêver.

Elle se sent très calme. Elle a conscience de la musique, des lampadaires, du tapis et de la silhouette de la guitare de Jake dans un coin. Mais elle voit des violettes. Un champ entier de violettes, et le soleil qui brille, les cheveux clairs d'Annemarie piqués de fleurs, telles des étoiles. Elle voit une porte ouverte, éraflée par les griffes d'un petit chien qui jappe et jappe encore, et Annemarie potelée et ronde, avec des violettes dans les cheveux et dans la main, et il y a de la musique. Et une table, bien plus haute que sa tête, sur laquelle une main aux ongles vernis de rouge prend un couteau et l'enfonce dans un gâteau. Le glaçage à la crème jaune dégouline, fond au soleil pénétrant par la fenêtre…

Eva entend la musique produite par ses doigts. Elle voit les violettes. Elle sent le goût du sucre. Et le monde est petit. Doux et brillant.

Et soudain il se déchire. Il se désagrège.

Une détonation.

Une détonation. Deux. Trois… Des coups de feu brefs, secs.

Eva sursaute brusquement et ouvre les yeux. Le son du piano s'éteint sur une note aigre. Elle a les mains qui tremblent, et elle transpire. Elle a la nausée.

Les mauvaises pensées vous rendent malade. Les mauvais souvenirs aussi.

Elle inspire. Et inspire encore. Et repose ses doigts sur les touches.

Elle joue. Et elle voit l'oiseau. Dans ses mains en coupe. Si petites que l'oiseau les remplit de sa douceur. Il est chaud. Il la regarde avec des yeux noirs luisant à la lumière de la lampe. L'air est saturé de fumée de tabac. Elle sent l'odeur de la fumée. Elle sent les battements de cœur de l'oiseau, une chatouille sur sa paume. Et ses doigts serrent…

Et ses yeux se rouvrent subitement.

Elle se souvient de l'oiseau.

Elle sait.

Elle se lève en trébuchant, se cogne les genoux contre le piano, traverse le palier et entre dans la bibliothèque, cherchant à tâtons un interrupteur ou une lampe. Elle la trouve, renverse une pile de livres pour enfants, écrits par Peggy. Les étagères vont du sol au plafond ; elle doit se servir d'une échelle pour atteindre ce qu'elle veut. Un dictionnaire. Un dictionnaire polonais-anglais.

Oiseau, oiseau. C'est ce que Brigit a dit.

Et le mot polonais signifiant oiseau, c'est «*ptak*». Comme Ptaszynska. Petit oiseau.

Et le mot allemand signifiant oiseau, c'est «*vögel*». Vögelchen. Petit oiseau.

Elle pose le dictionnaire. S'assied par terre. Le front sur les genoux. Les yeux fermés. Les fragments d'elle-même volent en tous sens, tourbillonnent, dans une tornade de confusion. Un tumulte étourdissant de souvenirs et de pensées qui tournoient, tanguent et finalement se calment. Lentement. Comme un film défilant à l'envers. Les morceaux flottent et se remettent doucement en place. Ils forment désormais quelque chose de complet. De réparé. De recollé.

Eva ouvre les yeux, et elle sait qui elle est.

Elle connaît son nom. Elle sait pourquoi des oiseaux meurent et pourquoi les fenêtres se ferment. Elle sait même pourquoi maman la détestait autant.

Et elle sait que Brigit n'est pas celle qui intéresse Cruickshanks. Parce que Brigit n'est pas une meurtrière. Brigit n'a jamais été la personne à craindre.

La personne à craindre, ça a toujours été elle-même.

Chapitre 42

Elle referme le couvercle de la boîte. Soigneusement. Parfaitement.

L'oiseau est parti maintenant. Il n'est plus là.

Elle essuie ses mains sur le tissu rose. Ça lui est égal qu'il y ait du sang sur sa robe. Elle n'aime pas cette robe.

– Tiens, papa. Tu peux l'avoir.

Elle pose la boîte sur les genoux de son père. Elle lève la tête. Et elle attend.

L'horloge dit tic. Tac. Tic.

Et papa rit. Il rit et rit encore.

Chapitre 43

AOÛT 1946

Quand Martha frappe à la porte de la chambre bleue le lendemain matin, le soleil est haut dans le ciel et Eva est au lit, en caraco. Elle n'a pas pris la peine de mettre sa chemise de nuit. Elle n'a même pas pris la peine de se lever.

Mais elle est calme. Elle sait qui elle est désormais.

Et c'est toujours mieux de savoir.

Même quand c'est un marché de dupes.

Martha sourit, sans remarquer son allure débraillée, et vient s'asseoir délicatement sur son lit. Ses cheveux sont ondulés de frais, à la mode des années 1920, comme si ces deux dernières décennies n'avaient pas eu lieu.

– Bonjour, ma chère, lance-t-elle. J'espère que tu as pu dormir un peu.

Eva se redresse. Il doit être l'heure d'aller à l'hôpital. Elle fait mine d'attraper son chemisier, mais Martha pose une main sur son bras.

– J'ai une proposition à te faire. Mais d'abord, il faut que je te dise... J'ai discuté avec l'infirmière du Dr Forrester, et je ne sais pas si tu en es consciente, mais Brigit va être conduite dans une unité de soins intensifs, et aucun visiteur ne sera autorisé à rester là-bas avec elle. Pas même la famille.

Eva fronce les sourcils.

– Mais je dois être là pour...

– Je crains que ce ne soit le règlement.

Eva se fige. C'est peut-être mieux qu'elle n'y aille pas. Il vaut peut-être mieux qu'elle reste à l'écart des autres. Même de Brigit. Et soudain, voilà que les larmes reviennent, comme si elles attendaient juste sous la surface. Prêtes à la trahir.

– Je savais que cela te chamboulerait, reprend Martha, mais tu n'aurais rien à faire, là-bas, à part attendre et te faire du souci. Et l'infirmière a promis qu'elle te fera prévenir dès que Brigit commencera à se réveiller. Elle convient qu'il serait sage d'assouplir un peu les règles à ce moment-là.

« Sans doute car Martha le lui a fait comprendre », pense Eva.

– Et cela m'amène à ma proposition. Nous avons une maison – une autre maison – en dehors de la ville, qui nous est également prêtée par Mme Powell. Sky Island. Un endroit charmant. Quelques-uns de nos jeunes s'en occupent l'été, pour accueillir les nouveaux arrivants qui pourraient avoir besoin de vacances. Pour nombre de nos amis en provenance d'Europe, le calme et le repos après les moments difficiles qu'ils ont vécus sont nécessaires. Je suis sûre que tu peux comprendre.

Eva hoche la tête.

– Sky Island fermera bientôt, à la fin de l'été, mais nous avons encore quelques invités sur place, et l'une de nos filles a dû s'en aller pour s'occuper de sa mère malade. Pourrais-je te demander de la remplacer ? Il s'agirait seulement d'aider à préparer les repas et à faire quelques tâches ménagères légères.

Eva fait mine de protester, mais Martha l'interrompt d'une main levée.

– Il est plus rapide de rejoindre l'hôpital en voiture ou en bus depuis Sky Island qu'en prenant le métro ici. Et puis… eh bien… nous attendons des invités demain. Et je suis navrée de t'annoncer que si tu ne vas pas à Sky Island, tu n'auras pas d'autre choix que de partager ma chambre.

Martha semble penser qu'une fille comme Eva trouverait absolument inacceptable de partager une chambre avec elle. Comme si elle n'avait jamais dormi dans la boue sous un char à bœufs.

– Ça ne me dérange pas de partager, murmure-t-elle. Mais j'irai, bien sûr. Si ça peut aider.

C'est peut-être mieux pour tout le monde. Plus sûr.

À la porte, Martha ajoute :

– Au fait, je me disais que tu serais contente d'apprendre que nous avons eu une rentrée d'argent imprévue et qu'Augusta pourra refaire sa sculpture.

Eva hoche de nouveau la tête, les yeux rivés sur les draps froissés.

– Rejoins-nous en bas, je vais te préparer une tasse de thé. Et il y a des pâtisseries qui aimeraient beaucoup être mangées.

Elle sourit, puis referme tout doucement la porte.

Eva ne descend pas. Mais elle sort les jambes de son lit.

Elle ne sait pas combien de temps mettront les Américains à faire traduire le dossier d'Anna Ptaszynska. Elle ignore ce qu'il contient, si des éléments peuvent les conduire à la vérité. Mais quitter Powell House pourrait être une bonne chose. Surtout si elle peut partir sans être vue.

Être seule. Ce sera ça, la justice, pour elle.

Elle récupère les documents cachés dans son matelas – ceux qu'elle a trouvés dans le bureau de son père, dans le dossier qui était correctement nommé, tout compte fait – et les remet dans la doublure de sa jupe. À leur place. Et puis elle fait le ménage. Elle secoue les rideaux, ôte les toiles d'araignée dans les coins, astique les tables, la commode, l'armoire. Elle passe le balai sur les tapis. Descend en vitesse récupérer l'enveloppe que Martha a laissée pour elle sur son bureau, contenant l'adresse et de quoi acheter un ticket de bus.

Elle remplit la valise que Mlle Schaffer lui a donnée. Soigneusement. Elle sort celle de Brigit et la remplit aussi. Soigneusement. En veillant à ce que l'enveloppe avec les boucles d'oreilles soit bien visible au-dessus. Au cas où. Elle laisse la robe de chambre rose et la robe bleue suspendues dans l'armoire, pour qu'elles puissent servir à quelqu'un d'autre. Mais elle garde la clé du casier de la gare routière autour de son cou. C'est Jake qui la lui a donnée. Et elle se dit vaguement qu'il ne pourra pas récupérer son argent sans. Puis elle soulève les valises et se dirige vers la porte, son horrible chapeau marron vissé sur sa tête. Alors elle se retourne.

Elle n'est pas sûre de connaître la fille qui vivait dans cette pièce. Elle n'est pas vraiment sûre de savoir qui la quitte.

Elle avait oublié quel bruit ça faisait, de bruisser.

Elle sort discrètement par la porte de derrière, sans croiser âme qui vive, dépasse l'endroit où elle a vu Jake pour la dernière fois et, chargée de son sac à main et de ses deux valises, elle fait mille détours jusqu'au métro et à l'hôpital.

Là, elle remplit les documents de Brigit, renseignant chaque case vide correctement, à l'exception de son nom. Ensuite, on la laisse voir Brigit quelques minutes. Eva s'assied à côté de son lit et la regarde dormir. Paisible. Parfaite.

Après lui avoir fait traverser une zone de guerre en voiture, l'avoir traînée à bout de bras jusqu'à Berlin, emmenée de camp en camp et de l'autre côté de l'océan, elle a du mal à croire que l'heure est venue de la laisser partir. Que c'est quelqu'un d'autre qui va s'occuper d'elle à présent. Pendant un petit moment.

Mais au moins, Cruickshanks n'osera pas venir l'embêter ici. C'est un homme de l'ombre, il ne veut pas se faire remarquer. Eva se répète ça en s'éloignant.

Peut-être qu'elle se raconte des mensonges.

Son esprit y a été bien entraîné, apparemment.

Elle trouve la gare routière et s'achète un ticket. Appelle Sky Island pour les prévenir de l'heure de son arrivée. Et puis la voilà dans un bus lancé à pleine vitesse sur une autoroute.

Ce n'est pas ce qu'elle pensait faire aujourd'hui.

Plus rien n'est tel qu'elle le pensait hier.

Au début, New York est immense, remplissant tout l'horizon. Mais au bout d'un moment, les immeubles rapetissent. Et rapetissent encore. Et quand elle se retourne pour regarder la ville disparaître derrière elle, elle voit M. Cruickshanks, tout au fond du bus, avec ses lunettes à montures noires, en train de fumer une cigarette. Il ne sourit pas.

Eva se retourne vers l'avant. Elle a presque envie de rire. Presque. Puis elle demande à emprunter le journal de son voisin, de l'autre côté de l'allée. Il fronce les sourcils en entendant son accent, la regarde du haut de son horrible chapeau jusqu'à la pointe de ses chaussures à talons, mais il finit par le lui donner.

Elle tourne les pages avec précaution pour ne pas les froisser. Elle lit chaque annonce. Jusqu'à se sentir un peu nauséeuse, à cause du balancement du bus. Et puis elle la trouve :

« Petit oiseau se languit de son papa. Demander Eva. »

Et l'adresse de Powell House.

Ça le conduira jusqu'à elle.

Elle a soigneusement choisi ses mots. Et elle a laissé sur le bureau de Martha un mot lui demandant, si un homme allemand la réclamait pour des traductions, de l'envoyer à Sky Island. Bien que ce ne soit pas nécessaire. Son père n'aurait qu'à sonner à la porte de Powell House pour que n'importe qui lui dise où elle est partie.

« Qu'il vienne, pense Eva. Qu'il vienne. Et Cruickshanks peut bien venir aussi. » Elle a toujours le couteau à pain. Et elle n'a pas peur. Car maintenant, elle sait qu'elle l'a déjà fait.

Et cette fois, c'est pour rendre justice.

Elle descend à la gare routière d'une ville minuscule dotée de bâtiments bas, de rues non pavées et de hautes collines vertes et arborées. Comme si elle avait parcouru cinq cents kilomètres et non cinquante.

– Bonjour, bonjour ! Eva, c'est ça ?

Une jeune femme aux cheveux châtains, courts et bouclés, et au nez brûlé par le soleil se penche à la vitre d'une voiture qui devait bien rouler avant la dernière guerre. On dirait un buggy, avec ses grosses roues et son capot en hauteur, et la conductrice est doucement secouée par le moteur tournant au ralenti. Eva lève la main.

M. Cruickshanks a disparu.

– Oh, parfait ! se réjouit la fille. J'espère que je ne suis pas trop en retard. Il a fallu que j'emprunte ce vieux tacot à un voisin. Jette tes valises à l'intérieur ! Et ferme bien la portière. Je ne voudrais pas que tu tombes, on va monter la colline !

Eva obéit et s'accroche à la portière alors que la voiture s'éloigne de la gare routière en crachotant. Un ressort s'enfonce dans son dos.

– Je m'appelle Patricia, dit la fille. Normalement, je loge avec Bets, mais j'ai passé tout l'été à Sky Island. Bets est très chouette, tu ne trouves pas ?

Eva sourit. Hoche la tête. Elles sont déjà sorties de la petite ville et dépassent des bois, une ferme avec une grange rouge.

– Elle m'a parlé de ton amie. On espère tous sincèrement que l'opération va bien se passer. Mais peut-être que tu pourras te détendre pendant ce temps. Te reposer. C'est bon pour le moral.

– Je pensais... je pensais que vous aviez besoin de mon aide, réplique Eva, dont les dents s'entrechoquent.

– Oh, tout le monde donne un coup de main ! Enfin, c'est peut-être nous, la bande qui est restée là-haut tout l'été, qui faisons le plus gros. Mais les invités aussi participent. Comme dans une grande famille heureuse.

Patricia rétrograde et elles commencent à monter.

– Mais personne n'aide le premier jour. Ce sont les règles de la maison. Est-ce que tu as un maillot de bain ? Non ? La plupart des gens n'en ont pas. On en garde dans une boîte, en haut. Bon, ils ne sont pas très jolis, mais enfin. Et il y a plein de jolies promenades à faire, et une bibliothèque remplie de livres...

La route sinueuse s'élève sur une colline boisée, à travers les arbres. Eva aperçoit une rivière qui serpente dans la vallée, l'eau scintillante et comme écaillée au soleil couchant. Puis la route redevient plane, longe une corniche, et la voiture bringuebalante s'engage sous un portail en fer.

Eva pensait se rendre dans un endroit rustique. Un lieu en accord avec la route cahoteuse et la salopette rentrée dans les bottes de Patricia. Mais Sky Island est une demeure élégante, tout droit sortie d'un livre d'images. Avec des pignons, des vitraux et une grande tour ronde en pierre recouverte de lierre. Le chalet entier de Grand-papa aurait pu tenir dans une de ses ailes.

Elles passent devant des haies taillées, un pavillon de jardin aux murs vitrés, envahi par la végétation, jusqu'à une sorte de parking recouvert de gravier, à l'arrière. Patricia coupe le moteur.

– *Fiou!* souffle-t-elle. J'ai réussi. Allez, je vais te présenter toute la bande et te faire visiter les lieux.

Elle prend une des valises et entre par-derrière, précédant Eva dans un long couloir, puis dans une immense cuisine. Il y règne une odeur d'épices, de la vapeur s'échappe d'un plat qui bouillonne sur la cuisinière, et une jeune femme au carré blond coupe des pommes de terre en chantant *Boogie Woogie Bugle Boy*, assez fort pour que sa voix résonne dans toute la cuisine.

– Hé! crie Patricia. Une nouvelle arrivée! Voici Eva Gerst, qui nous vient d'Allemagne. Tout juste débarquée du bateau, ou presque. Eva, voici Greta... (La chanteuse blonde agite son couteau.) Et là-bas, c'est Mick...

Un jeune homme arborant lui aussi un bon coup de soleil et un tablier par-dessus son T-shirt lui fait un signe de la main.

– ... et à la table, là-bas, nous avons M. et Mme Kushner, qui viennent d'Ukraine, et qui sont arrivés en Amérique il y a maintenant six mois, et Valentina, de Russie, qui sort tout juste du bateau, comme toi...

La jeune femme relève ses doux yeux de biche et réussit à sourire.

– ... et ne t'inquiète pas si tu oublies les prénoms, car on sera tous là pour te les rappeler si besoin.

Patricia la ramène ensuite dans le couloir, qui dessert un petit bureau et un office, lui fait traverser une salle à manger agrémentée d'une cheminée et d'une table reluisante en acajou, puis elles entrent dans un grand vestibule au sol carrelé à l'avant de la maison, haut de deux étages.

– Par là-bas, c'est la salle de séjour, et par ici, il y a un salon plus petit, où on se réunit presque tout le temps maintenant que nous ne sommes plus très nombreux. Ta chambre est par là...

Elles gravissent un large escalier, traversent une galerie et pénètrent dans un petit couloir au bout duquel Patricia ouvre une porte. Elle donne sur une chambre avec du papier peint à grosses fleurs, une cheminée, deux grandes fenêtres. L'une d'elles est équipée d'une banquette surplombant le jardin de derrière, la pelouse et une partie du pavillon de jardin, étincelant au soleil. Et au-delà, une succession de collines plantées d'arbres.

– Tu as droit à un logement de grande classe, lance Patricia. D'habitude, on réserve cette aile aux familles, mais tu peux l'avoir entièrement pour toi, puisqu'elle est vide. Tu as même une salle de bains !

« C'est bien, pense Eva, d'être à l'écart, toute seule. »

– C'est magnifique, dit-elle. Merci.

– Je t'en prie, répond Patricia, rayonnante. Descends quand tu seras prête, mais ne tarde pas trop. Mme Kushner a préparé du goulasch.

Après son départ, Eva va contempler le coucher de soleil sur la banquette de fenêtre. Sky Island est un endroit si agréable. Et quand son père va venir, elle va tout gâcher.

Elle défait sa valise, change de jupe, suspend celle qui bruisse au fond du placard et prend son sac à main pour aller dîner. En plus du groupe de tout à l'heure, il y a les Petrova, des Yougoslaves : trois jeunes adolescentes, leurs parents et leur grand-père, qui commencent tout juste à apprendre l'anglais. Eva s'assied à côté de Valentina, car c'est celle qui semble la moins disposée à parler.

Après le repas, Patricia les conduit tous dans le salon, meublé de canapés et de fauteuils tapissés, et Mick et son ami Tony – un jeune homme à la peau et aux cheveux bruns, rentré depuis peu d'une mission humanitaire pour l'AFSC en Finlande – organisent un jeu de charades. C'est idéal pour apprendre l'anglais, et les garçons sont drôles. Ils ont beaucoup de succès auprès des filles Petrova.

Eva aime les regarder cacher leurs gloussements derrière leurs mains et se faire corriger par leur grand-père. Des sœurs, avec leurs deux parents. Quelle chance.

Patricia apporte du chocolat chaud et des crackers pour tout le monde. Il fait bien plus frais ici qu'en ville, le soir. Et des nuages arrivent, poussés par la brise provenant des collines. Tout le monde bavarde, sauf Valentina qui fixe le fond de sa tasse de chocolat, entre ses mains en coupe. Eva reconnaît ce regard. Elle l'a vu souvent au Düppel Center. Elle l'a vu chez M. Liebermann. Il vient des camps de concentration.

Tout le monde se souhaite bonne nuit et chacun part de son côté, certains montant l'escalier menant aux ailes des chambres, Mick et Tony rejoignant le petit appartement aménagé au-dessus du garage, à l'autre bout de la maison. Eva s'attarde. Elle examine la bibliothèque, attend que Patricia et Greta aient fini de laver les tasses dans la cuisine. Puis s'approche sur la pointe des pieds de la grande salle de séjour et entrouvre la porte.

C'est une vaste pièce, avec des murs en plâtre arrondi et une énorme cheminée. Des fenêtres allant du sol au plafond surplombent une terrasse en pierre. Et tout au bout, dans l'obscurité, trône ce qu'il lui semblait bien avoir aperçu en arrivant. Un piano à queue.

Elle ferme la porte, s'avance en silence sur la moquette et joue trois notes de suite, doucement. Il est accordé. Elle baisse la béquille, de façon à fermer le couvercle et étouffer le son. Et puis elle s'interrompt. S'approche lentement des fenêtres. Les nuages défilent devant la lune qui projette une lueur intermittente sur le jardin entourant la terrasse. Et il y a une forme d'un côté de la pelouse, là où le terrain commence à grimper, pour redevenir une colline.

Une silhouette d'homme.

« Jacob, se dit Eva. Jacob est venu. » Sauf que les épaules ne correspondent pas. Elle pense alors que c'est son père. Mais son père n'est pas aussi grand, et il ne porterait jamais ce genre de chapeau. Elle ne connaît qu'un homme portant un chapeau de cette forme. Et ses chaussures brillent toujours.

Elle le croyait mort. Elle croyait que Cruickshanks s'était « occupé de lui ». Mais si l'homme aux chaussures brillantes est vraiment un Américain – un Américain qui ne fait pas partie du programme de Cruickshanks –, il pourrait penser comme elle que le Dr Otto von Emmerich est un criminel de guerre. Il pourrait le faire juger.

L'homme aux chaussures brillantes est peut-être synonyme de justice.

Il pourrait mettre un terme à tout ça.

La fenêtre est en fait une porte équipée d'un lourd loquet en fer avec verrou. Elle l'ouvre. L'air frais sent la résine. Ses talons claquent sur les dalles. Elle traverse la terrasse. Rejoint la pelouse humide. L'homme ne bouge pas. Il la regarde approcher.

Elle jette un coup d'œil derrière elle, mais il n'y a personne. La maison est sombre, les rideaux tirés. Elle gravit la petite pente et distingue à présent la plume de son chapeau. L'ombre profonde que forme le pli entre ses sourcils. La lune est couverte, et il y a une masse sombre par terre, à ses pieds.

Eva s'arrête à quelques mètres de lui. Hors d'atteinte.

– Qui êtes-vous ? murmure-t-elle.

– C'est toi... Ptaszynska ?

Elle fait un pas en arrière. Et un autre, une main plaquée sur sa bouche. Il a parlé en allemand. Et la forme immobile à ses pieds est M. Cruickshanks, les lunettes et le cou étrangement de travers.

– Tu ne peux pas faire confiance..., dit l'homme. Ne fais pas confiance. Donne le Docteur... à moi.

Il prononce ces mots dans un mauvais allemand. Avec un accent russe. L'homme aux chaussures brillantes n'est pas américain, c'est un Soviétique.

Et il a tué M. Cruickshanks.

– Je... surveille..., dit-il. Je surveillerai...

Elle est redevenue Inge. Inge dans une maison bombardée remplie de soldats. Elle se met à courir. À toute vitesse. Elle rentre dans la maison et ferme le verrou derrière elle. Elle récupère son sac à main et vole à travers la maison ténébreuse, monte l'escalier, file dans sa chambre tout au bout du couloir. Il y a un passe-partout dans la serrure, elle le tourne.

Il est au courant, pour Anna Ptaszynska. Et ce ne sont pas une porte vitrée et un passe-partout qui l'empêcheront d'entrer.

Elle regarde par la fenêtre, mais il n'y a plus de silhouette sur la pelouse. L'homme est parti. Ou dans la maison. Elle n'allume pas. Elle sort le couteau à pain de son sac, puis se dirige vers son placard et sort le cintre sur lequel est suspendue sa jupe. Elle colle son oreille contre la porte, tourne la clé et fonce dans la chambre d'en face, fantomatique avec ses housses de protection. Elle range la jupe dans le placard vide, retourne en courant dans sa chambre, referme la porte à clé.

Les papiers d'Anna sont plus en sécurité là où elle n'est pas.

Eva s'assied sur les couvertures, dans le noir, adossée à la tête de lit, couteau à la main. Tendue. Repliée sur elle-même. Genoux contre la poitrine.

Un Soviétique. Pas un Américain. Et au moins un M. Cruickshanks est mort. Si celui-ci avait le dossier d'Anna avec lui, ce sont les Soviétiques qui l'ont à présent.

Elle attend. Dans les craquements d'une maison qui s'endort, le tic-tac monotone et incessant du réveil sur la table de nuit. Sans autre souffle à écouter. Sans personne pour se préoccuper qu'un agent soviétique aux chaussures brillantes défonce sa porte.

Elle n'est même pas sûre qu'elle entendrait le bruit de ses pas.

Et quand elle ouvre les yeux, elle est exactement dans la même position, blottie sur le lit, le couteau à pain serré dans sa main. Le soleil est levé depuis longtemps, les roses du papier peint flamboient, un peu trop criardes. Elle s'approche tout doucement de la fenêtre. Une pelouse immaculée, d'où la rosée s'est évaporée. Quelqu'un boit du café sur la terrasse.

Il n'y a pas de cadavre sur la pente, et l'homme aux chaussures brillantes n'est pas venu la chercher.

Elle se demande pourquoi. Et puis elle regarde le réveil.

Brigit est en train de se faire opérer.

Elle descend dans la cuisine, anxieuse, agitée, et Greta sourit et répond que bien sûr, ça ne dérange personne qu'elle se prépare elle-même son petit déjeuner. Elle ne demande pas pourquoi Eva garde son sac avec elle. Et quand elle essaie de faire la vaisselle, Greta lui prend l'assiette sale des mains.

– Oh, non ! Règles de la maison ! Maintenant, va t'amuser.

Eva ne sait pas quoi faire d'une journée rien que pour elle. Elle n'a pas envie de rester seule, mais il vaut sans doute mieux qu'elle évite les autres. Elle emporte son sac à main dans la salle de séjour, où le couvercle du piano est toujours baissé. Patricia passe la tête dans la pièce.

– Te voilà ! Je t'ai apporté ça, annonce-t-elle en jetant deux bouts de tissu sur une chaise. Un maillot de bain ! Et au fait, sois prudente si tu décides d'aller te promener, d'accord ? Il y a des falaises vraiment à pic au bord de certaines routes, et on a appris une nouvelle vraiment affreuse ce matin. Un touriste qui avait dû sortir dans le noir a chuté dans un ravin hier soir. Il s'est brisé le cou. La police est venue ce matin et...

– Je crois que je vais rester ici aujourd'hui, la coupe Eva. Est-ce que... je vais déranger quelqu'un ?

– Oh, non ! Il y a cours d'anglais, mais ils ne seraient sans doute pas contre un peu de divertissement. Il y a des partitions dans ce meuble de rangement. Amuse-toi !

Et, sur ce, Patricia s'en va. Sans doute faire quelque chose de gentil pour quelqu'un.

Eva reste seule dans la pièce silencieuse. Elle se demande comment va Brigit. Quand son père va venir. Pourquoi elle a de la peine pour M. Cruickshanks. Elle pose son sac à côté d'elle et décide de jeter un œil dans le meuble de rangement.

C'est un véritable trésor. Des livres. Des piles de partitions, certaines de morceaux idiots qui datent d'avant sa naissance. Elle trouve un volume complet de Chopin et joue des études jusqu'à ce qu'un point douloureux apparaisse entre ses omoplates. Elle voit des violettes. Et une porte griffée. Des ongles rouges sur les touches d'un piano. Et elle entend une voix, cette fois. Une mélodie, une résonance. Une voix comme de la musique...

Quand Patricia revient, les ombres se sont étirées.

– Tu es restée ici toute la journée ? demande-t-elle en voyant que le maillot de bain n'a pas bougé. Bon, n'oublie pas de manger. Je suis venue te dire qu'on a reçu un coup de fil. Mère Martha dit que l'opération s'est bien passée. Aussi bien que possible. Le médecin est très content.

Eva regarde les touches du piano en clignant des yeux. Voilà les larmes qui reviennent. Où se cachent-elles?

– Est-ce qu'elle est réveillée?

– Non. Ils vont continuer de la faire dormir. Martha dit qu'ils rappelleront au premier signe. Je suis vraiment contente de cette bonne nouvelle.

– Merci, Patricia, dit Eva en inspirant. Merci beaucoup.

Elle se remet à jouer et elle essaie de se souvenir.

Qui est Annemarie?

Et qu'est-il arrivé à l'oiseau? L'oiseau sur le tapis. L'oiseau dans le piano. L'oiseau sur le siège de la Mercedes de sa mère. L'oiseau qu'elle tenait entre ses mains en coupe.

Elle joue jusqu'à ce qu'il soit l'heure d'aller au lit et personne n'y trouve rien à redire. Et par la fenêtre, parmi les ombres qui bordent la pelouse, près du pavillon de jardin, elle distingue la lueur d'une cigarette.

On la surveille.

Elle tourne la clé et dort avec le couteau à pain.

Elle descend au petit déjeuner avec son sac à main. Tout le monde mange des muffins, Greta met du vernis rouge cerise sur les ongles de Valentina. Elle s'occupe ensuite de ceux d'Eva, puis des trois filles, malgré les faibles protestations de leur grand-père. Eva lève ses mains et sourit. C'est à ça que devraient ressembler ses ongles. Elle retourne dans sa chambre et essaie le maillot de bain.

Il devait appartenir à une enfant, autrefois. Mais c'est un deux-pièces, il y a donc de la place pour elle entre la petite jupe bleu marine et le haut à pois qui s'attache autour du cou. Elle trouve une serviette, relève ses cheveux avec des épingles, prend son sac à main et se rend dans le jardin, dans la direction opposée au pavillon, où les arbres semblent vouloir échapper à la colline.

La piscine est immense, irrégulière, entourée d'arbres et de rhododendrons, et deux de ses côtés sont en roche naturelle. Un bassin caché d'eau tranquille, bleu foncé à l'ombre, tachetée de feuilles flottantes. Eva jette sa serviette par terre et plonge.

Le froid est brutal. Mais elle a nagé toute son enfance dans la mer Baltique. Au bout de trois brasses sous la surface, l'inconfort se transforme en une sensation vive et plaisante sur sa peau. Elle remonte à la surface pour respirer, pousse sur ses pieds contre un côté et nage jusqu'à l'autre extrémité. Elle fait des allers-retours jusqu'à avoir les bras fatigués. Jusqu'à ce que flotter soit agréable.

Retenant son souffle, elle s'assied au fond, regarde le soleil, l'étrange balancement des branches d'arbre. Elle a déjà fait ça. Dans de l'eau marron. Sauf que, cette fois-là, elle coulait. Aujourd'hui, elle se détend, laisse ses bras et ses jambes aller librement, son corps remonter vers la surface, vers une ombre au bord de la piscine. Une ombre qui n'était pas là tout à l'heure. Celle d'un homme. Debout, le soleil dans le dos.

Alors Eva passe à l'action. Elle change de direction et nage à toute vitesse jusqu'à l'autre bout de la piscine, où elle brise la surface. Puis elle se retourne, prend une grande inspiration, les mains sur le bord rocheux, secouant la tête pour chasser l'eau de ses yeux.

L'ombre met les mains dans ses poches.

Et cette fois, c'est Jake.

Chapitre 44

AOÛT 1946

Eva nage lentement jusqu'aux marches de la piscine, et Jake ne dit rien. Il se contente de la regarder alors qu'elle sort de l'eau, dégoulinante. Elle ramasse sa serviette et la tient contre sa poitrine. Les vêtements de Jake sont froissés. Il ne s'est pas rasé et ses beaux yeux sont méfiants. Indéchiffrables. La brise fait frissonner Eva. Elle n'est pas sûre d'avoir froid.

– Viens faire un tour en voiture avec moi, dit-il, et il s'éloigne de la piscine.

Elle le regarde traverser la pelouse à grandes enjambées, en donnant des coups de pied dans les feuilles, et il n'y a pas de musique dans ses pas. Pas aujourd'hui. Elle ramasse son sac à main et le suit jusqu'à l'arrière de la maison, où une voiture est garée à côté de la vieille guimbarde. Une grosse décapotable vert foncé avec des pneus à flanc blanc et le toit baissé.

Jake monte à bord et le moteur se met à ronronner. Eva avance sur la pointe des pieds sur les graviers, étale sa serviette sur le siège en cuir, et à peine a-t-elle refermé la portière que la voiture démarre en envoyant voler des graviers. Jake tourne à gauche après le portail en fer, en direction du haut de la colline, les yeux plissés, concentré sur la route sinueuse. Le vent malmène les cheveux d'Eva, les sèche et libère des mèches de leurs épingles.

Ils parviennent à une trouée entre les arbres, des places de parking alignées au bord d'une falaise, face à une vue dégagée sur la vallée et les collines au-delà. Jake se gare sur une place tout au bout et tourne la clé. Une ville se niche sur la berge, en contrebas, tandis qu'un énorme rocher, déposé là depuis la nuit des temps, peut-être, défie la gravité, au-dessus de leur tête. Une famille pique-nique à son sommet. Eva regarde tous ces toits ravissants, épargnés par les bombes.

Jake allume une cigarette. Il observe le ciel, les nuages, la branche d'arbre la plus proche. Eva ramène ses genoux contre sa poitrine, pieds nus sur la serviette. Elle a froid, maintenant.

– Pourquoi as-tu pris le couteau à pain ? demande subitement Jake.

Elle ne s'attendait pas à cette question. Elle n'a pas envie d'y répondre.

– Il arrive parfois que des choses disparaissent, à Powell House, reprend-il. De la nourriture, principalement. Un jour, une dame a filé avec le tisonnier. C'est difficile de faire confiance, j'imagine, quand on a vécu dans l'insécurité, quand on a connu la faim. Mais ce n'est pas pour ça que tu as pris le couteau à pain, n'est-ce pas ?

Elle détourne la tête.

– Tu voulais le tuer.

Elle resserre sa prise sur ses genoux, écoute Jake souffler la fumée de sa cigarette.

– Tu vois, quelque chose me tracassait, l'autre jour, quand je suis parti. Quelque chose me restait en travers de la gorge. Parce que soit Hollywood doit te remettre un trophée d'interprétation, soit quand tu l'as vu... cet homme, à l'hôpital... tu n'avais de toute évidence aucune envie de le voir. C'est pour ça que j'ai gobé la folle histoire que tu m'as racontée au début. Et quand tu es entrée dans cette chambre, quand tu as vu ces trucs sur les murs, tu n'avais rien d'une fille espérant retrouver son papa chéri. Tu étais malade de peur. Je l'ai vu. Je l'ai senti, dans le placard. Pourtant, tu as menti à Cruickshanks. Tu as pris ce dossier.

Eva demeure immobile sur sa serviette.

– Alors je me suis dit « c'est quoi, cette histoire ». Pourquoi vouloir s'introduire à tout prix dans cet appartement, au risque d'aller en prison, si ce n'est pas pour voir son père? Et si elle ne veut pas le voir, alors pourquoi ne pas le dénoncer à Cruickshanks? De quel côté est-elle? Je n'arrivais pas à me sortir ça de la tête. Alors tu sais ce que j'ai fait? Je suis descendu dans le bureau de Martha et j'ai consulté les rapports de l'AFSC sur leurs missions humanitaires en Allemagne. Ils les ont envoyés à toutes leurs antennes. Des documents extrêmement détaillés. Et figure-toi qu'une certaine Mlle Schaffer, du bureau de Berlin, a envoyé un rapport sur sa visite au camp de concentration de Sachsenhausen en juin 1945...

Eva revoit Mlle Schaffer à son bureau, à Berlin, dans sa veste marron avec le badge en forme d'étoile sur sa manche. « L'AFSC accepte de travailler avec des Allemands qui ne sont pas juifs, lui avait dit M. Cruickshanks. Alors ça aura l'air normal. Légitime... »

Qu'aurait dit Mlle Schaffer si Eva lui avait avoué que son père était le Docteur de Sachsenhausen?

Elle lui aurait probablement proposé de l'aide.

– Et quand j'en ai eu lu assez sur cet endroit pour avoir la nausée jusqu'à la fin de mes jours, poursuit Jake, je suis allé récupérer ça...

Il jette sa cigarette dehors, tend le bras en arrière et récupère la mallette en métal noir, qu'il pose entre eux, sur la banquette avant.

Le dossier d'Anna Ptaszynska.

Ce n'était donc pas Cruickshanks qui l'avait. Eva prend une grande inspiration.

– Comment as-tu...

– On te donne deux clés quand tu loues ce genre de casiers, Eva. J'ai ramené ça chez moi, je suis allé chez Mme Schumaker, et elle m'a tout lu, du début à la fin. Elle a quatre-vingts ans, alors ça nous a pris un certain temps. Je lui ai dit que quelqu'un écrivait un roman...

Il se passe une main dans les cheveux, agrippe le volant.

– Il peut vraiment faire ça, ce qui est écrit dans le dossier? Faire

faire des choses à des gens en ne disant qu'un seul mot? Faire qu'ils tuent leur meilleur ami et ne s'en souviennent même pas?

Eva repense à Liebermann lui murmurant des histoires dans le noir.

– Certaines personnes disent que oui.

– Et tu voulais le tuer. C'était pour ça, le couteau. C'est pour ça que tu le cherchais.

Elle écoute la famille heureuse, les enfants qui rient en haut du rocher.

– Oui.

– Et tu comptes toujours le faire. Le tuer.

– Ce n'est que justice.

– Un couteau, ce n'est pas la justice, Eva. La justice, c'est Nuremberg.

Elle secoue la tête.

– Il faut que tu le livres à Cruickshanks, insiste-t-il.

Elle secoue de nouveau la tête.

– Livre-le à Cruickshanks. S'il te plaît.

– Et où est la justice là-dedans? réplique-t-elle brusquement. Tu crois que ce que fait mon père n'intéresse pas ton gouvernement? Qu'il ne veut pas contrôler ses ennemis? Cruickshanks ne veut pas que mon père soit jugé. Il veut lui offrir un emploi. Un poste de chercheur. Pour qu'il poursuive ses expériences...

Jake secoue la tête. Comme si elle était folle.

– Ce n'est pas vrai...

– Si, c'est vrai! Ils veulent des espions, des assassins qui se fichent de qui ils tuent et qui se fichent de mourir. Et ça, d'après eux, ça arrêtera des guerres. Il y aura d'autres Anna Ptaszynska et d'autres Sachsenhausen...

– Mais tu parles de criminels de guerre, Eva! De nazis, aux États-Unis, menant des expériences sur des citoyens américains, comme ils le faisaient dans les camps. On ne fait pas des choses comme ça, ici...

– Ah bon? Et Jimmy, alors?

Jake se tait.

– Ils m'ont fait venir ici pour que j'attire mon père hors de sa cachette. Pour que personne d'autre ne l'attrape. Pour qu'il ne soit pas jugé. Pour qu'il puisse faire son travail. Pour eux. Ils pensent que je suis… loyale.

– Alors va voir quelqu'un d'autre. Pas Cruickshanks.

– Qui? Tu sais qui donne les ordres dans ton gouvernement, toi? Qui fera juger mon père et qui ne le fera pas?

Jake ne répond pas. Parce qu'il n'y a rien à répondre.

– D'après Cruickshanks, même si mon père est arrêté, même par un autre pays, même avec toutes les preuves nécessaires, les États-Unis feront en sorte qu'il ne soit pas condamné. Le Dr Kurt Blome, de Dachau, sera jugé l'année prochaine. À Nuremberg. Et Cruickshanks m'a dit qu'il serait acquitté… (Eva se redresse, regarde dans le rétroviseur latéral.) Il sera acquitté avant même que le procès… commence…

Une voiture noire se gare sur une place libre. Et Eva reconnaît l'homme au volant. Elle le reconnaît au premier regard. Le Cruickshanks du Zanzibar.

Et le dossier d'Anna est sur la banquette, entre elle et Jake. Elle se tourne vers lui.

– Va-t'en.

– Quoi?

– Va-t'en, tout de suite!

Elle se retourne. La portière de la voiture noire s'ouvre. Et Jake la dévisage sans bouger.

Elle passe par-dessus le dossier, par-dessus Jake et le pousse.

– Qu'est-ce que…

Il voit enfin l'homme qui sort de la voiture. Eva tourne la clé et le moteur rugit.

– Tu sais conduire, au moins?

Elle enclenche la marche arrière, enfonce la pédale d'accélérateur, fait demi-tour et change de vitesse en s'arrêtant à peine. Les pédales sont plus faciles à atteindre, dans cette voiture. Ou alors, elle a grandi.

Le nouveau M. Cruickshanks est déjà de retour derrière le

volant. Il démarre. Eva appuie sur le champignon et ils remontent à toute allure la route de montagne. La mallette métallique est par terre avec sa serviette humide et son sac à main.

– Attention ! crie Jake. C'est la voiture d'oncle Paul.

Elle dérape sur la terre dans un virage. Ils montent et montent encore, une pente raide avec des arbres sur un côté. Cette voiture est plus puissante que celle de son père. Elle accélère encore.

– Où va cette route ? demande-t-elle.

– Comment veux-tu que je le sache ?

– *Scheisse !*

Ils prennent un autre virage en épingle. La route sinueuse rejoint simplement une corniche avant de redescendre. Ils dévalent la pente, et devant eux, sur la gauche, il y a une sorte de piste, des traces de roues dans la terre entre des branches basses. Eva s'y engage. Des aiguilles de pin et des branches fouettent le pare-brise. Dès qu'ils sont suffisamment à couvert, elle freine et Jake doit s'accrocher pour ne pas être projeté contre le tableau de bord.

– Je ne sais pas qui va me tuer en premier, dit-il. Toi ou oncle Paul…

– Chut !

Elle se retourne sur son siège et coupe le moteur. Quelques secondes plus tard, la voiture noire passe à toute allure sur la route. Eva lève la main et Jake se tait. Le bruit du moteur ne s'arrête pas. Il faiblit. Mais Cruickshanks ne mettra pas longtemps à comprendre. Eva démarre, enclenche la marche arrière, appuie de nouveau sur l'accélérateur.

Jake dit quelque chose qu'elle ne comprend pas, ce qui vaut sans doute mieux. C'est eux que les branches basses et les feuilles frappent désormais, ainsi que les sièges en cuir. Arrivée sur la route principale, elle tourne, passe la première, et les voilà repartis vers le sommet de la colline, dans les virages en épingle qu'elle franchit le plus vite possible. Jake ne dit plus rien. Il se contente de s'accrocher.

Ils dépassent le panorama avec la famille sur le rocher, puis le portail de Sky Island. Au bas de la colline, sur la gauche, il y a la ferme devant laquelle Eva est passée avec Patricia. Le portail est ouvert. Elle tourne brusquement dans une allée boueuse, cahoteuse, passe derrière la grange et s'arrête juste avant de rentrer dans un poteau. Elle coupe le moteur.

Et soudain, elle entend souffler le vent. Chanter les oiseaux. Ils sont invisibles depuis la route, et il n'y a aucune autre voiture, pas même un tracteur en vue. Rien que des champs verdoyants et des collines, ainsi qu'une vache indifférente. Jake se cale contre son siège. Il regarde la vache. Puis il sort une cigarette et l'allume.

– Alors, où as-tu appris à conduire, déjà ?

Eva tourne la tête, regarde au-dehors.

– Oh, non, dit Jake. Non. Quelle que soit la réponse, ça ne peut pas être pire que ce que tu m'as déjà dit.

Elle plonge alors son regard dans ses yeux ravissants.

– C'est le chauffeur qui m'a appris.

– Je vois. Le chauffeur t'a appris.

– Je... Parfois, je volais la voiture de mon père.

– Je parie que tu aimais ça.

– Pourquoi tu dis ça ?

– Parce que tu prenais ton pied, à l'instant.

Elle détourne à nouveau le visage. Son cœur bat encore à tout rompre. Ses cheveux partent dans tous les sens. Et elle est sur la propriété d'inconnus. Pieds nus. En maillot de bain. Jake regarde dehors en fumant.

– Alors, c'était qui, dans la voiture noire ?

– Un Cruickshanks. Il était avec nous au Zanzibar.

– Un Cruickshanks, tu dis ? Il y en a plusieurs ?

– Oui, mais je ne sais pas combien il y en a désormais. Celui que tu as rencontré est mort.

– Tu l'as emmené faire un petit tour en voiture ?

Ce n'est pas drôle. D'ailleurs, il n'a pas l'air de trouver ça drôle non plus.

– Qu'est-ce qu'il voulait ?

– Ça, dit-elle en touchant la mallette en métal.

Ou alors, c'était elle qu'il voulait. Ou Brigit.

– Et comment est mort l'autre, tu disais ?

– L'homme dans la voiture rouillée. C'est un agent. Mais... soviétique.

Jake expire. Lourdement.

– Et tu es restée ici toute seule avec un couteau à pain dans ton sac, c'est ça ?

Elle ne répond pas. Il souffle de la fumée dans la brise. La vache les observe en balançant la queue.

– Tout ce que je t'ai dit, l'autre jour... Tu as tout encaissé sans broncher. Comme si tu avais l'habitude de prendre des coups. (Il marque une pause.) C'est le cas ?

Elle n'a pas envie de répondre à cette question. Il prend son silence pour un assentiment.

– Et le reste de ta famille, alors ? Tu as des frères, des sœurs ?

– Arrête, murmure-t-elle.

– Et Brigit ? Tu sais ce qui lui est arrivé, parce que tu y étais, n'est-ce pas ? (Il laisse passer quelques secondes de silence.) Tu y étais ?

– Oui.

– Qui a fait ça ? (Elle détourne les yeux.) Allez, Eva ! Qui et où ?

– Des Russes. Des Soviétiques. Dans ma maison...

– Et seulement Brigit ? Ou toi aussi ?

– Seulement Brigit et... arrête ! Tu n'as pas... tu n'as pas à avoir de la peine pour...

– Je n'essaie pas d'avoir de la peine pour toi, j'essaie de te comprendre ! s'emporte-t-il en jetant sa cigarette dehors, avant de se passer les mains dans les cheveux. Tout ça, ça tourne autour de Brigit, n'est-ce pas ?

Elle se mord la lèvre.

– Parce que tu sais déjà ce qu'il y a dans ce dossier, pas vrai ? Ce qu'il a fait à Anna. Les jeux tordus auxquels il a soumis son esprit. Lui donnant de petites créatures à tuer, juste parce qu'il le lui ordonnait. Il a détruit son...

– Il ne l'a pas détruite.

– ... et tu penses qu'ils vont enfermer Brigit, ou je ne sais quoi.

C'est pour ça que tu penses devoir le tuer. Parce que tu sais que Brigit est Anna.

Elle secoue la tête.

– J'ai entendu ce qu'a dit Cruickshanks, ajoute-t-il. C'est ce qu'il pensait, et Bets dit que Brigit a parlé polonais…

– Brigit n'est pas Anna.

– … Or, il est écrit dans ce dossier qu'Anna a été retirée à des prisonniers politiques polonais. Tu fais ça pour Brigit, comme tout ce que tu fais…

– Arrête…

– Toi, arrête ! Arrête de jouer avec moi, Eva.

– Brigit n'est pas Anna !

– Tu sais très bien que si ! Seulement tu ne veux pas…

– Brigit n'est pas Anna, parce que c'est moi !

Elle regarde ces mots s'enfoncer comme une pierre au fond de Jake.

– Je suis Anna Ptaszynska.

Chapitre 45

– *Anna, dit la voix.*

Et c'est une mélodie. Comme de la musique.

Elle avance à quatre pattes vers cette voix, sur le tapis bleu, épais, qui s'enfonce sous ses mains. Elle contourne la chaise. Traverse le carré de soleil chaud. Passe sous le banc et sur les pieds. Elle aime ce moment.

Et le tapis est doux sous sa tête, pendant qu'au-dessus, les cordes du piano s'étirent et s'étirent, que la musique vibre, résonne. La musique est au-dessus, au-dessous, autour et Anna flotte et flotte et flotte sur ce son.

Les chaussures qui appuient sur les pédales sont noires et les ongles des mains sont rouges. Les ongles sur les touches devraient toujours être rouges.

Elle agite les bras et les jambes, dessinant la forme d'un ange sur le tapis.

Et le carré de soleil clignote sur le sol. Une ombre passe devant la fenêtre. La musique s'arrête et le petit chien gratte, jappe.

Et elle écoute.

Il y a des voix à la porte.

Ce sont de mauvaises voix.

De mauvais sons. Des sons qui font sursauter. Des sons qui font mal.

Pan.

Pan.

Chapitre 46

AOÛT 1946

Jake se laisse aller contre son siège.

– Non. Ce n'est pas vrai.

– Si.

Il secoue la tête.

– Je ne te crois pas.

Eva inspire. Appuie sa tête contre le siège en cuir blanc. Il y a des ailes sombres, haut dans le ciel. Dessinant des cercles. Se laissant porter par les courants d'air.

– Quand j'étais petite, commence-t-elle, mon… mon père m'a apporté un oiseau. Une sittelle. Elles vivaient dans les arbres devant la fenêtre de ma chambre. Je les aimais.

Jake s'est figé, les yeux rivés sur le sol. Ce doit être dans le dossier d'Anna. Il s'en souvient. Elle le voit.

– Il me l'amenait encore et encore. Et je ne m'en souviens pas, mais je crois que je… Il m'appelait toujours sa Vögelchen. Son «petit oiseau». C'est le surnom qu'il me donnait. Et je crois que Ptaszynska veut dire plus ou moins la même chose. «Petit oiseau». Mais en polonais.

Jake a les poings serrés, le front presque sur le tableau de bord.

– De quelle couleur sont-elles? demande-t-il. Les sittelles. En Allemagne.

– Elles sont bleues, murmure Eva. Bleu vif…

Projet Bluebird.

Jake descend, claque si fort la portière qu'il fait trembler la voiture. Il se met à donner des coups de pied dans les pneus. Dans le poteau. Il attrape une branche sèche sur un tas de broussailles et la casse en deux contre le coin de la grange. La vache se dirige vers l'autre côté du champ. Puis il fait le tour jusqu'au côté conducteur et ouvre brusquement la portière.

– Pousse-toi, dit-il. Tu me rends dingue à conduire comme ça.

Il démarre et ils quittent la ferme, remontant la colline en direction de Sky Island. Eva glisse la serviette sur ses jambes.

Ils passent le portail sans un mot et sans voir d'autres voitures. Jake se gare, prend le dossier d'Anna par terre et un sac en papier sur le siège arrière. Eva récupère son sac à main et sa serviette. Juste au moment où ils entrent par-derrière, Tony sort de la cuisine.

– Hé ! Jake ! Qu'est-ce que tu…

– Salut, Tony. Écoute, je vais rester un jour ou deux, si ça ne vous dérange pas. Je participerai au coût des repas et tout ça. Et peut-être que vous ne seriez pas obligés d'en parler à Martha. Ou du moins, pas tout de suite.

– Oh, fait Tony en jetant un regard perplexe à Eva en maillot de bain. D'accord.

– Y a-t-il eu un coup de téléphone pour moi ? lui demande-t-elle.

– Oh, non, désolé. On se voit plus tard, alors, Jake ?

Ce dernier hoche la tête, lui serre la main et s'éloigne sans se retourner. Eva le suit à travers la salle à manger et jusque dans le vestibule. Ils changent alors de place, et c'est lui qui la suit dans l'escalier, dans le couloir, jusqu'à sa chambre, où il entre directement, sans qu'elle l'y ait invité, avant de fermer la porte à clé. Il jette la mallette sur le lit.

– Quoi ? demande-t-il en voyant qu'Eva le dévisage. Tu crois que je vais te laisser ici toute seule ne serait-ce que deux secondes, après ce que tu viens de m'avouer ? Tiens. C'est de la part de Bets. Et elle m'a dit de te dire que si, elles sont à toi.

Il lui tend le sac en papier, qui contient la robe bleue et la robe de chambre rose. Eva soupire. Bets lui manque. Elle sort la robe de chambre, se retourne et l'enfile, rejette ses cheveux en arrière et attache la ceinture. Elle suspend la robe et sa serviette. Jake lance sa veste sur une chaise et s'assied au bord du lit. Se frotte le visage. Puis il lui tend la main.

Elle la regarde. Et la prend. La sienne est pâle contre la peau hâlée de Jake. Il la fait asseoir à côté de lui.

– Aide-moi à comprendre, dit-il. S'il te plaît. À tout comprendre.

Alors elle lui raconte. Tout. Entièrement. Elle lui parle d'Inge. De la Ligue des jeunes filles allemandes. De maman, et de ce qui s'est passé le jour où la radio a annoncé la mort d'Hitler. D'Anne-marie. Du jour où elle est allée dans le camp et de ce qu'elle a vu derrière le mur. C'est un déluge. Un torrent d'informations. Jake écoute, pose quelques questions, mais surtout, il écoute. Il ouvre la fenêtre et fume cigarette sur cigarette.

Elle lui récite les vingt-sept noms, comme Liebermann l'a fait. Elle lui raconte tout jusqu'à ce qu'il ne puisse plus rester immobile et se mette à faire les cent pas, les mains sur la tête.

Elle continue jusqu'à se sentir malade. Épuisée. Recroquevillée sur l'oreiller.

Et quand elle rouvre les yeux, il fait nuit. Tout est silencieux. La lune est un projecteur haut et pâle entre les étoiles. Eva a une couverture sur les jambes, et le verre d'eau de la salle de bains a été rempli et posé sur la table de nuit, à côté de sa tête. Jake est assis sur la banquette de la fenêtre, la tête en arrière, un pied nu sur le coussin. Le réveil indique deux heures trente-cinq du matin.

Elle s'assied, ramène ses genoux contre sa poitrine, le regarde contempler l'obscurité. Sans tourner la tête, il se met à parler :

– Selon les quakers, quand une personne fait quelque chose de mal, de terrible, même, il faut considérer ce qui l'a poussée à commettre cet acte. Elle reproduit sans doute simplement ce qu'on lui a appris. Elle répond à la violence par la violence. Et selon eux, rajouter de la violence ne sert pas la justice, car cela ne fait que boucler le cercle. Relancer le cycle. Encore et encore.

« Mais ce qui m'échappe, là-dedans, ce sont les conséquences. Quoi qu'on fasse, il y a des conséquences. S'il n'y en avait pas, les gens penseraient qu'ils peuvent faire tout ce qu'il leur passe par la tête, quand ils veulent, quoi qu'on leur ait appris. Et où est l'amour, où est la justice, si on ne fait pas en sorte que ces horreurs ne se reproduisent plus ? Comme dans les camps.

« Alors d'un côté, les quakers ont raison, et si tout le monde agissait comme eux, le monde serait différent. Mais de l'autre côté, que fait-on de la responsabilité ? Comment trouver l'équilibre ? Je ne sais pas. Je ne sais vraiment pas.

Elle non plus. Elle ne veut pas endosser le rôle de juge. Jake repose ses deux pieds par terre, met les coudes sur ses genoux.

– Écoute, ce que j'essaie de te dire, c'est que je vais t'aider. Je vais t'aider à le tuer.

Quand Eva pose les yeux sur Jake, tous les fragments d'elle-même fonctionnent parfaitement à l'unisson.

– Non.

– Tu as fait un choix. J'ai le droit d'en faire un aussi.

Elle repousse la couverture.

– Non.

– C'est toi qui m'as convaincu, Bluebird. C'est ça, la justice.

– Il ne s'agit pas de ta guerre !

– Si. C'est ce que dit ma famille morte à Berlin.

Et elle ne peut rien répondre à ça.

Elle se lève, se rassied. Ferme les yeux. Pourquoi ne s'est-il pas enfui ? Pourquoi n'est-il pas monté dans ce train ? Pourquoi n'a-t-il pas gardé ses distances quand c'était encore possible ?

– Pourquoi es-tu venu ? murmure-t-elle.

– On t'a confiée à moi, tu te souviens ? Et je t'ai dit que je ferais tout ce dont tu as besoin.

– Arrête.

– D'ailleurs, je te fais remarquer que tu ne peux pas m'en empêcher.

Elle bondit sur ses pieds et s'approche de la porte. Elle ne sait même pas où elle va.

Jake se lève.

– Ton ami est dehors.

Elle se retourne.

– Soviétique ou américain ?

– Aucune idée. Il est assis là-bas, entre les arbres. En train de fumer. J'ai failli sortir lui demander une cigarette. Je n'en ai plus.

Elle laisse sa main glisser de la poignée. Il met les siennes dans ses poches.

– Allez, Bluebird, tu n'es pas obligée de tout faire toute seule.

Elle lui tourne le dos. S'approche de la commode et s'assied sur la banquette, les bras serrés sur son ventre. Il aurait dû trouver un avion. Un paquebot. N'importe quoi.

Il aurait dû s'échapper.

– Après tout ce que tu m'as dit, c'est ça qui te fait pleurer ?

Elle essuie sa joue, furieuse. Il prend une chaise et s'assied en face d'elle.

– Regarde-moi.

Elle ne peut pas. À défaut, il prend une de ses mains.

– J'ai eu toute la nuit pour y réfléchir. Je vais t'aider, parce qu'il faut qu'il y ait des conséquences. Parce que... parce qu'on est en Amérique. On est censés vivre dans un pays où les gens fuient ces horreurs. On est censés valoir mieux que ça. Et je ne vois pas d'autre moyen d'arrêter ça, et je ne veux pas te laisser toute seule. Et puis... il y a du vrai, tu sais, quand on dit que la punition doit être à la hauteur du crime...

Eva regarde les doigts autour des siens, ces doigts habiles aux extrémités calleuses, et elle repense aux affiches collées à tous les coins de rue, à Wernigerode, quand elle était plus jeune. Les juifs, c'est de la vermine, disaient-elles. Les juifs sont des microbes. Sauf que le microbe, c'est elle. C'est elle qui est contagieuse. Qui infecte tout ce qu'elle touche. Qui salit tout.

Qui le salit, lui.

Elle retire sa main, referme ses bras autour de son ventre.

– Tu m'as dit que je voulais savoir ce que ça faisait... de jouer dans la boue.

Il grimace.

– Mais ce n'était pas moi, poursuit-elle. C'était toi.

Il serre les mâchoires, regard rivé au sol.

– C'est toi qui jouais dans la boue. Et tu recommences.

Il secoue la tête.

– Tu n'as rien à faire ici, reprend-elle.

– Tais-toi...

– Va-t'en, Jake! S'il te plaît...

– Tais-toi! s'écrie-t-il, et il prend la tête d'Eva entre ses mains et l'embrasse.

Une fois. Avec force.

Elle écarquille les yeux, sous le choc. Le regard de Jake est furieux. Et magnifique.

Alors elle l'embrasse à son tour. Avec force. Et pas qu'une fois. Et il la laisse faire. Elle fait glisser ses doigts sur sa mâchoire hérissée de poils, dans ses cheveux, descend presque de son banc pour le repousser contre sa chaise. Il prend ses deux mains dans l'une des siennes, les presse contre sa poitrine tout en caressant sa joue avec son pouce.

– Tu n'es pas sale, dit-il contre sa bouche.

Il fait courir un doigt le long de son cou, du col de sa robe de chambre et l'embrasse encore une fois. Lentement. Puis il repose les mains d'Eva sur ses genoux et se lève. Il s'approche de la fenêtre, les bras croisés, regardant dans le vide.

– Mais... je ne pourrai pas refaire ça.

Parce que dans le monde auquel elle appartenait autrefois – ce vieux monde malade –, les gens comme lui ont toujours été inférieurs. Des gens comme elle ont assassiné des gens comme lui parce qu'ils étaient inférieurs. Parce que le passé d'Eva et le futur d'Eva feraient un mélange toxique.

Elle joint ses mains. Elle se sent à la fois pleine et vide alors qu'elle regarde Jake contempler la nuit. Il respire vite. Ses épaules se soulèvent et s'abaissent sous sa chemise. Et elle déteste cette fille dans son avenir. Celle qui le méritera.

– Je vais t'aider, reprend-il, parce que c'est ça, la justice. C'est ce que j'ai décidé et je n'ai pas de regrets. D'accord?

– D'accord.

Il lui jette un coup d'œil. Elle voit bien qu'il a envie de revenir vers elle, mais il se retient.

– Mais, si tu ne peux pas me faire confiance ? demande-t-elle. S'il me demande de faire… quelque chose, et que j'obéis ?

Cette fois, lorsque Jake se retourne, un coin de sa bouche pointe vers le haut.

– Tu sembles faire un tas de choses que ton père t'interdirait.

C'est vrai. Mais ce n'est pas pareil, et il le sait. Il s'approche du lit et soulève la mallette.

– Tiens. Lis-le. En entier. Vois ce que ça dit.

Eva examine la mallette. Hésitante.

– Je ne vais nulle part, dit-il.

Elle l'emporte sur le lit, se blottit à sa place, calée contre l'oreiller. Jake manque s'asseoir à côté d'elle, mais il se ravise et opte pour la banquette de fenêtre. Elle appuie sur le petit bouton, et le couvercle s'ouvre d'un coup.

Et elle voit le pistolet de sa mère.

– Il n'y a que trois balles à l'intérieur, dit Jake, qui sait ce qu'elle regarde.

« Trois sur huit, pense Eva. Le compte y est. Une pour maman, une pour Adolf, une pour Helga et deux pour Erich. »

– Je me disais que je pourrais nous procurer un meilleur…

– Non, le coupe-t-elle en sortant le dossier de sous le pistolet avant de refermer la mallette. Non. Je veux celui-ci.

Elle sent qu'il y réfléchit. Elle sent que l'atmosphère change quand il comprend pourquoi elle veut cette arme. Il s'appuie contre le mur, pousse un long soupir, surveillant la lueur minuscule d'une cigarette au bord de la pelouse. Eva ouvre le dossier.

Les documents sont lisses. Neufs, impeccables. La première page indique « Projet Bluebird » avec le nom « Anna Ptaszynska » juste en dessous. Et ce sont presque exactement les mêmes que ceux cousus dans sa jupe. Plus complets. Avec plus de détails. Des notes et des tableaux, familiers désormais, non seulement à cause des pages qu'elle a lues si souvent, mais de ses propres souvenirs.

Certains sont encore vagues, comme les douleurs diffuses quand on a de la fièvre. D'autres sont clairs. Solides. Comme les fois où elle était enfermée dans le petit placard. Les gouttes d'émétique sur sa langue pour la faire vomir dès qu'elle échouait à « contrôler une pensée ». Le Docteur s'en est servi jusqu'à ce que les mauvaises pensées suffisent à la rendre malade. Plus besoin d'émétique.

Et tout ça pour soigneusement amadouer et conditionner son esprit. Pour que ses souvenirs deviennent la source d'une souffrance si terrible qu'ils étaient juste... écartés. Pour effacer la personne qu'avait été Anna Ptaszynska de sa propre existence.

Parce qu'Anna était inférieure.

Et quand Anna a disparu, le Docteur a pu s'appliquer à la rendre « supérieure ». Une bonne Allemande. Loyale et obéissante. Respectant l'autorité. Même quand cela allait à l'encontre de sa propre conception du bien et du mal. Surtout dans ces cas-là. Et cela était censé la sauver de sa faiblesse. La rendre plus forte. Meilleure.

Eva lit ce qu'elle a fait avec l'oiseau dans la boîte.

Et puis ce qu'elle a fait quand elle a grandi. Quand l'expérience a changé. Car si une partie de l'esprit pouvait être effacée, ses souvenirs dissimulés, n'était-il pas possible d'en détacher d'autres, de les cacher aussi ? Et que pourrait-on faire faire à ces parties cachées d'elle-même ? Et ce sont les histoires que Liebermann lui chuchotait sur la route. Les cauchemars qu'elle ne peut ni se rappeler ni imaginer. Mais ce sont des crimes. D'une grande cruauté, et la conclusion est la même.

Il suffit d'un mot pour qu'elle se transforme en meurtrière. Sans même le savoir.

Eva repose le dossier. Jake est immobile, étendu sur la banquette, un bras derrière la tête. Il l'observe.

– Des choses se sont produites à Powell House, dit-elle. Des choses que je ne comprends pas.

– D'accord, quel genre de choses ?

– Par exemple, la fenêtre qui était fermée alors que j'étais sûre de l'avoir ouverte. Et que je ne me rappelais pas l'avoir refermée. Et... la sculpture d'Augusta...

Jake se redresse.

– Tu es au courant qu'Olive avait oublié de fermer à clé la porte donnant sur la rue ? Que la police pense qu'un abruti estimant qu'une exposition sans ségrégation raciale allait nuire à son charmant quartier est entré ? D'ailleurs, pourquoi aurais-tu voulu démolir une sculpture ?

Parce qu'elle avait du sens pour elle. Mais expliquer ça à Jake serait impossible.

– Et il y a eu les oiseaux, poursuit-elle dans un murmure. Deux oiseaux morts…

– Brigit a un chaton, si je ne m'abuse.

Mais ce n'était pas la première fois. Il y avait aussi l'oiseau retrouvé sur le siège de la Mercedes de sa mère. Sur le moment, elle a cru que c'était Erich, comme les perles dans les toilettes. Mais elle n'en a jamais été sûre.

– Et tout ça, ce n'étaient pas des choses que ton père t'avait demandé de faire. Il ne t'a pas approchée, si ?

– Seulement quand on était dans le placard. Je pense qu'il était là, dans l'appartement.

– Et on ne peut pas dire que tu étais en train de m'assassiner.

Elle lui passait la main dans le dos.

– Je comprends que, d'une façon étrange, ça puisse être… plus facile pour toi d'être Anna plutôt que sa fille…, reprend Jake. Mais une tueuse sans pitié et en transe qui abat n'importe qui dès que son papa le lui demande ? Je n'y crois pas. Je ne suis pas sûr d'y croire du tout. Ces gens dans les camps, il devait les choisir. Pour une bonne raison. Mais tu n'es pas Mina. Tu es une battante. Tu te bats toujours.

Elle n'a pas envie de répéter ce qu'elle vient de lire, que « quand on le lui a ordonné, Anna a serré l'oiseau jusqu'à ce qu'il meure… ». De lui dire qu'elle se souvient de l'oiseau dans sa main, et qu'elle n'avait pas du tout envie de l'écraser.

– Tu peux choisir qui tu veux être, Bluebird, tu peux décider de tes actions. C'est bien ce que tu es en train de faire, non ?

Il y a peut-être un peu de vrai là-dedans.

– À mon avis, tu devrais brûler ce dossier. T'en débarrasser. On sait tous les deux ce qu'il contient.

Eva regarde les feuilles de papier. L'écriture penchée de son père. Puis elle se lève, tourne la clé et, avant que Jake puisse réagir, sort dans le couloir. Elle revient avec sa jupe sur un cintre.

– Est-ce que tu as ton couteau ? demande-t-elle. Celui dont tu t'es servi pour forcer la fenêtre ?

Il le sort de sa poche tandis qu'elle verrouille de nouveau la porte, la regarde se percher sur le bord du lit pour défaire les points de la doublure de sa jupe avec la pointe de la lame. Elle sort les documents de leur étui de satin, si sales et froissés qu'ils paraissent fragiles.

Jake attend qu'elle s'explique, un demi-sourire sur le visage.

– Ils étaient sur son bureau. En Allemagne. Dans un dossier avec mon nom dessus. Mon nom allemand. Mais il contenait les notes sur Anna. C'est presque exactement la même chose que les premières pages du dossier de la mallette.

Jake hoche la tête, et Eva fait une pile avec les deux liasses de documents et les dépose sur la grille de la cheminée. Jake ne dit pas un mot. Il se contente d'ouvrir le clapet du conduit, de s'asseoir à côté d'elle, puis de lui tendre une boîte d'allumettes.

– Je pensais qu'ils serviraient un jour de preuves, confie-t-elle.

– Ils semblent donner des idées aux gens, répond Jake.

Eva gratte l'allumette. Sent l'odeur du soufre. Et elle n'éprouve aucune difficulté à approcher la flamme du papier.

Assis côte à côte, ils regardent brûler la vie d'Anna.

– Mon père viendra bientôt, annonce Eva. J'ai mis une annonce dans le journal.

Jake lui décoche un regard.

– Tu veux savoir ce qu'il y a dans ma poche ? lance-t-il. L'adresse du domicile du Dr Schneider.

Eva sourit. Jake se sert du tisonnier pour aviver les flammes.

– Il se trouve qu'il a annulé ses rendez-vous cette semaine. Parce qu'il a des invités. Qui viennent de loin.

– Ce n'est peut-être pas eux, fait remarquer Eva.

Jake hausse les épaules.

– Il fallait qu'ils trouvent un endroit où fuir à la dernière minute. On pourrait y aller, Bluebird. À la première heure. Pour tâter le terrain. C'est à moins d'une heure d'ici.

Ils discutent de leur plan pendant que les flammes s'éteignent, pendant que Jake allume une autre allumette, pour s'assurer que le moindre bout de papier soit bien réduit en cendre.

– Tu es sûr ? demande-t-elle.

– Aucun regret, tu te souviens ? lance-t-il en souriant.

Mais soudain, son sourire disparaît. Il regarde sa bouche. Elle a conscience de son corps. De son odeur. Du désir qui les pousse l'un vers l'autre et qui doit être rompu. Il se lève. S'approche de la banquette et s'allonge.

Parce qu'il ne peut pas faire ça.

Elle le sait bien.

Elle se blottit sur le lit. Il reste une heure avant l'aube.

– Tu peux venir t'allonger, dit-elle. Juste... pour dormir.

Il sourit de nouveau, les yeux fermés, et secoue la tête.

– Déjà que je vais avoir droit à un sermon matinal..., dit-il. On n'est pas descendus pour le dîner et personne ne sait où j'ai dormi. Mick ou Tony va me prendre à part pour me parler des risques de laisser une fille dans une « situation délicate ». Tu vas voir.

– Tu crois qu'ils seront en colère contre toi ? demande Eva en serrant l'oreiller dans ses bras.

– Ce sont des quakers, pas des saints. Et je ne serais pas le premier à rôder autour de Sky Island à la nuit tombée. Les pires, c'étaient Jimmy et Colette. Mais tu es nouvelle, et je suis censé être plus avisé. Il n'est donc pas impossible qu'on me traite de « mufle immoral ».

Eva ferme les yeux. Elle ne sait pas ce que ça signifie, mais elle peut deviner. « C'est sans doute mal, se dit-elle, de regretter qu'il n'en soit pas vraiment un. »

C'est sans doute mal d'être allongée là, dans la même chambre que Jake, à se rappeler le goût de ses lèvres.

Ils ne dorment pas vraiment. Et dès que le soleil commence son ascension dans le ciel, eux aussi se mettent en mouvement. Ils passent chacun leur tour dans la salle de bains, et Eva efface quelques plis sur la chemise de Jake avec un chiffon humide tandis qu'il se rase avec le rasoir d'Eva – ce qu'elle trouve peu hygiénique – et se brosse les dents avec un doigt. Elle ôte le maillot de bain, enfile sa jupe et son chemisier, essaie de dompter un peu ses cheveux. Jake range le pistolet dans sa poche et elle prend son sac à main avec le couteau à pain dans la doublure.

– Tête haute, Bluebird, souffle Jake lorsqu'ils descendent l'escalier. Je vais mourir si je ne mange pas, il va donc falloir affronter l'orage.

Et quand ils entrent dans la cuisine, ils sont accueillis par des regards sévères. Comme si la conversation venait de s'interrompre. Mme Kushner fronce les sourcils sous son foulard, les filles Petrova gloussent en reluquant Jake jusqu'à ce que leur mère les réprimande. Mais Greta sourit et leur dit bonjour, et Eva voit Valentina perdue au bout de la table, les yeux rivés sur son café.

– Bonjour, lui dit Eva.

La jeune fille sursaute, s'excuse d'un sourire avant de replonger dans ses pensées. Jake, qui s'est servi deux œufs, mange tout en ayant une conversation dans un coin avec Mick. Eva capte son regard, et un coin de sa bouche se relève un peu. Elle doit réprimer un sourire.

La vérité est tellement pire que ce qu'ils croient que c'en est risible.

Eva empile rapidement des muffins et deux pommes sur une serviette et annonce à une Patricia surprise qu'ils partent faire un tour en voiture et se verront plus tard. Trois minutes plus tard, Jake la rejoint dans l'allée avec un Thermos de café et ils grimpent dans le cabriolet vert.

– Alors ? demande Eva.

– Tu es nouvelle ici. Je devrais être plus avisé, et qu'est-ce que tu es jolie, répond-il avec un grand sourire.

Sur ce, il enfile une paire de lunettes de soleil et démarre.

Chapitre 47

AOÛT 1946

Ils ne voient pas d'autres voitures en quittant Sky Island. Ni russe, ni américaine. Ils descendent d'abord la colline jusqu'au village, où Jake s'arrête pour faire le plein, acheter une carte routière et des cigarettes. Eva contribue aux dépenses de carburant avec une partie de son dernier billet américain, qu'elle sort, sous le regard amusé de Jake, non de son sac à main mais de son soutien-gorge.

– Comme si je n'étais pas assez tenté comme ça, commente-t-il.

Ils étudient la carte en buvant du café pendant que l'employé fait le plein, nettoie le pare-brise, vérifie le niveau d'huile, vide le cendrier. Jake lui montre où habite le Dr Schneider – dans une banlieue qui se trouve en fait dans le New Jersey, mais qui n'est pas loin – et les autres endroits dont ils ont parlé devant la cheminée. Leur plan est simple. Sans difficultés, à moins que quelqu'un ne les suive. « Un plan pour la justice », dit Jake. Et pour éviter qu'ils se retrouvent en prison.

Il prend l'autoroute en direction du sud. La voiture est toujours décapotée et le vent fouette leurs cheveux, sous un ciel lumineux mais couvert. Aveuglant. Il regarde une fois dans le rétroviseur, puis une seconde.

– Qu'est-ce que tu en penses ? demande-t-il d'une voix forte.

Une voiture noire s'engage derrière eux sur l'autoroute. Eva distingue à peine l'ombre du chapeau du conducteur dans le rétroviseur latéral.

– Possible, dit-elle.

Jake passe deux sorties, puis quitte l'autoroute.

– Déplie la carte, dit-il. Comme si on était perdus.

Elle s'exécute.

Il s'arrête à un feu rouge, puis repart et reprend l'autoroute. Tout comme la voiture noire, qui reste à bonne distance, mais ne les lâche pas.

– Ouaip, fit-il. Alors, comment veux-tu le semer ? Comme dans les films ou avec ma tatie Joyce ?

– Comme dans les films, répond-elle.

C'est plus risqué, mais ça n'implique pas la famille de Jake.

– Viens ici, alors, lance-t-il. C'est une sortie en amoureux.

Elle replie la carte avant qu'elle ne s'envole, puis se décale sur le siège et cale ses pieds dans un coin tandis que Jake passe un bras autour de ses épaules. Elle garde la tête inclinée de façon à pouvoir surveiller la voiture noire dans le rétroviseur.

Ils tournent en direction d'Englewood, avec ses rangées de maisons, toutes agrémentées d'arbres et d'un carré de gazon. La voiture noire ne les lâche pas tandis qu'ils entrent dans un petit centre-ville avec une boutique de sodas et une quincaillerie. Les néons du cinéma sont à peine visibles à travers les nuages. Jake trouve une place. La voiture noire se gare à un pâté de maisons derrière eux.

– Vite, souffle Jake.

Ils s'élancent sur le trottoir, main dans la main, comme s'ils étaient en retard. Jake se penche vers le guichet du cinéma, à l'intérieur duquel un vieil homme fume un cigare. Il a un pull troué, le nez rouge et des poils qui lui sortent des oreilles.

– Jacob ! s'exclame-t-il. Qu'est-ce que tu fais loin de New York ?

– Bonjour, monsieur Nadar. Dites-moi, vous ne me laisseriez pas tuer une demi-heure dans votre cinéma, à tout hasard ?

Le conducteur de la voiture noire approche sur le trottoir d'un pas vif, en costume à fines rayures avec une cravate courte, un journal sous le bras. Un Cruickshanks, sans le moindre doute.

M. Nadar jette un rapide coup d'œil à Eva.

– Ah, vas-y donc, lâche-t-il en ricanant, et ils passent la porte précipitamment.

– Est-ce que tu connais tout le monde partout ? demande-t-elle en passant devant une machine à pop-corn.

– Presque.

– Et tous ceux que tu connais te rendent des services ?

– Presque.

Il sourit.

– Il entre, chuchote Eva.

Ils pénètrent dans la salle obscure, mais ils n'ont pas le temps de la traverser et de sortir par la porte du fond, comme ils l'espéraient. Jake choisit donc deux sièges sur la dernière rangée, à gauche. De façon à ce que personne ne puisse s'asseoir derrière eux. Et alors, Cruickshanks pousse la porte de la salle.

Jake passe un bras autour des épaules d'Eva, comme si c'était un rendez-vous galant, et elle pose la tête sur son épaule, sans regarder l'homme.

– Il est assis quatre rangées plus bas, de l'autre côté de l'allée, murmure Jake à son oreille. Il nous a vus. Mais il sera obligé de regarder par-dessus son épaule pour nous surveiller.

À moins que ce Cruickshanks-là ne se contente pas de les surveiller.

– Tu vois la porte en bas, sur la gauche ? C'est celle qui passe derrière l'écran et donne sur la rue.

Sauf qu'ils ne peuvent plus l'utiliser. Ils vont devoir se rabattre sur tatie Joyce.

– Est-ce que tu connais aussi la sortie de derrière de tous les endroits du monde ? lui demande-t-elle en lui décochant une œillade.

– Ça peut toujours être utile, Bluebird. Est-ce qu'on attend une demi-heure ? Je crois qu'il ne sait pas qu'on l'a repéré.

La salle est presque vide, à l'exception de trois ou quatre couples faiblement éclairés par l'écran.

– Personne ne regarde le film, murmure Eva.

– On n'amène pas une fille à une séance double un matin de la dernière semaine d'été pour regarder les films.

Le bras de Jake est tiède. Il sent le savon d'Eva. Ce serait un geste infime de tourner le visage, rien qu'un petit peu.

Sauf qu'elle n'est pas censée faire ça.

Et soudain, elle se demande avec combien de filles Jake n'a pas regardé de film.

Elle l'entend soupirer dans ses cheveux.

– Regarde le film, Bluebird. Ça ne manque pas d'ironie.

C'est l'histoire d'une psychiatre découvrant que son collègue est en réalité un tueur en fuite qui a oublié son identité. Le Cruickshanks ne bouge pas pendant un long moment.

– Je pense qu'il est captivé, murmure Jake. Allons-y.

Ils se faufilent hors de la salle sans que l'homme ne tourne la tête. S'ils arrivent à le semer maintenant, ils n'auront peut-être pas besoin d'aller chez tatie Joyce. Jake démarre, mais ils n'ont pas été assez rapides. M. Cruickshanks réapparaît sur le trottoir avec sa petite cravate rouge. Ils sont repérés.

– Fais en sorte qu'il nous voie passer, dit Eva.

Jake conduit lentement devant le cinéma, mais elle s'aperçoit en regardant dans le rétroviseur latéral que c'est une autre voiture noire qui les prend en filature. C'est maintenant le Cruickshanks du Zanzibar, celui qui les a poursuivis sur la colline. Et il ne fait pas dans la discrétion.

– Tu sais, je pense que cet homme veut te parler, dit Jake en conduisant tranquillement. Tiens-toi prête quand on arrivera.

Tatie Joyce vit dans un bungalow blanc et bas entouré d'une palissade, au milieu d'une rangée de bungalows blancs et bas entourés d'une palissade. Il y a des pensées plantées autour de la boîte aux lettres. Jake accélère au tout dernier moment, propulsant le cabriolet vert dans une place devant la maison. Derrière eux, la voiture noire freine, trouve à se garer un peu plus loin dans la rue, de l'autre côté, et Cruickshanks sort juste au moment où tatie Joyce ouvre la porte.

C'est une femme d'une cinquantaine d'années, un « canon », comme dirait Jake s'il parlait de quelqu'un d'autre. Elle a les cheveux décolorés, un pantalon blanc, un verre à la main et elle sent le parfum. Elle embrasse Jake sur la joue. Le salon est tout blanc, lui aussi, et la radio diffuse un slow tandis que Jake lui raconte une histoire sur une table qu'il doit aller chercher quelque part. Il a la jolie voiture d'oncle Paul. Pourrait-il l'échanger contre la vieille Studebaker de la mère de Joyce et la ramener demain ? Tatie Joyce ne voit aucun inconvénient à rouler dans le cabriolet de Paul aujourd'hui. Au contraire. Ils échangent les clés. Et est-ce qu'Andy est là ?

Andy sort la tête de sa chambre. Un garçon maigre au visage rouge, un peu boutonneux, plus que ravi d'accepter l'argent de son cousin. Dix minutes plus tard, il a ouvert le garage et démarré la Studebaker. Il sort en marche arrière. Jake est allongé à plat sur la banquette arrière, Eva sur le plancher. La voiture gronde et ils s'éloignent sur la route.

– Alors, qui est-ce qu'on évite, Jake ? demande Andy par-dessus le bruit du moteur.

– Son ancien petit ami, répond-il, et Eva lui fait une grimace.

– Oh, pourquoi se planquer comme ça? Il faut lui rentrer dedans !

– Tais-toi, Andy, lance Jake en souriant. On dirait que tu parles tout seul.

– Je pensais que c'était le cas.

Jake lève les yeux au ciel et s'accroche lorsque la voiture prend un virage.

– Quelqu'un nous suit ?

– Non.

– Fais le tour de la place pour t'en assurer. Ensuite, gare-toi dans un endroit calme et laisse la clé sur le contact.

Andy obéit et s'arrête derrière une épicerie. Jake jette un coup d'œil dehors et fait signe à Eva de sortir. Elle descend d'un bond et monte à l'avant tandis que Jake fait sortir Andy et prend le volant.

– Rentre chez toi par-derrière, lui dit Jake. En passant par-dessus la barrière. Tu sais comment faire. Si tu passes par-devant, on sera démasqués.

Les cheveux d'Andy tombent devant ses yeux. Il met les mains dans ses poches, exactement comme Jake.

– Dis, tu ne vas pas t'enfuir pour te mettre la corde au cou, ou quelque chose comme ça, hein, Jake? Parce que sinon, ta mère va...

Celui-ci se contente de sourire, puis il démarre et la voiture s'éloigne en crachotant, laissant Andy bouche bée. Ils sortent du centre-ville.

– Tu vois quelque chose? demande Jake.

Eva regarde attentivement, puis secoue la tête. Ils l'ont semé. Puis elle demande :

– Ça veut dire quoi, se mettre la corde au cou?

– Ça veut dire se marier, répond Jake en riant.

Il emprunte de petites rues, s'enfonçant dans une zone plus industrielle, remplie d'entreprises et d'entrepôts. Ils passent devant une usine en cours de reconstruction. La moitié de la façade a disparu, le parking est rempli de camions, d'un bulldozer et d'une grue. Un gros panneau annonce MOQUETTES WILSON. Jake entre par un côté, derrière le bâtiment principal, et conduit jusqu'à une longue rangée de bureaux bas aux fenêtres partiellement brisées. Des mauvaises herbes poussent à travers le béton.

Il se gare et coupe le moteur.

Eva sort du véhicule. Elle entend des marteaux, des machines, le bruit occasionnel de planches en bois qu'on jette par terre, mais tous les bruits sont étouffés. Elle ne voit rien d'ici. Tout est dissimulé par le mur arrière de l'usine et par une clôture envahie par la végétation. Il y a une porte verte à un bout du bâtiment, verrouillée, mais Jake passe par la fenêtre et l'ouvre de l'intérieur. Eva entre, les deux mains sur son sac.

Ce n'est qu'une pièce vide. La peinture des murs s'écaille, le sol en béton devait autrefois être recouvert de moquette, comme l'indiquent les tourbillons de vieille colle jaunie entre les débris.

– Comment connais-tu cet endroit? demande-t-elle.

– Grâce à Andy. J'ai passé quelques étés ici, chez ma tante. À faire des bêtises. (Il sourit presque, mais son amusement disparaît aussitôt.) Bon, qu'est-ce que tu en penses ? Il n'y a personne ici, la nuit.

– Il fera sombre. Mais je trouve que c'est bien.

– Le lampadaire nous éclairera peut-être un peu, s'il fonctionne. Et il y a une autre pièce. Là, derrière. (Il désigne une embrasure de porte derrière lui, dans l'obscurité.) Tu pourrais attendre ici. Pendant que je m'en occupe.

Eva secoue la tête.

– Non. C'est à moi de le faire, tu le sais.

Il fixe une fissure dans le béton.

– Je me suis demandé toute la journée si j'en étais vraiment capable. J'aurais été obligé de tuer, si je n'avais pas été réformé. Beaucoup des gars avec qui je suis en cours reviennent de la guerre, et certains d'entre eux… Ils donneraient leur main droite pour pouvoir abattre un type comme… lui. Et pourtant, je ne suis pas sûr d'avoir le cran nécessaire. Mais quand je te regarde, là, me dire que tu dois le faire… (Il hausse les épaules.) J'appuierais sur la détente, je le jure.

Il plonge la main dans la poche de sa veste, traverse la pièce sale en deux enjambées et pose le pistolet de la mère d'Eva dans la paume de sa main. L'aigle doré brille sur l'étui. C'est différent de l'urgence du combat. C'est un geste froid. Calculé. C'est nécessaire.

Mais elle pense en être capable.

Car après tout, Anna a tué l'oiseau. Et d'autres choses. Elle a tué d'autres choses.

– Justice doit être rendue, dit-elle en glissant l'arme dans son sac à main.

Jake hoche la tête, mâchoires serrées.

– Alors, ce sera ici ?

– Oui, répond-elle.

– Dans ce cas, allons voir si on le trouve.

Il leur faut environ vingt minutes pour se rendre à l'adresse du Dr Schneider. Jake décrit des cercles, tourne de façon aléatoire, mais aucune voiture, noire ou rouillée, ne semble les suivre. Le quartier ressemble à celui de tatie Joyce, sauf que les maisons sont plus grandes, les jardins plus vastes, et que tout est flambant neuf. Tous les arbres sont jeunes. Jake trouve un endroit où laisser la voiture, à quelques pâtés de maisons de chez Schneider, devant un petit parc avec des bancs et des balançoires. Puis ils terminent à pied, Eva balançant son sac au bout de son bras. Comme s'ils se promenaient. Jake remet ses lunettes de soleil.

Le vent s'est rafraîchi, le ciel est de la même couleur que le trottoir en béton immaculé. Les haies semblent avoir été taillées à l'aide d'un niveau à bulle. Ils marchent du côté opposé à la maison du Dr Schneider et, quand ils parviennent à son niveau, Eva vérifie qu'ils ne se sont pas trompés. Le jardin est plein d'enfants. Un véritable troupeau – des enfants de huit, neuf ans peut-être, qui courent sur la pelouse avec des vestes de costume et de gros nœuds dans les cheveux. Des banderoles sont attachées aux jeunes arbres, des ballons roses à la boîte aux lettres.

C'est une fête d'anniversaire. Pour une petite fille.

– Bon Dieu, souffle Jake.

Ils continuent de marcher. Une maison plus loin, ils arrivent à un arrêt de bus ou de tramway. Ils s'asseyent sur le banc en béton, entre des pots de géranium, assez proches pour garder un œil sur la maison, mais suffisamment loin pour ne pas se faire remarquer, abrités par les voitures garées le long de la route. Les enfants jouent sur l'herbe tondue. Certains ont les yeux bandés, ils poussent des cris stridents et rient. Jake allume une cigarette.

– Que vois-tu? lui demande-t-il.

Il y a une femme dans le jardin, vêtue d'une robe imprimée verte et de chaussures à talons assorties, aux cheveux blonds bouclés, rigides de perfection. Elle rit avec les enfants, titubant maladroitement dans l'herbe, dirigeant le jeu. Elle interpelle un homme appuyé à la rambarde de la terrasse couverte. Un peu plus âgé, avec des tempes grisonnantes, d'épaisses lunettes noires comme feu M. Cruickshanks, il observe les festivités. Et dans un coin, à l'ombre d'une plante grimpante, se trouve un autre homme. Assis. Un verre à la main. En train de fumer une pipe.

Eva le regarde une fois. Deux fois.

Et elle voit l'homme qui l'emmenait aux défilés, et à la mer, et écouter Wagner à Berlin. L'homme qui lui a pris ses souvenirs et son nom. L'homme qui force des gens à commettre l'indicible. Après deux ans, une guerre et la traversée d'un océan.

Le Docteur. Son père.

Et il est petit. D'allure frêle. Avec du blanc dans sa barbe désormais, en plus du gris, et un cardigan en laine vert. A-t-il toujours ressemblé à un grand-père ?

– Eva ? demande Jake.

– Il est là, murmure-t-elle, dans le fauteuil à bascule.

Elle sent les fragments recollés d'elle-même se mettre à trembler. Menaçant de se détacher. De se fendre. Elle avait oublié qu'il était fait de chair et de sang.

Jake se laisse aller en arrière et fume en silence.

Une petite fille avec des nœuds sur ses couettes s'approche en courant du fauteuil à bascule et ouvre la main. Eva regarde son père poser son verre, lui ébouriffer les cheveux, comme il le faisait toujours avec elle, et l'installer sur ses genoux. Lui parler. Comme si elle était la personne la plus importante au monde.

Elle a fait si souvent la même chose quand elle était Inge. Et il ne l'a même pas cherchée après la guerre. Il l'a abandonnée. Dans les décombres. Elle se sent toute petite, soudain. Inférieure.

Mais alors, le fait qu'il puisse lui faire ressentir ça la met en colère. Et elle se demande si son père serait capable de donner un oiseau à cette petite fille, et elle a envie de faire irruption dans cette fête d'anniversaire et de lui arracher cette enfant.

La petite fille saute des genoux du Docteur pour aller rejoindre le jeu et, l'espace d'un instant, le regard de son père se relève et dérive brièvement de l'autre côté de la rue. Eva grimace. Comme si on l'avait giflée.

– Bâtard, crache Jake en jetant sa cigarette.

Il lui tend la main, et elle la prend. Les doigts d'Eva sont pâles, ses ongles rouges ressortent sur la peau de Jake. Elle inspire, se sent plus calme.

– Allons téléphoner, dit-elle.

Ils retournent à la voiture, main dans la main. Les enfants se sont attroupés autour d'une table décorée, dans le jardin, pour manger du gâteau. Sur la véranda, le fauteuil à bascule est vide.

Il y a un magasin au coin de la rue, avec une cabine téléphonique à l'intérieur. Jake sourit et entre avec elle cette fois-ci, arguant qu'il ne peut pas lui faire confiance. Il lui donne le numéro, ainsi qu'une pièce de cinq cents.

– Quelle heure ? demande-t-elle.

– Minuit ?

Elle hoche la tête et décroche. Jake attend, la laissant aller à son rythme. Et finalement, elle glisse la pièce dans la fente et compose le numéro. La ligne vrombit, crépite. Et à la troisième sonnerie, une femme essoufflée répond :

– Englewood 4479, j'écoute ?

– Puis-je parler au Dr von Emmerich, s'il vous plaît ? demande Eva, en allemand.

Il y a un petit silence au bout du fil. Mais elle entend la fête d'anniversaire qui bat son plein. La porte doit être ouverte. La femme répond en anglais, bien qu'elle n'ait pas demandé le sens de la phrase en allemand.

– Il n'y a personne de ce nom ici. Qui est à l'appareil ?

– Dites-lui que c'est Inge. Et que je... que j'aimerais beaucoup le revoir.

Les yeux de Jake sont fixés sur elle, gris-vert, si beaux. Eva a l'impression que la femme a posé la main sur le combiné. Pendant quelques instants, tout est assourdi.

– Je suis désolée, pourriez-vous répéter, s'il vous plaît ? demande la femme.

Eva visualise la scène. La femme tendant le téléphone à son père. Pour qu'il puisse l'entendre parler. Pour être sûr que c'est bien elle.

– C'est Inge, dit-elle distinctement, toujours en allemand. J'ai des informations pour mon père. Les Américains savent qu'il est dans le pays. Ils ne vont pas tarder à le retrouver. Dites-lui de me rejoindre dans les bureaux abandonnés derrière l'usine de moquette Wilson, à minuit. Qu'il cherche la porte verte. Nous ne serons pas… dérangés, là-bas. Et je ne veux parler qu'à mon père. À personne d'autre. Qu'il vienne seul, ou je m'en irai. Dites-lui… que j'ai son dossier.

Elle distingue à présent des bribes de conversation hachée. La femme a retiré sa main du téléphone.

– C'est beaucoup trop tard, dit-elle sèchement. Il vous verra là-bas à seize heures.

Et elle raccroche.

Chapitre 48

Un, deux, trois…

Les boums sont tellement forts. Elle n'aime pas ça.

Trois, quatre, cinq…

Ça ne ressemble pas à des coups de tambour. Ça fait mal aux oreilles. Ça fait crier les gens.

Ils ne sont pas bien, ces boums.

Parfois, des choses pas bien sont inévitables. Comme de brosser les nœuds dans les cheveux. Retirer une écharde.

Peut-être que ces boums sont inévitables.

Quand les mauvaises personnes entrent dans la maison.

Chapitre 49

AOÛT 1946

Jake démarre la voiture.

– Je n'aime pas ça, dit-il. En plein jour. Et cette équipe n'aura même pas terminé son travail de la journée…

Les pneus crissent lorsqu'il s'engage sur la route. Il est quinze heures vingt.

Leur plan pour éviter d'aller en prison consistait à ne pas se faire voir. Jake a répété maintes fois que le père d'Eva est un criminel de guerre. Entré illégalement dans le pays. Que les Schneider ne signaleraient pas sa disparition. Que la police n'arriverait peut-être même pas à l'identifier, s'ils veillaient à ce qu'il ne reste aucun document sur lui. Mais tout ça ne tient plus si quelqu'un les voit.

– Je pense qu'on doit essayer, dit Eva. Je ne sais pas quoi faire d'autre.

– Écoute, si c'est trop dangereux, ne le fais pas et c'est tout. On trouvera un autre plan. Promets-le-moi. On peut y arriver sans que tu gâches le reste de ta vie.

« Ou de la tienne », pense-t-elle.

Toute cette histoire a toujours été foireuse.

– Surveille les voitures pour moi, demande-t-il.

Elle obtempère, jusqu'à ce qu'il gare la Studebaker à plusieurs pâtés de maisons de l'usine, comme tout à l'heure, dans le quartier du Dr Schneider. Ils terminent à pied. Passent devant des garçons qui jouent au base-ball dans un parking abandonné, puis derrière l'usine. Ils entendent l'équipe de construction, même s'ils ne peuvent pas la voir. La porte verte est toujours ouverte.

– On va attendre ensemble dans la pièce de derrière, annonce Jake. Tu pourras sortir et… faire ce que tu as à faire. Mais écoute… (Il pose une main sur son bras, s'assure qu'elle l'entend bien.) Si tu n'y arrives pas, ou si tu changes d'avis, tu n'es pas obligée de le faire. Je m'en occuperai. D'accord?

Elle hoche la tête, mais il le répète :

– D'accord?

– Oui.

Ils entrent dans la pièce de derrière, plongée dans la semi-obscurité, pour qu'on ne puisse pas les voir depuis les fenêtres.

– Au fait, commence Jake, je ne t'ai jamais demandé si tu savais te servir de…

Mais Eva a déjà le pistolet à la main, elle en sort le chargeur. Il contient deux balles, plus celle de la chambre, comme l'a précisé Jake. C'est drôle, pense-t-elle, quand Frau Koch a fait venir un officier SS pour apprendre à la Ligue des jeunes filles allemandes à charger et tirer avec un Luger, il ne lui est jamais venu à l'esprit d'Eva que la guerre ne se déroulait peut-être pas si bien que ça. Elles étaient toutes si excitées de pouvoir faire quelque chose d'ordinaire réservé aux garçons. Eva remet le chargeur en place et retire la sécurité avec son pouce.

– Laisse-moi le couteau, intervient Jake. Au cas où.

Elle le lui tend, poignée vers lui, et il le jette par terre et s'assied à côté, adossé au mur. Il lui tend la main.

– Attends avec moi.

Elle prend sa main. Et ils attendent. Épaule contre épaule.

Eva ferme les yeux. Elle dit les vingt-sept noms, lentement, dans sa tête. Et puis elle fouille parmi les fragments d'elle-même, à la recherche d'Anna. L'Anna qui sait appuyer sur la détente. Mais il n'y a rien. Cette partie d'elle-même est lisse. Vierge. Cachée.

C'est peut-être mieux, pense-t-elle. D'avoir Eva, plutôt qu'Anna.

Anna pourrait entendre un mot spécial et faire ce que son père lui demande.

Et quand elle rouvre les yeux, la lumière a décliné, les nuages s'épaississent derrière la fenêtre sale. Jake a passé un bras autour d'elle. Il a les yeux fermés, la tête contre le mur, mais il est tendu. Aux aguets. Son poignet est proche du menton d'Eva. Elle regarde les aiguilles de sa montre faire un tour de cadran. Puis un autre. Elle entend l'équipe de construction qui rentre chez elle. Le moindre petit bruit. Le moindre crissement inexistant sur le gravier, de l'autre côté de la porte verte.

À dix-huit heures, Jake murmure :

– Je pense qu'il ne viendra pas, Bluebird.

Elle le sait. Il n'a pas mordu à l'hameçon. Son père doit avoir pris la fuite, vite et loin, pour se cacher dans un trou si profond qu'elle ne le retrouvera jamais.

Il n'y aura pas de justice. Pas aujourd'hui. Peut-être jamais.

Ils ont échoué. Et c'est sa faute.

Jake se relève, s'époussette, lui tend la main et l'aide à se mettre debout. Et avant qu'il puisse la relâcher, elle se met sur la pointe des pieds et l'embrasse une fois, doucement, sur les lèvres, s'y attardant une seconde de plus.

Jake ne bouge pas, pas un muscle.

– Ça, c'était pour aujourd'hui, dit-elle en se détournant. Et je sais que je ne peux pas recommencer.

Elle remet le cran de sécurité et glisse le pistolet et le couteau à pain dans son sac à main. Ils s'éloignent du bureau délabré et de l'usine à demi construite et retournent à Sky Island dans la Studebaker.

– Cruickshanks n'aura qu'à rester toute la nuit devant chez ma tante, si ça lui chante, lance Jake.

Ils ne parlent pas beaucoup. Le soulagement est venu, comme Eva s'y attendait, parce qu'elle n'a pas eu à abattre son père. Suivi de près par le sentiment de culpabilité. Parce qu'elle a trahi ces noms. Ceux qu'elle connaît, et les autres. Et tous ceux qui pourraient connaître le même sort à l'avenir.

Le crépuscule est court, les nuages bas et lourds, un éclair fend occasionnellement l'obscurité à l'est. Au-dessus de l'océan. Jake allume la radio.

L'orage approche.

Il conduit prudemment sur la route sombre de la colline. La Studebaker peine à monter la pente, elle n'aime pas ça, mais ils finissent par passer le portail et s'engager dans l'allée. Le tacot emprunté par Patricia n'est plus là. Eva baisse la vitre, Jake reste assis, les mains sur le volant. Des feuilles volettent sur le gravier.

– Je te rejoindrai dans ta chambre quand tout le monde sera couché, dit-il. Tu ne devrais pas rester toute seule là-haut.

Il y a de la tristesse dans ses mots. Et Eva se demande s'il a changé d'avis. À propos de ce qu'il fera ou non. Si elle avait continué à l'embrasser dans ce bureau abandonné, il l'aurait laissée faire. Il l'aurait vraiment laissée faire. Et il a à peine parlé depuis.

– Que va dire Mick? demande-t-elle.

– Que j'ai de la chance, répond-il en souriant.

Elle sait qu'il plaisante quand il se sent nerveux.

Ils rentrent en courant, le vent hurlant sur leurs talons, et trouvent presque tout le monde dans la cuisine chaleureuse, en train de terminer le dîner.

– Tony et Patricia sont allés faire des courses à Nyack et le vieux tacot est tombé en panne, explique Greta. On a laissé du gratin de nouilles au poulet dans le four. Servez-vous.

– Y a-t-il eu un appel pour moi? s'enquiert Eva.

Greta secoue la tête et dit qu'elle est désolée. Et personne ne fait remarquer qu'Eva et Jake se sont absentés toute la journée. Et que celle-ci était censée prendre en charge le travail de quelqu'un.

Jake se remplit une assiette et se met aussitôt à manger, entamant une conversation avec Mick à propos de la possible qualification des Red Sox pour les World Series. Ce qui pourrait bien être un langage codé, pour ce qu'Eva y connaît. Malgré ses efforts, elle n'arrive pas à manger. Toutes les femmes discutent de la pièce de théâtre que Mme Kushner et les trois filles Petrova veulent présenter après le dîner. Une combinaison improbable d'actrices, du point de vue d'Eva, mais elles ne manquent pas d'enthousiasme. Valentina perd sans cesse le fil de la conversation, et quand le vent fait trembler les fenêtres, elle sursaute. Eva s'approche de l'évier, où Greta a de l'eau sale jusqu'aux coudes.

– Va les aider avec la pièce, lui dit-elle. Je vais terminer de ranger la cuisine.

– Oh, vraiment ? demande Greta. Ce serait formidable. Merci...

Eva termine la vaisselle et Jake l'essuie tandis que les autres vont boire le café au salon ou se préparer pour le spectacle. Ils entendent qu'on traîne des choses dans le hall, des voix qui s'interpellent dans différentes langues. Heureuses. Excitées. Le silence au-dessus de l'eau de vaisselle est chargé de non-dits.

Jake s'essuie les mains, dit à Eva d'aller dans le salon, qu'il arrive tout de suite. Elle prend son sac à main et découvre qu'une scène élaborée a été montée devant le piano. Des tentures dégotées quelque part dans la maison font office de rideaux de théâtre, les quelques spectateurs sont éparpillés dans les fauteuils et les canapés, dans la partie de la pièce en contrebas. Il est difficile de ne pas sourire devant autant d'efforts. Et devant le visage rosi des filles Petrova.

Elle trouve une place au bout d'un canapé, à côté de Valentina. Jake les rejoint et pose une tasse de thé à côté d'elle avant de prendre une chaise au fond. De façon à pouvoir filer quand il voudra. Eva prend la tasse et la soucoupe. Le thé n'est pas trop chaud, avec juste un peu de citron, pas de sucre. Elle ferme les yeux.

Jake s'est souvenu qu'elle aimait le citron. Et qu'elle ne prenait pas de sucre.

Elle jette un coup d'œil dans sa direction. Il est assis calmement, les mains jointes, les coudes sur les genoux. Il n'y a pas de musique en lui pour le moment. Mais il relève les yeux, sourit. Eva lui rend son sourire et sirote son thé.

Elle aurait appuyé sur la détente aujourd'hui, même sans ces vingt-sept noms.

Elle l'aurait fait rien que pour lui.

Le tonnerre gronde, fort et soudain. Il y a quelques cris étouffés, et puis des rires. Sauf Valentina, si effrayée que ses mains tremblent. Elle les coince sous ses jambes. « Valentina connaît le bruit des bombes », pense Eva.

Et puis la pièce commence.

Les tentures s'ouvrent sur une énorme silhouette de femme. D'environ deux mètres de haut, peut-être un et demi de large, le visage peint sur un ballon de plage. Elle porte un grand chapeau rose sur des cheveux jaunes en barbe de maïs, ainsi qu'une volumineuse robe à l'ancienne dont le tissu a peut-être lui aussi servi autrefois de rideaux à Sky Island. Et même si la pièce est jouée dans un anglais parfois approximatif, il semblerait que la femme à tête de ballon ait besoin des conseils d'une fille Petrova, déguisée en médecin, pour réaliser son rêve de toujours : s'entraîner pour les Jeux olympiques.

Mais quelque part sous l'énorme robe doit se cacher une autre sœur Petrova munie d'un parapluie ouvert, car chaque fois que la femme suit les ordres du docteur, elle rétrécit visiblement, à mesure que le parapluie se referme, une idée si cocasse et inattendue que tout le monde rit.

« C'est surréaliste, se dit Eva, de terminer cette journée par des rires. » Même Valentina s'esclaffe, et quand le parapluie finit par se refermer complètement, les Jeux olympiques ont été annulés à cause de la guerre, et les filles et Mme Kushner viennent saluer le public.

Eva pose sa tasse tandis que les spectateurs finissent d'applaudir, puis Jake lui murmure à l'oreille qu'il a donné les clés de la voiture à Mick pour qu'il aille chercher Patricia et Tony, qu'il monte prendre une douche dans la chambre d'Eva, et lui demande de lui accorder une vingtaine de minutes. Eva s'approche de la fenêtre, plongée dans ses pensées, et au bord de la pelouse, dans le tonnerre et dans le vent, juste à la lisière des arbres, près du pavillon, elle distingue la faible lueur d'une cigarette.

Le Russe est là. Un Soviétique qui sait que son nom est Ptaszynska. Pourquoi n'est-il jamais venu la chercher ?

Peut-être qu'il ne s'intéresse qu'au Docteur.

Quelqu'un allume la radio, les parents Petrova se mettent à

danser, et Greta annonce qu'elle ne va pas tarder à aller préparer du chocolat chaud. Mais soudain, il y a un éclair éclatant. Un craquement électrique. Une explosion qui secoue toute la maison. Puis la musique et les lumières s'éteignent.

Le silence s'abat sur la pièce en même temps que l'obscurité. Et puis tout le monde se met à parler. Peut-on changer un fusible ? Où sont les bougies ? Quelqu'un a une allumette ? Eva recule, trouve le canapé derrière elle et s'y assied. Une peur électrique la parcourt, comme le courant dont ils ne disposent plus.

Le bruit du tonnerre ressemble à tellement de choses.

Quelqu'un allume alors une bougie. Et une autre, et la pièce redevient visible. Un coup de tonnerre retentit, un peu plus loin cette fois, mais le vent souffle violemment. Tout le monde se remet à rire, maintenant qu'on voit de nouveau. « Jake doit prendre sa douche dans le noir », pense Eva.

Elle devrait lui apporter une bougie.

Mais elle se rend alors compte que Valentina a disparu. Elle la retrouve recroquevillée derrière le canapé.

– Merci, murmure celle-ci lorsqu'Eva l'aide à se relever. Je ne suis pas… moi-même.

– Ça m'arrive souvent aussi, répond Eva.

Greta décrète que c'est le moment idéal pour jouer à cache-cache. Surtout dans une aussi grande maison. On peut jouer dans le noir, tout le monde se cache, mais une seule personne sera le meurtrier, et si elle trouve quelqu'un qui fait le mort, elle crie « au meurtre » et tout le monde essaie de découvrir qui est le coupable.

Eva regarde par la fenêtre en pensant au pistolet dans son sac à main. À feu M. Cruickshanks, le cou de travers sur la pelouse.

– Eva, est-ce que tu veux jouer ? demande Greta, les yeux brillants d'enthousiasme, tandis que les filles Petrova sautillent sur place.

– Non, merci, répond-elle, ne voulant pas lui expliquer que ce jeu n'est drôle que quand ça n'est pas réel pour vous. Je vais accompagner Valentina dans sa chambre. Elle ne se sent pas bien.

– Oh, d'accord. Merci.

Greta hésite en voyant le visage en sueur de Valentina. Mais elle ne veut pas gâcher le bon moment que sont en train de vivre les jeunes filles.

Les deux hommes de la famille Petrova et M. Kushner vont se coucher tandis que Greta distribue des cartes pour savoir qui est le meurtrier. Mme Petrova et même Mme Kushner ont accepté de jouer. Eva prend une des bougies et la main de Valentina alors que les joueuses se dispersent pour se cacher dans la maison obscure. La jeune femme obéit. Elle fait exactement ce qu'on lui demande. Telle une machine dont on aurait actionné l'interrupteur.

– Valentina, murmure Eva en la faisant avancer lentement dans le cercle de lumière projeté par la bougie, dans le hall d'entrée caverneux et noir, éclairé de bleu par les éclairs. Où est ta chambre ?

Elle ne répond pas, et elles sont seules désormais. Eva entend le tic-tac d'une horloge sous le rugissement du vent. Elle se demande si la jeune fille partage une chambre avec quelqu'un. Elle n'est pas certaine qu'il faille la laisser seule ce soir.

Elles commencent à gravir l'escalier quand, quelque part dans le vestibule sombre, quelqu'un crie « Au meurtre ! » avec toute la théâtralité d'une actrice sur scène.

– Au meurtre ! Au meurtre !

Et Valentina pousse alors un hurlement perçant dont même Brigit n'aurait jamais eu l'idée. De la peur faite son. Elle hurle une fois de plus, sans raison, son cri résonnant dans toute la maison, et puis elle s'assied sur une marche.

Eva pose la bougie, saisit la jeune femme par les épaules. Son corps est raide, ses yeux marron grands ouverts. Aveugles. Elle tombe sur le côté.

– À l'aide ! crie Eva, mais déjà des pas approchent.

– Que s'est-il passé ? demande Greta.

– Je ne sais pas...

Valentina lui rappelle Brigit quand elle a une crise, sauf qu'elle ne bouge plus du tout. Elle a besoin d'un docteur. M. Kushner les regarde par-dessus la balustrade, sa moustache illuminée par une bougie.

Un autre coup de tonnerre retentit, la maison tremble et, cette fois, du verre se brise quelque part. Greta regarde Eva, bouche bée. Tout le monde la regarde. Eva se lève.

– Greta, emmène Valentina dans sa chambre. Porte-la, et reste avec elle. Assure-toi qu'elle respire. Vous autres, allez tous dans vos chambres, ajoute Eva en observant les hautes fenêtres du vestibule. Le vent est dangereux. Je vais appeler un docteur. Et voir ce qui s'est cassé.

Tout le monde se hâte d'obéir. Un effort groupé : deux sœurs Petrova, leur mère et Greta portent Valentina dans l'escalier tandis que M. Kushner les éclaire. Eva se rend avec sa bougie dans la salle à manger, où le vent s'engouffre en hurlant par une fenêtre cassée, malmène les rideaux et continue son chemin dans le couloir de derrière.

C'est une nuit sans lune dans le couloir, où il n'y a pas de fenêtre, et où les bruits de l'orage sont étouffés. Eva se dépêche, cherchant le bureau avec le téléphone, se demandant pourquoi Jake n'est pas descendu quand Valentina a hurlé. Il ne pouvait pas être encore sous la douche, dans le noir.

Elle trouve la pièce avec les étagères, le bureau avec des livres de compte et un téléphone à l'ancienne. Le genre d'appareil sur lequel on ne peut pas composer de numéro. Elle pose la bougie, décroche l'écouteur et secoue le petit support sur lequel il était posé.

– Allô ? Allô ?

Elle n'entend pas même un crépitement. Soit la ligne est coupée, soit elle ne sait pas s'en servir.

– Allô ?

– *Hallo, mein Vögelchen.*

Eva se fige. La voix vient de derrière elle. Dans la pièce.

Avec elle.

Et quelque chose en elle se transforme. Mais elle ne se sent pas prête. Elle ne ressent pas grand-chose, en réalité. Elle repose doucement l'écouteur sur son support. Et se retourne. Et sourit.

– Bonjour, papa.

Chapitre 50

SEPTEMBRE 1946

Le Docteur se tient dans l'embrasure de la porte, en cardigan vert sous une veste non boutonnée, mouchetée de pluie. Sa barbe blanchissante s'étire lorsqu'il sourit, et son sourire est doux. Rien que pour elle. Il s'avance d'un pas, parlant doucement en allemand.

– Tu as tellement grandi depuis la dernière fois que je t'ai vue, mon petit oiseau. Une vraie demoiselle. Tu vas bien ?

– Oui, papa.

– Est-ce que je t'ai manqué ?

– Oui, papa.

– Tu es venue me voir aujourd'hui, n'est-ce pas, petit oiseau ? J'aurais aimé que tu entres. Ça aurait été tellement sympathique.

C'est dommage, pense Eva, qu'elle ne l'ait pas fait. Terriblement dommage. Elle sent l'odeur de son tabac.

– J'aimerais que tu passes un appel pour moi. Mais le téléphone, il ne fonctionne pas ?

Elle secoue la tête.

– Alors il faut qu'on parte faire un tour ensemble, petit oiseau. Pour trouver un téléphone.

– Qui aimerais-tu que j'appelle, papa ?

– J'aimerais parler à un M. Cruickshanks. Connais-tu le numéro de téléphone d'un M. Cruickshanks ?

– Oui, papa. Il est sur une petite carte. Dans mon sac à main.

– Alors allons le chercher, d'accord ?

Elle prend la bougie, souriante, et précède son père hors du bureau, dans le couloir puis la salle à manger, où la pluie éclabousse le tapis par la vitre brisée. Ils entendent mieux l'orage à présent, le roulement et le grondement constant du tonnerre. Comme des tanks traversant le ciel. Eva marche lentement, pour que son père puisse la suivre. Ils entrent dans le hall principal, vide désormais, puis dans le salon, où les bougies dégoulinent sur la cheminée.

– C'est une belle pièce, commente son père. Très confortable. Il y a eu un spectacle ?

– Oui, papa.

– Comme c'est charmant. Et où sont tes amis ?

– Partis se coucher.

Il regarde l'eau qui éclabousse les fenêtres, pose son chapeau sur une table, retire sa veste.

– Et si on discutait ici quelques instants ? Il fait un temps épouvantable, et la voiture est garée au bout de l'allée. Et on doit attendre Rolf.

– Rolf est ici ?

– Rolf n'est jamais loin, petit oiseau. Il va m'apporter mon dossier.

Elle hoche la tête, ramasse son sac à main et le pose sur ses genoux en s'asseyant tout au bord du canapé.

– Et est-ce qu'Anna est ici aussi avec toi, papa ?

Il sourit.

– Oh, oui, je crois bien.

Il sort sa blague à tabac de sa veste et s'installe dans le fauteuil. Elle le regarde remplir la chambre de la pipe, tasser le tabac, observe la lueur lorsqu'il aspire pour que la flamme pénètre dans le tabac. Une seule bouffée suffit pour que l'odeur lui monte à la tête. Et les fragments d'elle-même se mettent à hurler, vociférer, enrager et tempêter comme le ciel. Mais elle ne les écoute pas. Pas pour le moment.

Le Docteur croise les jambes, se détend dans le fauteuil rembourré. Ses doigts sont roses et doux, ses chaussures un peu élimées.

– Rolf dit qu'il t'a vue, juste avant qu'on ne quitte l'Allemagne. D'après lui, tu n'as pas été très gentille avec lui.

– Oh, ce n'était pas moi, papa.

– Quand même. Tu dois lui présenter des excuses, d'accord ?

– Pourquoi veux-tu que j'appelle M. Cruickshanks, Papa ?

– Pour qu'on puisse avoir une nouvelle vie ensemble, mon petit oiseau. Une vie très prospère, très heureuse. Tu t'occuperas de Rolf. Et tu prendras soin de moi, quand je ne travaillerai pas.

– Mais, et Anna, alors ? M. Cruickshanks ne veut-il pas Anna, aussi ?

– Oui, tu as raison. Comme c'est bien de ta part de t'en souvenir. Mais M. Cruickshanks n'a pas besoin d'Anna. M. Cruickshanks ne peut pas l'avoir.

– D'où venait Anna ?

Le Docteur se laisse aller en arrière.

– C'est une question intéressante. Tu ne me l'avais jamais posée. D'où vient-elle, d'après toi ?

– De Pologne.

– Est-ce qu'Anna se souvient de quelqu'un en Pologne ?

– Un tout petit peu.

– Elle ne devrait pas s'en souvenir. Ce sont des pensées qui vont la rendre malade. Est-ce qu'elles la rendent malade ?

Son regard est intense par-dessus sa pipe.

– Un peu.

– Alors elle ne doit pas y penser, tu ne crois pas ? Elle va rester en sécurité avec Rolf et papa. Tu as beaucoup de chance, petit oiseau. D'être tant aimée.

Le regard d'Eva dérive vers sa tasse de thé vide, sur la table. Elle relève les yeux.

– Maman ne m'aimait pas.

– Ah non ? Dis-moi pourquoi tu penses ça. Allez, raconte tout à papa.

– Parce que je suis la seule qu'elle n'a pas tuée.

– Ah. Je vois. C'était une erreur, mon petit oiseau, voilà tout. Une simple erreur, dit-il avant de souffler un autre nuage de fumée, épaisse, riche, qui la fait cligner des yeux. Dis-moi quelque chose, Anna. Te souviens-tu de l'oiseau ?

– Oui.

– Et as-tu fait ce que ton papa t'a demandé, Anna ? As-tu tué l'oiseau ?

Elle regarde son père droit dans les yeux, à travers la fumée.

– Bien sûr que j'ai tué l'oiseau, papa.

Un éclair illumine la fenêtre derrière la tête de son père. Et soudain, il se met à rire et rire encore, et son rire dure plus longtemps que le tonnerre. Il s'essuie les yeux, agite un index court et rose.

– Toi, tu as lu mes papiers. Que t'ai-je dit à ce propos ? Voilà ce qu'on gagne à être un petit oiseau trop curieux. C'est légitime.

Elle écarquille les yeux.

– Comment ça, papa ?

– Tu peux arrêter ton petit jeu, maintenant, Inge. Même si j'y ai cru pendant un moment. Un infime moment. Bien, très bien. Tu as toujours été la plus intéressante. (Il se penche en avant, pointe sa pipe sur elle, les yeux pétillants.) Ce sera la première leçon de notre nouvelle vie ensemble en Amérique. Ne crois pas tout ce que tu lis.

Eva reste immobile, son sac sur les genoux.

« Tu as lu mes papiers. »

« Ne crois pas tout ce que tu lis. »

Il y avait des mensonges dans le dossier d'Anna Ptaszynska. Le Docteur a écrit des mensonges.

Tout ce qui est réel pourrait être irréel, et tout ce qui est irréel pourrait être vrai.

Et maintenant, il va devoir lui expliquer ce qui est vrai et ce qui ne l'est pas.

Le Docteur sourit. La regarde réfléchir.

Elle se lève, traverse rapidement le halo de la bougie et pose son sac sur la table, le cachant à la vue de son père.

– Tu sais que je ne viendrai pas avec toi, dit-elle sans se retourner.

Il glousse.

– Bien sûr que si. Mon ami le Dr Schneider a été approché par un certain M. Cruickshanks qui lui a assuré que tu faisais partie du marché. Mais il ne nous a plus contactés, depuis...

Elle lui jette un regard par-dessus son épaule.

– C'est parce que M. Cruickshanks est mort.

– Ah, je vois. Je suis sûr que tu as compris désormais qu'il n'y a pas qu'un seul M. Cruickshanks. Mais heureusement, tu as eu la gentillesse de mettre une annonce dans le journal, et tu es même venue chez les Schneider aujourd'hui. La fête de la petite Marta n'était-elle pas charmante ? Et tu étais avec un jeune homme, aussi. D'après Rolf, c'est le neveu d'un des chirurgiens, un chirurgien juif, et il a posé des questions embarrassantes à l'hôpital. Cela a fait beaucoup de peine à Rolf, de penser que tu pourrais lui préférer un juif. Il va falloir qu'on ait quelques petites discussions ensemble, je crois. Quand on sera installés.

Eva se retourne, adossée à la table, gardant une main sur le sac derrière elle.

– Alors, ça ne dérange pas Rolf ? Que je sois Anna Ptaszynska ?

Le Docteur fronce les sourcils, sa pipe au coin des lèvres.

– Dis-moi la vérité. Est-ce que ça te rend malade de me demander ça ?

– Non, répond-elle, et ce n'est presque pas un mensonge.

– Oh, Inge. Mon petit oiseau. Je vais être si content de t'avoir de nouveau avec moi. J'ai encore tellement à apprendre de toi, je pense, et ce sera fascinant de voir l'étendue de tes progrès. Mais qu'une chose soit claire entre nous : tu n'es pas Anna Ptaszynska. Car Anna Ptaszynska n'existe pas.

Eva garde un visage serein. Car c'est impossible.

– Je sais qui je suis.

– Vraiment ? Aucune question ne te travaille ? demande-t-il en étudiant soigneusement son visage d'un air entendu. Tu n'as pas de questions pour ton papa ?

Elle l'observe elle aussi, en train de fumer dans son fauteuil, l'air songeur et, l'espace d'un instant, elle redevient une petite fille de six ans avec une sittelle dans les mains, mal à l'aise sous ce même regard rusé. Il faut qu'elle lui demande. C'est plus fort qu'elle.

– Qui était Erich ?

– Oh, Inge, répond-il, le visage triste. Tu ne t'en souviens pas ? Erich était ton frère.

Elle secoue la tête.

– Maman ne pouvait pas avoir d'enfants, n'est-ce pas ?

– Réfléchis bien. Adolf est né le soir où je t'ai emmenée écouter Wagner à Berlin. Tu étais si contente de le voir, quand on est rentrés à la maison...

Elle était contente, en effet. Et Adolf devait avoir six ou sept mois.

– Très bien. Qui est Annemarie, alors ?

– Qui ?

– Annemarie Toberentz.

– Tu ne peux quand même pas avoir oublié ta voisine. N'étiez-vous pas amies ? Décidément, on va devoir avoir de nombreuses petites discussions...

– Elle était avec Anna. Je m'en souviens.

– Es-tu sûre que tes souvenirs sont fiables, Inge ?

– Arrête de m'appeler comme ça. Et oui, j'en suis sûre.

– Alors, dis-moi, si ta mémoire fonctionne si bien, qu'as-tu fait avec l'oiseau ?

Eva agrippe la table derrière elle et plonge en elle-même, tandis que la pluie se déverse sur les fenêtres. Elle fouille en elle-même. Elle voit la boîte. Elle sent les plumes bleues toutes douces, sa main qui se serre. Mais elle ne se rappelle pas la suite.

Les yeux du Docteur se remettent à pétiller. Eva plisse les yeux.

– Si Anna Ptaszynska n'existe pas, alors je me demande à propos de qui M. Cruickshanks pense qu'il va lire un dossier.

– Oh, je ne doute pas qu'il aimerait avoir une Anna, concède le Docteur en tirant sur sa pipe. Il aimerait beaucoup ça. Mais il n'a pas besoin d'elle. Il pense juste en avoir besoin. Le processus pour diviser une personnalité, y placer une suggestion hypnotique, plier un esprit à sa volonté, c'est tellement... difficile. Trop compliqué, inefficace, et les résultats sont imprévisibles. Alors que tout ce dont on a besoin pour forcer quelqu'un à obéir, c'est faire pression. C'est de la science, tout simplement. Et une solution plus élégante. Je l'ai prouvé maintes et maintes fois dans le camp, expérience après expérience. (Il sourit.) Mais ça, ce n'est pas ce qu'ils veulent entendre, n'est-ce pas, petit oiseau ? Il faut de la nouveauté, pour conserver l'intérêt des personnes au pouvoir. Il faut piquer leur curiosité. Et l'idée d'un contrôle total... (Il fait semblant de frissonner.) C'est tellement tentant.

– Mais ce n'est pas réel, conclut-elle.

– La réalité est la condition qu'on crée pour soi-même. Si l'un des deux camps pense que l'autre peut le faire, alors la partie est déjà gagnée, et sans se casser la tête. C'est une idée dont ils ont besoin. Et c'est notre ticket pour une nouvelle vie. De nouvelles recherches. N'est-ce pas merveilleux ? Et imagine, Inge...

Il s'avance dans son fauteuil. Eva presse son dos contre la table.

– Imagine les secrets qu'il reste à découvrir. Nous avons tellement perdu cette année. L'âge d'or de la science. Le Führer a été cruellement abandonné par ceux qui l'entouraient, mais c'était un homme de principe. Un homme avec une vision...

C'est aussi ce que disait Cruickshanks. Apparemment, il est impossible d'avoir une vision et un sens moral en même temps.

– Et en tant que tel, le Führer a retiré tout ce qui faisait obstacle à la découverte scientifique. Penses-y, Inge. Prends deux parents de sang inférieur. Ils ont deux enfants : un exactement tel qu'on pourrait s'y attendre, tandis que l'autre, grâce au mélange de lignées éloignées, montre tous les signes d'être racialement valable. Quelle opportunité ! De voir comme l'infériorité de l'un peut être améliorée, élevée, en la comparant à l'autre, si naturellement supérieur ! Et si on pouvait refaire de telles expériences, apprendre d'elles, ne pourrions-nous pas créer des techniques pour améliorer toutes les races inférieures ? Créer un monde nouveau ? Un monde meilleur, rempli de personnes meilleures ?

« Mais qui a le droit de décider qui est meilleur et qui ne l'est pas ? » pense Eva.

Elle a entraperçu le « monde meilleur » dont il parle. C'était un tas de cadavres.

– Et pourtant, qui autoriserait de telles découvertes aujourd'hui ? Le monde est faible. On laisse les sentiments dominer la science. Néanmoins, on nous a offert une seconde chance. Des hommes visionnaires sont disposés à me laisser poursuivre mon travail. À créer le monde nouveau, même s'ils ne savent pas ce que je fais vraiment. Et je pense que ça vaut bien un petit bobard ou deux dans un dossier, pas toi ? Pour capter l'intérêt des décideurs. Anna Ptaszynska est ma propre invention. La clé d'un nouveau départ. Et franchement, poursuit-il en se carrant dans son siège, je dois dire que je préfère ça à un nœud coulant.

Il sourit.

Et Eva lui rend son sourire. « Ne crois pas tout ce que tu lis », dit-il. Et elle n'en a pas l'intention. Elle va croire ce dont elle se souvient.

Et elle se souvient d'avoir été Anna. Elle se souvient des violettes et des coups de feu et de la voix d'Annemarie et de sa mère. Mais ces espaces vides et lisses dans son esprit, là où les souvenirs d'Anna la meurtrière étaient censés se trouver, ils ont disparu. Ils se sont dissous. Comme du sucre dans une pluie d'orage. Parce qu'ils n'ont jamais existé. L'Anna Ptaszynska et son mot spécial, capable de tuer un homme puis de finir son dîner, de tuer ceux qu'on lui demande de tuer, dès qu'on le lui demande, cette Anna n'a jamais existé. Parce que le Docteur l'a inventée.

Et elle sait autre chose. Quelque chose que le Docteur ignore. Elle a lu le dossier sur son bureau. Le dossier avec son nom allemand à l'extérieur, et son nom polonais à l'intérieur. Et celui-ci, il l'avait écrit pour personne d'autre que lui-même.

Elle continue de sourire.

– Tu n'as pas inventé ce dont je me souviens. Je sais qui je suis.

– Je suis las de ce petit jeu. Ça suffit. Tu es Inge Louisa von Emmerich. Ma petite fille. Il n'y a pas d'Anna Ptaszynska.

Elle est Anna. Et Inge. Et Eva. Unies en une même personne. Voulant la même chose.

La justice.

Elle tourne le dos au Docteur et ouvre son sac.

– J'étais Anna, dit-elle. Et je ne suis pas ta petite fille, et je ne t'appartiens pas. Et je ne passerai pas ce coup de téléphone. Parce que tu ne peux pas me forcer à faire ce que je ne veux pas...

Elle ouvre son sac en grand à la lueur de la bougie. Des éclairs accompagnent le tonnerre, dehors, mais c'est sa peur qui est électrique, qui foudroie ses veines.

Le pistolet a disparu.

– Oh, mon cher petit oiseau, dit le Docteur en se levant de son fauteuil. Tu n'imagines même pas ce que je suis capable de faire faire à quelqu'un.

Chapitre 51

Elle est si fatiguée, aujourd'hui. Elle ne veut pas mettre la robe rose.

Elle ne veut pas ce qui arrive après.

Mais la boîte marron est là, et elle sait ce qu'elle contient. Elle l'entend gratter.

Elle soulève le couvercle, et l'oiseau est doux, mignon, son cœur bat dans sa main.

Elle appellera cet homme papa, elle appellera la femme maman. Elle dira les mots en allemand. Elle ne fera plus les choses qui la rendent malade.

Elle tient bien l'oiseau et s'approche du bureau de papa. Et elle prend le presse-papiers, bleu et orange. Aussi joli que l'oiseau.

Et si lourd dans sa main.

Chapitre 52

SEPTEMBRE 1946

Le pistolet n'est plus là.

Eva inspire. Et inspire encore. Regarde dans son sac. L'étui est vide.

Comment peut-il ne plus y avoir de pistolet ?

– Je n'appellerai pas Cruickshanks pour toi, répète-t-elle.

Elle garde le dos tourné, glisse sa main plus profondément dans son sac. Ses doigts touchent le manche du couteau à pain.

Elle entend le Docteur soupirer.

– Tu ne m'écoutes pas, Inge. Ne t'ai-je pas dit que j'étais très doué pour obliger les gens à faire ce qui est mieux ? Rolf ?

Lentement, progressivement, Eva sort le couteau à pain, en essayant de ne pas bouger ses bras.

– Rolf, où es-tu ?

Le couteau est sorti. Elle le cache de nouveau, cette fois dans l'élastique de sa jupe.

– Sors de ta cachette, Rolf ! On t'attend…

Des gonds grincent à l'autre bout de la pièce, mais quand Eva se retourne, un bras replié pour dissimuler le manche du couteau, ce n'est pas Rolf qu'elle voit passer la porte. C'est Jake. Les cheveux humides, luisant à la lumière faiblissante des bougies, les mains en l'air. Rolf est derrière lui. Rolf le tient par le col de sa chemise.

Rolf presse le canon du pistolet de la mère d'Eva contre l'arrière du crâne de Jake.

Eva fait un pas en avant, puis s'arrête. Rolf halète, transpire, agité par une sorte d'impatience alors qu'il fait contourner les meubles à Jake. Il a envie de le tuer. Il a du mal à s'empêcher d'appuyer sur la détente. Et Jake le sait. Elle s'en aperçoit quand leurs regards se croisent.

Il sait que Rolf est à deux doigts de le tuer.

Eva cligne une fois des yeux, lentement. Et elle se tourne vers son père. Elle est le brasier d'Inge à présent. Une fournaise. Une tempête de feu furieuse, silencieuse.

– Est-ce que tu vois comme il est facile de contrôler quelqu'un, mon petit oiseau ? demande le Docteur en vidant sa pipe dans la cheminée éteinte, avant de récupérer sa veste et son chapeau. Nous allons partir tous ensemble et tu vas passer ce coup de téléphone, exactement comme je le désire. Tu vois ? Un moyen de pression. De la science, tout simplement.

– Il était dans sa chambre, dit Rolf, en train de s'habiller !

– Et tu devrais t'en réjouir, répond le Docteur. S'il ne lui plaisait pas, il y aurait peu de chances qu'elle fasse ce qu'on lui demande, non ? Bon, où est mon dossier ?

– Il n'était pas là-haut. Il ne veut pas me dire où il est ! s'emporte Rolf en secouant Jake par le col. Et vous ne voulez pas me laisser… Je peux le forcer…

– Non, non. Ça n'a pas d'importance. Ce sera fastidieux, mais je peux le réécrire, dit-il en souriant à Eva, avant de se tapoter le front. Tout est là-dedans. Je pourrais l'améliorer, même. Voilà qui plairait à M. Cruickshanks. Le téléphone ne fonctionne pas, Rolf, et on ne peut pas attendre plus longtemps. On s'en va, tant pis pour la pluie. Prends ton sac, s'il te plaît, Inge…

Rolf la regarde marcher jusqu'à la table.

– Tu t'avilis, siffle-t-il.

Mais ça ne l'empêche pas de reluquer ses jambes.

Sa main sur la détente tressaute.

Eva se tourne vers son père, obéissante, prête à partir, son sac dans une main, l'autre posée sur sa taille. Elle croise encore une fois le regard de Jake, et il comprend. Il ne comprend rien à ce qu'ils se disent, mais il sait ce qu'il y avait dans son sac, et il devine ce qui est désormais caché sous sa main. Elle se tourne de façon à ce que Rolf et son père ne puissent pas le voir, eux.

Le Docteur lui sourit toujours. Tellement content.

Il pense qu'il a gagné.

Il ouvre le loquet de la porte donnant sur la terrasse et, soudain, l'orage est avec eux, des rideaux de pluie les giflent, portés par le vent.

Ils s'engouffrent dans la tempête, le Docteur le premier, suivi d'Eva, puis de Rolf poussant Jake devant lui. Eva est trempée en quelques secondes, l'eau coule sur son front et dans son cou au point qu'il devient inutile d'essayer de l'essuyer, et son chemisier blanc lui colle à la peau. Ils traversent la terrasse, la pelouse mouillée et glissante en direction de la petite pente et de l'allée de derrière. La foudre s'est éloignée désormais, le grondement du tonnerre est plus distant. Eva scrute la lisière des arbres, mais elle baigne dans un noir d'encre, et quand elle se retourne vers la maison, la lueur des bougies est si faible que la pièce est presque invisible à travers la pluie.

Elle reste aussi proche que possible de Jake et du doigt impatient de Rolf, la main sur le manche du couteau. Jake va tenter quelque chose. Elle le voit à ses mâchoires crispées. Dès que Rolf relâchera sa prise, il fera quelque chose.

Eva n'est pas sûre qu'il puisse être assez rapide.

Ils gravissent la pente, Eva glissant dans ses chaussures noires à talons, et quand ils arrivent à l'endroit où M. Cruickshanks est mort, elle entend son père jurer en allemand. Il n'y a pas de voiture dans l'allée.

– Où est Schneider ? demande-t-il.

Il regarde autour de lui, l'eau dégoulinant en cascade du bord de son chapeau, et repère le bord du pavillon de jardin délabré. Il s'approche des marches et regarde en bas, puis se retourne vers Rolf.

– Attendez ici, ordonne-t-il. À l'abri des regards. Et si l'un des deux essaie de s'enfuir, tire sur le garçon, quelque part où ça ne le tuera pas tout de suite, compris ? Je vais aller chercher Schneider.

Rolf hoche la tête puis, du menton, ordonne à Eva de descendre en premier.

Tout n'est qu'ombres dans le pavillon de jardin, les vieux meubles courbés comme des silhouettes sombres dans la lumière intermittente des éclairs, les parois en verre couvertes de pluie. Les arbres grincent au-dessus d'eux, des deux côtés, tapent sur les vitres, de l'eau s'infiltre par le toit et forme des flaques. Et juste à côté de son pied, dans une fente entre deux dalles, Eva voit un mégot de cigarette écrasé.

– Asseyez-vous, dit Rolf en anglais, forçant Jake à prendre place sur le muret d'une fontaine à l'abandon au centre de la pièce, pour pouvoir tenir plus facilement le pistolet contre sa tête.

Puis il tire sur le col de la chemise de Jake, qu'il serre toujours dans son poing, et Eva l'entend marmonner :

– Allez, le juif, bouge, pour que je puisse te tirer dessus.

Jake n'a pas émis un son depuis qu'il les a rejoints, et il n'en émet toujours aucun. Mais elle distingue sa chemise blanche dans l'obscurité, la tension dans sa poitrine qui s'élève et s'abaisse rapidement. La nuance noisette de ses yeux. Qui l'observent.

Elle est une tempête de feu.

Elle sourit un peu à Rolf, les bras croisés sur sa taille, par-dessus son chemisier trempé, le manche du couteau s'enfonçant dans son bras. Puis elle demande en allemand :

– Le Docteur obtient toujours des gens qu'ils fassent ce qu'il veut, n'est-ce pas ?

– Oui, répond Rolf, méfiant.

– Alors comment ça se passe, pour toi ? Tu résistes, au début, ou tu cèdes d'entrée de jeu ?

Rolf se renfrogne, les yeux rivés sur l'arrière de la tête de Jake.

– Ce n'est pas comme ça entre nous. Otto a besoin de moi, dit-il en se redressant, le menton relevé. Il a besoin de moi pour lui trouver des patients. Personne d'autre ne peut le faire. Il me fait confiance. C'est important d'en trouver... qui conviennent. Et je suis doué... pour repérer...

« Pour repérer la faiblesse », pense Eva en se rappelant soudain cette femme dans l'appartement, avec le Docteur. Rolf aime la faiblesse, quand il ne s'agit pas de la sienne, et le Docteur le récompense toujours. Et comment le récompense-t-il ? En lui accordant le droit d'être cruel ? De faire ce qu'il veut ?

À moins qu'elle ne soit sa récompense ?

C'est plus ou moins ce que Rolf lui a dit, juste avant qu'elle le frappe avec ce bloc de béton. Mais elle n'avait pas compris, à l'époque. Et cela aurait forcément intrigué le Docteur de découvrir ce qui se passe quand on croise le sang inférieur d'une communiste polonaise avec un sang allemand de qualité. Une longue et intéressante expérience.

Elle regarde Rolf droit dans les yeux.

– Mon père était-il difficile à satisfaire ?

– Parfois, admet-il en ajustant sa prise sur le pistolet et le col de Jake. Mais ton père est un homme important. Il...

Rolf marque une pause. Déglutit. Eva traverse le pavillon, s'approche lentement de la fontaine.

– Il sait des choses... que les autres ignorent. Tu devrais... le respecter...

Eva s'arrête juste devant le bout des bottes de Rolf, sans regarder Jake. Le vent et la pluie frappent la vitre, mais elle a toute l'attention de Rolf.

– Tu as froid, dit-elle. Tu veux une cigarette ?

– Oui, murmure-t-il. D'accord.

– Il les range là.

Elle approche lentement sa main de la poche de chemise de Jake. Fasciné, Rolf la regarde sortir le paquet de cigarettes, les tâter pour en trouver une sèche. Elle en sort une et la glisse entre les lèvres de l'homme, puis elle jette le paquet sur les genoux de Jake et replonge la main dans sa poche, à la recherche des allumettes. Lentement. Elle sent tambouriner son cœur. Elle sent aussi la main de Jake qui glisse tout doucement sous sa jupe, cherchant la lame du couteau.

Elle gratte l'allumette, gardant les yeux de Rolf vers le haut. La cicatrice sur sa joue saute aux yeux, pâle et irrégulière. Il regarde tout ce qu'il peut voir d'elle à la lueur de la flamme. Puis elle allume sa cigarette, agite l'allumette pour l'éteindre et la jette dans la fontaine.

La cigarette émet une lueur orangée dans l'obscurité pluvieuse. Mais peut-être pas assez vive.

– Qu'est-ce que mon père t'a dit sur moi? demande Eva, qui retire la cigarette de la bouche de Rolf pour qu'il puisse exhaler la fumée.

– Qu'aurait-il dû me dire? réplique-t-il, et Eva ne peut s'empêcher de hausser les sourcils.

Voilà qui était remarquablement astucieux. Pour Rolf.

La main de Jake est presque à la hauteur du couteau, désormais.

– Est-ce qu'il t'a dit que je m'enfuyais parfois avec le chauffeur? demande-t-elle en tirant sur la cigarette, et Rolf entrouvre la bouche, à peine.

Elle voit le trou entre ses dents. Il secoue la tête.

– Que je volais ses dossiers et que je les lisais?

– Non. Il ne m'a pas dit ça.

Elle tient la cigarette pendant que Rolf tire dessus, transformant son extrémité en braise.

– Il t'a sans doute dit que je serais une bonne épouse, non? Tu penses qu'il disait la vérité?

Rolf la reluque de nouveau, la jauge, souffle un nuage de fumée.

– Tu penses que je serais une femme obéissante?

– Je suppose qu'il pourrait avoir menti sur ce point.

Alors, Jake saisit la lame du couteau. La tire vers le bas.

– Inge!

La voix du Docteur retentit brusquement depuis les marches. Jake se fige, couteau en main.

– Écarte-toi de lui. Je suis allé jusqu'à la route et je n'ai pas trouvé Schneider…

Eva se penche, gardant les yeux de Rolf rivés sur son visage.

– Est-ce qu'il t'a dit que j'étais sa fille? murmure-t-elle. Car si c'est le cas, il t'a aussi menti sur ce point.

Les yeux mi-clos de Rolf s'ouvrent d'un coup.

– Quoi ?

Le Docteur secoue son chapeau trempé.

– Je n'arrive pas à comprendre pourquoi Schneider serait parti…

– Tu n'es pas de son sang ? chuchote Rolf.

– Non, répond Eva en tirant sur la cigarette.

– Comment le sais-tu ?

– Parce que je me rappelle mes parents, et il n'est pas l'un d'eux.

– … on va attendre le retour de ce garçon, poursuit le Docteur, et prendre leur voiture. Inge ! Je t'ai dit de t'écarter. Rolf, qu'est-ce qu'elle est en train de te raconter…

L'homme ne quitte pas Eva des yeux.

– Mais il a dit…

Eva sourit.

– Est-ce que tu trouves que j'ai l'air allemande ?

Alors Rolf la regarde. Il la regarde vraiment. Ses cheveux, ses yeux. Et l'expression qui apparaît sur son visage n'est pas de la surprise ni même du dégoût. C'est de la haine. La haine de quelqu'un qu'on a trahi.

– Quel genre ? demande-t-il, trempé, pas à cause de la pluie, mais parce qu'il transpire. Quel genre de personnes étaient tes parents ?

Le pistolet s'est légèrement déplacé sur le côté. Eva hausse les épaules.

– Des Polonais. Des communistes.

Rolf fait un bruit de gorge.

– Rolf ! s'exclame le Docteur. Qu'est-ce que tu…

– Elle n'est pas allemande, lance-t-il, et puis il se met à hurler : Elle n'est même pas allemande !

Et soudain, Jake roule sur le côté et donne un coup de couteau vers l'arrière. Le pistolet explose, aveuglant, assourdissant. Eva se jette sur Rolf pour le déséquilibrer. Un autre coup part et ils tombent sur le sol humide, fissuré. Mais Jake est debout et s'approche d'eux avec le couteau. Eva plante son genou sur le poignet de Rolf. Il relâche sa prise sur le pistolet, puis Jake presse la lame contre sa gorge.

Rolf expire et se fige.

Et soudain, il n'y a plus un bruit à part la pluie qui coule sur les fenêtres, qui goutte à travers le toit, et le bourdonnement dans les oreilles d'Eva.

Elle se redresse sans retirer son genou du poignet de Rolf. Jake doit l'avoir touché avec le couteau, car il y a des traces sombres sur la lame, sur la gorge de Rolf. Ils échangent un rapide regard. La mâchoire de Jake est serrée, son souffle court. Et il y a une fine balafre sur sa pommette. Là où la balle est passée.

Si près.

Alors Jake tend le bras et récupère le pistolet. Il le pose dans la paume d'Eva.

Et Eva explose. Une détonation de chaleur et de lumière. Elle bondit sur ses pieds et se retourne.

Le Docteur est assis par terre, à côté de la fontaine, transpirant, haletant. Du sang coule entre ses doigts plaqués sur sa cuisse. Il a pris une balle dans la jambe.

« Tant mieux, pense Eva. Ça, c'est pour Mina. »

Le moment est venu. De faire justice. Elle lève le pistolet.

– Inge, dit le Docteur.

Elle s'avance vers lui. Et voilà que Rolf rit à présent, allongé sur le sol les bras en croix, marmonnant quelque chose à propos des bébés allemands. Le Docteur recule dans les flaques.

– Inge, qu'est-ce que tu fais...

– C'est pour Mina, dit-elle, et Rosa, Alfred, Piotr, David, Matya, Oskar...

Elle continue d'avancer, regardant le visage de son père passer de l'incompréhension à la peur. Il agrippe sa jambe.

– Des dieux parmi les hommes..., glousse Rolf.

Elle récite les noms. Tous. Et puis elle parvient aux pieds du Docteur. Il reste une balle dans le pistolet de sa mère.

– Ça, dit Eva, c'est la justice que tu mérites.

– La justice ? répète-t-il en se hissant sur le bord de la fontaine, laissant des traces de sang sur le sol. Comment ça, la justice ? Tu veux dire ce qui est légitime ? Tu n'avais aucune valeur, mais je t'ai sauvée. Tu aurais été tuée, mais j'ai fait de toi ma fille. Je t'ai rendue meilleure. Et maintenant tu vas me tuer ? Tu trouves ça légitime ? C'est ça, ta justice ?

– Tue-le ! hurle Rolf.

– Eva, intervient Jake, tu peux encore choisir...

Le Docteur secoue la tête.

– Inge, tu ne vas pas tuer ton papa.

– Pourquoi ? demande-t-elle.

Il sourit malgré ses dents serrées.

– Parce que je t'aime.

– Mais les émotions ne doivent jamais compter, papa. N'est-ce pas ce que tu m'as appris ? Tu ne voudrais pas que je sois faible, n'est-ce pas ?

– Tu n'as jamais été comme eux, dit-il d'une voix douce. Tu es devenue supérieure, tandis que lui... (Il agite une main dégoulinante en direction de Rolf.) Lui est devenu inférieur...

– Tue-le, la supplie ce dernier.

– Eva, tu peux choisir, répète Jake à voix basse.

– Tu crois que j'aurais fait tout ça, que j'aurais fait de toi ma petite fille, si je ne t'aimais pas, Inge ? Si je n'avais pas eu envie d'être ton papa ? Et ne crois-tu pas, mon petit oiseau, qu'il est légitime de me donner ton amour en échange ?

Le sourire sur le visage de son père est doux. Complice. Et pendant une brève seconde, elle se souvient.

Elle se souvient de ce qu'elle a fait de l'oiseau.

Et le Docteur, pense-t-elle, ne sait pas ce qu'est l'amour. Il n'a jamais connu ça. Mais elle, si. Et ça n'a rien à voir avec la légitimité. Et ça ne la rend pas faible. Ça la rend forte.

Elle inspire. Et inspire encore.

Elle est plus forte que lui. Elle l'a toujours été.

– Eva, dit Jake.

Elle lui jette un coup d'œil par-dessus son épaule et sourit.

Et elle appuie sur la détente.

Chapitre 53

Elle tient l'oiseau dans une main, le presse-papiers de papa dans l'autre. L'oiseau voudrait gonfler ses jolies plumes. Déployer ses ailes. Mais il est pris au piège.

L'oiseau a peur.

Elle est tellement fatiguée.

– Es-tu prête à obéir, mon Inge?

– Oui, papa.

Le presse-papiers aussi est joli. Lourd. Il peut écraser des choses. Elle regarde son papa droit dans les yeux.

Et jette le presse-papiers sur la fenêtre.

Le verre se brise, un son dur, mauvais.

Et elle court jusqu'à la fenêtre cassée et fait passer l'oiseau au travers. Le verre est coupant, piquant. Il la fait saigner. Mais le ciel est proche. Elle sent le vent.

Et elle ouvre la main.

Chapitre 54

SEPTEMBRE 1946

Derrière le Docteur, le mur de verre explose, se brise en un million de morceaux et d'éclats, une cascade sonore rivalisant avec l'orage qui s'adoucit. Eva attend que le son frémissant s'arrête, qu'un souffle de vent pénètre dans le pavillon. Que le calme revienne.

Et alors le Docteur éclate de rire. Il glousse et caquette et s'essuie le front du revers de sa main ensanglantée.

– Je savais que tu ne le ferais pas, dit-il en s'agrippant la jambe, toujours hilare. Je savais que tu en étais incapable. Tu as toujours été faible. Intéressante, mais faible.

Eva laisse tomber l'arme par terre.

– Il m'aurait fallu moins de force pour te tuer, dit-elle. Mais ce n'est pas à moi de te juger.

– Faible, répète le Docteur.

Et il rit.

Elle fait le tour de la fontaine. Elle distingue plus facilement la pelouse maintenant que l'eau ruisselante n'a plus nulle part où couler. La pluie continue de tomber, mais avec douceur, et la lune apparaît derrière les nuages qui se dispersent. Et il lui semble les voir approcher, des ombres traversant l'herbe pâle et humide. Une en provenance des arbres, à l'opposé de la maison, deux en provenance de la route.

Eva franchit d'un pas le mur vide pour sortir sur la pelouse, où ils peuvent la voir. Elle jette un regard au Docteur, derrière elle.

– Tes conséquences sont là.

Il arrête de rire.

Alors Jake la rejoint, couteau à la main, pour regarder les silhouettes sombres qui approchent. L'entaille causée par la balle a saigné sur sa joue. Mais il n'est pas mort. Et le soulagement d'Eva est comme une bouffée d'air. De l'air neuf quand la porte du placard s'ouvre.

– Ce sont les Russes ? demande-t-il.

Eva hoche la tête.

– Quoi ? lance le Docteur. Les communistes ? Non, ils ne sont pas ici…

Elle l'entend qui essaie de se lever, inspire douloureusement quand il pose son poids sur sa jambe.

– Inge… non. Tu ne peux pas…

– Où est Rolf ? demande-t-elle, les yeux rivés sur les hommes qui approchent.

– Il n'ira nulle part, répond Jake. Il saigne beaucoup de la cuisse. Je lui ai fait un garrot avec sa ceinture…

– Inge… Eva ! Écoute-moi ! insiste le Docteur. Tu ne comprends pas. Tu dois leur dire…

Elle se retourne. Le Docteur boite, sa veste et son cardigan sont maculés de taches sombres. Il semble avoir soudain compris la disparition du Dr Schneider.

– Où sont mes papiers ? demande-t-il en haussant le ton. Où est le dossier d'Anna ?

– Je l'ai brûlé.

– Alors tu dois leur dire ! Dis-leur ce que je peux faire !

Elle secoue la tête.

– Ils sont là, chuchote Jake.

– Tu ne comprends pas ! Il faut que j'aie quelque chose à leur offrir !

Et alors l'homme aux chaussures brillantes entre dans le pavillon, ses pieds crissant sur le sol.

Le Docteur bouge plus vite qu'elle ne l'aurait cru possible avec sa jambe blessée, ses mains tâtonnant dans le verre brisé. Il trouve le pistolet. Et il tire.

Rien ne se passe. Il essaie encore. Et encore.

– Deux pour Erich, dit Eva. Tu te rappelles ?

Il lâche l'arme. Le Russe adresse un signe de tête à Eva et met le Docteur à plat ventre sur le sol.

Et quand elle se retourne, un autre homme entre par la paroi brisée. Un homme avec les mêmes chaussures brillantes. Les deux ne se ressemblent pas vraiment, mais vus séparément, et habillés à l'identique, il serait difficile de les différencier.

Elle aurait dû savoir qu'il y avait plus d'un homme à chaussures brillantes.

La troisième silhouette les rejoint, un homme grand, blond et aussi pâle qu'un fantôme, vêtu d'un long manteau gris. Il n'entre pas dans le pavillon. Il est élégant. Et presque sec. Le col remonté pour se protéger du vent tombant. Debout juste derrière Eva, une main sur son dos, Jake glisse le couteau à pain dans la poche de son pantalon.

L'homme blond observe le Docteur qui, les mains liées dans le dos, essaie d'expliquer ce qu'il peut apporter à l'Union soviétique. Mais les hommes aux chaussures brillantes ne comprennent pas bien l'allemand. L'homme blond, en revanche, parle correctement anglais.

– C'est lui, je suppose, dit-il. Le Dr Otto von Emmerich ?

– Oui, répond Eva. Il a besoin d'un docteur, tout comme...

Mais à ce moment-là, un bruit étrange s'élève de l'endroit où est étendu Rolf, dans l'obscurité. Un bruit étranglé. Eva avance d'un pas et voit l'ombre de son corps pris de convulsions.

– Venez par ici, s'il vous plaît, dit l'homme blond en tendant un bras.

Eva hésite, mais Jake presse sa main contre son dos, l'encourageant à s'éloigner. L'homme blond donne un ordre bref aux deux autres, en russe, puis il rejoint Jake et Eva.

– Le cyanure est une façon atroce de mourir, dit-il. Et ce n'est pas si rapide que ça. Mais les nazis, c'est toujours ce qu'ils choisissent. Venez par ici, s'il vous plaît. Pour attendre.

Il s'avance prudemment sur la pelouse humide et, quand Eva

se retourne, elle voit les hommes fouiller les poches et la veste du Docteur, s'assurant qu'il n'a pas de pilule de cyanure, lui aussi. Alors Rolf fait un bruit horrible en s'étouffant et Jake la pousse un peu plus vite vers l'homme blond qui s'est arrêté sous une grosse branche en bordure du bois. Les aiguilles de pin sont luisantes de pluie, Sky Island n'est qu'une masse sombre, sans même la lueur d'une bougie. Quand elle relève les yeux, le Russe blond est en train de l'observer.

– Vous êtes Anna Ptaszynska ? demande-t-il.

– Non, intervient Jake d'une voix ferme, mais pas inamicale. Elle s'appelle Eva Gerst.

L'homme regarde longuement Jake dans la semi-obscurité. La blessure sur son visage, un coup d'œil à sa poche. Il sait que le couteau est là. Ils entendent goutter les arbres.

– Les histoires de von Emmerich ne m'intéressent pas, reprend l'homme. Le camp de Sachsenhausen a détenu des communistes pendant de nombreuses années. Des milliers de prisonniers soviétiques y sont morts. Nous voulons tous les responsables. Et plusieurs des patients de von Emmerich étaient soviétiques...

– Je veux qu'il soit jugé, le coupe Eva.

Il l'examine à nouveau. Ses yeux sont d'un bleu très clair. Vifs, même dans la pénombre. Et froids. Un étang gelé. Pour un Russe, il a un physique de nazi idéal.

– Il y aura un procès, dit-il.

– Pas Nuremberg. Un procès où les Américains ne pourront pas être impliqués.

– Ce sera un procès soviétique.

– Je veux des preuves.

Au bout d'un moment, il hausse une épaule.

– Je m'arrangerai pour que vous en ayez.

– Et qui êtes-vous, au juste ? l'interroge Jake.

Les yeux froids passent rapidement sur lui. Sur Eva. Puis se perdent au loin. L'épaule se hausse de nouveau.

– Ça n'a guère d'importance. Nous allons tout nettoyer et puis nous nous en irons. Quand les Américains viendront, ne dites rien. Vous ne nous avez pas vus. Vous n'avez pas vu le Docteur. Dans deux jours, von Emmerich aura quitté le pays.

Eva voudrait lui demander où ils vont l'emmener. À quoi ses preuves ressembleront. Mais l'homme a fermé la porte aux questions sans avoir à dire un mot. Ses yeux plissés sont rivés sur la maison. Ou peut-être sur rien du tout. Puis il plonge la main dans sa veste et tend une enveloppe à Eva.

– Attendez ici, jusqu'à ce qu'on soit partis, dit-il. Vous ne me reverrez plus.

Et puis il s'éloigne, et il y a quelque chose de rythmique dans sa foulée. Eva attend qu'il disparaisse dans le noir, puis elle regarde l'enveloppe dans sa main.

Et se rend compte qu'elle tremble.

Alors Jake l'étreint, pressant son visage dans le creux de son torse. De toutes ses forces. Elle essaie de le serrer elle aussi de toutes ses forces.

– Je pensais que tu l'avais tué, dit-il.

– Je pensais le faire, souffle-t-elle. Mais alors, je me suis souvenue. Je me suis souvenue de ce que j'avais fait avec l'oiseau.

– Quoi ?

– Je l'ai laissé partir.

Jake soupire, son menton dans ses cheveux.

– Je m'en doutais.

Elle sent son sang battre vigoureusement contre sa joue.

– Raconte-moi ce qui s'est passé, murmure-t-il.

Elle lui raconte. Tout. Valentina, son père dans le bureau et les choses qu'il lui a dites. Les parties du dossier de son père qui étaient réelles – l'entraînement qu'elle a subi pour oublier, les punitions, l'oiseau – et les parties mensongères. Destinées à impressionner. Comme Anna la tueuse. Elle lui explique tout ce qu'il n'a pas pu comprendre dans le pavillon.

Il y a de la lumière à l'intérieur désormais. À peine visible. Une lampe torche, peut-être, tamisée par un tissu. Quoi qu'ils fassent, les Russes sont silencieux. Elle n'entend plus l'agonie de Rolf.

Peut-être qu'il est mort. Elle n'entend pas son père. Elle ferme les yeux. Jake s'accroche fermement à elle.

– Je ne sais pas si j'ai fait ce qu'il fallait.

– Tu as fait de ton mieux, lui assure Jake, donc c'était ce qu'il fallait.

Elle n'est pas sûre que ça suffise. Jake pose sa joue sur le sommet de la tête d'Eva.

– Pour ce que ça vaut, reprend-il, je pense que tu as bien agi.

Mais la culpabilité reste quand même.

Ils relèvent tous les deux les yeux au son d'un moteur. Doux, lointain, s'éloignant vers le bas de la colline. Le pavillon est sombre. Tranquille. Ils s'en rapprochent et jettent un coup d'œil dans ses ombres.

C'est comme s'il ne s'était rien passé. Il n'y a pas de Soviétiques. Pas de Rolf. Pas de Docteur. Le sol est humide. Eva pense que le sang a disparu. Comme les mégots de cigarette. Il y a seulement des éclats de verre éparpillés, et le sac à main noir d'Eva, posé sur le bord de la fontaine. Elle l'ouvre et trouve le pistolet à l'intérieur. Puis elle se souvient de l'enveloppe dans sa main. Elle a l'impression qu'il n'y a rien écrit dessus, mais il fait trop sombre pour en être sûre.

– Qu'est-ce qu'il t'a donné ? demande Jake.

– Je ne sais pas.

– J'allumerais bien une allumette, mais tu me les as toutes prises, ajoute-t-il en lui décochant un regard en coin. Je ne savais pas que tu fumais.

– Je ne fume pas.

– Bien sûr, Bluebird.

Il rit presque. Mais pas tout à fait.

Elle glisse l'enveloppe dans son sac et le referme d'un geste sec, et Jake reste immobile, les mains dans les poches, les yeux rivés sur les dalles propres. Là où était étendu Rolf.

– J'imagine que ça aurait été comme ça, dit-il. La guerre. Savoir que l'autre type veut vraiment ta mort. Penser que tu vas mourir. Et tu ne veux pas que ce soit toi. Tu veux que ce soit lui. Tu ferais tout pour que ce soit lui. Et ensuite, quand il finit par mourir, tu as de la peine quand même. (Il expire lourdement.) Je crois que je n'aurais pas fait un très bon soldat.

– Pourquoi ? demande Eva. Parce qu'on ne devrait pas vouloir sauver sa peau ? Parce qu'on ne devrait pas avoir peur quand on a un pistolet sur la tempe ? Ça voudrait simplement dire que tu es… *unvernünftig*.

Voilà qui lui fait relever les yeux. Elle contourne la fontaine pour venir se placer près de lui.

– Ça veut dire stupide, explique-t-elle. Il faudrait être stupide.

Il pousse un gros soupir. Mais ses épaules se sont un peu détendues. Et elle a réussi à le faire sourire. Et grimacer.

– Ton visage te fait mal ? s'inquiète-t-elle.

– Comme du feu.

Il prend la main d'Eva, regarde ses ongles rouges dans l'obscurité, sourcils froncés. Elle sait reconnaître la culpabilité quand elle la voit. La culpabilité d'être vivant alors que quelqu'un d'autre est mort. Elle la voit dans le miroir chaque fois qu'elle pense à ses frères.

– Tais-toi, ordonne-t-elle, même s'il n'a rien dit.

Et elle l'embrasse. Une fois. Doucement, sur la bouche, comme dans le bureau désert. Elle ne veut pas lui faire mal à la joue.

– Je ne le ferai plus, murmure-t-elle, mais elle ne s'écarte pas.

– Tais-toi, réplique-t-il, et puis il l'embrasse, avec force, sauf que cette fois, c'est lui qui continue.

Elle n'a pas envie qu'il arrête. Il embrasse sa bouche, son menton, ses joues et son cou et de nouveau sa bouche, et elle se retrouve plaquée contre la paroi du pavillon, avec les branches qui continuent de taper, et Jake ne semble pas craindre de se faire mal au visage. Il semble heureux d'être en vie.

Elle veut faire en sorte qu'il soit heureux de l'être.

Et puis elle s'écarte de lui, pose un doigt sur sa bouche, tendant l'oreille.

Un moteur approche, mais son bruit n'est pas doux. C'est la Studebaker qui gravit la colline avec force protestations. Elle sent le souffle de Jake, rapide, sur le bout de son doigt. Il sourit du coin des lèvres et secoue la tête.

– Valentina, chuchote-t-elle.

Il secoue encore la tête. Elle l'embrasse une dernière fois, rapidement, le sent soupirer quand il la relâche. Elle prend son sac et le laisse planté là, les mains sur la tête, tandis qu'elle remonte précipitamment les marches du pavillon et fait signe à la voiture de s'arrêter quand les phares apparaissent dans l'allée. Les freins couinent, et Jake est juste derrière elle.

Mick est au volant, Tony les regarde depuis la banquette arrière. Patricia baisse la vitre.

– Que vous est-il arrivé, au nom du ciel ? demande-t-elle.

– L'orage, répond Jake, il a détruit un mur du pavillon de jardin…

– Il a détruit ton visage aussi, mon pote ? lance Mick. Qu'est-ce que vous faisiez dans…

– Valentina a besoin d'un médecin, l'interrompt Eva. Le téléphone ne fonctionne plus…

– Un gros arbre est tombé en travers de la route, explique Tony, et il a emporté les lignes téléphoniques avec lui, mais le fermier l'a dégagé…

– C'est une…

Eva agite la main. Elle ne trouve pas le mot.

– Une urgence, intervient Jake.

– Oh, dit Patricia. Waouh. D'accord…

– Jake, mon pote, c'est toi qui as besoin d'un médecin. Je crois qu'il te faut des points.

– Écoutez, reprend Patricia, on venait vous dire que Bets a essayé d'appeler. Elle a réussi à joindre quelqu'un à l'épicerie et… Bref, Eva, ton amie est en train de se réveiller. À l'hôpital.

Eva se redresse. Comme une mère qui vient de se souvenir de son enfant. Jake se penche vers la fenêtre.

– Mick, il reste beaucoup d'essence, là-dedans ?

– Vous ne pouvez pas partir dans la seconde, dit Patricia. On dirait que vous vous êtes roulés dans l'herbe, tous les deux.

Ils décident que Mick ira chercher le docteur dans la Studebaker – ce qui, à son avis, ne prendra pas plus d'une demi-heure, selon la vitesse avec laquelle l'homme arrivera à se tirer du lit – puis ils se hâtent de monter à l'étage. Eva nettoie le visage de Jake pendant qu'il lave le couteau dans l'évier, il enfile une chemise sèche empruntée à Tony pendant qu'elle met la robe bleue, puisque l'ourlet de son unique jupe de rechange est déchiré. Ses chaussures sont encore mouillées.

Ils rangent la chambre ensemble, rapidement, avant que quelqu'un n'entre et ne se rende compte qu'une bagarre a eu lieu. Ils font le lit, redressent la lampe, refont les valises dans lesquelles Rolf a fouillé, à la recherche du dossier, effaçant les traces comme les hommes aux chaussures brillantes. Eva regarde la lettre avec les boucles d'oreilles et la remet dans la valise de Brigit.

Si la chirurgie a aggravé l'état de son amie, elle va en avoir besoin. Elle pourrait même en avoir besoin dès maintenant, pour payer l'opération.

Vingt-cinq minutes plus tard, ils attendent dans l'allée avec une lanterne quand la Studebaker s'arrête dans un couinement. Un homme avec une sacoche noire en descend, la chemise à moitié rentrée dans le pantalon, et Eva lui parle rapidement de Valentina. Elle lui explique qu'elle s'est remise à bouger, mais qu'elle voit des choses qui ne sont pas là. Le docteur se hâte d'entrer dans la maison avec Mick et la lanterne, Jake se met au volant, et les voilà qui redescendent la colline. Encore une fois.

Il est minuit passé.

Eva tente d'épingler ses cheveux en bataille, puis elle regarde par la fenêtre les feuilles et les brindilles emportées par le vent qui jonchent la route, les fermes qui défilent, les panneaux sur l'autoroute. Elle se demande si Brigit a déjà ouvert les yeux. Si le Dr Schneider rentrera un jour chez lui. Comment on se débarrasse d'un cadavre. Si elle a fait ce qu'il fallait.

Elle relève les yeux en s'apercevant que Jake sort trop tôt de l'autoroute.

– Il faut qu'on change de voiture, explique-t-il. On n'a presque plus d'essence, et oncle Paul a une place de parking à l'hôpital.

Il se gare à environ deux pâtés de maisons de chez tatie Joyce, devant un restaurant ouvert toute la nuit, avec une enseigne lumineuse jaune et rouge. Jake coupe le moteur et prend la clé.

– Je reviens dans cinq minutes. Je t'emmènerais bien, mais je vais couper par les jardins et sauter par-dessus une barrière.

Il marque une pause. Un bleu commence à apparaître sous les poils de sa mâchoire. Puis il se penche vers elle et l'embrasse.

– Verrouille les portes, dit-il.

Il ne précise pas qu'il ne recommencera plus.

Elle le regarde s'éloigner au pas de course, sauter par-dessus les flaques reflétant la lumière des lampadaires. Elle tend le bras et verrouille la portière côté conducteur, puis la sienne.

Tout est calme dans la voiture. Un calme pesant. Son sac à main est sur le plancher, à ses pieds. Elle le ramasse et en sort l'enveloppe. Il n'y a rien d'écrit, en effet, sur le papier éclaboussé de couleurs par l'enseigne lumineuse. Elle la décachette, et il ne s'agit ni d'une lettre ni d'un document à propos du Docteur, comme elle le supposait. C'est une photographie. Un portrait de famille.

Eva le fixe du regard. Elle le fixe et le fixe encore, jusqu'à en avoir les yeux secs et les poumons brûlants. Quatre personnes. Un homme. Une femme, et deux petites filles.

« Imagine, disait le Docteur, deux petites filles. Une racialement valable, l'autre non. Quelle opportunité de voir comment l'infériorité de cette dernière pouvait être améliorée, élevée, en la comparant à l'autre, si naturellement supérieure… »

Deux petites filles dans des tons de gris. L'une est petite, minuscule, avec de grands yeux et des boucles brunes. Une version enfantine d'elle-même. Et l'autre ne pourrait être plus différente. Avec des yeux dont on devine facilement la couleur, des fossettes et de superbes cheveux blonds, longs et raides. Eva retourne la photographie. Un mot est écrit derrière, à l'encre noire.

« Ptaszynski. »

Elle relève les yeux. Regarde autour d'elle. Il n'y a personne dans la rue. Elle réussit maladroitement à déverrouiller la portière et à l'ouvrir, puis elle prend son sac et la photographie et part en courant, ses talons claquant sur le trottoir, s'enfonçant dans les flaques. Où est Jake ? Il faut qu'elle trouve Jake. Et elle le trouve. Tournant au coin de la rue dans le gros cabriolet vert.

Il freine si brusquement qu'il laisse des traces de pneu sur la chaussée. Bondit hors de la voiture au beau milieu de la route, laissant la portière ouverte.

– Jake ! crie-t-elle, et une ou deux têtes apparaissent à la porte du restaurant.

– Qu'est-ce qui ne va pas ? demande-t-il en cherchant qui pourrait la pourchasser. Que se passe-t-il ?

Eva lui fourre la photographie entre les mains.

– Brigit est ma sœur !

Chapitre 55

SEPTEMBRE 1946

Jake dépose Eva devant les portes vitrées de l'hôpital. Il lui dit qu'il va aller se garer et faire soigner son visage, et qu'ils se rejoindront plus tard dans la salle d'attente. Elle court jusqu'au bureau de l'infirmière et trépigne, à bout de souffle, tandis que celle-ci vérifie le tableau de service et passe un coup de téléphone. Dès qu'elle obtient le numéro de la chambre, elle se remet à courir vers l'ascenseur.

Sa sœur. Comment a-t-elle pu l'oublier ?

Mais peut-être qu'elle le savait. N'avait-elle pas décrété que Brigit était sa famille ? Ne s'est-elle pas toujours occupée d'Annemarie ?

Et si elle est réveillée maintenant ? Désorientée ? Et si elle a besoin d'elle ?

Elle sort de l'ascenseur au huitième étage, parcourt un long couloir et trouve la chambre individuelle, avec une vitre sur la moitié supérieure du mur, pour que les infirmières puissent voir à l'intérieur en passant. Elle s'arrête et regarde Brigit.

Elle n'est pas réveillée. Pas encore. Ses cheveux ont disparu, sa tête est enveloppée d'un bandage blanc, elle porte une blouse d'hôpital verte et elle est pâle. Elle a des cernes violets sous les yeux. Mais Eva reconnaît le visage de la photographie. Elle la revoit petite, avec des fossettes. Des violettes dans les cheveux. Même maintenant, elle est ravissante.

Sa sœur.

Et Brigit doit le savoir aussi. Elle doit se le rappeler, quelque part dans sa tête. Comme le polonais.

Ou peut-être qu'elle ne se souviendra de rien. Peut-être qu'elle sera encore plus malade qu'avant. Et ce sera la faute d'Eva, ça aussi.

Elle entre doucement dans la chambre vide – murs blancs, cadre de lit blanc, sol blanc – et voit Bets assise dans un fauteuil, juste sous la fenêtre, la tête en arrière, la bouche entrouverte, dans son tailleur avec le badge de l'AFSC. Il y a des fleurs dans un vase près du lit de Brigit.

Une infirmière entre et demande le nom d'Eva, consulte la montre épinglée à son uniforme et dit qu'elle repassera. Eva rapproche délicatement l'autre fauteuil du lit, sans réveiller Bets. Les yeux de Brigit bougent sous ses paupières, et de temps en temps, un doigt tressaute.

Eva lui prend la main. La tient contre sa joue. Elle attend, la surveille pendant que des gens passent. Pendant que la poche reliée au bras de Brigit dispense une goutte après l'autre. Puis elle plonge son autre main dans son sac et en sort la photographie, l'examinant à la lumière de l'hôpital.

Anna ressemble à son père. Son vrai père, dont Eva ne se souvient pas du tout. En revanche, le visage de sa mère est comme une chanson longtemps oubliée, une chanson dont elle peut encore chanter les paroles. Sa mère sourit, le menton levé, un peu malicieuse, mais Eva voit à quoi elle ressemble quand elle fronce les sourcils, aussi. Quand elle joue du piano. Et ses mains, jointes sur ses genoux, ont les ongles vernis. « Rouges », pense Eva. Voilà de quelle couleur ils sont. Mais bien que son expression soit différente, ses traits sont ceux de Brigit. Les mêmes yeux. Les mêmes cheveux. Le même dos droit. Et soudain, Eva se fige. Se redresse.

Sa mère ressemble à l'homme blond. L'agent soviétique. Et pas qu'un peu. Ils se ressemblent comme deux gouttes d'eau.

Elle agrippe la photographie comme si elle pouvait la secouer et la faire parler. Ptaszynski devait être le nom de son père, le nom de la famille. Ptaszynska pour les femmes. Un nom polonais.

Mais qui était sa mère ? D'après les notes du Docteur, ses parents étaient communistes. Sa mère était-elle russe ? Aurait-elle eu un proche parent, un petit frère, peut-être, qui travaillerait maintenant pour Staline ? Un frère aux yeux bleu clair et froids. Qui dit à ses hommes quels cous briser. Qui l'a examinée si attentivement avant de lui dire qu'elle ne le reverrait jamais. Qui marche de la même foulée rythmée que Brigit.

Un homme menant peut-être une vendetta personnelle contre le Docteur, en plus de celle des Soviétiques.

Que faisait sa mère en Allemagne quand Hitler a pris le pouvoir ? Elle aurait pu le demander à cet homme. Et maintenant, elle n'en saura jamais rien.

Elle pose la tête sur le lit, à côté de Brigit. Quel était le prénom de sa sœur, son véritable prénom, il y a si longtemps ? Elle ne s'en souvient pas. Mais elle entend une voix. Comme de la musique. Elle voit des ongles rouges sur les touches du piano. Sur un couteau, coupant un gâteau, invitant le mauvais homme dans leur maison. L'homme qui a apporté les pistolets…

– Inge ?

L'esprit d'Eva est un brouillard. Tout est flou. Elle ne connaît pas ce prénom. Et puis elle se souvient. De l'hôpital. De la perfusion. Elle lève la tête et les yeux de Brigit sont ouverts. Clairs et ravissants, comme sur la photo. Eva sourit. Brigit fronce les sourcils.

– Inge… J'ai mal à la tête.

La voix de Brigit. Sa vraie voix, pas la voix d'enfant. Et elle l'a appelée Inge. Et elle a dit des mots cohérents. En allemand. Bets se réveille en sursaut quand Eva appelle l'infirmière, qui appelle le Dr Forrester, qui dit que c'est très bon signe.

Et Eva ne peut pas s'arrêter de sourire. Elle a dû prendre la bonne décision. L'opération devait être le bon choix. Brigit est sa sœur et elles ont un avenir.

Brigit se rendort.

La deuxième fois qu'elle rouvre les yeux, Eva est déjà réveillée, et Jake dort à la place de Bets, ayant réussi à charmer une première infirmière pour qu'elle lui indique le numéro de la chambre, une seconde pour qu'elle l'autorise à rester. Il a quatre points de suture sous un petit pansement, sur son visage. Il aurait besoin de se raser. Elle aimerait trouver une couverture et le border. Et quand elle ramène les yeux sur le lit, Brigit la regarde avec des yeux ensommeillés.

– Est-ce que j'ai... j'ai eu un accident ? demande-t-elle en allemand.

Elle n'articule pas bien, mais ses mots sont intelligibles. Ils lui ont donné un petit quelque chose pour la douleur, mais rien de très fort.

Eva sourit et lui prend la main.

– Tu t'es blessée à la tête. Tu as été opérée.

Elle ne sait pas si Brigit peut déjà être interrogée sur ce dont elle se souvient. Elle n'est pas sûre d'être prête à le lui demander.

– J'entendais... des gens. Qui parlaient. Et je... je ne comprenais pas...

– Ils parlent anglais. Tu es malade depuis longtemps, maintenant. Nous sommes en Amérique. Tu te rappelles ? Notre départ en Amérique ?

Brigit ferme les yeux. Fronce les sourcils.

– Je... je ne comprends pas. L'Amérique c'est... c'est l'ennemi.

– Non, ma chérie. La guerre est terminée maintenant. Ce n'est pas grave... si tu ne te souviens pas...

– Si, c'est grave, réplique Brigit en agitant la tête, grimaçante. Où est... maman ? Et Heinz et Magda...

Brigit avait d'autres frères et sœurs. Quand elle était Annemarie. Et Eva les a tous vus, morts, devant sa maison en flammes.

– Je vais rester avec toi, murmure Eva. Je prendrai toujours soin de toi.

– Je veux... maman, marmonne Brigit, et ses yeux se referment.

Eva lui prend la main.

La troisième fois, c'est elle qui ouvre les yeux et voit Brigit en train de fixer le mur. Et cette fois, elle est beaucoup plus alerte, des pensées défilent dans sa tête. Eva les voit. Elle sourit, frottant ses yeux pleins de sommeil.

– Bonjour, murmure-t-elle.

Elle prend la main de Brigit, mais celle-ci la retire.

– Inge, dit-elle. C'est qui ?

Jake est toujours endormi, la tête en arrière, les bras croisés sur la poitrine.

– C'est Jacob. Est-ce que tu te souviens de l'avoir…

– Mes cheveux ne sont plus là.

Eva se redresse, ajuste les draps.

– Tu as été opérée, ma chérie. Ils ont dû les raser, pour te soigner…

Brigit se tourne vers elle. Elle a les larmes aux yeux.

– Tu m'as laissée, dit-elle. Je m'en souviens. Il y avait des soldats, et tu m'as laissée. Tu es passée devant moi en voiture.

– Je suis revenue te chercher…, murmure Eva.

– Tu partais toujours faire ce qui te passait par la tête. Tu ne t'es jamais souciée de qui que ce soit d'autre. (Elle se tourne sur le côté, grimace en bougeant la tête.) Tu es tellement égoïste, Inge.

Eva déglutit. Si Brigit se concentre là-dessus, elle ne doit pas se rappeler ce qui s'est passé ensuite. Pas encore. Jake est réveillé à présent, il les observe.

– Je m'occupe de toi, dit Eva. Depuis plus d'un an, maintenant…

– Je ne veux pas que tu t'occupes de moi. Je veux ma mère.

Eva tend la main vers elle, mais Brigit la repousse d'un coup.

– Où est ma mère ? crie-t-elle.

Alors l'infirmière arrive, apaisante, demande à Brigit de se calmer dans une langue qu'elle ne comprend pas. Elle ne se calme pas. Elle ne se calmait jamais quand elle était en colère.

– Va-t'en ! Je te déteste ! crie-t-elle. Je veux ma mère !

– Sortez un moment, demande l'infirmière, sans méchanceté. Elle a encore besoin de dormir, pour ne pas se faire de mal, et il faut qu'il parte, lui aussi… (Elle désigne Jake.) Je dois changer ses draps et d'autres choses. Et vous ne lui faites pas de bien en la mettant dans cet état.

– Mais je…

– Eva, dit Jake, une main dans son dos. Allons faire un tour.

Brigit crie et crie encore.

– Elle ne comprend pas l'anglais, dit Eva. Vous avez une infirmière allemande ?

– Ah. Oui. Je vais voir ce que je peux faire...

Eva prend son sac, glisse la photographie dans la doublure, où elle ne se froissera pas. Brigit s'est mise à pleurer quand elle quitte la pièce.

Jake lui prend la main et l'entraîne dans le couloir et hors de l'hôpital, lui fait traverser la rue et parcourir quelques pâtés de maisons, entrer dans un petit parc arboré où des barrières en fer forgé et des lampadaires longent un fleuve. Un endroit agréable pour promener son chien et lire le journal. Le soleil brille, mais c'est un soleil plus frais, le ciel est d'un bleu lumineux. La saison est en train de changer.

– Elle est encore malade, tu sais, dit-il, balançant sa main.

– Je sais.

Il n'y a pas si longtemps, elle pensait que Brigit ne parlerait plus jamais. Il y a seulement quelques heures, elle pensait que Jake allait mourir. Et rien de tout ça n'est arrivé. Elle sait qu'elle doit s'estimer heureuse.

– Tu as vu rôder quelqu'un ? demande-t-il.

– Je n'ai pas fait attention. Cruickshanks était encore devant chez ta tante, hier soir ?

– Endormi dans sa voiture. Si ça se trouve, il pense que tu es encore chez tatie Joyce.

Elle sourit.

– Comment va ton visage ?

– Ils m'ont dit que j'aurais une très belle cicatrice. Ça me donne un air de gangster, tu ne trouves pas ?

– Je suis désolée.

– Je ne vois pas trop pourquoi.

Sauf qu'il ne devrait pas avoir de cicatrice à cause d'elle. Et Brigit non plus.

Si l'état de sa sœur s'améliore, s'il s'améliore beaucoup, elle va retrouver des souvenirs difficiles. Et pas seulement les soldats et sa famille disparue. Elle a dû subir le même type d'entraînement qu'Anna. Pour oublier qui elle était. Et quand les Cruickshanks comprendront qu'il n'y a pas de Docteur à trouver, et que Brigit aura plus ou moins retrouvé son état normal, qu'est-ce qui les empêchera de concentrer toute leur attention sur Anna Ptaszynska ? Ils ont toujours supposé que c'était Brigit.

Eva se demande combien de temps ils vont mettre à découvrir la vérité.

Il y a une tour en pierre devant eux, grande et fine, et puis ils s'engagent sur un pont, haut, mais de seulement un ou deux mètres de large, réservé aux piétons. Des arches de pierre s'étirent en dessous, le ciel au-dessus, la ville de chaque côté. Jake s'arrête à peu près au milieu, les coudes sur la rambarde en fer, pour regarder le lent roulis du fleuve. Eva aussi.

– C'est moi qui avais pris l'arme, dit-il. Dans ton sac. J'ai oublié de te le dire.

Elle a oublié de lui poser la question.

– Je me disais que personne ne devrait être là-haut tout seul, reprend-il en secouant la tête, et puis je n'ai pas fermé la porte à clé. Je suis désolé. Je n'aurais jamais cru…

– Tu n'aurais jamais cru que j'aurais besoin d'un pistolet dans le salon de Sky Island ? Tu ne t'attendais sûrement pas non plus à tomber sur un nazi dans ma chambre. Un autre nazi que moi.

Jake hausse les épaules.

– Tu peux te traiter de nazie si tu veux, Bluebird, mais… tu n'es vraiment pas douée, comme nazie.

Elle ouvre la bouche et la referme.

– Sans vouloir te vexer, ajoute-t-il.

Il a son petit sourire en coin, et elle voit bien ce qu'il est en train de faire. C'est exactement comme s'il lui apportait une tasse de thé sans sucre, avec du citron.

Elle ouvre son sac à main et sort le pistolet de son étui. Jake se redresse, jette un rapide coup d'œil autour d'eux, mais il n'y a personne à proximité. Elle se penche alors par-dessus la rambarde et lâche l'arme.

Elle a coulé dans l'eau, un jour, elle aussi. Elle a tenté de disparaître. Mais elle a décidé de remonter à la surface. Grâce à Annemarie. Elle regarde chuter le pistolet jusqu'à ce que le fleuve l'engloutisse.

Puis elle tend son sac ouvert à Jake.

– Tu veux t'occuper de celui-ci ?

Il sort le couteau et ne lui accorde qu'un bref coup d'œil avant de le jeter avec force au loin, le faisant tournoyer sur lui-même.

– Je n'aurais pas pu regarder Peggy couper du pain avec ce truc, de toute façon, dit-il. Et ça, alors ?

Il plonge la main dans la poche de son pantalon et en extrait une photographie toute froissée. Elle, avec l'aigle en fond, dans cette affreuse robe rose. Elle recule.

– Pourquoi est-ce que tu as ça ?

– Elle était censée me rappeler toutes les raisons pour lesquelles je ne devais plus jamais poser les yeux sur toi, mais ça n'a pas très bien marché. Et puis Rolf l'a trouvée dans ma veste, et... ça ne lui a pas plu. Et quand il était par terre, dans le pavillon, et que tu braquais le pistolet sur ton père comme une sorte d'ange vengeur allemand, je l'ai reprise. Je ne sais même pas pourquoi. (Il secoue la photographie.) Après tout, je ne connais pas cette fille. Je ne l'ai jamais vue.

– Je ne suis pas sûre de l'avoir connue non plus.

Eva prend la photographie et la déchire en longues bandes, puis en petits morceaux. De minuscules morceaux d'Inge. Elle ouvre les mains, comme elle l'a fait pour l'oiseau, et le vent les emporte tels des confettis.

Partis.

De retour à l'hôpital, l'infirmière de la salle d'attente les intercepte alors qu'ils se dirigent vers l'ascenseur.

– Mlle Heidelmann, dit-elle, a demandé à ne pas avoir de visiteurs.

– Oh, répond Eva. Le Dr Forrester a dit qu'elle avait besoin de dormir ?

– Non..., répond l'infirmière, hésitante.

Eva se tourne vers Jake.

– Peut-être que tu devrais rester en bas…

– En fait, intervient l'infirmière, c'est à vous qu'elle demande de ne pas monter, ma jolie.

Eva recule. Comme si elle l'avait poussée. Ou frappée en plein ventre. Elle voit le front de Jake se plisser.

– Je ne comprends pas…

– Écoutez, je suis désolée, mais c'est elle qui décide, et d'ici à ce qu'elle change d'avis, Mlle Heidelmann ne veut pas vous voir.

Chapitre 56

La grande sœur pleure, s'essuie les yeux, saccage sa jolie couronne de fleurs violettes. La grande sœur non plus n'aime pas les détonations.

Elle tire sur la main de la grande sœur. Elle est plus petite. Mais plus forte.

– Là-dessous, murmure-t-elle. Suis-moi.

Elle ouvre la marche, avançant à quatre pattes sur le tapis épais, qui s'enfonce sous ses mains. Autour de la chaise. Autour du carré de soleil jaune. Sous le banc. Elle aime ce passage.

Et les voilà sous le piano, tout au fond, où il y a une zone en triangle où on peut se lever. Que personne ne peut voir derrière le pied du piano. La grande sœur y tient à peine.

– Chut, lui murmure-t-elle. Si tu ne fais pas de bruit, personne ne pourra te trouver. Quand tu te caches ici, personne ne peut te trouver.

Sept, huit, neuf détonations. De mauvais sons.

Elle voudrait que ces mauvais sons n'existent pas.

Mais personne ne peut voir sa sœur.

Elle s'occupe toujours de sa sœur.

Chapitre 57

SEPTEMBRE 1946

Elle suit Jake dans le métro, va où il va. Il était en colère, à l'hôpital. Elle l'a vu à la crispation de sa mâchoire, à sa façon de marcher, de la reprendre par la main et de l'entraîner directement vers la sortie.

Elle est peut-être en colère, elle aussi. Ils ne savent pas vraiment comment s'occuper de Brigit, à l'hôpital. Ils n'ont aucune idée des souvenirs qu'il pourrait y avoir dans sa tête. Et si l'un des Cruickshanks vient la voir ?

Peut-être qu'elle se sent coupable. Brigit est sa faute. Toujours sa faute.

Peut-être qu'elle a du chagrin. Mais surtout, elle se sent engourdie, flottante, comme si une partie d'elle-même s'était brisée. Elle sait que ce n'est pas le cas. Elle est une seule et même personne, désormais. Celle qui a choisi de tirer dans la vitre.

Elle garde simplement sa douleur pour plus tard.

Elle est tellement fatiguée.

Quand ils descendent du métro à la 96e Rue, Eva regarde Jake et demande :

– Où va-t-on ?

– Tu viens à la maison avec moi.

Les rues du quartier de Jake sont un peu plus étroites, un peu plus bruyantes, avec des boutiques et des stores au rez-de-chaussée, des appartements au-dessus, des escaliers de secours qui zigzaguent sur les façades. Ils croisent un groupe de garçons qui courent en donnant des coups de pied dans une canette, et le barbier en train de laver sa vitrine s'écrie :

– Hé, Jake, qu'est-ce qui est arrivé à ta figure ?

Jake lui adresse un signe de la main. Un homme qui vend de la viande dans un camion lui demande la même chose, et Jake répond de la même manière, avant de tourner à un coin de rue. Ici, il n'y a que des maisons de ville en grès rouge de trois ou quatre niveaux et, à environ la moitié de la rue, Eva passe un portail derrière Jake pour s'approcher d'une porte arrondie dominant une volée de larges marches. Il met une clé dans la serrure.

– On ne sera que tous les deux, dit-il par-dessus son épaule. Ma mère ne rentrera pas avant cinq ou six heures.

Eva se rend compte qu'elle n'a aucune idée de l'heure qu'il est. Ça pourrait être l'après-midi.

Jake la laisse entrer en premier, lui indiquant du doigt un long couloir. Les murs sont clairs, les boiseries sombres et polies, avec des étagères sur un côté, des portes fermées de l'autre, le sol en vieux carrelage à motifs. L'air est frais. Ça sent le pain. Et la même odeur que les vêtements de Jake.

Au bout du couloir, il y a un salon avec des fenêtres donnant sur l'arrière et des marches menant à un petit jardin plein de plantes et de lierre, teintant la lumière de vert. Elle voit une cheminée, un tapis épais, des magazines sur la table et un fauteuil qui appartient manifestement à un chat.

– L'immeuble était à mon grand-père, explique Jake en jetant ses clés. Il est à oncle Paul désormais. Il vit à l'étage. Normalement, il loue cet appartement, mais ça fait maintenant deux ans qu'il nous le prête. Il aimerait bien qu'on débarrasse le plancher, à mon avis.

– Ça me plaît, dit Eva en regardant par la fenêtre.

Cet endroit est une alcôve. Un havre de paix. Elle n'entend même pas la rue.

– Qu'est-ce que fait ta mère ?

– Elle travaille dans un cabinet dentaire. Une seconde…

Il disparaît dans le couloir et revient aussitôt avec un peignoir.

– Tu trouveras la salle de bains derrière la deuxième porte. Fais ce que tu veux, sers-toi de ce que tu trouveras. Je vais nous préparer quelque chose à manger.

Il sourit et franchit une porte à côté de la cheminée. Elle entend des plats qui s'entrechoquent. De l'eau qui coule.

Elle sort dans le couloir. L'une des portes est entrebâillée à présent, et derrière se trouve la chambre de Jake. Petite et bien remplie, avec des livres empilés sur les étagères encombrées, une chemise jetée sur un lit défait. Et un mur est presque entièrement recouvert de coupures de presse. Elle allume la lampe et les examine. Des articles sur la guerre, pour la plupart, mais aussi d'autres sur un endroit particulier. Ou sur des gens. De petites choses. Il y a un bureau avec une machine à écrire et, au sommet d'un tas de papiers, à côté, un passeport.

Eva le ramasse après avoir jeté un coup d'œil derrière elle, comme une voleuse. Le deuxième prénom de Jake est Benjamin. Il aura vingt ans en janvier. Et le passeport est neuf. Sans tampons. Il n'a jamais quitté son pays. Elle remet le document exactement où elle l'a trouvé. Elle remarque une photo encadrée sur le bureau, un homme portant le type de lunettes rondes et de col haut à la mode il y a trente ans. Son père, probablement. Eva serre le peignoir contre sa poitrine.

Elle se souvient de ce que ça fait de vivre dans la maison de son grand-père. De se sentir en lien avec les autres. De faire partie de quelque chose. Sauf que, pour elle, tout n'était qu'un mensonge. Les portraits sur les murs n'étaient pas ses grands-parents. L'argenterie de grand-maman n'avait aucun rapport avec elle. Maman aurait sans doute voulu avoir Annemarie comme fille. En réalité, Eva en est certaine. Mais le Docteur a ramené la plus « intéressante » à la place.

Tout ce qu'il lui reste de sa famille désormais, c'est une photographie. Et une sœur. Une sœur pour qui elle ferait n'importe quoi, et qui ne veut pas la voir.

Mais elle pourrait encore faire quelque chose pour sa sœur. Quelque chose pour assurer sa sécurité.

Elle pourrait appeler ce numéro sur la carte de Cruickshanks et lui dire que c'est elle, Anna Ptaszynska, pas Brigit.

« Comment t'appelles-tu ? » Elle entend la voix de son père dans sa tête. « Dis-moi qui tu es ! »

Elle connaît son nom à présent. Son véritable nom. Mais elle n'est pas sûre que cela réponde à la question.

Eva prend un bain brûlant dans la baignoire à pieds et, quand elle entre dans la cuisine, les cheveux encore trempés, portant l'énorme peignoir de Jake comme une couverture froissée, il y a des toasts, du café et des œufs brouillés.

– C'est ce que je sais faire, dit Jake en souriant.

Ils s'asseyent ensemble à une petite table jaune, à un bout de la cuisine. Jake beurre les toasts et Eva sert le café, versant une cuillerée de sucre dans celui de Jake. Du swing passe à la radio, entrecoupé de publicités pour du liquide vaisselle et du dentifrice, et Jake dit que le swing c'est sympa, comme les bonbons, mais qu'au bout d'un moment ça donne envie de manger quelque chose de salé. Eva répond que la musique devrait surtout retranscrire la couleur de l'humeur. Ils ne parlent pas de ce qui pourrait se passer ou de ce qui pourrait arriver ensuite. Ils mangent, beaucoup, et Eva termine son café les yeux mi-clos.

Jake la ramène dans le salon. Il l'installe sur le canapé, revient avec l'oreiller qu'elle a vu dans sa chambre.

– Je te laisserais bien mon lit, explique-t-il, mais ma mère va bientôt rentrer, et je préfère t'épargner ça.

Elle se pelotonne sur le côté, sur l'oreiller. Jake prend un jeté en laine sur un fauteuil et l'étend sur elle, puis il s'assied par terre, au niveau de sa tête, un coude sur le canapé. Eva sourit. Ferme les yeux. Elle se sent comme un poussin dans sa coquille.

– Bon, maintenant que je t'ai amadouée avec mon hospitalité et mes talents de cuisinier, reprend Jake, c'est peut-être le bon moment de t'annoncer que ma mère pense que nous nous sommes enfuis pour nous passer la corde au cou.

Elle rouvre les yeux.

– Ta mère pense que nous nous sommes mariés ?

– Quand j'ai récupéré les clés hier soir, mon mouchard de cousin Andy a tiré des conclusions hâtives sur ton ex-petit ami et l'état de mon visage. Je pourrais l'avoir taquiné un peu aussi. Et il l'a répété à tatie Joyce, qui a évidemment appelé ma mère, qui en a déduit qu'on avait réussi à nous faire faire une analyse de sang et à nous marier. (Il soupire.) La moitié de la salle d'attente s'est payé le fou rire de sa vie quand j'ai appelé ma mère depuis l'hôpital ce matin. Donc, non. Elle ne pense pas qu'on est mariés. Plus maintenant. Mais elle ne sait pas pour autant que tu es allongée sur le canapé, aussi jolie, dans mon peignoir. Mais tu pourras te débrouiller avec ma mère, n'est-ce pas, Bluebird ?

Eva sourit. Elle verra ça plus tard. Jake fronce les sourcils, pensif, et elle frotte le pli entre ses yeux du bout du doigt, effleurant le pansement sur sa joue. Il a bel et bien un bleu sous sa barbe de trois jours, et des traces sombres sous ses beaux yeux.

– Viens ici avec moi, dit-elle.

L'espace d'un instant, elle pense qu'il va refuser, mais il pose ses chaussures et ils s'installent de façon à tenir tous les deux sur le canapé. Eva inspire, la tête nichée entre le bras de Jake et son torse, son bras passé autour de sa taille, tandis qu'il pose son menton sur ses cheveux humides. Elle ferme de nouveau les yeux.

– Je pense qu'il devait m'aimer, dit-elle. Au moins un petit peu.

– Qui ?

– Mon père.

– Pourquoi est-ce que tu dis ça ?

Elle entend ce murmure dans sa poitrine. Il est à moitié endormi.

– Il n'avait pas besoin de moi pour téléphoner. Il avait uniquement besoin du numéro sur la carte. Je crois qu'il m'aimait comme… un animal de compagnie intéressant. Ou sa paire de chaussures préférée.

– Ouais. Je ne suis pas sûr que ce soit vraiment de l'amour, Eva.

Elle le sait bien. « Être aimée, c'est ça, se dit-elle. Être entourée. » Elle sent le doigt de Jake sur sa joue, déplaçant une mèche de cheveux humides.

– Je n'avais pas vraiment oublié, tu sais.

– Oublié quoi ?

– De fermer la porte à clé. Je l'avais laissée ouverte. Pour toi. J'espérais que c'était toi qui entrais. J'espérais que tu viendrais… me rejoindre. (Il marque une pause.) Est-ce que tu serais venue ?

Eva sait ce qu'il veut savoir.

– Oui, répond-elle, sans ouvrir les yeux. Je serais venue.

– D'accord, dit-il, et elle le sent inspirer. D'accord.

Une minute passe.

– Eva, reprend-il, pourquoi les Russes m'ont-ils pris mes cigarettes ?

– De la torture, répond-elle.

– C'est toi, la torture, rétorque-t-il avec un rire ensommeillé.

Elle sourit de nouveau. Et leur silence est doux. Tranquille.

Et quand Eva se réveille, le soleil brille faiblement par les fenêtres, le bras de Jake pèse lourdement sur elle, et un gros chat jaune les regarde dormir, perché sur le dossier du canapé. Au réveil suivant, le chat est parti, et Jake est étendu sur le sol, à plat ventre, la tête sur un oreiller. Il est en train de faire un rêve. Un mauvais rêve. Il transpire dans son sommeil, tendu. Elle a l'habitude des mauvais rêves. Elle tend le bras et lui caresse le dos jusqu'à ce qu'il se calme. Se détende. Et la troisième fois qu'elle se réveille, c'est en entendant une femme s'exclamer :

– Oh, pour l'amour du ciel !

Laissant Jake par terre, Eva va manger du gâteau accompagné de lait dans la cuisine avec Mme Katz. Ça ne se passe pas si mal, sans doute parce que celle-ci est soulagée de ne pas avoir de belle-fille. Non pas qu'elle n'en veuille pas, précise-t-elle. Seulement, pas tant que Jake ne gagnera pas sa vie, parce qu'elle ne veut pas d'une belle-fille qui habite chez elle.

Eva l'aide à faire la vaisselle, puisqu'ils ne l'ont pas faite après que Jake a cuisiné, et elle écoute. Elle est douée pour écouter les histoires des autres. Elles parlent du père de Jake, qui a eu un cancer, du fait que Mme Katz aimerait bien rester seule pendant un temps. De l'adorable petite maison qu'elle avait trouvée dans une banlieue pavillonnaire – toute la plomberie venait d'être refaite –, mais qu'elle n'a pas pu louer, les juifs n'étant pas autorisés dans ce quartier.

Elle lui raconte son soulagement quand la dernière fille que Jake avait ramenée à la maison est partie. Celle-là mettait trois cuillerées de sucre dans son café, dit-elle, comment peut-on boire quelque chose d'aussi sucré ? Beaucoup trop volage, et ne pensant qu'à s'amuser.

Mme Katz serait contente que cette fille revienne, se dit-elle, si elle savait qui Eva était autrefois.

Et comment pourrait-elle le lui reprocher ?

Dans la matinée, Jake doit partir au travail, un travail dont elle ignorait tout. Pour l'imprimerie d'un journal. Un travail que Jake n'est pas sûr d'avoir encore, étant donné qu'il a raté trois jours de suite.

– Est-ce que ça va ? lui demande-t-il.

Elle boit du café sur le canapé avec le chat, vêtue de la chemise de nuit de sa mère et du peignoir de Jake, les cheveux en bataille. Ça lui fait tout drôle de se retrouver ici, après tout ce qui s'est passé. Elle hoche la tête.

Jake a encore cette petite ride d'inquiétude entre les sourcils.

– Je vais bien. Vraiment.

Mais la ride ne disparaît pas complètement.

– On parlera ce soir, alors.

Il lui vole un baiser, puis un second et, souriant maintenant, il se dirige rapidement vers la porte, avant que sa mère ne sorte de la salle de bains et ne tente d'examiner son visage à la lueur du jour. Eva suppose que sa stratégie a échoué, car elle entend des voix dans le couloir, mais alors la porte d'entrée se referme et Martha apparaît dans le salon, ses joues rondes repoussant ses lunettes vers le haut.

– Oh, bonjour, dit Eva en reposant sa tasse.

Le chat bondit sur le sol, contrarié.

– Bonjour, répond Martha. Puis-je m'asseoir un moment pour discuter avec toi ?

Le Dr Forrester a appelé, explique Martha, pour parler avec elle. Brigit ne garde apparemment aucun souvenir de la période entre sa blessure et l'opération, et l'infirmière germanophone, à qui l'on avait raconté une partie du passé de Brigit, l'ignorait malheureusement. Elle a donc mentionné certaines choses. Dont la mort de la famille de Brigit.

Eva ramène ses genoux contre sa poitrine. La colère, la culpabilité et le chagrin qu'elle gardait pour plus tard font leur retour. En force. Elle aurait dû être là. Si, au lieu de la mettre à la porte, on l'avait consultée sur la manière de prendre soin de Brigit, ça ne serait pas arrivé. C'est elle qui aurait dû lui annoncer ça. Elle aurait dû s'occuper d'elle.

Pourquoi n'est-elle jamais à la hauteur pour sa sœur ? La personne qu'elle a tant essayé de protéger.

– Par ailleurs, poursuit Martha avec douceur, elle tient à ce qu'on l'appelle Annemarie. Est-ce que… cela a du sens, pour toi ?

– Oui, dit Eva. Ils devraient l'appeler Annemarie.

Le fait que Martha ne cherche pas à en savoir plus fait d'elle une sainte aux yeux d'Eva.

– Faire son deuil peut être difficile, reprend-elle en lui tapotant le bras. Le Dr Forrester dit qu'on ne connaît pas encore… les capacités de compréhension d'Annemarie, ni son état psychologique. Il a demandé au Dr Holtz de s'entretenir avec elle. Ils vont la garder encore une semaine ou deux à l'hôpital, puis elle partira en convalescence dans un sanatorium. Mais pour le moment, ils vont respecter son souhait que tu n'ailles pas la voir.

Eva hoche la tête, fixant le petit jardin sauvage derrière la vitre. Elle n'est plus qu'un fil coupé, qui pendouille.

« C'est légitime. » La voix de sa mère interrompt ses pensées. « Parce que tu l'as abandonnée. »

Sauf que cette dernière voix, c'était la sienne.

– Ma chère, dit Martha, et elle attend qu'Eva la regarde. Nous avons un dicton. *Ce qui est bien est bien, même quand tout le monde est contre, et ce qui est mal est mal, même quand tout le monde est pour.* Et cela inclut les conséquences, même si cette partie est de moi. Le rétablissement d'Annemarie est remarquable. Elle va avoir une nouvelle vie. Tu as pris la bonne décision, et la conséquence est une chose merveilleuse. Et tu pourrais... te contenter de ça, peut-être. Pendant un petit moment.

La bonne décision. Eva a fait de son mieux, et d'après Jake, cela signifie qu'elle a bien agi. Mais ça n'a pas suffi, et elle ne pense pas qu'elle pourra se contenter de ça.

Brigit n'est pas en sécurité. Et elle n'a aucun moyen de le leur faire comprendre.

– Martha ! s'exclame Mme Katz en entrant dans le salon, des bigoudis dans les cheveux. Bonjour ! Je vais vous chercher du café.

Et elle disparaît dans la cuisine.

– Je ne peux pas rester, dit Martha, en vain.

Eva s'essuie les yeux.

– Il faut que je demande le prix. De l'opération.

– Oui. Une partie a été prise en charge, et l'autre non. Et le sanatorium sera coûteux. Mais ta question m'amène à t'en poser une autre. Que dirais-tu, ma chère, de t'installer chez le Dr Holtz ?

– Quoi ? lance Mme Katz en revenant avec du café.

– Mme Holtz, explique Martha, est une femme adorable qui a malheureusement été percutée par un bus. – Ça alors ! s'exclame la mère de Jake. – Mme Holtz s'est cassé la jambe, et il va lui falloir une longue convalescence, qu'elle préférerait faire chez elle. Elle aura besoin d'aide. – Certainement ! acquiesce Mme Katz en sirotant son café. – Et le Dr Holtz préférerait largement quelqu'un qui puisse loger dans leur chambre d'amis et les aider dans toutes les petites choses du quotidien, plutôt qu'une infirmière. Et quand il a appris à quel point tu avais bien pris soin de Brigit... d'Annemarie, une tâche difficile, dans des circonstances très difficiles, il s'est montré plus que disposé à faire un essai. Et tu serais payée, bien sûr.

Mme Katz pose son café et regarde Eva. Eva regarde Martha.

Le Dr Holtz « a appris » qu'elle a pris soin d'Annemarie parce que Martha a décroché son téléphone et le lui a dit. C'est sans doute elle qui a eu cette idée. Eva se décale sur le canapé et la serre longuement et fermement contre elle, les bras autour de son cou.

– Allons bon, dit Martha en protégeant ses lunettes. Tu es bien gentille.

Puis elle annonce que Bets va repasser dans quinze minutes avec la voiture. Eva aimerait-elle qu'elles la déposent chez le Dr Holtz en passant ? Pour discuter de tout ça ?

Eva prend son sac à main et se précipite dans le couloir pendant que Martha et Mme Katz continuent de bavarder, et là, à l'intérieur d'une petite niche dans le mur, elle voit le téléphone. Elle pourrait appeler ce numéro. Dire la vérité à Cruickshanks. Elle aurait ainsi la certitude qu'Annemarie ne craint plus rien. Mais alors, Mme Katz apparaît dans le couloir et Eva file dans la salle de bains, remet la robe bleue, suspend la chemise de nuit et le peignoir. Elle est en train de se débattre avec trois épingles à cheveux et sa crinière qui semble avoir été séchée par des bourrasques d'orage lorsque Mme Katz passe devant la porte ouverte.

– Oh, arrête, ma chère, arrête !

Immobile, obéissante, Eva regarde dans le miroir Mme Katz faire des merveilles avec les épingles à cheveux.

– On n'était pas censé avoir des cheveux comme ça, là d'où je viens, fait-elle remarquer.

– Oh, ma puce, c'est parce que c'étaient tous des imbéciles.

Quand Eva monte dans la voiture avec Bets et Martha, elle ressemble un peu moins à une gamine des rues.

Tout en se frayant un chemin dans la circulation, Bets explique à Eva qu'elle va se rendre à Sky Island pour aider à fermer la maison et prendre des nouvelles de Valentina, partie passer quelques semaines quelque part pour « se reposer un peu ». Faut-il qu'elle récupère les affaires d'Eva et les lui rapporte ?

Jusque-là, cette dernière observait les rues. À la recherche d'un costume rayé. D'une paire de chaussures brillantes. D'un visage derrière le volant d'une banale voiture noire. Mais à présent, elle ne regarde que Bets.

Car Bets est radieuse. Tout ce qui est d'ordinaire si banal chez elle pétille. Ses yeux marron. Son sourire. Elle sautille pratiquement sur son siège aux feux rouges. Et soudain, sans crier gare, elle s'exclame :

– Je vais me marier !

Martha glousse.

Bets explique que son futur mari est professeur d'histoire et qu'ils vont acheter une ferme en Géorgie. Eva ignore où se trouve la Géorgie, mais il est impossible de ne pas partager le bonheur de Bets. Sa joie est contagieuse. Elles la déposent devant l'immeuble du Dr Holtz avec des sourires et des signes de la main, et Eva leur dit au revoir avant de gravir les marches. Lentement.

Elle n'est pas sûre de ce qu'elle a à offrir. Même certaines de ses épingles à cheveux sont empruntées. Elle pourrait attirer des gens dangereux ici. Elle pourrait disparaître. Elle est dans un état lamentable, à l'intérieur comme à l'extérieur. Le Dr Holtz pourrait changer d'avis. Il aurait raison de changer d'avis. Elle reste un long moment devant la porte avant de frapper.

– Entrez, dit le Dr Holtz en ouvrant. *Komm bitte rein*. Je vous en prie.

Il porte un pantalon en velours côtelé délavé et des pantoufles.

Un petit chien vient japper aux pieds d'Eva. Blanc avec des taches brunes et, l'espace d'un instant, Eva entend un autre chien aboyer ainsi, il y a bien longtemps. Annonçant qu'il y a un inconnu dans la maison. Elle le laisse renifler sa main et il repart en courant.

L'appartement du Dr Holtz est confortable, mais petit, avec des plantes sur tous les rebords de fenêtre. Et on voit tout de suite que sa femme a été absente. L'évier déborde et le cendrier aussi. Il y a des plants de tomate sur l'escalier de secours.

Ils s'asseyent sur le canapé et discutent longuement de ce dont Mme Holtz aura besoin. De ce que le Dr Holtz peut payer. Il semble nerveux. Il a l'air de penser qu'il lui propose un emploi qu'aucune jeune femme saine d'esprit n'accepterait jamais. Eva pense qu'il lui offre une chance en or. Il lui montre une chambre minuscule, dotée d'un lit pour les invités, où ils stockent également tout ce dont ils ne se servent pas en ce moment. Mais il y a une fenêtre avec un grand rebord et des branches d'arbre dehors. Et une porte. Une porte qui n'a pas particulièrement besoin d'un verrou.

– Elle me plaît beaucoup, dit-elle.

Le Dr Holtz sourit, et elle se sent coupable. Comme si elle l'avait piégé.

Mais à quinze heures ce jour-là, elle a emménagé chez le Dr Holtz.

Et le lendemain, à neuf heures du matin, un homme à chaussures brillantes fume sur le perron de l'immeuble du Dr Holtz. Il ne reste pas longtemps. Juste le temps de se faire voir. Et cet après-midi-là, quand le Dr Holtz revient des obsèques d'un collègue, un certain Dr Schneider, tué dans un accident de voiture, il a ramassé le courrier et tend une lettre à Eva.

L'enveloppe porte son nom tracé d'une écriture simple, banale. Pas d'adresse de retour. Elle sourit d'un air enjoué, le remercie, puis elle ferme la porte de sa chambre et ouvre l'enveloppe.

Elle contient une photographie. Du Docteur. Sombre, la lumière n'éclairant qu'un côté de son visage, à l'expression hantée. Animale. Comme les visages sur le mur de sa chambre. On voit les rivets d'un bateau derrière lui.

Une preuve.

Et voilà la tristesse. Et la culpabilité. Un tentacule empoisonné.

Elle trouve une autre photographie derrière la première, une vision qui lui est familière. Une jeune femme, une inconnue, morte, les yeux ouverts, sur un tas de gravats. En Allemagne, pense-t-elle. Peut-être même à Berlin, pendant la guerre. Et cette fois, il y a un nom écrit derrière.

Anna Ptaszynska.

Le Dr von Emmerich traverse donc l'océan. Et Anna Ptaszynska est morte.

Du moins, c'est ce que les Soviétiques veulent faire croire aux Américains.

Ou alors, c'est ce que les Soviétiques veulent lui faire croire que croient les Américains.

Elle aimerait pouvoir savoir si elle a fait ce qu'il fallait.

Chapitre 58

SEPTEMBRE 1946

Pendant deux jours, le Dr Holtz va voir ses patients pendant qu'Eva range l'appartement, promène le chien et organise les notes et dossiers de son employeur, puisqu'elle lit l'allemand. Le soir, il rentre avec des commissions et prépare le dîner, ainsi qu'ils l'ont décidé, puisqu'il s'en charge d'ordinaire et qu'il préfère ne pas avoir à endurer l'apprentissage culinaire d'Eva. Il fait preuve d'une grande patience quand il lui apprend à trancher une tomate. Elle se désole qu'il n'ait pas besoin d'une cabane Quonset, parce qu'elle était vraiment plus douée pour ça. Ils trouvent facilement un rythme qui leur convient.

Et puis Mme Holtz rentre de l'hôpital, portée dans l'escalier, sur son fauteuil roulant, par les deux frères qui vivent dans l'appartement du dessous, revenus depuis peu de la guerre.

Mme Holtz est hongroise. Ses cheveux sont ramassés en un chignon gris et relâché, avec deux boucles sur chaque joue. Elle est gentille, elle souffre, et Eva a fort à faire. Elle court partout, va chercher, nourrit, divertit. Écoute. Autant de choses pour lesquelles elle est douée. Mme Holtz a perdu deux sœurs et son père à cause des nazis. Eva lui apporte ses médicaments et la baigne aussi délicatement que possible tout en ayant l'impression d'être un imposteur.

Jake aussi travaille, acceptant toutes les heures qu'on veut bien lui donner dans la salle d'impression. Mais Eva s'est aperçue que le fil du téléphone s'étirait jusqu'à l'escalier de secours, où elle s'assied avec un manteau, entre les plants de tomates, pendant que Mme Holtz dort. Elle explique, puisqu'il insiste, que oui, tout le monde fumait au Düppel Center, mais qu'elle avait vraiment décidé que c'était trop cher. On pouvait s'acheter un repas, parfois, avec une cigarette. Il lui raconte que Martha a invité la famille de l'adolescent qui a détruit l'œuvre d'Augusta à venir dîner à Powell House.

Et il avoue qu'il fait des cauchemars. Qui le réveillent, trempé de sueur. Il entend la détonation du pistolet derrière sa tête sauf que, cette fois, il est paralysé et ne peut pas s'écarter. Eva lui parle des rêves qu'elle fait depuis des mois. Les avions arrivent, et elle a beau appuyer sur l'accélérateur, la voiture ne fait que ralentir. La main d'un soldat apparaît soudain sous le bureau pour l'attraper par les cheveux. Elle se trouve tout en bas d'un tas de cadavres, à Sachsenhausen.

Elle ne précise pas que ses rêves ont changé, dernièrement. Qu'elle poursuit Annemarie dans un long couloir blanc où elle ne peut pas la cacher. Qu'elle braque le pistolet sur son père, dans le pavillon de jardin, et qu'une balle part alors qu'elle n'a pas appuyé sur la détente. Que la voix de son père lui revient. « Faible. Inférieure. Est-ce que tu aimes ton papa, petit oiseau ? Dis ton nom ! »

Elle sait qu'il n'y a pas que ces rêves qui préoccupent Jake.

Ils sont sortis deux fois dans un club de jazz, deux fois danser. Lors d'une soirée mémorable, un policier les a chassés de Central Park en riant, Eva a perdu une chaussure et Jake a dû retourner la chercher. Elle est rentrée si tard que c'en était tôt, sur la pointe des pieds pour ne réveiller personne, et a trouvé le Dr Holtz sur le canapé, en train de fumer, parce qu'il n'arrivait pas à dormir. Pour tout commentaire, il a dit qu'il regrettait sa jeunesse. Que s'il essayait de danser comme les gens d'aujourd'hui, il finirait plâtré comme sa femme.

Mais même quand ils sortent, même quand Jake sourit, son sourire est plus réservé. Quand il l'a appelée depuis le New Jersey, où il était parti en famille pour les fêtes juives, elle a senti le poids de ses pensées. Peut-être qu'elle lui a laissé une cicatrice.

À l'intérieur comme à l'extérieur. Comme celle qu'elle a laissée à Annemarie. Elle aussi, elle en a une. Ou plutôt un trou, un déchirement entre les fragments d'elle-même. Un gouffre à la place de sa sœur.

Et puis un jour, Martha téléphone et lui annonce qu'Annemarie a demandé si Eva pouvait venir la voir.

Eva rejoint Jake à la gare routière. Elle porte un nouveau chapeau, une belle trouvaille dans une boutique de seconde main, d'un beau bleu canard. Elle le maintient sur sa tête lorsqu'elle se met sur la pointe des pieds et tend le cou. Et alors elle voit Jake, appuyé contre un mur, en costume, la veste déboutonnée, en train de lire le journal. Il était censé travailler, mais il s'est arrangé pour l'accompagner. Il relève les yeux, sourit en la voyant approcher.

– Salut, Bluebird, dit-il, et il l'embrasse.

Mais il hésite toujours un peu avant. Pendant une fraction de seconde. Comme s'il pensait qu'il ne devrait pas. Une petite ligne rose d'environ deux centimètres marque la partie haute de sa pommette. Ils font la queue pour prendre le bus.

– Tu as vu, Nuremberg ? demande-t-il.

Elle a vu. Les juges du procès de Nuremberg ont condamné à mort presque tout ce qui restait du gouvernement d'Hitler. Mais c'est le procès du Dr Kurt Blome qu'Eva attend. L'année prochaine. Pour voir s'il sera acquitté, comme l'a annoncé Cruickshanks.

– J'ai quelque chose à te montrer, dit-elle quand ils trouvent deux places libres.

Elle sort un paquet de son sac, défait le ruban, ouvre le papier sans le froisser. C'est une photographie encadrée de la famille Ptaszynski.

Ils ont parlé longuement de ce qu'il faudrait dire et ne pas dire à Annemarie. Ils sont d'accord sur le fait qu'elle doit savoir qu'elle a une sœur. Et donc, Eva a demandé une avance au Dr Holtz – son premier mois de salaire a été versé à l'AFSC, pour commencer à rembourser les factures médicales d'Annemarie – afin de s'acheter un ticket de bus jusqu'au sanatorium et de faire faire un négatif et une impression. Elle a trouvé un joli cadre dans un magasin d'occasion – le même jour que le chapeau – et a tout enveloppé dans du papier chiffon. Au dernier moment, elle a aussi enveloppé les boucles d'oreilles, dans une petite boîte que Mme Holtz lui a donnée.

Ces boucles d'oreilles ont toujours été pour Annemarie.

– Tu n'as pas du tout changé, commente Jake en observant la photo, un sourire aux lèvres. Une vraie fautrice de troubles.

– Ça tombe bien, non, puisque tu aimes t'attirer des ennuis ? Mais ce n'est pas vraiment ça que je voulais te montrer. Regarde ce que j'ai trouvé dans mon sac en sortant de la boutique de photographie ce matin.

Elle lui tend une petite carte blanche. La même qu'avant, avec le nom de M. Cruickshanks imprimé d'un côté, un oiseau bleu dessiné à l'encre de l'autre. Sauf que le numéro de téléphone a été barré. Et en dessous, un mot a été ajouté : « hors service ».

– Est-ce que tu l'as vu ? demande Jake.

Elle secoue la tête, remet la carte dans son sac et commence à rattacher le ruban autour du cadre empaqueté.

– Mais je pense que ça veut dire qu'ils croient la version des Soviétiques, ajoute-t-elle doucement.

Ce qui signifie qu'ils vont laisser Annemarie tranquille. Elle se demande si un homme aux chaussures brillantes surveille aussi Annemarie. Ils doivent savoir qui elle est. Elle ressemble tellement au Russe blond.

Jake a de nouveau les sourcils froncés, il réfléchit. Il passe un bras autour de ses épaules et ne dit pas grand-chose. Parfois, il prend les doigts d'Eva et les regarde. Ses ongles sont rouges. Elle a trouvé le flacon de vernis dans sa valise, rapportée de Sky Island. Un cadeau de Greta. Parfois, il porte un de ses doigts à ses lèvres en regardant défiler la ville.

Quelque chose le préoccupe.

Le sanatorium est un endroit agréable, un bâtiment bas et moderne disposant d'un jardin où se promener et d'une pelouse ondoyante, bien entretenue. Ils se dirigent ensemble vers l'accueil et suivent un employé, passant devant une véranda où les patients prennent le soleil dans des fauteuils inclinables, avec des infirmières et de petites tables pour les flacons de médicaments à côté d'eux, puis dans un grand couloir. Jusqu'à la chambre d'Annemarie.

Eva hésite devant la porte. Elle attend ce moment depuis si longtemps. Et le redoute. Jake penche la tête sur le côté, lui dit d'entrer. Elle frappe deux fois et pousse le battant.

Et Annemarie est là. Assise au soleil, le dos droit dans un fauteuil en osier, portant une robe de chambre blanche en satin – avec l'emblème du sanatorium d'un côté – qui tombe jusqu'à ses pieds en chaussons. Quelqu'un lui a donné un foulard à enrouler autour de sa tête, d'un bleu assorti à ses yeux, dont les extrémités coulent sur ses épaules et remuent dans la brise entrant par une fenêtre ouverte. On dirait un tableau. Une madone.

Elle sourit jusqu'à ce que ses fossettes apparaissent et tend les deux mains.

– Inge ! s'écrie-t-elle.

Eva s'approche d'elle, prend ses mains, surprise mais ravie.

– Je suis si contente..., commence-t-elle en anglais, avant de passer à l'allemand. Je suis si contente de te voir aussi en forme.

Annemarie pose les yeux sur Jake, qui attend près de la porte, les mains dans les poches.

– Bonjour, lance-t-elle en anglais. Comment vas-tu, Jacob ?

Jake sourit.

– Bonjour, Annemarie.

Il décoche un petit regard à Eva.

– Dis-lui que je travaille mon anglais, ajoute-t-elle à l'intention d'Eva, et ses fossettes ressortent de nouveau quand celle-ci lui transmet le message.

– Tu te souviens de Jacob ? demande-t-elle en rapprochant une chaise de son fauteuil.

– Il était à l'hôpital, répond promptement Annemarie. Quand je me suis réveillée.

Et elle s'est rappelé son prénom.

– C'est lui qui t'a donné l'harmonica. Dans la valise que je t'ai envoyée. Tu l'adorais quand…

– Oh, c'était donc ça ? dit-elle avant d'agiter une main ivoire. Je me suis débarrassée de toutes ces choses. C'était trop miteux.

Eva se mord l'intérieur de la lèvre. Le contenu de cette valise était probablement miteux, en effet, mais il avait été durement gagné. Annemarie observe à nouveau Jake d'un air curieux. Il s'est assis non loin de la porte pour les laisser parler, et il regarde ses mains, les coudes sur les genoux. Il y a bel et bien quelque chose qui le préoccupe.

– Est-ce qu'ils s'occupent bien de toi, ici ? lui demande Eva.

– Oh, ce n'est pas comme à la maison, bien sûr. Mais raconte-moi ce que tu fais depuis que tu es en Amérique, Inge.

C'est tellement étonnant d'entendre Annemarie parler comme, eh bien, comme Annemarie, qu'elle met un moment à répondre.

– Je m'appelle Eva, maintenant, dit-elle. Je n'emploie plus ce prénom.

– Je vais avoir du mal à m'y habituer. Il me faudra peut-être du temps.

Eva prend sa main.

– Je ne sais pas trop comment répondre à ta question sur ce que j'ai fait, car tu étais avec moi pendant presque tout ce temps, et je ne sais pas ce dont tu te souviens. Le docteur a dit…

– Bonjour ! lance soudain une voix à la porte, une voix pleine de soleil. La voilà, ma petite…

Eva se retourne. Happy Angel est là, en train d'agiter la main.

– Madame Angel, dit-elle en s'approchant de la porte pour lui prendre les deux mains, vous m'avez manqué !

– Toi aussi, tu m'as manqué, répond Mme Angel en embrassant rapidement Eva et Jake sur la joue. J'ai appris qu'il y avait un jour de visite, et j'ai convaincu Martha de m'emmener. Il fallait que je vienne voir ma petite…

Martha sourit, rayonnante, les joues aussi rondes que ses lunettes. Et puis Eva se retourne vers Annemarie et son sourire vacille.

Annemarie s'est un peu renfoncée dans son fauteuil, les yeux rivés sur Mme Angel. Et puis elle détourne le regard. Comme si une bête venait de traverser le tapis en rampant et qu'il serait gênant d'attirer l'attention là-dessus. Eva s'avance rapidement entre elles.

– Allons chercher des chaises pour tout le monde, dit-elle.

Dans le remue-ménage, Eva échange un bref regard avec Jake. Mme Angel n'a pas remarqué la réaction d'Annemarie, mais lui si.

– Annemarie commence tout juste à apprendre l'anglais, explique-t-elle rapidement à leurs visiteuses, alors je vais traduire. Et aussi, je crois qu'elle ne se rappelle rien de Powell House, alors...

Elle se tourne rapidement vers sa sœur et dit en allemand :

– Ces personnes t'ont beaucoup aidée quand tu étais malade...

Et quand elle se retourne, Mme Angel lui a pris sa chaise. À côté d'Annemarie. Celle-ci plaque un sourire sur son visage. Un sourire crispé. Figé.

– Dis-lui que j'ai une surprise pour elle, intervient Mme Angel en fouillant dans son sac à main.

Et elle en sort le chaton, qui miaule et cligne des yeux, comme s'il venait de se réveiller. Comme s'il avait l'habitude de voyager dans son sac à main.

Annemarie a un autre mouvement de recul.

– Comme c'est gentil ! s'empresse de dire Eva.

Et elle prend aussitôt le chaton dans ses bras pour que personne ne voie qu'Annemarie n'a aucune intention de le faire. Elle sourit, câline le chaton et dit en allemand :

– Elle a pris soin de toi et t'a offert ce chaton quand tu étais malade et tu l'adorais, et elle aussi, tu l'adorais. Arrête d'être malpolie.

Annemarie hoche la tête. Mais ses lèvres sont serrées. Et elle s'est décalée de l'autre côté du fauteuil.

– Il a grandi, n'est-ce pas ? commente Eva en grattouillant l'animal entre ses oreilles.

– S'il te plaît, dis-lui à quel point nous sommes contentes qu'elle aille aussi bien..., commence Martha.

Mais c'est trop tard. Mme Angel a remarqué qu'Annemarie se

tient aussi éloignée d'elle que possible. Qu'elle détourne le regard. Elle tend la main vers le bras d'Annemarie, mais celle-ci le déplace avant qu'elle puisse la toucher, les yeux rivés sur la moquette. Le visage de Mme Angel est comme un ballon qui se dégonfle.

S'ensuit un petit silence tendu.

Et Eva explose intérieurement. Elle bouillonne. Furieuse. Ses joues la brûlent.

Jake se lève.

– Madame Angel, pourrais-je vous offrir à déjeuner ?

– Quelle bonne idée, Jacob, dit Martha en se levant à son tour. Est-ce que cela vous plairait, madame Angel ?

– Ma foi, oui, je ne dis pas non.

Elle tend la main et tapote vigoureusement le bras d'Annemarie. Un peu trop fort. Celle-ci tourne la tête de l'autre côté. Puis Mme Angel se lève, lentement, et rajuste sa robe jaune. Elle prend le bras de Jake.

– Merci, monsieur Katz.

Ils se dirigent vers la porte, Martha un peu derrière eux. Eva les suit dans le couloir. Elle tient toujours le chaton.

– Attendez, dit-elle.

Mais elle ne sait pas quoi dire. Que la fille dans cette chambre a été gavée de mensonges jusqu'à plus soif ? Que son vœu le plus cher avant de prendre un coup sur la tête était d'avoir un bébé pour Hitler ? Que pour elle, ce comportement est raisonnable. Normal ?

En réalité, il n'y a rien à dire.

– Je suis désolée.

Mme Angel secoue la tête.

– Je sais comment le monde fonctionne, ma puce. Seulement, je ne m'y attendais pas, cette fois, voilà tout. La pauvre, je crois que je la préférais quand elle était malade.

– Moi aussi, répond Eva en lui tendant le chaton, et Mme Angel le prend dans ses bras en observant son visage.

– En tout cas, je n'aimerais pas être à sa place en ce moment. Tu es la colère de Dieu incarnée.

Martha sourit avec tristesse, et Jake hausse un sourcil, comme pour dire à Eva de faire ce qu'elle a à faire. Puis ils s'éloignent tous les trois dans le joli couloir moquetté de frais, et Eva retourne dans la chambre d'Annemarie. Elle ferme la porte et s'y adosse.

Annemarie s'est levée et remplit un verre d'eau avec une carafe. Elle a l'air robuste, solide sur ses pieds. Et la fenêtre derrière elle est désormais fermée.

Annemarie aime les fenêtres fermées. Cela pourrait expliquer certaines choses. Elle jette un coup d'œil par-dessus son épaule.

– Oh, non, lâche-t-elle en rejoignant son petit trône, avant d'ajuster sa robe de chambre. Inge a son visage furieux. C'est ton nouveau petit ami ? Katz, c'est ça ? Il est juif ?

La chaise sur laquelle Mme Angel était assise a été repoussée contre le mur. Eva traverse la chambre, la remet à sa place et s'y assied, les jambes croisées.

– Ça te dégoûte ? demande-t-elle.

– Ce n'est pas moi que ça devrait dégoûter, Inge.

Eva la dévisage. Inge était comme ça, elle aussi, réalise-t-elle. Peut-être pas de façon aussi extrême. Annemarie a toujours été une bonne nazie. Mais si elle l'avait vue agir ainsi, si elle l'avait entendue dire de telles choses en 1944, Inge n'aurait pas cillé.

Elle n'aurait pas cillé.

Et c'est ça qui la dégoûte.

– Je ne crois pas aux idées qu'on nous a inculquées, dit Eva. Je n'y crois plus. Si tu avais vu ce que j'ai vu, ce qui a été fait au nom de…

– Oh, c'est le moment où tu me racontes tout ce que j'ai oublié ? Toutes les terribles épreuves que tu as vécues et dont j'ignore tout ? Pourtant, ce n'est pas toi qui es à l'hôpital, si ? Ce n'est pas toi qui t'es fait raser les cheveux. Toi, tu étais je ne sais où en train de faire ce que tu voulais, comme toujours.

Eva inspire. Lentement.

– Je pense que si tu comptes les jours, Annemarie, tu te rendras compte que nous avons passé quinze mois dans une zone de guerre, une période pendant laquelle j'ai failli mourir de faim pour que tu puisses manger, alors que tu ne te rappelais même plus comment aller aux toilettes.

– Je me rappelle les soldats, réplique Annemarie.

– Je t'ai sortie de...

– Pas assez vite. Et je me souviens pourquoi j'étais là. Parce que tu m'avais abandonnée. Tu ne t'étais même pas arrêtée.

Elle boit une gorgée d'eau pendant qu'Eva reste assise, muette. Elle venait de laisser derrière elle les cadavres de sa famille assassinée. De se faire tirer dessus par des avions. Mais peut-être qu'Annemarie aussi fuyait la même chose.

Elle est tellement en colère. Contre Eva. Elle la tient responsable de tout.

– Le problème avec toi, Inge, reprend Annemarie en posant son verre, c'est que tu n'as rien dans le ventre. Aucune loyauté. Il suffit que tu arrives dans un nouvel endroit pour que tu oublies tout ce qu'on t'a appris. Pour que tu t'avilisses...

Rolf lui a dit la même chose.

– ... et que tu deviennes... comme eux.

Et elle entend les mots qu'Annemarie ne dit pas. Faible. Inférieure.

Elle se penche et prend le cadre enveloppé de papier chiffon dans son sac.

– Je ne suis pas venue ici pour me disputer avec toi...

– Oh, alors pourquoi es-tu venue, Inge ?

– Parce que tu m'as invitée. Et pour t'apporter un cadeau et... te parler de notre famille.

– Ne me parle pas de ma famille, rétorque-t-elle sèchement.

Eva pensait faire ça délicatement. Mais plus maintenant.

– Pendant que tu étais malade, j'ai découvert des informations. Pas sur ta famille. Sur *notre* famille.

– Qu'est-ce que tu racontes ?

Eva lui tend le paquet et Annemarie retire le ruban et le papier. Son visage ravissant ne change pas une fois d'expression.

– Nos parents étaient polonais et notre mère, probablement d'origine russe. Des prisonniers politiques communistes. Quand ils ont été arrêtés, on nous a enlevées pour nous élever en tant qu'Allemandes. Je suis venue ici pour te dire que… tu es ma sœur.

La lèvre inférieure d'Annemarie se contracte très légèrement. Elle se rappelle quelque chose. Eva le voit sur son visage. Puis elle relève les yeux et lui tend la photographie.

– Tu te trompes. Ce n'est pas moi.

Eva ne la prend pas. Annemarie se met à rire.

– Quelle imagination tu as ! Il y a peut-être une petite ressemblance. Mais ce n'est pas…

On frappe à la porte, et un jeune docteur entre dans la chambre, un stéthoscope autour du cou.

– Mademoiselle Toberentz, j'étais, oh… je suis navré, j'ignorais que vous aviez encore une visiteuse.

Le docteur, grand, avec des yeux clairs et des cheveux couleur sable, serait tout à fait à sa place dans un opéra de Wagner. Et il parle en allemand. Et Annemarie a glissé le cadre sous l'un des pans de sa robe de chambre.

– Docteur Braun ! lance-t-elle, tout en fossettes. Voici une vieille amie d'Allemagne qui est venue me voir. N'est-ce pas merveilleux ?

– Bonjour, dit-il. Je suis content que vous soyez venue. Elle avait hâte d'avoir des visiteurs.

Alors qu'elle ne les autorisait pas.

– L'employé de l'accueil m'a dit qu'une négresse était venue…

– Oh ! Une erreur, répond Annemarie en baissant ses yeux bleus, comme si c'était gênant.

Le docteur sourit.

– Il y avait aussi un docteur juif qui suivait son cas, explique-t-il à Eva, souriant, comme s'ils partageaient un secret entre amis. Mais nous avons changé ça, n'est-ce pas ?

Le Dr Holtz. Il parle du Dr Holtz. Et quand Eva tourne la tête, Annemarie est en train de regarder le Dr Braun avec un adorable petit sourire, une larme coulant sagement sur sa joue.

– Est-ce que vous souffrez ? demande le docteur en tâtant doucement son crâne.

Elle secoue la tête, mais ses yeux ne racontent pas la même histoire.

Et soudain, Eva se rend compte qu'Annemarie peut pleurer sur commande.

Elle se souvient alors de leur salle de classe jaune, avec les bannières aux croix gammées, les tableaux pour déterminer l'hérédité et la race. Où elle se sentait tellement à sa place. Plus que chez elle. Et elle comprend maintenant qu'Annemarie avait aimé se tenir devant elles avec Frau Koch. Incarner leur idéal allemand. La martyre, gênée d'être aussi parfaite, une larme coulant sur sa joue. Toute la sympathie, l'admiration, toute la supériorité, mais sans la rancœur qu'elle aurait pu susciter autrement. Tout ça grâce à une seule petite larme.

Alors qu'elle n'est même pas allemande. C'est presque drôle.

Annemarie s'est endormie dans ce monde-là, et elle se réveille dans celui-ci.

Eva la regarde minauder, flatter le Dr Braun, le regarder dans les yeux comme une innocente. Il s'en va, sous le charme, étourdi.

Annemarie sourit, ses beaux yeux bleus sont brillants. Elle sort la photographie de sous sa robe de chambre et la rend à Eva.

– Comme tu voudras, dit celle-ci. Mais tu n'oublieras pas la vérité, maintenant que tu l'as entendue. Je pense que tu ne l'as jamais vraiment oubliée. Tu parlais polonais quand tu étais malade. On t'a tous entendue.

Elle traverse la pièce et pose soigneusement le cadre sur la table de chevet d'Annemarie.

– Tu pourrais avoir envie de l'avoir. Un jour.

Eva reprend son sac, contenant toujours le paquet avec les boucles d'oreilles.

– Tu pourras toujours me trouver par l'intermédiaire du Dr Holtz. Quand tu seras curieuse de connaître la vérité. D'ici là, reprend-elle en posant la main sur la poignée de la porte, au revoir, Annemarie.

Cette dernière ne répond rien, son sourire toujours en place.

Eva a parcouru la moitié du couloir quand elle entend le choc du verre se brisant contre le mur de la chambre.

Elle est venue ici aujourd'hui en espérant qu'Annemarie ne la détesterait plus.

Elle n'aurait jamais imaginé que ce serait elle qui s'en irait en détestant Annemarie.

Chapitre 59

Elle sort rapidement de sous le piano, à quatre pattes. La zone triangulaire est vide, et il y a des fleurs violettes éparpillées sur le tapis.

La grande sœur est partie.

Elle lui avait dit de se cacher. Elle lui avait dit de ne pas faire de bruit. Mais la grande sœur ne s'est pas cachée et elle a fait du bruit et maintenant elle est partie.

On n'a pas le droit de partir toute seule. On doit toujours emmener sa sœur.

Les sœurs ne sont pas censées s'en aller.

Chapitre 60

OCTOBRE 1946

Jake la trouve sur un banc, dans le jardin du sanatorium, après avoir raccompagné Martha et Mme Angel jusqu'à leur bus. Il ne dit rien. Il se contente de la prendre par la main.

Elle sait qu'elle est blessée. Que le trou en elle – l'endroit où se trouvait Annemarie – est béant, explosé. Elle pensait que celle-ci avait besoin de temps pour faire son deuil. Pour guérir. C'est probablement le cas. Mais la fille dans cette chambre est probablement la vraie Annemarie. Celle qu'elle a toujours été. Ou celle qu'elle est devenue.

Annemarie n'a pas changé. C'est Eva qui a changé.

– Mais elle peut encore évoluer, lui rappelle Jake. Les gens évoluent tout le temps. Tu le sais, n'est-ce pas ?

Oui. Mais parfois, ils décident de rester tels qu'ils sont.

Eva est trop en colère pour éprouver de la tristesse. Mais ça viendra. La colère, c'est Inge, mais pour elle, la tristesse sera toujours Anna.

Elle voudrait se rappeler l'ancien prénom d'Annemarie. Elle aimerait penser à sa sœur comme ça. Avec des violettes dans ses cheveux.

Eva est un fil coupé. Tranché aux deux extrémités.

Le soleil se couche derrière les longues vitres luisantes du bus, des lumières commencent à briller aux fenêtres des maisons, étoiles électriques défilant au crépuscule. Son épaule touche celle de Jake alors qu'ils bringuebalent sur les sièges jaune et vert. Jake garde le silence. Et il en est à sa troisième cigarette. Un brouillard les enveloppe et elle n'est pas d'humeur à tourner autour du pot.

– Est-ce que le moment est venu ? demande-t-elle. De me dire ce qui te tracasse ?

Elle voit ses sourcils se froncer. Elle voit rougeoyer le bout de sa cigarette. Il ne nie pas. Il ne la regarde pas non plus.

– Oui, répond-il finalement. C'est le moment. Sauf que c'est le pire moment possible. J'espérais... Ouais, les choses ne se sont pas passées comme je l'espérais.

Elle attend, mais il garde le silence. Jake fixe son propre nuage. Puis il hausse les épaules.

– Il n'y a pas de bonne façon de te dire ça.

– De dire quoi, Jake ?

– La vérité, c'est que je te laisse partir.

Elle le dévisage et le moteur du bus fredonne une note différente, changeant de vitesse.

– Qu'est-ce que ça veut dire ?

– Ça veut dire que tu as besoin de prendre ton envol et que je vais te laisser le faire.

Il veut dire qu'il s'en va. Qu'il la quitte.

Elle se tourne vers la vitre. Bien sûr qu'il s'en va. Il sait depuis le début qu'il ne devrait pas vouloir être avec elle, et elle aussi. Ils ont eu beau déchirer ce portrait, le souvenir demeure, non ? Et l'idée suffit, en fin de compte. Son père le lui a dit. Et voir Annemarie aujourd'hui le lui a sans doute rappelé.

Quelle idiote elle a été d'oublier qu'elle ne pourrait rien faire – rien être – pour mériter Jacob Katz.

Il refuse toujours de la regarder.

– Arrête, Eva, dit-il, en colère contre elle. Je savais que tu allais me faire ce cinéma et c'est pour ça que je n'ai pas... que je ne pouvais pas... (Il écrase sa cigarette dans le cendrier de l'accoudoir.) Je m'en vais. Demain. En bateau.

Elle le fixe de nouveau.

– Un bateau qui va où ?

– Liverpool. Londres. En France. Et ensuite à Oxford.

Eva ferme la bouche. Elle revoit ce passeport neuf, sans tampons, dans la chambre de Jake.

– Demain, dit-elle. Tu quittes le pays demain et tu as... tu as oublié de m'en parler.

– Je ne t'en ai pas parlé. Parce que je suis un lâche et un salopard.

– Pour combien de temps ?

– Un peu plus de onze mois.

Un an. Il s'en va pendant un an. Et il le sait depuis le début.

Le bus s'arrête brusquement. Eva regarde autour d'elle. Ils sont dans une station-service avec une petite boutique, un restaurant et des toilettes. Un arrêt de trente minutes, annonce leur chauffeur dans le haut-parleur. Déjà les passagers se lèvent, encombrant l'allée. Elle passe son sac à main à son bras et se lève.

– Excuse-moi, dit-elle à Jake.

Il ne bouge pas.

– J'ai dit « excuse-moi ».

Comme il ne bouge toujours pas, elle monte sur le siège et l'enjambe, manquant l'embrocher avec ses escarpins à bride noirs. Puis elle saute dans l'allée et ajuste son chapeau, ignorant quelques rires moqueurs.

– Eva, dit Jake.

Mais elle a vécu suffisamment longtemps à New York pour savoir comment s'extraire d'un bus bondé. Elle descend sur le trottoir et regarde autour d'elle. Il fait presque nuit. Elle n'a aucune idée de l'endroit où ils se trouvent. Elle s'éloigne sur le trottoir en balançant son sac. Passe devant un magasin d'aliments pour animaux et un salon de beauté, tous deux fermés pour la nuit. Et entend des pas derrière elle.

– Eva, écoute, dit-il d'une voix qui résonne dans la rue vide. C'est la chance d'une vie. Je vais passer un semestre à Oxford. Je vais voyager avec un correspondant de guerre, voir ce que les nazis ont infligé à Londres. À Paris. J'ai économisé jusqu'au moindre centime pendant un an ! Je ne savais pas que tout ça... je ne savais pas que tu arriverais !

« Non », pense Eva. Voilà qui tombait mal. Ses talons martèlent le béton.

– Pourquoi crois-tu que j'ai attendu aussi longtemps pour t'en parler ? hurle-t-il. Parce que c'était facile ? Parce que ça m'était égal ?

Elle accélère. Les lampadaires s'allument, projetant des cercles de lumière blanche.

– Écoute, je m'en vais. C'est un fait. J'aurais dû te prévenir plus tôt et je ne l'ai pas fait. Mais tu ne peux pas rester un an à m'attendre… Je ne veux pas que tu…

Elle s'engage dans un petit parc au centre d'une place.

– Je ne veux pas que tu m'attendes ! Et je ne veux pas sortir en ville avec toi et me faire virer d'un parc et passer toute la nuit au téléphone avec toi. Je ne veux pas d'une amourette avec toi. C'est bien plus sérieux que ça pour moi. Écoute ! C'est plus sérieux que ça. Et toi… tu ne me connais même pas.

Elle s'arrête et se retourne vers lui.

– Si, je te connais.

Il met les mains dans ses poches.

– Bon, peut-être bien. Mais le problème, c'est que tu ne connais personne d'autre. Y compris toi-même. Comment pourrait-il en être autrement ? Tu n'en as pas eu la possibilité.

Eva ferme les yeux.

– Écoute, je ne veux pas avoir eu un coup de bol. Je veux être celui que tu choisiras quand tu connaîtras toutes les options. Et par toutes les options, je veux dire que tu dois savoir à quoi tu veux que ressemble ta vie. Et tu pourrais décider de ne choisir personne… ou de choisir quelqu'un d'autre. Mais tu dois savoir, tu comprends ? C'est pour ça que je te laisse t'envoler. Il le faut.

Eva rouvre les yeux. Jake fixe le trottoir. Une larme coule d'un coin de son œil.

– Je ne te crois pas, dit-elle.

Et elle se détourne. Et elle s'en va.

Jake reste là où il est, dans le cercle de lumière.

– Est-ce que tu vas remonter dans le bus ?

– Non.

Elle écoute le claquement vif de ses propres chaussures.

– Viens me voir demain matin. Au terminal du ferry, là où on t'a récupérée. À six heures !

Elle secoue la tête.

– Viens me dire au revoir, lance-t-il.

Elle continue de marcher. Elle tourne au coin de la rue et voit un banc en face d'une boutique de bonbons fermée. Elle s'y assied.

Elle a cru à la larme d'Annemarie, autrefois.

Un mois, pense-t-elle. Elle lui donne un mois pour rencontrer une fille. Cette fille gentille, pas compliquée, qui n'a jamais été quelqu'un qui ne le mérite pas. Qui ne s'est jamais brisée en plusieurs morceaux. Qui n'est pas criblée de trous. Qui ne ressemble en rien à Eva Gerst, en fait.

Le trou à l'intérieur d'Eva est si grand qu'un camion pourrait y passer.

Quand elle relève les yeux, il fait nuit, complètement nuit, le col de son chemisier est humide et il y a vraiment un camion devant elle, au point mort.

– Hé, mademoiselle ? crie un jeune homme par la vitre ouverte, penché sur le siège passager. Ça va, mademoiselle ?

Le camion, un peu cabossé, transporte un chargement de citrouilles à l'arrière. Une bande de peau blanche apparaît sous la manche du conducteur, là où le soleil ne l'a pas trouvé. Il porte une casquette de base-ball enfoncée sur sa tête, et ses sourcils ont un air sympathique. Et préoccupé.

– C'est juste qu'ici, il n'y a pas un chat la nuit, et je ne voudrais pas…

– Le bus est parti sans moi, dit-elle.

– Oh, mince alors. Vous alliez en ville ? Parce que je dois livrer cette cargaison à Jersey, vous savez, pour les enfants, à Halloween. Mais…

Eva ne sait pas de quoi il parle.

– Est-ce que vous pourriez me déposer à une station de métro ?

– Oui, bien sûr. Je suppose que je peux vous déposer de l'autre côté du pont. Je…

Eva monte dans le camion et claque la portière. Le jeune homme dit qu'il s'appelle Walter. Il est poussiéreux. Et gentil.

– Dites, d'où venez-vous, au fait ? demande-t-il.

– De Berlin.

Plus ou moins.

– C'est pas la porte à côté, commente-t-il en se grattant la tête.

« Oh non, Walter, pense-t-elle. C'est le moins qu'on puisse dire. » Le camion roule encore plus mal que le tacot de Patricia. Ils traversent le pont et il la dépose près d'une station de métro, et elle s'aperçoit qu'elle n'est pas loin de l'hôpital. Elle sait exactement comment rentrer chez elle. Elle se décale sur la banquette pour embrasser Walter sur la joue. Il rougit.

« Prends ça, Jake », pense-t-elle.

Elle se rend ensuite jusqu'à l'appartement du Dr Holtz en métro, et elle sait qu'elle est Inge en ce moment. Furieuse. Provocatrice. Stupide. Mais c'est plus fort qu'elle. Elle ne veut pas la vraie tristesse, pas encore. Or, elle arrive. Comme un raz de marée. La peur aussi. Eva, c'est la peur. C'est ce qui la constitue. Parce que le futur l'a toujours traquée comme un prédateur, et maintenant, il l'a attrapée. Il la tient dans sa gueule, et c'est un gouffre. Un trou noir. Le néant.

Elle n'est que néant.

Il doit se passer quelque chose quelque part, car la rame est bondée. Bourrée à craquer de manteaux longs et de chapeaux, de bras et de jambes et de sacs de courses. En face d'elle, un homme lit exactement le même journal que son voisin. En se balançant au rythme du train. Mais quand elle le regarde à nouveau, ses ongles lui semblent familiers.

Elle se penche d'un côté, puis de l'autre, pour essayer de le voir, ce qui agace ses voisins. Et lorsque le train s'arrête, et que la jupe bleu marine se tenant entre eux s'en va, juste avant qu'un trench-coat ne prenne sa place, sa vue se dégage. L'homme relève les yeux. Et les plonge directement dans ceux d'Eva.

C'est M. Liebermann.

Et il la reconnaît.

Eva ouvre la bouche, mais il baisse aussitôt les yeux, remonte son journal devant son visage. Elle est si heureuse de le voir vivant, en bonne santé, avec un chapeau dans un métro, qu'elle se retient de peu de courir le prendre dans ses bras. Son journal tremble un peu.

À l'arrêt suivant, il fonce vers la porte, mais Eva se tenait prête. Elle le poursuit à travers la foule, bousculant des gens avec son sac, s'attirant des jurons.

– Monsieur Liebermann !

Il se met à courir. Elle court plus vite.

– Monsieur Liebermann ! Attendez !

Et finalement, il s'arrête. Juste avant les tourniquets de sortie de la station. Il se retourne, et elle s'immobilise. La vue d'Eva semble le rendre malade.

M. Liebermann a vu des gens faire des choses horribles. Parce qu'ils avaient été contraints, et non contrôlés, mais comment pourrait-il savoir le pourquoi de son cauchemar ? Le père d'Eva a sans doute veillé à ce qu'il l'ignore, pense-t-elle. Et soudain, un morceau de ce cauchemar vient de s'incarner, sorti de nulle part, dans un métro au beau milieu de New York. Eva fouille dans son sac.

– Tenez, dit-elle en lui tendant le petit paquet enveloppé d'un ruban contenant les boucles d'oreilles auparavant destinées à Annemarie.

Elle aurait dû les vendre sur la route, en allant à Berlin.

– Tenez, répète-t-elle. C'est pour vous. S'il vous plaît.

Il s'avance d'un pas traînant, le front plissé, et le lui prend des mains en restant aussi éloigné d'elle que possible. Il est si petit. Elle avait oublié. C'est peut-être pour ça qu'ils faisaient une si bonne équipe quand ils tiraient ce chariot vers Berlin.

– Vendez-les. Et je veux que vous sachiez que justice a été faite. J'y ai veillé. J'ai tout fait pour m'en assurer.

Il la regarde droit dans les yeux. Et voilà que les larmes d'Eva reviennent. Sorties de nulle part. Elle ignore où elles se cachent.

M. Liebermann hoche la tête, soulève son chapeau et Eva

s'éloigne sur le quai. Pour prendre le métro suivant. Pour le laisser en paix. Quand elle se retourne, il est en train de regarder le paquet. Quand elle se retourne à nouveau, il a disparu.

Elle rentre doucement dans l'appartement des Holtz. Assis côte à côte, main dans la main, Mme Holtz dans son fauteuil roulant, ils écoutent Orson Welles interpréter *The Shadow* à la radio. L'orgue monte en puissance alors que quelqu'un fait des aveux, et Mme Holtz s'essuie les yeux. Ils sont adorables.

Eva les salue de la main avant de s'éclipser dans sa petite chambre. Elle se débarrasse de ses vêtements et s'assied, en robe de chambre. Elle reste ainsi jusqu'à ce que la radio s'éteigne, jusqu'à ce que la lune se lève et que l'horloge sur la cheminée sonne trois, quatre, puis cinq heures du matin.

Elle avait tort, à propos du vide.

L'avenir n'est pas rien. Il est là. Il va se produire. Comme tout à l'heure, avec M. Liebermann. Il est simplement caché derrière le mur.

Elle pensait que de l'autre côté du mur, elle s'occuperait d'Annemarie. Or, cette dernière n'a ni besoin ni envie d'être avec elle.

Sans même s'en rendre compte, Eva en était venue à penser que de l'autre côté du mur, il y aurait Jake. Or, Jake n'a ni besoin ni envie d'être avec elle. Et s'il pense le contraire, il changera bientôt d'avis.

Elle pensait que le mur s'écroulerait quand justice serait rendue, qu'il s'effondrerait de lui-même. Comme elle l'a cru la première fois qu'Annemarie a ouvert les yeux.

Cela n'arrivera pas. Si elle veut que le mur tombe, elle va devoir le démolir. Bloc après bloc. Brique après brique. Elle va devoir gratter jusqu'à ce que ses doigts soient en sang.

Et elle devra le faire seule.

C'est sans doute légitime, mais ce n'est pas l'impression qu'elle a.

Elle a l'impression que c'est un marché horrible. Un marché de dupes.

Mais c'est le sien. Celui de personne d'autre.

L'horloge du salon sonne six heures. Eva s'habille. Elle ne va pas au bateau. Elle attend devant la porte de Powell House quand Olive la déverrouille.

– Eva ! Bonjour.

Elle la suit jusqu'au bureau des réfugiés, s'assied sur la chaise face à celle d'Olive.

– Dites-moi, commence-t-elle, ce que je dois faire pour obtenir un diplôme en composition musicale.

– Oh ! s'exclame celle-ci en enfilant ses lunettes, une lueur exaltée dans le regard. Je serais ravie de t'aider !

Chapitre 61

Elle passe la main à travers la vitre brisée, où le soleil scintille sur les bords tranchants du verre.

Sa main la pique, saigne. Elle va devoir affronter ce qu'il y a derrière elle. Mais le ciel est si proche. Elle sent le vent de l'autre côté.

Elle ouvre la main.

L'oiseau saute de sa paume dans un frémissement de plumes. Les ailes bleues battent, descendent en piqué, puis s'élèvent, parmi les branches, à travers les rayons du soleil, haut et loin dans le ciel.

Et l'oiseau vole, libre.

Chapitre 62

MAI 1947

Eva marche à toute allure dans la rue en retenant son chapeau bleu, passe comme une flèche devant le kiosque à journaux au coin de la rue.

– Tu vas être trempée ! crie Frank depuis le kiosque.

– Ta mère aussi ! réplique-t-elle.

Il rit, et elle aussi. Mais en réalité, elle n'a pas envie de se mouiller. Elle n'a pas le temps.

Elle fait un dérapage pour éviter Mme Carter et son chien, l'homme à la cravate rouge à l'arrêt de bus, gravit les marches de l'immeuble et se précipite dans le petit hall d'entrée où se trouvent les boîtes aux lettres pile au moment où de grosses gouttes se mettent à tomber. Elle pose son sac de courses entre ses jambes, retire un de ses gants avec ses dents, cherche la clé de la boîte aux lettres dans son sac à main. Et quand elle se retourne pour fermer la porte, elle voit un homme en train de fumer une cigarette sur le perron d'en face. Un homme qui vient apparemment de faire cirer ses chaussures.

Elle ne sait pas lequel c'est. Elle n'arrive jamais à les distinguer. Elle sourit, à peine. Il incline très légèrement la tête en retour. Ils ne viennent que de temps en temps. Ils la surveillent. Et vont sans doute ensuite faire un rapport à son oncle. Si c'est bien son oncle. Elle ferme la porte, se demandant ce qu'il ferait si elle lui proposait un parapluie.

La clé se coince dans la boîte aux lettres, comme toujours, et quand elle finit par s'ouvrir, Eva comprend ce que l'homme aux chaussures brillantes fait ici. Il y a une lettre pour elle. Une écriture simple, carrée. Sans adresse de retour.

Ce n'est pas celle qu'elle espérait.

Elle ne reçoit plus ces lettres-là.

Elle s'appuie contre le mur du hall.

La première lettre de Jake est arrivée deux semaines après son départ. Le cachet de la poste indiquait Liverpool, et elle l'a jetée à la poubelle. Puis l'en a sortie. Et l'a jetée de nouveau. Puis a allumé sa lampe au beau milieu de la nuit et ouvert l'enveloppe.

Et ce n'était pas ce qu'elle avait imaginé. Pas de nazis, pas de complots de meurtre, rien sur le soir où elle l'avait planté dans le bus. Pas d'explications. Rien qu'une lettre lui racontant ce qu'il pensait de l'océan. Du ciel. Du bateau et des gens à bord. C'était surprenant. Drôle. Inattendu et beau. Une âme s'exprimant sur six pages, recto verso.

Elle a alors compris pourquoi il voulait écrire. Pourquoi il aimait la musique. Les rythmes étaient les mêmes. Au bas de la page, il avait laissé une adresse.

Et c'est cette nuit-là que le Dr Holtz l'a trouvée en larmes dans le salon, à trois heures du matin. Il leur a préparé du cacao. Il avait souvent du mal à dormir, lui a-t-il expliqué. De mauvais rêves. Sur sa vie d'avant. Et ils ont évoqué ses mauvais rêves à elle, et Eva lui a un peu parlé d'elle. De sa vie d'avant. Pas des Soviétiques ni des Américains ni de justice. Seulement de celle qu'elle était autrefois. Et pourtant, il ne l'a pas méprisée. C'était comme de parler à son père, bizarrement. Un docteur, mais sans ténèbres.

Le Dr Holtz a dit que c'était plus agréable, bien sûr, de vivre sans trous en soi, mais qu'elle pouvait choisir de vivre avec, et de faire ça bien. Si elle le souhaitait.

Savait-elle que mère Martha était à Powell House parce qu'elle venait de perdre l'homme avec lequel elle avait été mariée pendant plus de quarante ans ? Qu'Olive avait grandi dans un orphelinat, seule et sans amour ? Que le premier petit-fils de Mme Angel, un jumeau, était mort deux mois plus tôt? Les gens pouvaient décider de vivre bien avec des trous en eux, d'après le Dr Holtz. Après tout, c'était ce qu'il faisait, lui aussi.

La deuxième lettre de Jacob est arrivée le jour de la fête d'adieu d'Elizabeth Whittlesby, à Powell House. Tout le monde s'est amusé, alors que beaucoup de gens étaient tristes, en grande partie grâce au bonheur éblouissant de Bets. Patricia était présente, ainsi qu'Olive, accompagnée d'un jeune homme dégingandé, et Mme Angel avec sa fille et sa petite-fille. Martha a pris Eva à part devant le bol de punch pour l'informer que la convalescence d'Annemarie se passait bien. Si bien, d'ailleurs, qu'elle était partie vivre avec le Dr Braun et sa mère et qu'ils prévoyaient de se marier en juin.

« Quand ses cheveux auront repoussé », a pensé Eva. Elle n'attendrait pas une invitation.

Pourquoi fallait-il que tout le monde soit aussi amoureux?

Cela lui semblait injuste. Mais qu'y avait-il de juste dans le monde? Elle n'aurait pas eu les moyens de se rendre au mariage d'Annemarie, de toute manière. Elle en avait encore pour huit mois à rembourser sa facture d'hôpital.

Annemarie – sa famille – était un trou avec lequel elle allait devoir apprendre à vivre.

Elle a accepté que Larry l'emmène manger une glace après la fête, et à son retour, elle a trouvé la lettre de Jake sur la table du vestibule. Elle l'a laissée là. La jambe de Mme Holtz la faisait souffrir, ce soir-là, et Eva lui a donné un bain et son médicament, puis elle a rangé sa chambre et la cuisine pendant que M. Holtz faisait la lecture à sa femme pour l'endormir. Ensuite, Eva s'est assise sur le canapé, les yeux rivés sur la lettre. Elle l'a ouverte, et Jake lui a parlé de la campagne anglaise.

Elle pensait qu'il adorait la ville, le bruit et les lumières, la musique, le bitume. Mais il aimait aussi l'herbe. Et les pierres. Il avait rédigé un petit journal, le compte rendu quotidien de ses efforts pour faire sortir un renard de son terrier, et son récit l'a tenue en haleine jusqu'à ce que, finalement, le renard sorte et mange un biscuit. Une sorte de cookie.

Pas de passé et pas d'avenir. Rien qu'une adresse au bas de la page.

Le Dr Holtz est entré dans le salon, a secoué la tête, puis il est parti préparer du cacao pendant qu'elle allait chercher une feuille de papier et racontait à Jake la première fois où elle avait tenu un bébé dans ses bras. Elle ne les avait jamais trouvés particulièrement intéressants. Mais peut-être que la petite-fille de Mme Angel était un cas à part. Elle n'aurait jamais imaginé, écrivait-elle, qu'il suffisait qu'un bébé sache que quelqu'un l'aimait pour l'aimer aussitôt en retour. Sans poser de questions. Puis elle lui a dit qu'elle écoutait Liszt, et se demandait pourquoi ce compositeur lui déplaisait autant.

Elle a écrit soigneusement, proprement. Tout en allemand. Elle a gardé la lettre pendant deux jours. Puis elle est allée à la poste, passant devant l'homme aux chaussures brillantes qui était justement en train de faire cirer ses chaussures, et elle l'a envoyée.

La réponse de Jake est arrivée avec un timbre express. Écouter Liszt, disait-il, c'était comme d'être assis à côté d'une femme aspergée de parfum. Trop sucré, trop tout court.

C'était tout ce qu'il disait. De toute la lettre. Et cela l'a fait sourire.

Après ça, elle a reçu une lettre chaque semaine. Elle lui répondait. En allemand.

Et puis Olive a téléphoné à Eva, avec une surprise. Pouvait-elle venir à Powell House pour discuter avec un professeur de piano du New York College of Music ? Le professeur Turner était marié à une violoniste qui avait trouvé un emploi grâce à Martha pendant la guerre.

Le professeur Turner a écouté Eva jouer et lui a demandé ce qu'elle voulait faire. « Peut-être composer », a-t-elle répondu. Et il a dit « très bien, jouez-moi quelque chose qui vient de votre tête ». C'est donc ce qu'elle a fait, et elle a eu l'impression de se mettre toute nue. Mais il l'a félicitée, ce qui était bien, et lui a conseillé d'aller s'inscrire à l'école pour pouvoir utiliser les salles de répétition quand elle voudrait. Le Dr Holtz a décrété qu'elle devait le faire, et lui a laissé trois matinées de libres par semaine. Elle y allait le soir, aussi, parfois. Et elle sortait de temps en temps prendre un café ou assister à un concert, avec d'autres étudiants.

Et aussi, sur les conseils du Dr Holtz, Eva a participé au déjeuner du mardi de Peggy pour évoquer ce que signifiait grandir dans l'Allemagne d'Hitler. D'être imprégnée d'une idéologie et de réaliser subitement que ce qu'on vous avait présenté comme quelque chose de bien et de normal était, en réalité, tout le contraire. Cette expérience difficile et embarrassante a débouché sur une discussion animée à propos des citoyens américains ayant des croyances pas si différentes de celles des nazis. Et Mme Katz était présente. Elle n'a pas parlé de Jake, mais a embrassé Eva sur la joue. Elle l'a serrée dans ses bras. Elle avait les larmes aux yeux. Et curieusement, Eva ne s'est pas sentie méprisée. Pas dans Powell House, en tout cas.

Elle a écrit à Jake pour lui raconter ce que ça faisait de trouver de l'acceptation là où elle pensait ne trouver que du rejet, de l'amour là où elle pensait trouver de la haine. C'était beau. Inattendu. Une surprise. Comme la musique. Et elle lui a envoyé les titres de cinq morceaux. En allemand.

Courrier express : Lyrique. Éclairant. Barbant. Piquant. Mélancolique.

Elle apprenait à vivre raisonnablement bien tout en étant criblée de trous.

Et puis les lettres de Jake se sont arrêtées. Brusquement. Plus rien depuis deux mois.

Eva regarde la lettre dans ses mains, la mauvaise lettre, et soudain, les nuages de pluie s'ouvrent et éclaboussent la porte vitrée. L'homme aux chaussures brillantes s'éloigne d'un pas nonchalant, un journal sur la tête, l'homme cravaté à l'arrêt de bus ouvre un parapluie.

Elle sait exactement pourquoi les lettres de Jake ont cessé. Cela a pris plus longtemps qu'elle ne le croyait, mais c'est arrivé.

Elle est arrivée.

Mme Angel l'a dit à Martha alors qu'Eva se lavait les mains dans les petites toilettes au-dessus du bureau des réfugiés. Que Mme Katz avait dit qu'elle était très contente de Jacob, car après toute une série de brebis galeuses, il semblait avoir choisi quelqu'un avec son cerveau, pour une fois, et que celle-là, au moins, était sensée et raisonnable.

La fille de l'avenir est donc la fille de maintenant. Celle qui le mérite. La jolie fille aux cheveux bruns. Du moins, c'est comme ça qu'Eva l'imagine. Elle soupçonne Jake d'avoir un faible pour les cheveux bruns. Et les ongles vernis. Mais ses yeux seront différents. Et elle sera plus grande. Plus pulpeuse. Avec les parents qu'il faut et la religion qu'il faut et la nationalité qu'il faut. Sans rien qui la réveille la nuit. Une fille qui ne ment pas. Qui ne lui demande pas de faire des choses affreuses. Qui ne conduit pas trop vite la voiture de son oncle. Et qui prendra la quantité de sucre parfaite dans son café.

Eva la déteste. Elle l'a toujours détestée.

« Et Jake va tellement s'ennuyer », a-t-elle décrété. Et dernièrement, elle s'est mise à penser que si Jacob Katz veut vraiment s'ennuyer à ce point, alors c'est peut-être lui qui ne la mérite pas, tout compte fait.

Vivre avec ce trou-là va être difficile.

Comme la voix du Docteur. Lui répétant qu'elle est faible. Inférieure. Comme quand les souvenirs reviennent et qu'elle sent l'oiseau tout doux qui se tortille dans sa main.

– Mais n'oublie jamais, lui dit le Dr Holtz quand ils boivent leur chocolat, que tu as laissé l'oiseau partir.

Elle ne l'oublie pas.

Elle dit qui elle est. Juste une fois. Parce que c'est simple.

Elle est Eva et elle appartient à elle-même.

Elle coince le reste du courrier sous son bras et ouvre la mauvaise enveloppe pendant que la pluie tombe.

C'est une photographie. Un vieil homme de dos, franchissant avec une canne un portail en fer entre des murs de brique blancs. Et elle reconnaît ces murs. Elle reconnaît ce portail. Au premier coup d'œil. C'est Sachsenhausen. Et c'est le dos du Docteur. Il a rapetissé. Maigri. Mais c'est bien lui. Au verso, de la même écriture simple, sont écrits ces mots : « Procès, septembre, 1947 ».

Elle s'appuie contre le mur. Un procès en septembre. À Sachsenhausen. Le lieu où le Docteur a commis tant de crimes. Et voici sa preuve.

Du moins, c'est ce qu'ils veulent qu'elle pense.

Elle frémit une fois. De tristesse. Malade de culpabilité.

Et puis elle regarde dehors. La pluie battante. Quel genre de personne attend à un arrêt de bus sous la pluie alors que le bus ne repassera pas avant deux heures ? Quelqu'un qui s'est trompé dans les horaires ?

Ou quelqu'un qui ne veut pas donner l'impression qu'il surveille sa porte ?

Elle se redresse, range la photographie et ramasse ses courses. Elle ne choisit pas la méfiance aujourd'hui. Ni la culpabilité ni la tristesse. Elle a d'autres choses à faire.

Elle se hâte de monter l'escalier.

– Bonjour ! lance-t-elle en passant la porte.

– Par ici ! l'appelle Mme Holtz depuis la cuisine.

Elle est assise à table, avec son chignon gris et lisse, ses deux boucles parfaites, sa jambe – libérée de son plâtre – surélevée sur la chaise opposée.

– Que se passe-t-il ? demande-t-elle tandis que la pluie lessive la fenêtre derrière elle. On croirait que le soleil s'est levé, à te regarder.

Eva sourit.

– Regardez ce que j'ai acheté au magasin d'occasion.

Elle sort du sac une robe noire sans manches, moulante, en mousseline de soie.

– Où est le Dr Holtz ? demande-t-elle.

– Dans la chambre…

Eva commence aussitôt à se dévêtir et Mme Holtz crie :

– N'entre pas, Leopold !

– Quoi ?

– Reste où tu es !

– D'accord, d'accord…

Eva laisse tomber sa jupe et son chemisier par terre et enfile la robe noire. Elle est simple, mais joliment coupée et bien ajustée, avec un décolleté dans le dos et une masse de tissu qui se rassemble derrière ses cuisses et donne l'impression qu'elle a des formes. Ce qui est moins difficile qu'avant, vu la manière dont le Dr Holtz la nourrit. Et, miracle des miracles, la mousseline de soie noire lui arrive juste au-dessus des chevilles.

– Ça, ma chérie, c'est une robe ravissante, commente Mme Holtz. Et pour les cheveux ?

– Une fleur rouge ?

La femme fait un bruit de baiser. Eva aussi.

– Je peux entrer ? demande le Dr Holtz. Je veux mon thé… (Il secoue la tête.) Ah, non. Oh, ma parole. Je n'aime pas ça. Si tu sors comme ça, tu vas nous quitter plus tôt que prévu.

Eva l'embrasse sur la joue et ramasse ses vêtements, lui demande de se préparer en vitesse. Il faut qu'ils partent dans une heure.

Elle file dans sa petite chambre, s'approche de son placard et glisse la photographie dans la doublure de sa vieille jupe – elle a découpé une fente en haut maintenant, juste sous la taille, pour ne pas avoir à la recoudre à chaque fois –, avec celle du Docteur sur le bateau et celle de la fille morte avec la légende « Anna Ptaszynska ».

Elle devrait les brûler. Mais on ne sait jamais ce qu'un Cruickshanks pourrait croire ou pas.

Elle s'habille et se coiffe. Et quand elle va dans le salon, le Dr Holtz est en train d'appeler un taxi, à cause de la pluie. Pour ne pas se mouiller. Et ne pas arriver en retard. Car ce soir, ils vont à Powell House pour la toute dernière fois. Parce que la demeure va être vendue.

Mme Powell, au grand désarroi de tous, sauf de son banquier, a accepté une offre d'achat qu'elle ne pouvait pas se permettre de refuser. Et bien que l'AFSC ait envisagé d'acheter la maison, ils ont décidé que cet argent serait plus utile pour leur mission humanitaire au Japon, grandement nécessaire après le bombardement atomique. Le programme continuera, disent-ils, mais au temple quaker de Gramercy.

Tout le monde sait que ça ne sera pas pareil.

Mais ce soir, ils vont quand même fêter ça. Avec un petit concert donné par de nouveaux arrivants en Amérique. Informel. Sans programme. Pas de quoi s'inquiéter. Et assise dans ce taxi avec M. et Mme Holtz, sous des trombes d'eau, dans sa robe d'occasion avec une fleur rouge à l'arrière de ses cheveux, Eva est persuadée que c'est la chose la plus idiote qu'elle ait jamais accepté de faire.

Il y a déjà du monde quand ils arrivent. Eva dit bonjour à Martha, Olive et Mme Powell. À Lucy et Colette qui rentre tout juste de sa lune de miel. La pièce semble triste, endeuillée, sans les meubles et les tableaux déjà partis, mais quelqu'un a réussi à faire livrer une cinquantaine de chaises pliantes, disposées en rangs dans le salon de derrière, pour le concert. Eva monte furtivement l'escalier pour jeter un dernier coup d'œil à la chambre bleue. Il n'y a plus de lit, de chaises ni de tapis. Il ne reste que l'armoire, et le miroir, tout seul dans un coin.

Cette fois, elle pense reconnaître la fille qui lui rend son regard.

Et elle est très nerveuse.

Elle se hâte de redescendre avant que le concert ne commence.

Une fille adorable, une Ukrainienne, joue de la guitare et chante des chansons folk. Une soprano interprète un negro spiritual. Quelqu'un récite un poème franchement socialiste, mais ça ne dérange personne. Le public est d'humeur bavarde. Facile à satisfaire. Mais tout le monde se tait lorsqu'Eva s'assied au piano. Et à ce moment-là, quelque chose se transforme en elle.

Elle se sent prête.

Elle n'a jamais vraiment peur une fois que le danger est là.

Elle joue du Debussy, mais pas *Clair de lune*. Elle a dépassé son amour adolescent pour ce morceau, et a plutôt choisi *La Cathédrale engloutie*. Ce n'est pas une pièce spectaculaire. Elle est calme. Profonde. Inhabituelle et éthérée, dessinant des images pour l'esprit.

Et cela lui semble facile, naturel, car quelque part dans son esprit, elle a quatre ans et est allongée sous le piano, sur un tapis bleu, les yeux fermés, et elle écoute sa mère jouer ce morceau.

Elle reçoit une belle salve d'applaudissements et va s'asseoir au bout de la rangée, souriant au Dr Holtz, qui tape toujours dans ses mains, à Martha, radieuse. Elle adresse un signe de la main à Olive qui lève le pouce dans sa direction. Et quand elle jette un coup d'œil au fond de la pièce, tout s'arrête en elle. Tout se fige.

Car Jake est là.

Chapitre 63

MAI 1947

Jacob Katz.

À New York. Pas de l'autre côté de l'océan. À Powell House. Alors qu'il était censé ne rentrer que dans trois mois.

Il a maigri, ce qui le vieillit. Mais il porte le même costume, veste déboutonnée. Et elle distingue tout juste la cicatrice blanche et fine sur sa joue. Elle la voit car il a le visage tourné, en train de parler tout bas à une fille.

La voilà. Pile où elle est censée être. Exactement comme elle est censée être. Brune. Grande. Souriante et jolie. Heureuse. Pulpeuse. *Scheisse.*

Eva la déteste.

Elle détourne rapidement les yeux, avant que Jake ne s'aperçoive qu'elle l'a vu. Mme Katz les accompagne, et elle a l'air heureuse, elle aussi. Évidemment. Ils sont là, ensemble, à côté de la porte.

Elle ne peut pas sortir. Pas sans casser une fenêtre.

Scheisse. Scheisse. Scheisse.

Le mieux serait d'aller les saluer. Les féliciter.

Mais elle a un trou en elle, aussi froid et profond que la mer Baltique. Et elle n'est pas sûre de pouvoir vivre avec.

Elle va devoir vivre avec.

Eva applaudit les autres artistes. Elle sourit et n'a d'yeux que pour eux. Et dès que le concert se termine et que les gens commencent à se lever pour aller boire un café, elle voit Jake qui contourne la foule. Fonçant droit vers elle.

Et elle ne peut pas. C'est invivable. Après toutes ces tasses de chocolat.

Elle prend son sac à main et s'enfuit. Elle longe les chaises, souriant et serrant une main ou deux au passage, vers l'arrière de la salle. Et elle a l'avantage, parce que Jake, qui est passé de l'autre côté, est maintenant bloqué par les chaises. Elle file comme un ouragan devant Mme Katz et la superbe fille qu'elle déteste de tout son cœur et débouche dans le salon de devant. Elle entend un bruit fracassant derrière elle, mais elle est dans le vestibule désormais, elle sort et dévale les marches.

Il bruine encore. Le trottoir est plein de flaques, dont une immense qui détrempe ses chaussures à talons. Et elle entend la porte de Powell House s'ouvrir et Jake crier : « Hé ! »

Elle court comme si elle était en retard pour prendre le train, tourne sur Lexington, passe devant la station de métro. Mais il l'a vue. Il sait qu'elle n'est pas entrée. Elle reprend l'avantage quand il doit s'arrêter pour laisser passer un taxi, et puis elle arrive sur Madison, où il y a du monde et des boutiques ouvertes.

Elle regarde derrière elle. Il la suit toujours. Elle remonte sa robe. Traverse le carrefour en frôlant les voitures et pousse la porte de Schrafft's. Elle ne dit rien à Fred. Ne demande même pas la permission. Elle passe en courant devant lui dans sa robe noire, traverse la cuisine, où aucune femme ne nettoie les cuves, sort dans l'allée et se dirige vers la rue. Pour s'échapper de l'autre côté.

Et elle s'arrête. Jake est au bout de l'allée, appuyé contre le mur.

– Oh, Bluebird, tu sais bien que tu ne peux pas me la faire, celle-là. C'est moi qui te l'ai apprise.

Il se redresse et Eva se fige, haletante, s'agrippant à son sac à main.

– Bon, c'était quoi, ce cirque ? demande-t-il. Tu te rends compte que j'ai démoli la moitié des chaises de Martha et sans doute mon genou aussi ?

Elle se redresse à son tour.

– Je suis censée courir vers toi chaque fois que tu apparais dans une pièce ?

– Disons que je ne pensais pas que tu partirais en courant en sens inverse. Après huit mois, il me semblait qu'un bonjour serait de circonstance.

– Tu étais censé partir pendant onze mois.

– J'ai été libéré pour bonne conduite. Qu'est-ce qui te prend ?

– Qu'est-ce qui te prend, toi ? Tu crois que j'ai envie d'aller me présenter à ta femme ?

Derrière eux, un homme vide sa poubelle. Et Eva a l'impression qu'il prend tout son temps.

Jake soupire.

– Comment ça, ma femme ?

Eva agite la main.

– Ta petite amie, alors !

– La petite amie dont tu parles ne serait pas, à tout hasard, ma cousine Julie ? Cette jolie petite écervelée ? Elle a à peine seize ans, Eva !

Derrière eux, l'homme émet un bruit désapprobateur. Eva se retourne.

– Oh, la ferme, vous ! crie-t-elle.

Il déguerpit, et quand Eva se retourne vers Jake, il n'a pas bougé, mais a haussé les sourcils. Et il n'a pas de femme. Ni de petite amie. Ou du moins, pas avec lui ce soir. Il met les mains dans ses poches.

– Je vais risquer une hypothèse et supposer que tu n'as pas reçu ma dernière lettre.

– Ta dernière lettre était une express qui disait « acerbe » et « enchanteur ».

– Je vois. Ce n'était pas celle-là.

S'ensuit un petit silence.

– Depuis combien de temps es-tu rentré ? demande-t-elle.

– Deux jours. Ma mère m'a conseillé d'aller te voir, mais je m'étais mis en tête que tu m'avais rejeté. Ce qui a été plus que confirmé quand tu as détalé dès que tu as vu ma tronche. Mais Julie fait plus que son âge, j'avoue.

Il regarde ses pieds. Sort une main de sa poche et la lui tend.

– Tu voudrais bien faire un tour avec moi ?

Eva s'avance, mais elle ne prend pas sa main. Ils sortent de l'allée et se mettent à marcher dans la rue. Jake lui jette un regard en biais, de la tête aux pieds.

– Comment tu as fait pour courir là-dedans ? Tu étais rapide comme l'éclair.

C'est courir avec ces chaussures qui devrait l'impressionner. Elle a les pieds qui hurlent.

– Le morceau était bon, dit-il, en parlant de celui qu'elle a interprété. Très profond. Tu aimes ça.

Il n'a pas besoin de demander. Il sait.

– J'ai auditionné pour le New York College of Music, la semaine dernière, annonce-t-elle. J'ai été prise. En composition.

– Oh, c'est bien, Eva. Hé, c'est vraiment bien.

Elle voit qu'il est sincère à sa façon de contenir son sourire. Et puis il se renfrogne.

– Tu as dû rencontrer des tas de gens, alors. Te faire des amis.

– N'est-ce pas ce que tu voulais ?

– C'est ce que j'ai dit, pas vrai ? Quand est-ce que tu commences ?

– Mi-septembre.

Il hoche la tête. Il réfléchit. Nerveux, comme s'il avait envie d'une cigarette, et les voilà à présent dans le parc. Et elle reconnaît l'expression de son visage. Il a quelque chose à dire, et il ne le dit pas.

C'est elle. Celle dont parlait sa mère. La fille qui le mérite. Elle est probablement encore en Europe, dans l'attente d'un visa. En chemin. Et Eva n'aura même pas besoin de le lire dans une lettre. Il doit le lui dire lui-même. En face.

Peut-être qu'elle aurait dû continuer de courir.

Jake tourne dans un sentier. Les branches sont lourdes de pluie, les lampadaires ont bien du mal à éclairer plus loin qu'eux-mêmes. Le brouillard monte. Ils marchent en silence. Un silence comme une corde tendue, prête à se rompre.

Eva s'arrête. Laisse un homme passer. Jake se retourne, attend. Et dès qu'ils sont seuls, elle se lance :

– Allez, dis-le.

Les sourcils de Jake sont tellement froncés qu'ils se touchent.

– Tu veux que je joue cartes sur table, c'est ça ?

– Oui, répond-elle.

C'est toujours mieux de savoir. Même si la moindre partie d'elle-même hurle le contraire.

– Dis-moi pourquoi tu as arrêté de m'écrire, poursuit-elle. Allez, dis-le.

Elle regarde ses mâchoires se serrer et se desserrer.

– Très bien. J'en ai eu ras le bol de t'écrire des lettres. Je veux dire, j'étais là, en train de faire ce super voyage. Je voulais savoir comment c'était là-bas, et j'ai compris. Londres est sens dessus dessous, et à Paris, c'est encore pire, et le type avec qui je voyageais, il avait tout vu. Et puis j'ai adoré mon semestre à Oxford. Mais quand je me suis retrouvé là-bas, à Paris, un stylo à la main, sur le point de t'écrire pour te parler des décombres ou de Mozart ou de je ne sais quoi, je me suis dit « c'est stupide. Je déteste devoir écrire ça alors que je devrais te le dire... ».

– Tu es rentré trois mois plus tôt parce que tu devais me parler de Mozart et de décombres ? Ou parce que soudain tu détestais écrire ?

– Et puis j'ai reçu une lettre de Larry me disant qu'il t'avait invitée à sortir...

– Tu es rentré de Paris parce que Larry m'a offert une glace ?

– Tu vas te taire, oui ?

Eva ferme la bouche.

– Et donc je me suis assis et je t'ai écrit une lettre d'un autre genre, où je te demandais si... (Il se frotte la nuque.) Je te demandais si tu voulais partir en Californie avec moi.

– Quoi ?

Il soupire.

– Si je te le demandais gentiment, tu voudrais bien t'asseoir ?

Il se dirige vers un banc sous un lampadaire et attend, debout, de voir ce qu'elle va faire. Elle le rejoint et s'assied. Jake se laisse tomber à côté d'elle, les coudes sur les genoux. Le banc est mouillé, mais ça n'a pas d'importance.

– Écoute, l'AFSC de Londres a vraiment un très bon service de traçage. Ils travaillent avec tout le monde, toutes les organisations, et je me suis dit « combien de Ptaszynska a-t-il pu y avoir en Allemagne avant la guerre ? ». Alors je leur ai demandé de se renseigner... et ils les ont trouvées.

Eva cligne des yeux. Inspire. Et n'expire pas.

– Il n'y avait pas grand-chose. On sait seulement que ton père, Marek, a été arrêté en 1932, et ta mère, Klara, en 1933. Pour avoir distribué de la propagande communiste. Elle était professeur de musique à l'université de Berlin, et il n'y avait aucune mention de toi ni de ta sœur. En 1937, ils étaient morts tous les deux. En prison. On ne sait pas trop comment.

Eva regarde ses ongles rouges sur ses genoux, ressortant vivement sur la mousseline de soie noire.

– Quelle prison ? chuchote-t-elle.

– Ils ont été dans plusieurs prisons différentes. Mais la dernière, c'était Sachsenhausen.

Là où, d'après l'oncle d'Eva, les prisonniers politiques étaient envoyés. Là où un docteur s'est rendu après s'être intéressé à deux petites filles, l'une précieuse, l'autre non. En envoyant le Docteur se faire juger là-bas, c'était peut-être à ses propres parents qu'elle a un peu rendu justice. Et à elle-même.

Comment est-ce possible ? Tout ça n'était que sa propre justice, depuis le début ?

Elle relève les yeux. Jake est assis sans bouger, les mains jointes, il attend. De petites gouttes de brouillard parsèment ses cheveux bruns.

– Pourquoi as-tu cherché mes parents ?

– C'est une question vraiment stupide, Eva. Pourquoi, à ton avis ?

Elle ferme les yeux. Pour elle. Pas pour une autre fille. Il l'a fait pour elle.

Parce qu'il l'aime. Et l'amour n'est pas légitime.

Elle n'a pas à le mériter.

– Je n'avais pas envie de t'écrire des lettres, Eva, tout comme je n'avais pas envie de t'inviter à sortir ni de te parler au téléphone. Ce dont j'avais envie, c'était de te préparer des œufs et de te prêter mon peignoir. Et quand je recevais tes lettres, tu n'imagines pas à quel point c'était compliqué de les faire traduire, de découvrir toute cette musique. Et tu m'obligeais à me dépêcher, parce que j'avais peur, si je traînais trop, que tu ne m'écrives plus. Et puis ça a fini par arriver, alors j'ai pris un bateau. Tu me manquais. J'avais l'impression d'être cassé. Et j'ai pris conscience de l'immensité du monde et de la chance que j'ai eue, que tu traverses l'océan et que tu montes dans cette voiture. Et pourtant, j'étais là-bas. À Paris. En train de tout gâcher.

De la chance. Elle pensait qu'elle était la seule à en avoir eu. Comment avait-elle pu monter dans une voiture avec quelqu'un qui aurait dû la mépriser et trouver la seule personne au monde prête à faire ce qu'il venait de faire pour elle ?

– Il faut que tu me croies, cette fois. Je pensais vraiment faire le bon choix. Je ne plaisantais pas – je ne plaisante toujours pas –, il fallait que tu connaisses tes options. Je voulais être ton premier choix. Mais je m'en fiche maintenant d'être le dernier de la file, tant que tu me choisis. Et voilà. Cartes sur table. Et il faut que tu me le dises, dis-moi si j'ai tout fichu en l'air et attendu trop…

– Tais-toi, ordonne-t-elle.

Et elle l'embrasse. Il la laisse faire, les sourcils toujours froncés, comme s'il attendait de voir si elle y croit vraiment. Elle l'embrasse à nouveau.

Il décide que oui.

Il prend sa tête entre ses mains. Pose son front contre le sien. Et soupire. Et ils restent assis comme ça. Dans le brouillard, elle sent son sourire sous le bout de ses doigts. Et elle n'est pas inférieure. Elle est entière.

Et alors, il chuchote :
– Eva, pars en Californie avec moi.
– Qu'est-ce qu'il y a en Californie ?
– Ta tante Irina.

Elle se penche en arrière pour le regarder. Elle sent sa bouche s'ouvrir. Son front se plisser.

– Je n'étais pas le premier à me renseigner, reprend Jake. Ton père avait une sœur. Elle a laissé une adresse à Sacramento à la Croix-Rouge.

Le sourire de Jake est toujours là quand elle scrute son visage.

– Alors allons la voir, conclut-il.

Eva inspire. Et inspire encore. Une tante. Une famille. Elle rit. Et puis elle pleure. Jake pose de nouveau son front contre le sien, frotte sa mâchoire avec son pouce. Elle mouille ses mains avec ses larmes. Et puis elle se remet à rire.

– Pars en Californie avec moi, dit-il en l'embrassant. Ce soir. Tout de suite.

Elle sourit et reçoit un autre baiser.

– Je ne peux pas ce soir. Mme Holtz...
– Elle a besoin de toi ?
– Non...

Il l'embrasse encore. Et encore.

– Alors on passe en vitesse chez toi, tu fais ta valise, et on les appellera sur la route. Tu seras de retour dans deux mois. Largement à temps pour septembre. Tu peux le faire, Bluebird.

Elle rit, puis elle ne peut plus, car la bouche de Jake est sur la sienne, et puis elle rit de nouveau, car son souffle est chaud sur son cou.

– J'ai vendu une histoire au *Daily* quand j'étais en Europe, dit-il dans ses cheveux. Ils m'ont proposé un travail. Un vrai travail. Je ne vais pas retourner à l'université. Je commence en octobre. Et j'ai acheté la voiture d'oncle Paul. Hier. Il va se marier et me l'a vendue pour trois fois rien. Ma valise est dans le coffre. Alors pars en Californie avec moi.

Il embrasse sa mâchoire. Elle le force à arrêter et à la regarder.

– Attends. Pourquoi as-tu acheté cette voiture ?

– Pour t'emmener en Californie. Et il y a beaucoup d'Amérique à voir entre ici et là-bas.

« Le Nouveau Monde », pense-t-elle.

– Viens avec moi, murmure-t-il. Allons-y. Maintenant.

C'est audacieux. Irréfléchi. Ça pourrait être précisément ce pour quoi elle est venue. Elle regarde Jake et hoche la tête.

– Oui ? demande-t-il.

– Où est la voiture ?

Il sourit. Et puis il se lève, l'entraîne par la main sur le sentier, hors de Central Park, revenant sur leurs pas.

– Et ta mère ? demande Eva.

– Elle pensera qu'on s'est enfuis pour se marier.

– Elle ne pense pas que je suis sensée, si ?

– Quoi ?

– Non, rien !

Ils tournent au coin de la rue et elle voit la décapotable verte. Ils sautent à l'intérieur. Jake démarre, règle le rétroviseur, se penche pour l'embrasser une dernière fois et murmure :

– Tu vois le type qu'on a croisé dans le parc ? Avec la cravate rouge ? Il monte dans une voiture, à un demi-pâté de maisons derrière nous.

Eva ne se retourne pas. Elle connaît la chanson.

– C'est intéressant, dit-elle, car ce même homme attendait un bus qui ne venait pas cet après-midi, sous la pluie, juste en face de l'appartement.

– Tu es sûre que c'était lui ?

– Je reconnais ses sourcils.

– Tu penses qu'il veut venir en Californie ?

Elle lui décoche un sourire, un baiser. Et elle l'enjambe, en robe noire et talons.

– Pousse-toi, dit-elle. C'est moi qui conduis.

Épilogue

AOÛT 1947

Eva roule sur la serviette de plage, menton dans les mains, pieds en l'air, bercée par le bruissement et le pétillement, le souffle et le fracas des vagues du Pacifique. Le soleil est chaud sur sa peau, mais l'air est frais et, haut et sombre au-dessus de sa tête, un oiseau se laisse porter par les vents venus des collines.

Jake se laisse tomber sur la serviette à côté d'elle, dégoulinant d'océan. Sa peau a pris une magnifique nuance bronze. Eva, elle, a gagné trois taches de rousseur et un coup de soleil. Il passe un doigt sur la ligne crénelée de sa colonne vertébrale, laissant l'eau froide couler en filet sur sa peau réchauffée par le soleil jusqu'à la faire glapir.

C'était prévisible. Quand elle a suffisamment crié, il s'allonge sur le dos, un bras derrière la tête, les yeux fermés derrière ses lunettes de soleil. Alors Eva lâche sur son ventre un bernard-l'ermite qu'elle gardait pour cette occasion.

Ça, en revanche, c'était imprévisible. Et un juron lui échappe.

– Sois gentille avec ce garçon, dit tante Irina en s'installant confortablement dans son transat.

Elle a posé un livre ouvert sur son visage, et ses mots sont étouffés. Mais sa voix sourit.

Tante Irina aime bien Jake. C'était prévisible, ça aussi. En revanche, qu'elle puisse remplir un trou ayant la forme à la fois d'une mère, d'une sœur et d'une grand-mère, Eva ne s'y attendait pas du tout.

– Ouais, Eva, sois gentille, acquiesce Jake en remettant le bernard-l'ermite dans le sable.

Il sourit, l'embrasse, passe son pouce sur le coin de sa bouche.

– Quelqu'un ? demande-t-il doucement.

Il demande toujours.

– Personne, répond-elle, et elle embrasse son pouce.

Elle n'a vu personne les suivre depuis qu'ils ont semé l'homme à la cravate rouge en Pennsylvanie. Ou alors il a fini par s'ennuyer.

Tante Irina s'endort, et Eva sort le journal du sac avant que Jake ne puisse le prendre. Pour éviter qu'il le mouille. Elle l'ouvre, le tenant fermement pour résister au vent, à la recherche d'un article pouvant intéresser Jake. Elle est devenue experte pour les repérer. Pendant toute leur traversée de l'Amérique, elle lui a lu le journal chaque jour, ses pieds nus calés contre le tableau de bord de la décapotable.

Il s'avère que c'est immense, l'Amérique.

Soudain, elle s'assied. Jake aussi. Il sait que son humeur a changé. Elle lui tend le journal et le laisse le mouiller, désignant le petit article dans un coin. Quelques lignes glissées à côté d'une publicité pour des chaussures de femme.

Le Dr Kurt Blome a été acquitté de tous ses crimes à Nuremberg.

Exactement comme M. Cruickshanks le lui avait annoncé. Un docteur. Un criminel de guerre. Comme son père. Libre de poursuivre ses crimes. Embauché par les États-Unis.

– Alors on a fait tout ça pour rien, dit Eva.

– Non, répond Jake en jetant le journal par terre. À mon avis, ça veut dire qu'ils auraient aussi acquitté le Docteur, si tu avais agi autrement. Tu ne peux pas rendre le monde entier meilleur, Bluebird. Seulement le coin que tu habites. Pour moi, ça veut dire que tu as fait ce qu'il fallait.

Eva ferme les yeux.

Et pour la première fois, elle en est certaine. Vraiment certaine. Elle décide de l'être.

Elle a bien fait.

Quelle sensation magnifique, inattendue. Comme la musique. Comme la famille. Comme l'amour.

Elle a un peu l'impression de voler.

– Hé, dit Jake en embrassant le dos de sa main, il fallait bien que quelqu'un le fasse, pas vrai, Bluebird ?

Il le fallait.

Même si quelque part, l'expérience continue.

Note de l'autrice

Projet Bluebird est une œuvre d'imagination basée sur des faits historiques. Vous trouverez plus bas quelques notes sur les recherches et le contexte historique qui ont aidé l'autrice à créer ce roman.

Le projet Bluebird

Le projet Bluebird était un programme top secret lancé par la CIA (Central Intelligence Agency) après la reddition de l'Allemagne en 1945. C'était le tout début de la guerre froide, et la course entre les États-Unis et l'Union soviétique pour acquérir la technologie allemande ne se limitait pas aux renseignements. Il s'agissait d'obtenir tout avantage pouvant faire pencher la balance du pouvoir dans le monde d'après-guerre.

Contrairement à l'opération Paperclip, tristement célèbre et mieux documentée, également mise en œuvre par la CIA, le projet Bluebird reste trouble. On estime que l'opération Paperclip a fait venir aux États-Unis mille six cents experts nazis, dans tous les domaines de la science, pour les mettre au travail après avoir effacé leur passé d'atrocités et de crimes de guerre. Mais le projet Bluebird avait une visée plus spécifique : poursuivre les expérimentations médicales menées à Dachau et dans d'autres camps de concentration dans le but de contrôler l'esprit.

Le projet Bluebird cherchait à répondre à des questions telles que :

« Peut-on créer, par contrôle post-H (post-hypnotique), une action contraire aux principes moraux de base d'un individu ? »

« Peut-on capturer un sujet et, en l'espace d'une heure ou deux, par contrôle post-H, le forcer à provoquer un accident d'avion, de train, etc. ? »

« Peut-on "altérer" une personnalité ? Pendant combien de temps ? »

« Peut-on garantir une amnésie totale en toute circonstance ? »[1]

Basé sur les expériences de médecins tels que Kurt Blome et Kurt Plötner, dont les notes et les papiers ont été retrouvés à Dachau, le projet Bluebird se proposait de scinder la personnalité humaine, de créer une fraction de l'esprit pouvant être contrôlée, soit avec des drogues, soit sans. Des expériences dignes de la science-fiction, comme dans le film *Un crime dans la tête*. Des assassins et des saboteurs qui obéiraient aux ordres sans la moindre hésitation, sans se souvenir de ce qu'ils auraient fait. Des agents immunisés contre les interrogatoires puisqu'ils ignoreraient même être des agents. Et non seulement la CIA désirait acquérir cette capacité, mais elle craignait que l'Union soviétique ne la possède déjà.

Malgré les preuves accablantes et un aveu antérieur, le Dr Kurt Blome a été acquitté à Nuremberg en 1947, et il est largement admis que cela a été rendu possible par l'intervention de la CIA. Le Dr Blome a disparu jusqu'à ce qu'il soit officiellement embauché par les États-Unis, en 1951, juste après la dissolution de Bluebird, pour travailler sur un projet top secret qui n'a jamais été déclassifié. Quant au Dr Kurt Plötner, il a disparu d'une prison alliée en Allemagne, et quand le gouvernement français a tenté de le poursuivre en justice, en 1946, les États-Unis ont simplement prétendu qu'il ne pouvait pas être localisé. Il est réapparu en Allemagne de

1. Toutes les citations sont extraites de *Special Research, Bluebird*, publié en 1952, disponible via le *Freedom of Information Act Electronic Reading Room of the Library of the Central Intelligence Agency* :
https://www.cia.gov/library/readingroom/document/0000140401.

l'Ouest en 1952, sous son véritable nom. Ni Blome ni Plötner n'ont été condamnés pour les expérimentations atroces et inhumaines qu'ils ont menées dans les camps de concentration, des expérimentations dont on pense qu'elles ont continué sur des citoyens américains, sous la supervision et grâce au financement de la CIA.

En 1951, le projet Bluebird a été rebaptisé projet Artichoke, luimême rebaptisé projet MK-Ultra en 1953. MK-Ultra est devenu tristement célèbre pour l'administration de LSD à des citoyens américains non volontaires dans le but présumé de contrôler leur esprit. À l'instar des nazis, la CIA choisissait soigneusement ses victimes. Plutôt que des juifs, des Roms et des dissidents politiques ou sociaux, MK-Ultra utilisait des prostituées, des membres de gang, des prisonniers et des malades mentaux. Des éléments de la société «incapables de se défendre». Finalement, MK-Ultra a échappé à tout contrôle et les administrateurs du projet ont été accusés de se servir de leurs propres agents comme cobayes, provoquant au moins un décès. En 1973, le directeur de la CIA, Richard Helms, a ordonné que tous les documents se rapportant à Bluebird, Artichoke et MK-Ultra soient détruits. Néanmoins, vingt mille documents conservés par erreur ont été retrouvés en 1977, poussant le Congrès à ouvrir une enquête. Ces documents sont disponibles aujourd'hui grâce au Freedom of Information Act (loi d'accès à l'information).

La CIA a affirmé en 1977 que ce programme avait été abandonné depuis longtemps. D'autres prétendent qu'il se poursuit encore aujourd'hui. Bien que le sujet soit connu et documenté – en particulier les épouvantables expériences à base d'électrochocs destinées à effacer la mémoire et la personnalité, menées par le Dr Ewen Cameron, qui n'a heureusement aucun lien de parenté avec l'autrice –, l'étendue des expérimentations subies par des citoyens américains sans leur consentement au nom de la course contre les Soviétiques demeure un secret sombre et honteux de l'histoire de notre nation. Cependant, un document du projet Bluebird contient un indice : la description d'un psychiatre recruté pour mener des expérimentations humaines sur le contrôle mental en 1950 :

Par l'intermédiaire de réseaux internes de l'agence, on a communiqué pour Bluebird le nom de _____, un individu d'origine _____....

_____ est présenté comme ayant réalisé un travail considérable en IS [interrogatoire spécial] et H [hypnose], et son histoire est inhabituelle et intéressante. _____ est considéré comme une personne fiable, de confiance, notoirement anticommuniste.

Les seules faiblesses apparentes de _____ sont son origine étrangère et le fait qu'il ne soit pas un citoyen des États-Unis.

Toutes les informations personnelles, y compris deux pages de biographie, ont été censurées. Cependant, en 1950, un psychiatre étranger connu pour ses positions anticommunistes et ayant réalisé un travail de recherche « considérable » sur les interrogatoires spéciaux évoque fortement un nazi. Mais le plus probable, c'est que personne ne pourra jamais en être certain.

Sachsenhausen

Le camp de concentration de Sachsenhausen était situé à Oranienburg, au nord de Berlin. Ouvert en 1936, il avait l'ambition de devenir un modèle pour tous les autres camps. En raison de sa date d'ouverture précoce, nombre de ses prisonniers étaient des dissidents politiques, puis des prisonniers de guerre. Les essais de drogues, l'usine de chaussures, les courses de prisonniers drogués chaussés de bottes et les punitions qui leur sont infligées décrits dans ce roman sont tous basés sur des récits réels, et bien que je n'aie pas trouvé de rapports sur des expérimentations psychologiques, des expériences médicales y ont sans aucun doute été menées, notamment avec des drogues stimulantes. Le commandant, les officiers et le médecin du camp ont tous été arrêtés lors de sa libération, en avril 1945 et, le camp étant resté en zone russe, un procès soviétique y a eu lieu en septembre 1947. Tous les prévenus ont été jugés coupables et condamnés aux travaux forcés, puisque l'Union soviétique venait d'abolir la peine de mort. Cependant, les Soviétiques nourrissaient envers les nazis une haine si intense que cette peine était probablement pire que la mort. Sachsenhausen a servi de camp d'emprisonnement soviétique jusqu'en 1950 et environ douze mille prisonniers y sont morts pendant cette période. Même si, là aussi, nous ne connaîtrons peut-être jamais leur nombre réel.

Le Lebensborn
et les enfants volés en Pologne

On estime que les soldats nazis ont volé vingt-six mille enfants à la Pologne pendant la Seconde Guerre mondiale, en se basant sur l'hypothèse que des enfants à l'apparence aryenne devaient avoir une ascendance racialement valable et devaient donc être « récoltés » et « replantés » en Allemagne. Ces enfants étaient retirés à leurs parents – parfois ouvertement enlevés dans leur classe ou leur jardin – et envoyés en centres d'hébergement, où on les conditionnait à devenir allemands. Privation de nourriture, corrections et privations sensorielles étaient autant de techniques employées pour les forcer à « oublier » leurs parents et leur éducation, leur apprendre à parler allemand et jamais polonais, et veiller à ce qu'ils deviennent tous de bons citoyens allemands, à la hauteur des idéaux nazis.

Plus l'enfant était jeune, plus ce programme était efficace. Ceux qui refusaient de se conformer étaient envoyés en camp de concentration ou tout bonnement assassinés. Ceux qui se conformaient recevaient un nouveau nom, un nouvel acte de naissance, et étaient adoptés par des familles allemandes ne se doutant de rien. Certains de ces enfants n'ont jamais oublié leur éducation polonaise, même dans leurs nouveaux foyers allemands. Ils ont simplement gardé le secret. Pour survivre. D'autres ont complètement oublié leur propre passé. Pour ceux-ci, être retirés à leurs nouveaux parents, frères et sœurs allemands pour être rendus à des parents polonais qu'ils ne reconnaissaient pas et dont ils ne savaient plus parler la langue a représenté un horrible traumatisme. Les mémoires rédigés par certains de ces enfants, les familles et les représentants chargés d'aller les chercher sont déchirants. Ce fut un dilemme d'après-guerre qui n'a toujours pas trouvé de réponse satisfaisante.

Ces vols d'enfants faisaient partie du Lebensborn, qui signifie « puits de vie », programme créé pour accroître la population de l'Allemagne et remplir ses nouveaux territoires de lignées de valeur, essentielles pour créer « la race supérieure ». Des centres d'hébergement ont vu le jour afin que de jeunes femmes racialement pures puissent y rencontrer des officiers SS et « donner à Hitler » de bons bébés allemands. Cette pratique n'était pas seulement encouragée au sein de la Ligue des jeunes filles allemandes, elle était obligatoire pour les officiers SS et, dans les pays occupés considérés comme particulièrement purs d'un point de vue racial, comme la Norvège, elle était imposée à la population féminine. Je n'ai trouvé aucun document sur des enfants enlevés à des dissidents communistes. Néanmoins, des communistes ont été arrêtés et emprisonnés en Allemagne dès l'arrivée au pouvoir d'Hitler, et les idées de Lebensborn et de préservation de la pureté raciale étaient déjà en place à cette époque.

Powell House et l'American Friends Service Committee

L'American Friends Service Committee, ou AFSC, a reçu le prix Nobel de la paix en 1947, conjointement avec le British Friends Service Committee, pour l'ensemble de leur travail humanitaire pendant et après les deux guerres mondiales.

Gunnar Jahn, le président du comité du prix Nobel de la paix, a déclaré :

« C'est au travers de l'assistance silencieuse des anonymes aux anonymes qu'ils ont œuvré pour promouvoir la fraternité entre les nations citées dans le testament d'Alfred Nobel… Les quakers nous ont montré qu'il est possible de mettre en action des valeurs profondément ancrées dans l'esprit de nombreuses personnes : la compassion ; le désir d'aider les autres… quelles que soient leur race ou leur nationalité ; des sentiments qui, transformés en actes, doivent jeter les bases d'une paix durable. Pour cette raison, ils méritent aujourd'hui de recevoir le prix Nobel de la paix. »

À la fin de la guerre, en 1945, l'AFSC distribuait à lui seul des centaines de tonnes de nourriture, de vêtements et de médicaments en Autriche, Finlande, France, Hollande, Suisse, Espagne, Italie, au Portugal, en Afrique du Nord française, en Chine, en Inde et au Mexique. En 1946, il a aussi porté assistance au Japon, dévasté par les bombes atomiques. L'organisation œuvrait également aux États-Unis, dans les Appalaches, mettant en place des foyers pour des Nippo-Américains déplacés, des instituts et des conférences centrées sur la race et les relations internationales. Et, bien sûr, des services pour les réfugiés arrivant en Amérique.

En Allemagne, l'AFSC fut la seule organisation caritative autorisée à rester en activité pendant le Troisième Reich, puisqu'elle était apolitique et, on peut le supposer, en raison de l'image positive des camions de lait de l'AFSC qui avaient nourri les enfants après la Première Guerre mondiale et étaient toujours en fonctionnement. Mais, face au danger grandissant en Allemagne, l'AFSC s'est discrètement consacré à faciliter l'obtention de visas et à organiser le départ des personnes menacées par le régime, en particulier à évacuer des enfants de la France de Vichy. Ce travail a continué jusqu'au bombardement de Berlin, ce qui signifie que l'AFSC était sur le terrain après la guerre, prêt à commencer immédiatement sa mission humanitaire. Les bureaux de Berlin ont été endommagés, mais pas détruits, et occupent aujourd'hui encore le même bâtiment. Et comme aux yeux de l'AFSC, personne n'était « l'ennemi », ce fut l'une des rares organisations ayant immédiatement accepté de travailler avec des immigrants allemands non juifs.

Bien que Powell House n'ait constitué qu'un petit programme au sein d'une grande organisation, elle apparaît comme un brillant exemple de la manière dont de petites choses peuvent faire toute la différence dans la vie d'individus. Un nouveau costume, de l'aide pour rédiger un CV ou trouver un appartement, même apprendre un peu d'argot américain ont aidé plus d'un immigrant à réussir leur transition dans un nouveau pays. Mais je crois que la chose la plus importante qu'offrait Powell House, c'était de l'amitié, et en cela, le programme était incroyablement en avance sur son temps. Powell House servait d'intermédiaire entre les organisations juives, chrétiennes – tant protestantes que catholiques – et les églises afro-américaines de Harlem, où les employés de Powell House dînaient une fois par semaine. Cet esprit de coopération était également encouragé par le fait que chaque nouvel immigré se voyait assigner un « ami », indépendamment de ses origines ethniques et de sa religion.

Tous les programmes et les cours mentionnés dans le roman sont réels. L'exposition d'artistes blancs et noirs a réellement eu lieu, un événement révolutionnaire pour l'époque, réunissant tout le gratin de la Renaissance de Harlem. Et il y avait encore beaucoup d'autres choses qui n'auraient pas tenu dans un roman : des services financiers, d'autres services pour localiser les familles, des traductions, des concerts, des soirées dansantes, des symposiums sur la race, sur la philosophie nazie, sur l'histoire américaine, des sorties à Harlem, au théâtre, au musée, à la ferme, le tout grâce à une multitude de bénévoles très impliqués, aux dons et à un budget serré.

La demeure en elle-même existe toujours. C'est aujourd'hui une résidence familiale privée dans l'Upper East Side, à New York. En tant que programme, Powell House a fonctionné de 1943 à 1950, bien qu'en réalité, la maison ait été vendue par Mme Powell à la fin de l'année 1945. Je lui ai accordé dix-huit mois de plus dans mon roman ; toutes mes excuses aux spécialistes de Powell House pour cette licence artistique. Après la vente de la maison, le programme, tout en gardant le même nom, a été déplacé au temple quaker de Gramercy Park, ancien arrêt du chemin de fer clandestin. Ce bâtiment abrite désormais la Brotherhood Synagogue.

Dans le roman, les bénévoles de Powell House et les réfugiés bénéficiaires du programme rendent tous hommage à des personnes réelles qui y ont vécu, sans que leurs noms et personnalités soient entièrement exacts, en particulier quand je n'ai pas parlé à leur famille. Happy Angel a vraiment existé. Elle appartenait à une organisation religieuse de Harlem, dirigée par un certain Father Divine, qui demandait à tous ses fidèles de se choisir un nouveau nom. Happy Angel a été l'une de mes trouvailles les plus plaisantes lorsque j'épluchais le recensement de 1940. Il y avait aussi un bénévole à Powell House, un quaker objecteur de conscience, à qui l'armée américaine avait inoculé la malaria dans le cadre d'une expérimentation médicale non consentie pendant la guerre. Et il a effectivement épousé son «amie assignée», une jeune femme juive ayant échappé aux nazis en France.

Le personnage de Peggy s'inspire de Margaret Loring Thomas, bénévole à Powell House et autrice de livres pour enfants. L'un de mes souvenirs préférés de Margaret est une carte d'anniversaire qu'elle a envoyée à un anarchiste italien dans le couloir de la mort. Elle a aussi écrit le brouillon d'un manuscrit sur les débuts de Powell House et Sky Island, cent trente pages pleines d'humour et d'esprit, incluant l'histoire de la culotte bouffante de Mme Turgonov. Son club du déjeuner du mardi a duré pendant des années. J'ai aussi eu la chance d'avoir accès à une courte autobiographie écrite par Olive, qui m'a offert un aperçu délectable de sa personnalité, même si, pour les besoins du livre, j'ai légèrement modifié son histoire et l'ai beaucoup rajeunie. Martha, veuve depuis peu, avait dirigé un foyer pour réfugiés de guerre dans l'Iowa, du nom de Scattergood. Cet endroit mériterait à lui seul un roman.

J'ai une dette de gratitude toute particulière envers Lucy, l'une des immigrés devenus bénévoles. Étudiante en sociologie à Hunter College, elle a écrit des études de cas sur de nombreuses personnes passées par Powell House, lesquelles sont toutes conservées dans les archives de l'AFSC. Patricia, qui faisait des études pour devenir assistante sociale, a également rédigé des études de cas sur les visiteurs de Sky Island. J'ai pu rencontrer Patricia en 2019. Une femme charmante de quatre-vingt-dix-neuf ans, à l'esprit vif, qui pourrait bien ne jamais se pardonner d'avoir eu l'idée de jouer au meurtre. «Nous étions jeunes, et tellement enthousiastes, nous n'avions aucune idée des traumatismes auxquels nous avions affaire », m'a-t-elle expliqué. Patricia a consacré sa vie à servir l'AFSC dans le monde entier.

Toujours en 2019, j'ai passé cinq jours avec la fille d'Elizabeth « Bets » Whittlesby, qui a si généreusement partagé non seulement sa maison, mais aussi la vie de sa mère, ses lettres et ses papiers. Cela m'a été d'une aide inestimable pour comprendre les croyances des quakers, leur recherche de paix et d'amitié qui était le but ultime de Powell House. Bets a épousé son professeur d'histoire et élevé trois enfants dans cette ferme en Géorgie. C'était une personne charmante, extraordinaire, qui incarnait parfaitement l'esprit de Powell House, qu'elle a transmis à ses enfants, petits-enfants et arrière-petits-enfants.

Les comptes rendus conservés dans les archives de l'American Friends Service Committee sont incroyablement détaillés. Des récits personnels sur Berlin ravagé par la guerre au salaire de Happy Angel en passant par la couleur des murs de Powell House, tout y est. Environ vingt-deux mille dossiers d'immigrés arrivés grâce aux programmes de l'AFSC dans les années 1940 sont actuellement conservés à l'United States Holocaust Memorial Museum. Un archiviste de ce musée, chargé de réunir ces dossiers et leurs familles, a passé une heure et demie à m'expliquer au téléphone le fonctionnement de Powell House et son étroite collaboration avec les organisations juives. Avoir accès à une telle mine d'informations est le rêve de chaque écrivain. Mais dans toutes ces recherches, ce qui m'a le plus impressionnée, c'est que les idéaux épousés par les gens de Powell House n'étaient pas que des idéaux. Il s'agissait de vies vécues. Et bien vécues. Et ceux-ci perdurent aujourd'hui au sein de l'AFSC.

L'Allemagne d'après-guerre

Souvent, faire des recherches sur un sujet amène à un autre sujet. Quand je faisais des recherches pour mon dernier livre, j'ai pris un peu de temps – « un peu de temps » signifiant ici des centaines d'heures – pour écouter non seulement les histoires orales des survivants juifs de l'Holocauste, mais aussi les souvenirs d'Allemands ayant traversé cette période. Ces récits étaient fascinants et déchirants. En particulier ceux des jeunes filles qui avaient quinze, seize ou dix-sept ans à la fin de la guerre. Des filles élevées dans la Ligue des jeunes filles allemandes, imprégnées d'idéologie nazie, qui gardaient peu de souvenirs de la vie avant Hitler. Qui n'avaient à l'époque aucune raison de remettre en question ce qui représentait pour elles la structure même de leur univers.

Ce que ces jeunes filles savaient et ignoraient vers la fin de la guerre varie beaucoup. Certaines envoyaient des signaux pour avertir de l'arrivée de l'aviation ennemie et apprenaient à se servir de bazookas. D'autres ne se doutaient pas que les nazis étaient en train de perdre jusqu'à ce que des tanks étrangers arrivent dans leurs villages. Certaines connaissaient l'existence des camps de concentration, de la torture et de l'or dentaire récupéré. D'autres ignoraient complètement l'existence des camps. Ces différences s'expliquaient, semble-t-il, principalement par le lieu de vie de chacune, ville contre campagne, bien qu'il ait dû y avoir de nombreux cas d'ignorance délibérée. Comment admettre qu'on était au courant de telles atrocités et qu'on n'a rien fait ? Néanmoins, elles semblent toutes avoir une expérience en commun : l'horreur quand elles ont pris conscience de ce que les croyances nazies avaient causé au monde entier. La vérité est devenue un mensonge, et leur vie entière a été bouleversée, pas seulement extérieurement, avec l'effondrement du Troisième Reich, mais intérieurement.

Et le prix à payer a été terrible. Parmi onze jeunes filles interviewées pour un seul documentaire, sept avaient été violées, certaines à plusieurs reprises, par des soldats soviétiques. Presque toutes avaient soit vu soit connu quelqu'un qui s'était suicidé. La plupart en avaient connu plusieurs. En effet, une véritable vague de suicides s'est propagée après la mort d'Hitler, à l'approche de l'armée soviétique, encouragée par la peur et par le gouvernement nazi. Comme dans le village de Demmin où, en l'espace de soixante-douze heures, mille personnes sont mortes, suicidées ou assassinées par leurs propres amis ou membres de leur famille. Mais ce qui hantait le plus ces femmes, c'était le sentiment de culpabilité – d'avoir survécu, de ne pas avoir su, d'avoir participé, d'avoir soutenu un système de valeurs ayant conduit à la mort de millions de personnes. Cette culpabilité, individuelle et collective, hante encore l'Allemagne aujourd'hui.

Mais pour les enfants des criminels – des membres haut placés du gouvernement d'Hitler, qui dirigeaient et géraient les camps de concentration –, cette prise de conscience a été encore plus terrible. Comment accepter non seulement que votre vérité était un mensonge, mais que votre propre père a fait quelque chose de monstrueux ? Que le monstre, c'est lui ? Certains ont surmonté ça en se retournant complètement contre leurs parents, d'autres en niant que leurs parents avaient fait quelque chose de mal. D'autres ont passé leur vie à tenter de compenser. Où commence la responsabilité ? Comment déterminer si un enfant ou un adolescent est responsable de ses propres croyances, ou s'il est lui-même victime de maltraitance ?

Qu'est-ce qui donne à une personne la force de renverser ses propres croyances et de recommencer sur de nouvelles bases ?

« Je n'avais jamais connu l'amour. De la part de personne, a confié Martin Bormann Jr, fils du secrétaire particulier d'Hitler et filleul d'Hitler. On ne nous l'apprenait pas. Je ne savais pas ce que c'était. »

Et que se passerait-il, me suis-je alors demandé, si une personne élevée dans l'idéologie nazie, portant le traumatisme et la culpabilité d'un passé horrible, entrait de plain-pied dans un système de croyances diamétralement opposé à tout ce qu'elle avait connu auparavant ? Un système où l'amour ne se mérite pas, ne se gagne pas et se donne sans condition ?

La réponse, j'espère, c'est que cette personne se transformerait.

Et c'est pour cela, en fin de compte, que j'en suis venue à écrire *Projet Bluebird*.

Parce qu'on peut se transformer.

Remerciements

Encore une fois, je m'essaie à une tâche impossible : remercier tous ceux qui méritent de l'être pour m'avoir aidée à donner vie à ce roman. *Projet Bluebird* a été l'un des programmes de recherche les plus difficiles auxquels je me suis attelée, et j'ai bénéficié d'une aide incroyable. Voici quelques-unes des personnes qui m'ont si volontiers accordé de leur temps, de leur patience et de leur savoir.

D'abord mon groupe de lecteurs critiques : Ruta Sepetys, Angelika Stegmann, Amy Eytchison et Howard Shirley. *Projet Bluebird* a été écrit pendant notre quinzième année à écrire des livres ensemble. Vous êtes là depuis le tout début et m'avez appris tout ce que je sais. Merci d'avoir lu autant de pages à la dernière minute ! Et un remerciement spécial à Angelika, pour ses souvenirs de la vie en Allemagne.

Lisa et Martin Ogletree. Merci de m'avoir ouvert vos cœurs et votre maison et, bien sûr, de m'avoir offert un aperçu aussi intime de la vie des quakers et d'Elizabeth Whittlesby Hendricks. Les repas, les trajets en voiture, les horaires de bus, de trains, les vidéos et un lit confortable ont facilité et éclairé mes recherches. Votre amitié les a rendues amusantes. Les métiers à tisser du sous-sol sont fascinants. J'adorerais apprendre à m'en servir.

Patricia Dunham Hunt. Merci pour cet entretien, ce dîner et vos souvenirs. Ils m'ont changée, tout comme votre travail à l'AFSC a changé tant de vies.

Donald Davies, archiviste au quartier général de l'American Friends Service Committee, à Philadelphie. Quelle aide phénoménale vous m'avez apportée ! Merci beaucoup pour vos conseils et votre patience. Merci de prendre soin d'une archive si précieuse de l'histoire perdue. Je ne me remettrai jamais d'avoir rangé ce dossier dans la mauvaise boîte. J'espère que vous avez réussi à me pardonner.

Swarthmore College. Merci pour vos archives soigneusement sélectionnées concernant tout ce qui a trait aux quakers. Et pour ce cours merveilleux et inopiné sur les cartes historiques.

John T. Reddick, architecte et historien culturel de Harlem. Merci pour votre lecture rapide et scrupuleuse, et d'avoir veillé à la cohérence des faits présentés.

Ronald Coleman, des archives de l'United States Holocaust Memorial Museum. Merci pour vos e-mails et vos appels téléphoniques, vos explications méticuleuses et votre dévouement pour réunir les dossiers des réfugiés de l'AFSC avec leurs familles. Ma reconnaissance pour le travail que vous effectuez, et celui des archives du musée, ne connaît aucune limite.

Marla Abraham, directrice de la Western Region of the United States Holocaust Memorial Museum. Je vous suis très reconnaissante du soutien que vous apportez à mes livres et à mes recherches. Merci d'avoir pris le temps de me présenter à tous les gens qu'il fallait.

Lisa Sandell, ma seule et unique éditrice, ma plus chère amie. Merci d'avoir eu autant confiance en moi quand je n'en avais aucune. Tu es magnifique, à l'intérieur comme à l'extérieur.

Kelly Sonnack, ma seule et unique agente et ma plus chère amie. C'est si facile de se reposer quand on sait que tu as les choses en main. Tu me transmets ta force et ta sagesse.

Chaque fois que j'écris mes remerciements à mon éditrice et à mon agente, quatre mots me viennent en tête : « chanceuse, heureuse, privilégiée, bénie ».

Et en parlant de chance, mon équipe chez Scholastic : les incroyables David Levithan, Elizabeth Parisi, Ellie Berger,

Olivia alcarce, Lori Benton, Leslie Garych, John Pels, Stephanie Peitz, Janell Harris, Brittany Schachner, Dave Ascher, JoAnne Mojica, Anne Henderson et Jenn Epstein. Ma fantastique équipe de marketing et presse : Sydnez Tillman, Rachel Feld, Shannon Pender, Zakiya Jamal, Lizette Serrano, Emily Heddleson, Danielle Yadao, Matt Poulter, Lauren Donovan, Alex Kelleher-Nagorski et Erin Berger. Les intrépides champions des ventes : Alan Smagler, Elizabeth Whiting, Jacquelyn Rubin, Jarad Waxman, Savannah D'Amico, Roz Hilden, Daniel Moser, Nikki Mutch, Sue Flynn, Tracy Bozentka, Chris Satterlund, Terribeth Smith, Betsy Politi, Jody Stigliano, Barbara Holloway, Caroline Noll, et tant d'autres, et bien sûr, à la mémoire de Duryan Bhagat-Clark et Randy Kessler. L'équipe débordante d'énergie des droits étrangers : Jennifer Powell, Hannah Babcock, Rachel Weinert, et Jazan Higgins. Et Jana Haussman et Robin Hoffman de Book Fairs.

Cela fait beaucoup de noms, et je suis parfaitement consciente qu'il en manque et que je ne saurai probablement jamais tout ce que font vraiment ces gens pour soutenir mon travail. Merci à vous tous d'être mes fans et ma famille éditoriale.

Venons-en enfin aux personnes les plus importantes de ma vie : Elizabeth, Stephen, Christopher et Siobhan. Merci d'être ma précieuse famille, de votre patience face à tous ces moments de distraction et à ces appels manqués. Et Philip, le meilleur mari et partenaire dont on puisse rêver. Tu n'as sans doute pas signé pour une épouse qui ne relève les yeux de son ordinateur que le temps de dire des choses du genre : « Vite. Métro new-yorkais, 1946. Jetons ou pièces de cinq cents ? » Ou : « Tout ce que tu peux trouver sur l'hématome sous-dural chronique, et que ça saute ! » Et pourtant, tu trouves toujours tout. En détail. Et tu restes avec moi et tu me prépares des tasses de thé. Et tu fais la lessive. Je t'aime.

L'autrice

Sharon Cameron est une autrice américaine, née en 1970 à Nashville, dans le Tennessee.
Aux États-Unis, ses livres pour les jeunes adultes ont reçu de nombreux prix, notamment *The Dark Unwinding, A Spark Unseen, Rook* et *The Forgetting*. Deux de ses romans ont déjà été traduits en français : *Darkwind* (Bayard, 2015) et *La Cité de l'oubli* (Nathan, 2017).
Projet Bluebird est son deuxième roman traduit chez Gallimard Jeunesse, après *La Lumière dans les combles* (2021).
Elle vit avec sa famille à Nashville. On peut la suivre sur son compte Twitter @SharonCameron ou visiter son site Internet : sharoncameronbooks.com.

Le papier de cet ouvrage est composé de fibres naturelles,
renouvelables, recyclables et fabriquées à partir de bois
provenant de forêts gérées durablement.

Mise en pages : Maryline Gatepaille

Loi n° 49-956 du 16 juillet 1949
sur les publications destinées à la jeunesse
ISBN : 978-2-07-517034-5
Numéro d'édition : 439973
Dépôt légal : septembre 2023

Imprimé en Italie par Grafica Veneta S.p.A.